U0933838

松江人文大辞典

文学卷

陆军 主编 | 欧粤 执行主编

欧粤 许平 吴纪盛 常勇 邢砚斐 刘宝生 等 编著

上海辞书出版社

图书在版编目(CIP)数据

松江人文大辞典. 文学卷 / 陆军主编; 欧粤执行主编; 欧粤等编著. — 上海: 上海辞书出版社, 2024
(人文松江创作研究院文库)
ISBN 978-7-5326-6220-3

Ⅰ. ①松… Ⅱ. ①陆… ②欧… Ⅲ. ①地方文化—松江区—词典 ②地方文学史—松江区—词典 Ⅳ. ①G127.513-61 ②I209.951.3-61

中国国家版本馆 CIP 数据核字(2024)第100636号

松江人文大辞典: 文学卷

陆　军　主编
欧　粤　执行主编
欧　粤　许　平　吴纪盛　常　勇　邢砚斐　刘宝生 等　编著

责任编辑　杨丽萍
装帧设计　梁业礼
责任印制　王亭亭

出版发行　上海世纪出版集团
上海辞书出版社®(www.cishu.com.cn)
地　　址　上海市闵行区号景路159弄B座(邮政编码: 201101)
印　　刷　上海中华印刷有限公司
开　　本　720毫米 × 1000毫米　1/16
印　　张　19.25
字　　数　517 000
版　　次　2024年6月第1版　2024年6月第1次印刷
书　　号　ISBN 978-7-5326-6220-3/G · 1145
定　　价　158.00元

本书如有质量问题,请与承印厂联系。电话: 021-69213456

《松江人文大辞典》编辑委员会

主　　任　赵　勇
副 主 任　徐界生　金冬云　陆　军
编辑委员　赵　勇　徐界生　金冬云　陆　军　欧　粤
　　　　　吴纪盛　周祥波　张国强　刘　通

《松江人文大辞典》编辑部

主　　编　陆　军
执行主编　欧　粤

编辑部主任　吴纪盛
编辑部副主任　刘　通（兼）　杨雨清（兼）　陈　诚（兼）
办公室主任　俞月娥

分科主编　欧　粤（总类、民俗、戏剧）　许　平（文学）
　　　　　牛立超（影视）　汤炳生（曲艺）
　　　　　赵　婷（音舞）　陆春彪（非遗）
　　　　　徐秋林（书法）　陈　浩（美术）
　　　　　韦　海（摄影）　盛济民（方言）
　　　　　费水弟（宗教）　崔淑妍（文博）
　　　　　邢砚斐（建筑）　谭　畅（旅游）
　　　　　吴纪盛（传媒）　侯建萍（档案）
　　　　　乔进礼（图书馆）　章均权（群文）
　　　　　俞福星（场馆）　张林琪（团体）
　　　　　朱佳乐（产业）

撰稿人　概　　　述　常　勇

古典文学作家　欧　粤　徐亚斌

明代作品　邢砚斐

清代作品　徐　侠

诗文篇名　吴纪盛　侯建萍　常　勇

流派并称社团　欧　粤

现当代文学　刘宝生　盛济民　俞福星　李　潇

民间文学　欧　粤　章均权

图片主编　俞月娥

图片作者及提供者（按作品多少为序排列）

俞月娥　唐西林　袁　建　包剑钢　欧　粤　林　丰　何惠明

松江区档案局　　松江区地方志办公室　　佘山国家森林公园供稿

部分图照摘录于《松江县志》《松江县续志》《泗泾镇志》及网络

总 序

《松江人文大辞典》出版了。在我看来，本辞典不仅是一部记录“上海之根”——历史文化名城松江人文发展轨迹的重要文献，也是一座镌刻着当代松江学人精神品格的纪里碑碣。我相信，她的问世，对松江的文化建设具有重要的现实意义，对松江的政治、经济与社会发展也能增添有力助益。

我的故乡松江，是典型的江南鱼米之乡。唐宋以降经济文化发展较快，到了明代更是盛极一时，富甲一方。松江府文物衣冠为东南之望，与苏州齐名，并称“苏松”。勤劳的松江人在丰腴的土地上不仅创造了繁荣的经济，也创造了璀璨的文化。陆机、陆云、赵孟頫、杨维桢、袁凯、陶宗仪、徐阶、董其昌、陈继儒、陈子龙、夏完淳、王鸿绪、史量才、施蛰存、赵家璧等文化巨匠，犹如群星闪耀，在中国的历史文化长廊中熠熠生辉。松江书派、松江画派、云间派文学等文艺群体，更是以其独特的艺术魅力和文化成就推进了古典文学艺术的发展。而植根于稻作生产的民间文化亦丰富多彩，民间故事《孟姜女》、长篇叙事诗《姚小二官》等影响深远，江南丝竹、花篮马灯、田山歌等民间乐舞经久不衰，顾绣、草龙、锣鼓艺术等更是被列入国家级非物质文化遗产名录。无论是脍炙人口的民歌、摇曳多姿的舞蹈、丰富多彩的民间故事，还是代代相承的民俗民风，都创造出松江人引以为豪的精神文化家园。

雄厚的历史背景，璀璨的人文景观，独特的经济优势，使《松江人文大辞典》以丰富的史料为时代留下一部恢宏的松江历史文化长卷成为一种可能。在这部长卷中，有对松江各个历史时期文化发展的概括，有对松江文化名人与传世佳作的记述，有对松江文博、胜迹、景观的介绍，有对千百年来松江百姓衣食住行、市井生活等民俗细节的记录。其收录范围求广泛，引用资料求翔实，记述内容求精细，是我们的编纂团队所共有的思路共识与行动准绳。

我们希望，这部大辞典能体现出这样几个特点：第一，词条与释文的统一。所选词条详略得当，所撰释文有源可溯，尽力做到史料翔实，剪裁有方，描述规范。第二，地方性与全国性的统一。所选“松江”词条“不越位”，通过窥一斑而知全豹。第三，学术性与实用性的统一。编纂大辞典的根本目的，一是为学者提供专业知识的参考指南，二是为普通民众接受人文教育搭建一个“大课堂”。第四，历史性与现实性的统一。词条内容不设上限，下限原则上截至2019年。其间，凡人文领域的历史和现状、人物和作品、团体和活动等皆分卷设目。

我们还希望，这部大辞典能体现出今天这个时代的新意：

其一，凸显人文学科发展之“新气象”。如在新闻传播、群文、场馆、团体，特别是文化产业方面，这些年都出现了一系列新事物、新成果，将这些具有鲜明时代印记的人文物事以词条形式记录下来，就成为了大辞典的一个亮点。

其二，关注和吸纳国内外学者研究的“新成果”，尤其倡导自主研究。如学术分科主编徐侠先生在爬梳古代学人著作时就有不少新的斩获，兹举一例。李绍文的《云间杂识》，又名《云间杂记》《云间杂志》，现代大藏书家、版本学家黄裳曾于苏州购得明抄本一册，视若拱璧，题为《云间人物杂记》。跋曰：“佚去首尾各半叶，遍检书目，无著录者，不知撰人及卷数，所失当不多也。”其实此书被《四库全书》著录，为三卷，入子部小说家类存目，亦不知作者是谁。民国时有刊印本，仅二卷，后由松江史志办重刊。近年《上海府县旧志丛书》中也有《云间杂识》三卷本。不论是二卷本还是三卷本，都已是松江地方文献中的要籍。徐侠先生在进一步研究史料时，看到了八卷本，八卷本为全帙，存世有明刻本、旧抄本，较之前两种通行本，内容丰厚很多。作者杂记明代松江府人文，几乎将二百多年间一郡人、事网罗无遗，有凭有据，多得自其经历、耳闻目睹及交游，是一部颇有价值兼具趣味的笔记体史学著作。倘予以整理重刊，即增加一部明代地方史经典原著。袖手于前，疾书于后。搞清楚了此著的来龙去脉，可以想见，徐侠先生端坐于书桌，气定神闲，欣欣然于耕读其间，称得上快事一桩！

其三，设定释文撰写的“新标准”。除了遵照“观点正确、资料翔实、结构清晰、层次分明、语言规范、文字精练”的撰写要求之外，还必须列出词条释文的依据，并配以恰当的史料图照予以佐证。我们坚信，只要坚持了这些“新”，这部被誉为“全国第一部以人文专题形式编纂出版的大型工具书”才有可能实现兼具专业性、科学性和可读性的编纂目标。

我们更希望，这部大辞典还能体现出松江学人践行“云间风度”，提升“文化自信、文化自觉、文化自强”的情怀与境界。

首先，从汗牛充栋的松江历史人文信息中爬罗剔抉出8卷本《松江人文大辞典》，为进一步强化松江人民的文化自信助力。总类、文学、书法、美术、摄影、戏剧、曲艺、音舞、非遗、学术、民俗、方言、宗教、文博、建筑、旅游、传媒、图书、档案、群文、团体、场馆、产业等23个分科及数千张图照，勾勒出松江人文历史发展的总脉络。6 000年前，我们的祖先用血和汗在茫茫荒原上开拓了崧泽文化、广富林文化等远古文化，播下了人类文明的种子。悠久的文化传统始终以一种无形的力量深刻地影响着有形的存在，它滋养着松江的风土人情，涵养着松江的社会生态，濡养着松江的经济发展，它引领着松江人民攻坚克难，激励着志士仁人前仆后继。正是这种伟大的文化传统奠定了松江人民文化自信的基石。

其次，文化自信是抵达文化自觉的基础。面对丰厚灿烂的松江历史传统文化，勤朴、睿智、进取的松江人民，不仅仅满足于盘点祖上留下的丰厚精神遗产，而是用令人的情怀、智慧与勇气去拓开新的人文疆域。无论是以“科创、人文、生态”的理念建设社会主义现代化新松江的发展定位，还是以建设“书香之域、书画之城、文博之府和影视之都”以及江南“戏剧之乡”为目标，都彰显出松江人民高度的文化自觉。

再者，文化自觉又是实现文化自强的前提。只有通过文化自觉，才能实现文化自强。对松江地区来说，文化自强主要表现为全区人民拥有共同的核心价值观和崇高的理想信念，积极投身于中国优秀传统文化的现代性转换与创新性发展，以生动的实践与优异的成果建设文化强区，在加快推进长三角G60科创走廊建设的同时，弘扬传统文化、传承红色文化、高扬海派文化、彰显江南文化和建设先进文化，充分利用辉映苍穹的“上海之根”文化资源，建设共有的现代精神家园。

一句话，我们希望，《松江人文大辞典》的编纂出版，既能为松江留存一部上对得起祖宗、下对得起子孙的高品质的历史典籍，又能为新时代松江人民以坚定的文化自信、高度的文化自觉来践习与实现文化自强提供一个可参照的生动案例。

事实上，我当初萌生编纂8卷本《松江人文大辞典》这一想法时，内心也是有顾虑的。这样一个浩大的文化建设系统工程，在缺少经验，缺少专职编纂人员，特别是缺少专门人才的情况下，要在较短的时间内将松江数千年的人文发展历史、当代文化建设的成果和经验，进行科学的、系统的、精细的爬梳、整理、研究、归纳，还必须要达到相当的学术高度，必须经得住当代和后代的检验，其复杂性、艰苦性与挑战性不言而喻。令人欣慰的是，项目上马以后，在编纂团队的共同努力下，《松江人文大辞典》编纂工作有条不紊地向着既定目标一步一步扎实推进，编纂人员同心同德，克难攻坚，取得了令人满意的成果。

取得这样的成果，主要原因如下：

第一，领导敢于担当。

近年来，全区人民按照区委提出的建设“科创、人文、生态”现代化新松江的目标，团结一致，唯实唯干，成果卓著。在这样的氛围感召下，2018年上半年，按照中共松江区委书记程向民同志关于“在人文松江建设方面，松江不仅要建设一流的文化设施，还要创造具有传世价值的一流的艺术与学术成果”的要求，我建议，松江能否及时组织力量编纂8卷本《松江人文大辞典》，能否推出10部松江历史名人题材系列戏剧，能否在条件成熟时整理出版100卷本《松江历代文史典籍总目提要》？而要完成这些高难度、跨学科、创纪录的大工程，先要在机制、体制上有所创新。由此我进一步建议能否成立一个在学术研究与创作引领方面具有示范性意义的民办公助的高端学术机构，由这个学术机构来统领这些重大艺术与学术项目的实施。这些建言获得了程向民同志的充分肯定，并要求我进一步认真运思，尽可能给出可行性方案。同年10月7日，程向民同志利用国庆长假召集区委常委、宣传部长赵勇等相关领导一起来垂听我所作的关于成立“江南题材创作研究院”、创编“一典一史”、创作“松江历史名人题材系列戏剧”的专题汇报。其中“一典”，即编纂8卷本《松江人文大辞典》;“一史”，即编写《松江简史》。2018年12月20日，在程向民同志与赵勇同志的关心下，“创立江南题材创作研究院”“编纂《松江人文大辞典》”写入了中共松江区委文件。从这个时候开始，我就正式着手启动大辞典编纂工程的前期准备，同时还对研究院的机构设置、人员配备以及运行模式进行设计。在准备过程中，经反复思考，我又将编纂《松江文学史》《松江戏剧史》《松江绘画史》《松江书法史》《松江诗歌史》纳入计划，加上原有的《松江简史》，合称为“一典六史”。希望能以《松江人文大辞典》为主干，以“六史”为分支，将松江的人文资源梳理清楚，整合成一套全面、系统记录松江人文历史和现状的大部头丛书。这些项目都得到了程向民同志的热情鼓励与有效指导，并列为“人文松江建设三年行动计划”的重点项目。

在此基础上，程向民同志在2019年3月16日建议将原“江南题材创作研究院”易名为“人文松江创作研究院”，这一改，研究院的使命更清楚，目标更明确。5月23日，在区委宣传部副部长、区文旅局党委书记徐界生同志的精心安排下，人文松江创作研究院正式入驻松江区图书馆二楼办公。6月16日，《松江人文大辞典》第一次编纂工作例会在松江区图书馆会展厅召开，区政协副主席、区文旅局局长金冬云等领导出席。7月13日，人文松江创作研究院由市、区领导揭牌。在2019年松江区人民政府工作报告中，“成立人文松江创作研究院”与“启动《松江人文大辞典》编纂”成为了其中的一项重要工作内容。而在2020年政府工作报告中，不仅再次强调做实人文松江创作研究院，还在附件中对“一典六史”专门作名词解释。在《松江人文大辞典》与“松江六史”编纂工作取得突破性进展之后，2020年4月20日，中共松江区委机构编制委员会下发关于“同意成立区人文松江创作研究院作为文化旅游局下属单位”的批复。这标志着一直以民办公助方式运行的人文松江创作研究院正式转为区属事业编制单位，《松江人文大辞典》与“松江六史”的编纂工作也进入了新的历史阶段。

可以说，无论是以民办公助的项目制方式运行，还是转为正式的事业编制管理，《松江人文大辞典》、“松江六史”的编纂以及人文松江创作研究院的机构设置，都是得益于松江区委、区政府营造的倡导创新、鼓励创新、推动创新的宽松和谐的人文环境，特别是得益于区委书记程向民，区委常委、宣传部长赵勇以及区委宣传部副部长、区文旅局党委书记徐界生等领导的创新意识与担当意识。

第二，名宿善于引领。

我曾不止一次地在各种场合说过，设计《松江人文大辞典》这个编纂工程时，首先想到的是，这件事必须由欧粤先生来担任前线指挥官。一方面，欧粤先生学识渊博，文史哲兼长；耆德忠正，智善信兼具。他长期在区史志办担任编审工作，为泱泱大著《松江县志》的副主编，在地方史志研究与民俗学研究方面著作等身，具有丰沛的学术素养与丰富的史志编纂经验，是松江学术界公认的德高望重的领军人物。另一方面，欧粤先生是一位卓越的儒帅，具有很好的统筹协调能力。他曾担任松江县政协文史委员会主任，既对松江文史如数家珍，又对松江文化人的禀性、学养、能力了如指掌，由他来牵头组织编纂班底，排兵布阵，协调各方，可谓不二人选。果不其然，欧粤先生到岗后，夙兴夜寐，筚路蓝缕，全身心扑在工作上，从每个词条的选定到每段释文的增删，他都亲力亲为，可谓呕心沥血，厥功至伟。

第三，同仁甘于奉献。

作为大辞典的编纂人员，松江老中青三代学人践行“云间风度”，发扬义工精神，团结协作，齐心攻关，俯以观今，仰以察古，见微知著，尝鼎一脔。用“衣带渐宽终不悔，为伊消得人憔悴”来形容，是再合适不过的。如本辞典编辑部主任、原《松江报》主编吴纪盛先生，身先士卒，恪尽职守，即使是在亲人有恙，经常在家、医院间奔波时，他也坚持认真收集整理材料，悉心撰写词条，召集“老部下”商讨编写工作，做到工作、家事两不误，无怨无悔，尽心尽力，体现了一个老报人所具有的敬业精神与学者风范。研究院及本辞典编辑部办公室主任兼图片主编俞月娥，身兼数职，事务繁杂，但她兢兢业业，每天保持着充沛的工作热情。一度时间，为赶着修复数百张旧照片，常加班到晚上九十点钟。下班时，她在空荡荡的办公楼里不敢独自下来，就请值班保安在走廊里“吆喝”为她壮胆。还有像建筑分科主编邢砚斐先生，在患病期间仍笔耕不辍，并为其他分科积极提供资料。有的分科主编为了赶进度，放弃了外出旅游的机会，有的实在忙不过来，就让自己的子女做帮手。总之，这种恪尽职守、臻于至善的工作作风，几乎是编纂团队每个成员的“标配”。而集体性的无私奉献精神正是本辞典得以顺利推进的基本保证。虽然称不上惊天动地，却也是可歌可泣。

第四，各方勇于支持。

本辞典编纂过程中得到了全区各委办局以及各街镇领导的大力支持。在涉及编纂工作中有关的人、事、物时，陆忠新、曹金华、李涛、周样波、陆联群、梁宝山、张国强、刘通、杨雨清、王灵辉、张冬梅、陈诚、金叶、奚建治、牛立超、俞宝琴等都以各种方式给予了支持与帮助。而新华社和《人民日报》、“学习强国”平台，以及《中国艺术报》《中国文化报》《解放日报》《文汇报》《新民晚报》《劳动报》《松江报》与全国其他各大主流媒体网站，也一直对大辞典的编纂予以亲切关注与热情鼓励，多家媒体连续十余次予以跟踪报道，其情其诚，令人感动。同样令我欣慰的是，我供职的上海戏剧学院领导没有忘记现代大学的崇高使命，坚持以人才培养、科学研究、社会服务、文化传承创新为己任，对我这样一个在职的教师回家乡兼职给予了应有的理解与支持。当然，就我本人来说，教书育人是第一天职，为学校承担的教学、科研、创作以及其他任务，决不敢有丝毫的懈怠。兼职两年间，教学上曾三获国家级奖励与资助；创作上曾有多部大型剧作公演，科研上也有较多的成果问世。聊以自慰的是，践行“把别人喝咖啡的工夫用在了工作上”，力求做到无愧于事，无愧于心，无愧于上戏，无愧于家乡，也算是我几十年如一日恪守的信条，至今也没有改变吧。

我始终认为，文化建设是一个潜移默化的过程，对先贤邦彦的言行举止、丰赡业绩，需要我们沉下心来，鉴古观今，读史悟道。尤其在经济发展快速推进、社会深刻转型的当下，摒弃喧嚣与浮躁，在充满温情与敬意之中追根溯源，将会让我们不忘本来、吸收外来、面向未来。而《松江人文大辞典》的出版，便是我们编辑部全体同仁交出的一份回应时代需求的答卷。

如果说松江是一座瑰丽的文化宝库，那么，我们希望这部大辞典能为人们打开这个宝库提供一把精致便捷的钥匙。有了她，不但可以为当代，更可以为后代了解和研究松江人文历史提供方便。我们更希望这部大辞典在建设社会主义新松江的宏伟事业中发挥越来越重要的作用。

行文至此，忽然想起，26年前的一个春日上午，在为家乡松江起“上海根”别名时的一刹那，我曾种下一个愿望，总有一天，要为“上海根”的称谓做一些经得起历史推敲的学术注解。想不到过了这么多年，才由一群志同道合的松江学人乘着“天时、地利、人和”的东风，以辛勤的付出、卓越的努力帮助我圆了这一久违了的梦想。为此，我要再一次向由执行主编欧粤率领的编纂团队，以及所有支持帮助这一文化建设工程的领导与朋友们表示由衷的感谢和崇高的敬意！

愿我美丽的家乡松江——岁月静好，山高水长！龙腾虎跃，布帆无恙！

陆军

2020年12月13日

作者为《松江人文大辞典》主编、上海戏剧学院学术委员会主任，二级教授，博士生导师。兼任《中国大百科全书》（第三版）戏剧文学分支主编、中国戏剧文学学会副会长、上海戏曲学会会长、松江区文学艺术界联合会主席、上海人文松江创作研究院院长。

凡　例

一、本辞典为上海市松江区人文领域的大型工具书。全书分为“总类·民俗卷”“文学卷”“书法·美术·摄影卷”“戏曲·音乐舞蹈·非物质文化遗产卷”“方言·宗教卷”“文物博物馆·建筑·旅游卷”“学术卷”“公共文化卷”，凡八卷。

二、本辞典收录古今松江地域内的人文现象、文化活动、文化样式，松江文化艺术的流派、团体、人物、作品，与人文相关的建筑、景点、文物，以及松江人的精神文化生活的词目，凡1万余条。内容包括松江概况、民俗、文学、书法、美术、摄影、戏剧、影视、曲艺、音乐舞蹈、非物质文化遗产、方言、宗教、文博、建筑园林、旅游、学术、群众文化、传媒、文化场馆、文化团体、文化产业、图书馆、档案诸方面。词目内容突出地方特点，凡普遍性的、共性的词目一律不收。

三、本辞典关于古代、近代的词目收录范围，原则上涵盖松江府华亭县、娄县行政区域。1912年撤销松江府，华亭、娄县合并为松江县后，原则上涵盖松江县。1966年松江县与金山县行政区划调整后，原则上涵盖松江县、松江区行政区域。因人文活动不局限于行政区域，故个别词目涉及松江邻县，或苏松两府，乃至江南地区。

四、本辞典所收人物，凡人文领域的古今松江名人分别在各分卷列传。列传人物以松江籍和长期寓居松江的客籍人物为主，适当收录在松江居住时间短暂但对松江颇有影响的客籍人物和“新松江人”。凡在历代地方志书、各类工具书已有记载的古代、近现代人物中有名望者均予收录。当代人物，以中国文联、中国作协、中国社联以及其他国家级协会会员，曾获国家级大奖者，具有文化艺术学科正高级职称者为收录标准。虽无上述条件，但社会上公认成果颇丰、影响或贡献较大者也酌情收录。主要贡献不在人文领域，但在松江历史上，或在国内外有较大影响的松江籍人物则在《总类·民俗卷》予以列传。

五、本辞典对于当代作品的收录标准为刊登于国家一级刊物的作品、国家一级展览的参展作品、获省级宣传文化部门颁发的一等奖以上的作品、由国家出版机构公开出版且有一定影响的作品等。

六、本辞典释文中的自然地名、政区地名均采用当时的称谓，在第一次出现时注明今地名或所处位置。资料以中华人民共和国民政部编《中华人民共和国行政区划简册2020》为准。

七、本辞典纪年表述以1912年中华民国成立为界，之前采用帝王纪年，括注公元纪年；之后采用公元纪年。凡公历年月日用阿拉伯数字表示，夏历月日、帝王纪年用汉字数字表示。

八、本辞典各卷以分类编排，设有类目，类目下设词目。词目按事物的逻辑关系排列。

九、本辞典词目有一事数名的，将其中常见者列为正条，余为参见条。

十、本辞典词目一词多义的，用❶❷❸……分项叙述。

十一、本辞典词目的内容不设上限，下限截至2019年底。重要内容延伸至2020年。

十二、本辞典编纂依据的文献资料，主要为历代史志、碑传、文集、报纸、期刊、家谱、族谱与档案等，同时参考了相关工具书及学术界研究成果，有异说则尽力加以考订，无从考订取舍者诸说并存。因限于篇幅，参考文献及资料来源不逐一注明。

十三、本辞典各分卷前面刊有分类词目表，卷末附有词目笔画索引，以便读者检索。

编写说明

本卷为《松江人文大辞典》中的“文学卷”。卷首设概述，概括介绍松江文学的发展动力、发展脉络和地域特点。

一、本卷设古典文学、现当代文学、文学流派　并称　文学社团、民间文学四个部类。各部类下设若干层次的小门类，各门类的词目按时间顺序或逻辑关系编排。

二、为避免本辞典词目重复设置，凡属戏剧、影视、曲艺类的作家、剧作、著作等词目，按学科的属性归类，列入本辞典“戏剧・影视・曲艺・音乐舞蹈・非物质文化遗产卷”，不在本卷设立词目。

作家主要介绍其在文学方面的情况，其他领域的成就记述从简。

三、本卷词目一词数名的，以常见的为正条，其余的列为参见条。参见条不作诠释，设于正条之后。

四、本卷收录的作家以松江籍人士、出生地在松江和长期定居松江的客籍人士为主，兼收曾寓居松江，对松江文学发展有重要影响者。

本卷收录的文学作品以作者为松江人，或作品的创作地在松江，或作品的主题为描写松江自然风光、人文历史、社会生活的为收录范围。古典文学作品以有文献记载的历代别集和诗集、词集、文集等为收录标准，选择部分诗词、散文名篇作鉴赏性的注释；现代文学作品以在当时产生一定社会影响的为收录标准；当代文学作品以发表于主流文学期刊和由出版社公开出版且有较大社会影响的为收录标准。

作家按生卒年为序排列，其中部分文学世家成员集中排列；凡生卒年不详的作家，按其生活的朝代、年代时间先后为序排列。文学作品按创作发表（刊刻）的朝代、年代时间先后为序排列。

五、松江民间文学的内容极其丰富，本卷设传说故事、民歌两大门类。基本素材主要来自松江民间故事和民歌普查的汇编资料、松江区各街镇编纂的地方志选载的民间故事和民歌。选择在松江具有代表性的、传播面较广、传承历史悠久的民间故事和民歌设为词目。

六、文学流派　并称　文学社团的内容涉及古今，故单独设为一个部类。流派以文学活动地主要在松江、成员大多为松江人且被学术界认定的为立目标准。松江历代作家的并称，以有文献记录的为收录标准。社团内容通合古今，按时间顺序排列，当代校园文学团体殿后。

七、本卷共收词目1407条，配图照203帧。

目　录

作品 / 69

诗文集 / 69

诗文篇名

现当代文学

文学流派 并称 文学社团

民间文学

概　述

一

松江文学源远流长，辉煌璀璨。作为中国文学的一个重要组成部分，它既是中国文学不同发展阶段的鲜明特点在松江一隅的折射与显影，也是松江这座历史文化名城社会政治、经济文化、风俗习惯等独特气质以及文化风貌在文学中的积淀与展现。纵观历史，推动松江文学不断发展演进的原动力，既有来自文学自身的内部演变规律，也有来自文学外部的自然地理环境、政治、经济、文化、教育等综合因素的影响与浸润。松江文学的发展与嬗变，始终与这座城市的产生、发展、繁荣相伴相生、共表共荣。

距今约六千年，松江先民开始在这片土地上繁衍生息，但直到西汉以前，这里还依然是“地广人稀，饭稻羹鱼，或火耕而水耨”的“海域蛮荒”之地。经过东吴半个多世纪的苦心经营，松江地区逐渐开发，特别是随着陆逊等人声望的提高，华亭开始闻名于世，以陆氏、顾氏家族为代表的江东大族随之也在此扎根、崛起。

唐代华亭县建立以前，松江地区长期分属于设在今浙江、江苏境内的嘉兴、海盐、昆山等县，政治、经济一直处于边缘地位，又因地处太湖流域碟形洼地的底部，经常遭受水涝灾害，因此，松江整体社会发展水平不高，经济远落后于中原地区。文学方面，除了西晋的陆机、陆云等个别文学天才之外，就地区的总体文学状况而言乏善可陈。

唐天宝十载（751年）在今上海地区建立第一个县级行政单位华亭县，县治设在今松江城区。唐“安史之乱”后，北方人口大量流入相对安定的江南。宋“靖康之难”后，北方人口再次南迁，华亭县人口增加到近10万户。

华亭县建立后，随着人口增加，土地得到开发，经济、文化等方面发展较快，行政地位也得到了巩固和加强。宋代起，华亭县大力兴修水利，农业生产水平稳步提高，和盐业、运输业一起成为松江地区的三大经济支柱，华亭的经济逐渐赶上并超越了中原地区，成为东南大县，以至“天下仰给东南”。《云间志》称：“华亭为今壮县，生齿繁夥，财赋浩穰。”松江文坛开始留下像梅尧臣、王安石等海内大家品题松江风物、吟咏九峰三泖的诗歌。

元代，黄道婆从海南带回了先进的棉纺织技术，棉纺织业在松江府迅速推广普及。松江在动荡的时局中不断发展，至元末，已成为港口兴盛、航运发达、水网密布、粮棉丰收的富庶之地。明代松江府成为全国棉纺织业中心，“所出布匹，日以万计”，松江布“衣被天下”。随着棉布生产和贸易的兴盛，松江成为明代中国经济最繁荣的地区之一。有“东南一大都会”“苏松财赋半天下”之誉。稳定的社会环境和雄厚的经济基础为元明时期的松江文学提供了极其广阔的发展空间。

清中期，松江作为全国棉纺织业中心和丝织业重要生产基地的经济地位逐渐被上海、苏州所取代。上海开埠后，都市的崛起和太平天国运动对松江的破坏，使松江府迅速没落，人口锐减，作为支柱产业的棉纺织业在西方商品的倾销冲击下，一蹶不振，经济日渐衰微，再也没有恢复到巅峰状态，松江逐渐丧失了地区政治、经济、文化中心的地位。大批具有天赋和成就的松江文学家被吸纳到上海，松江的文学渐显冷落。这些变化不仅在文学上有所体现，也直接影响着松江文学的发展进程和发展高度。

先秦以前，江南民风“皆好勇，好用剑，轻死易发”。唐宋后，随着经济发展和南北文化的交流，日益富饶的江南地区“民生其间，多秀而敏”，社会风俗也完成由“尚武”到“崇文”的巨大转变。松江的文化气质开始变得刚柔并济，文学作品中既有风花雪月，也不乏慷慨悲歌。明代，松江商品经济，特别是棉纺织业高度发达，这里“原泽沃衍，有鱼稻海盐之富，商贾辐辏，故其俗侈”，加上明清之际“我国家文教昌明，士生其间，上之和声鸣盛，耀黼黻之光，否亦闭户著书，垂之永久”。因此，戏曲等通俗文学获得极大发展，成为松江文学异于他地的一个重要门类。

松江自古重视科举文教。宋代华亭建有县学，“学舍整好，什百俱备，学粮租钱视他处为厚”。元代松江城内府、县学并立，并有书院、塾学多处。自宋至清，松江府先后中进士者五百余人，其中有状元五人。明清两代松江府中进士数量为全国他县所不及。昌盛的教育，兴盛的儒学，为松江文学的发展和人才的储备提供了良好的基础。

二

有明确典籍记载的松江文学自魏晋开始。

三国两晋时期，中国文学开始进入“自觉”时代。诗歌取代辞赋成为文学的主流样式；赋在南朝时与文相结合，逐渐发展成骈文、骈赋；散文呈现通脱恣肆之态；文学理论在“文学自觉”的大背景下继续发展。

松江的古代文学经历了漫长的积淀期后，在三国两晋时期开始发轫并走出松江，走向全国。在这一时期，松江文学因为陆机、陆云等文学大家的丰富创作，甫一亮相，即为高峰，不仅在“结藻清英，流韵绮靡”（《文心雕龙·时序》）的西晋文学中具有标志性的领袖地位，而且为松江文学谱写出了辉煌灿烂的精彩开篇。

陆机是西晋太康、元康年间最有成就、最负盛名的文学家，被誉为“太康之英”。他作品多、影响大，博学多能，才冠当世，以其天才秀逸、辞藻华丽的文才，广涉诗、赋、文，多有佳作。他的诗“源出于陈思”，以“缘情绮靡”的准则，将诗歌进一步推向文人化、贵族化倾向，引领了华丽雅致的诗风，促进了诗歌向格律体的进展，是古诗向近体诗发展的重要开启者之一；他的散文《辨亡论》等析理精密、层次繁复，是西晋议论文的代表；他是骈文的奠基者，骈文在陆机手里得以真正定型，《叹逝赋序》《豪士赋序》《吊魏武帝文》等作，以情带理，是西晋骈体文的典型代表；他的《文赋》不仅文辞华美，而且极大地开拓了赋的表现领域，堪称那个时代文学理论的重要收获，表明中国古代文学理论已经进入了一个更高的阶段，被郑振铎评为“那是以赋体来论文的一篇伟大的东西”，更是我国第一篇系统的创作论，是中国古代文论的重要文献。

与陆机并称“二陆”的陆云，“虽文章不及机，而持论过之”，他率先提出的“清省”审美要求，在当时更是难能可贵。“二陆”的文学创作成为松江文学史的辉煌肇端。

唐诗与宋词是中国文学史上两颗璀璨的明珠。唐代把我国诗歌艺术推向了高峰。宋代，萌生于唐的词体至此大盛。二者交相辉映，共同创造了中国文学史上罕见的壮观景象。

从西晋“二陆”光耀文坛之后，松江文学陷入了长达近七百年的沉寂。唐宋之际，除了船子和尚等少数本土文人，以及张聿、唐询、李纲、许尚、凌岩、卫宗武等为数不多的流寓文人曾在松江创作外，一直没有出现闻名全国的文学大家。不过，襟带江海的华亭县社会相对安定，吸引了陆龟蒙、皮日休、梅尧臣、王安石等众多文学大家的关注，留下了众多吟咏松江风物的诗篇。

元代是中国文学史的兴盛期。诗、文、戏曲等各种文体均有较大发展与收获。元曲和唐诗、宋词并称，成为“一代之文学”；小说出现崭新面貌，步入重要发展阶段；诗文追求复古，风格自成面貌。概而观之，元代文学“上足以嗣响唐宋，下也无惭于有明”（吴梅），无愧于“第一流之文学”（胡適）。

元朝末年，天下大乱，北方赤地千里，东南满目疮痍，松江因地处海隅，受害较少，社会相对比较稳定，成为众多文人士大夫远兵避祸、退身隐居、安身立命的首选之地。总体而言，有元一代，特别是元代末年，随着经济的发展、文人的聚集、文教的兴盛，闻名全国的大艺术家赵孟頫、大诗人杨维桢、大学者陶宗仪等文坛领袖人物长期寓居此地，松江流寓文人与袁凯、夏庭芝、邵亨贞等本土作家广泛交流，中原文化与吴越文化交相融汇，松江文学以其独特的文化生态，作为一股重要的文学力量，开始在江南乃至全国再次兴盛。

杨维桢与陆居仁、钱惟善合称“元末三高士”，他诗文俊逸，名重一时，有“文章巨公”“文中之雄”“第一诗宗”之誉。作为元代诗坛领袖，杨维桢师法汉魏，融合杜甫、李白和李贺等诗风，务求新奇，奇想联翩，号铁崖体或铁体，名噪一时。他的古乐府、竹枝词、香奁体诗歌都个性鲜明，独具特色，独领风骚四十余年。他的散文上追秦汉，文风雄健，有些传记文吸纳小说笔法，艺术性极强。杨维桢除创作之外，更是讲学授徒，积极组织和参与“玉山雅集”“应奎文会”等文学活动，成为文坛的精神领袖，维持着有元诗脉的绵延不绝。杨维桢长期寓居松江，自言“在九峰三泖间二十余年”，在华亭开馆授业期间，他门下弟子多达百余人，得意弟子有“八骏”之称，袁凯、朱芾、管讷、陶宗仪等皆为其门生，一时间“海内缙绅、东南才俊造门纳履者，殆无虚日”。

陶宗仪隐居南村，所著《辍耕录》记载元代典章制度、逸闻轶事、戏曲诗词、风俗民情、农民起义等，保存了大量元史资料，作品在艺术上也多有可称之处，书中记录的《松江谣》《不平诗》《奉使来谣》等民间歌谣和戏曲资料尤为珍贵。

明代文学上承宋元，而又自具特色。横向比较，以小说、戏曲等为代表的叙事文类在明代蓬勃发展，成就卓越；以诗、文为代表的雅文学以复古思潮为主脉，流派纷呈，往复论争，二者之间相互影响，相互渗透。纵向比较，明代文学发展具有明显的阶段性特点，前期从台阁文风绵延相续，到前后七子崛起；中叶以后，商品经济繁荣，市民阶层壮大，文学面貌发生划时代的变化，特别是隆庆至崇祯年间，在汹涌澎湃的“主情”思潮中，晚明文学呈现出其特有的风貌。

明代松江府是闻名海内的天下名郡，粮棉充足，航运发达，市镇林立，已经出现多样化、商品化、专业化的经济结构雏形。受惠于繁荣的经济基础，华亭县文化、教育长足发展，世家大族人才辈出、文脉相续，著作典籍、名家大作代有迭出，文学观念、文学理论交相辉映。此时，松江地区，不仅吸引了全国知名的文学大家在此驻足流连，袁凯、何良俊、陈继儒、董其昌、宋懋澄、施绍莘、张鼐、陈子龙、夏完淳等松江本土作家更是以整体性的创作实力和各自鲜明的创作风格、创作体裁、文学观念、创作成就，进一步向全国文学汇合，并在全国文坛具有了举足轻重的地位和影响。特别是隆庆、万历以后，经过二百余年的积累、探索，和与其他地域文学的交流、融会，松江地区云间诗派、云间词派、云间曲派、几社等众多文学流派、文学社团纷纷涌现。

云间诗派汇集了松江府境内以著姓望族为基础的带有乡邦文化特点的重要创作力量，形成了人数众多、蔚为壮观的创作集群。他们的创作内容丰富多彩，题材多种多样，体裁兼备众体，集明代复古文学之大成，兼具强烈的时代精神，在17世纪中、后叶的六十多年间，在全国范围内产生了深远而巨大的影响。

云间词派在明末名家辈出，崛起江南，以陈子龙为首的一众词客，远承晚唐五代北宋，上接风骚，“境由情生，辞随意启，天机偶发，元音自成”，对阳羡词派、浙西词派、西陵词派三大词派产生了重要影响，“遂开三百年来词学中兴之盛”。

诗、词之外，以宋存标、宋徵璧为代表的云间曲派在理论上高扬“骚雅”旗帜，提倡“香草美人”的手法，并将这一理论主张贯彻到创作实践之中，在散曲特别是咏物散曲的创作上取得了较高成就，在明清之际的曲学理论和创作发展史上占有重要地位。与明末复社并驾齐驱的几社，在松江切磋古文时艺，与复社一道掀起并推动了明代第三次文学复古思潮，以至吴伟业有“天下言诗者辄首云间”之谓。这些文学流派和文学团体，以其鲜明的地域特色和独立成熟的文学主张、文学观念，凭借举足轻重的创作实绩，以整体性的文学面貌，得一时风气之先，甚至一定程度上影响了全国文学的发展进程。至此，厚积薄发的松江文学，终于走上蔚为壮观的文化巅峰。

明代松江文学家在全国享有盛名的不在少数。因赋《白燕诗》闻名的袁凯，诗风浑厚而含蓄，高妙自然，野逸玄澹，有独到意境，颇受诗论家的推崇，有“国初诗人之冠”之称。何良俊的曲学研究为当时及后世学者所推重，他提出的“宁声叶而辞不工，无辞工而声不叶”的观念开沈璟“格律”说之先声；他的《四友斋丛说》是研究明初至嘉靖时社会与文化状况的重要资料，对南京、松江等地的情况所记尤详；《何氏语林》为明清“世说体”小说开山之作。陈继儒和董其昌在书画之外，精于小品文创作，作品均列入《皇明十六家小品》。“山中宰相”陈继儒“工诗善文，短翰小词，皆极风致”，小品文更是清新可读。董其昌在文学上除了小品文创作，其文学理论是他浸润于各个艺术领域后融会贯通的重要成果，诗论兼具儒家、道家，禅学、心学于一身，是晚明多元思想体系在文学上的重要反映。宋懋澄“文章峻拔，尤工尺牍及稗官家言”，《九籥集》中的文言小说取得了很高的成就，对冯梦龙《三言二拍》、蒲松龄《聊斋志异》影响极大。施绍莘一生所作以词和散曲著名，有《花影集》五卷行世，吴梅村称明代散曲“要以施绍莘为一代之殿”。

明代松江文学最为值得骄傲的是晚明的陈子龙和夏完淳师徒二人，他们不仅是慷慨悲歌的民族英雄，也为明末诗坛奏出了最后的强音。陈子龙有明季殿军之誉，是几社最优秀的诗人，也是明代卓有成就的词人。他诗赋古文取法魏晋，尤精骈体，吴伟业赞其“诗特高华雄浑，睥睨一世”，对明末诗坛乱象纠偏之功甚大。他的词早期妍丽蕴藉，国变后多凄怨悲楚之音，与李雯、宋徵舆合称“云间三子”，开创云间词派，不仅起明代词风之衰，而且为清词的振兴“导夫先路”。此外，在国事日非的情况下，更难能可贵的是他颇注意经世致用之学，编纂《皇明经世文编》，整理编辑徐光启的《农政全书》，对乡邦文献也多有编纂整理之功。

夏完淳一生虽然只活了十七年,但他诗文俱佳,是明末重要的诗人和散文家。他一生著有《玉樊堂集》《夏内史集》《南冠草》《续幸存录》等作,被屈大均称为“天地之所赖以长存,日月之所赖以不坠,江河之所赖以无穷,乃在一成童之力”的人物。

清代文学是中国古代文学的殿军。有清一代虽然没有创造新的文体,但在继承前代文学传统的同时,对此前的所有文体进行了全面的融合与贯通,各类文体在此时都出现了复兴,形成了一种前所未有的集大成式的文学景观。

清顺治初年,清兵南下,血洗松江,使繁华的松江府人口锐减,经济凋敝。加之清初统治者的高压政策和不断发生的文化钳制事件,松江的经济社会和文化教育发展一度陷入停滞。此后,随着清政府政策的调整,经济社会逐渐呈现恢复与发展的态势。

与清代松江经济、政治中心地位的逐渐旁落相对应,松江古代文学在走过了明代的全面兴盛以后,在清代也开始盛极而衰,日渐滑坡。自清前期开始,云间诗派、云间词派由活跃而逐渐沉寂;康乾以后,松江除了为数不多的几个学者型诗人和散文家,并未再次出现有影响的诗文大家。清中叶后的松江文坛,虽不乏优秀之作,但总体而言较为沉寂,唯有以长篇小说《海上花列传》为代表的小说创作和戏剧文学仍然继续发展,给清代松江文学增添了亮色。

清末和民国时期,松江文学又重新出现群星璀璨的局面,出现了韩邦庆、陈景韩、姚鹓雏、朱鸳雏、郭友松、浦江清、何公超、赵家璧、朱雯、施蛰存、罗洪等一大批在全国具有影响的报人、学者、作家。他们在近现代文学的巨大转型和变化中,在上海急速发展的商业大潮下,用“无松不成报”的口碑赞誉和数量众多的小说散文、报章文学、翻译作品、文学评论和研究,为近代现松江文学的发展描绘出崭新的面貌。

韩邦庆的长篇小说《海上花列传》开优秀吴语小说之先河,亦为写实派狭邪小说之滥觞。鲁迅《中国小说史略》称“自《海上花列传》出,乃始实写妓家,暴其奸谲”,“虽责善于非所,而记载如实,绝少夸张,则固能自践其‘写照传神,属辞比事,点缀渲染,跃跃如生’之约者矣”。《中国小说史》推之为“清之狭邪小说”的压卷之作。陈景韩开创大报附登小说之先河,先后在《时报》发表《福尔摩斯来华侦探案》《销金窟》《土里罪人》《火里罪人》《白云塔》《虚无党》等著译小说。姚鹓雏是南社骨干,被誉为南社“四才子”“四大将”,以诗文、小说擅名,无论是撰译,还是批评,他在民初文学界都有很大影响,是一位值得重视的名家。朱鸳雏与姚鹓雏、闻野鹤并称“云中三杰”。施蛰存在20世纪30年代,开始自觉运用心理分析、意识流、蒙太奇等各种现代主义的文学技法,深入细致地表现人物的潜意识及性心理,尤其擅长书写大都会男女两性关系中复杂而微妙的精神活动,现代主义特征显著,被认为是“新感觉派”的主要代表作家。20世纪50年代起，他又致力于古典文学的教学研究和外国文学译介，校点《陈子龙诗集》，出版《唐诗百话》，主编《中国近代文学大系·翻译文学集》，著作等身，泽被学林。此外，朱雯、罗洪的小说创作，何公超、贺宜的儿童文学创作，浦江清、闻宥的文学研究，赵家璧、朱雯、草婴的外国文学译作也都负有盛名。

1949年中华人民共和国成立后，松江当代文学进入了崭新的发展阶段。从民国走来的旧文人和在红旗下成长起来的文学新人共同成为松江文学创作的主体。古诗词、白话诗、小说、戏剧、散文、儿童文学，乃至民歌等各种题材都有涉及。从发展历程来看，“文化大革命”前后，鲜有有分量的作家和作品。粉碎“四人帮”后，松江文学又重新焕发了勃勃生机。特别是随着一批来自五湖四海、大江南北的文学工作者扎根松江，他们成为松江文学发展的强劲力量。松江文联、松江作协成立后，创办了文学刊物，《松江报》开设文艺副刊，为本地作者发表作品提供了园地，直接推动了松江当代文学的发展。

三

松江文学作为中国文学的一部分，既有其符合中国文学发展的规律性，也有其自身所特有的地域特色。

（一）与时俱进，逐世趋新的文体嬗变

与全国文学发展相类似，松江文学在总体发展态势上呈现出极不均衡的特点。从文体上看，诗歌不仅是松江文学史中历史最久远，也是持续时间最长的文学种类。《松江诗钞》谓“松江固诗国”“云间固南国之诗祖”，从“二陆”的诗歌创作到“云间诗派”“云间词派”，再到现当代的诗歌创作，松江的诗歌长河绵延相续，从未断流。此外，从文学种类看，有两个现象值得关注。一是与其他文学门类相比，松江的戏剧创作、批评源远流长，成就卓著。从夏庭芝的《青楼集》到陶宗仪的《南村辍耕录》、何良俊的《四友斋丛说》等戏剧理论著作，到以钱霖、黄图珌、张照等为代表的蔚为大观、影响巨大的明清戏剧作家群体，再到当代以文牧、徐林祥、陆军等为代表的在全国有影响的剧作家队伍，为松江“戏剧之乡”作了生动的注脚。二是松江的文学艺术理论批评研究历史悠久、著述丰赡。但小说创作，特别是长篇小说创作，在民国以前，除了韩邦庆《海上花列传》、郭友松《玄空经》外，鲜有在全国有巨大影响的作品。

从纵向的年代分析，松江文学有的朝代相对繁荣，有的朝代则相对衰微。若按袁行霈先生“三古七段”的中国古代文学史断代方式，整体上看，松江上古期先秦两汉文学几近阙如；中古期松江文学自西晋“二陆”发端，被称为松江文学史上的第一个高峰。

此后自东晋至唐、宋经历了漫长的低潮和孕育，特别是在唐诗宋词极度兴盛的唐、宋两朝，除少数吟咏松江风物的零星诗作外也乏善可陈。元末明初，松江文学开始崛起，以杨维桢为领袖的一批文坛巨匠云集松江，寓居松江的外籍文人和松江本土文人共同打造了松江文学史上的第二个高峰。近古期松江文学，稳扎稳打，堪称绝唱。自明正德末以来，松江文学诗、词、戏曲、文言小说、小品文，诸体并陈，并行不悖，特别是以陈子龙为代表的晚明云间派文学大放异彩，创造了松江文学史上的第三个高峰。此后，松江文学逐渐走入低潮，特别是上海开埠以来，由于大都市巨大的人才"虹吸效应"，松江近现代文学整体上与近在咫尺的文学中心上海，出现巨大的落差。

（二）家国天下，铁肩担道的浩然正气

深沉的家国情怀一直是涌动于松江文学内心的一个重要特点。自"二陆"及至近现代，松江文人中有无数像陆机、陆云、陈子龙、夏允彝、夏完淳、徐孚远、李待问等深受儒家思想影响，且学问深厚、品格高尚、爱国爱乡的著名文学家。李纲的散文议论国家大事，陈述抗金策略，雄深雅健，义正词严，表现了一个爱国民族英雄的气概。明末，陈子龙"忧时托志"，以笔为刀，把忧国忧民的文人情怀和深沉愤激的沉郁感情、壮怀激烈的民族气节倾注于笔端，形成了高迈雄浑、悲壮激昂的特有风格，抒写了国破家亡的一腔悲愤，发出了晚明一个时代的最强音。陈子龙的弟子夏完淳在父亲和老师先后殉难且自己被捕后，发出"天下岂有畏人避祸的夏存古"的壮烈高呼并写下名作《别云间》，以表达他永别故乡的依恋之情和抗清斗志的坚强信念，洋溢着强烈的爱国情感。故此，游国恩称其为"一位少年爱国英雄""一个杰出的作家"。柳如虽身为女子，但"其志操之高洁，其举动之慷慨，其言辞之委婉而激烈，非真爱国者不能"，令无数男子汗颜。民国时，松江报业发达，有"无松不成报"之说，《申报》史量才、陈景韩、张叔通、张蕴和等主编、主笔，都是著名的爱国之士。《申报》总经理史量才说："人有人格、报有报格、国有国格，三格不存，人将非人，国将不国！"《申报》主笔陈景韩，主张以爱国爱民、独立不偏为立场，以"确、建、博"三字为办报要点，发布真实可靠的新闻和明白公正的评论，成为舆论权威。现当代作家罗洪的小说多以抗日救亡为题材，描写了"孤岛时代"和沦陷区人民的苦难，讴歌了爱国青年的抗日斗志，被称为"真正的小说家"。

（三）江山之助，九峰三泖的水土滋养

文学风格与特定地域风物征候之间有着直接而明显的联系。乡贤董其昌曾说："诗以山川为境，山川亦以诗为境。"大自然的一切景象，历史留下的一切遗迹，都是启发作家文思泉涌、不断创作的宝库。云间大地，九峰三泖"负海枕江，水环山拱"，这里"原

泽沃衍，有鱼稻海盐之富，故其俗侈。有康僧会、船子、夹山之遗踪，故尚佛。有金山、柘湖之灵迹，故信鬼神”。松江的山林原野、江流山峦、一草一木，滋养了历代作家笔下的文字。陆机的《怀土赋》，唐询的《华亭十咏》，许尚的《华亭百咏》，唐宋文人笔下的“二陆”遗迹、云间风物，《南村辍耕录》等笔记里的松江故事、历史掌故，郭友松《玄空经》里的本地方言，施蛰存等近现代学人对桑梓文人的研究推崇，这些都离不开“景”的触动、“情”的刺激。正因松江九峰三泖的绝美风光，才引得历代名士云集、墨客踵至，如杨维桢、陶宗仪等人，长期在此隐居创作，写下不少传世文字。“夫山川光岳之气势磅薄而郁积，必有所待而后兴”，在文人关注自然的时候，松江的“山川灵境，必藉文章以传”，源自松江山川人文的文学典故、文学意象，如“莼鲈之思”“华亭鹤”“黄耳犬”“四鳃鲈”等也早已有赖于文人妙笔，走出松江，享誉文坛。

（四）诗画同源，笔墨雅趣的情思浸润

松江不仅文学昌盛，也是久负盛名的书画之城。明张弼《三事赞并序》云：“三事者何？诗也，字也，棋也。吾郡素有‘诗窠、棋囿、字仓场’之谚，余欲成其美也，爰为之赞：郡城东闉，俗阜且文。篇章涌雾，翰墨屯云。”举凡园林、戏曲、绘画，与文学横向并列的艺术门类在松江都有丰厚的土壤和积淀。不同艺术门类和各个门类的艺术大师，往往与松江的文学家有着横向的交叉关系。陆机、陆云本身是优秀的书法家，陆机的《平复帖》更有“祖帖”之称；“云间画派”的集大成者董其昌本身是晚明重要的小品文作家，他的作品被收入陆云龙选编的《皇明十六家小品》；赵孟頫不仅诗歌成就卓著，同时也是元代著名画家和楷书四大家之一；夏庭芝、何良俊、董其昌、徐阶等除文学之外，都蓄有家庭戏班，用于自娱和交际；陈继儒、莫是龙、张之象、赵左等也都是文学和书画兼通的艺术家，只是他们的诗文长期以来为画名、书名所掩，而未能得到应有的重视。

（五）诗书传家，世族闺秀的群体繁盛

文学世家因其人数众多和先天的“亲缘”“学缘”关系，极大地推动了地域文学的发展。松江文学世家自“二陆”后绵延相续，此起彼伏。陆机《吴趋行》自云：“八族未足侈，四姓实名家。”左思《吴都赋》谓之“其居则有高门鼎贵，魁岸豪杰，虞、魏之昆，顾、陆之裔”。明清两代，松江城内甲第相望，望族故家科第仕宦，人才辈出。“大江以南，几于家灵珠而户昆璧，而松江为尤盛。若张溪之王，林塘之张，以及近世述庵、耳山、璞函诸公卿，比肩接迹，以文章华国。”明清两朝，松江出现了陈子龙、张弼、宋懋澄、冯恩、徐阶、陆树声、莫如忠、夏允彝、潘恩、何良俊、陈继儒、李雯、董其昌、周茂源、蒋平阶、黄图珌、张照等几十个文学家族。“二陆”（陆机、陆云）、“二何”（何良俊、何良傅）、“二夏”

(夏允彝、夏完淳)、“大小宋”(宋徵璧、宋徵舆)这些兄弟、父子的并称,在家族传承的过程中,有技艺的授受,也有“诗是吾家事”的精神接续。文学世家中,领袖人物的成功与其良好的家学秉承、浓烈的文学氛围熏染,以及广泛的文学交游密不可分。而且,世家大族之间又往往姻亲交织,此衰彼兴,不仅成为松江文学的一个重要特征,也是松江文学持续发展的重要原因。

松江的文学世家还培养出一大批优秀的女性文学家。如华亭张本嘉家族王凤娴与张引元、张引庆母女多有诗文唱和,结集为《焚余草》《双燕遗音》等集;夏允彝家族夏淑吉、夏惠吉姊妹颇多唱酬,有《龙隐遗草》《龙隐斋诗集》《玉樊丙戌集》等著作。此外,管道昇、柳如是、徐媛、曹鉴冰等杰出女性文学家,不仅娴于诗词创作,在戏曲、书画等方面都有着令人惊艳的表现。诚如罗时进所言,“才女文学”的兴起,“从客观方面来看,是江南人文繁兴、文化发达的环境影响所致,也是自明代以来江南文化家族之间为了家族利益盘根错节地通婚联姻的自然结果;从主观方面看,它反映出江南知识阶层传承和发展文化的使命感和自觉性”。

(六)切磋琢磨,南北荟萃的文化交流

文学和人一样有其自身的地域性格。单纯从地理位置看,松江文学属于江南文学系统。但由于悠久的移民文化传统和海纳百川的城市性格,松江文学在江南文学特性之外,一直受到北方文学的浸染和影响。松江的广富林文化是由最早的北方移民和本地土著共同创造的辉煌文明。松江文学的三次高峰,也几乎都与北方移民文化、江浙流寓文化有着千丝万缕的联系。“二陆(陆机、陆云)入洛,三张(张载、张协、张亢)减价”,松江文学的辉煌开端,来自“二陆”与北方文坛的广泛交流。唐宋元三朝,北方的许多文化世族南迁松江,四方名流汇聚于此,松江本土文化与外来文化互相融合,彼此促进。大量移民的进入推动了松江经济的发展,也催生出元代松江文学的第二次高峰。

松江文学在与北方文化、江浙文化名流学习借鉴中不断发展。寓居松江的文学艺术大家赵孟頫、杨维桢、陶宗仪等都曾引领过松江的文风,特别是杨维桢“吴越诸生多归之,殆犹山之宗岱、河之走海,如是者四十余年乃终”。明代,陈子龙、陆深、董宜阳、宋懋澄、宋徵舆、董其昌、何良俊等这些北方南渡士人的后裔已经成为松江文坛的主力。此时,“前后七子”力倡主导的结社之风日渐兴盛,“社盟之习,所在多有,而江南之苏、松,浙江之杭、嘉、湖尤甚”,陈子龙、夏允彝、徐孚远、何刚等所倡的几社中也不仅只有松江人还有很多江浙人。清代,松江的文人结社之风承继前朝,文会诗社延续着传统的文人雅集、赠答酬唱等形式,起到了很好的文化交流、教育、普及功效,延续了松江文脉。正是因为松江文化的开放性、包容性,松江文学才得以在与其他地域文学的互相交流中,

彼此促进，不断提高。

（七）妙达文理，批评鉴赏的理论指导

在松江文学史中，文学理论和文学批评一直是其重要的组成部分。松江文学史从“二陆”开始，就以善于思辨与总结的特色和对于文艺、文学理论的极度关注，影响了整个江南乃至中国古代美学思想史和文学理论批评史。陆机的《文赋》基本上摆脱了以文学政教功能论为核心的传统模式，而是以文学创作论为论述重心，建立了新的文论模式。它是我国文学史上最早采用“赋”的体裁写成的文学理论著作，是我国第一部探讨美学和文学艺术创作规律的专著，也是文学理论史上第一篇系统的创作论，对后世文学创作与理论的发展，都产生了重要影响，具有划时代的意义。陆云主张“文章当贵经绮”，又率先提出“清省”的审美要求，也有开创之功。元明以后，松江文学理论和文学批评名家辈出，何良俊的戏曲理论，赵孟頫的艺术思想，董其昌的“南北宗论”，陈继儒的戏曲评点，陈子龙的词学思想，直至近现代的浦江清、赵家璧、施蛰存、余冠英等人的文学理论研究都为中国的文学发展做出了不可磨灭的贡献。在松江文学史上，文学理论、文学批评既有悠远的历史又有一以贯之的优势，正是由于这些开一代之先的理论的滋养，促进了松江文学的蓬勃发展。

古典文学

作　家

【陆机】(261—303)　西晋文学家。字士衡，吴郡吴县华亭(今上海松江)人。祖陆逊、父陆抗皆三国东吴名将。幼秉家学，少有异才，以能文见称。十四岁父故，袭职为吴牙门将。吴亡，与弟陆云退居乡里，闭门勤读十年，才思益进。慨吴之亡，作《辩亡论》，又作文学论文《文赋》。太康十年(289年)，陆机与弟陆云入洛阳，文才倾动一时，时称"二陆"，有"二陆入洛，三张减价"之说。受太常张华器重，称"伐吴之役，利获二俊"，荐于当道。任祭酒，累迁太子洗马、著作郎。吴王司马晏出镇淮南，以机为郎中令，迁尚书中兵郎，转殿中郎。惠帝永康元年(300年)，赵王司马伦自立为皇帝，任机为中书郎。次年司马伦被诛，齐王司马冏治机罪，经成都王司马颖营救，获释，任平原内史，世称"陆平原"。太安二年(303年)成都王司马颖讨伐长沙王司马乂，任机为后将军、河北大都督，率军二十万攻洛阳。战于河桥，兵败。司马颖听信谗言，责机罪，陆机临刑遇害时慨叹："华亭鹤唳岂可复闻乎?"陆机在文学上擅赋、诗、文，与西晋文学家潘岳齐名，并称"潘陆"。时人谓"潘文浅而净，陆文深而芜""陆才如海，潘才如江"。《文心雕龙》谓："潘岳敏给，辞自和畅"，"陆机才欲窥深，辞务索广，故能入巧，而不制繁。"陆机诗以华美深密见称，精于炼词写景，其重排偶的倾向对后人影响颇大。有较多拟古之作。被钟嵘《诗品》誉为"才高词赡，举体华美"，称陆机为"太康之英"。善文章，"思想内容比诗、赋更为充实，时有峭健之笔"(《中国大百科全书·中国文学卷》)。骈文《辩亡论》《吊魏武帝文》等知名。《文赋》为古代重要的文学论文，阐述艺术构思与生活关系，探讨创作中的灵感问题，提出"诗缘情"说，刘勰的《文心雕龙》不少地方受其启发。陆机著述甚富，有诗集十四卷、《吴书》五十卷、《晋纪》四卷、《洛阳记》一卷、《正训》十卷、《要览》三卷等，皆散佚。今存宋人辑本《陆士衡集》十卷、明张溥《陆平原集》。传华亭县城普照寺旧址(今松江区第二行政中心东南角)为陆机旧宅，后人曾在寺西筑二陆祠，久已废。今松江小昆山上有二陆读书台遗址，山后有二陆故居。

陆机

【陆云】(262—303)　西晋文学家。字士龙，吴郡吴县华亭(今上海松江)人。祖陆逊、父陆

陆云

抗皆三国东吴名将，陆机胞弟。自幼聪颖，五岁能读《论语》《诗经》，六岁能文章，十六岁举为贤良。晋太康十年（289年），与陆机一起入洛阳。在张华家遇名士荀隐（字鸣鹤），张华要求两人交谈“勿作常语”。陆云自我介绍：“云间陆士龙。”荀隐则答：“日下荀鸣鹤。”“云间”从此成为松江的别称。元康元年（291年），出为浚仪令，有政绩，下不能欺，市无二价，断案明察，一县称神明。郡守嫉妒其才，屡屡遣使者训责，陆云于是辞官。与兄陆机同被吴王司马晏任为郎中令。后机、云皆投成都王司马颖。永宁二年（302年）春，出任清河内史，世称“陆清河”。当年夏，转大将军司马。司马颖讨伐齐王司马冏，以云为前锋都督。战事结束，拜为右司马。太安二年（303年）司马颖发兵讨长沙王司马乂，以陆机为都督。陆机兵败于河桥，被司马颖所杀，陆云同时遇害。工诗文，精《老子》，喜谈玄，与兄齐名，时称“二陆”。为文清省自然，旨意深雅，语言清新，感情真挚。《与兄平原书》三十五篇论文，具史料价值，有好见解。《晋书·陆云传》称：“虽文章不及机，而持论过之。”于文学理论有研究，主张“文章当贵经绮”，开六朝文学的先声。诗多四言，颇重藻饰，以短篇见长。著有诗文三百四十九篇，《新书》十篇、《陆子》十卷、《棋品序》一卷。宋人辑《陆士龙集》十卷、明张溥辑《陆清河集》十二卷行世。

【船子和尚】（生卒年不详，9世纪上半叶前后在世） 唐僧人、诗人。法名德诚，唐末遂州（今四川遂宁）人。自幼出家，师从澧州（今湖南澧县）药山惟俨禅师。尽道三十年，与道吾、云岩离开药山。道吾入京口（今江苏镇江）鹤林寺。德诚到秀州华亭（今上海松江），飘然一舟，泛于华亭与朱泾之间。行不离舟，舟不离人，时人莫测其高深，称其为“船子和尚”。僧人善会，去京口鹤林寺向道吾求教，道吾令其参谒德诚。传道间，德诚将其三次打入水中，在沉浮起落间善会突然大悟：有无不二，起落不二，一切事物皆为相对，无不为此。拜别时，善会再三回头，似有难舍之情。德诚立于船头，大声曰：“汝将谓别有耶？”曰毕，倾覆小舟，自溺而亡。德诚用生命向善会开示生死不二的法门真谛。唐咸通十年（869年），僧藏晖在德诚覆舟岸侧建法忍寺（在今上海金山朱泾镇西林街），俗称“船子道场”。留有《船子机缘集》，内有拨棹歌三十九首，元、明间均有刻本，1987年编入“上海文献丛书”由华东师大出版社出版，施蛰存作序。

船子和尚

【陆龟蒙】（？—881） 唐文学家。字鲁望，自号江湖散人、天随子、甫里先生，苏州吴县（今江苏苏州）人。自幼聪颖，高傲豪放，精通六经大义，尤明《春秋》。善属文，显于三吴。曾举进士业，不第，不再应试，隐居松江甫里。咸通十年

陆龟蒙

梅尧臣

(869年)崔璞就任苏州刺史,皮日休为郡从事,龟蒙与之交游,留有唱和诗作三百余首,由龟蒙编定,名《松陵集》。一生勤于撰述,嗜茶好酒,不与流俗结交,唯好放扁舟,挂篷帆,携书籍茶壶笔墨钓具,泛于太湖中。乾符四年(877年)郑仁规任湖州刺史,龟蒙前往投靠。不久,仁规被罢免,龟蒙亦返回故里。诗、文、赋皆长,与皮日休齐名,世称"皮陆"。为文强调寓"惩劝之道",古诗受韩愈影响,小诗有平淡真切可诵者,小品文《野庙碑》《小鸡山樵人序》《记稻鼠》等抨击丑恶现实,充满抗争性。鲁迅称其小品文在唐末"放了光辉"(《小品文的危机》)。著有《吴兴实录》四十卷、《松陵集》一十卷、《笠泽丛书》五卷、《小名录》三卷。《耒耜经》一卷是后人从《笠泽丛书》中录取别编。宋人叶茵辑《甫里先生集》二十卷。

【梅尧臣】(1002—1060) 北宋诗人。字圣俞,世称宛陵先生,宣州宣城(今安徽宣城宣州)人。与华亭文坛多有交集,留有唱和之作及吟诵华亭的诗作。庆历四年(1044年)归宣城途经华亭,有《过华亭》诗,途经青龙镇,有《青龙镇观海》诗。十一年后再游华亭,见渔民于惊涛中捕鱼,作《时鱼》诗。华亭知县唐询有《华亭十咏》,梅氏有《和唐询〈华亭十咏〉》组诗。少时即能诗,及长与欧阳修并称"欧梅"。艺术上注重诗歌的形象性,意境含蓄。提出"状难写之景如在目前,含不尽之意见于言外"的艺术标准。诗作题材广泛,有关怀农民命运、关心国事等方面,表现对守旧、腐朽势力的憎恨,还有不少山水风景诗。著有文集四十卷,已佚。传世作品有《宛陵集》六十卷、《梅氏诗评》一卷,另有《毛诗小传》二十卷、《唐载纪》二十六卷。《全宋诗》录其诗三十一卷,《全宋词》录其词二首,《全宋文》收其文二卷。

【唐询】(1005—1064) 北宋诗人。字彦猷,钱塘(今浙江杭州)人。宋天圣年间(1023—1032)赐进士及第。授工部员外郎,升起居注、知制诰,出知杭、苏、青三州,进翰林侍读学士。召还,主管三班院,判太常寺,进给事中。去世后追赠礼部侍郎。景祐元年(1034年)任华亭(今上海松江)县令,凡两年。任上,游遍本埠历代古迹名胜,有《华亭十咏》留世,分别为《顾亭林》《寒穴》《吴王猎场》《柘湖》《秦始皇驰道》《陆瑁养鱼池》《华亭谷》《陆机宅》《昆山》《三女岗》。前有自序,每首诗前有题记,王安石、梅尧臣等留有和诗。著有文集三十卷,已佚。其诗今存《杏花村集》一卷,收入《两宋名贤小集》。好蓄砚,著有《砚录》三卷,今存一卷。《全宋诗》录其诗十七首,《全宋文》收其文五篇。

【陈舜俞】(?—1075) 北宋文学家。字令举,湖州乌程(今浙江湖州)人。曾闲居华亭(今上海松江)白牛村,常骑白牛往来风泾(今上海金山枫泾),自号白牛居士,后其所居塘市皆以白牛名(松江新浜白牛塘水名留存至今)。庆历六年(1046年)进士。嘉祐四年(1059年)复举制科第一,授著作佐郎,签书寿州判官。熙宁三年(1070年)知山阴县。以不奉行"青苗法",被贬为责监南康军盐酒税。少时受学于胡瑗,及长师欧阳修,与司马光、苏轼等为友。博学强记,为文宗尚古文。学欧阳修、司马光,素有经世之志,集中策论逾万言。《四库全书总目》称其诗"气格疏散,皆自抒胸臆之言"。苏轼称其"学术才能兼百人之器,慨然将以身任天下事"。其文率直朴实,语言明晰。其诗大半为谪后所作,皆自抒胸臆;文则论时政者居多,其中"三上英宗书"及"谏青苗一疏"尤为知名。蒋之奇称"大者则以经世务,极时变;小者犹足以咏情性,畅幽郁"(《都官集序》)。现存诗多为贬谪后所作,《骑牛歌》记述罢官赋闲之冷落,《双溪行》描写流落多年歌妓的境遇,《贫女曲》借贫女"不肯出门羞失身"暗喻自己坚守节操,均表达出真情实感。诗文著述在身后由其女婿周开祖编为《都官集》,明代已佚,清《四库全书》馆臣从《永乐大典》中辑出诗文,编为《都官集》十四卷。另有《治说》十卷。《全宋诗》录其诗四卷,《全宋文》收其文十一卷。

陈舜俞

【朱之纯】(生卒年不详) 北宋文学家。自号谷阳先生。秀州华亭(今上海松江)人。宋元祐六年(1091年)进士,以文名于时。归老华亭西湖,在谷阳园湖心筑小书房,名"谷阳园湖斋",留有《自题谷阳园湖斋》诗。有诗文集传世。

【李甲】(生卒年不详) 北宋诗人、画家。字景元,自号华亭逸人,华亭(今上海松江)人。哲宗元符年间(1098—1100)为武康令。善画翎毛,有意趣,兼工写竹。苏轼尝为其画竹题诗。能诗词,小令名闻于时,大多为怀所欢、忆旧游之作,风格接近柳永。《全宋词》收其词九首,《全宋诗》录其诗三首。

【李行中】(生卒年不详) 北宋诗人。字无悔,霅川(今浙江湖州吴兴)人,徙居华亭(今上海松江)。不仕,以诗酒自娱,海内多君子之交,与苏轼、黄庭坚等有书信往来,诗词唱酬,意气相合,声气相投。晚年葺治园亭,苏轼题其匾额"醉眠",并作歌词相赠。一起唱和的还有苏辙、秦观、张先等十五人,一时传为盛事。其《赋佳人嗅梅图》诗有"嗅尽余香不回面,思量何事立多时",颇有情趣。《全宋诗》收其诗五首。

【李纲】(1083—1140) 两宋间诗人、抗金名将。字伯纪,号梁溪居士,祖籍邵武(今属福建)。北宋元丰六年(1083年)生于华亭(今上海松江)。政和二年(1112年)进士,授镇江教授。至七年先后授国子正、考功员外郎、监察御史、太常少卿。南宋建炎元年(1127年)宋高宗赵构即位,拜为丞相,力主抗金,在主和派的围攻下,七十五天后被罢免。谥忠定。朱熹谓李纲奏议"其言正大明白而纤微曲折,究极事情,绝去雕饰而变化开阖,卓荦奇伟"。其赋《梅花赋》《浊醪有妙理赋》《折槛旌直臣赋》等,往往次前人韵,又借题发挥,脍炙人口。诗多按其行旅踪迹分卷,风格大致可分冲淡高远类和感时寄兴类。前者寄情山水风光,表现诗人与自然的完美和谐,笔调清新隽逸。后者表达忧国思民、怀抱不申的愤懑。亦擅词,风格慷慨豪放。其诗文结集为《梁溪集》,凡一百八十卷,于南宋嘉定间刊刻流

李纲

传。奏疏在南宋时由其孙李大有编为《忠定公奏议》八十卷刊行，今存明正德十一年刊本。诗文重要选本有《宋李忠定公奏议文集选》，今存明崇祯刻本。《全宋词》收其词五十二首，《全宋诗》录其诗二十九卷，《全宋文》收其文八十八卷。宋人李纶、清杨希闵均编有《李忠定公年谱》。

【释可观】(1092—1182)　两宋间僧人、诗人。字宜翁，号竹庵，俗姓戚，华亭(今上海松江)人。自小到华亭宝云寺出家，十一岁受具足戒，建炎初年(1127年)起，先后主持嘉禾圣寿寺、当湖德藏寺、吴中北禅寺、四明延庆祖庭寺，终老于德藏寺。作诗机智，富有禅意，《宋诗纪事》收其诗，《全宋诗》录其诗三首。著有《竹庵集》《楞严补注》。

【凌岩】(生卒年不详)　南宋诗人。字山英，号石泉。华亭(今上海松江)人。先辈在北宋靖康之难时南迁至华亭。早年习举子业，宋亡后隐居乡里，以写诗填词自娱，音韵秀拔，得唐大历十才子笔法，受时人推重。次第题咏云间九峰，被称为“山史”。《佘山》《辰山》《机山》等历来被视为名篇。《全宋诗》收其诗九首。著有《古木风瓢集》，曾刊行于世，已佚。

【卫泾】(1160—1226)　南宋文学家。字清淑，初号掘斋居士，改号西园居士，又号后乐居士，先祖为齐人，唐末避乱南迁，居华亭(今上海松江)，转迁昆山石浦(今属江苏昆山)。淳熙十一年(1184年)中状元。十四年授秘书省正字，次年改校书郎，十六年迁著作佐郎。庆元元年(1195年)召为吏部员外郎兼实录院检讨官，次年迁右司员外郎，三年为左司员外郎，迁起居舍人，假工部尚书使金，还，拜庆元府知府兼沿海制度使，因“言语不当”被罢职。此后十年不调，遂辟西园自娱，取范仲淹格言名其堂曰“后乐”。开禧元年(1205年)奉旨入朝，授中书舍人兼直学士院。三年自吏部尚书授御史中丞，进参知政事。请诛韩侂胄，被史弥远贬出朝廷，出知漳州府。嘉定五年(1212年)知扬州。十七年以资政殿学士、金紫光禄大夫致仕。卒于家，赠太师，封秦国公，谥文节。以文学知名，著有《后乐集》七十卷，已佚。清《四库全书》馆臣从《永乐大典》辑为二十卷，有《四库全书》本传世。《全宋诗》录其诗一首，《全宋文》收其文三十二卷。

卫泾

【任尽言】(生卒年不详)　南宋散文家、诗人。字元受，祖籍四川眉山，徙居占籍华亭(今上海松江)。绍兴二年(1132年)进士，为太常寺主簿，二十七年任婺州教授，三十年由平江府通判改京西南路转运判官。隆兴年间(1163—1164)，历知赣州、镇江府。好慷慨论事，上书开朝廷言路，罢黜秦桧亲信，均被宋高宗采纳，自此公道大明。诗文“孤峭而有风棱，雄健而有英骨，忠概而有毅气”，“五、七言诗邃于追古，四六文闳于骋步，文章长于论事”(杨万里语)。曾撰祭宋钦宗疏文二篇，时人以为“文澹意真，读者洒涕”。著有《小丑集》十二卷、《续集》三卷，已佚。《全宋诗》录其诗一首，《全宋文》收有其文。

【许尚】(生卒年不详)　南宋诗人。自号和光老人，华亭(今上海松江)人。淳熙间(1174—1189)著有《华亭百咏》，取华亭古迹，每一处为一绝句，缀以简短题注，大抵吊古伤今之作，措辞平实雅洁，可备事典志乘之参考。《四库全书总目》:“至于一地之景，衍成百首，则数首以后，语意略同。”“格意虽多复衍，而措词修洁，尚不失为雅音。”“在诗家则无异于众人，在舆记之中，则视后来支离附会者胜之多矣。”其诗收入《全宋诗》。

【高子凤】(生卒年不详)　南宋诗人。字仪甫，号澹庵，华亭(今上海松江)人。以诗名于世。曾注杜诗，林竹溪作序。有文集若干卷，已佚。《全宋诗》收其诗七首，清厉鹗《宋诗纪事》

选其《题杨补之墨梅卷》。

【储泳】(生卒年不详) 南宋诗人。字文卿，号华谷，华亭周浦(今属上海浦东)人。精阴阳五行，有诗名，杂著颇多。著有《华谷诗稿》，已佚，另有《华谷祛疑说》行于世。清厉鹗《宋诗纪事》收其诗三首，《全宋诗》收其诗二十八首，《全宋词》收其词二首。

【释子温】(生卒年不详) 南宋末僧人、画家、诗人。字仲言，号日观，又号知归子、知非子，华亭(今上海松江)人。出家杭州葛岭玛瑙寺。嗜酒，好短衣，佯狂于市。善画葡萄，人称“温葡萄”。又善诗，以诗句题品，不拘格律，率意而就。《全宋诗》录其诗三首。

【卫宗武】(?—1289) 南宋末元初文学家。字淇父，号九山，别号水北，华亭(今上海松江)人。淳祐间(1241—1252)任尚书郎，出知常州，罢归。闲居三十余年，以诗文自娱。入元不仕，眷怀故国，匿迹穷居，不求闻达。有《秋声集》，为退居后所作，已佚。清《四库全书》馆臣从《永乐大典》中辑出，编为六卷，含诗词四卷，序记、志铭一卷，杂著一卷，卷首有自序及元张之翰序。《四库全书总目》称其“诗文根底差薄，骨格亦未坚致”，集中所载大多气韵冲淡，有萧然自得之趣。《全宋词》录其词十一首，《全宋诗》录其诗四卷，《全宋文》收其文三卷。享年逾八十岁。

【王复元】(1236—1308) 南宋末元初文学家、书画家。名泰来，以字行，号雅宾，祖籍大名(今属河北)，迁金陵(今江苏南京)，再徙华亭(今上海松江)，入籍华亭。性刚狷，善文学，南宋宝祐、开庆间以诗名于时。由乡贡入太学，未就，放浪于江湖间，元至元中再征，仍不起。侍御史程巨夫奉旨选士，与叶李一起被征入朝，馆于集贤院。两人纵论世事常至夜半更深。朝廷将授以官职，因与叶李发生口角，遂乞归，还居钱塘，自号月友处士。有作品集若干卷。《元诗选》存其诗三首。

【林景曦】(1240—1308) 南宋末元初文学家。字德阳，号霁山，平阳(今属浙江温州)人，南宋亡后久居华亭(今上海松江)。南宋太学生，咸淳七年(1271年)授泉州校官，改礼部架阁，转从政郎。时元兵势盛，弃官。杭州城破，宋皇陵遭盗掘，冒险将骸骨葬于越山，种冬青作标志。工诗文，著有《云间怀古》《神山访僧》《二陆故居》《淀湖黄耳冢》等。有诗文集十卷。

【赵孟𫖯】(1254—1322) 南宋末元初书画家、诗人。字子昂，号松雪道人，又号水精宫道人，浙江湖州人。宋宗室。幼聪慧，十一岁丧父，十四岁以父荫补官，授真州司户参军。南宋亡，闲居于家，致力于学问。信佛，其族兄赵孟僩出家于松江府城内本一禅院，故常来松江，在本一禅院讲堂授艺。元至元二十三年(1286年)经举荐入朝觐见元世祖，次年授兵部郎中，二十七年迁集贤直学士，二十九年出任同知济南路总管府事。奉诏回京修《世祖实录》，后授汾州知州、泰州尹，均不赴。至大三年(1310年)召至京师，拜翰林学士。延祐六年(1319年)南归，再召不赴。卒封魏国公，谥文敏。擅诗，风格清丽，富于情趣，各体诗作中，以七律最为出色。仕元后，诗中仍流露故国之思，如《岳鄂王墓》表达“一生事事总堪惭”的自我谴责，《罪责》为批判现实诗作。词存三十余首，或写冶游闲情，或抒发历史沧桑之感，词风婉丽。曲作仅存小令二首。议论文辞理严密，记叙文清新流畅。论诗主张六义，认为诗应有益于世，提倡各种诗风并存。论文主张“以经为法”“以理为本”，不出唐宋以来古文家的文论。著有《松雪斋集》十卷、外集一卷、续集一卷，元沈氏刊本。另有《松雪词》《尚书集注》《琴原律略》《印史》等。今有浙江古籍出版社点校本《赵孟𫖯集》，以元沈氏刊本为底本，参校城书室本，是现存最完备的赵氏诗文集。

赵孟𫖯

【管道昇】(1262—1319) 女,元初书画家、诗人。字仲姬,乌程(今浙江吴兴)人,一说青浦(今属上海)人,赵孟頫妻。“天姿开朗,德言容功靡一不备,翰墨辞章不学而能。”能诗,《元诗选》录其诗六首,《全金元词》收其词四首。其抒发夫妻情感的诗词《寄子昂君墨竹》《我侬词》等知名。

管道昇

【邵桂子】(生卒年不详) 南宋末元初诗人。字德芳,号玄同,浙江淳安人,客居华亭(今上海)松江。安仁主簿吴攀龙子,由邵氏抚养,遂从其姓。娶华亭曹泽女为妻。咸淳七年(1271年)进士,授处州教授。南宋亡,不再为官,归乡,筑家于华亭修竹乡,凿池架屋,名“雪舟”。生平喜为诗,意象冲淡,超凡脱俗,雅致高尚,被尊为松江文坛领袖四十年。著有《雪舟脞录》《雪舟脞谈》《雪舟脞稿》等,均佚。今存《慵庵小稿》一卷。《全宋词》收其词四首,《全宋诗》录其诗七首。享年八十二岁。

【赵孟僴】(生卒年不详) 南宋末元初道士、僧人、文学家。号月麓,黄岩(今属浙江台州)人。宋室后人,早年就读于宋皇室南宫塾学,拜于谢南斋等大儒门下,被文天祥称为“瑚琏之器”。南宋亡后,不受元朝分封。约在元至元二十二年(1285年)居松江北道堂,做道士。五年后改入佛门,改道本堂为本一禅院,做和尚,法号顺昌,自号三教遗逸。其子孙遂为松江人。工诗文,著有《湖山汗漫集》,其中《遥祭文丞相文》知名。

【卫富益】(生卒年不详) 南宋末元初学者、文学家。华亭(今上海松江)人。卫泾后裔。少有潜质,禀赋卓异,识见高远,读书不务章句。南宋灭亡,闻讯后日夜悲泣,设坛祭奠文天祥、陆秀夫诸杰,词极哀戚。仰慕商周之际的伯夷、叔齐,终身不仕,元代有司将其推荐于朝廷,坚辞不就。隐居于石人泾北岸,创“白社书院”讲学,春秋社日祭祀先圣乡贤,会合布衣之友赋诗讲道,缙绅不得加入。有《四书考证》《性理集义》《易说》《读史纂要》《耕读怡情录》等传世。享年九十六岁。门人私谥为“正节先生”。

【陆鹏南】(生卒年不详) 南宋末元初学者、诗人。号象翁,华亭(今上海松江)人。精于《毛诗》,文章劲健,被邑中推为乡先生。与陆霆龙(字伯灵)齐名,乡里称之为“二陆”。陆伯灵尝戏言:“君读《诗》,畴敢思无邪。”陆鹏南应声曰:“君读《礼》,胡为毋不敬。”其曼妙类此。著有《九峰清气集》。《元诗选》录其《晚凉湖上》一首。

【任士林】(生卒年不详) 元文学家。字叔实,人称松乡先生,奉化(今属浙江宁波)人,大德年间(1297—1307)携家定居华亭(今上海松江)。六岁能作文,熟读诸子百家,文章立意深厚宏大,以理义为主旨,用语直白而含蓄曲折。赵孟頫、邓善之、袁伯长等推重其文,称其为当代柳宗元。与卫山斋交好,诗文有《访山斋诗》《兴圣塔记》《华藏院记》等。至大初年(1308年)被举为安定书院山长,不久去世。

【释元本】(生卒生不详) 元高僧、诗人。字立中,号琼台山人,临海(今属浙江)人,久住华亭(今上海松江),故占籍。早年遍访浙东名山古刹,至正年间在吴中与顾瑛、陈基等唱和,有诗名。陈基称其“肆笔为诗章,奕奕有奇气”(《夷白斋稿》卷一八)。《大雅集》《文翰类选大成》《御选元诗》等选其诗作。《元诗选》录其诗八首。

【释惟则】(约1280—1350) 元高僧、诗人。字天如,俗姓谭,永新(今属江西)人,后隐居松江九峰之间，占籍华亭。元至正二年（1342年）其门人在吴郡（今江苏苏州）买地结庐，名“狮子林”，有竹万竿，多怪石，成一时之胜。侍者集其诗文，名《狮子林别录》。《元诗选》录其诗三十六首。另有讲解佛法的《楞严会解语录》十卷、《别录》《剩语》等。十二年皇帝赐其法号佛心普济大慧大辩禅师，并赐金襕袈裟。

【孙华孙】（1280—1358） 元诗人。字元实，晚号果育老人，永嘉（今属浙江温州）人，客居华亭（今上海松江），其子孙均入籍华亭。年十三，郡守课诸生“春阴”诗，操笔立就，郡守称奇。年十七以诗《树萱堂》知名乡里。诵经考史，以博雅闻，尤好岐黄，精于医术，荐为医学教授。有旨待诏尚方，辞免。江浙行省钦署为庸田使，亦不赴。平生洁身自好。年近八十而精神尚佳，临终前，杨维桢赞其画像，仍以“白首飞熊”期之。贡师泰撰《孙元实墓志铭》。以诗书名闻乡里。所撰诗文主要存于《大雅集》及书画题跋。清钱熙彦《元诗选补遗》录其诗十五首（按：孙华孙，文献又著录为孙华，在其书画题跋的自署中，孙华元实与孙华孙元实并见）。

【杨瑀】（1285—1361） 元文学家。字元诚，号山居，钱塘（今浙江杭州）人，致仕后居松江鹤沙镇。秉性机警灵敏，学问渊博。天历间（1329年前后）被召到奎章阁，为皇帝制印，称旨。署广成局副使，升典簿中瑞司，至元六年（1340年）擢太史院判官，进同佥，后为行宣政院判官，改建德路总管，升浙东宣慰使不赴，致仕。与杨维桢、王逢、张昱等交往，与钱惟善、张翥等唱和。在馆阁时，皇帝曾书“山居”两字赐之，故自号山居。著有《山居新语》，被认为是元人笔记中较有影响的一种。另有《山居要览》。

【曾遇】（生卒年不详） 元文学家。字心传，华亭（今上海松江）人。宋丞相鲁国公曾公亮后裔。居所名“学古家塾”。博学多才，敏于文辞，对《七书》颇有研究。元至元二十七年（1290年）被选入京，书泥金字藏经，事毕南归，出任湖州路安吉县丞。辞官回乡后，与声誉相同的王昭大、詹润、徐顺孙同游，时称“云间四俊”。亦能诗，《元诗选》录其《温日观葡萄》一首。

【陈椿】（1293—1335） 元诗人、朝廷盐官。天台（今属浙江）人，在华亭（今上海松江）任职而占籍。至顺元年（1330年）受邀管理盐场，将原《熬波图》连环画幅，配上诗歌文字，整编成帙，于元统二年（1334年）作序刊行。《熬波图》图文并茂，是元代社会生活与采盐工艺流程的实录，已佚。清《四库全书》，从《永乐大典》中辑出，重编为二卷，其中上卷存图二十一幅，图说、诗歌各二十一篇；下卷存图二十六幅，图说、诗歌各二十六篇。

【杨维桢】（1296—1370） 元文学家、书法家。字廉夫，号铁崖、铁笛道人，又号铁心道人、铁冠道人、铁龙道人、梅花道人等，晚年自号老铁、抱遗老人、东维子，绍兴会稽（今属浙江）人。元泰定四年（1327年）进士，任天台尹，改绍兴钱清盐场司令。生性耿直忤物，十年不迁，转任建德路推官，擢江西儒学提举，未及赴任，兵乱道梗，避于富春山，后徙钱塘。张士诚占苏州，召其，不就。因规讽得罪丞相达识铁木耳，避居华亭（今上海松江），与文人墨客诗酒唱和，以声色自娱，生活放纵。入明，太祖纂修礼乐书，召其至京，所纂叙例略定，即求还家。抵家卒。为元末文坛领袖、“一代诗宗”。论诗主张写个人性情，开明代性灵说之先河。反对元初以来在宗法唐诗风气中出现的模拟弊端。其诗被称为“铁崖体”，其与弟子及追随者形成的诗派称“铁崖派”。论诗和创作提倡古乐府，排斥律诗，认为“诗至律，诗家之厄运也”，其诗作以古乐府著名。注意描写社会“世故”，反映民间疾苦。风格耽嗜瑰奇，沉沦绮藻。受李贺影响较深，有时表现得奇诡怪僻，刻意追求李贺的“诗鬼”特点，诗中常以“漂髑髅”“铸髑髅”之类显示其特色。其得意之作是古乐府《鸿门会》，诗思跳跃跨度很大。其《庐山瀑布谣》以神奇想象、大胆夸张，描写梦中的奇情幻景，其浪漫主义色彩在元诗中少见。竹枝词、宫词和香妆诗亦知名。竹枝词婉丽动人，语言清新通俗，具有民歌风味，有意用竹枝词反映民生疾苦，讽喻现实，明清时受激赏，称其为刘禹锡后第一人。其香妆诗“耽好声色”，招来不少非议。胡应麟评为“精工刻骨，古今绮辞之极”。此外，有咏史之作，亦有庸俗作品，有人称其为“文妖”，斥其创作为“涅辞怪语”。《四库全书总目》论“铁崖古乐府”：“元之季年，多效温庭筠体，柔媚旖旎，全类小词。维桢以横绝一世之才，乘其弊而力矫之，根柢于青莲、昌谷，纵横排奡，自辟町畦，其高者或突过古人，其下者亦多堕魔趣。故文采照映一时，而弹射者亦复四起。”也作散曲，有套曲、小令，套曲见《新编南九宫词》，现知其所作小令二十八首。诗文著作有《东维子集》三十卷、《铁崖古乐府》十卷、《复古诗集》六卷、《丽则遗音》四卷、《铁崖赋稿》二卷。今有浙江古籍出版社点校本《杨维桢诗集》。书法讲究抒情，有奇崛峭拔、狷狂不羁的风格，尤其是草书显示其张扬个性。与陆居仁、钱惟善合称“元末三高士”，卒后同葬于松江干山（天马山）东麓，称“三高士墓”。

【卫仁近】（生卒年不详）　元末诗人、书法家。字叔刚，一字子刚，华亭（今上海松江）人。生性淡泊，无意仕进。张士诚据吴，遣使礼聘，坚辞不就。好诗善文，经子百家皆精，时人称其自有一种风流蕴藉才子气。诗作《秋夜曲》《白苎词》《九山宴集》等为时人看重。杨维桢称其诗音节、意象皆可追盛唐。著有《敬聚斋稿》，未见传本存世。《元诗逸》录其诗七首。享年四十七岁。

【贡师泰】（1298—1362）　元末文学家。字泰甫，安徽宣城人。少承家业，又从吴澄受业。泰定四年（1327年）任泰和州判，累迁绍兴路总管府推官、礼部郎中、兵部侍郎、户部尚书、秘书卿。至正十五年（1355年）任平江路总管，淮兵攻城，守将弃守，率义兵迎战，不敌，怀藏官印避至松江。长于政事，有政绩，又以文学知名。与虞集、揭傒斯等交往，为元代“名高一代，文明千古”的知名人物。杨维桢评其诗“驰骋虞（集）、揭（傒斯）、马（祖常）、宋（褧）诸公之间”。胡应麟认为，元人歌行全篇可观，贡师泰《题山水图》是其中之一；七律“全篇整丽，首尾匀和”，贡师泰《送刘彦明从经略使还》是其中之一。其《八咏诗》中《沪渎垒》一章充满忠愤之气，其人品可见一斑。著有《玩斋集》十卷。

【夏庭芝】（约1300—1375）　元末明初词曲家、戏曲史家。字伯和，一作百和，号雪蓑，别署雪蓑钓隐、雪蓑渔隐、雪岩渔隐，华亭（今上海松江）人。晚年居泗泾之北，室名“疑梦斋”。夏氏为松江巨族，家中藏书甚富，于至正十六年（1356年）大半毁于战火。平生淡泊功名，喜结文人雅士，世以孔北海（融）、陈孟公（遵）拟之。杨维桢曾于其家设馆授课，两人交往甚密。隐居不仕，喜爱戏曲，与戏曲家及艺人张鸣善、朱凯、�经、钟嗣成等为同道好友。“坐客常满，每开筵，诸伶毕至。”熟悉戏曲界人与事，见闻广博。元末，张士诚起事，松江战乱不断。隐居乡里，撰成《青楼集》，记杂剧艺人珠帘秀、李芝秀，南戏艺人龙楼景、丹墀秀，诸宫调艺人赵真真、杨玉娥等一百一十位女艺人小传，记其遗事及与戏曲家、诗人的交往，间涉男艺人三十余人，是元代唯一专记戏曲艺人的著作，为研究元代戏曲文学的重要参考文献。为文瑰丽，长于乐府、散曲，多散佚。另著有传奇《沉香亭》。

【倪瓒】（1301—1374）　元诗人、画家。字元镇，号云林子，生平别署甚多，有元映、幻霞生、荆蛮民、净名居士、朱阳馆主、萧闲仙卿、东海瓒、懒瓒等，或变换姓名为奚元朗，常州无锡梅里（今属江苏无锡）人。与黄公望、王蒙、吴镇并称“元四家”。出身名门，自幼好学。家有清閟阁，置古书画，藏书数千卷。与诗坛领袖杨维桢、顾瑛往来密切，常到松江游历。一生不仕，至正十五年（1355年），知天下将乱，变卖家产，散与亲朋，外出漫游，浪迹江湖。元亡后七年回到家乡，死

倪瓒

于姻亲邹惟高家。以书画名于世。有诗名，诗风冲淡萧散，诗作自然秀拔，素淡无华，意境不涉尘俗，表现隐士情怀多用孤鹤、白鸥、浮云、秋树等意象。作有多首竹枝词，表达对历史兴亡的感慨，有关兴亡的题材不写元而写宋。其七律工整。亦善词、曲，《历代词话》称其“小词亦澹而洁”“词意高洁”“婉转多风”。其散曲今存小令六题，计十二首，其曲似词，雅化痕迹明显。著有《清閟阁集》十二卷、《倪云林诗集》六卷。

【王嘉闾】（1305—1384） 元末明初诗人。字云升，晚字景善，号竹梅翁，祖籍高昌回鹘王国，畏兀人（今维吾尔族），占籍余姚（今属浙江宁波）。后至元六年（1340年）授松江等地财赋提举，在松江五年，后离职居家。至正二十年（1360年）擢绍兴路总管府同知，以双亲年老为由坚辞不赴。二十三年，受到割据者方国珍疑惧，改着黄冠野服，隐于山野。明初与著名遗民戴良来往密切，在烛湖梁山筑室以居，名为思爱庵。诗文作品少有传世，但在元明之际颇有影响。《元诗选》录其诗。

【邵亨贞】（1309—1401） 元末明初文学家、书法家。字复孺，号贞溪、清溪，华亭（今上海松江）人。受祖父邵桂子和父亲的影响，在元代隐居乡里不出。博通经史，富于文才，亦精于阴阳、医卜、佛老诸家。与杨维桢交好，与陶宗仪为莫逆，为陶作《南村草堂记》。与元明间曲家郏经、钱霖，诗人钱惟善、王逢，画家曹知白等交游唱和半个世纪以上。明初出任松江府学训导，受儿子罪牵连，谴戍颍上，多年后遇赦还乡。著有文集《野处集》四卷（亦称《蚁术文集》）、《蚁术诗选》八卷、《蚁术词选》四卷。《全元散曲》录其小令三首，《全金元词》据《蚁术词选》收其词。《四库全书总目》评其文：“亨贞终于儒官，足迹又不出乡里，故无雄篇巨制，以发其奇气。而文章大致清快，步伐井然，犹能守先民遗矩者。”邵氏书法雅赡，善真、草书，尤工篆、隶。

【袁凯】（约1316—？） 元末明初诗人。字景文，号海叟。其祖为蜀人，后入籍华亭（今上海松江），居松江府城东门外贤游泾。早年作《白燕》诗，受杨维桢赞赏，传诵一时，人称“袁白燕”。元末为松江府吏，明洪武三年（1370年）由举人荐授御史。因事被太祖朱元璋厌恶，害怕受罚，装疯归里，太祖去世后方恢复常态，得以寿终。性诙谐，常戴乌巾，倒骑黑牛，游于九峰间。以诗负盛名，古诗学魏晋，律诗学杜甫，诗风浑厚含蓄，有独到意境。《明诗纪事》：“海叟诗骨格老苍，模拟古人，无不逼肖，亦当时一家。何大复（景明）标为明初诗人之冠，此为过于溢美。”诗作有正德元年（1506年）刊本《在野集》二卷，收乐府三十二首、近体诗八十二首。隆庆四年（1570年）刊本《海叟集》四卷，李梦阳、何景明、陆深序，收诗三百六十余首。入清后其作品流传亦广。《皇明风雅》《盛明百家诗》《皇明诗统》《皇明诗选》《列朝诗集》《明诗评选》《明诗综》《明诗别裁集》《御选宋金元明四朝诗》《松风余韵》等录其诗作。《四库全书》收《海叟集》四卷。

邵亨贞

袁凯

【陶宗仪】(1316—?) 元末明初文学家、史学家。字九成，号南村，黄岩(今属浙江台州)人，元末移居松江，寓居华亭泗泾之南村。少科举不第，即弃去，潜心古学，书无所不读。从其舅赵雍学书法。与孙道明友善，常共泛舟南浦。家境贫寒，授徒自给，躬身陇亩。劳作之余，以笔墨自随，树下休憩，有所得，摘树叶记之，收藏于瓮中，积久成帙，编成《南村辍耕录》三十卷。至正年间(1354年前后)荐举为行人、校官，均不赴。张士诚据吴中，请署理军事咨议，亦不赴。明洪武六年(1373年)诏举天下才士，托病谢免。晚年被地方官聘为教官。二十九年率诸生赴礼部试，得赐钞回松。工诗文，入明后，颂圣之作颇多。明末毛晋刻录其诗入《元人十种诗》，评其作如"疏林早秋"。其诗笔力遒健，长于五言古体，有汉、魏之风。七言长篇则流于杂沓。有词六首存世。著有《南村辍耕录》三十卷、《南村诗集》四卷、《国风尊经》一卷、《沧浪棹歌》一卷、《书史会要》九卷补遗一卷、《四书备遗》二卷、《印章考》一卷、《淳化帖考》一卷、《兰亭帖目》一卷等，辑录前人笔记、小说编为《说郛》一百卷。

陶宗仪

【鲁渊】(1319—1377) 元末明初诗人。字道源，号本斋，浙江淳安人。至正十一年(1351年)进士，授松江府华亭县丞。战乱初起，为起事者所执，经年后得脱。十四年，任江浙儒学副提举，进为提举。张士诚据吴，授国子监博士。明初，应征修礼乐书，书成，以衰病为由辞，终老于家。所居筑在岐山之下，人称"岐山先生"。诗多慨切之语，但流传不广。《元诗选》录其诗四首，另有诗文传世。

【王逢】(1319—1388) 元末明初诗人。字原吉，号梧溪子、席帽山人。江苏江阴人。年轻时即有文名，元至正年间作《河清颂》名于世，受到行台及宪司举荐，皆以病推辞。世居江阴黄山，避乱迁无锡，迁松江府青龙江，名所寓为"梧溪精舍"。又徙上海乌泥泾，筑草堂名"最闲园"，自号最闲园丁。张士诚据吴中，多次征辟，坚辞不就。明洪武间，征召甚急，以年老多病坚辞，以布衣终生。早年学诗于陈汉卿，陈师从虞集，得虞集真传。有不少丧乱之作，杨维桢:"《梧溪集》者，江阴王逢氏遭丧乱之所作也。"集中记宋、元之际忠孝节义事颇多。一生忠于元室，对元亡深为悲痛，藐视明王朝，讽刺朱元璋是"孺子成名"。钱谦益称其诗是"唇齿之忧，黍离之泣，激昂忾叹，情见乎词"而"一无鲠避"。其诗才气宏敞而不失谨严，长篇歌行有豪雄之气，以写史诗知名。值元王朝没落之时，其诗豪雄中流露出悲凉气息。竹枝词风格素淡，几无纤浓之笔。另有诗写时事，每每于诗前作小序，说明梗概，具史料价值。杨维桢称:"皆为他日国史起本，亦杜史之流欤。"著有《梧溪集》。

【俞俊】(生卒年不详) 元末明初诗人。字子俊，号云东，华亭(今上海松江)人。娶蒙古氏为妻。历任镇江路蒙古字学正、丽水巡检，调平江路判官。张士诚据吴中，以贿赂得署华亭县尹，为政酷苛，遭邑民痛恨。早年从顾瑮游，负气傲物。有诗文名，明人胡应麟《诗薮》外编卷六，论列五十首元人七律，有其《楚州夜泊》。赖良编《大雅集》收录其诗六首，又选入《元诗曲总》集。

【马琬】(生卒年不详) 元末明初画家、诗人。字文璧，号鲁钝，秦淮(今江苏南京)人。元至正年间隐居松江。有志节，工诗书画，称为"三绝"。明洪武三年(1370年)出任抚州州知府。寓居松江时，在吕良佐的璜溪义塾听杨维桢讲授《春秋》，与杨维桢、张雨、倪瓒、郯韶等经常相聚，游寓于顾瑛的玉山草堂，参与杨维桢倡导的"西湖竹枝词"集咏。诗工古歌行，风格受杨维桢影响。将所作五百篇结为《灌园集》，贝琼作序，已佚。作《偏旁辩证》，亦佚，尚存贝琼之序。

【叶杞】(生卒年不详) 元末明初诗人。字南有，号漪南，京口(今江苏镇江)人，居华亭(今上海松江)，终老于华亭。先世是京口官宦之族，自幼好读书，负才具。杨瑀出守建德，召其任佐官，坚辞不就。元至正年间战乱波及乡里，叶杞向受命经略江南的李国凤密陈时事十条，为李国风嘉纳。朝廷拟授以镇江路丹徒县主簿，局势骤变，未能上任，遂在松江鱼鳞泾筑草堂，名"漪南"。诗文皆有时名。《大雅集》选其诗八首，《文翰类选大成》与清钱熙彦《元诗选补遗》均据以编入。

【钱霖】（？—1379） 元末明初诗人、散曲作家。字子云，号素庵、泰窝道人，华亭（今上海松江）人。天历年间（1329年前后）遁入空门，更名钱抱素，后迁居湖州，晚年居嘉兴，筑室于鸳鸯湖，名"藏六窝"。博学，工文章，为曲工致。曾编辑名家之作，名《江湖情思集》。自编作品结集，名《醉边余兴》，均佚。今存小令四支、套曲一套。《元诗选》《元诗纪事》各录其诗一首（均误其名为钱云）。

【钱惟善】（生卒年不详，1379年犹在世） 元末明初诗人、书法家。字思复，自号心白道人，晚年号曲江居士、曲江老人，钱塘（今浙江杭州）人，迁居松江。长于《毛诗》，强记而多才。元至治、泰定年间（1321—1328）活跃于江南文坛。至正元年（1341年）乡试，试题为《罗刹江赋》，三千考生均不知罗刹江即钱塘江，唯其引枚乘《七发》，证罗刹江来历，大为试官称赏，由是知名。官至儒学副提举。归故里建曲江草堂。张士诚据吴，退隐吴江笥川，再移居华亭，时与杨维桢等唱和。入明后与王逢、陆居仁等以遗民自居。工诗，明叶廷秀《诗谈》："钱惟善钟湖山之秀而发于诗，故多秀句。"陈旅称其诗"妥适清蒨，娓娓乎有唐人之流风焉"。其诗亦发议论，议论归于形象之中。晚期诗常用哀伤之情，面对杭州风景胜地也是"凄凉犹自觉繁华"，遗民心境一展无遗。著有《江月松风集》十二卷，陈旅作序。明洪武年间去世，与杨维桢、陆居仁同葬于松江干山（天马山），称"三高士墓"。

【陆居仁】（生卒年不详，1398年尚在世） 元末明初诗人。字宅之，号巢松翁、云松野褐、瑁湖居士，华亭（今上海松江）人。陆霆龙子。研学《诗经》。元泰定三年（1326年）乡试中第七名，即隐居以教授为业。工古诗文，著有《云松野褐集》，已佚。《元诗选》录其诗十二首，《全元文》收其文十一篇。与杨维桢、钱惟善交游密切，卒后三人同葬于松江干山（天马山），称"三高士墓"。

陆居仁（苏文画）

【成廷珪】（生卒年不详） 元末明初诗人。字原常，又字元帝、礼执，江苏扬州人。晚年遭战乱，避居吴中，踪迹多在峰泖，殁于华亭（今上海松江）。好读书，通晓诸子百家，不求仕进。与张翥为忘年交，载酒过从无虚日。又与杨维桢、倪瓒等相唱酬。工诗，论者评其诗："能揣练六朝之情思，以入唐人之声律，变化寻常之言为警策之句。""五言务自然，不事雕刿，七言律最为工，深合唐人之体。"世称其律诗为"成八句"。后人辑其遗稿，刊刻成《居竹轩诗集》四卷，凡二百五十九首，被《元诗选》收录。

【吴哲】（生卒年不详） 元末明初诗人。字子愚，号淡云野人，华亭（今上海松江）人。学识渊博。至正年间江南战乱，曾出任军营幕僚。归而教授于乡里，至老不倦。善于作文，尤以诗闻名乡里，与陆居仁、董纪等齐名，诗作得到杨维桢、钱惟善诸名家称赏。传世作品不多。《大雅集》录其诗十六首。清钱熙彦将其全部编入《元诗选补遗》。

【马麟】（生卒年不详） 元末明初诗人。字公振，一字国瑞，太仓（今属江苏苏州）人。元末避兵居松江南钟巷里。每日读经史，与书为伴，觞咏不断。为人直率，不拘小节，喜与贤良士大夫交往。与顾瑛结为姻亲。得杨维桢器重，称其为忘年交。擅诗,《元诗选》收其诗十二首。著有诗集《醉渔》《草堂》。

【钱应庚】(生卒年不详)　元末明初诗人。字南金,华亭(今上海松江)人。钱霖弟。元末战乱隐于乡间,以诗词知名乡里。曾久居淀山湖谢氏作馆,与邵亨贞、徐一夔等唱和交游。有诗集《钱南金诗稿》,徐一夔作序。《元诗选》录其诗三首。《全金元词》存其词六阕。

【宋克】(1327—1387)　元末明初书法家、诗人。字仲温,号南宫生,长洲(今江苏苏州)南宫里人,寓居松江城东俞家。明初征为侍书,出为陕西凤翔府同知。卒于凤翔府同知任上。以书法闻名,能诗,与高启等称"十友""十才子"。《明诗纪事》录其诗《秋日怀兄弟》。

【殷奎】(生卒年不详)　元末明初学者、作家。字孝章,一字孝伯,华亭(今上海松江)人。早年从杨维桢学《春秋》。明洪武四年(1371年)以荐举赴京,经考试,授陕西咸阳教谕。后家徙江苏昆山,每年到华亭省亲,祭扫祖墓。文章精彩恰当,不逾规矩,勤于纂述。著有《道学统绪图》《家祭仪》《关中名胜集》《陕西图经》《娄曲丛稿》《支离稿》《渭城寐语》等,曾编纂《咸阳志》《昆山志》。

【张璧】(生卒年不详)　元末明初诗人。字景辰,陈留(今河南开封)人,迁居华亭(今上海松江)。明洪武三年(1370年)举人,任潞城知县,以蜀府典宝致仕。工诗,喜为友人的卷轴题诗,与俞嘉言、陶宗仪、李处仁为文学友。《明诗纪事》收其诗《嘉禾》。

【朱芾】(生卒年不详)　元末明初书画家、诗人。字孟辨,号沧洲生,华亭(今上海松江)人。少从杨维桢游,元末以教书为生,明洪武初年被征聘,授编修,改中书舍人。擅诗文,才思飘逸,千言立就。工书法,善画。《明诗纪事》录其诗三首。

【孙作】(生卒年不详)　元末明初诗人。字大雅,号东家子,常州府江阴(今属江苏)人。元末大乱,挈家避兵寓居松江。撰有诗文集《沧螺集》六卷。

【任勉之】(生卒年不详)　明初书法家、作家。字近思,祖籍四明(今浙江宁波),元代其祖到华亭(今上海松江)为官,始占籍华亭。明洪武二十七年(1394年)进士,授江西饶州府鄱阳知县,有政绩。迁饶州府同知、福建右参政、徽州知府。为文雄健丰富,与杨维桢相似。书法学米芾,四方求其墨宝者不绝。明永乐、正统年间论文章政事,必以任勉之为第一。著有《薇庵集》。享年八十九岁。

【俞允】(生卒年不详)　明初诗人。入仕后改名"永",字嘉言,华亭(今上海松江)人。早年务农,耕余学《春秋》、占卜术,与袁凯、陶宗仪、陆达夫、陈主客兄弟等结诗社。明洪武二十六年(1393年)中举,次年进士及第,授行人,补授楚王府纪善。工诗,著有《春曹诗稿》。《明诗纪事》录其诗《题倪云林画》。相传其曾藏匿方孝孺九岁子方德宗,改方姓余,方氏一脉子孙繁衍,至明万历年间恢复原姓。

【顾禄】(生卒年不详)　明初诗人。初名"天禄",字谨中。华亭(今上海松江)人。洪武初年以太学生授太常典簿,迁蜀王府教授。有诗名,善书画,墨迹题诗见《式古堂书画汇考》《珊瑚网》等记载。《明史·艺文志》著录其《经进集》二十卷。《皇明风雅》《续国雅》《玉峰诗纂》《石仓十二代诗选·明诗选》《列朝诗集》《明诗综》《御选宋金元明四朝诗》《松风余韵》《明诗纪事》《海虞文征》等录其作品。

【陆润玉】(生卒年不详)　明初诗人。号梦庵,华亭(今上海松江)人,居广富林。工诗词,与夏瑢、张逊、王桓、陈黼、彭思礼、郭用常等结诗社。吴门沈周是其弟子。著有《梦庵集》,其中《富林十景》十首知名。《明诗纪事》录其诗三首。

【管讷】(1338—1421)　明诗人。字时敏,号竹涧,华亭(今上海松江)人。师从杨维桢,与袁凯为友,有诗名。明洪武六年(1373年)应乡试,因父丧而归。九年征为楚王府纪善,三十一年迁左长史,事王二十五年,七十岁时乞求辞官归里,王请命于朝,留居本国,禄之终身。卒葬武昌城东黄屯山。著有诗集《蚓窍集》十卷,收古近体诗三百一十二首,流传甚广。《四库全书总目》:"时敏学诗于杨维桢,而不蹈袭维桢之体。所作春容淡雅,多近唐音。张汝弼(张弼)作《董纪集序》,历数松江诗人,独谓时敏诗清丽优柔,足与袁凯并驾,盖不诬也。时敏另有《秋香百咏》《还乡纪行》诸编在集外别行,然今皆未见。"《皇明风雅》《续国雅》《皇明诗统》《石仓十二代诗选·明诗选》《列朝诗集》《明诗综》《明诗别裁集》《松风余韵》《御选宋金元明四朝诗》《明诗纪事》等录其诗作。

【沈度】(1357—1434) 明书法家、诗人。字民则,号自乐,又号苦节先生,华亭(今上海松江)人,家在府城日河旁。为文崇尚平易。明洪武间举文学科,未就。受他事牵累,发配云南。被岷王聘为幕僚,数进谏,不久辞去。都督瞿能聘其教子弟,遂与之入京师。永乐帝即位,诏吏部选能书者入翰林,度被选。凡遇玉册金简、宗庙大制,必由度书写,时称“台阁体”,其传世书作甚多。后由翰林典籍擢升检讨,历修撰,迁侍讲学士。著有《滇南稿》《随笔录》《西清余暇自乐稿》《自示编》。《千顷堂书目》收其著作,《沈通理诗》《皇明风雅》《皇明诗统》《槜李诗系》等录其诗作。

沈度

【沈粲】(约1360—?) 明书法家、诗人。字民望,号简庵,华亭(今上海松江)人。沈度胞弟,十三岁父母双亡,兄发配云南后,独闭户读书。永乐元年(1403年)以善书被选入翰林院,任待诏,累官至大理寺少卿。历成祖、仁宗、宣宗、英宗四朝,俱受宠幸。生性孝友,伯仲同居,笃于事兄。兄亡后,粲与兄之遗孤回归故里。平生作诗二千余首,著有《简庵诗稿》。

沈粲

【胡俨】(1361—1443) 明文学家。字若思,号颐庵,江西临江府新淦(今新干)人。洪武二十年(1387年)乡试第二,明年会试副榜,授华亭县教谕,升桐城知县。永乐初因解缙荐,授翰林检讨,与解缙、胡广、黄淮、金幼孜、杨士奇、杨荣等同入直文阁,预机务。历侍读、左春坊谕德、国子监祭酒兼翰林侍讲。充《太祖实录》《永乐大典》总裁官。洪熙元年(1425年)进太子宾客致仕。学问广博,能诗文,擅书画,朝廷大著作常出其手。著有《颐庵集》三十卷、《胡祭酒集》十四卷等。在华亭(今上海松江)为官时,曾作《松江府济农仓记》《石磬铭》等,辑入当代编辑的《明代松江名人文选》。

【钱溥】(1408—1488) 明目录学家、作家。字原溥,号遗庵、九峰,又号瀛洲遗叟。华亭(今上海松江)人。正统四年(1439年)进士,作《蔷薇露诗》得旨意,授翰林院检讨,擢春坊左赞善。曾入内阁整理国家藏书。修《环宇通志》成,升左谕德兼编修。改尚宝司卿,升侍读学士,赐二品服,充东宫讲读官。天顺六年(1462年)出使安南(今越南)。旋因与太监王伦私下密议英宗后事,被贬为广东英德知县。成化二年(1466年)复原官,以南京吏部尚书致仕,卒谥文通。精书法,小楷、行、草俱工。曾参修《大明一统志》,

钱溥

张弼

任副总裁。著有《内阁书目》《使交录》《朝鲜杂志》《朝鲜使略》等。曾辑《秘阁书目》。《四库全书总目》著录其《使交录》十八卷,为其出使安南所作,多载赠答诗文。《皇明风雅》《皇明诗统》《皇明文衡》《吴都文粹续集》《粤西诗载》《粤西文载》《松风余韵》等录其诗文。

【夏寅】(1423—1488) 明诗人。字时正,改字正夫,号止庵,华亭(今上海松江)人。正统十三年(1448年)进士,授南京吏部主事,累官至山东布政使。平生以诸葛亮、范仲淹自期,留心当世。史称其为官四十年,未尝有懈怠之意。公事之余,苦心为诗。李东阳《怀麓堂诗话》记有夏寅刻苦研磨,诗作必求胜人一筹的故事。著有《政鉴》三十二卷、《纪行集》《备遗录》《政监》《东游录》《史咏》。《皇明风雅》《皇明诗统》《列朝诗集》《明诗综》《御选宋金元明四朝诗》《松风余韵》《明诗纪事》等录其作品。

【张弼】(1425—1487) 明书法家、作家。字汝弼,号东海,晚年称东海翁,华亭白沙(今属上海奉贤)人,家住松江府城西门外谷阳桥西。景泰四年(1453年)中举,成化二年(1466年)进士,授兵部主事,晋员外郎,以江西南安知府致仕。书法尤工草书,多有墨宝传世。诗作清健有致,为文铿然金石声。写诗作文,意兴所到,信手纵笔而书,不用草稿。著有《鹤城》《天趣》《画墙》《清和》《庆云》《雪航》《东海手稿》诸稿,由其子张弘至辑为《张东海先生集》八卷,收诗四百一十首、文一百五十篇,李东阳等序。清康熙年间,张弼七世孙张世圻、张世绶收罗遗诗遗文,重刻《张东海全集》八卷,附录一卷,收诗词八百六十七首、各体文二百零七篇。《盛明百家诗》录其诗一百三十余首,名《张东海集》。《皇明风雅》《续国雅》《皇明诗统》《列朝诗集》《明文海》《明诗评选》《明诗综》《御选宋金元明四朝诗》《明诗纪事》《怀麓堂诗话》《松风余韵》《明词汇刊》等录其诗文。《四库全书》著录《东海文集》五卷。

【曹安】(生卒年不详) 明文学家。字以宁,号蓼壮,华亭(今上海松江)人。正统九年(1444年)举人,任河南鄢陵县训导,升河北武邑县学教谕,转山东安丘县教谕。弘治元年(1488年)调京充《宪宗实录》总裁官。历仕途四十余年。负有才名,学识渊博,善作文,不辍著述。得张弼器重,赠诗赞其"著书只欲明忠义,垂橐何曾计有无"。著有文集《取嗤稿》、诗集《蟋蟀吟》,均佚。有《谰言长语》存世。

【张悦】(1427—1502) 明散文家、诗人。字时敏,号定庵,华亭漕泾(今属上海金山)人。天顺四年(1460年)进士,授刑部主事,累官至南京吏部尚书、兵部尚书,卒后赠太子太保,谥庄简。著有《定庵集》五卷,附《荣寿录》,收诗二百六十余首及各体文、奏疏,陆简、李东阳序。

《明史·艺文志》著录其诗文集五卷，即以此集为底本。《四库全书总目》评《定庵集》诗文“大抵流易有余，而颇乏隽永之味”。《松风余韵》录其诗五首。

【张弘至】（？—1528） 明作家、书法家。字时行，自号九龙山史，华亭白沙（今属上海奉贤）人，家住松江府城。张弼小儿子。明弘治九年（1496年）进士。先后授庶吉士、兵科等职，曾出使安南（今越南）。敢直谏，革新除弊，平息盗寇、靖安边境、除海寇、均海利等策被朝廷定为法规。时太监刘瑾专权逆行，辞官引退，居家十九年去世。著有《玉署拾遗》《使交录》《万里志》《东塾谏草》《见意稿》等，多散佚。今仅存《万里志》二卷附诸公赠行诗一卷。

张弘至

【杨枢】（生卒年不详） 明文学家。字运之，号细林，华亭（今上海松江）人。嘉靖七年（1528年）举人。入南京国子监，师事名儒吕柟。二十三年谒选，授福建延平府推官，三十四年累升江西临江府同知，代掌府事。为官清廉，有政绩，卒于任上。好学勤撰述，尤重地方文献，记录松江历代官宦及地情的文章有《唐陆宣公祠记》《王源》《郑珠》《侵欺之弊》等。著有《言史慎余》《松故述》《火余杂著》《雅歌谱》《传山数学》等。

【焦伯诚】（生卒年不详） 明诗人。华亭（今上海松江）人，居广富林。好读书，通晓《尚书》。不事科举，在家设馆授学，其学生不少为名臣。著有《慎斋集》。

【朱应祥】（生卒年不详） 明文学家。字岐凤，号凤山、玉华外史，华亭（今上海松江）人，居松江城内。好读书，博闻强记。科举屡试不第，成化十三年（1477年）以岁贡入南京国子监。工书法，尤擅挥毫题壁。能文，千言立就。善诗，与张友山等人唱和。所著诗文大多散佚，存《凤山稿》等数十篇。《明诗纪事》录其诗《梅花道人墓》《麟溪道中》两首。

【王良佐】（1445—1534） 明诗人。字汝弼，号鹤坡，华亭朱泾（今属上海金山）人。弘治八年（1495年）中举，任静海县学教谕，迁广济县令，逢宁王朱宸濠作乱，托病辞归。工诗，与戚韶、张冕并称“云间三诗翁”。著有《鹤坡集》。孙承恩称其诗“雅志高古，如古仙剑客超脱尘外”，将其与戚韶、张冕诗稿合刻为《云间三诗翁集》。《明诗综》录其诗。

【戚韶】（生卒年不详） 明诗人。字龙渊，华亭（今上海松江）人。工诗，意气豪迈，激昂自信。与王良佐、张冕并称“云间三诗翁”。《春日江上》《记事》《菖蒲》诸诗名于一时。孙承恩将其与王良佐、张冕诗稿合刻为《云间三诗翁集》。《明诗纪事》录其诗。

【张冕】（生卒年不详） 明诗人。又名张一桂，华亭朱泾（今属上海金山）人。无功名，贫死。与王良佐、戚韶并称“云间三诗翁”。孙承恩将其与王良佐、戚韶诗稿合刻为《云间三诗翁集》。

【顾清】（1460—1528） 明诗人。字士廉，号东江，华亭（今上海松江）人，家住超果寺南。善诗文，擅书法。弘治五年（1492年）举南京乡试第一，次年中进士，授编修，升侍读。正德元年（1506年）刘瑾专权，不与之来往，遭刘瑾忌恨，被排挤出北京，任南京兵部员外郎。其父去世，在家守孝，应松江府太守之请，编《松江府志》，正德七年纂成，世称善本。刘瑾获诛后，升为礼部右侍郎。嘉靖元年（1522年）因上疏被劾，罢官。六年重被起用，任南京礼部右侍郎，升礼部尚书。抱病赴京途中病卒于河间府瀛海驿，谥文僖。诗文名于当时。著有《东江家藏集》四十二卷、附录一卷，为其晚年亲编，孙承恩、汪佃、章焕序，其中《山中稿》四卷为未仕时作;《北游稿》二十八卷乃出仕后作;《归来稿》十卷为归里居家时作。《盛明百家诗》编录其赋、辞、诗，名《顾东江集》。《续国雅》《皇明诗统》《列朝诗集》《明诗综》《御选宋金元明四朝诗》《松风余韵》《明诗纪事》《明文海》等录其诗文。《四库全书总目》评论《东江家藏集》:“其诗清新婉丽，天趣盎然，文章简练醇雅，自娴法律。当时何、李崛兴，文体将变，清独力守先民之矩，虽波澜气焰未能极奇伟丽之观，然不谓之正声不可也。在茶陵一派之中，亦认其为翘楚矣。”

【钱福】(1461—1504) 明文学家。字与谦，号鹤滩，华亭(今上海松江)人，居聚奎里。弘治三年(1490年)状元，授翰林院修撰。三年后即辞官回乡，不复出。好酒纵饮，因酒癖致病而卒。天资聪敏，七岁能作文。显贵后致力于诗文，才高气奇，数千言立就，藻丽敏妙，词锋所向无人可与抗衡。工八股文，王夫之评其与王鏊齐名，称“钱王两大家”。《四库全书总目》论《鹤滩集》: 其“诗文以敏捷见长，故委巷鄙俚之词，率以归之。今观是集，实少俳谐之作，知小说多附会也”。按云:“修撰虽以敏捷见推，然合格之作，亦颇自夸。”著有《鹤滩集》六卷，附《鹤滩遗文》，另有《尚书丛说》等。辑有《唐宋名贤历代确论》十卷。今存万历三十六年(1608年)刻本《钱太史鹤滩稿》六卷，收录赋二篇、诗二百余首、词一首、各体文六十余篇。《明史·艺文志》著录《鹤滩集》。《明诗综》《御选宋金元明四朝诗》《明诗纪事》《松风余韵》等录其诗作。陈继儒《乐府先春》、许宇《词林逸响》各有散曲套数署钱福名。

钱福

【陆娟】(生卒年不详) 女，明弘治年间诗人。华亭(今上海松江)人。陆德蕴女，马龙妻。作《代父送人之新安》诗有名，该诗选入《明诗别裁集》《宋元明诗合钞三百首》。此事受其父责备，从此“吟咏绝不及门外事”。

【朱曜】(1462—1530) 明作家。字叔阳，号玉洲，华亭(今上海松江)人。朱佑子。正德年间诸生，勤学苦读，留意百家子史，九次乡试不中，以贡官清江盐课提举。著有诗文集《朱玉洲集》八卷，其中诗二卷，收诗八十六首; 文六卷，收各体文五十二篇。《明诗综》《御选宋金元明四朝诗》《松风余韵》《海曲诗钞》《明诗纪事》《海藻》等录其诗。

【徐霖】(1462—1538) 明戏曲家。字子仁，号九峰、髯仙，又称徐山人，祖籍长洲(今江苏苏州)，生于华亭(今上海松江)，后移居金陵。性格豪爽，为人热情率真，多才多艺。工书法、篆刻，精于绘画，与沈周交善。善填曲，精于格律。时与散曲家陈铎并称“曲坛祭酒”，与谢承举一起被称为“江东三才子”。正德末年，武宗朱厚燳南巡，经皇家伶人臧贤推荐，曾在武宗左右备顾问，所填词曲颇受武宗欣赏，屡次召其入朝为官，辞而不就。所作散曲仅《南宫词纪》收录的《山坡羊》《闲情》两首传世。作有传奇戏曲八种，今存《绣襦记》一本。

【陆深】(1477—1544) 明学者、作家、书法家。初名荣，字子渊，号俨山，上海县(今属上海浦东新区)人，一说华亭(今上海松江)人。弘治十八年(1505年)进士，历任翰林院编修、祭酒讲筵、山西提学副使、浙江副使、四川布政使、太常卿兼侍读学士。书法遒劲有法。自小以文章闻名乡里，著有诗文集《俨山集》(含《俨山文集》)一百卷，于明嘉靖二十五年(1546年)由其子陆楫整理、编次刊刻。另有《俨山外集》四十卷、

陆深

《俨山续集》十卷、诗文集《陆文裕公行远集》二十四卷、诗集《陆文裕公集》一卷。

【孙承恩】(1481—1561) 明诗人、散文家。字贞甫、贞父,号毅斋,华亭(今上海松江)人。正德六年(1511年)进士,累官至礼部尚书兼翰林学士,卒赠太子太保,谥文简。为文深厚尔雅,《四库全书总目》评:"其文章亦纯正恬雅,有明初作者之遗。"著有《易卦通义》《历代先贤像赞》六卷、《鉴古韵语》《孙文简公集》二卷、《使郢稿》。后代孙克弘、孙世鼒在万历间集其著作刊刻《孙文简公溪草堂集》五十八卷,前七卷为疏表奏章,卷八至卷二十六收赋二十六篇,诗一千一百余首、词十三首、曲三十二首,二十七卷后收各体杂文,陆树声序。《明词汇刊》辑其词集《溪草堂词》。《千顷堂书目》著录其著作。《明文海》《明诗评选》《明诗综》《松风余韵》等录其诗文。

【冯淮】(1486—约1564) 明诗人。字会东,号雪竹、雪竹山人,华亭(今上海松江)人,初居昆山,后定居松江府城。布衣。嘉靖时以能诗称。家贫,以文墨为生计。二子冯迁、冯窒亦俱能诗,父子兄弟间常自相唱和。秉性潇洒,好游历山水而力所不能,有士人携其游吴越诸山及匡庐、武夷,至辄有诗。士大夫乐与其交,而其却耻于求请巴结。何三畏《云间志略》谓其父子诗"皆书写情性,吐吞烟霞,效王、孟之深沉,似鲍、庾之清俊,每见称于作者,亦推毂于时流"。著有诗集《江皋集》六卷,收诗六百四十五首,徐献忠作序;《江皋遗稿》一卷,收诗七十五首;另有《武夷稿》《荆溪稿》刊刻行世。《海藻》录其诗二首。

【徐献忠】(1493—1569) 明文学家。字伯臣,号长谷,又号九霞山人,华亭(今上海松江)人,居华亭里。嘉靖四年(1525年)举人,官奉化知县,旋弃官。卒后门人私谥"贞宪先生"。受倭寇侵扰,避居浙江吴兴。喜著书,为文自摽形神,直抒胸臆;作词不袭前人口吻,独树一帜;其论诗,五言重晋、魏,七言取高(适)、岑(参),近体则师大历(唐大历年间"十才子"所代表的诗歌流派)。尤工于赋,《白莲》《羽扇》《芦汀》《灵泉》诸赋为时人传诵。悯松江百姓解布之苦,作《布赋》细述织妇之愁困苦楚,委婉周详,如怨如

孙承恩(邦彦画)

徐献忠

诉，读之拊心酸鼻。著有《洪范或问》《春秋纪传录》《四书本义》《大易心印》《金石文》《乐府》《吴兴掌故》《水品》《唐诗品》《四明平政录》《大地图》《衍义山房九笈》《三江水利考》及《分节参同契》等。《皇明诗统》《皇明诗选》《列朝诗集》《明诗综》《御选宋金元明四朝诗》《吴兴诗存》《明诗纪事》《松风余韵》等录其诗作。《明文海》录其文。

【冯恩】(1494—1574) 明文学家。字子仁，号南江，华亭(今上海松江)人。幼年丧父，家境贫寒，由母抚育成人。嘉靖四年(1525年)中举，次年进士，官至南京御史。十一年弹劾张孚敬、汪鋐、方献夫，下狱论死。恩不屈，口、膝、胆、骨皆如铁，人称“四铁御史”。后减罪，改戍守雷州，六年后遇赦回故里。隆庆元年(1567年)拜大理寺丞，年逾七十，未赴任。其子辑其诗文刻为《冯侍制刍荛录》二十卷，其中奏疏一卷，各体文十二卷，诸体诗七卷，收诗六百余首。沈恺、徐献忠、张世美等作序。沈恺称其作诗文“率多自标形神，自写胸臆，不蹈袭前人片语”。徐献忠论冯恩文“极鄙摩拟之习，以其表暴菁华，而神理内枯也”。《明文海》录其文二篇。《松风余韵》《御选宋金元明四朝诗》录其诗作。《四库全书总目》称其《刍荛录》“诗文得守仁(王阳明)余绪为多”。

冯恩

【张之象】(1496—1577) 明藏书家、散文家、诗人。字月鹿、又字玄超，别号碧山外史，晚年自号王屋山人，华亭(今上海松江)人。出身官宦世家。曾为太学生，未入仕途。嘉靖三十二年(1553)其在龙华住宅遭倭寇焚毁，迁居松江府城。喜收藏古籍，家有“猗兰堂”和“细林山馆”，是其刻书和藏书之地。潜心著述和编纂，冬夏不辍。诗尔雅冲淡，有魏晋风度；文闳阔深奥，可与张衡《二京赋》比肩。一生著述足有千卷，著有《剪彩》《翔鸿》《听莺》《避暑》《题桥》《猗兰》《击辕》《佩剑》《林栖》《仙隐》《秀林》《新草》等集。辑有《四声韵补》《韵学统宗》《诗学指南》《诗纪类林》《楚骚绮语》《彤管新编》《古诗类苑》《唐诗类苑》《唐雅》《回文类聚》《史记发微》《史记评林》《太史史例》《盐铁论新旧注》等。《明诗纪事》录其诗。

【李日章】(1497—1563) 明诗人。字尚絅，号海楼，华亭(今上海松江)人。嘉靖二年(1523年)进士，授刑部主事，累官至山东按察副使。工诗，宗李白，诗作豪放慷慨，著有《狎鸥亭稿》。

【沈恺】(1498—约1578) 明散文家、诗人、书法家。字舜臣，号环溪、凤峰，又号九华山人，华亭(今上海松江)人。嘉靖七年(1528年)举人，次年进士，授刑部主事，历员外、郎中，出为宁波府守，历官至湖广左参政。时严嵩柄国，媚者竞趋附，恺于例谒外，未尝造其门，以此忤严嵩，遂以养老母为由乞归。家居二十余年。穆宗登基，将召用，已年届七十，在家拜太仆少卿致仕。喜攻诗文，为文沉深古雅，高标远度，诗作融浑婉逸。善书法，巨幅长篇，一挥而就。著有《环溪集》二十六卷，有文无诗，徐阶、张时彻作序；《守株子诗稿》二卷、《夜烛管测》二卷，另有《东南水利》八卷、《沈子论衡》二卷、《艺林赘言》。《明史·艺文志》著录其诗文集；《盛明百家诗》编录其诗一百三十余首，名《沈凤峰集》。《国雅》《皇明诗统》《皇明诗选》《明诗综》《御选宋金元明四朝诗》《松风余韵》录其诗。

【徐阶】(1503—1583) 明学者、文学家。字子升，号少湖、存斋，华亭(今上海松江)人。早年即工诗文，擅书法。嘉靖二年(1523年)以探花进士及第，授翰林院编修。因抗疏论孔子庙制事，违首辅张孚敬意，被斥为延平府推官。从此

徐阶

谨事上官。后迁黄州同知，累迁至礼部尚书，兼文渊阁大学士，参预机务。时严嵩为首辅，其与严嵩处事谨慎，善于迎合帝意。四十一年设计罢严嵩官，取代严嵩而为首辅。后受高拱所扼，致仕归里。卒赠太师，谥文贞。曾参与修《世宗实录》，后张居正续成之。著述有刻于嘉靖十三年的《少湖先生文集》七卷，再刊时扩为十卷，收外贬延平府推官时诸作。由其亲自编定的诗文集《世经堂集》二十六卷，万历间辑刻，陆树声、王世贞作序。分奏对、祝章、奏疏、诸体文、赋、颂、诸体诗及曲词诸卷。有《世经堂续集》十四卷，其中文十二卷、诗二卷，收诗三百余首，为其后人于万历年间辑刻。编有《岳武穆遗文》《岳庙集》。《明史·艺文志》著录《世经堂全集》。《四库全书总目》著录《少湖文集》《世经堂集》。《盛明百家诗》录其赋、诗编，名《徐相公集》。《皇明诗统》《皇明诗选》《列朝诗集》《明诗综》《御选宋金元明四朝诗》《明诗纪事》《御选历代诗余》《明词综》《松风余韵》等录其诗词。

【顾正谊】（生卒年不详） 明画家、诗人。字仲方，号亭林，华亭（今上海松江）人。以父荫，由国子生授中书舍人。喜宾客。善画山水，是松江画派名家，董其昌早年曾受其教诲。能诗擅曲，著有《顾仲方百咏图谱》二卷、《咏物新词图谱》，散曲集《笔花楼新声》收小令二十首、套曲六套。万历二十八年（1600年）自刻《顾氏诗史》十五卷，以五言诗吟咏历代人物。《松风余韵》录其诗二首。

【包节】（1506—1556） 明作家。字元达，号蒙泉，华亭（今上海松江）人，占籍浙江嘉兴。嘉靖七年（1528年）中举，十一年进士，授东昌府推官。迁监察御史，出按云南、福建、湖南。弹劾中官廖斌不法，反遭廖斌构陷，被遣送戍庄浪卫，卒于戍所。明隆庆初，追赠光禄寺少卿。诗文忠愤激烈，抑郁无聊，幽思宛转。著有《苑诗类选》三十卷、《西戍北逮录》《通考意抄》《二十一史意抄》《释疑录》等。有《包侍御集》六卷，前两卷为官御史时所作，名《台中稿》，诗文各一卷；后四卷作于贬谪时，名《湟中稿》，诗文各二卷。《盛明百家诗》《国雅》《皇明诗统》《列朝诗集》《明诗评选》《御选宋金元明四朝诗》《明诗纪事》《檇李诗系》《明诗综》等录其诗。《明文海》录其文二篇。

【何良俊】（1506—1573） 明戏曲理论家、藏书家、散文家、诗人。字元朗，号柘湖，别署柘湖居士，华亭柘林（今属上海奉贤）人。与其弟何良傅并为俊才。明嘉靖间以岁贡入国学，曾任南京翰林院孔目，数年后离职，移家苏州。晚年归华亭，家中蓄养歌妓，通音律，作曲填词。勤于记录野史逸文，著述颇丰。《四库全书总目》：良俊在当时“颇有文名，所作纵横跌宕，亦时有六朝遗意。而落笔微伤太快，殆亦才人轻脱之习欤”。著有《何氏语林》《丛说》《柘湖集》《世说新语补》《四友斋丛说》等。《何氏语林》三十卷自称

何良俊

仿南朝刘义庆《世说新语》之作，采掇旧书，剪裁熔铸。笔记合辑《四友斋丛说》三十卷，后续撰八卷，书分十七类，旧说新闻，兼收并蓄。《柘湖集》二十八卷（又名《何翰林集》）为其诗文别集，其中诗赋五卷，收诗二百余首，文二十三卷，莫如忠、皇甫汸、何全、王文禄作序，后与何良傅的《何礼部集》合刊为《云间两何君集》。《盛明百家诗》收其诗一百三十余首，名《何翰目集》。《明史·艺文志》《四库全书》著录《何氏语林》《丛说》《柘湖集》。《皇明诗统》《列朝诗集》《明诗综》《御选宋金元明四朝诗》《松风余韵》《明诗纪事》《明文海》等录其诗文。

【何良傅】（1509—1562） 明散文家、诗人。字叔皮，号大壑，华亭柘林（今属上海奉贤）人。何良俊弟。嘉靖二十年（1541年）进士，累官至南京礼部祭司郎中。受权臣严嵩赏识，有感恩之作，遭时人讥议。所著辑为《何礼部集》十卷，其中诗四卷，收诗一百八十余首；文六卷，收各体文九十余篇，徐献忠序，后与兄何良俊的《何翰林集》合刻为《云间两何君集》。《国雅》《皇明诗统》《明诗综》《御选宋金元明四朝诗》《松风余韵》《明诗纪事》等录其诗。

【莫如忠】（1509—1589） 明诗人。字子良，号中江。华亭（今上海松江）人。嘉靖十三年（1534年）举人，十七年进士，授南京工部主事，累官至浙江右布政使。诗颇具唐意，五言近体尤多佳句。文多应俗之作，题跋颇为高雅，时称诗文名家。亦善草书，精于赏鉴。曾与吴维岳等结诗社，与王世贞、谢榛等结交，被王世贞列为“四十子”之一。万历十四年（1586年）冯大受、董其昌等刻其著述为《崇兰馆集》二十卷，其中诗九卷、文十一卷，陆树声、茅坤、冯明可、唐文献、冯大受序。《盛明百家诗》编录其诗四十余首，名《中江集》，后与其子莫是龙的《少江集》合为《二莫集》。《明史·艺文志》著录《崇兰馆集》。《国雅》《皇明诗统》《皇明诗选》《列朝诗集》《明诗综》《御选宋金元明四朝诗》《松风余韵》等录其诗。

【陆树声】（1509—1605） 明诗人、散文家。字与吉，号平泉。青浦人，居松江府城（今上海松江城区）。嘉靖二十年（1541年）会试第一，授翰林院庶吉士，累官至礼部尚书。卒后赠太子太保，谥文定。在官场六十年，居官未及十二年。为文有东汉人风，为诗蕴藉。著有《陆文定公集》二十六卷，其中收诸体诗一百七十余首；《陆学士杂著》十一卷，以《陆学士题跋》《汲古丛语》《适园杂著》《耄余杂识》《禅林余藻》《陆氏家训》《病榻寤言》《清暑笔谈》《长水日钞》等分卷。《四库全书总目》著录其《平泉题跋》《陆文定公书》《茶寮记》。《皇明诗统》《列朝诗集》

莫如忠

陆树声

《明诗纪事》《明诗综》《御选宋金元明四朝诗》《松风余韵》《青浦诗传》等录其诗。《明文海》录其文一篇。

范惟一

【范惟一】(1510—1584) 明散文家、诗人。字于中,初号洛川,更号中方,华亭(今上海松江)人,居泗泾里。嘉靖十九年(1540年)举人,次年进士,授钧州知州,累官至江西布政使,拜太仆卿。隆庆四年(1570年)请辞归里。诸生时即有文名。辞官居家后留意著述,涉猎诸子百家,为文能自成一体,诗学中唐。著有《范太仆集》十四卷,是其子范允豫于其卒后次年所刻,莫如忠序。有《振文堂集》十三卷,万历十六年(1588年)范允豫等刻,张仲谦序。辑《明诗摘抄》四卷。《盛明百家诗》编录其诗三十八首,名《范中方集》。《续国雅》《皇明诗统》《明诗综》《御选宋金元明四朝诗》《松风余韵》《明诗纪事》等录其诗。

【李昭祥】(1512—?) 明诗人。字符韬,华亭(今上海松江)人。嘉靖二十六年(1547年)进士,授浙江兰溪令。为人平易,而精于计算,一意裁省,减轻民众负担。迁户部主事,任工部主事三十年,驻龙江船厂,专理船政,擢屯田郎。以父病告假归,不再出。著有《栖云馆集》二十卷、《慎余录》《谷阳杂记》《龙江船厂志》《读史一得》等。

【冯迁】(1512—?) 明诗人。字子乔,号樵谷,华亭(今上海松江)人。布衣,家贫,平生以文墨糊口。能诗,隆庆、万历年间与朱邦宪齐名,称"云间二妙"。父冯淮、弟冯邃俱能诗,父子兄弟间常自相唱和。著有《长铗斋稿》七卷,收五七言古近体诗五百二十余首。朱邦宪作序:"子乔缘情定体,因体铸辞,雄丽雅澹之言皆备。"六十大寿,有友人三十八人赠诗为贺,冯氏一一赓和,因刻《耆龄集》一卷。赠诗者有沈恺、范惟一、朱大韶等缙绅名人,也有王小石、刘小村等平民布衣。《明诗综》录其诗七首,评其诗"子乔诗出辞似浅,而练格颇遒,淘之汰之,沙砾自云"。《松风余韵》《青浦诗传》《明练音续集》《海藻》录其诗。

【徐陟】(1513—1570) 明诗人。字子明,号望湖,又号达斋,晚号觉庵,华亭(今上海松江)人。徐阶弟。嘉靖二十二年(1543年)举人,二十六年进士,授兵部武库主事,累官至南京刑部右侍郎。隆庆元年(1567)致仕。著有《来嘉堂集》《司寇集》十九卷,其中诗八卷,收诗三百余首,文十一卷。

徐陟

【陆楫】(1515—1552) 明诗人。字思豫,上海县(今上海闵行)人,一说华亭(今上海松江)人。陆深之子。少颖敏,书过目辄成诵,属文援笔立就,多惊人语。撰有诗文集《蒹葭堂稿》八卷。

【周思兼】(1519—1565) 明诗人、文史学家。字叔夜,号莱峰,人称"贞靖先生",华亭(今上海松江)人。嘉靖二十二年(1543年)举人,二十六年进士,授平度知州。累迁工部员外郎、郎中、湖广按察佥事。母病故归里。四十四年补浙江佥事,急病猝死。所著诗文于隆庆五年(1571)刊为《紫霞轩藏稿》四卷。万历初其后人集其遗著,由王世贞选定,刊刻全集《周叔夜先生集》十一卷,王世贞序,冯大受跋,收诸体诗

周思兼

三百八十六首、词二十三首、各体文一百二十九篇、杂说三十五则。《四库全书总目》著录《周叔夜集》十一卷,《明文海》《明诗综》《御选宋金元明四朝诗》《松风余韵》《青浦诗传》《明诗纪事》《明词综》《明词汇刊》等录其诗文。

【杨豫孙】(1521—1568) 明文学家。字幼殷,号朋石,华亭(今上海松江)人。杨枢子。嘉靖十六年(1537年)举人,二十六年中进士,授南京吏部考功司主事,转礼部祠祭郎。继任湖广学宪,举荐之人后均为名臣。累升河南参政、太仆寺少卿、太常,出任湖广巡抚,一年后病逝于任上。为大学士徐阶幕僚,赞画机要。为官有经世之才,对属下宽容。常识渊博,著有《经史通谱》《峸史琬琰录》及诗文集若干卷。

杨豫孙

【朱邦宪】(1524—1572) 明文学家。名察卿,号象冈,又号黄浦,自称醉石居士,字邦宪,以字行,松江府上海县(今上海闵行)人。二十岁为太学生,屡试不举,遂专攻古文词。明代隆庆、万历年间诗文与同郡冯迁齐名,人称“云间二妙”。与文徵明、王世贞、陆师登、归有光、彭年、黄姬水、王穉登、张时彻、余寅、徐中行、沈一贯、沈明臣、屠本畯、吴国伦、陆树声、莫如忠、何良俊、潘恩、张之象、董宜阳等为诗文会。《列朝诗集》录其诗六首,《明诗纪事》录其诗二首,按云:“邦宪以任侠名,诗亦有英气。”著有《朱察卿集》十五卷,现存其子朱家法刊本《朱邦宪集》十五卷,内诗四卷,收诗二百五十首,文十一卷,收文一百五十六篇。《明诗综》《海藻》《明文海》《松风余韵》收其诗文。

【陆郊】(1527—1570) 明诗人、书法家。字子野,号三浦,昆山(今属江苏苏州)人,寓居华亭(今上海松江)。神情高朗,喜好古典,勤学。时常衣食不周。为陈氏女婿,陈氏临终,命儿子将家产平分与陆郊,不受。与唐顺之、钱薇、沈明臣等为文字交。自言不及王维。作品得莫如忠赏识,评其诗如孟浩然,字如颜真卿,人品如王守仁。著有诗集《陆子野集》,收诗三十余首,周复俊序,由其子张伯生付梓。《玉峰诗》《松风余韵》《青浦诗传》录其诗。

【吴时来】(1527—1590) 明文学家。字维修,号悟斋,浙江仙居人。嘉靖二十八年(1549年)举人,三十二年进士,授松江府推官,摄府事。次年,倭寇犯境,率军民抗倭,护境保民,得百姓拥戴,擢刑科给事中。

吴时来

因弹劾严嵩，谪戍岭南横州，建悟斋书院讲学，不辍著述。隆庆元年(1567年)官复给事中。次年受命巡抚广东，以滥举亲信被劾，贬云南副使，再被劾，罢官。万历十二年(1584年)复起为湖广副使，累升至左都御史，十八年被劾，乞归。在朝以直节称，然疏于自检，连被弹劾。能诗文，著有《江防考》六卷、《悟斋稿》十五卷、《横槎集》十卷、《吴悟斋先生摘稿》十四卷等。在松江为官时，曾序《自得园四稿》，辑入当代编辑的《明代松江名人文选》。

【林景旸】(1530—1604)　明诗人、散文家。字绍熙，号弘斋，华亭(今上海松江)人。嘉靖四十年(1561年)中举，隆庆二年(1568年)进士，选翰林院庶吉士，四年母丧回家守制。服除，授礼部给事中，以南京右通政、南太仆寺卿致仕，居家二十年，主持“林太仆文社”，亲自检点桌椅、笔墨等用品，命题作文，点评文章优劣，绝大部分社员后来进士及第。著有《玉恩堂集》十卷，由其子林有麟于万历三十五年(1607年)刊刻，王锡爵、张以诚、杜士全等序，收奏议、参词、诗三百四十余首、文五十余篇。《御选宋金元明四朝诗》《松风余韵》等录其诗。

【徐惠肇】(生卒年不详)　原名元忠，字莀夫，华亭(今上海松江)人。徐阶孙。以祖荫袭尚宝司丞，未仕。擅作文，为提倡教化，著《男训》《女训》，又著《臆说》若干篇。手辑先贤遗风，从宋濂到文徵明共六十五人，每人都有加颂词。刻徐阶《世经堂续集》。乐善好施，捐田赡养族人、助诸生学习津贴。著有《奉日堂集》。享年五十六岁。

【陆从平】(生卒年不详)　明诗人。字履素，华亭(今上海松江)人，居松江城内望仙桥。隆庆二年(1568年)进士，授清丰县令，为官清廉勤政，以两浙转运使致仕。时值壮年，居家教子，与文友结社赋诗，留意著述。著有《瞉音集》《燕思斋稿》《熬波集》《明农集》等。享年七十五岁。

【莫是龙】(1537—1587)　明书画家、作家。字云卿，更字廷韩，号后朋，更号秋水，华亭(今上海松江)人，家在东明桥堍，别宅在西门外莫家弄。莫如忠子。十岁能文，人称“圣童”。不喜习科举业，好攻诗、攻古文词、攻书法、攻画、攻弈。屡应乡试不第，以贡生终。诗宗唐人，文出入韩、柳。曾被召至金陵校书，与文苑名流结

林景旸

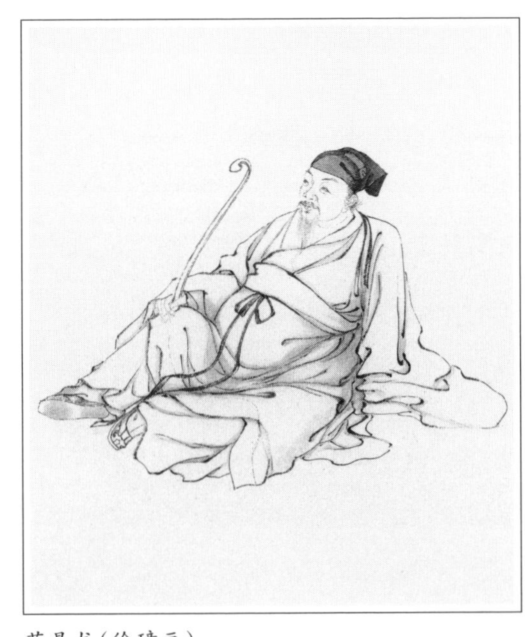

莫是龙(徐璋画)

诗社。与诗人、书画家顾斗英(字仲韩)齐名,人称“云间二韩”。以书画知名,“松江画派”创始人之一。著有《石秀斋集》十卷,收赋十篇、曲二首、拟乐府二十四首、古近体诗一千一百余首。《廷韩遗稿》十六卷。稿本《小雅堂集》收诗四十首。有书画论著《画说》《笔麈》。辑有散曲《南北宫词记》。《盛明百家诗》编录其诗三十余首,名《少江集》,与其父莫如忠的《中江集》合为《二莫集》。《国雅》《皇明诗统》《皇明诗选》《列朝诗集》《明诗综》《松风余韵》《海藻》等录其诗词。《四库全书总目》著录其《石秀斋集》。

【顾斗英】(生卒年不详) 明诗人、书画家。字仲韩,松江府上海县(今上海闵行)人。父顾名世历官尚书司丞。天才俊异,弱冠游庠,万历十四年(1586年)督学岁试列第一,与董其昌、沈时来一时皆列县学前茅。能诗,有盛唐风格,精书画,善弈,名士才情无所不备。与作家、书画家莫是龙(字廷韩)齐名,人称“云间二韩”。磊落不羁,穷奢极侈,轻财好施,不数年家财殆尽。著作甚丰,不尽传,诗多怜风月,狎池苑。《明诗纪事》收其诗三首。享年三十七岁。

【范濂】(1540—?) 明学者、作家。原名廷启,字叔子,号空明子、养庵,华亭(今上海松江)人。年少时每日诵读万言,及长,补为县学生。擅文章,通史学,曾作《文机十论》批评当时文章以形式华美论高下的风气。时人称其文章自成一家。博学多才,生性耿直。屡试不第,遂隐居佘山著书。高视阔步,以作者自居。著有《云间据目抄》五卷,记述云间(松江府)之事,大多亲历亲睹亲闻,分人物、风俗、祥异、赋役、土木五类,各为一卷。对松江手工业、商业之繁荣及江南城市生活等有较多反映,对地方官吏、乡绅之恶行劣迹也有揭露。另著有集注性质的五七律合选本《杜律选注》,选五律五百六十二首、七律一百五十首,五古六首,计七百一十八首,表注简洁精练,通俗易懂。另有《空明子》八篇传世。傲视当世,讥切时事,遭人告发而被囚。获释后,陆树声告诫其:若再写,要遭杀身之祸。晚年居于简陋书房,以诗酒自娱。享年七十余岁。

【俞汝为】(生卒年不详) 明散文家、诗人。字毅夫,华亭(今上海松江)人。隆庆元年(1567年)举人,五年进士,先后任德化、寿昌、建德县令,沁阳州守,以兵部巡按使致仕。为人恭谨淳朴,为官清廉勤政。工诗文,著有《皇明史裨》《黄河考杞》《筹荒政要》《览泖塔记》《缶音集》《留枢稿》《铜鞮稿》等。

【冯时可】(1546—1619) 明诗人。字元成,一字元敏,号敏卿,又号文所,华亭(今上海松江)人。冯恩第八子。少从其兄冯行可学,又师从唐顺之,遍交王世贞等吴中文人。隆庆四年(1570年)中举,次年进士,累官至浙江按察使。勤于著述,文章为海内推重,有诗作二千余首。继“七子”之遗续,又不尽重蹈其旧调。时与邢侗、王登、董其昌等齐名。诗文著述有《西征集》八卷、《南征稿》二十卷、《武陵稿》二十卷、《燕喜堂稿》十五卷、《金阊稿》二卷、《石湖稿》二卷、《雨航吟稿》三卷、《超然楼集》十二卷、《冯元成选集》八十三卷等。后人对其诗文褒贬不一,《明诗综》:“元成诗,极为牧斋钱氏(钱谦益)所诋,就全集而观,甫田弥望,稂莠污莱,独五古一体,尚有遗秉滞穗可供捃拾,以比刘子威(刘凤)翻觉胜之。”《明诗纪事》:“元成博综,下笔千言,娓娓不能自休。谈史谈艺,当时异闻逸事,往往散见集中,惟诗不能成家。”《皇明诗选》《明诗综》《御选宋金元明四朝诗》《明诗纪事》《松风余韵》等录其诗。《四库全书》收其《左氏释》《雨航杂录》。《明文海》录其文《摄山夜语记》。清《御定历代赋汇》录其赋三篇。

【许乐善】(1548—1627) 明诗人。字修之,华亭(今上海松江)人。隆庆五年(1571年)进士,授河南郏县令,擢湖广道御史,累官至南京通政使。与徐光启交好,其孙娶徐光启孙女。信奉天主教,助西洋人传教,曾在传教士艾儒略《天主降生出像经解》书上题诗。著有《适志斋稿》十卷,徐光启、钱锡龙、周裕广作序,其中诗词三卷,收诗四百一十余首、词曲三十余首;奏疏二卷;余为杂文、书简、制义等。另著有《修齐要览》《许氏惠邑恤宗录》。《松风余韵》《明词汇刊》录其诗词。

【陆应阳】(1548—1634) 明作家、诗人。字伯生,祖籍吴县(今江苏苏州),其父陆郊迁居华亭(今上海松江),遂为华亭人。少补县学被斥,乃绝意仕进。客游南北十余年，足迹几半天下，所至历览名山大川，其游稿凡二十三种，有《笏溪草堂集》《鸣雁集》《采薇集》《陆萍集》《香林集》《桃源集》《河上集》《荆门集》《五茸集》《问雪集》《怀旧集》《洛草集》《燕游集》《越游集》等，皆以抒其牢骚拂郁之气。现存诗文集《东游草》一卷。

【于燕芳】（生卒年不详） 明诗人、学者。字彪先，华亭（今上海松江）人。尝参校《钱鹤滩先生集》。撰有诗集《燕市杂诗》一卷，纪明神宗末年事，内收《拟阵亡诸将怨诗》《拟阵亡诸卒怨诗》《刘将军挽歌》《杜将军挽歌》《潘佥事挽歌》《为刘晋仲悼亡四绝》共九首诗，末附《附晋仲夫人春晓诗》。另有诗文集《辇下歈》九卷。

【唐文献】（1549—1605） 明文学家。字道徵，更字元徵，号抑所，华亭（今上海松江）人。万历十三年（1585年）顺天乡试中举，次年廷试中状元，授翰林院修撰，累官至礼部右侍郎，掌翰林院事。卒于官，赠礼部尚书，加太子少保，谥文恪。以名节自许。能诗文。著有《占星堂集》。四十三年，门生杨鹤、崔尔进辑刻《唐文恪公文集》十六卷，孙承宗序，收册文、诏、贺表、廷试策、馆课、家训等各体文一百二十余篇，赋、古近体诗三百七十余首，书启五十二篇。清道光三十年（1850年）其九世孙重刻。《明诗综》《御选宋金元明四朝诗》《松风余韵》《御定历代赋汇》《明诗纪事》等录其诗。

【董其昌】（1555—1636） 明书画家、诗人。字玄宰，号思白，又号思翁、香光、香光居士，华亭（今上海松江）人。万历十七年（1589年）进士，选翰林院庶吉士，累官至南京礼部尚书，卒赠太子太傅，谥文敏。书画自成一派，创“南北宗”之说，为一代宗师。诗文以自然流畅见长，多率意之作。《四库全书总目》：“其昌以书画擅名，论者比之赵孟頫，其诗文则多率尔而成，不暇研炼。词章之学，盖不及孟頫多矣。”著有《画禅室随笔》《容台集》，内容除画论外，收其诗集、别集、随笔、禅悦、杂记、记事、记游、评诗、评文、杂言等。《千顷堂书目》著录其《南京翰林志》十二卷。《皇明十六名家小品》收《董思白先生小品》二卷。《国朝大家制义》收《董思白稿》。《皇明诗选》《列朝诗集》《明文海》《兔柴记》《明诗综》《御选宋金元明四朝诗》《松风余韵》《明诗纪事》《海藻》《乐府先春》《倚声初集》等录其诗词散曲。

唐文献

董其昌

【陈继儒】(1558—1639)　明末文学家。字仲醇，号眉公、麋公、眉道人、空青公、清懒居士，华亭(今上海松江)人。万历六年(1578年)进学，次年入馆于同郡范允临家，十一年转于太仓王锡爵家，与锡爵之子王衡交厚，同读于支硎山。二十九岁时，因三应乡试不举，焚儒生衣冠以示从此不应科考。五十岁前居松郡小昆山，先后在同乡沈时来、杨继礼及太仓王士骐等家任教。三十五年后于东佘山建别业，"广植松杉，屋右移古梅百株"，以为平居之所。润笔之资及友人馈赠渐多，不再外出教书谋生。与同郡董其昌齐名并交善。人称"高才"，多才多艺，书学苏轼、米芾，所画山水，空远清逸，染梅之法，亦得独家之妙，又善鼓琴，通词曲，能诗文。常与达官缙绅往来，广交各类文人、商贾及方外之士。其游踪"北不渡扬子，南不渡钱塘"，然"大隐"之名播于天下，慕名求教者益众。朱彝尊论其："以处士虚声，倾动朝野。守令之臧否，由夫片言；诗文之佳恶，冀其一顾。"万历、天启年间先后得多人举荐，朝廷征辟，皆以病辞。无锡顾宪成讲学东林，召之，亦不往。诗文著述有《陈眉公集》十七卷，其中收赋一篇、诸体诗三百四十余首、词二十三首，各体文十三卷。卒后，子陈梦莲辑刻《陈眉公先生全集》六十卷，方岳贡序，编有《眉公府君年谱》。《四库全书总目》将其列为晚明"山人"及小品文之代表，著录其所著、所编书三十一种。《皇明十六名家小品》《明文海》《皇明诗选》《列朝诗集》《明诗评选》《明诗综》《御选宋金元明四朝诗》《松风余韵》《青浦诗传》《明诗纪事》《御选历代诗余》《明词综》《明词汇刊》等录其诗词文。

陈继儒

【范允临】(1558—1641)　明诗人。字至之，号长倩，又号石公，祖籍吴县(今江苏苏州)，嘉靖年间其祖父迁居华亭泗泾，占籍华亭(今上海松江)。万历二十三年(1595年)进士，授兵部主事，改工部。历员外郎、郎中，出为云南提学佥事。三十二年迁福建右参议，未到任而归。书法享有时誉。归田后筑室苏州天平山，故人知交相与遨游山水间。著有《范石公输寥馆集》，清初重刊，有顺治十四年(1657年)钱谦益序，收诸体诗三百四十首、词九首、曲十二首及序、记、传、墓志铭、行状、祭文、杂著等。有乾隆十九年(1754年)补修本。《明诗综》《御选宋金元明四朝诗》《松风余韵》《明诗纪事》《木渎诗存》《明词汇刊》等录其诗词。

【徐媛】(1560—1619)　女，明文学家。字小淑，长洲(今江苏苏州)人。嫁华亭(今上海松江)范允临。少从女师受书，以病废。好读书，工诗文，诗拟汉魏六朝三唐，杂文多有可观。嫁后伴君学吟咏，作散体之文，又随夫远宦他乡，"万里入滇，溯大江而道黔"，视界阅历非寻常。允临归隐苏州天平山后，徐媛与寒山陆卿之相唱和，时称"吴门二大家"。卒后，允临集其作，刊为《络纬吟》十二卷。集中诗词曲均具规模，其中散曲颇多，在闺阁作家中不多见。《明诗综》："小淑诗文与陆卿之齐名，然徐以绮丽胜，才情稍逊于陆。"另著有《倡和集》。

【李豫亨】(生卒年不详)　明作家。字元荐，号中条山人，华亭(今上海松江)人。李日章子。幼聪慧，七岁能作文。早年随父游，出入官场，常出妙计惊人。补博士弟子，科举屡试不第。游历大江南北，与同好砥砺学问。晚年执著于佛道。著有《推篷寤语》《三事溯真》等著作十余种。享年六十一岁。

【朱朝贞】(生卒年不详) 明诗人。字孟元，华亭(今上海松江)人。宋朱熹后裔。诸生。文宗两汉，诗效唐开元、大历。工诗赋古文，喜钻研佛家经典，谈论佛家妙境。著有《武邱吟草》等。享年近八十岁。

【张所敬】(?—约1599) 明诗人。字长舆，号蒿园居士，晚号三止居士，又号百止生，松江府上海县(今上海闵行)人。少有文誉，弱冠补弟子员，及长以词赋狎主齐盟，为王世贞所推重。著述除《潜玉斋稿》四卷外，有《潜玉斋近稿》不分卷、《春雪篇》二卷、《解弢篇》一卷。其他见诸著录的有《张氏世谱》《新刻语苑》五卷、《酒志》三十篇、《骚苑补》一卷、《峰泖先贤志》《秉烛丛谈》《皇明诗藻》《雪航漫稿》《张长舆诗藻》等。辑有《沧溟先生尺牍》三卷、《明诗藻》。

【张所望】(生卒年不详) 明学者、文学家。字叔翘。松江府上海县(今上海闵行)人。张所敬弟。明万历二十九年(1601年)进士，授刑部主事，出任衢州太守，升副使，备兵苍梧，转任左江参政。选任广东按察使，不赴，后起用湖广按察使，以病归。复起用山东右布政使，不赴。任上治理有方，颇多政绩。著述甚富，有《梧浔杂佩》《岭表记游》《幅员名义考》《文选集注辨疑》《龙华里志》等刊行于世。享年八十岁。

【张鼐】(1562—1629) 明文学家。字世调，号侗初，华亭(今上海松江)人。张蓥从孙。万历三十二年(1604年)进士，为庶吉士，授检讨，累升至南京吏部侍郎、纂修实录加太子宾客。天启年间以忤魏忠贤削籍。崇祯初，复起为吏部侍郎，掌詹事府事。因疾归，卒赠礼部尚书，谥文节。曾入东林，与黄宗羲友善。居乡间简应酬，与陈继儒交契，好汲引后辈。吟咏词赋，批改文章，埋首书堆，乐此不疲。性格真率，心直口快，好豪饮。古文诗词自成一家，著有《宝日堂集》六卷、《吴淞甲乙倭变志》二卷。崇祯年间将张氏各体文、诸体诗辑为《宝日堂初集》三十二卷，许维新、夏允彝等作序。另有《侗初张先生注释孔子家语隽》五卷、《侗初张先生评选左传隽》四卷、《左传文苑》八卷、《山中读书印》三卷、《辽筹》二卷、《奏草》《陈谣杂咏》《新镌张太史注释纲鉴标题白眉》二十一卷、《宝日堂杂抄》等。《明文海》录其文十四篇，评其:“《宝日堂文》曲折能尽所欲言，微嫌烦冗。”清《御定历代赋汇》录其《瀛洲亭赋》《万寿无疆赋》。《明诗综》《御选宋金元明四朝诗》《松风余韵》等录其诗。

张所望

张鼐

【唐汝询】(1565—1659)　盲人,明诗人、诗歌鉴赏家、学者。字仲言,号酉阳山人,华亭(今上海松江)人,居白沙里。五岁失明,父亲抱膝上,授以《诗经》、唐诗。未成年时,已"耳读"大量名著名诗。万历年间先后编著诗歌鉴赏作品《唐诗解》五十集、《唐诗十集》。钱谦益点评其著述"有新义"。其古诗鉴赏联系作者生平事迹,援引他人鉴赏之说,阐释自己鉴赏之理由,并留下一定的空白让读者思考探究,达到相当的高度。一生创作诗千余首,饱含激情,催人奋进,部分诗作汇编成《编蓬集》十卷、《编蓬后集》十五卷、《姑蔑集》。又旁通经史,多所著述,被称为异人。明后期竟陵派受人追捧,其认为竟陵派诗歌刻意雕琢字句,语言艰涩,隐晦难懂,不能称大雅。结合诗歌的创作源流、规律和基本要求,编写《汇编》十集述其观点。《明诗综》《金陵诗征》《明诗纪事》《松风余韵》等录其诗。

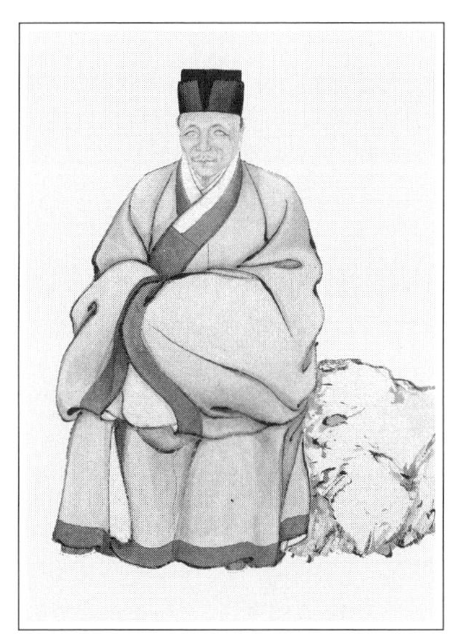

唐汝询

【方应选】(生卒年不详)　明作家。字众甫,号明斋,华亭(今上海松江)人。万历十一年(1583年)进士,三任州县守,十九年任汝州知州,累官至福建提学副使,卒于任上。知汝州时,主修《汝州志》,刻有《汝上诗文》二集,董其昌作序。后其子辑其著述名《方众甫集》十四卷,内分诗赋四卷,收诸体诗四百六十余首,各体文十卷。《四库全书总目》称《方众甫集》:"其诗古体颇清丽,文笔亦尚健举,而渐染习尚,未尽脱当时风气。"《明文海》录其文二篇,《御选宋金元明四朝诗》《松风余韵》录其诗。享年五十四岁。

【张以诚】(1568—1615)　明诗人、书法家。字君一,号瀛海,华亭(今上海松江)人。万历二十九年(1601年)中状元,授翰林院修撰,迁左春坊中允,受命主考福建。父卒,哀毁过度咯血而亡。楷书仿赵孟𫖯,行草法王献之,文章宗苏东坡,诗拟孟浩然。著有《国史类记》《酌春堂集》十卷、《毛诗微言》二十卷、《须友堂集》等。

张以诚

【毕自严】(1569—1638)　明作家。字景曾,号白阳,山东济南淄川(今淄博)人。万历十六年(1588年)举人,二十年进士,授松江府推官,累官至户部尚书,以忤魏忠贤引疾归。崇祯初复出任原职,加太子少保、太子太保,致仕。喜读书,能诗文,著有《饷抚疏草》七卷,奏疏以外著述编为《石隐园藏稿》八卷,内诗一卷、收诗八十余首,文三卷,奏疏三卷,书启一卷。《四库全书》收《石隐园藏稿》,《四库全书总目》称其:"七言近体分沧溟(李攀龙)、华泉(边贡)之座。""拟其文于韩、苏,拟其四六于徐、庾。虽乡曲之言,未免稍溢,而以经济兼文章,则自严要不愧也。"

《明诗综》《山左明诗钞》《明诗纪事》等录其诗。

【冯大受】(生卒年不详) 明诗人。字咸甫，华亭(今上海松江)人。冯行可子。万历七年(1579年)举人。以庆元知县致仕归田，筑“竹素园”。有诗名，工书法。与王世贞、莫是龙等名士游。诗名比与“云间二韩”。王世贞称其:“诗和平，能酌于深浅浓淡之间，高不至浮，卑不至弱。”著有《竹素园集》九卷，分别题名《金陵游草》《燕台游草》《北游续草》《据梧集》《公车别录》《端居集》《郊居集》《园居集》《闲居集》，删除重复，共存诗五百余首，王世贞、屠隆、莫是龙、张凤翼等人序列于各集。《千顷堂书目》录其《竹素园诗集》。《皇明诗统》《明诗综》《御选宋金元明四朝诗》《松风余韵》《明诗纪事》等录其诗。

【何三畏】(生卒年不详) 明诗人、散文家。字士抑，华亭(今上海松江)人。万历十年(1582年)中举，授绍兴府推官。性豪爽，日与宾客在家中“芝园”为文酒会。著有《云间志略》《凤凰山稿》《何氏拜石堂集》《何氏居庐集》《何士抑宛委斋集》《何氏芝园集》《咏物诗》，《新刻漱六斋全集》四十八卷是其诗文全集，陈继儒、唐文献、董其昌等十余人作序，共收赋四篇、拟乐府二十九首、骚体八篇、各体文二百六十余篇、书启四百余篇，为《千顷堂书目》著录。曾辑《何氏类镕》三十卷，收类书典故，以骈语联络成文，以供赋诗作文者采用。《明诗综》《松风余韵》《明诗纪事》等录其诗。传记体文集《云间志略》二十四卷，记松江府自明洪武至万历年间的名宦、乡贤、诗人、孝子、名医等二百五十三人。取材剪裁得当，文字秀美，有较高文学性和文献价值。享年七十五岁。

【钟薇】(生卒年不详) 明诗人。字汝思，号面溪、东海散人，华亭陶宅(今属上海奉贤)人。少时不喜文墨，儿子显贵后，强自克制读书，穷搜遍览，遂成通儒。诗作时有佳句，与松江府守相交甚笃。万历二十四年(1596年)漫游浙楚。将山居杂咏、记游抒怀之作合为《面溪集》，徐阶序，含《耕余集》，收诗一百八十余首;《云水记时》，收诗二百五十余首；附《随游漫笔》三卷，有游天目、武夷、太和、庐山、齐山、九华山等地所作游记八篇。另著有《倭奴遗事》《云间纪事野史》。《松风余韵》《明诗纪事》等录其诗。享年八十余岁。

【张重华】(生卒年不详) 明诗人。字虞侯，号晴阳，华亭(今上海松江)人。万历年诸生，乡试屡不举，遂弃举子业，北入京师，以诗文求教于张位、萧大亨等名家。数年后返乡，病亡，年未及五十。著有诗集《南北游草续》，收五七言诗八十三首。《沧沤集》八卷，是其著述总汇，收各体文及赋、古代琴曲鼓曲五首、各体诗十七章、二百八十一首。《四库全书总目》著录其诗。

【李绍箕】(生卒年不详，明万历中后期在世) 明画家、诗人。字懋承，华亭(今上海松江)人。李豫亨子。以太学生入南京鸿胪寺序班，历官江西都昌主簿。曾随岳丈顾正谊学画，涉历山川之胜。著有《方城集》，另有《李懋承彭泽草》，为官都昌时所作，收诗七十余首。《松风余韵》录其诗。

【李绍文】(生卒年不详，明万历中后期在世) 明学者、散文家。字节之，华亭(今上海松江)人。李豫亨子，李绍箕弟。平生专事著述，效仿《世说新语》，作《明世说新语》八卷，为《明史・艺文志》《四库全书总目》收录。另有《云间人物志》《云间杂识》《云间著述考》等。

【李继佑】(生卒年不详) 明诗人。字孝启，一字仍启，华亭(今上海松江)人。万历四十年(1612年)举人。名其居室“归愚庵”。著有《归愚庵初学集》十二卷，其中文八卷、诗四卷，收诗二百六十余首，附《疗痴赋》《将西归赋》。有唐兆楫、黄经令、孙元化万历四十一年序，宋懋澄万历四十二年序，李维桢、汤宾尹、陈继儒明万历四十三年序。

【王凤娴】(生卒年不详) 女，明诗人。字瑞卿，号文如子，华亭(今上海松江)人。解元王献吉姐，万历进士张本嘉妻。初，张家贫不能治生，感时遇景夫妇诗词相唱和。本嘉中进士后，授宜春令，夫妇泊然如初。本嘉四十二岁卒于官，凤娴艰辛自誓，抚育子女，子张汝开举于乡，官怀庆丞。课艺张引元、张引庆二女，皆工诗文，母女时相唱和。著有《焚余草》四卷、《续草》一卷，收诗二百七十五首、诗余七首，为《千顷堂书目》著录；有母女倡和诗集《贯珠集》，二女诗集《双燕遗音》；又有《东归记事》。《名媛诗归》《女中七才子兰咳二集》《众香词》《列朝诗集》《明诗综》《松风余韵》录其诗词。享年七十岁。

【宋懋澄】(1570—1622) 明文学家、藏书家。字幼清,号稚源、自源,华亭邬桥(今属上海奉贤)人。万历四十年(1612年)举人。专事著述,诗文朴实简洁,尤工书简及文言小说。著有《九籥集》,其中《稗篇》中有《珍珠衫》《负情侬传》《海忠肃公》《刘东山》等,后被冯梦龙改编为小说《杜十娘怒沉百宝箱》等,收于"三言二拍"。子宋徵舆为"云间三子"之一。

宋懋澄

【施绍莘】(1581—1633) 明词人、散曲家。字子野,号峰泖浪仙,上海县闸港(今上海闵行)人,寓居华亭(今上海松江)。少为华亭县学生员,屡试不举,遂弃举子业,放浪声色,致力于词曲写作。先世富甲一方,万历四十四年(1616年)在松江西佘山北建别业。时陈继儒居东佘山,施常招邀陈等名流饮宴游艺于九峰三泖及西湖、太湖间。以才称,尝与友人结苎城诗社,与同邑沈龙交善齐名,一时称"施沈"。平生喜词曲,好声乐,自谓"每闻琵琶筝阮声,便为魂销神舞"。所作散曲大多抒写个人情怀和田园风光,文采风华而题材较窄。好作艳词,一时无出其右。其《送春》《感梅》《佞花》《惜花》可与刘希夷的《白头吟》相比,开《红楼梦》中的《葬花词》之先声。所存散曲套数之数为明人第一。著有《秋水庵花影集》五卷,收散曲八十六套、小令七十二曲、词一百九十首,陈继儒、顾乃大、顾胤光、沈士麟序。《明词综》《松风余韵》《青浦诗传》《海曲诗抄》《海藻》《明词汇刊》等录其诗词。

施绍莘

【钱大复】(生卒年不详) 明学者、作家。字肇阳,号渐庵,华亭(今上海松江)人。自幼好学,"口不停吟,手不释卷"。隆庆元年(1567年)补博士弟子员。万历七年(1579年)母亡守孝,服除后赴遗才试,取得五学之冠,得以乡试中举。后屡赴会试都不中式。三十二年以举人授蓬莱知县,朝廷诸司考察地方官吏时被列为甲等。三十五年其次子钱龙锡中进士,遂辞官返乡,隐居不出,捐三年俸禄之余建"日新"书院。门生来自苏、浙、闽、湖、广,不下数百人。三十六年起主持书院,前后九年,寒暑不辍。著有《四书证义》《四书合编》《四书笔记》《良知的证》《性学总论》《味道编省言》《东牟试略》等。

【王彦泓】(1593—1642) 明文学家。字次回,曾以字行,南直镇江金坛(今属江苏)人。诸生,博学好古,以岁贡为华亭训导,卒于官。工诗,风怀之作"深得唐人遗意,诵之感心娉目,回肠荡气"。所作艳体诗尤有声于时。著有《疑雨集》六卷,今存清刻本四卷,收诗四百四十余首、词三首。《列朝诗集》《明诗综》《御选宋金元明四朝诗》《明诗纪事》等录其诗,《倚声初集》《御选历代诗余》等录其词。

【徐尔铉】(生卒年不详) 明诗人。字九玉,华亭(今上海松江)人。少孤,年十六补诸生,崇祯间中乡试副榜。擅书画,尤喜诗,信佛,曾独自刻印佛经。与董其昌、陈继儒等交好。著有《诗韵考裁》五卷、诗文集《核庵集》二卷,收诗四百余首、词四十余首,崇祯二年(1629年)董其昌、陈继儒等序。《御选宋金元明四朝诗》《松风余韵》《明词综》《兰皋明词汇选》录其诗词。

【杜麟徵】(1595—1633) 明文学家。华亭(今上海松江)人。崇祯二年(1629年)参与发起成立几社,"几社六子"之一。四年进士。与复社张溥关系密切,曾多次参加复社在南京、苏州举办的聚会。参与几社编印《皇明经世文编》《几社六子会义》《几社六子诗稿》等。

【夏允彝】(1596—1645) 明文学家。字彝仲,号瑷公,松江华亭(今上海松江)人。幼好学,善文辞,崇祯二年(1629年)参与创立几社,"几社六子"之一,后加入复社。讲求气节,以道德文章相砥砺。万历四十六年(1618年)中举,崇祯十年进士,授长乐知县。吏部推举天下贤能知县七人,允彝居第一。崇祯十七年北京城破,拜谒史可法,与谋兴复。福王立,授吏部主事,未赴任。清顺治二年(1645年),与陈子龙、徐孚远、沈犹龙、李待问

夏允彝

等在松江起义抗清。事败，于九月十七日作绝命诗，投松塘自尽。文学造诣和民族气节与陈子龙齐名，世称“陈夏”。著有《禹贡古今合注》五卷、《新刻注释孔子家语》二卷。后人辑有《夏文忠公集》五卷。《几社六子诗选》《天启崇祯两朝遗诗》《明诗纪事》《明诗综》《兰皋本词汇选》《松风余韵》等录其诗词，《明文海》录其文。

【周立勋】(1597—1639)　明文学家。字勒卣。华亭(今上海松江)人。诸生，久试不举。崇祯二年(1629年)参与创立几社，“几社六子”之一，后加入复社。以研磨举子业为务。三年，参与刊刻《几社六子会义》，五年汇刻《几社壬申文选》，集六子之文，人各六十篇。后陆续刊刻《几社会义集》数集。崇尚古学，古文韵体无不研习。其时国事维艰，其关心时局，讲求事功。五年参与编辑《几社壬申合稿》《皇明经世文编》。十二年赴南京乡试，病卒于客舍。裔孙周京集其诗文编为《符胜堂集》五卷，收赋五篇、诸体诗一百九十六首、各体文十五篇，有清乾隆十二年(1747年)刊本。《皇明诗集》《几社集选》《明诗综》《明诗别裁集》《松风余韵》《明诗纪事》等录其诗。

【沈泓】(1598—1648)　明诗人。字临秋，号悔庵，又号无寐，华亭(今上海松江)人。崇祯六年(1633年)举人，十六年进士，授刑部主事。国变，自缢未遂，出家于浙江上虞东山国庆寺，法号弘坚。上虞有谢安墓，将居所名“怀谢轩”。著有《怀谢轩遗咏》，附《渡江草》不分卷，被世人评为：“儒中有禅，禅中有儒。”由其子沈严、沈廉辑录，王壹、钱士升、王光承等删订，收诗一百二十一首。《渡江草》由其侄沈麟校阅，收诗十二首，附沈泓自撰《先母宋孺人行略》。另著有《易宪》四卷。《明词综》《海藻》录其诗词。

【范壶贞】(生卒年不详)　女，明诗人。字淑英，号蓉裳，南直苏州府吴县(今江苏苏州)人。举人范选女，华亭(今上海松江)诸生胡畹生妻。撰有诗文集《胡绳集》四卷(又名《范蓉裳胡绳集》)。另有诗文集《胡绳诗抄》三卷，附赋二首。

【沈龙】(生卒年不详)　明末诗人。字友夔，华亭(今上海松江)人。崇祯十六年(1643年)进士，明亡不仕。娴于诗词，有名于当时。与施绍莘齐名，并称“施沈”。得陈继儒器重，为沈龙著《雪初堂集》作序，有“吾重友夔者，孝悌能诗文，盖才子而兼有道者也”等语。著有《雪初堂集》六卷，卷一至卷五收古近体诗二百五十余首，卷六收诗余七十九首。《松风余韵》录其诗四首。

【徐孚远】(1599—1665)　明末诗人、散文家。字闇公，晚号复斋，华亭(今上海松江)人。崇祯二年(1629年)参与创立几社，“几社六子”之一，后加入复社。与陈子龙主编《皇明经世文编》。十五年举人。清兵南下，参与松江抗清起义。失利后脱逃，先后追随唐王、鲁王在浙闽沿海坚持抗清复明，曾随郑成功至台湾，成立“海外几

徐孚远

社”。诗风苍劲雄浑，豪宕忠义之气贯注其中，擅长以壮语写悲情，面目鲜明。代表作有《君子行》《悲哉引》《古诗咏怀》《咏史》等。著有《钓璜堂存稿》二十卷、《交行摘稿》，纂有《十七史猎俎》一百六十卷，合编《几社会义集》。

【王微】（1600—1647）　女，明末诗人。字修微，小字王冠，号草衣道人，江苏扬州人。七岁失父，流落为妓。二十六岁后嫁华亭（今上海松江）许誉卿。工诗词，娟秀幽妍，与柳如是齐名。诗风清新宁静，傲然自放，不似寻常闺秀诗精致纤弱，在立意和格调上胜过一筹；词作多俚俗、应酬之作，带青楼风尘味。其诗词获明代钟惺、陈继儒、董其昌、钱谦益、施绍莘，清代李世熊等名家好评，将其与西汉唐山夫人、卓文君、宋李清照等相提并论。著有《远游篇》《闲草》《期山草》等诗词集。《松江诗钞》《名媛诗纬》录其诗。1936年，施蛰存编辑《王微诗集》。

【朱舜水】（1600—1682）　明末学者、文学家。名之瑜，又作之屿，字楚屿，又字鲁屿，号舜水，以号行，浙江余姚人，曾客居华亭（今上海松江）。明崇祯时诸生，两次受征辟，皆不就。福王时授江西按察副使兼兵部郎中，监方国安军，未赴任。清兵南下，随黄斌卿在舟山抗清。舟山陷落，辗转于日本、安南（今越南）。后受郑成功、张煌言邀请回国举事，兵败后流亡日本。居长崎讲学，后迁江户、水户，受藩主德川光国看重，尊为宾师，立馆讲学二十余年，卒于日本，日人私谥“文恭先生”。博学通经，为学看重事功，反对空谈性理，强调经史并重。卒后，日人辑其论述及在日本讲学时问答、书札等，编为《舜水遗书》二十五卷，《舜水先生文集》二十八卷、附录一卷。著述多叙、论之作，清黄宗羲《姚江诗逸》录其诗十五首。另有《避居日本感赋》等诗流传。梁启超《朱舜水年谱》述其生平。《姚江诗逸》等录其诗。

朱舜水

【单恂】（1602—1671）　明末诗人。字质生，号狷庵，华亭（今上海松江）人。崇祯十三年（1640年）进士，出任麻城知县，上任两月即请辞归里奉养父母。十四年筑舍于松江东郊白燕庵，自号“白燕头陀”，足不入城市。善为诗文，诗作“力扫陈言，浓而不腻”。著有《白燕庵诗集》，含《竹香庵》《瓶香庵》《枯树斋》三集，收诗一百八十余首，董其昌、陈继儒等序。《明诗综》《御选宋金元明四朝诗》《明遗民诗》《松风余韵》《松江诗钞》《明诗纪事》等录其诗。

【宋徵璧】（约1602—1672）　明末清初诗人、词曲作家。原名存楠，字尚木，又字让木，号幽谷朽生，别署歇浦村农，华亭郛桥（今属上海奉贤）人，家居松江府城本一禅院西。宋懋澄子，宋徵舆从兄。少负才名，与宋徵舆并称“大小宋”。明天启七年（1627年）举人，崇祯十六年（1643年）进士。入清，任秘书院撰文中书舍人，升礼部员外郎，出官广东潮州知府。工诗词古文，时人评价甚高，明末为几社中坚，云间词派主要成员，得陈子龙、夏允彝、李雯推重。陈子龙论其诗有三变：始则年少气盛，清兵入关后多感慨闵激之旨，国变后深婉和平，归于忠爱。亦善散曲，格调风骨高秀，深沉凄婉。作品有《抱真堂集》《抱真堂诗稿》《三秋词》《宋名家词品》《左氏兵法测要》等。

【李待问】（1603—1645）　明末书法家、诗人。字存我，华亭（今上海松江）人。长于文章，亦工

李待问

书法，善行草。崇祯十六年（1643年）进士，授中书舍人。清顺治二年（1645年），与沈犹龙、陈子龙、夏允彝、徐孚远等在松江起义抗清，八月初三日城破，引绳自缢，气未绝而被俘。劝降不屈，慷慨就义。著有《玉裕堂存稿》。

【王光承】（1606—1677） 明末作家。字玠右，华亭（今上海松江）人。勤学，好古文，明末补上海县诸生，与弟王烈发起创办求社，发展很快，人称与几社有并列之势。福王时贡入太学，呈挽救时局五策，不予采纳。鲁王监国，屡召屡辞。清兵据江南，天下大定，与弟王烈隐居石笋里，躬耕田亩，奉养父亲。清初以隐逸征，不起。不入城市三十年。善书法，尤能草书，能诗，与吴中徐枋、金孝章齐名，称“高士”。著有《镰山草堂集》二十卷，佚而不传。存文集《王玠右文存》不分卷。与弟合撰诗集《镰山草堂合钞》二卷。《明遗民诗》《明诗综》《明诗别裁集》《松风余韵》《松江诗钞》《海曲诗钞》《明诗纪事》《海藻》等录其诗。

王光承

【萧中素】（1606—？ 1689年健在） 明末诗人、辞赋家。字芷崖，人称“萧诗”，华亭县亭林（今属上海金山）人。出身木匠世家，传承父业，一生以手艺养家。工书善画，博学能文，精音律，尤长于诗词，吟咏清新。文人学士造访不肯一见；见则必自顾操斧运斤。嘉庆《松江府志》载其言：“吾匠氏也，衣食足以自给，诗酒足以自娱，丝竹丹青足以悦耳目，高贤良友不远千里而至，人生之乐莫逾于此矣。”著有《释柯集》《释柯余集》《药房近草》《南村诗稿》等诗集。王士祯、徐世昌、钱仲联等对其诗评价甚高。王九龄评其诗：“清新雄丽，直造三唐阃奥。”《清诗纪事》选录其诗六首。

【王烈】（生卒年不详） 明末诗人。亦名承烈，字名世，华亭（今上海松江）人。王光承弟。清兵据江南后，与兄偕隐，世称“二王先生”。明金山卫学生，先于其兄去世。著有《镰山草堂别集》。与兄合刊诗集《镰山草堂合钞》二卷，卷上王光承诗，卷下王烈诗。《明遗民诗》《明诗综》《松风余韵》《松江诗钞》《海曲诗钞》《明诗纪事》《海藻》等录其诗。

【陈子龙】（1608—1647） 明末文学家。原名介，字人中、懋中，更字卧子，号海士、轶符、晚号大樽，抗清时避居寺中为僧，易姓李，字瓢粟，别号颍川明逸，又号於陵孟公，法名信衷，华亭（今上海松江）人。崇祯二年（1629年）参与创立几社，“几社六子”之一，后加入复社，为两社中坚人物。三年中举，十年进士，授绍兴府推官，擢兵科给事中。南明弘光时赴南京，连上三十余疏激励南明小朝廷图强中兴，为权奸所嫉，辞归。清军陷南京后，在松江起兵，为监军。清顺治二年（1645年）八月初三日清军破松江府城后，潜藏于峰泖间，暗中联络太湖义军继续从事抗清活动。明鲁王授其兵部尚书。顺治四年四月，策反清松江提督吴胜兆起兵反清，事泄被捕，五月十三日在押往南京途经松江跨塘桥时投水而死。乾隆四十一年（1776年）追谥为忠裕。诗文并称大家，词更有名，开云间诗派、云间词派文学，为首席。继承后七子，以复兴古学相期，有明诗殿军之誉。国变前，诗歌以拟古为主，描写大江南北

陈子龙

风光，刻画游子情怀，抒发男女情爱，婉丽真切，也有《小车行》《卖儿行》等描写民不聊生的社会悲剧。清军南下后，诗词的内容和风格大变，大多写山河破碎的亡国之痛，吊古伤今的悲哀和对复兴明王朝的期许，悲愤苍凉。清初吴伟业称其“高华雄浑，睥睨一世”，王士祯称其“沈雄瑰丽”“殆冠古之才”。著有《安雅堂稿》十八卷，收序记、论策、传疏志铭、书牍、颂赋等；诗集《湘真阁稿》六卷，收赋、启、乐府及古近体诗，李雯序。曾与人合编《明诗选》十三卷、《皇明经世文编》五百零四卷、补遗四卷。整理补充徐光启《农政全书》手稿，编订成书刊印。崇祯五年《几社壬申合稿》二十卷，收子龙骚赋八篇、古乐府五十六首、五七言古近体诗二百九十六首、序议文三十二篇。夏完淳辑录子龙与李雯、宋徵舆诗，合刻为《云间三子新诗合稿》九卷。清嘉庆八年（1803年）何其伟刊刻《陈忠裕全集》三十卷，王昶作序。《天启崇祯两朝遗诗》《明诗评选》《明诗去浮》《明诗别裁集》《松风余韵》《青浦诗传》《明词汇刊》《御定历代赋汇》《明词综》《御选历代诗余》《明文海》录其诗词文。1983年，上海古籍出版社出版由施蛰存、冯祖熙标校的两卷本《陈子龙诗集》，约收诗一千八百首、词八十余首，含风雅体、琴操、四言诗、乐府诗、五七言古诗、律诗、绝句等。

【李雯】（1608—1647） 明末文学家。字舒章，号蓼斋，华亭（今上海松江）人，一作青浦人、上海人，家在松江府城集仙街。明崇祯十五年（1642年）举人。工部郎中李逢申子。逢申受弹劾，将被充军，李雯与弟奔走京城，匍匐上疏讼父冤，冤情得以澄清。十七年，李自成克京师，李逢申被执不屈，自尽。李雯哀号行乞三四日乃得具棺以殓，守父柩不去，饿且病，几死。清兵入北京，以文才被荐入清廷，官中书舍人。世传一时高文典册多出其手，代多尔衮撰《摄政王致史可法书》知名。清顺治二年（1645年）充顺天乡试同考官。顺治三年抚父柩归里。明年北上，因病卒于道。明末负才名，与陈子龙、宋徵舆并称“云间三子”。与陈子龙、夏允彝等倡立几社，为云间诗派、云间词派主要成员。诗与陈子龙齐名，人称“陈李”。诗作以七律、五律为佳，绝句拟古气息重。亦工词，有传世词作一百二十余首。词作沿袭花间一脉，秉持“诗庄词媚”“词为艳科”的主张，所作大多是闺怨恋情词，擅于刻画闺怨女子的相思缠绵、叛逆少女的率直天真等女子心理活动。创作生涯以甲申之变为界，之前的作品大多表达远大志向及在科举上的失意，在自负与自卑之间徘徊；之后诗风一变，多描写萧瑟之秋，心中苦涩，诗文充满亡国凄凉之音。《清诗纪事》录其诗三首。著有《蓼斋集》四十七卷、《蓼斋后集》五卷及《仿佛楼草》《蓼斋词》。与陈子龙、宋徵舆合撰《云间三子新诗合稿》九卷，与宋徵舆合撰《幽兰草》。

【王广心】（1610—1691） 明末清初诗人。字伊人，号农山，华亭（今上海松江）人。明崇祯五年（1632年）加入几社。十五年与彭宾、卢元昌、顾大申组建赠言社。清顺治六年（1649年）进士。历官兵部主事、御史，曾巡视京通二仓漕运，出使湖北。康熙二年（1663年）参与编撰《松江府志》，负责田赋，徭役卷。二十二年参与编撰《江南通志》。善诗文，诗学“唐初四杰”，诗作沉稳、广博、浓密、华丽，以七古和七律见长，七古长篇尤多名篇佳作，七言长篇《大梁行送林平子》《后拙政园歌》《挂剑台》等知名。沈德潜《国朝诗别裁集》论其：“先生经义雕镂襞绩，时作骈体；而韵语疏畅条达，不以一律拘，览者故不可测也。”著有《兰雪斋诗稿》七卷。

【章简】（？—1645） 明末诗人。字次弓，一作次公，号坤能，华亭（今上海松江）人。章旷兄。明天启四年（1624年）举人，知罗源县，罢归，又授广东博罗知县，未赴。清兵南下，与李待问、陈子龙等起义守松江，城陷，不屈而死。著有诗赋集《视夜楼近草》三卷、《视夜楼赋草》《视夜楼诗草》收诗一百一十二首，蒋德璟、王锡衮、李建泰序。《天启崇祯两朝遗诗》录其诗八首。

【章旷】（1611—1647） 明末诗人。字于野，华亭（今上海松江）人。章简弟。明崇祯九年（1636年）举乡试第一，次年进士，授沔阳知州。历湖广佥事，迁副使。福王时，进五省临军。唐王立，擢太仆卿，迁右佥都御史，提督军务。南明永历时，进兵部侍郎，再进尚书，加太子少保、武英殿大学士。卒于永州，谥文毅，赠华亭伯。后人辑其诗作于清光绪二十九年（1903年）刊刻

章旷（徐璋画）

《章文毅公诗集》，收诗一百一十二首。《明诗综》《明遗民诗》《明诗纪事》等录其诗。

【王廷宰】（？—1648） 明末作家。字鹿柴，号毗翁，又号姜庵，华亭（今上海松江）人。明末补嘉兴籍贡生，以贡任六安县儒学教谕，迁沅江知县。福王时，见大势已去，回归故里。能诗，曾入嘉兴鸳水诗社。著有《纬萧斋集》六卷和其赴沅江途中纪实及画作题咏《画竟剩稿》。《鸳水诗社社草》《明诗综》《明遗民诗》《松风余韵》《御选宋金元明四朝诗》《海上诗逸》《松江诗抄》等录其诗。

【马靖】（生卒年不详） 明末诗人。字宁伯，号愚庵，华亭（今上海松江）人。崇祯六年（1633）中武举。为仇家所陷，亡命八年，郡守李镜雪其冤，后归隐里中。喜古学，尤善韵语。著有《松菊堂诗钞》二卷。

【彭宾】（生卒年不详） 明末散文家、诗人。字燕又，一字穆如，号五蕤，又号大寂子，华亭（今上海松江）人。崇祯二年（1629年）参与创立几社，“几社六子”之一。三年举人。家居松江府城披云门（东门）外濯锦巷，筑有“春藻堂”，为几社诸君子汇聚之所。入清，选授汝宁府推官，因拜谒长官不按清制，被免归。善文，自成一格。卒后遗稿散佚，清康熙末年其孙彭彦超掇拾残剩，辑为《搜遗稿》四卷，其中文三卷、诗一卷。另有诗集《偶存草》《越州草》合刻本。

【张肯堂】（？—1651） 明末散文家、诗人。字载宁，号鲵渊，华亭（今上海松江）人，家居府城东门外果子弄。明天启五年（1625年）进士，授余干知县，累官至右佥都御史，巡抚福建。清顺治二年（1645年）唐王在闽即帝位，任为吏部尚书，掌都察院。次年唐王政权覆灭，遂漂泊海上。顺治六年至舟山，鲁王用为东阁大学士。顺治八年清兵攻舟山，肯堂领兵坚守，城破，赋《永诀词》自尽。《明史·艺文志》录其诗文集《莞尔集》二十卷。《明诗纪事》《兰皋明词汇选》录其诗词。

张肯堂

【莫秉清】（1612—1691） 明末清初诗人。字紫仙，号葭士、月下五湖人，华亭（今上海松江）人。莫如忠曾孙，世居莫家弄。明诸生，与王承光、吴琪并称“高士”。为人矜贵高洁，性耿介。工诗文，多记时事，所著甚多而随手散佚。得莫氏家传，善书画篆刻。入清后易道士服隐居于浦东，绝意进取。死后门人私谥其为“贞白先生”。著有《采隐草》，收诗一百一十余首；《傍秋庵文集》四卷，收其所作序、传、碑记、志铭、祭文、论赞等各体文。《采隐草诗集》（1931年铅印本）二卷，收五七言古近体诗六百九十五首、诗余四十八首。《明遗民诗》《松风余韵》《松江诗抄》《海曲诗抄》《海藻》《明词汇刊》《清诗纪事》等录其诗词。

【周茂源】（1613—1672） 明末清初散文家、诗人。字宿来，号釜山，华亭（今上海松江）人，居湾周里，后迁松江府城北仓桥北。几社重要成员，与夏允彝、陈子龙、李雯等过从甚密。明崇祯十五年（1642年），与吴骐、陶岑（冰修）在里成立雅似堂社。与宋徵舆、施闰章友善，入清后，时相唱和。清顺治六年（1649年）进士，官至浙江处州知府。十七年因奏销案逋赋牵连，议降罢归。遂绝意仕途，筑别业于天马山西，所居名“鹤静堂”。购入古琴家林有麟宅“素园”（今钱以同宅），亲近古琴，自称松江“素园琴馆”主人。晚年安葬夏允彝、夏完淳父子，厚恤夏氏后代，为世人称道。善诗文，殁后其子辑为《鹤静堂集》十九卷，前十四卷为诗，后五卷为文。时人论其诗文“葩藻丽缛，沿齐、梁之余艳耳”，评价不高。另著有《鹤静堂词》等。

【朱履升】（1613—？） 明末清初诗人。字贞偕，号蘧庐，又号古匏，华亭（今上海松江）人。明亡，弃去秀才服装，操持耒耜耕田，杜门著书，亡于贫困。撰有《古匏诗稿》一卷，收古今体诗五十八首。另有《樵隐》《蘧庐》二稿。

【吴懋谦】（1615—1687） 明末清初诗人。字六益，号苎庵、豫章，又号华苹山人、独树老夫，华亭（今上海松江）人，家居府城净土桥。名医吴中秀[清顺治二年（1645年）清兵攻松江城，吴中秀年八十余，遇害]子。早年从陈子龙、李雯等游。明亡，埋名隐居，不求仕进。清康熙年间，游走于荆、豫、齐、晋、岭南、蓟北等地，与名公臣卿多有交往。晚年归故里，在城东修“独树园”终老。诗宗汉魏盛唐，人将其比作“明七子”中的谢榛。在诗坛享有名望，时与北地申凫盟（涵光）齐名，时有“南吴北申”之说。朱彝尊、陈田诸多名家对其诗作评价颇高。《渔阳山人感旧集》卷四补传：其诗“振刷浓纤谲丽之习，跻于和平之音”。著有《苎庵遗集》《苎庵二集》《华苹山人诗集》《华苹戏作》等。《明诗纪事》《清诗纪事》等录其诗。

【董黄】（1616—？ 1680年尚健在） 明末清初诗人。字律始，号得仲，又号白谷山人，华亭（今上海松江）人。明诸生，师事陈子龙，与陈继儒为忘年交。才情绮丽，工于诗。明清鼎革，隐居佘山不仕，“托泉石以终身，殉烟霞而不返”。著有诗文集《白谷山人集》九卷。

【卢元昌】（1616—1696） 明末清初诗人。字文子，晚号半林居士，华亭（今上海松江）人，居府城东门外。明诸生。加入几社，曾与王广心、顾大申齐名。入清，涉奏销案被削官籍。为诗少欢娱之词，多愁苦之言。著有《杜诗阐》《思美庐稿》《半林词》《半林诗稿》。《清诗别裁集》选载其诗一首。

【朱灏】（生卒年不详） 明末清初作家。字宗远，华亭（今上海松江）人。明崇祯年间保举授延平府通判。明亡，侍晋王流于海外，后不知所终。有才名，能诗画。几社早期社员，与陈子龙、李雯、徐孚远等为几社中能文者。崇祯五年（1632年）几社辑社友作品为《几社壬申合稿》，入选者十一人，有其所作，计赋五篇、骚一篇、古乐府十五首、五七言古近体诗二十九首、序论颂铭等十五篇。《古今词统》《松风余韵》《松江诗钞》录其诗。

【林子卿】（生卒年不详） 明末清初文学家。字安国，华亭（今上海松江）人。林景旸曾孙。少颖悟，博览群书，凡天文、地理、数学、音律、典制各书无所不窥。从包尔庚、李雯游。清康熙初年岁贡生，曾在蔡毓荣幕府，为撰《通鉴纪事本末笺注》一百卷。归里，知府鲁超聘修《松江府志》。著有《素园稿》。

【林子襄】（1617—1666） 明末清初文学家。字平子，华亭（今上海松江）人。林子卿弟。明诸生，以学识品行知名于当时。著述大多散佚，有《徐光启传》《王升传》等传世。

【宋之璧】（生卒年不详） 明末清初散曲作家、词人。别署智月居士，华亭邬桥（今属上海奉贤）人。宋徵璧弟，几社成员。擅词及散曲，著有《棣萼香词》，其中有散曲四套，时人评价颇高。作品被辑入凌景埏、谢伯阳所编《全清散曲》。

【夏淑吉】（1618—1662） 女，明末清初诗人。字荆影，一字美南，号龙隐，华亭（今上海松江）人。夏允彝长女。嫁嘉定侯岐曾次子侯玄洵为妻。一年后生子侯檠，丈夫病逝，二十一岁守寡。清兵入关后夏允彝、弟夏完淳、侯岐曾先后遇难，子侯檠十七岁病故，其至小昆山西曹溪，削发为尼，法号神一，事佛终身。工诗文辞赋，精琴棋书画。著有《龙隐斋诗稿》《荆隐遗稿》《杜关语录》《生略问答》等。

【柳如是】（1618—1664） 女，明末清初诗人、歌妓。本名杨爱，又称河东君，以字行，浙江嘉

柳如是

兴人。早年被辗转贩卖，沦落青楼。明崇祯五年（1632年）流落松江，常穿着儒服男衫，与诸人纵谈时势，和诗唱酬。个性坚强，正直聪慧，有文学、书画天赋。与几社李待问、宋徵舆、陈子龙等发展过恋情，其中与陈子龙情切意笃，不堪子龙原配张氏羞辱而离去。著有《戊寅草》《柳如是诗》《红豆村庄杂录》《梅花集句》《东山酬唱集》等诗集。

【宋徵舆】（1618—1667） 明末清初诗人、散曲作家。字辕文，一字直方，号林屋，别号佩月主人、佩月骚人，华亭邬桥（今属上海奉贤）人，家住松江府城米市桥东南。宋懋澄子。晚明诸生，几社骨干。清顺治四年（1647年）进士，官至都察院副都察御史。负雅才，有诗名，与从兄宋徵璧并称“大小宋”。得陈子龙推重，云间诗派主要成员，与陈子龙、李雯并称“云间三子”。其诗才深得时人赞誉，《四库全书总目》：宋徵舆“所作以博赡见长，其才气睥睨一世，而精练不及子龙”。亦工词，宗北宋诸家，新警而蕴藉。著有《林屋文稿》《林屋诗草》《海闾香词》，辑有《全闽诗选》，与李雯合撰《幽兰草》，散曲有《棣萼香词》。

【吴履震】（生卒年不详） 明末清初学者、诗人、画家。字长公，号退庵道人，华亭吕巷（今属上海金山）人。明诸生。清顺治初年参与其堂兄吴志葵发动的抗清起义，事败，流离转徙，饥渴备尝。后构筑陋室名“落叶居”，隐逸著述终老。著有《五茸志逸》八卷，记松江一郡轶事，荟萃故老耳传、时事目击、地志小说，旁搜博采，累年而成，内容为府志、县志所未载。著述外喜金石书画，其画有黄公望、倪瓒笔意。

【宋存标】（生卒年不详） 明末清初戏曲家、诗人。字子建，号秋士，别署蒹葭秋士，华亭（今上海松江）人，居松江府城东门外果子弄。明崇祯十五年（1642年）举人，授南京翰林院孔目。国变后归隐故里，不复出。少负才名，与宋徵璧、宋徵舆并称“三宋”。为几社中坚，参与汇编刊刻几社古文《壬申文选》，广为流传。工诗文，亦善戏曲。诗尊崇华缛，自有丰致，作品有《翠娱阁集》《秋士香词》《棣萼集》（三集，分别为诗余、南曲、北剧）、杂剧《兰台嗣响》以及《墨妙法式论注》《秋士史疑》等。

【宋思玉】（生卒年不详） 明末清初散曲家、诗人。字楚鸿，华亭（今上海松江）人。宋存标次子。明末诸生。自幼聪慧，十三岁能诗文，为吴伟业所赏识，时人称之为神童。亦工散曲，宋徵璧称其作缠绵凄婉，“节短而情长，言简而旨永”，极“激越悲凉”。著有《棣萼轩词》。

【张一鹄】（生卒年不详） 明末清初诗人、画家。字友鸿，号忍斋，又号钓滩逸人、金谷叟，华亭朱泾（今属上海金山）人。清顺治十五年（1658年）进士。工诗，诗风雄浑壮健；善画山水，得宋元人笔意；亦能编戏曲。在云南任推官时，与中州彭而述唱和，合刻为《滇黔二客集》，多有奇警之篇。尝与黄道周、杨廷麟唱和于半山会，作《半山图》，名动一时。著有《滇黔诗》《野庐集》《河存草》《三合掌传奇》等。

【王澐】（1619—约1693） 明末清初诗人。原名溥，字胜时，号僧士，华亭（今上海松江）人，世居松江府城南郊“听鹤轩”东。明贡生。十四岁师从陈子龙，与夏完淳、蒋平阶、蒋瑑等并为陈子龙高足。明崇祯八年（1635年）往太仓拜张溥为师。曾参与抗清活动。清顺治四年（1647年）陈子龙被执，不屈自尽，其冒死收其遗骸殓葬。陈子龙遗孀张氏与儿媳贫困不能自给，常得其周济。顺治五年起续编《陈子龙年谱》，书未及半，伤心辍笔，历时四十六年方补录成编。曾以诸生入贡国子监，不得志而归。寄情山水，游览大江南北，曾在淮客蔡士英幕，在粤佐总督周有德，善政多所襄赞，晚年归故土，居浦南横泾之康园。悲松江府城之沧桑，作《云间第宅志》。有诗名，“风华蕴藉，具体卧子（陈子龙）”。著有《辋川诗钞》六卷及《漫源纪略》《粤游草》《文无草》等。

【顾开雍】（生卒年不详） 明末清初诗人。字伟南，娄县（今上海松江）人。晚明南国子监生。明崇祯二年（1629年）加入几社，为社中能文者。五年《几社壬申合稿》二十卷录其赋二篇、古乐府十一篇、五七言古近体诗三十九首、文七篇。其赋宗司马相如，骚学屈原，乐府古歌习汉魏，五七律法三唐，文拟韩愈、柳宗元。入清不仕，诗作不辍，尤以顺治七年（1650年）听柳敬亭在清江浦说书所作《柳生歌》著名。所著诗文多散佚。《御选宋金元明四朝诗》录其诗词。

【盛蕴贞】（生卒年不详） 女，明末清初诗人。字静维，法号寄竺道人，华亭（今上海松江）人，家住松江城内陆家桥。其姑母是夏完淳嫡母盛氏。许配嘉定侯峒曾幼子侯玄瀞，未婚而寡，年二十削发为尼。七八岁时能写诗作文，国变家破后诗歌多悲情，《怀湘赋》《寄兄》等作品为人称道。

【吴朏】（生卒年不详） 女，明末清初画家、诗人。字华生，一字凝真，号冰蟾，一作冰蟾子。华亭（今上海松江）人。华亭诸生曹焜妻。清顺治二年（1645年）曹焜死于金山兵乱。其甘贫守志，以诗书画自遣。诗作多有古意，填词风格纵恣，不似女儿笔。著有《忘忧草》《采石篇》《风兰独啸三集》等。《清诗纪事》录其诗二首，《全清词钞》录其词一首。

【马是骐】（生卒年不详） 明末清初诗人。字孟损，华亭（今上海江）人。明亡后弃举子业。善撰文，工诗词。与王玠右、唐虞逸诸人结诗社唱和，道德文章为一乡师表。著有《蒹葭草堂诗集》。享年八十八岁。

【蒋平阶】（生卒年不详） 明末清初诗人。原名雯阶，字大鸿，一字斧山，号杜陵生，华亭（今上海松江）人，居张泽。明诸生。年十八从陈子龙游学，参加几社。崇祯末年与同仁组织“雅似堂文会”。清兵南下，入闽投南明隆武帝，任御史。隆武朝覆灭，易道服漫游齐鲁吴越，卒于绍兴。精堪舆术，后人多用其所造罗盘，称“蒋盘”。以诗名于世，清初诸老多与之切磋唱和。工词，《全清词抄》收录其词六首。著书十余种，卷以百计，殁后多散佚，存有清初手抄本《蒋平阶诗稿》。

蒋平阶

【计南阳】（1620—1686后） 明末清初诗人。原名安，字子山，华亭（今上海松江）人。晚明诸生，夏完淳的老师。为几社分支景风社主要成员。天才俊逸，诗文涉笔即工，擅书法，工行楷。入清后弃诸生，屡拒朝廷招引，放浪山水间。一生多贵交，绝不逢迎溜须。诗宗二谢，国变后转为悲歌慷慨。工词，属云间词派，婉丽中有秀爽韵味。《全清词钞》选收其词六首，其中《玉楼卷·闺思》评为“雅令”。著有《负灯草》《红枫草》等。

【顾大申】（1620—？） 明末清初诗人。初名镛，字震雉，号鹤巢、见山，华亭（今上海松江）人。明崇祯年间，与彭宾、王广心、卢元昌等组建“赠言社”。入清，与宋琬、张宪、吴懋谦等作社集。清顺治九年（1652年）进士，授工部主事，进工部郎中，康熙三十年（1691年）出为陕西洮岷道佥事，卒于官。好诗，与宋徵舆、施闰章、王士祯等诗坛名家结交。著有《堪斋诗存》八卷，由《鹤巢集》《燕京倡和集》《泗亭集》等辑成。编纂《诗原》二十五卷，含《毛诗》四卷、《楚词》五卷、《选诗》五卷、《选赋》四卷、《唐诗》七卷。沈德潜称其诗“古今体气足神完”，可以承继陈子龙，为云间派后劲。《四库全书总目》认为其诗作大抵沿袭明七子之余风。

【吴骐】(1620—1696)　明末清初诗人。字日千，号铠龙，又号九峰遗黎，室名杜鹃楼，华亭(今上海松江)人，居望湖泾。明诸生。幼年聪慧，诗文受知于陈子龙、夏允彝。曾与周茂源、陶冰修等同好在乡里成立雅似堂社。明亡，绝意仕进。汤斌抚吴，闻其名，欲招入麾下，吴骐作《凤凰说》以表心志，坚辞不就。后又拒绝徐乾学之邀，不入《一统志》局。能诗。《三十家诗选》称其诗“于苍凉古直之中，极沉郁顿挫之致”。亦善戏曲传奇。著有《顑颔集》八卷及《铠龙文集》《芝田词》《杜鹃楼词》《吴日千先生集》《金钱记》《蓝桥月》《碧霞》《天台梦》等。

吴骐

【金是瀛】(生卒年不详)　明末清初诗人。字天石，号蓬山，华亭(今上海松江)人。明诸生，任侠有节概。以诗文名一时，得陈子龙赏识。参与清顺治二年(1645年)松江抗清起义，事败后掩护抗清将士并送往闽南。曾北游燕齐，归来后与王承光兄弟、吴琪等结东皋诗社。诗风苍老平淡，有元稹、白居易意境。著有《蓬山集》八卷。

金是瀛

【田茂遇】(生卒年不详)　明末清初文学家。字髴渊、号楫公，青浦(今上海青浦)人。清顺治五年(1648年)举人，授山东新城知县，不赴。康熙十八年(1679年)被推举博学鸿儒，未被任用而归。少时负诗名，亦善文。师从夏允彝。陈子龙称其“才气卓荦，他日必成伟器”。好交友，喜施舍，奖掖后进。家贫而能好客，才富而能好善。晚年筑水西草堂，吟咏终老。善诗能词，著有《水西草堂集》《渌水词》。《清诗纪事》录其诗《孤儿行》。与张渊懿、董俞共选当代名诗，辑为《十五国风》。又选辑《高言集》《清平词》等。

【沈藁】(生卒年不详)　明末清初文学家。原名朝栋，字劭六，号石舒，华亭(今上海松江)人。康熙八年(1669年)举人，初为青阳训导，后选嘉定教谕，未到任而卒。工诗古文辞，才藻艳发，陈子龙、夏允彝引其入几社，与王广心、顾大申诸人互相雄长。诗宗大历，文法先秦，博闻强记，手自校勘经史百家数千卷。著有《尚书讲义》《琴清堂诗文集》《经济草》等。

【沈荃】(1624—1684)　明末清初文学家、书法家。字贞蕤，号绎堂、充斋，华亭(今上海松江)人。清顺治九年(1652年)进士，授国史院编修，出任河南按察副使，除群盗，安乡邦。康熙元年(1662年)入翰林补侍讲。以詹事府詹事、加礼部侍郎致仕，卒谥文恪。以书法闻名于世，受康熙帝礼遇。诗文雅赡，杨际昌《国朝诗话》、徐世

沈荃（苏文画）

昌《晚晴簃诗汇诗话》对其诗作评价颇高。著有《南帆杂咏》《充斋集》等。

【彭师度】（1624—?） 明末清初散文家、诗人。字古晋，号省庐，华亭（今上海松江）人。彭宾子。明崇祯十一年（1638年）吴下文人在苏州虎丘举办"千英之会"，彭年方十五，即席成《虎丘夜宴同人序》，得吴伟业赞赏，在文坛崭露头角。吴伟业将其与吴兆骞、陈维崧同视为"江左三凤"。工诗，善古文，《四库全书总目》谓其"集中兵谋十余篇，颇见用世之志。诗格沿云间之派，富艳有余"。著有《省庐诗文集》十七卷、《彭古晋诗稿》一卷。

【彭淑】（生卒年不详） 女，明末清初诗人。字又徐，华亭（今上海松江）人。彭宾女，青浦诸生沈麟妻。工诗，著有《咏物诸体诗》《鹿门倡和集》等。恽珠《国朝闺秀正始集》："又徐诗文甚富，而遗集未传。"

【彭开祜】（生卒年不详） 明末清初文学家、诗人。字孝绪，号椒岩，华亭（今上海松江）人。彭宾从子。家中有春藻堂，原为明末几社集会场所。彭与同里钱金甫等就读于此堂，曾在此联络松江才彦名士论说诗文，将后几社更名"春藻堂"。康熙十五年（1676年）进士，历任河间知县、武冈知州，有政绩。工诗词文章，归田后以著述自乐。著有《彭椒岩诗稿》二十二卷、文集《凌沧稿》《管瑜稿》等。享年七十九岁。

【董含】（1626—?） 明末清初诗人。字阆石，一字榕庵，号蓴客，别号赘客、莼乡赘客，华亭（今上海松江）人，居城北紫竹庵西。清顺治十八年（1661年）进士。康熙初以江南奏销案被黜，削籍归里。与弟董俞以才情显名于世，时称"二董"。归后，优游林下，放情诗酒，与潘耒、曹禾、徐釚等相往来。康熙三十六年（1697年）作《筑塘谣》言民间疾苦。《四库全书总目》称其诗"大抵苍凉幽咽，有骚人哀怨之遗。恍惚间知其词意有所寓，然亦莫名其寓意之所在焉"。著有《安蔬堂集》二十八卷、《闵离草》四卷、《闲居稿》三卷、《三冈识略》十卷、《补遗》十卷、《古乐府》二卷、《盍簪感逝录》二卷等。

【章有湘】（生卒年不详） 女，明末清初诗人。字玉筐，又字令仪，华亭（今上海松江）人。章简次女，嫁桐城孙中麟。清顺治十二年（1655年）孙中麟进士及第，登榜仅五日，急病客死京城。其闻讯后多次自缢，均为所救，守寡十七年而故。工诗词，有才情。夫亡后，诗作尽吐忧伤悲怨之音，七律《哭父子》十首为其代表作。著有《澄心堂诗》《望云草》《再生集》《诉天杂记》等。《古桐乡诗选》录其诗十七首，《桐山名媛诗钞》录其诗十首，清乾隆年《清诗别裁集》、1936年《安徽名媛诗词征略》选录其诗词。

【章有渭】（生卒年不详） 女，明末清初诗人。字玉璜，华亭（今上海松江）人。章简第三女。嫁嘉定侯岐曾第三子侯玄涵为妻。清兵破嘉定城，与夫藏匿于扬州天宁寺。侯玄涵被清廷捕获，其带幼子流落至上洋，贫病而亡。幼承家学熏陶，工诗词，家中六姐妹多有唱和，有《章氏六才女诗集》。胡文楷《历代妇女著作考》评其诗"才大力胆，是一作手，其诗高旷神远，真直可追初唐矣"。著有《淑清草》《燕喜楼草》。《明诗综》录其诗二首，《词雅》录其词一篇。

【章有泓】（生卒年不详） 女，明末清初文学家。字清甫，一字掌珠，华亭（今上海松江）人。章简第六女，娄县张泽蒋文鬲妻。少颖悟，事母至孝。工诗，与姐有湘、有渭等唱和成帙。以文章显，著有《焚余草》。

【陆振芬】（生卒年不详） 明末清初文学家。字令远，青浦（今属上海）人，居辰山（今属上海松江)。清顺治六年(1649年)进士,授广东惠潮道佥事。助清兵平定广东有功。因病归乡,旋去世。著作甚多,为防仇家搜求文字以搆难而自焚弃。所撰《记松江府城记》等有史料价值。

【张安茂】(生卒年不详) 明末清初文学家。字子业,号蓼匪,华亭(今上海松江)人。明状元张以诚第三子。与宋徵舆并为几社后期领袖。清顺治四年(1647年)进士,授工部主事,累迁工部员外郎、浙江按察司佥事、提督学政,以陕西布政司议、西宁道致仕。洒脱豪爽有才略,辞藻精美,下笔千言立就。能骑射,堪称文武双全。著有《乐英堂集》《蓴溪诗稿》《泮宫礼乐全书》等。享年六十二岁。

【王淑辰】(生卒年不详) 女,清初诗人。字双凤,华亭(今上海松江)人。王烈女,中书舍人杨幨妻。少年时即在其父案边学吟诗,久遂解吟咏。父喜甚,稍微指使而所作遂工。兼工书,学二王,章书苍劲有力。著有诗集《玉荣草》。

【叶慧光】(生卒年不详) 女,清初诗人。字妙明,松江府南汇(今属上海浦东新区)人。叶映榴孙女,叶凤毛女。十七岁嫁娄县(今上海松江)王进之,逾年后夫亡,孀居卧病六年,亦亡。诗风承继家学。平生著作多焚毁,叶家在残卷中得诗词数千篇,辑为《疏兰词》《怀清楼稿》付梓。诗多为愁苦悲凉之作。

【释宗渭】(?—1704) 清初诗人、僧人。俗姓周,字筠士,一字绀池,号芥舟,又号芥山,华亭(今上海松江)人。少时向宋琬学诗,中年后游走于尤侗之门,得其所传。与门人论诗,以为"诗贵有禅理,勿入禅悟"。康熙年间住松江超果寺。曾与王广心、王鸿绪、张宸等结莲社。诗作富有画面感。著有《绀池小草》《云山酬唱》《芋竿诗抄》等。

【潘钟麟】(生卒年不详) 清初诗人。字霄客,号层峰,华亭(今上海松江)人。曾官县丞。居所名"留诗草堂",堂壁刻其小像,题杜甫句"诗卷长留天地间"。工诗,著有《深秀亭近草》五卷,皆七言律诗,且尽为投赠之作。前四卷为乞酒诗,投赠者二百六十五人;后一卷为客怀诗,投赠者三十人。《四库全书总目》认为其以"乞酒、客怀,特假托之词耳"。另著有《深秀亭诗集》二十一卷。

【许缵曾】(1627—1700) 清初诗人。字孝修,一字孝达,号鹤沙、悟西,晚号环溪老人,娄县(今上海松江)人。许乐善曾孙。清顺治六年(1649年)进士,选庶吉士,累官至云南按察使。师从徐孚远。早年与杜同春、杜登春、夏完淳、徐度辽、沈荃等在松江组织西南得朋会。工诗,能文。《四库全书总目》称其"乐府规仿旧文,七言古诗多学初唐四杰之体,皆拟议而未能变化"。著有《滇行纪程录》《东还纪程录》及《宝纶堂集》五卷。晚年编杂剧《三奇记》,教童子在家中试演。

【林子威】(1627—?) 清初文学家。字武宣,华亭(今上海松江)人。林子卿二弟。明诸生,师事陈子龙,与蒋平阶、吴麒等同学,与王澐交好。以学行知名于时。明亡弃举业。著有《贞娱草堂集》等。

【杜登春】(1629—1705) 清初学者、诗人。字九高,一字九皋,号让水,晚号董翁,娄县(今上海松江)人。杜麟徵子。早年与夏完淳、徐度辽、顾子韶、王后张等被称为"圣童",与夏完淳等结文社西南得朋会。夏完淳遇难后,与沈羽霄一起收殓其遗体,运回松江安葬。清顺治八年(1651年)拔贡,旋以奏销案斥。漫游燕齐闽粤历二十年。康熙十四年(1675年)入都,循例捐复,授翰林院孔目,缮写《太宗实录》,书成授山西广昌知县,升浙江处州同知,卒于官。工诗文,勤于著录郡中掌故,著有《尺五楼诗集》《壬癸志稿》《抱桐轩文集》《江东耆旧传》《社事始末》等。其中《社事始末》记述明末重要的文人结社的缘起、活动和事件,有重大史料价值。

【曹重】(生卒年不详) 清初诗人、散曲作家。初名尔垓,字十经,号南垓,别号千里、千里生、绳索千里生,娄县(今上海松江)人。顺治二年(1645年)父曹烺遇害,弃举子业。才华横溢,诗文绚烂,喜作曲,善绘画。尝与朱轩诸子成立墨林诗画社。康熙年间,与尤侗、徐釚、周纶、卢元昌等相往来,结为文字之交。著有《濯锦词》十卷、传奇《双鱼谱》。

【杨陆荣】(生卒年不详) 清初诗人、学者。字采南,号潭西,青浦(今属上海)人。娄县(今属上海松江)县学诸生。平生致力于研究经史,博古通今,潜心著述。擅诗,王昶称其诗"排奡中往往蛟螭杂蝼蚓”。著有《潭西诗集》二十一卷、《易互》六卷、《经学臆参》二卷、《五代史志疑》四卷、《三藩纪事本末》四卷等。

【张渊懿】(生卒年不详) 清诗人。字砚铭,一字元清,号蛰园,华亭(今上海市松江)人。顺治十年(1653)年举人,因奏销案牵累,被废乡里。在云间诗坛先后参与组建原社、春藻堂社。诗多闺情和咏物,失之于香软缠绵。康熙三十年(1691)为曹寅《楝亭图》做诗跋。著有《临流诗》《月听轩诗余》。

【夏完淳】(1631—1647) 明末清初诗人。原名复,乳名端哥,字存古,号小隐,又号灵首,华亭(今上海松江)人。夏允彝子。早慧,五岁读完五经,七岁能诗文,九岁写出《代乳集》。师从陈子龙,又受知于复社张溥。十一二岁已“博极群书,为千言文立就,如风发泉涌”。崇祯十六年(1643年)与杜登春等组建西南得朋会(后改名求社),为几社之后继。清顺治二年(1645)随父、师在松江起义抗清。兵败,随陈子龙入太湖,参谋义军吴易军事。太湖义军战败,泅水脱险。作《大哀赋》,文采宏逸,情词哀婉。四年春被明鲁王授中书舍人。六月被清军捕获。解往南京途中,作《细林夜哭》《吴江夜哭》分别哀悼陈子龙、吴易。在狱中写下慨世、伤时、怀友和悼念死者的诗,慷慨悲凉,名《南冠草》。九月十九日处斩,临刑立而不跪,神色不变。著有《玉樊堂集》《南冠草》《续幸存录》《夏内史集》等,后人合编为《夏完淳集》。辑有《云间三子新诗合编》九卷。《艺海珠尘》《天启崇祯两朝遗诗》《明诗综》《明词综》《明诗别裁集》《松风余韵》《明诗纪事》《明词汇刊》等录其诗词曲。

夏允彝、夏完淳父子像

【董俞】(1631—1688) 清诗人、辞赋家。字苍水,一字樗亭,华亭(今上海松江)人。董含弟。顺治十七年(1660年)举人。自幼聪颖,喜读古人诗,略上口,即能为对仗之言。康熙初因江南奏销案被除名,遂弃举子业,潜心诗词。时与王士祯唱和,与钱芳标齐名,人称“钱董”。尤善赋,作有《镜赋》《燕赋》《采桑赋》诸篇,清婉流丽,人比之吴绮。《全清诗抄》收其诗二首。晚年筑室南村,灌园种菜,啸歌自乐。著有《玉凫词》《浮湘》《度岭》《樗亭》等集。

【钱芳标】(生卒年不详) 清诗人。原名鼎瑞,字葆芬,一字葆馚,号莼黻,华亭(今上海松江)人,居高桥里。康熙五年(1666年)举人,授中书舍人。十七年被荐举博学鸿词,遭母丧,未参加次年的考试。年轻时即以诗名世,与同里董俞齐名,人称“钱董”,受到朱彝尊、沈德潜等名家的关注。朱彝尊《钱舍人诗序》称其诗“辞雅以醇,志廉以洁,其言情也,绮丽而不佻”。沈德潜称其为云间词派自陈子龙以后的代表人物。著有《湘瑟词》四卷、《金门稿》等。《全清词抄》选录其词六首。

【华浣芳】(生卒年不详) 女,清诗人,长州(今江苏苏州)人。华亭张荣之妾。平生好诗,著《挹青轩诗稿》,张荣作序,有康熙年间刊本。卷后附有张荣《空明子诗文》。该诗稿被《四库全书总目》著录。王豫《江苏诗征》选其诗《闲吟》。享年二十三岁。

【高层云】(1634—1690) 清画家、诗人。字二鲍,号谡苑、谡园,晚年号菰村,华亭(今上海松江)人,居松江府城东门外。康熙十五年(1676年)进士,授大理寺左评事,累官至通政司左参议、太常寺少卿,卒于官。为人好大节,敢直言。博学强记,刻意为诗文,嫉俗学之陋,所作《临雍赋》称世一时。诗宗杜甫,亦善词,丁绍仪《听秋声馆词话》评其词“丁当清逸”。工书画,山水法董其昌。著有《改虫斋集》《改虫斋诗略》《改虫斋词》。

【钱金甫】(1638—1692) 清作家。字越江,华亭(今上海松江)人。少负才藻,工诗古文词,为吴骐、王承光称道。康熙十七年(1678年)举人,翌年进士,授翰林院编修,累官至侍学讲士,卒于任。朱彝尊称:“其为诗,缠绵悱恻,不失温柔敦厚之遗。其为文条达,无规仿凌驾之迹。”著有《葆素堂诗文集》。

【王顼龄】(1642—1725) 清诗人。字颛士,又字容士,号瑁瑚,晚年号松乔老人,娄县(今上海松江)人。王广心子,王九龄、王鸿绪兄。康熙十五年(1676年)进士,授太常博士,累官至工部尚书、武英殿大学士、太子太傅,一品衔,谥文恭。善诗词,时人评价其“诗词风雅,品谊端醇”。朱彝尊称其诗“春容和雅,一以唐为师,而无一字流于鄙俚诙笑嬉戏之习”。著有诗集《世恩堂集》三十卷。

王顼龄

【王九龄】(1643—1708) 清诗人。字子武,号薛淀,娄县(今上海松江)人。王广心子,王顼龄弟、王鸿绪兄。康熙二十一年(1682年)进士,由翰林院庶吉士改授编修,累官至吏部左侍郎、都察院左都御史,卒于御史任上。性喜吟咏,工诗善文,才思敏捷,未及第时即以诗词闻名远近。为赠言社成员,诗风属云间诗派。参与修纂《松江府志》《江南通志》。有《懒云书屋诗稿》七卷。《四库全书总目》存目著录其《艾纳山房集》五卷。

【王鸿绪】(1645—1723) 清史学家、诗人。初名度心,字季友,号俨斋,又号横云山人,娄县(今上海松江)人。王广心子,王顼龄、王九龄弟。康熙十二年(1673年)进士,授翰林院编修,曾任《明史》《诗经传说汇纂》和《省方盛典》总裁,累官至工部尚书、户部尚书,二品衔。博学多才,尤长于史,五十三年将《明史稿》三百一十卷进呈朝廷,其中万斯同执笔居多,后由张廷玉增删纂成《明史》。通医术,著有《王鸿绪外科》。诗学杜甫,是徐乾学门生。邓之诚称其诗“不脱云间之习,以藻绩胜”(《清诗纪事初编》)。龚鼎孳序其诗集,称其诗风源自《风》《骚》。亦善词,《全清词钞》录其词《画春堂》。著有《横云山人集》三十二卷。

王鸿绪(苏文画)

【周纶】(生卒年不详) 清诗人、散文家。字鹰垂,号柯斋,华亭(今上海松江)人。周茂源长子。少有隽才,随父客京邸,以诗知名于京师,为王士祯所赏识,入门受教。十年乡试不举,康熙十八年(1679年)以岁贡参加廷试,补国子监学正。著有《不碍云山楼稿》《芝石堂文稿》《石楼臆编》《八峰诗稿》等。

【吴元龙】(生卒年不详) 清文学家。字长人，一作长仁，号卧山，娄县（今上海松江）人。康熙三年（1664年）进士，选弘文院庶吉士，改工部主事，升郎中。乞回乡侍奉双亲。以博学鸿儒被征召，授翰林院侍讲，参与《明史》修撰。三个月后，再次请求归里赡养双亲以终老。文章道德为时人推崇，将其比作李元礼。著有《问月堂诗稿》《乐闲馆文集》二十四卷、《史论》十六卷、《屯政要览》二卷、《补水经注》八卷。

【陶尔燧】（生卒年不详） 清诗人。字颖儒，娄县（今上海松江）人。康熙三十年（1691年）进士，授上虞县令，迁葭州知州。工诗词，以才思闻名。所作《雪美人》七律二首，广获好评。康熙十二年与青浦陆纬、姜遴，华亭顾开雍、顾衡、张渊懿，上海钱金甫等结春藻堂社；十六年与青浦姜遴，华亭庄永言、戴有祺，娄县张棠等在松江结大雅堂社。著有《息庐诗》《遵渚集》《丙寅集》。

【范缵】（1652—1710） 清诗人、辞赋家、书画家。字武功，一字武公、武曾，号笏溪、笏候，晚号鸡窠老人，华亭（今上海松江）人。康熙年间国子监生。工诗词骈文，十五岁谒吴业伟，吴命其赋《桃花篇》，得千三百言，受吴激赏。偕其兄入春藻堂文会，谈论诗文，应答不竭，令满座倾倒。与周稚廉齐名，与钱芳标诸人倡兴诗余，专攻小令。其诗源出晚唐，而参以南宋。所为词"大抵宗法周、柳，犹得词家正声"。《松江诗话》称其"诗词刿鉥生新，巧不可阶"。曾执教于浙江陈元龙家塾，助纂《格致镜源》，凡一百卷，雍正十三年（1735年）书成并作序，时称"博洽之士"。善书画，乞画者例酬棉衣一件，待冬月施贫者。精通家传堪舆术。著有《四香楼集》《四香楼词钞》，编有《词淯》六十卷。

【戴有祺】（1657—1711） 清文学家、书法家。字昺章，一作丙章，号珑岩，一号白岳山人，娄县（今上海松江）人，祖籍安徽休宁，居松江城西钱泾桥。以金山卫学生乡试中举，康熙二十七年（1688年）进士，三十年补行殿试，进呈本列第二，康熙帝以其书法精美置第一，成状元。授翰林院编修，旋奔父丧归里守制。期满复出任原职，四十一年外放为知县，请辞归，不复出。秉性方正刚直，超凡脱俗，作文奇特古朴似柳宗元，诗学林逋、范成大。回乡后，与庄永言、张棠、陶尔燧、姜遴等文友在秀野桥畔结文社大雅棠社，旨在重振几社雄风。著有《寻乐斋诗集》《慵斋诗稿偶存》等。

【高丕骞】（1657—1743） 清文学家。字查客，一作槎客，号小湖、莼乡钓师，华亭（今上海松江）人，居松江府城东门外半里高家园。高层云子。少负异禀，承家业，工赋诗。师事朱彝尊，讲求古学，不屑科举，年近五十尚为布衣。常驾舟峰泖间，经旬不归；挟诗文走四方，得朱彝尊、高士奇、戴名世推重，在东南小有名气。康熙四十四年（1705年）皇帝南巡，应召试诗赋，称旨，随行入都，以布衣授翰林院待诏。纂《方舆考略》《月令辑要分注》《御选唐诗》，纂竣，乞假归葬母，不复出，与黄之隽辈提唱风雅。尚唐诗，姜兆翀《漱芳斋诗话》谓其："晚年诗出别裁，人或怪之，其实奥博，非浅学人所能窥测。"著有《傅天集》《从天集》《商榷集》《罗裙草》等。

【张荣】（1659—约1692） 清文学家。字景桓，华亭（今上海松江）人。由贡生选授崇明县训导，恪尽职守。常探访民间义行节烈，得两百余人，请于上司表彰其门庭，民风为之一变。工诗词古文，勤于写作，兼擅书画。自谓生平共得古文杂作六百余篇、诗三万多首、词一千五百余阕、歌谣三百余首。晚年加以选编，得以保存约三分之一，编成《空明子诗集》十卷、《文集》六卷、《杂录》一卷、《诗余》一卷、《空明子崇川独行传》一卷、《空明子崇川节妇传》三卷、《空明子茸城赋注》一卷、《崇川赠言》一卷等，汇成《空明子全集》。

【焦袁熹】（1660—1735） 清初学者、诗人。字广期，娄县（今上海松江）浦南焦家村人，人称"南浦先生"。康熙三十五年（1696年）举人，为奉养祖母、母亲拒受官职。五十三年，王鸿绪招其参修《明史》，月余，因持论不合，辞归。专心研究程朱理学，有新意，发前人所未发，其编研与评论文章风行一时。诗长于四言短歌，摆脱三曹面目，声调激昂而不失乐府体。著有《此木轩诗集》十六卷、《读四书注疏》八卷、《太玄经解》等。

【周稚廉】（生卒年不详，1689年前后在世） 清初杂剧作家、辞赋家、诗人。又名穉廉，字冰持，号可笑人，华亭（今上海松江）人。周茂源孙，周纶子。国子监生，屡试不第，愤懑而死，仅二十九岁。天分过人，又蒙家学，为文下笔千言立就，以在浙中千人文会上顷刻成《钱塘观潮赋》知名。放浪不羁，恃才傲物，藐视富贵之人，众皆目为狂士。工诗词辞赋，与郡范缵齐名，人称“周范”。著有《容居堂集》若干卷。康熙二十八年（1689年）游扬州，与孔尚任等诗酒唱和。擅戏曲编剧，有传奇《珊瑚玦》《元宝媒》《双忠庙》等。

【王图炳】（1668—1743） 清诗人、书法家。字麟照，号澄川，娄县（今上海松江）人。王顼龄子。康熙三十八年（1699年）中举，补内阁中书舍人。四十六年圣祖南巡，王图炳献诗，获赞赏，命随入京，供奉内廷。五十一年赐进士，授编修，累官至都察院左副都御史、礼部左侍郎。后因奏章失当被免职。乾隆二年（1737年）起用，补编修，升侍读，加詹事衔。曾参与编纂《佩文韵府》《子史精华》。文章有底蕴，诗词格调清丽绝俗；善书法，出入赵孟頫、董其昌间。著有《棕香书屋诗稿》。《江左十五子诗选》《清诗纪事》选录其诗。

【黄之隽】（1668—1748） 清诗人、剧作家。字若木、石牧，号唐堂，华亭陶宅（今上海奉贤青村陶宅）人，原籍安徽休宁。康熙六十年（1721年）进士，授翰林院庶吉士。雍正元年（1723年）改编修，参与编纂《明史》，充日讲起居注官，奉命提督福建学政，二年迁中允。乾隆元年（1736年）被荐举博学鸿词，时年已老，未能完成试卷，罢归。博览群籍，才华横溢，兴之所致，下笔不能自休。为学持论平正，为诗生新超隽，巧不伤雅，丽不伤淫，亦善词、擅画。著有《唐堂集》五十卷、《补遗》二卷、《续集》八卷、《冬录》、《补遗》、《唐堂词》二卷。《全清词抄》选收其词六首。能作杂剧，传奇《郁轮袍》《梦扬州》《饮中仙》《蓝桥驿》《忠孝福》知名。

【沈宗敬】（1669—1735，一说1725） 清画家、诗人。字南季，又字恪庭，号狮峰、狮峰道人、卧虚老人、双鹤老史等，华亭（今上海松江）人。沈荃第四子。康熙二十七年（1688年）进士，授编修，官至太仆寺卿。雍正五年（1727年）分纂《子史精华》。以画名世，宗倪瓒、黄公望。精音律，善吹洞箫。工诗，在文坛有清望。康熙六十年宫中举行千叟宴，其赴宴并赋诗。著有《双杏草堂诗稿》等。

【徐梄】（1680—1758） 清诗人。字圣功，一字醒斋，号玉屏山人、惺斋，华亭（今上海松江）人。徐孚远族子。诸生，雍正七年（1729年）被保荐贤良方正，引见，授江西星子知县，两个月后因执法失当被罢免。诗学陶渊明，落落自豪，人亦学陶，谈笑声每彻墙外。与黄之隽、顾成天交好，诗歌唱和。著有《玉屏山人集》《乐府诗集》。

【张梁】（1681—1753） 清诗人。字大木，一字奕山，晚号青城、幻花居士，华亭（今上海松江）人，居松江城秀野桥西。康熙四十一年（1702年）举人，五十二年进士，官内阁中书，改行人司行人，充武英殿纂修官，入内廷校书。工诗词，与杜诏、陈聂恒、张维煦等在都中结社，名噪一时。书成，告假归，不复出，以文史自娱。善鼓琴，指法入古。素耽佛法，晚年茹素，专修净土宗。著有《澹吟楼诗钞》《幻花庵词钞》等。

【倪蜕】（生卒年不详） 清诗人。初名羽，字振九，号蜕翁，华亭（今上海松江）人。康熙末年，随云南巡抚甘国璧入滇。晚年定居昆明，读书于西山，筑草堂以居，足不入城市，世人视之为高士。画工山水，仿王蒙，精书法，清健有别趣。工诗，早年仿效古人，到云南后诗风大变，雄豪奇丽。《滇南诗载》录其诗。

倪蜕

【徐怀祖】(生卒年不详) 清作家。亦名怀瀚,字燕公,华亭(今上海松江)人。徐凤彩孙,嗣伯祖徐孚远。诸生,好学能文,曾抄录徐孚远《钓璜堂集》。喜游历,足履燕、齐、秦、晋、魏、赵、吴、越、楚、粤、滇、黔。康熙三十四年(1695年)春至闽漳,由厦门至台湾,著《台湾随笔》一卷,另有《宋史猎俎》四十卷。

【张照】(1691—1745) 清书法家、戏曲作家、诗人。字得天,号泾南、梧囱,又号天瓶居士,娄县(今上海松江)人,生于上海浦东三林塘,后迁松江城郊秀野桥西。康熙四十八年(1709年)进士,选为庶吉士,授检讨,累官至刑部尚书兼管顺天府尹、抚定苗疆大臣、左都御史,谥文敏。"敏于学,富文藻,尤工书",通法律,精音乐,稔佛学。辞藻清新,诗多禅意,著有《古香亭集》《天瓶斋诗抄》《得天居士集》《天瓶斋书画题跋》《天瓶斋书画题跋补辑》。乾隆年间创作连台本戏《九九大庆》《月令承应》《升平宝筏》《劝善金科》等,开连台本大戏之先河。书法作品人皆奉为墨宝。

张照

【缪谟】(生卒年不详) 清诗人。又作缪模,字丕文,一字虞皋,号云章,又号云庄、雪庄,娄县(今上海松江)人。幼贫,所作诗为焦袁熹赏识,劝其学,遂从袁熹游。补诸生。与张梁、张照并称"焦村三凤"。乾隆六年(1741年)张照荐其入《律吕正义》馆,时已暮年,多病,且眇一目,不果,不久告归,未几卒。能诗词古文,诗文清丽,尤长乐府,擅画山水。著有《缪雪庄诗集》八卷、《雪庄词》二卷、《雪庄乐府》。精戏曲,作杂剧《银河曲》,演牛郎织女故事。《国朝诗别裁集》《江苏诗征》选录其诗,《词综》选录其词。

【朱霞】(生卒年不详) 清画家、诗人。字耕方,一作赓方,又作更芳,号初晴,娄县(今上海松江)人,一说南汇人。廪贡生。曾应鄂尔泰聘订《南邦黎献集》,后选高邮训导,以老乞归。与诸名士唱和,主坛坫者前后四十年。善篆书,工画,尤擅画鸡。善诗文,著有《鹤松堂集》《一拂楼集》《星研斋吟草》。

【陈崿】(生卒年不详) 清散文家、辞赋家、诗人。字咸京,号岞岚,晚号慧香,华亭(今上海松江)人。早慧,贡生,善文辞,通晓经史。康熙五十二年(1713年)荐充纂修《诗经》馆分校事,又助王鸿绪纂《明史》,继参与修《子史精华》。事竣,授知县,以老辞归,杜门著述。古文法欧阳修,工诗词,著有《祖砚堂集》《呵壁词》。《全清词抄》录其词三首。享年八十岁。

【姚培谦】(1693—1760) 清诗人、文史学家、辞赋家。字平山,号鲈香居士、鲈香老人,娄县(今上海松江)人。诸生。喜交游。致力于史学,有成就。亦善诗文,著有《松桂读书堂集》八卷、《赋颂》二卷、《春帆集》、《自知集》、《如兰集》、《古文斫》十六卷、《楚辞节注》六卷(附《叶音》一卷)、《唐宋八家诗钞》五十二卷、《宋诗百一钞》、《元诗百一钞》、《李义山诗集笺注》、《文心雕龙笺注》、《乐善堂赋注》,另著有《春秋左传杜注补辑》三十卷、《通鉴揽要》《明史揽要》《经史臆见》《类腋》等。

【姚宏绪】(生卒年不详) 清文学家。字起陶,号听岩,松江府金山(今上海金山)人。康熙三十年(1691年)进士,授庶吉士,改翰林院检讨。四十九年参与《渊鉴类函》修纂。雍正元年(1723年)任《明史》纂修官。好吟咏,收集松江自魏晋以来文人逸士的诗文,于乾隆元年(1736年)辑成《松风余韵》五十一卷,八年刊行。辑《谷水文匀》三十六卷,为松江一郡重要文献。著有《宝善堂集》《迟就草》《胥浦类稿》《十如塾杂钞》《姚氏世谱》等。

【张棠】(生卒年不详) 清代诗人。字南瑛，一字吟樵，娄县(今上海松江)人。康熙三十五年(1696年)举人，累官至桂林府知府。工诗，十六年与青浦陶尔穟、姜遴，华亭庄永言、戴有祺等在松江结大雅堂社，时相酬唱。《四库全书总目》评：“其诗欲以风调胜，而骨干未遒。”著有《赋清草堂诗抄》五集，分别为《白云吟》《一肩吟》《独宜吟》《江上吟》《雪蓬吟》。享年七十六岁。

【济志】(？—1720) 清僧人、诗人。字慧峰，华亭(今上海松江)人。十五岁剃度出家，遍历万峰、武康、石湖、钓滩诸山。工诗，诗风豪放洒脱。著有《鹤山外录》。

【张起麟】(生卒年不详) 清诗人。字趾肇，娄县(今上海松江)人。康熙四十八年(1709年)进士，授编修，迁武英殿纂修官，曾主持云南乡试。早年以诗文知名，与焦袁熹为文章知己。受业于李文贞，与何焯、储在文、徐用锡并为李文贞高足。诗追三唐，脱凡俗，朱彝尊为其诗集作序。著有《学古斋集》。

【王时鸿】(生卒年不详) 清学者、诗人。字霄羽，号云冈，娄县(今上海松江)人。康熙四十四年(1705年)圣祖南巡，时鸿以诸生献诗于行在所，称旨，召入英武殿任纂书。五十年中举，次年特赐进士，授编修，长期值勤于内廷。以学识渊博见长，参与修纂《方舆考略》《春秋传说汇纂》《省方盛典》等。工诗，有《半乐轩诗钞》。

【周士彬】(生卒年不详，1699年前后在世) 清诗人。字介文，号爱莲，娄县(今上海松江)人，一作青浦人。康熙三十五年(1696年)副榜贡生，曾入山东巡抚施维翰幕府。世居干山，家有“山舟堂”。潜心研读宋儒语录，身体力行。论诗以真朴为主，以宋儒静敬功入诗。著有《增订韵瑞》八十卷、《文集》二卷、《山舟堂诗草》十二卷。享年七十八岁。

【周彝】(生卒年不详，1700年前后在世) 清诗人。字策名，一作策铭，号寒豁，上海(今上海闵行)人，迁居松江府城。康熙三十六年(1697年)进士，选庶吉士，散馆后任编修，曾充云南乡试同考官。在国子监时与王士祯交厚。迁浙江督学，未到任卒。性好游，诗颇得山水清音，才力雄怪，凿险缒幽。喜作长篇诗，《送张长史》《君山玩雪》《游江心寺》诸作皆千言。著有《华锷堂诗集》《侍疾日记》等。

【王丕烈】(？—1745) 清诗人。字述文，号东麓，又号木斋，华亭(今上海松江)人，居松江府城东门外明星桥东。博学，为诸生时文章即雄识江南。雍正元年(1723年)举人，五年进士。由庶吉士授编修，累官至按察使。著有《春晖堂诗集》。

【陈金浩】(生卒年不详) 清诗人。字锦江，华亭(今上海松江)人。恩贡生，官宣城教谕。著有竹枝词集《松江衢歌》，记述清康乾时期松江民间生产、生活习俗，共一百首。其中，民间节令习俗有过年、元宵、清明、端午、乞巧、中秋、重阳、冬至、除夕等，也有松江文物胜迹、地方掌故、名特物产等内容。

【沈大成】(1700—1771) 清诗人、文史学家。字学子，号沃田，华亭(今上海松江)人。乾隆间诸生。早年即有才名，博闻强识，经史以外，旁通天文、地理、乐律、九掌诸术，尤以诗词、古文名于江南。父沈裔堂曾任青县知县，卒后家道中落。游幕异乡，由粤而闽而浙而皖，前后四十余年。家有藏书万卷，并亲自校录。晚年客居扬州卢见曾府，与惠栋、戴震、王鸣盛等交游，切磋学术。尝校订《十三经注疏》《史记》《两汉书》《南北史》《五代史》《通典》《文选》《说文》诸书。诗文语势平缓和顺，委婉舒畅。著有《学福斋诗集》三十七卷、《赋》、《文集》二十卷、《杂著》及《近游诗抄》二卷。

【黄图珌】(1700—1771年后) 清诗人、剧作家。字容之，号守真子，别署蕉窗居士，华亭(今上海松江)人。荫生。雍正六年(1728年)春守丧期满，入京赴吏部候选，分守杭州。乾隆五年(1740年)改官衢州，旋迁河南卫辉府知府。工诗词，尤擅编剧。十一年撰《看山阁闲笔》，对文章、诗赋、词曲、书法、图画等作理论探索。著有《看山阁南曲》四卷、《看山阁闲笔》十六卷、《看山阁诗余》四卷，辑为《看山阁集》。《全清词钞》选录其词三首。传奇有《雷峰塔》《栖云石》《梦钗缘》《解金貂》《双痣记》《温柔乡》《百宝箱》《梅花笺》等，合称《排闷斋传奇》。

【王永祺】（1701—1767）　清文学家、学者。字延之，号补堂，别号草香，娄县（今上海松江）人。康熙五十八年（1719年）中秀才，乾隆二十四年（1759年）举人。在乡以孝闻名。于书无所不读，游曹一士、黄之隽之门，又师事焦袁熹，学问大进，名噪于时。赘于浦南望河泾，友姚培谦招之迁松江城内，赠一半房屋与其，名草香居。著述授徒，学生慕名沓来。晚年推崇宋儒学说。去世后门人私谥“孝简先生”。诗文沉雄自喜，不诡随时尚。著有《朱子年谱》《三鱼堂剩言》。

【顾思照】（生卒年不详）　清诗人。字藻文，号珠怀，华亭（今上海松江）人，世居亭林镇，移居松江府城。性行古朴，博学，工诗文。康熙六十年（1721年）补诸生，廪贡，官丹徒县训导。辞归，购得原顾大申醉白池。乾隆初年，在园内与黄之隽、周吉士等结诗社。以黄之隽为首领，徐檩、李进、郁造、金玉堂等皆社中人。著有诗集《西村唱和集》《醉白池诗抄》。

【王廷和】（生卒年不详）　清文学家、学者。字碧山，一作碧珊，号爱吾，华亭（今上海松江）人，居松江城内三角地。乾隆四年（1739年）秀才，二十四年举人，四十七年选官江苏海州学正。禀性纯朴诚实，以笔墨为事，闭户著述，寒暑不辍。为学官专心教育，资助学生旅费参加省试，中式。平时节衣缩食，逢灾荒必资助赈饥。著有《缥缈楼诗稿》《宝善堂诗文集》《云间遗事》《峰泖志》《华亭县志稿》《娄县志稿》。

【徐是傚】（？—1742）　清诗人。字景于，号今吾，娄县（今上海松江）人。以诸生入国子监。怡亲王延为经师。乾隆初荐举鸿博考试，推辞不赴。书画宗董其昌。诗学白居易，与焦袁熹、黄之隽、陆昆曾齐名。古文学归有光。著有《古春堂诗文集》《自知集》。曾作《茸城蹋歌》，记松江风俗。

【张凤孙】（1706—1783）　清诗人。字少仪，华亭（今上海松江）人。雍正十年（1732年）副贡生，乾隆元年（1736年）举博学鸿词，十六年举经学。历任贵州贵定知县、云南粮储道、刑部郎中。为诸生时，其父因事下狱，凤孙奔走四方，衣履俱敝，告贷于亲知故旧，入京为父赎罪，一时有“三子”即“公子、才子、孝子”之称。其文杰出一时，所至倾倒；其诗词秀丽，骈体清丽。官云南时作《金沙厂记》《汤丹厂记》，详述两厂输京事。著有《宝田诗抄》《柏香书屋诗钞》。

【范棫士】（1710—1769）　清诗人。字祖年，号芃野，一作芃原，娄县（今上海松江）人。范缵孙。幼聪颖，七岁学韩愈、苏轼诗，隔天能背诵。及长为松江府学生，以文学称。乾隆元年（1736年）举人，十七年进士，授编修，累官至工部掌印给事中。工行楷，擅岐黄。著有诗文集《用拙斋存稿》。

【黄达】（1714—？）　清文学家、学者。字上之，号凤倚，又号海槎、一楼，华亭（今上海松江）人，居松江西门外竹竿汇，迁北门通波门西。乾隆二年（1737年）中秀才，十六年举人，十七年进士，授池州府学教授，因父丧不赴，居家课徒著述。二十七年补官淮安府教授，训导士人谆谆不倦。留意收集史料，热衷于采编忠孝节烈故事作传。早岁工诗，沈大成称其诗既自写性情而又遵循古人的法则，也不同于剽窃模拟者。为文空灵宁远。徐世昌《晚晴簃诗汇》录其诗三首，沈粹芬、黄人《国朝文汇》选其文六篇。著有《一楼诗文集》二十卷。

【王鼎】（1720—？）　清诗人。字祖锡，号香浦，一号条山，华亭（今上海松江）人。乾隆四十五年（1780年）举人。工诗，符葆森《国朝正雅集》引王昶语：“条山诗骀宕夷犹，和平乐易，不以才气自矜，不以词华自炫，其光油然而远，其味悠然以长。”著有《兰绮堂诗钞》。《清诗纪事》录其诗。

【张梦喈】（1721—1794）　清诗人。字凤于，号玉垒，娄县（今上海松江）人。诸生。乾隆二十七年（1762年）、三十年，两遇乾隆皇帝南巡，学使刘墉、李因培先后引荐召试，不举，终以贡候选同知。善诗工词，有《塔射园诗钞》。

【张锡德】（生卒年不详）　清诗人。字南仲，号南陀老人，华亭（今上海松江）人。乾隆二十七年（1762年）副贡，家居教授三十余年，选任青阳县教谕，三年后因病归。工诗，与王鼎、史亭等相唱和。与王鼎同居松江城北郊，才名相等，时人称“张王”。善画山水，宗法董其昌，画作苍老秀逸。著有《存诚堂诗钞》。

【钟晋】（生卒年不详）　清诗人。字为霖，号康庐，华亭（今上海松江）人，居松江府城北门外王行桥西。乾隆二十七年(1762年)举人。好游,曾北涉齐、鲁、燕、晋,南及闽、楚、粤,采奇揽胜,尽入其诗。其论诗取材认为有人性、游览、学习三个来源。著有《观香堂诗抄》《明日看云集》《道中歌》等。

【夏秉衡】(1726—?) 清传奇作家、诗人。字平三,一作平千,号香阁,别号谷香子,华亭(今上海松江)人。乾隆十七年(1752年)举人。曾任蒲城、陕西盩厔县(今陕西周至)知县。著有传奇《百宝箱》《诗中圣》《双翠圆》,合称《秋水堂三种》,诗文集《清绮轩初集》。辑有《清绮轩词选》。

【王宝序】(约1728—1816) 清诗人、书画家。字全初,一字璇初,号秋农,华亭(今上海松江)人,居松江府城北门外。王永祺次子。乾隆二十五年(1760年)举人,考取咸安宫教习。三十七年授湖南醴陵知县,后改福建漳州府南靖知县,为官清廉爱民。四十二年以奉养老母为由乞归。喜静默,性寡言,常终日独坐,邻里难见其身。工书法,作品被远近珍藏,山水画灵秀。晚年双目失明,仍为子孙辈口授经传。曾纂《南靖县志》。工诗,著有《纪程诗》《百草庭诗钞》卷。

【王显曾】(生卒年不详) 清诗人、学者。字周谟,号文园,华亭(今上海松江)人。王顼龄曾孙。乾隆二十五年(1760年)进士,选庶吉士,改主事,荐任湖广道监察御史,升礼科掌印给事中。曾出视南漕,巡视台湾,前后都有进言。托病辞归。博学多才,精通医术。五十五年受聘主纂《华亭县志》。又自辑家谱。著有《传砚堂集》《双峰草堂诗稿》。享年七十岁。

【王嘉曾】(1729—1781) 清诗人、学者。原名廷商,改名楷曾,通籍后复改嘉曾,字汉仪,一字宁甫,号史亭,娄县(今上海松江)人。王图炳孙,王顼龄玄孙。乾隆十八年(1753年)举人,三十一年进士,选庶吉士,授翰林院编修,分纂《永乐大典》。继入四库馆充纂修官,任编校。书成,充文渊阁校理,又充方略馆纂修官。因病告归,卒于家。为人诚实,知识渊博,喜搜罗古今秘籍,点校书籍。许巽行评其"诗如其人,生平澹泊蕴藉,屏绝世俗纷华靡丽之习"。著有《闻音室诗文集》。

【许巽行】(生卒年不详) 清学者、作家。字子顺,华亭(今上海松江)人。乾隆二十七年(1762年)由选贡中顺天副榜举人,任浙江临海县令,任期满后加通判衔。涉公案被降职,旋授广西兴安县令。父母相继亡故,归里守制,期满先后补安徽南陵、黟县县令,卒于任上。生平博览经典,尤好《文选》《说文》《广韵》。曾对《文选》作十四次校勘,撰成《文选笔记》八卷,是清代《文选》学史重要著作。另有《古音表》《韵通》《古韵》《考证说文》《天涯仙遇录》《天光阁焚余杂著》《敬恕翁诗稿》等。

【张玉珍】(生卒年不详) 女,清诗人。字蓝生,一字韫山、清河,娄县(今上海松江)人。张梦喈女,嫁太仓金瑚。自幼工诗,有闺秀之誉。拜袁枚为师,受王昶、钱大昕、吴省钦推许。二十九岁夫殁于京城,遂携子归华亭塔射园,亲授其子。子聪慧,娶妇后猝死,玉珍哀恸欲绝,命婢女取其诗词文稿尽投炉中,为其兄抢出而得以保存。著有《晚香居诗词钞》。《全清词钞》选收其词。

【吴树本】(1739—1795) 清学者、诗人。原名昕,字芸阁,又字贞生、恭铭,号楚颂,又号铭茶,娄县(今上海松江)人。乾隆三十六年(1771年)进士。选庶吉士,授编修,擢侍读学士、御史。生平于汉儒训故及《说文》、小学诸书疏通证明,皆有依据。诗文尔雅深厚,人称其"春和大雅之音,可谓无愧于作者,而浑厚之至,又诚如其为人"。著有《清容堂诗集》等。

【廖景文】(生卒年不详) 清诗人。字琴学,一字觐扬,号檀园,又号羡行氏、古檀氏,娄县(今上海松江)人,一说青浦人。乾隆十二年(1747年)举人,任合肥知县,因涉案罢归。筑小檀园于青浦清溪桥畔,以丝竹自娱。弟景班、景明,子云魁,先后在闽粤为官,景文常往一游,赋诗以纪其胜。人言其"诗以香艳胜"。作七绝三百余首,怀人纪游各参半。著有《清绮集》八卷、《吟香集》六卷及《古檀诗草》《古檀诗话》《归雁吟》《篷窗蘸笔》。有杂剧《遗真记》。曾参与编撰《青浦县志》。《湖海诗传》《江苏诗征》《晚晴簃诗汇》选录其诗。

【姜兆翀】(1740—?) 清戏曲家、诗人。字孺山,号镘佣,一作墁佣,华亭(今上海松江)人。

乾隆三十五年（1770年）中举，四十九年由景山官学教习选任舒城县学教谕。六十年以奉养二老为由辞归故里，专事孟子研究，著有《孟子篇叙》。晚年编撰《松江明末忠节录》《国朝松江诗钞》。有传奇《孔雀记》。

【朱鼒】（1746—？）　清作家。字毅亭，华亭（今上海松江）人，居松江府城内悦安桥南。眇一目，性肫笃。嘉庆六年（1801年）举人，未仕，以教学终生，晚岁主讲海门书院。曾与同邑朱钰等结泖东文社。为文醇茂，著有《绿树村稿》等。

【姚令仪】（1754—1809）　清散文家。字心嘉，号一如，娄县（今上海松江）人。乾隆四十二年（1777年）拔贡生，授云南知县，累官至四川成都知府、四川按察使、布政使，宦绩大多在川中。能文，工书。《国朝文汇》选录其《金川崇化屯新建慰忠祠碑》。

【王芑孙】（1755—1817）　清赋论家、诗人。字念丰，号惕甫，一号铁夫，又号楞伽山人，长洲（今江苏苏州）人。自幼聪颖，年十二三即能为诗文。乾隆五十三年（1788年）召试举人，官华亭（今上海松江）教谕，占籍松江。客居京师时，寄寓董诰、梁诗正、王杰、刘墉、彭元瑞诸家，代笔起草文书。后充任教习，出入馆阁，交游甚广。六十年与孙星衍、张问陶、吴锡麒等集京师，在孙星衍的樱桃传舍相聚。嘉庆二十一年（1816年）至松江，与钦善、改琦、梅春、高崇瑚、沈慈、姜皋等相会。致力于古诗文，诗擅五言古体和七律，时人称其七律"于峥嵘傲岸之中有沉郁顿挫之致"。提倡唐宋八大家之风，曾选编八家之作成集。著有《渊雅堂编年诗稿》二十卷、《惕甫未定稿》二十六卷、《古赋识小录》八卷、《诗外集》四卷、《文外集》四卷、《瑶想词》等。

【张兴载】（1757—1807）　清诗人。字坤厚，号甄山、悔堂、悔堂居士、绣云散仙、莼菜桥西散吏，室名"一松斋""绣云山房"，华亭（今上海松江）人。张梦喈次子。诸生。九岁能诗，工诗赋。乾隆第五、第六次下江南，学使刘墉、彭元瑞先后试诸生，阅其诗称好，遂知名于世。拜王昶、袁枚为师。乡试屡不举，按例贡入太学。嘉庆十一年（1806年）出任苏州新阳县训导，半年罢归。次年秋到江宁应乡试，罹患痢疾，中途折返，到家即故。著有《宝褉堂诗文集》《宝褉轩诗存》。

【徐士泰】（1761—1808）　清诗人。字彙仲，一作彙中，号云舫，华亭（今上海松江）人。嘉庆元年（1796年）举孝廉方正，三年举人，六年恩科进士，授工部营膳司额外主事。一年后丁内艰，服阕，以父老乞假告养在籍，不复出，闭门授徒。为学以潜修为主，制行谨饬，待物谦和。卒，门人私谥"靖孝先生"，门生顾子瀛为作传述。著有《云舫诗钞》。

【张兴镛】（？—1837）　清诗人。字远春，娄县（今上海松江）人。张梦喈第三子，张祥河父。嘉庆六年（1801年）举人，先后任太仓州、无为州学正。早年拜青浦王昶门下。工诗，诗风近六朝王谢诸家，神采洒脱。著有《红椒山馆诗抄》。

【许仲元】（1764—1837年后）　清作家。娄县（今上海松江）人。乾隆三十五年（1770年）秀才，为县学生。捐资入仕，官至浙江金华兰溪知县。道光七年（1827年）罢官。勤于博采家乡掌故、往事轶闻，时或咨询、求证于名宦耆宿，著成《三异笔谈》。

【黄霆】（生卒年不详）　清诗人。字橘洲，金山（今属上海）人。初学诗，后转学填词。弱冠后以开馆授徒自养，所收学生均为燕地之人。著有《松江竹枝词》一百首，有乾隆四十年（1775年）自序及吴履刚序，记述清乾隆年间松江府内山川、古迹、园林、寺庙、特产、时令、风俗等情景，有同治十三年（1874年）重刻本传世。另著有传奇多种。

【杨自牧】（生卒年不详）　清诗人。字谦六，号语斋、预斋，室名潜籁轩，直隶昌平（今北京昌平）人。官江苏华亭（今上海松江）县丞。能诗。《晚晴簃诗汇》选录其《暮秋游岣嵝崖》《途中重九》《秋夜思家》诸诗。邓孝威评其诗："英剀无凡俗近语，得边塞之气居多。"著有《潜籁轩稿》。

【杨汝谐】（生卒年不详）　清诗人、书画家。字端揆，又字皆言，号柳汀、允卿，别号退谷，室名崇雅堂、话雨斋，华亭（今上海松江）人。少时多病，遂弃举子业。书法学米芾、董其昌，扇头小行书妙绝一时，山水墨梅有北宋遗意。喜好浙西山水，每岁必游，与名士高僧论诗谈偈为乐。与同人结东皋吟社。《晚晴簃诗汇·诗话》称其诗"以意为主，色苍词磊。善写情，工体物"。著有

《崇雅堂诗钞》五卷、《话雨斋稿》三十二卷等。

【吴钧】(生卒年不详) 清诗人。字陶宰，号玉田生，华亭(今上海松江)人，居贤游泾，居所名“梅花书屋”。生性孤僻，见人无寒暄之问。不事科举，以读书、抄录编纂自乐。工诗词，擅篆刻，兼通天文算学。诗词不沿袭云间旧派。著有《独树园诗词存稿》《鼠璞词》《陶斋印存》等。享年五十岁。

【杨景淐】(生卒年不详) 清小说家，文学活动主要在清乾嘉年间。字澹游，华亭(今上海松江)人。嫌坊刻《孙庞斗志》过于俚俗，参考《列国志传》，加以润色，著成《鬼谷四友志》三卷，后改名《孙庞演义七国志全传》。前有乾隆六十年(1795年)作者自序。

【钦善】(1768—?) 清诗人、散文家。字茧木，号吉堂，又号正念居士，华亭(今上海松江)人，居松江府城内永乐桥南。诸生。少时丧父，家境贫寒，寄食龙门寺。生性聪颖，学习刻苦，作诗颇有灵气，得教谕王芑孙称道。亦善为古文辞，有孙樵、陆龟蒙遗风。诗文多阐明幽深道理之作，用语艰僻，有独到之处。著作有《吉堂诗文稿》二十卷、《吉堂诗稿》八卷等。

【改琦】(1773—1828) 回族。清诗人、书画家。字伯蕴，一字香白，号七芗，又号玉壶外史、玉壶山人，先世居北京，祖、父均以武职官松江，遂为华亭(今上海松江)人，家住祈雪街西。工书法，擅画，尤长仕女。工词，嘉庆十六年(1811年)与钦善、高崇瑚、姜皋等结泖东诗社，辑《泖东诗课》。著有《玉壶山房词选》《砚北书稿》《茶梦庵随笔》。

【姚椿】(1777—1853) 清作家、学者。字春木，一字子寿，号樗寮生、樗寮病叟、东余老民，自称蹇道人、海上白石生，娄县(今上海松江)人，家住东佘山。四川布政使姚令仪长子。诸生。早慧，十岁通声律，好读未见书。及长与洪亮吉、杨芳灿、张问陶相论诗赋。随父奔走南北，交识贤豪，求有用之学。凡河渠、农桑、漕务、边防诸事及民间疾苦等，皆反复稽之史传，证以游历。好学勤读，博闻强记，有“两脚书橱”之称。乾隆六十年(1795年)以国子监生应顺天乡试，不中，而才名甚噪。后师事桐城姚鼐，潜心研读宋儒之学。道光元年(1821年)举孝廉方正，不就。先后主讲河南彝山、湖北荆南、松江景贤书院。论文宗法桐城派，以为文有四用：即明道、记事、考古有得、言词之美。论诗以讽喻为主，以音节为辅，以独创为境，以自然为宗。其诗“无所师承而才情宏放，正如天马凌空，不宜羁勒”(王昶语)。“尤雅正醇懿，才锋俊拔，而以酝酿出之，迥异浮响”(徐世昌语)。著述甚丰，有《通艺阁诗录》八卷、《续录》八卷、《三录》八卷、《和陶集》三卷、《通艺稿文集》六卷、《晚学斋文集》十二卷、《樗寮文续稿》一卷、《樗寮诗话》三卷，编有《国朝文录》八十二卷及《五朝长律偶钞》《四朝七律偶存》《七言绝句偶钞》《国朝诸家七言长句选》《樗寮随笔》《茸城笔记》等。

【许庭珠】(生卒年不详) 女，清诗人。字林风，娄县(今上海松江)人。姚椿妻。工词，早年随父久居于浙江杭州，多湖光山色题咏。《全清词钞》录其词二首。

【张允垂】(生卒年不详) 清作家。字柳泉，华亭(今上海松江)人。嘉庆六年(1801年)拔贡，任军机章京，校核辽、金、元三史。累官至杭州知府兼任护理盐运使。爱藏书，有三万余卷贮于“海棠吟馆”。著有《平定教匪记略》《海棠吟馆诗文集》。享年六十四岁。

【冯承辉】(生卒年不详) 清诗人、书画家。字少眉，一字少麋，号伯承，别号老麋、眉道人，自号梅花画隐，娄县(今上海松江)人，家在松江城西门外钱泾桥东，宅内有梅花楼、古铁斋等。嘉庆十一年(1806年)秀才，入县学，后为增贡生。博学好古，富收藏。擅书画，篆隶得汉人笔意，绘人物花卉皆脱俗弃凡，尤喜画梅。工诗词，著有《棕风草堂诗稿》《古铁斋词钞》以及《历朝印识》《金石蒴》《石鼓音训考证》《两汉碑跋》《琢玉小志》等。

【朱鼎玉】(生卒年不详，生活于清乾隆嘉庆年间) 清诗人。字光被，号荆山，晚号约夫，娄县(今上海松江)人。能诗，兼工篆隶及绘画。与兄朱鼎揆及陈桓、金量玉等同好在松江府城西门外黄家潭结诗社。曾游历浙江、安徽、河南、山西、辽宁，嘉庆十年(1805年)归，所到之处都留诗作。著有《自怡集》二卷。享年六十余岁。

【廖云锦】(生卒年不详，生活于清道光年间) 女，诗人。字织云，一字蕊珠，号锦香居士，娄县

（今上海松江）人。廖景文女。幼随父居合肥，少年时即有诗画名。嫁松江泗泾马氏，早寡。独居读画楼，韬晦内敛，不欲以才艺扬名。与之唱和者，皆一时名媛。著有《仙霞阁诗草》。《国朝闺阁诗抄》录其《织云楼诗稿》。

【姜皋】（生卒年不详，生活于清嘉庆道光年间） 学者、诗人。字小枚，号篠湄，华亭（今上海松江）人。恩贡生。喜著书，工诗。诗文沉着绝丽，词采丰艳，与高崇瑞、高崇瑚兄弟及殷绍伊等结泖东诗社，为“泖东七子”之巨擘。著有地方农书《浦泖农咨》，详述松郡稻作生产，凡土地制度、农具、灌溉、播种、耘获及农民生计艰辛等无所不含。被后人视为研究江南传统农业的珍贵文献。

【姚济】（生卒年不详） 清作家、学者。原名大本，字铁梅，娄县（今上海松江）人。姚培谦从孙。道光八年（1828年）秀才，以第一名入松江府学。诗文敏捷，名噪郡城。性格活泼，无城府，时出妙语。咸丰十年（1860年）松江遭遇太平天国战争，奉母避难乡间，往来松江城四年，以诗文记录了松江城乡战时战后的情景。同治六年（1867年）为岁贡生，未仕。著作颇丰，大多散佚，存《小沧桑记》《一树梅花老屋诗钞》。

【袁寒篁】（生卒年不详） 女，清诗人。字青湘，华亭（今上海松江）人。母早丧，守贞侍父，以孝名于乡里。尝以诗词就正于焦南浦（袁熹），焦闻其境遇之苦，作《娇女篇》以记。少工诗，不屑与俗子为偶。年四十九岁迫于贫，嫁于布商。施蛰存《袁寒篁》：“袁寒篁以白屋贫儒女，著诗名于三吴，而身世坎坷，颠沛以没，终莫有援之者。”著有《绿窗词》二卷。《全清词钞》录其词四首。

【王庆麟】（1784—？） 清诗人。字畤祥，一字希仲，又号澹渊，华亭（今上海松江）人，居松江府城西门外里仁弄北。工古诗文辞，早年即有文名，同里姚椿称：“其人非世俗之人，文亦非世俗之文。”随父宦安徽宣城，师事姚鼐，后为桐城派古文家。以优贡生出任宣城教谕。嘉庆十二年（1807年）中举，拟授河南知县，上司重其学识，命修省志，未完成而去世，年逾四十五岁。曾与许乃济同撰《左氏蒙求注》。著有《洞庭诗文集》。

【张祥河】（1785—1862） 清诗人、书画家。原名公藩，字元卿，号诗舲，一号鹤在，又号法华山人，晚称诗道人，娄县（今上海松江）人。张照从孙，张兴镛子。嘉庆二十五年（1820年）进士，授内阁中书，累官至工部尚书，加太子太保，谥温和。工书善画。精于诗，守娄东宗派，诗风典丽庄雅，用词皆沉着切实语。喜与名流大儒相唱和，诗作内容包罗万象。道光九年（1829年）随侍宣宗帝到盛京谒陵祭祖，一路作吟哦辽沈的诗词。著有《小重山房初稿》二十二卷、《诗舲诗录》六卷、《诗舲诗外录》四卷、《小重山房诗续录》十二卷、《诗舲词录》二卷等。

【顾夔】（1790—1849） 清诗人、散曲家。原名恒，字卿裳，一作荃士，号卿裳，华亭（今上海松江）人。道光六年（1826年）进士，授庶吉士，改山西灵石知县，有政绩。工诗词，亦善散曲，高雅秀丽有法度。著有《城北草堂诗抄》二卷、《城北草堂诗余》。

【姚光发】（1807—1902） 清作家、学者。字汝铨，号衡堂、衡塘，娄县（今上海松江）人，居松江城内。姚培谦族子。道光八年（1828年）举人，十年官高邮州训导。二十一年中进士，选庶吉士，授翰林院编修。丁父忧，服阕，散馆改户部四川司主事，请假归，不复出。咸丰三年（1853年）闻太平天国军日炽，为防不测，倡团练、保甲，筹集军饷。八年叙功，获四品衔花翎。太平天国战事在松江平息后，擘划善后诸务，依次实施，事核而弊绝。光绪二年（1876年）至十年，总纂《重修华亭县志》《松江府续志》。长期主讲松江府城云间、求忠、景贤三家书院。十四年中举一甲子，重赴鹿鸣宴，加三品顶戴。为人温粹，好学，喜读史，尤熟《汉书》。

【王文珪】（1811—？） 清诗人、教育家。字友梅、节士，一作有美，华亭（今上海松江）人，世居松江府城北郭。王永祺玄孙。道光十三年（1833年）秀才，为县学生。咸丰十年（1860年）为恩贡生。擅诗文，名噪松江。教书课徒善举一反三，誉为名师，远近争聘。太平天国战争中宅被毁大半，战后拓而新之，建有遂耘堂。博洽多闻，尤熟于地方掌故轶事。著有《听莺馆随笔》。

【仇炳台】（生卒年不详） 清作家、学者。原名治泰，字竹屏，一作竹坪、祝平，号苏竹、笏东，晚号蒙叟，娄县（今上海松江）人。道光十九年（1839年）秀才。咸丰四年（1854年）游京师，师事侍郎张祥河，侍郎陶梁聘为记室。九年中举，同治元年（1862年）中进士，选庶吉士。丁父忧，终丧不复仕。光绪二年（1876年）起，先后参与编纂《重修华亭县志》《松江府续志》，与姚光发、张云望、张文虎共任总纂。曾主讲金山柘湖、大观书院三十余年，门生中多知名人物。居家时常与文友章耒、沈祥龙、顾莲等徜徉醉白池，诗酒唱和。著有《笏东草堂诗文集》。

【章耒】（生卒年不详） 清作家、学者。原名汝梅，字韵之，一作韵芝，号次柯，娄县（今上海松江）人，居松江府城西门外阔街。明末罗源知县章简后裔。咸丰元年（1851年）秀才，为府学生。潜心力学，凡天文、历算、舆地、兵防，以至医卜、壬遁家言无不研究，尤好性理、训诂之学。同治十二年（1873年）拔贡生，铨选教谕。从兴化刘熙游，沉浸义理之学。光绪二年（1876年）与修《娄县续志》，为分纂；与修《松江府续志》，任协纂。九年赴浦南张泽，馆于大族徐氏。著述颇丰，有《学汉斋诗文集》《周易一得》《尚书天文考证》《毛诗假借文字考证》《夏小正注释》《春秋内外传筮词考证》《春秋三传天文考证》《猗氏二家学略》《渔舫偶书》等。

【丁佩】（生卒年不详，生活于清嘉庆道光年间） 女，清绣娘、诗人。字步珊，华亭（今上海松江）人。颍川进士陈毓桐妻。有才学，夫妇常诗歌唱和。善诗文，沈善宝《名媛诗话》称丁佩“尺牍最佳”，录其诗、文。《树香阁诗遗》录其诗四首。工刺绣，其山水绣品的意境为画家所未到。著有中国第一部刺绣艺术专著《绣谱》二卷。

【沈祥龙】（生卒年不详） 清作家、学者。字约斋，一作躍斋，晚号乐志翁，娄县（今上海松江）人。咸丰六年（1856年）秀才，为府学生。同治六年（1867年）优贡生，入上海龙门书院，就读十四年，为刘熙高足，未仕。诗文敏赡，工隶书，博通经史、古文字，善理学。光绪六年（1880年）与修《松江府续志》，任分纂。二十一年葺治居宅堂东小屋，名“乐志簃”。著有《乐志簃文录》《乐志簃笔记》等。

【郭友松】（1820—1887） 清文学家、画家。或作友嵩，名福衡，以字行，自署娄村老福，娄县（今上海松江）人，家住方塔东。十三岁中秀才，人称“神童”。好诙谐，落拓不羁。擅画，以写意为主。嗜酒，好烟土。同治十二年（1873年）举人。丧偶后放浪形骸，民间流传其许多遗闻轶事，人称“落拓才子”。晚年靠卖画为生。所著诗文生前已大多散佚，仅存《了然吟草》。著有用松江方言写成的小说《玄空经》，为松江方言研究者珍重。

【杨葆光】（1830—1912） 清诗人、书画家。字古醖，号苏盦，别号红豆词人，华亭（今上海松江）人，世居华阳桥。同治元年（1862年）以岁贡为知县，历江苏溧阳、丹阳，浙江黄岩、龙游、新昌诸县。擅书画，画山水有逸气，精行草、古隶。学问淹博，善属文，工诗词，晚年优游上海，鬻书自给。著有《苏盦诗集》《订顽日程》。

【韩邦庆】（1856—1894） 清小说家。曾用名寄，字子云，号太仙，别署大一山人，笔名花也怜侬、三庆，娄县（今上海松江）人。自幼随父居北京，清光绪年间秀才。回故里后乡试屡不第，曾在河南官署作幕僚。南归居上海，与《申报》编辑钱昕伯、何桂笙等交好，常为《申报》撰稿，后任《申报》馆编辑。光绪十八年（1892年）初，自办《海上奇书》杂志，初为半月刊，后改月刊，由上海点石斋石印，为中国最早的文学杂志。其熟悉妓院狎邪生活，写成中国第一部苏州方言长篇小说《海上花列传》(亦名《绘图青楼宝鉴》《绘图海上青楼奇缘》)，揭露妓家的奸谲欺谩、富豪流氓的罪恶，反映妓女生活的可怜可悲。小说在《海上奇书》杂志连载，开创文艺刊物连载长篇章回小说、每回自成起讫的先例。二十年出单行本。鲁迅评论该小说具有“平淡而近自然”的特点，“记载如实，绝少夸张”，“书中人物，亦多实有”。另著有文言小说集《太仙漫稿》。

作　品

诗文集

【陆士衡集】 亦名《陆士衡文集》《陆平原集》《陆机集》。诗文集，十卷，西晋陆机撰。陆机字士衡，故名。原集久佚。《晋书·陆机传》称陆机“所著文章凡三百余篇，并行于世”。《隋书·经籍志》著录《陆机集》十四卷，并称“梁四十七卷，录一卷，亡”。至梁时仍有四十七卷，近西晋之数。此后渐有散佚，入隋已不足半数。《旧唐志·经籍志》《新唐书·艺文志》皆著录《陆机集》十五卷。宋宁宗庆元六年(1200年)，徐民瞻知华亭，合刻陆机、陆云集为《晋二俊文集》，集中多有断简残篇，其中《陆士衡文集》十卷。明正德十四年(1519年)，陆元大据以翻刻。别有明薛应旂刻七卷本，张溥刻《陆平原集》二卷本等。清钱培名辑《小万卷楼丛书》本附有札记一卷。明代以后，徐民瞻本为所有陆机诗文集的祖本。《陆士衡集》凡赋四卷，二十五篇；诗四卷，七十五首；文二卷，包括颂、箴、赞、笺、表、文、诔、辞、议、论、碑铭共二十篇；杂著一卷，二篇，中有《演连珠》五十首。其首篇《文赋》为文学批评史上重要文献，对后世影响较大。1982年，中华书局出版金涛声点校本《陆机集》，较通行。诗注本有郝立权撰《陆士衡诗注》四卷，1958年人民文学出版社出版。

【陆士衡文集】 即《陆士衡集》。

【陆平原集】 即《陆士衡集》。

【陆机集】 即《陆士衡集》。

【陆士龙集】 亦名《陆士龙文集》《陆清河集》《陆云集》。诗文集，十卷，西晋陆云著。陆云字士龙，故名。原集久佚。陆云为文辞藻华丽，旨意深雅。所著诗文凡三百四十九篇，为集十二卷，又撰《新书》十篇，并行于世。《隋书·经籍志》著录“晋清河太守《陆云集》十二卷”，注云：“梁十卷，录一卷。又有少府丞《孙极集》二卷，录一卷，亡。”《旧唐书·经籍志》《新唐书·艺文志》并著录《陆云集》十卷。宋宁宗庆元六年(1200年)，徐民瞻知华亭，合刻陆机、陆云集为《晋二俊文集》，集中多有断简残篇，其中《陆士龙文集》十卷，凡赋一卷，诗三卷，诔颂书启等六卷。今有明正德间陆元大翻刻本。又有汪士贤《汉魏诸名家集》辑本《陆士龙集》十卷、薛应旂《六朝诗集》辑本《陆士龙集》四卷、张溥《汉魏六朝百三名家集》辑本《陆清河集》

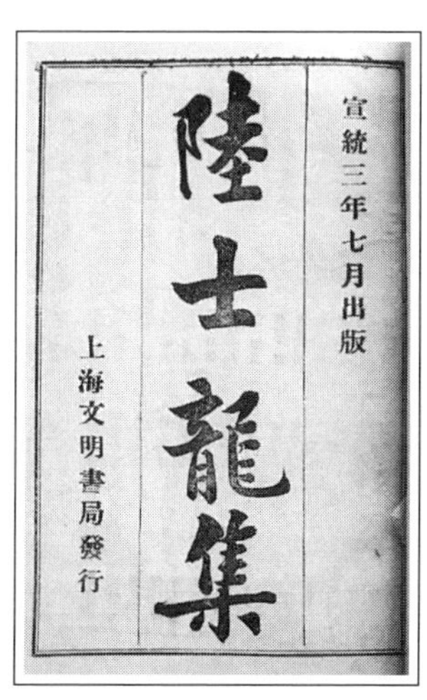

《陆士龙集》

二卷。1988年，中华书局出版黄葵点校的《陆云集》较完备。《全上古三代秦汉三国六朝文》《先秦汉魏晋南北朝诗》亦收录陆云诗文。

【陆士龙文集】 即《陆士龙集》。

【陆清河集】 即《陆士龙集》。

【陆云集】 即《陆士龙集》。

【陆云公集】 诗文集，十卷，南朝梁陆云公撰。已佚。《隋书·经籍志》集部别集类正目载："梁黄门郎《陆云公集》十卷。"两《唐书》并载："《陆云公集》四卷。"今存诗十首。

【陆宣公翰苑集】 亦名《翰苑集》《陆宣公集》《陆宣公奏议》。诗文集，二十二卷，唐陆贽撰，权德舆辑并序。陆贽曾官翰林学士，谥宣，故名。原集十卷，宋人将其《议论表疏集》十二卷并入，统名《翰苑集》，成二十二卷。全书包括：制诰十卷八十三篇，贞元中叶前作；奏草六卷三十二篇，任宰相前作；中书奏议六卷十二篇，任宰相时作。内容涉及当时朝政、礼仪、军事、财政等众多方面，有任免官员、表彰功臣、弹劾赃吏、册封王妃、改元大赦、抚恤安民、均节赋税、边防守备等。兼具文学价值和史料价值，是研究中唐历史重要资料，被视为"治乱之龟鉴"。宋代苏轼曾将其抄录进呈哲宗。清刊本增辑二卷，有诗、赋及年谱、传赞、庙记等，成二十四卷。贽原有诗文别集十五卷，久佚不传。《全唐诗》存其诗三首。有《四部丛刊》影宋本。另有宋郎晔注《经进新注唐陆宣公奏议》十五卷。明清刻本颇多，有清张佩芳《陆宣公翰苑集注》等。

《陆宣公翰苑集》

【翰苑集】 即《陆宣公翰苑集》。

【陆宣公集】 即《陆宣公翰苑集》。

【陆宣公奏议】 即《陆宣公翰苑集》。

【都官集】 初名《陈舜俞集》。诗文集，十四卷，北宋陈舜俞著。陈舜俞，字令举，历官都官员外郎，故名。初由其婿周开祖汇集岳丈生平所著诗文，编《陈舜俞集》三十卷，蒋之奇序。南宋庆元六年（1200年）其曾孙陈杞复刻，始名《都官集》，楼钥作后序。原书失传。《宋史·艺文志》著录："《陈舜俞集》三十卷，又《治说》十卷，《应制策论》一卷。"《文渊阁书目》《内阁藏书目录》皆载。此集明时尚存，后佚。四库馆臣从《永乐大典》辑出，厘为十四卷，名《都官集》。全书卷一至卷三为策，卷四为书，卷五为奏状、制、论，卷六、卷七为说，卷八为纪，卷九、卷十为书，卷十一为启，卷十二至卷十四为各体诗。陈氏初从学于胡瑗，为文学欧阳修、司马光，素有经世之志，集中策论逾万言。《四库全书总目》称其诗"气格疏散，皆自抒胸臆之言"。苏轼称其"学术才能兼百人之器，慨然将以身任天下事"。其文率直朴实，语言明晰。其诗大半为谪后所作，皆自抒胸臆；文则论时政者居多。其中三上英宗书及谏青苗一疏，尤为著名。有《四库全书》本，《宋人集》甲编本。

【陈舜俞集】 即《都官集》。

【梁溪集】 亦名《梁溪先生文集》。诗文集，一百八十卷，宋李纲著。李纲号梁溪先生，故名。其中赋四卷，诗二十八卷，表本诏书二卷，拟制诏四卷，表札奏议六十四卷，札子二卷，状三卷，书二十二卷，启二卷，记二卷，序六卷，赞二卷，颂箴铭词一卷，论二卷，迂论十卷，杂著六卷，题跋三卷，祭文疏祠二卷，碑志五卷，《靖康传信录》三卷，《建炎进退志》四卷，《建炎时政记》三卷。另附年谱一卷，行状三卷。是集据卷首陈俊卿序，谓李纲子秀之裒集其表章奏札八十卷，而诗文未收入。《郡斋读书志》录为一百五十卷，《直斋书录解题》则作一百二十卷，而宋代刻本则为一百八十卷，当系后人又以诗文增补合编，互有分并所致。据《增订四库简明目录标注》，除《四库全书》收入的一百八十卷本外，尚有明正德十一年（1516年）《宋丞相李忠定公奏议》六十九卷、《附录》九卷本；《宋李忠定公奏议选》十五卷、《文集选》二十九卷、首四卷本（崇祯刻本）；《宋李忠定公奏议选》十五卷本（清光绪刻本）；《李忠定公文集》三十九卷本（光绪刻本）等共十余种传世。《四库全书总目》称李纲诗文“雄深雅健，磊落光明，非寻常文士所及”。陈俊卿序则赞其奏议“明白条畅，反复曲折，其叙成败利害，灼然如在目前”。

【梁溪先生文集】 即《梁溪集》。

【后乐集】 诗文集，二十卷，南宋卫泾著。卫泾取范仲淹《岳阳楼记》中语题其堂曰“后乐堂”，因以名集。原本七十卷，乃其次子樵所编，嘉兴贡士常南仲覆校，绍定壬辰（1232年）冬，刻于永州。岁久亡佚。明杨枢《淞故述》仅著其名，其本已不可见。四库馆臣从《永乐大典》中裒辑编次，厘为二十卷，收各体文近千篇，即今之传本。是集凡内外制五卷，表状三卷，奏议五卷，书、启、笺三卷，行状、墓志、祭祝文三卷，诗一卷。栾贵明《四库辑本别集拾遗》又从现存《永乐大典》中辑得四库馆臣漏辑者十四条。《四库全书总目》谓：“泾所作大都和平温雅，具有体裁。归有光《震川集》称其文章‘议论有裨当世’。”集中作品以奏议表状为主，言论切直，颇具识见。

【秋声集】 亦名《卫宗武诗》。诗文集，六卷，南宋卫宗武著。宗武身逢宋亡，匿迹穷居，悲怀故国，故以“秋声”名集。明焦竑《国史经籍志》载《秋声集》八卷，此本已佚。《文渊阁书目》卷九著录，谓一部三册。《箓竹堂书目》卷三同。《国史经籍志》卷五著录，谓八卷。《千顷堂书目》卷二九著录，谓十卷。其集明末清初犹存。今本乃清修《四库全书》从《永乐大典》辑出，重新以类编次，前有宗武自序。卷一收五古一百二十

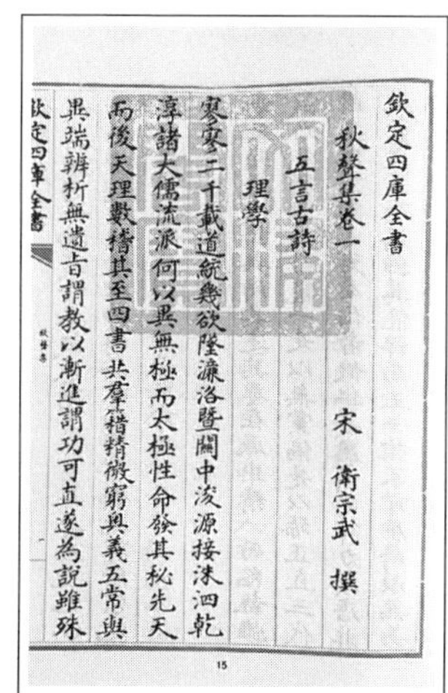
欽定四庫全書
秋聲集卷一　宋　衛宗武　撰
五言古詩
理學
寥寥二千載道統幾欲墜濂洛暨關中洊源接洙泗乾
淳諸大儒流派何以異無極而太極性命發其秘先天
而後天理數稽其至四書共羣籍精微窮與義五常與
異端辨析無遺旨謂教以漸進謂功可直遂為說雖殊
欽定四庫全書　秋聲集
15

《秋声集》

首，卷二收七古三十八首，卷三收五律八十首及五言排律一首，卷四收五绝十一首、七绝六十三首、词十一首；卷五至卷六，收序五篇、记三篇、墓志铭二篇、塔铭一篇、杂著十二篇。有影印《四库全书》文渊阁本、《四库全书珍本初集》本。《宋元人诗集八十二种》有《秋声诗集》四卷，《彊村丛书》有《秋声诗余》一卷。《四库全书总目》谓其“诗文根底差薄、骨格亦未坚致，盖末造风会之所趋，其事与国运相随，非作者能自主”。

【卫宗武诗】 即《秋声集》。

【小丑集】 诗文集，十五卷，南宋任尽言著。今佚。《宋史·艺文志》载：“任尽言《小丑集》十二卷，又《续集》五卷。”《国史经籍志》集类作《任尽言集》十五卷。杨万里《诚斋集》载有为此书所作之序，称其诗文“孤峭而有风棱，雄健而有英骨，忠鲠而有义气”，“非近世陈陈相因、累累随世之作”。

【松雪斋文集】 诗文集，十卷，外集一卷，元赵孟頫撰。孟頫号松雪翁，居室名松雪斋，因以名集。其集元代有至元十六年（1279年）花溪沈璜刊本、至元十八年建安余氏务本堂刊诗集七卷本、元至正年间刊本。明万历间江元禧所编《松雪斋集》仅寥寥数篇。全集共十卷、外集一卷。卷一为赋，共五篇。卷二至卷五为诗。卷六至卷十为各体杂文。其中卷十有词二十一首。外集除四言诗五章外全为文。该集收入《四库全书》。《四部丛刊》有影印元刊本。

【东维子文集】 诗文集，三十卷，附录一卷，元杨维桢撰。维桢号东维子，故名其集。此集为其初刊诗文集，以文为主，凡文二十八卷，诗二卷，又以杂文六篇充之。清《四库全书》本题《东维子集》。卷一至卷十一序，卷十二至卷二十一记，卷二十二志，卷二十三碑，卷二十四神道碑，卷二十五、卷二十六墓志铭，卷二十七书、说、论，卷二十八传、跋，卷二十九诗，卷三十歌。《四库全书总目》：“今观所传诸集，诗歌、乐府出入于卢仝、李贺之间，奇奇怪怪，谥为牛鬼蛇神者，诚所不免。至其文则文从字顺，无所谓翦红刻翠以为涂饰，聱牙棘口以为古奥者也。”有明正德、嘉靖间石湖吴氏刻本、明万历十七年（1589）王前刻本、清沈氏鸣野山房抄本、民国《四部丛刊》影印清沈氏鸣野山房抄本，附校补一卷。

【江月松风集】 诗集，十二卷，元钱惟善撰。明代未见著录该集。据《四库全书总目》介绍，钱惟善本人手录《江月松风集》原藏于练川陆氏，后归嘉兴曹溶，清康熙年间，金侃自曹溶家抄录一部，又以甫里许氏藏本较其异同，始行于世。顾嗣立据金侃抄本选入《元诗选》初集，一卷，录其诗六十首。清乾隆时入《四库全书》，其后有人对其补遗重刻。十二卷本未按诗体编次，所收诗篇仅限作于元代，明初的诗未收入。共收各类诗四百零七首，补遗诗十四首，附文二篇。清光绪年间刊印本集，在卷末又附录有《江月松风集补遗》及《江月松风集附文》。七律如《述怀》《怀陈子敬王子仁》，苍凉沉郁，功力颇深。绝句如《张园杂赋二首》《西湖竹枝词》清婉温雅，耐人寻味。今存《四库全书》本、《武林往哲遗著》本、《清风室丛书》本。

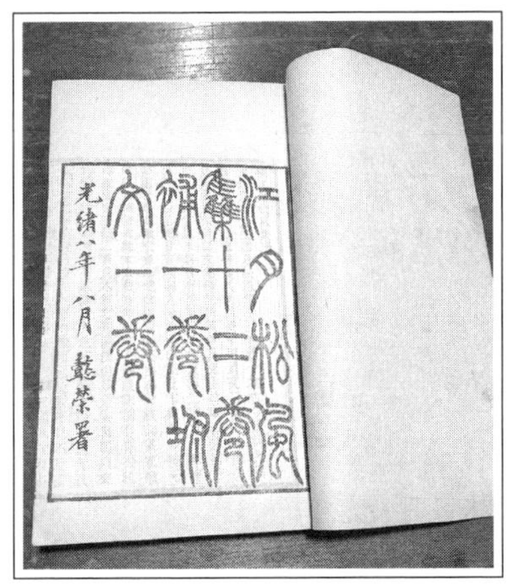

《江月松风集》

【强斋集】 诗文集，十卷，明殷奎著。殷奎门人余熂编，卷首有洪武十五年(1382年)陈振祖叙，未刊行而熂谢世。正统十三年(1448年)龚诩在余熂孙余援家得手录本，并遇王叔正捐金而刻成。卷一至卷六为各体文，卷七至卷九为诗，卷十收录有关殷奎的赠答、志状、祭文等资料。殷奎诗文朴雅，《四库全书总目》评其："元明之间，承先儒笃实之余风，乘开国浑朴之初运，宋末江湖积习、门户流波，澌除已尽。故发为文章，虽不以华美为工，而训辞尔雅，亦颇有经籍之光。如奎等者，在当时不以词翰名，而行矩言规，学有根底，要不失为儒者之言，视后来雕章绘句，乃有径庭之别矣。"《姑苏志》评其文："殷奎文章精审有法，尤深于性理。"

【清江贝先生文集】 诗文集，四十一卷，明贝琼著。《明史·艺文志》载："贝琼《清江文集》三十卷、诗十卷。"《两浙名贤录》载《贝琼集》二十卷，明万历中所刻只三卷。集共有诗集十卷；文集三十一卷，分《海昌集》一卷、《云间集》七卷、《两峰集》三卷、《金陵集》十卷、《中都稿》九卷、《归田稿》一卷，仅有钞本流传。清康熙四十六年(1707年)，浙江桐乡金檀购得，始为刊版。贝琼学诗于杨维桢，然其论文称："立言不在崭绝刻峭，而平衍为可观；不在荒唐险怪，而丰腴为可乐。"

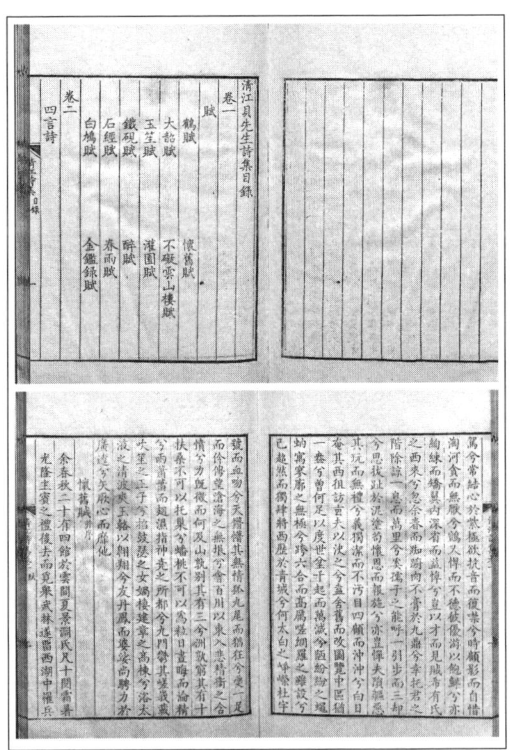
清江貝先生詩集目錄
卷一
賦
鶴賦 懷舊賦
大鵠賦 不礙雲山樓賦
玉笙賦 灌園賦
鐵硯賦 醉賦
石經賦 春雨賦
白鳩賦 金鑑錄賦
卷二
四言詩

《清江贝先生文集》[清乾隆二十四年(1759年)汪垕屐砚斋刻本]

【清江诗集】 诗集，十卷，明贝琼著。见于《清江贝先生文集》。贝琼出于杨维桢之门，学其所长，不学其所短，宗旨颇不相袭。其诗在温厚之中有自然高秀的韵致，爽豁整丽。朱彝尊《静志居诗话》称其诗"爽豁类汪广洋，整丽似刘基，圆秀胜林鸿,清空近袁凯,风华亚高启,朗净过张羽,繁缛愈孙蕡,足以领袖一时”。

【野处集】 文集,四卷,元末明初邵亨贞著。“野处”一词出自《周易·系辞下》“上古穴居而野处”,亨贞曾寓居乡里,生活于民间,意居住在野外,集中诸文多作于乡里,故以“野处”名其集。是集共收杂文六十八篇。

【梧溪集】 诗集,七卷,元末明初王逢著。集中载宋、元之际忠孝节义之事甚备。每作小序以标其大略,补史传所未及。此集由王士祯委托王逢同乡杨名时访得明末江阴老儒周荣起手录本,乃盛传于世。诗集内容分旌扬忠孝节义、“志在乎元”的故国情怀、感时哀民、寄友酬赠、杂闻琐事数类,其中前两类数量最多、最重要,被时人目为“诗史”,获高度评价。

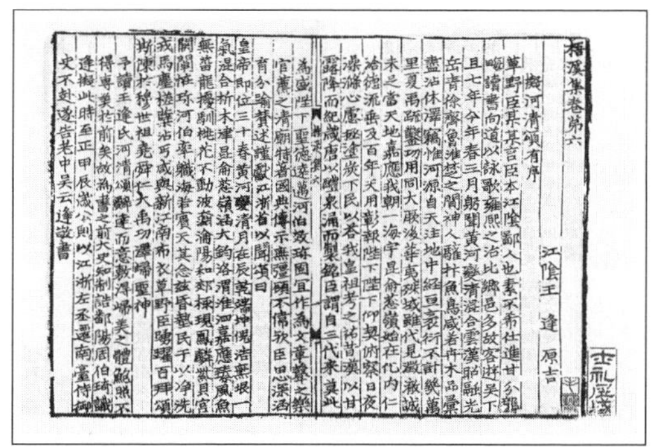
梧溪集卷第六
江陰王逢原吉
擬河清頌有序
草野臣某言臣本江陰鄙人也素不希仕進甘分鄙
晦讀書向道以詠歌雍熙之治比鄉邑多故客遊吳下
且七年今年春三月躬聞黃河變清澄合雲漢聯融光
岳青徐齊魯淮楚之間神人離拃魚鳥咸若卉木品彙
盡沾休澤竊惟河源自天注地中經亘袤衍不計幾萬
里夏禹疏鑿功用同大厥後華夷城雖代見澂澈誠
未之當天地嘉應我朝一海宇昆侖崟嶺始在化內仁
洽德流垂及百年天用彰報陛下陛下仰契俯察日夜
淥滌心慮拯塗炭下民以荅我皇祖考之祐昔漢以甘
露降而紀歲唐以醴泉涌而製銘臣謂自三代來莫此
為盛陛下聖德遠邁河伯效琛圖宜作為文章聲之樂
官薦之清廟特著國典傳示無疆顧不偉歟臣思深涵
育分踰贊述謹獻江浙省以聞頌曰
皇帝即位三十春黃河變清月在辰乾端坤倪浩靈根一
氣混合析木津昆侖惹嶺括大鈞洛渭淮泗嘉應臻鳳魚
無菑龍擾馴桃花不動波蕩淪陽和郊棷現麒麟紫貝宮
闕闌旌珠河伯率職海若賓天其念茲昏墊民于以淨洗
戎馬塵棧藥沾丐咸與新江南布衣草野臣暘曜百拜頌
斯陳於穆世祖堯舜仁大禹功澤歸聖神
予讀王逢氏河清頌辭達而意敷得歸美之體然照不
得專美於前矣故為書之前大史知制誥都陽周伯琦識
逢擬此時至正甲辰歲公則以江浙左丞還南臺侍御
史不赴遂告老中吳云逢敬書

《梧溪集》

【海叟集】 诗集,四卷,明袁凯著。旧有祥泽张氏刻本,由袁凯自定。近代通行本为清康熙六十一年(1722年)曹炳曾城书室刻本,四卷。曹炳曾以张本为主,参以何氏本,正其谬误,增辑《集外诗》一卷重新刻印。《四库全书》本、清宣统三年(1911年)秋江西印制局石印本、今《明别集丛刊》(黄山书社2016年版)第一集第十册内《海叟集》等均以清康熙本为底本。袁凯诗取法杜甫,气体清健,受时人推重。程嘉燧《列朝诗集小传》:“海叟诗,气骨高妙,天然去雕饰,天容道貌,即之泠然。古意二十首,高古激越,雄视一代。七言古诗,笔力豪宕,鲜不如意。七言律诗,自宋元来学杜,未有如海叟之自然者。”明天顺年间朱应祥、张璞校选后改名为《在野集》,书中多以己意更窜。如“烟树微茫独倚栏”,改

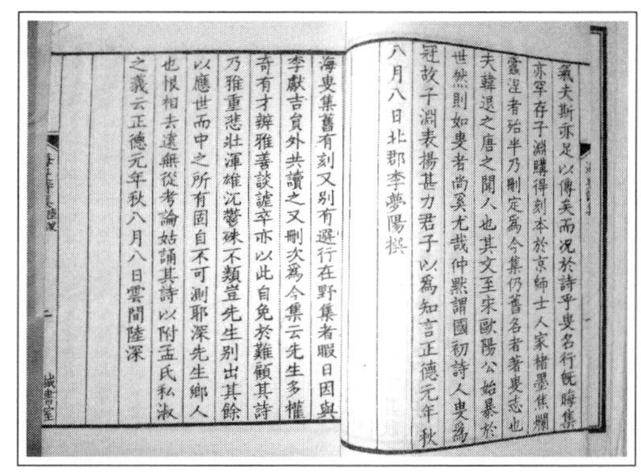
氣夫斯亦足以傳矣而況於詩乎叟名行既晦集
亦罕存子淵購得刻本於京師士人家楮墨焦爛
蠹涅者殆半乃刪定為今集仍舊名者著叟志也
夫韓退之唐之聞人也其文至宋歐陽公始暴於
世然則如叟者尚奚尤哉仲默謂國初詩人叟為
冠故子淵表揚甚力君子以為知言正德元年秋
八月八日北郡李夢陽撰
海叟集舊有刻又別有選行在野集者暇日因與
李獻吉員外共讀之又刪次為今集云先生多權
奇有才辯雅善談謔卒亦以此自免於難顧其詩
乃雅重悲壯渾雄沉鬱殊不類豈先生別出其餘
以應世而中之所有固自不可測耶深先生鄉人
也恨相去遠無從考論姑誦其詩以附孟氏私淑
之義云正德元年秋八月八日雲間陸深

《海叟集》

为“烟树微茫梦里山”;“故国飘零事已非”,改为“老去悲秋不自知”;“雨声终日过间门”,改为“雨声随处有间门”。明弘治年间,陆深得《海叟集》《在野集》残刻,与李梦阳、何景明共同删定为三卷。由何景明门人孙继芳于正德元年(1506年)八月刻于松江。正文题名后镌“云间袁凯景文著”。卷首有正德元年李梦阳序。卷上收乐府诗十二首、五七言古诗六十一首,卷中收五七言近体诗六十七首,卷下收五、六、七言绝句五十九首。总收诗一百九十九首。李梦阳序云:“叟名行既晦,集亦罕存。子渊购得刻本于京师士人家,楮墨焦烂,蠹涅者殆半,乃删定为今集,仍旧名者,着叟志也。”明隆庆四年(1570年)何玄之得祥泽张氏旧刻,以活字校印百部,名《海叟集》,四卷。卷一收琴操五首、乐府十三首、四言古诗六首,卷二收五言古诗七十二首、七言古诗十九首,卷三收五言律诗五十三首、五言排律一首、七言律诗七十四首,卷四收五言绝句二十八首、六言绝句九首、七言绝句一百零三首。四卷总收诗三百八十三首。今藏南京图书馆。明万历三十七年(1609年),张所望重刻,名《袁海叟集》,四卷。所录诗歌与隆庆本相同,总三百八十三首。今国家图书馆、社科院历史研究所、南京图书馆及日本东洋文库藏。

【在野集】 参见【海叟集】。

【袁海叟集】 参见【海叟集】。

【海叟诗】 诗集,三卷,明袁凯著。明嘉靖年间范钦、陈德文校刻本,台北图书馆藏。卷上收乐府诗十二首、五言古诗五十首、七言古诗十一首,卷中收五言近体诗二十四首、七言古体诗

三十七首，卷下收五言绝句十五首、六言绝句七首、七言绝句二十九首。总收诗一百八十五首。集中有抄补处。

【蚓窍集】 诗文集，十卷，明管时敏著。通行本为明永乐元年（1403年）楚藩刻本，明丁鹤年评。上海图书馆、北京市文物局、台北故宫博物院图书馆等藏。《四库全书》收录。卷前有吴勤、胡粹中序，有周子冶撰《全庵记》。卷一、卷二、卷五收古诗三十五首，卷三、卷四收五律八十三首，卷六、卷七收七律一百零六首，卷八至卷十收绝句八十八首。集名“蚓窍”，取韩愈《石鼎联句》语。管氏诗歌创作力求体制严整、语调清峻，着意学习唐音。《四库全书》评：“时敏学诗于杨维桢，而不蹈袭维桢之体。所作春容淡雅，多近唐音。”

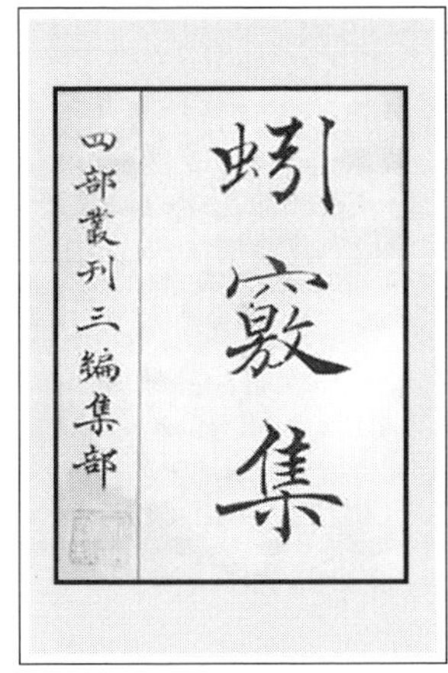
蚓竅集
四部叢刊三編集部

《蚓窍集》

【简庵诗稿】 诗集，明沈粲著。有诗二千余首。

【沈通理诗】 诗文集，一卷，明沈度著。清兼山堂抄本，上海图书馆藏。内录五、七言近体诗三十一首，附录苏正《寄沈通理民则》一首。后附《皇明书画史》所载沈度小传。

【定庵集】 诗文集，五卷，明张悦著。明弘治十七年（1504年）时任松江知府刘琬刻本。诗一卷，文四卷，附《荣寿录》。上海图书馆藏。卷一为诗类，收诗二百六十八首；卷二为题跋、赞、传、箴、书；卷三为记、序；卷四为行状、墓志铭、墓表、祭文；卷五为奏疏。《荣寿录》为两京缙绅及乡进士赠祝之作。

【东海文集】 诗文集，明张弼著。有两种版本。① 明正德十三年（1518年）张弘至刻本，九卷。收录诗四卷、文五卷，国家图书馆、山东图书馆、北京大学、中国科学院以及日本内阁文库等藏。万历年间在张刻本基础上重修。《四库全书存目丛书》著录《东海文集》五卷，逸去诗集部分。② 正德十五年刘氏日新书堂刻本，名《张东海先生文集》，八卷。清康熙三十三年（1694年）张世绶翻刻刘氏日新书堂本，改名《张东海全集》，八卷，增有附录，另附张弘至所撰《万里志》二卷。陈田《明诗纪事》评其诗：“东海诗有豪气，不受羁勒，七言断句，尤推擅场。”其文并不精悍，不如诗，《四库全书总目》评：“其文则直抒胸臆，不事锻炼，李东阳《怀麓堂诗话》载，弼自评其书不如诗，诗不如文，以为英雄欺人之语。诚笃论云。”

【推篷寤语】 文集，九卷，余录一卷，明李豫亨著。黄虞稷《千顷堂书目》作十二卷，今原刻

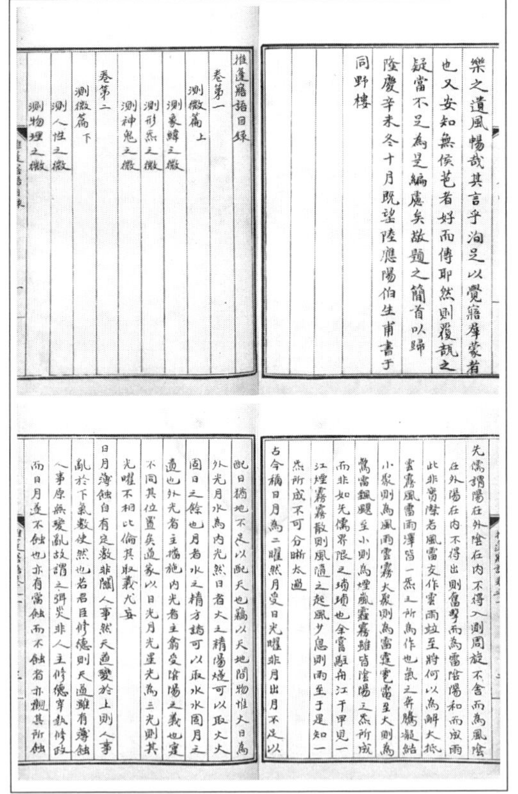
樂之遺風暢哉其言乎洵足以覺寤聾蒙者
也又安知無候芭者好而傳耶然則覆瓿之
疑當不足為是編慮矣敬題之簡首以歸
隆慶辛未冬十月既望陸應陽伯生甫書于
同野樓

推篷寤語目錄
卷第一
測微篇上
測象緯之微
測形炁之微
測神鬼之微
卷第二
測微篇下
測人性之微
測物理之微

先儒謂陽在外陰在內不得入則周旋不舍而為風陰
在外陽在內不得出則奮擊而為雷陰陽和而成雨
此非實際若風雷交作雲雨並至將何以為解大抵
雲霧風雷雨澤皆一炁之所為作也氣之奔騰凝結
小聚則為風雨雲霧大聚則為雷霆電雹至大則為
驚雷飄颷至小則為煙嵐霧霧雖皆陰陽之炁所成
而非如先儒界限之瑣瑣也余嘗駐舟江干甲見一
江煙霧霧散則風隨之起風少息則雨至于是知一
炁所成不可分晰太過
古今稱日月為二曜然月受日光曜非月出月不足以

配日猶地不足以配天也竊以天地間物惟大日為
外光月水為內光然日者火之精陽燧可以取火火
固日之餘也月者水之精方諸可以取水水固月之
遺也外光者主播施內光者主翕受陰陽之義也寔
不同其位置矣道家以日光月光星光為三光則其
光曜不相比倫其取義尤妄
日月薄蝕自有定數非關人事然天道變於上則人事
亂於下氣數使然也若君臣修德則天道雖有薄蝕
人事原無變亂故謂之彌災非人主修德享執修政
而日月遂不蝕也亦有當蝕而不蝕者亦觀其所蝕

《推篷寤语》［明隆庆五年（1571年）李氏思敬堂刻本］

仅九卷，藏浙江范懋柱家天一阁。集分测微、原教、本术、还真、订疑、毗政六篇，共三十类，五百五十章。

【陆子野集】　诗集，一卷，明陆郊著。明隆庆间张文柱编刊本，台北故宫博物院图书馆藏。录诗三十六首。

【东江家藏集】　诗文集，四十二卷，附录一卷，明顾清著。有明嘉靖三十八年（1559年）顾应阳刻本，上海图书馆、台北图书馆、台北故宫博物院图书馆以及日本内阁文库、德国巴伐利亚邦立图书馆等藏。《四库全书》收录。皆顾清晚年手定，体例颇为精审。其在世时未刊，卒后其季子顾天秩、孙顾应阳编辑、校刻。卷首有孙承恩撰《顾文公文集序》及顾清像，孙承恩撰《顾文信公东江先生像赞》。卷末有顾应阳《东江先生家藏集记》。卷一至卷四为《山中稿》，内赋一卷，三首；诗二卷，一百二十八首；文一卷，其中序八篇、记四篇、杂著十四篇。卷五至卷三十二为《北游稿》，内赋一卷、诗十卷、文十五卷、讲章一卷、奏议一卷。卷三十三至卷四十二为《归来稿》，内诗、赋三卷，文六卷。是集内《山中稿》四卷为初集，乃未仕时作;《北游稿》二十八卷为中集，乃既仕后作;《归来稿》十卷为后集，乃致仕后作。

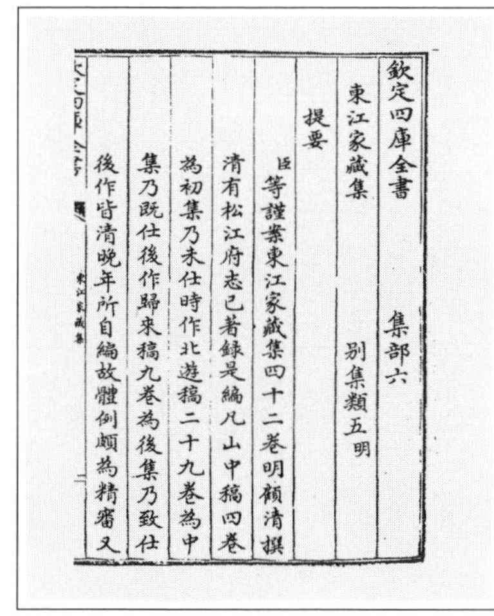
欽定四庫全書　集部六
東江家藏集　別集類五　明
提要
臣等謹案東江家藏集四十二卷明顧清撰
清有松江府志已著録是編凡山中稿四卷
為初集乃未仕時作北遊稿二十九卷為中
集乃既仕後作歸來稿九卷為後集乃致仕
後作皆清晚年所自編故體例頗為精審又

《东江家藏集》（复印本）

【顾东江集】　诗集，一卷，明顾清著。明隆庆间俞宪辑入《盛明百家诗》本，国家图书馆、上海图书馆、浙江图书馆等藏。内录《雪赋》《文渊阁赋》《秋雨赋》三首，《归鹤辞》一首，各体诗一百九十九首。前有俞宪小注：“晚得东江顾公诗，甚喜。及阅本集，真率溜亮，更副所闻，不泰南国典刑也。集得之秦余山上舍，而余山得之朱司成文石，盖本不多出，而见亦希遗云……其经义传诵一时，后进之士争相誊写，今谓我明第一品也。后八十余年，隆庆庚午冬日邻郡俞宪采刻公《家藏集》，置诸明诗后编，敬为识此。”

【酌春堂集】　诗文集，十卷，明张以诚著。“酌春堂”为张以诚室名。明崇祯十年（1637年）松江张安苞刻本。卷首有董其昌《张宫谕集序》，马思礼《先师宫谕张公集序》，卷末有许经《酌春堂集跋语》。首收“馆课”。卷一收诗二百二十八首，卷二收诗一百三十五首，卷三、卷四收策，卷五收文集序，卷六收赠送叙，卷七收寿序，卷八收启，卷九收传，卷十收祭文。

【包侍御稿】　诗文集，六卷，明包节著。嘉靖三十七年（1558年）包杞刊本，国家图书馆、北京大学图书馆藏。四库馆臣所见刻本为江苏周厚增家藏本。卷首有莫如忠、张世美序。集后有包节侄包柽芳及子包杞跋语。前两卷称《台中稿》，内诗一卷、文一卷，录各体诗一百五十八首，录序、记表、行状、志铭、祭文等文十四篇。后四卷称《涅中稿》，内诗二卷、文二卷，录各体诗三百首，录序、记、碑传、书等六十余篇。《四库全书总目》评：“是编前二卷为《台中稿》，官御史时作；后四卷为《涅中稿》，戍庄浪时作。二编皆兼载诗文。节尝谓《文苑英华》诗可以续《昭明文选》，因辑《苑诗类选》三十卷，故所作纤丽为多，大抵皆取材于是也。”

【世经堂集】　诗文集，明徐阶自编。万历间华亭徐氏刻本。卷首有陆树声、王世贞序。徐阶为官数十年，位居首辅，对诗文非所留恋。诗多感慨之辞，不甚入格。国家图书馆、北京大学图书馆、浙江图书馆、苏州图书馆、台湾图书馆以及日本内阁文库等藏。是集共二十六卷，卷一至卷四为奏对，卷五为祝章，卷六至卷十为奏疏，卷十一至卷二十四为诸体文，末二卷收赋颂诸体诗及曲词，一切青词、致语，删削殆尽。《总目》评论：是集“敷陈治体之文，皆能不诡于正，余则未见所长”。

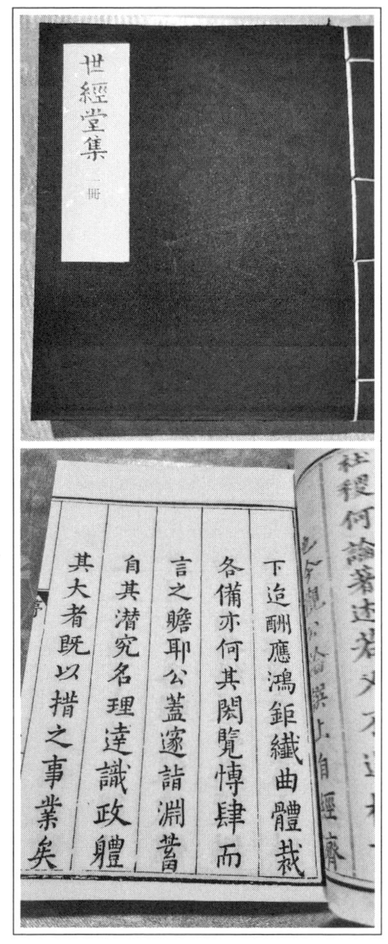

《世经堂集》(复印本)

【世经堂续集】 诗文集,十四卷,明徐阶著,归老时期所作。其孙徐肇庆编次。万历三十六年(1608年)徐肇惠刻本。《千顷堂书目》著录。南京图书馆及北京大学图书馆(缺卷一、卷十二)等藏。卷首有孙如游、吴道南序。前十二卷收奏疏、序、记、墓志铭、墓表、碑铭、论、说、引、跋、赞、祭文、传、书等各体文,卷十三、卷十四收古、近体诗三百余首。

【少湖文集】 亦名《少湖先生文集》。诗文集,七卷,明徐阶著。《四库全书总目》评:"是集乃阶外谪延平府推官时,三年秩满北上,延平士人裒其前后诸作,为之付梓。凡文五卷,语录一卷,诗一卷。大都应酬之文,十居六七,皆不足以传,特用志遗爱云尔。"有明嘉靖十三年(1534年)延平刻本,台北图书馆藏。卷首有奎湖张真《叙少湖先生集》,湖广布政司右参政龙津黄焯《少湖先生文集叙》。卷末有临海林元伦《少湖文集后叙》。另有嘉靖三十六年宿应麟刻本《少湖先生文集》七卷,六册,上海、天津、重庆、南京等图书馆及台北图书馆等藏。

【少湖先生文集】 即《少湖文集》。

【徐相公集】 诗集,不分卷,明徐阶著。明隆庆间俞宪《盛明百家诗》本。前有俞宪题识:"徐公相业,我朝罕俪,平生以正道事君,以正学率人。余力尤娴于诗文,然弥纶黼黻,发为名言,自有不容掩者。予久藉教,又邻郡也,心觊其诗不得,尝与白石蔡子屡谈之。顷蔡子过锡,见示此编,曰'公诗不易见,此予从集中手录出者'。予为重录一过,刻以行世。"内有《别知赋》一篇,古、近体诗四十六首。

【来嘉堂集】 亦名《司寇集》。诗文集,十九卷,明徐陟著。明抄本,上海图书馆藏。前三卷收古诗二十六首,卷四至卷八收绝句、律诗等近体诗二百九十八首。卷九至卷十九收表、序、记、说、跋、书、祭文、墓志铭、墓表、行状、对联等各体文。

【司寇集】 即《来嘉堂集》。

【蒹葭堂稿】 诗文集,八卷,明陆楫著。《明史·艺文志》著录《蒹葭堂稿》七卷,今存《蒹葭堂稿》八卷,明嘉靖四十五年(1566年)陆郯刻本,南京图书馆、台北图书馆、清华大学图书馆等藏。卷一收诗六十六首,卷二收诗三十首,卷三收序、祭、辩等十三篇,卷四收书十四篇,卷五至卷七收杂著三十二条,卷八有陆树声所作《明故恩荫太学生小山陆君墓志铭》。

【栖云馆集】 诗文集,二十卷,明李昭祥著。明刻本,浙江图书馆藏明刊本残卷,存卷一至卷十四、卷十八至卷二十。无序无跋。正文题名下镌"云间李昭祥元韬著,同郡张之象玄超校"。卷一至卷十为诗,卷十一至卷二十为文。卷一至卷三收赋三首、五言古诗四十八首、七言古诗十一首,卷四、卷五收五言律诗一百零六首、五言排律八首,卷六至卷九收七言排律八十四首、七言律诗一百七十二首,卷十收七言绝句一百二十首,卷十一至卷二十收疏、序、记、书、志铭、行状、祭文、杂著等九十余篇。

【笠江先生集】 诗文集，十二卷，明潘恩著。明嘉靖三十四年(1555年)聂叔颐编刊本，国家图书馆、上海图书馆、苏州图书馆、台北图书馆以及美国国会图书馆、德国巴伐利亚州立图书馆等藏。《四库全书总目》著录。卷首有徐献忠、张时彻序。卷一赋七篇、拟乐府诗五十一首，卷二至卷五收古近体诗四百九十余首。卷六至卷十二收各体文一百四十八篇。

【笠江先生近稿】 诗文集，十二卷，明潘恩著。潘恩生前所辑，明隆庆、万历间刻本，南京图书馆、台北图书馆以及美国国会图书馆藏。卷一、卷二收诗二百七十余首，卷三至卷十二收各体文一百五十余篇。后附申时行《墓志铭》、徐学说《神道碑》、陆树声《墓表》、王世贞《行状》。

【潘恭定公全集】 诗文集，二十五卷，明潘恩著。潘恩卒后其子潘允哲、潘允端将《笠江先生集》十二卷与《笠江先生近稿》十二卷合而为一，另附集一卷，为明万历汇印本。南京图书馆、苏州图书馆以及日本内阁文库、美国国会图书馆等藏。

【长谷集】 诗文集，十五卷，明徐献忠著。门生董宜阳编次，明嘉靖四十四年(1565年)松江知府袁汝是与其乡士大夫醵金刊刻梓行，《四库全书总目》著录。卷一收赋类十三首，卷二收五言、七言古诗九十四首，卷三收五言律诗一百三十七首，卷四收七言律诗一百三十一首、绝句一百一十一首，卷五至卷七收序七十六篇，卷八收记碑二十四篇，卷九收杂著三十五篇，卷十至卷十二收书简一百四十二篇，卷十三收传六篇、行状八篇，卷十四收诔辞十篇、祭文十一篇，卷十五收墓志十八篇、墓表三篇。《四库全书总目》评：“朱彝尊诗话称其诗冲淡无累句，所少者警拔，足为定评。至其论松江加耗、守备、钱法、水利诸书，条析利弊，皆颇详悉，在一乡亦足资考核焉。”《松风遗韵》举例：“《长谷集》中五言如‘林密交加村，山迷去住云’，七言如‘门临绝壁高于鸟，竹引泉流曲似蛇’，‘别浦烟光分蟹舍，隔林晴日上鱼梁’，殊自可诵。”说明其诗尚有一定功力，其文缺乏文学色彩。

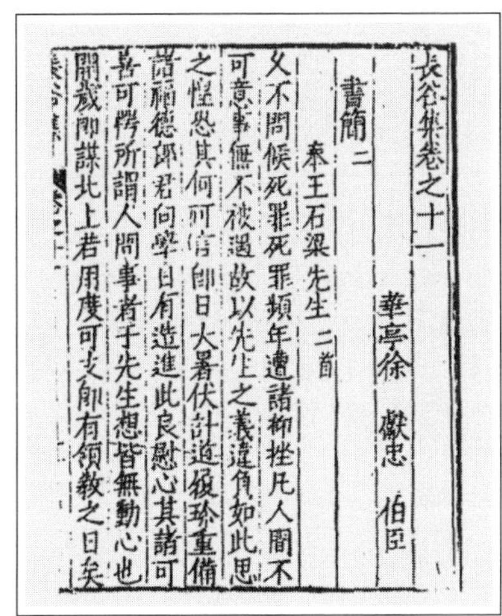
長谷集卷之十一
華亭徐 獻忠 伯臣
書簡二
奉王石梁先生 二首
久不問候死罪死罪頻年遭諸枊挫凡人間不
可意事無不被遇故以先生之義違負如此思
之惶恐其何可言卽日大暑伏計道履珍重備
諳福德郎君向學日有造進此良慰心其諸可
喜可愕所謂人間事者于先生想皆無動心也
開歲卽謀北上若用度可支卽有領教之日矣

《长谷集》

【乐府原】 总集名，十五卷，明徐献忠编撰。选取汉、魏、六朝乐府古题，各为考证，并录原文而释其义。评者以为其所见肤浅，索解太过穿凿。如：杜氏《通典》以“房中乐”为楚声，徐氏把屈、宋骚辞每言着一“兮”字，认作楚人怨叹之本声，而以安世“房中歌”为非其伦，未免过于拘泥。《四库全书》列为存目。

【俨山集】 诗文集，一百五十卷，明陆深著。集内收《俨山文集》一百卷、《俨山外集》四十卷、《俨山续集》十卷。其中《俨山文集》有明嘉靖二十五年(1546年)陆刻本，卷一收赋五首，卷二至卷二十三收各体诗一千四百余首，卷二十四收诗余三十二首，卷二十五为“诗话”三十二则，余为各体文。集由其子陆楫整理、编次刊刻。《俨山外集》编为陆深札记之文，有明嘉靖二十五年陆刻本。《俨山续集》有明嘉靖三十年陆刻本。

【陆文裕公行远集】 诗文集，二十四卷，明陆深著。明陆起龙刊本，日本内阁文库藏。另有清康熙六十一年(1722年)陆瀛龄补修本，复旦大学图书馆等藏。陆瀛龄重修本《行远集》中有文十二篇、诗六十六首为《四库全书》本所未收。

【陆文裕公集】 诗集，一卷，明陆深著。明隆庆间俞宪辑《盛明百家诗》本，前有隆庆元年(1567年)秋九月俞宪题识。内收诗赋词共二百余首。

【燕市杂诗】 诗集，一卷，明于燕芳(女)著。明万历间秀水沈氏尚白斋刻本，北京大学图书馆、台北图书馆以及美国哈佛大学哈佛燕京图书馆等藏。另有1922年文明书局石印本，北京大学、武汉大学、四川大学、浙江师范大学等藏。记明神宗末年事，收《拟阵亡诸将怨诗》《拟阵亡诸卒怨诗》《刘将军挽歌》《杜将军挽歌》《潘佥事挽歌》《为刘晋仲悼亡四绝》共九首诗。末附《附晋仲夫人春晓诗》。

【辇下歈】 诗文集，九卷(含《郿草》一卷、《后西湖草》一卷)，明于燕芳(女)撰。明刻本，上海图书馆藏。卷一收赋一首，卷二收五言古诗十四首，卷二后为《郿草》(无卷三名)，内收《游招宝山赋》一首。卷四收五言律诗三十六首，卷五收五言排律三首，卷六收七言律诗三十一首，卷六后为《后西湖草》(无卷七名，此当为卷七)，内收诗三十六首。卷八收叙三篇，卷九收记三篇。

【沧沤集】 诗文集，八卷，明张重华著。明万历十九年(1591年)晴阳堂刻本，上海图书馆、中国科学院图书馆、台北图书馆以及日本内阁文库等藏。卷一至卷六收序、墓志铭、行状、尺牍、论辩、碑、祭文、序跋、铭赞等各体文及赋二首、琴操五首、四言诗十七章、诗余十四首，卷七收五、六、七言诗一百三十首，卷八收七言律诗一百五十一首。

【南北游草续】 诗集，一卷，明张重华著。明万历二十二年(1594年)万世德刻本，上海图书馆藏。内收五言诗十九首、七言诗六十四首。

【李茂承彭泽草】 诗集，不分卷，明李绍箕著。明万历三十二年(1604年)缘督斋刻本，日本内阁文库藏。内录诗八十首。

【酉阳山人编蓬集】 诗集，十卷，明唐汝询著。明万历间刻本，国家图书馆、上海图书馆、台北图书馆以及日本内阁文库等藏。卷一至卷三收五、七言古诗一百六十三首，卷四至卷八收五、七言律诗三百四十六首，卷九、卷十收绝句三百一十九首。又有清乾隆二十四年(1759年)唐元素重修本，南京图书馆以及哥伦比亚大学图书馆、普林斯顿大学葛思德东亚图书馆等藏。

【酉阳山人编蓬后集】 诗文集，十五卷，明唐汝询著。明万历间刻本，国家图书馆、上海图书馆、台北图书馆以及日本内阁文库等藏。卷一至卷十一收赋八篇、诸体诗七百八十一首，卷十二至卷十五收各体文五十余篇，以书、启居多。

【归愚庵初学集】 诗文集，十二卷，明李继佑著。友人唐兆楫、黄经令选编，明万历四十三年(1615年)刻本，日本尊经阁文库藏。文八卷，收序、引、论、记、疏、启、状、尺牍、祭文、志铭、传、行状、赞、铭等各体文；诗四卷，卷九收诗七十三首，卷十收诗九十四首，卷十一收诗七十九首，卷十二收诗一百首及《疗痴赋》《将西归赋》二首。

【北枝堂集】 诗词集，八卷，明诸庆源著。清乾隆《娄县志》卷十二载诸氏集名《北枝堂诗稿》。明刻本，上海图书馆藏。卷一收古乐府四十二首，卷二收五言古诗十四首，卷三收七言古诗七首，卷四收五言律诗六十五首，卷五收七言律诗四十九首，卷六收五言绝句三十七首，卷七收七言绝句九十六首，卷八收词三十首。

【焚余草】 诗集，五卷，明王凤娴(女)著。《明史·艺文志》著录《焚余草》五卷，《千顷堂书目》著录四卷，《历代妇女著作考》载《焚余草》三卷。今存一卷，辑入《女中七才子兰咳二集》，原刻二百七十五首，辑选存五十二首。日本宫内厅书陵部图书馆藏。上海图书馆藏民国抄本《焚余草》不分卷，后附《东归纪事》。另有《焚余草》一卷，清嘉庆间云间张氏书三味楼刻本，张应时辑校，上海图书馆藏。内录近体诗十八首，附文《东归纪事》《酣梦由记》二篇，继附其长女张引元《挽湛如母舅》《明妃曲》诗二首及次女张引庆《塞上曲》一首。

【东游草】 诗文集，一卷，明陆应阳著。明万历刻本，国家图书馆藏。收诗一百一十五首及《游南湖记》一篇。

【洛草】 诗文集，三卷，明陆应阳著。明万历刻本，国家图书馆藏(缺卷三)。卷一收赋一首、诗八十首，卷二收诗五十五首、记一篇、赋一首。

【江行稿】 诗文集，一卷，明陆应阳著。明万历刻本，上海图书馆藏。收诗一百二十六首、文一篇。

【白门稿】 诗集，一卷，明陆应阳著。明万历刻本，上海图书馆藏。收诗一百一十八首。

【武夷稿】 诗集，一卷，明陆应阳著。明万历四十五年(1617年)游武夷山时所作。明万历刻本，上海图书馆藏。收诗一百一十七首。

【燕草】 诗集，一卷，明陆应阳著。明万历刻本，上海图书馆藏。收诗六十五首。

【笏溪稿】 诗集，一卷，明陆应阳著。明万历刻本，上海图书馆藏。收诗一百二十一首。

【江皋集】 诗集，六卷，遗稿一卷，明冯淮著。

明刻本，国家图书馆藏。卷一收诗九十一首，卷二收诗九十六首，卷三收诗九十三首，卷四收诗一百零三首，卷五收诗一百一十一首，卷六收诗一百五十一首，遗稿收诗七十五首。其诗多五、七言近体。

【潜玉斋稿】 诗集，四卷，明张所敬著。明万历间田炯等刻本，上海图书馆藏。卷首有王稠登《张长舆潜玉斋稿序》、万历乙酉中秋日屠隆序。卷一收四言古诗四首、琴操五首、乐府二十首，卷二收五言古诗五十四首，卷三收七言古诗二十七首，卷四收五言律诗一百零七首。

【潜玉斋近稿】 诗集，不分卷，明张所敬著。万历间刻本，上海图书馆藏。门人赵世宁编，友人潘云柯校。收五言古诗七首、五言律诗九十六首、七言古诗五首、七言律诗三十四首、五言绝句二十六首、六言绝句七首、七言绝句十一首。总收诗一百八十六首。

【春雪篇】 诗集，二卷，明张所敬著。录张氏馆于潘氏家塾期间所为诗。友人杜开美校。

【解弢篇】 诗集，一卷，明张所敬著。明万历间刻本，上海图书馆藏。门人潘焕宸校阅。收古体诗十一首、律体七十二首、绝句十八首。卷末有张所敬之子跋："右六绝句作于壬辰之春，迄今仅八载，而先君暨龚、顾两翁溘先朝露矣。偶从乱帙检得，读之潸然不胜怆惋。录之近草，用代羹墙云尔。已亥八月朔志。"

【瀼溪草堂稿】 亦名《孙文简公瀼溪草堂稿》。诗文集，五十八卷。明孙承恩著。明万历十七年（1589年）孙克弘刻本。国家图书馆存一至四十八卷，上海图书馆存一至四十八卷、五十三至五十八卷。《四库全书》收录。承恩卒后，由其门人杨豫孙、董宜阳、朱大韶编校，门人张承宪、高士校正，子孙克弘、从孙孙友仁校刊。前有陆树声《文简集原序》，继有孙文简公小像及吴稷、沈恺、周思兼、杨豫孙、董宜阳等《毅斋先生小像赞》。卷末有冯时可《大宗伯孙文简公集后序》、孙克弘所作跋。卷一至卷七为进呈之疏、表、讲章，卷八至卷十收赋二十六篇，卷九至卷二十六收诗一千一百余首、词十三首、曲三十二首。卷二十七及以后收各体文。

【孙文简公瀼溪草堂稿】 即《瀼溪草堂稿》。

【适志斋稿】 诗文集，十卷，明许乐善著。明天启五年（1625年）刻本。《明史·艺文志》著录。上海图书馆、台北图书馆以及日本内阁文库等藏。前三卷为诗词，收赋四首、各体诗四百一十余首、词曲三十余首，卷四、卷五为奏疏，余为序、跋、记、传、赞、启、书简、墓表、祭文、制义等。

【范太仆集】 诗集，十四卷，明范惟一著。明万历十三年（1585年）范允豫等刻本，重庆图书馆藏。卷首有屠隆、莫如忠序。收各体诗九百九十三首。

【振文堂集】 文集，十三卷，明范惟一著。集在范氏卒后四年，万历十六年（1588年）由其子范允豫刊刻成。浙江图书馆藏。卷首有张仲谦序，卷末有范允豫跋。卷一收疏、表、书四十五篇，卷二、卷三收书八十四篇，卷四至卷八收序六十六篇，卷九收记、传、疏、赞、题跋等十五篇，卷十收论五篇，卷十一收墓志铭十篇，卷十二收墓表、行状六篇，卷十三收祭文三十五篇。

【四友斋丛说】 笔记体文集，三十八卷，明何良俊撰。何氏自称和古人庄周、王维、白居易为友，因名斋"四友斋"。书分经、史、杂记、子、释道、文、诗、书、画、求志、崇训、尊生、娱老、正俗、考文、词曲、续史十七类。搜采甚广，记有很多明代史料、苏松等处地方掌故、各类专门性考证和批评。其中"文""诗""词曲"三类，论及文、诗、曲诸方面源流变迁等，"诰敕起于六朝，然其来甚远，肇自舜命九官与命羲仲和仲之词，后《君奭》《君牙》《蔡仲之命》，皆其遗制也"（《四友斋丛说·文》）。"金、元人呼北戏为杂剧，南戏为戏文……夫诗变而为词，词变而为歌曲，则歌曲乃诗之流别。"（《四友斋丛说·词曲》）此书对研究史学和文艺史有裨益，然亦有据传闻载入而失实者，后人多有驳正。有《四库全书存目丛书》本，中华书局1959年初版、1984年再版标点本。

【何翰林集】 亦名《柘湖集》。诗文集，二十八卷，明何良俊撰。明嘉靖四十四年（1565年）华亭何氏香严精舍刻本，国家图书馆、中国社科院文研所图书馆、南京图书馆、重庆图书馆、莱阳图书馆、台北图书馆以及德国巴伐利亚州立图书馆等藏。何良俊自编，以二十八星宿名为记，分诗赋七卷、文二十一卷。卷一收赋一首、琴操四首、乐府五首、五言古诗十七首，卷二收五言古诗二十八首，卷三收五言古诗十一首、七言古诗四首，卷四收五言律诗三十八首、五言排律五首，卷五收七言律诗三十三首，卷六收七言律诗四十五首，卷七收五言绝句十四首、七言绝句三十二首，卷八至卷十四为序，总收二十九篇，卷十五至卷二十八为记、赞、杂著、表、启、碑文、书、行状、祭文、题跋等各体文。《千顷堂书目》记载何良俊《柘湖集》二十八卷，即是此本，只是题名不同。《四库全书总目》评："良俊在当时，颇有文名，所作纵横跌宕，亦时有六朝遗意，而落笔微伤太快，殆亦才人轻脱之习欤。"

【柘湖集】 即《何翰林集》。

【何翰目集】 诗集，一卷，明何良俊著。刻于明隆庆元年（1567年），内收赋一首、诗一百三十四首。

【何元朗先生诗集】 诗集，不分卷，明何良俊著。被清刻《明诗百家集》卷九收录。国家图书馆藏。

【何礼部集】 诗文集，十卷，明何良傅著。明嘉靖四十五年（1566年）华亭何氏家刻本。国家图书馆（存卷一至卷四）、台北图书馆、台湾傅斯年图书馆以及日本东京大学东洋文化研究所等藏。《四库全书》未收，"总目""禁毁书目"等俱未见著录。前有徐献忠序，卷一收五言古诗四十五首，卷二收七言古诗二十一首，卷三收五、七言律诗八十三首及排律十首，卷四收五七言绝句六十七首，前四卷总收诗二百二十六首。卷五为序，卷六为疏、启、说、颂、诔，卷七、卷八为书，卷九为行状，卷十为神道碑、墓表、祭文。有1932年金山姚氏复庐《云间两何君集》本，国家图书馆、吉林图书馆、浙江图书馆、上海图书馆、台湾傅斯年图书馆等藏。

【冯侍制刍荛录】 诗文集，二十卷，明冯恩著。乾隆《华亭县志》、乾隆《娄县志》均作《南江集》五册。明隆庆元年（1567年）序刊本，日本官内厅书陵部图书馆藏。《四库全书总目》著录。台湾傅斯年图书馆藏本据日本宫内厅书陵部图书馆藏本影印。卷首有沈恺、徐献忠、张世美、张承宪序。第一册皆为序目。正文卷一至卷十三收奏疏、序、记、赋、书、杂著、墓铭、行状、哀辞、祭文等各体文，卷十四、卷十五收五、七言古诗，卷十六至卷二十收五、七言绝句、律诗。沈恺序论冯恩诗文"大都弘而大，贞而不泥，纵而不流，率多自标形神，直写胸臆，不蹈袭前人片语。文固质任自然，诗亦根诸心得。辟之哲匠造车，无假人授，心手合作，动皆中规，不害成一家言"。徐献忠序论冯恩文"极鄙摩拟之习，以其表暴善华而神理内枯也"。

【环溪集】 文集，二十六卷，明沈恺著。明隆庆五年（1571年）至万历二年（1574年）沈绍祖递刻本，国家图书馆、浙江图书馆、台北图书馆、台北故宫博物院图书馆藏（台北故宫博物院藏本缺首二卷，实为二十四卷）。前有徐阶、张时彻、王世贞、徐献忠、任子龙、皇甫汸序六篇。卷一、卷二收记，卷三至卷六收序，卷七、卷八收碑，卷九至卷二十一收疏、议、书、启、传、连珠、杂著、诗话、书品、赋、述、志、对、问、说、铭、赞、箴、跋等，卷二十二至卷二十六收祭文、墓表、墓志铭、行状。

【环溪漫集】 文集，八卷，明沈恺著。明嘉靖间刻本，国家图书馆以及日本名古屋蓬左文库藏。卷首有徐阶《凤峰子杂集序》。卷一收记序，卷二收序，卷三收传、疏，卷四收杂著，卷五收书，卷六收杂文，卷七收论，卷八收碑铭、行状。总收各体文三百篇。

【守株子诗稿】 诗集，二卷分二册，明沈恺撰。明嘉靖间刊本，国家图书馆、台北故宫博物院图书馆以及德国巴伐利亚邦立图书馆藏。另有明抄本，上海图书馆藏。卷一收赋一首、古体杂著六十首、词一首、五言古体四十首，卷二收五言律八十首、五言排律三首、七言律诗七十四首、七言绝句六十首、五言绝句四十四首（卷二第三十八、三十九页残缺）。

【沈凤峰集】 诗集，一卷，明沈恺著。明隆庆间《盛明百诗》本，上海图书馆、北京大学图书馆、浙江图书馆以及日本内阁文库等藏。录赋一首，各体诗一百七十六首。

【续沈凤峰集】 诗集，一卷，明沈恺著。明隆庆间《盛明百家诗》本，上海图书馆、北京大学图书馆、浙江图书馆以及日本内阁文库等藏。系俞宪以皇甫百泉选本为主，共得诗九十余首，续刻而成。

【崇兰馆集】 诗文集，二十卷，明莫如忠著。有明万历十四年（1586年）冯大受、董其昌刻本，国家图书馆、上海图书馆、天津图书馆、山东图书馆、中国科学院图书馆以及日本尊经阁文库等藏。据陆树声序，该书在莫氏卒后付梓行世。集内前九卷收古、近体诗六百四十余首，后十一卷为序、记、碑、传、书、杂著、墓志铭、行状、祭文等各体文。

【方众甫集】 诗文集，十四卷，明方应选著。明万历三十四年（1606年）序刻本，门人松江守蔡增誉梓，南京图书馆以及日本尊经阁文库藏。诗赋四卷，收赋一首、颂一首、诸体诗四百六十余首，后为各体文十卷。《四库全书总目》："应选初牧汝州，刻有《汝上诗文》二集，其子又增并遗稿，刻为此本。其诗古体颇清丽，文笔亦尚健举，而渐染习尚，未尽脱当时风气。"

【耕余集】 亦名《面溪集》。诗文集，六卷，明钟薇撰。万历二十四年（1596年）漫游浙楚，将山居杂咏、纪游抒怀之作合为一帙，总名《耕余集》。明万历间蔡懋孝刻本。台北图书馆藏，六册。卷首有徐阶《面溪诗集引》、钟薇《耕余集自序》。收《耕余集》一卷，收诗一百八十首；《云水记时》一卷，收各体诗二百六十首；《随游漫笔》三卷，收游楚、浙，登天目、武夷、太和、庐山、齐山、九华山等所作游记八篇；《倭奴遗事》一卷，钟薇辑成。正文后注"东海钟薇辑时年七十有五"。

【面溪集】 即《耕余集》。

【采薇集】 诗集，四卷，明董传策著。明万历间董传文重刻本，国家图书馆、台北故宫博物院图书馆藏。书名源于其被遣戍。四卷各以元、亨、利、贞为序。元册收古诗四言、古调歌、乐府杂调辞、乐府近体杂篇，亨册收乐府近体杂篇、乐府放歌辞、长短调杂篇，利册收歌行杂篇，贞册收五、六、七言绝句。四册总收诗三百四十余首。《千顷堂书目》载《采薇集》作十四卷、《幽贞集》作十一卷、《邕歈稿》作七卷，与此互异。

【幽贞集】 诗集，二卷，明董传策著。明万历间云间董传文重刻本，国家图书馆、台北故宫博物院图书馆藏。集由董其昌重选。卷首有陆树声小序，后有莫如忠评校。有附录《杂阅小简》，系当时名家读《幽贞集》后简评。上中下三册，上册为古调体、中代骨格体、中代兴致体、中代词裁体，中册为古今咏史杂体，下册为后代杂占体、后代酬应体、后代纪事体、儒人名理体、方外放言体。三册总收诗一百八十首。

【邕歈稿】 诗集，六卷，明董传策著。明万历间云间董传文重刻本，国家图书馆、台北故宫博物院图书馆藏。万历癸卯春由董其昌选。卷首有莫如忠序。收七言律体，共三百六十余首。其诗多激烈，如其为人。

【奇游漫纪】 文集，八卷，附录一卷，明董传策著。明万历二十九年（1601年）董传文重刻本，董其昌重选，国家图书馆藏。卷首有吴岳、沈恺序。卷一"出戍道经"，卷二"楚南结缆"，卷三"粤徼征次"，卷四"行役载途"，卷五"编管寄适"，卷六"羁旅栖迟"，卷七"沧屿寓指"，卷八"韶江五述"，总收文四十一篇，另附"青秀山诸公碑记四首"。

【董幼海先生全集】 诗文集，二十卷，明董传策撰。明万历二十九（1601年）至三十一年董崇文刻本，国家图书馆藏。为万历二十九年所刻《奇游漫纪》八卷、三十年春所刻《采薇集》四卷、三十一年春所刻《邕歈稿》六卷、三十一年秋所刻《幽贞集》二卷之总集。国家图书馆藏本仅存《采薇集》四卷、《邕歈稿》六卷、《奇游漫纪》八卷，附录一卷。董传策所有著述有隆庆五年（1571年）刊本，已佚。

【玉恩堂集】 文集，九卷，附录一卷，明林景旸著。明万历三十五年（1607年）其子林有麟辑录、付梓。国家图书馆、上海图书馆、浙江图书馆、台北故宫博物院图书馆（存卷一至卷四）以及日本内阁文库、韩国首尔大学章奎阁、德国巴伐利亚州立图书馆等藏。卷一、卷二收奏议十七篇，卷三、卷四收参词二百四十三条，卷五、卷六收诗三百四十余首，卷七至卷九收各体文五十余篇，附录收碑志、行状。

【唐诗类苑】 总集名，唐诗分类汇编，二百卷，明张之象编辑。《唐诗类苑》为其《诗纪类林》的一部分（另一部分为选录汉魏六朝诗的《古诗类苑》）。卷首有琅琊王御撰《王屋先生传》，有冯时可、赵应元等人序文数篇。之前，有宋赵孟坚《分门纂类唐歌诗》，张嫌其佚缺不全，故有此编。是书规模宏大，录有唐一代千余家诗数万首，分类编排，凡三十六部，自天文地理、帝王职官以至礼乐文武、人物器用、居处技艺、草木虫鱼等类。部下又有小目，如天部八卷，下分日、月、星、河、风、云、雷、雨、雪、阴、霁、虹等，每类选诗若干，不分体，按作者时代先后分“四唐”排列，初唐自武德至开元初，盛唐自开元至大历，中唐自大历末至元和、长庆，晚唐自宝历、开成至唐末。《凡例》附入选诗人名单，以帝王、公卿名士为序，有姓名无世次及无姓字者、羽流僧人、女冠宫闺妓流乃至外夷依次附后。张之象编辑是书，意取博收，不复简择，不免冗滥，其性质前人以为“虽名选诗，实为类书”（《天禄琳琅书目后编·明版集部》）。且其分类虽琐细，亦每不能与诗意尽合。或有一题二意乃至多意者，则列于一处而他处为参见，其间颇有可议之处。所列诗人名单亦有舛误，如所谓“有姓名无世次者”，内有多人如韦皋、刘辟、张建封、张又新等，其实世次清楚。虽有种种缺点，但是书搜罗广博，分类编排亦不失为有益尝试，对研究者仍颇有参考价值。此书未刊之先，其稿为浙江卓明卿所得，曾割取初盛唐诗刊之，遂掩为己有。后由王御重为辨正厘定，恢复之象之旧，有万历二十九年（1601年）刻本。清代续有翻刻及吴荣芝重辑本。清戴明说又就该书选录七千八百余首，刻为《唐诗类苑选》三十四卷。

【剪彩集】 诗集，二卷，明张之象著。明嘉靖二十八年（1549年）程卫道校刊，国家图书馆、复旦大学图书馆、台北图书馆等藏。卷上收杂体诗三十首，卷下收乐府诗七十首。

【翔鸿集】 诗集，一卷，明张之象著。明嘉靖三十四年（1555年）朱大英刊本，台北图书馆藏。收张氏避难金陵时所作诗。

【张王屋集】 诗集，一卷，明张之象著。俞宪辑《盛明百家诗》本，明嘉靖隆庆间刻。录诗七十二首。

【雨航杂录】 亦名《雨航吟稿》。诗集，三卷，明冯时可著。明万历间刻本。国家图书馆、上海图书馆、南京图书馆、台北图书馆等藏。无序无跋。为冯时可赴黔、离黔及部分在黔、吴时的诗歌合集。卷一收赋一首、诗三十六首，卷二收诗五十六首，卷三收诗七十七首。

【雨航吟稿】 即《雨航杂录》。

【石湖稿】 文集，二卷，明冯时可著。明万历间刻本，国家图书馆、上海图书馆、南京图书馆、台北图书馆等藏。收书、论、赞、神道碑等文三十篇。

【金阊稿】 文集，二卷，明冯时可著。明万历间刻本，国家图书馆、上海图书馆、南京图书馆、台北图书馆等藏。收论、序、跋、书、墓志铭、像赞等二十篇。

【冯文所诗稿】 诗集，三卷，明冯时可著。明万历十三年（1585年）冯曾可刻本，国家图书馆、南京图书馆、北大图书馆、湖北图书馆等藏。卷一收古诗一百一十首、赋二首，卷二收五言律诗一百三十首，卷三收七言律诗五十一首、七言绝句四十七首。

【冯文所岩栖稿】 诗文集，三卷，明冯时可著。明万历十三年（1585年）刻本，国家图书馆（缺上、中卷）、南京图书馆、中国科学院图书馆、台北图书馆等藏。为冯氏黔中见闻之诗文结集。

【重刻冯玄岳岩栖稿】 诗文集，十卷，明冯时可著。明万历间刻本，北京大学图书馆、武汉图书馆、中国社会科学院文学研究所以及日本内阁文库等藏。

【西征集】 诗文集，十四卷，明冯时可著。明万历间云间冯曾可刻本，国家图书馆、北京大学图书馆、湖北图书馆、台北图书馆等藏。卷首有王世贞、王登、刘秉仁、徐学谟序，及冯时可自序。为冯时可督学黔中所作，记其离京赴黔及在黔期间之见闻、感触。卷一收古诗一百一十六首、赋二首、五言律诗一百二十八首、七言律诗五十一首、七言绝句四十七首，卷二收书，卷三、卷四收序，卷五、卷六收疏、议，卷七收祭文，卷八收碑、赞、传，卷九、卷十收志、说、传，余收语录、程式。

【超然楼集】 诗文集，十二卷，明冯时可著。超然楼乃冯时可括苍署后之斋，明万历丁酉（1597年）冯氏有《超然楼记》，自言其志。万历二十五年（1597年）郑汝璧序刻本，北京大学图书馆、上海辞书出版社图书馆以及日本内阁文库藏。崇祯《松江府志》卷四十“冯时可”：“自粤入楚、入浙，往来万里，历臬藩三迁，作《超然楼集》。”

【冯元敏集】 诗文集，存四十四卷，原卷数不详，明冯时可著。明万历间刻本，台北图书馆藏。有归子遇跋、陆树声引。其卷次为《西征集》十卷、《冯文所诗稿》三卷、《黔中语录》《续黔中语录》《黔中程序》各一卷、《岩栖楼稿》三卷、《金闻稿》《石湖稿》各二卷、《雨航吟稿》三卷、《析木游记》一卷、《易说》五卷、《菽茹稿》六卷、《诗臆》一卷、《左氏释》二卷、《左氏讨》一卷、《左氏论》二卷。

【菽茹稿】 诗文集，六卷，明冯时可撰。黄虞稷《千顷堂书目》卷二十五载："冯氏《菽茹稿》二卷"。此《菽茹稿》六卷，为台北图书馆藏。版心鱼尾上镌"元敏天池集"，下镌"菽茹稿卷之几"。应是冯时可《天池集》之一。无序无跋，卷一正文题名后镌"吴郡冯时可著"。卷一录序二篇，卷二录记、传、颂、疏、诔、状、祭文等十八篇，卷三录书九十篇，卷四录说、论、赞、辨、跋、书、墓志铭等三十一篇，卷五录古乐府七十五首，卷六录五言律诗七十三首、七言律诗十九首、七言绝句五十三首、五言绝句二十六首。

【冯元成选集】 诗文集。❶ 八十三卷，明冯时可撰。明万历间刘云承刻本，上海图书馆、南京图书馆、中国科学院图书馆以及日本内阁文库等藏。《四库全书禁毁书目》著录。卷一收赋、风雅，卷二收乐府，卷三至卷五收五言古诗，卷六收七言古诗，卷七、卷八收五言律诗，卷九至卷十一收五言排律、七言律诗，卷十二收五言绝句、六言诗及七言绝句，卷十三至卷六十一收序记、论、说、辨、读、跋、赞、颂、箴、铭、书、启、志、表、诔、祭文、碑铭、墓表、行状、公移等文，卷六十二收谈理录，卷六十三收谈经录，卷六十四、卷六十五收谈经，卷六十六收谈史，卷六十七收谈艺录，卷六十八收谈政，卷六十九收谈行，卷七十、卷七十一收碑谈，卷七十二收二氏余谈，卷七十三至卷八十三收历朝"艺海洞酌"。❷ 十五卷，明冯时可撰。明万历间冯斗如刻本，上海图书馆藏。其中文集八卷、诗集七卷。文集卷一收《释迦牟尼佛志》《观世音志》二篇，卷二收序七十八篇，卷三收记四十八篇，卷四收论八篇、说一百二十一篇、赞二十五篇，卷五收书一百一十二篇、启三十四篇，卷六收传三十四篇，卷七收传二十二篇，卷八收《滇行纪闻》。诗集卷一至卷七总录各体诗二千四百余首。

【南征稿】 诗文集，二十一卷，四册，明冯时可撰。明万历间刊行。台北故宫博物院图书馆藏。冯氏"晚年出西山，涉罗浮，南逾金齿，中航彭蠡、洞庭"之作，作者自编。卷一至卷十五为序、记、书、启、颂、传等各体文，卷十六至卷二十一为各体诗，其中五言古诗一百一十二首，七言古诗八首，五言律诗五十二首，七言律诗四十八首，五言绝句三十一首，七言绝句二十四首。

【武陵稿】 诗文集，二十卷，明冯时可著。明刻本，现存台北故宫博物院图书馆。各卷不标卷数，仅以体裁别之。卷十八、卷十九收五言律诗四十五首、七言律诗六十首。余为序、记、传、书、尺牍、赞、墓志铭、论等各体文。

【燕喜堂稿】 文集，十五卷，明冯时可著。明刻本，台北故宫博物院图书馆。收序、记、说、尺牍、解、赞、传、诔等各体文。

【冯元成壬子续北征集】 文集，十六卷，明冯时可著。明刻本，台北故宫博物院图书馆藏。无序无跋。卷一、卷二收序九篇，卷三至卷六收记四篇，卷七至卷九收传六篇，卷十至卷十二收赞跋四篇，卷十三至卷十五收书、墓志铭、祭文等十篇。上海图书馆仅存《冯元成壬子续北征集》六卷。卷一录序十三篇，卷二录记七篇，卷三录说篇、尺牍十二篇，卷四录传二篇、序二篇，卷五录表志三篇，卷六录"蓬窗续录"。

【冯文敏公诗文集】 诗文集，十一卷，明冯时可著。明万历十二年（1584年）刊本。收《雨航吟稿》三卷、《石湖稿》二卷、《文所诗稿》三卷、《岩栖稿》三卷。清代曾被列为禁书，载于《清代禁书知见录》。

【宝日堂初集】 诗文集，三十二卷，明张鼐著。明崇祯二年（1629年）云间施氏刻本，国家图书馆、上海图书馆、浙江图书馆、中国科学院图书馆、华东师范大学图书馆、台北图书馆等藏。卷一为诏谕，卷二至卷三为奏疏，卷四至卷十七为议、说、书、论、序、记、杂著、志略、祭文等各体文，卷十八至卷二十九为言、诰敕、先进旧闻、吴淞甲乙倭变志、辽夷略、山中读书印、训示条示等内容，卷三十为使东日记，卷三十一至卷三十二收诸体诗二百五十余首。

【吴淞甲乙倭变志】 文集，二卷，明张鼐著。1935年上海通社排印上海掌故第一集本。上卷记录有《纪兵》《纪捷》《歼渠》《周防》四种。下卷记录有《十德》《十勋》《十忠》《十节》《僧兵》《狼兵》《盐丁》《遣祀》《三太学》《四辩士》《两孝子》《三乞儿》《三腐儒》十三种。

【唐文恪公文集】 亦名《占星堂集》。文集，十六卷，明唐文献著。明万历四十三年（1615年）杨鹤、崔尔进刻本。《四库全书总目》著录。清嘉庆《松江府志》卷七十二载此集“旧志作《唐伯宗集》”。上海图书馆、北京大学图书馆以及日本尊经阁文库等藏。

【占星堂集】 即《唐文恪公文集》。

【竹素园集】 亦名《冯咸甫诗草》。诗集，九卷，明冯大受著。明万历刻本《竹素园集》九卷，国家图书馆藏。《千顷堂书目》著录为《竹素园诗集》，未标卷数。《明史艺文志》著录《冯大受诗集》十卷。前有莫云卿、王世贞、屠隆序，王逢年《冯咸甫诗草叙》。冯大受中举后四年间（1580—1583）的游历与投赠之作。各卷不标卷次，有《燕台游草》一卷，收诗五十首；《北游续草》一卷，收诗五十九首；《金陵游草》一卷，收诗五十首；《据梧集》一卷，收诗四十九首；《公车别录》一卷，收诗八十首；《端居集》一卷，收诗五十四首；《郊居集》一卷，收诗六十五首；《园居集》一卷，收诗四十六首；《闲居集》一卷，为“冬日楼居效陶体”，收诗五十六首。集内五律、七律、五古、七古、五绝、七绝各体兼备，以七律为多，总收诗五百零九首。

【冯咸甫诗草】 即《竹素园集》。

【纬萧斋存稿】 诗文集，三卷，明王廷宰著。清嘉庆二十二年（1817年）刻《书三味楼丛书》本，上海图书馆藏。前有汪奏云《纬萧斋诗存序》，后有张应时《纬萧斋诗存跋》。卷一录诗五十九首，卷二录诗四十一首，卷三录题、引、记等文四篇。附录《画竟剩稿》不分卷。另，上海图书馆存《纬萧斋存稿》抄本三卷。

【画竟剩稿】 诗文集，不分卷，明王廷宰著。王氏在沅江途中所记及图画之题咏，附录于《纬萧斋存稿》。参见“纬萧斋存稿”。

【符胜堂集】 诗文集，五卷，明周立勋著。清乾隆十二年（1747年）刻本。裔孙周京取《王申合稿》《镂社六子诗》中乃祖之作辑录、校编而成。卷一收赋骚五首，卷二收古乐府六十三首，卷三收古诗四十八首，卷四收各近体诗八十六首，卷五收序、论、书、说、铭等文十五篇。

【楚游草】 诗集，一卷，明周立勋著。有1940年毗陵董氏刊本，国家图书馆、台湾傅斯年图书馆藏。内收五言古诗七首、五言律诗十八首、七言律诗九首、五言绝句一首、七言绝句四首。

【周叔夜先生集】 诗文集，十一卷，明周思兼（字叔夜）著。明万历十年（1582年）冯大受刻本，国家图书馆、上海图书馆、浙江大学图书馆、华东师范大学图书馆、台北图书馆等藏。《四库全书总目》：“思兼以循吏著，然史称其少有文名，是集为王世贞所删定。文颇学三苏，诗则七子之流派也。”卷首有王世贞《周叔夜先生集序》，有《贞靖先生小像》及自赞，自赞曰：“人孰不瘦，汝瘦最耶。人孰不老，汝老速耶。戚然有忧，汝忧至耶。渺然有思，汝思妄耶。呜呼，目虽明，不见其形，汝何人斯，吾之鉴耶。”卷末有其子周绍元所作跋语。集内诗四卷，诗歌按体编排，部分诗歌有圈点，总收赋一首、古近体诗三百六十六首；文七卷，总收各体文一百二十九篇、杂说三十五则。诗文均注明出处，为周思兼以前各集之结集。陈田《明诗纪事》：“叔夜文笔矫健，诗乃平衍，亦才有短长耳。”

【石秀斋集】 诗集，十卷，明莫是龙著。明万历三十二年（1604年）潘焕辰刻本，南京图书馆、台北图书馆藏。卷首有潘焕辰《刻石秀斋集引》、张所敬《莫廷韩先生小传》。卷一收赋十首，卷二收琴操二首、乐府二十五首，卷三收五言古诗四十九首，卷四收七言古诗三十七首，卷五收五言律诗一百五十四首，卷六收五言律诗二百零六首，卷七收五言排律八首，卷八收七言律诗一百七十首，卷九收七言律诗一百五十首，卷十收五言绝句七十七首、六言绝句三首、七言绝句二百四十六首。另有清康熙五十五年（1716年）刻《云间二韩诗》本，内辑有《石秀斋集》十卷，国家图书馆、上海图书馆等藏。《四库全书存目丛书》集部第一百八十八册内《石秀斋集》据国家图书馆藏《云间二韩诗》本影印。另有《石秀斋集》不分卷，清初抄本藏南京图书馆、复旦大学图书馆。收其赋十首、琴操二首、拟乐府二十四首、古近体诗一千一百余首。

【小雅堂集】 诗文集，八卷，明莫是龙著。莫是龙有书屋“小雅堂”，因以命书名。明崇祯五年（1632年）莫后昌、莫远家塾刻本，国家图书馆藏。卷首有冯梦祯《莫廷韩集序》，继有董其昌、陈继儒《莫廷韩集选序》，冯时可《廷韩先生集序》，陈子龙《莫廷韩先生小雅堂集选序》及莫远序。卷一收赋五首、乐府十二首，卷二收五、七言古诗四十三首，卷三收五言律诗一百二十一首，卷四收七言律诗九十七首，卷五收绝句九十一首，卷六收词六首、记一篇、传一篇、叙七篇，卷七为书，卷八为题跋、笔麈、赞、铭。

【莫廷韩遗稿】 诗文集，十六卷，明莫是龙著。明末沈氏梅居刻本，陈继儒校。北京大学图书馆以及日本内阁文库藏。卷首有袁之熊撰《叙莫廷韩遗稿》、陈继儒书"刻莫廷韩遗稿题词"、唐之屏题词。台北汉学研究中心傅斯年图书馆藏《莫廷韩遗稿》十六卷即据日本内阁文库藏本影印。遗稿为诗文合集。卷一收赋十首，陈继儒校；卷二收古诗五十五首，徐琳校；卷三收七古三十八首，曹沆校；卷四收五律三百三十首，吴汝孝校；卷五收排律十一首，璩之璞校；卷六联句，徐琳校；卷七收七言近体二百五十二首，曹沆校；卷八收五绝六十二首、六言诗四首；卷九收七绝一百五十三首，徐咏及徐尔遂同校；卷十收词二十一首，徐元诰校；卷十一收记、撰、序、墓铭、疏文，陈彦章校；卷十二、十三收书简，曹蕃校；卷十四收题跋，莫是彦校；卷十五收笔麈，卷十六收赞铭，张朗校。

【小雅堂诗稿】 诗稿，不分卷，明莫是龙著。稿本，国家图书馆藏，一册。今《明代诗文集珍本丛刊》第一百八十五册内《小雅堂诗稿》不分卷，据国家图书馆藏稿本影印。收诗四十首。

【莫少江集】 亦名《二莫诗集》。诗集，一卷，明莫是龙著。明隆庆间俞宪辑《盛明百家诗》本。内中《少江集》一卷，录诗三十二首；又录其父如忠诗四十首，将二者合为《二莫诗集》一卷。

【二莫诗集】 即《莫少江集》。

【陆文定公集】 诗文集，二十六卷，明陆树声著。陆氏卒后由其子刊刻行世。明万历四十四年(1616年)华亭陆彦章刻本，卷首有徐三重《陆文定公全集叙》。南京图书馆、台北图书馆、香港中文大学图书馆等藏。集内二卷为诗，二十四卷为文。首列适园杂著，卷二、三收诸体诗一百七十余首，其余为清暑笔谈、善俗裨议、乡会公约、题跋等，皆其罢官家居时所作。

【钱太史鹤滩稿】 诗文集，六卷，附录一卷、纪事一卷、遗事一卷，明钱福著。万历三十六年(1608年)沈梅居刻本，国家图书馆、上海图书馆等藏。《四库全书》未收录。卷首有张以诚序，卷后有陆慎修《书鹤滩先生遗稿后》、沈梅居《鹤滩先生纪事》、冯时可《鹤滩先生遗事》。集内收录赵昌龄《钱太史诗集旧序》、董宜阳《钱与谦太史遗稿题词》及陆彦章、金声远、陆慎修三人分别所作《鹤滩先生像赞》。内卷一收赋二首、五言杂诗二十四首、七言杂诗三十八首，卷二收七言近体诗一百三十八首，后四卷收序、记、传、墓志铭、策论、议、说、引、题跋、杂、书简、赞等各体文六十余篇。曹遵何、陆慎修、曹元亮同校，沈思编次。钱福诗文以藻丽敏妙称。朱彝尊《诗话》卷九："鹤滩吟情以捷敏胜，故自解春雨后，凡俚词俪句，动辄归之，此选家皆弃不录也。"陆慎修于《书鹤滩先生遗稿后》赞曰："先生布局立格，为吾松开国一人。其文浑浑噩噩，如珠在函，如玉在璞。世称钱、王大家，至今无与争席者。"

【怀柏先生诗集】 诗集，十卷，明徐霖著。明万历四十五年(1617年)徐时建等刻本。国家图书馆藏。

【新刻漱六斋全集】 诗文集，四十八卷，明何三畏著。为何氏各诗文集之总汇。明万历间陈锡恩刻本，南京图书馆、台北图书馆藏。卷首有陶望龄、张京元、王骥德等人序。目录后题："京口陈永年、里人陈万言、门人陈继儒同参阅，属吏任元忠校，门下诸生陈锡恩梓。"此书内各集间另有序跋。集前四卷收古体诗一百五十六首、近体诗一百八十首，后四十四卷收序记、传、引、行实、行状、赞铭、题跋、疏、启、书等各体文。

【何氏芝园集】 诗文集，八册二十五卷，明何三畏著。明万历二十四年(1596年)刻本，国家图书馆藏。卷首有《芝园集云间何三畏自叙》。第一册"金集"三卷收赋四首、乐府六十首、四言古诗四十首，第二册"石集"五卷收五言古诗三十三首、七言古诗五十一首、五言排律十三首、七言排律八首、五言律诗九十一首，第三册"丝集"四卷收七言律诗二百一十八首、绝句九十七首，第四册"竹集"二卷收序三十五篇，第五册"匏集"四卷收记十一篇、传九篇、策五篇、表四篇，第六册"土集"二卷收论十七篇、启二十三篇,第七册“革集”二卷收书八十七篇,第八册“木集”三卷收祭文二十七篇、志三篇、杂著七十六篇。集名“芝园”由来：万历十五、十六连续两年,何三畏宅园内产灵芝,园内有亭,悬“采芝”匾,由当时松江知府题书。

【何氏居庐集】 诗文集,十五卷,明何三畏著。何氏丁艰庐墓时所作。明万历间云间孙讷刻本,南京图书馆、天津图书馆、台湾傅斯年图书馆以及日本内阁文库等藏。卷首有唐文献、董其昌、唐之屏和陈继儒序。内总收古乐府三十五首、古骚体六首、古诗一百五十首、律诗一百一十八首、排律十八首、绝句四十三首、序二十四篇、记三篇、传四篇、引五篇、祭文二十九篇、行实一篇、行状一篇、赞五篇、铭十篇、题跋二篇、疏一篇、启十一篇、书一百五十篇。

【何士抑宛委斋集】 诗文集,八卷,明何三畏著。何氏司理绍兴时所作。为明刻孤本,仅山西省图书馆藏。卷首有门生陈继儒撰《宛委斋集叙》、友弟张以诚《叙宛委斋集》。卷一收诗八十三首,卷二至卷七收序、启、书、传、祭文等。

【何氏拜石堂集】 诗文集,十二卷,明何三畏著。以何氏宅内“拜石”堂为书名。明万历间祝允光等刊本,台北图书馆藏。祁承㸁《澹生堂藏书目》著录,然无卷数。集内卷一收骚、四言古诗、五言古诗、五言古集句总五十五首,卷二、卷三收五七言律诗、绝句总一百二十首,卷四收序十三篇,卷五收祭文二十四篇,卷六收记一篇、赞三篇、铭五篇、题跋四篇,卷七收启十六篇,卷八至卷十二总收书一百二十六篇。

【咏物诗】 诗集,六卷,明何三畏著。明万历二十五年(1597年)刻本,国家图书馆、南京图书馆等藏。卷首有婺州丹霞老叟胡颂《何士抑咏物诗叙》、张齐颜《何士抑咏物诗引》、门生陈继儒《咏物诗序》、万历丁酉秋何三畏自撰《刻咏物诗小引》。卷一为“兽部”,卷二为“鸟部”,卷三为“鳞介部”“虫部”,卷四为“果部”,卷五为“木部”,卷六为“花部”及“草部”。卷末有七松隐人张昞《跋咏物诗》、秀州包衡跋、桐江赵如献跋及金华黄继文跋。

【容台集】 诗文集,十七卷,明董其昌著。董庭刻于崇祯三年(1630年)。陈继儒序:“《容台集》者,思白董公之所撰也。大宗伯典三礼,敕九卿,观礼乐之容,故称容台。”其中诗集四卷、文集九卷、别集四卷。国家图书馆、上海图书馆、南京图书馆、浙江图书馆、北京大学图书馆、清华大学图书馆、台湾大学图书馆藏。诗集卷一录五古十二首、七古十七首及五律十四首,卷二录五律一百零二首、五绝四十六首,卷三录七律一百六十七首,卷四录七律一百一十三首、七绝一百二十一首。文集卷一至卷三录序、词,卷四录记、引,卷五录论、评、说、议、奏疏、表,卷六录传,卷七录策、铭、诰、像赞等,卷八录墓志铭,卷九录墓表、神道碑、行状、祭文等。别集四卷,为题跋专集,卷一随笔十四则、禅悦五十二则、杂纪五十二册,卷二书品一百五十五则,卷三书品一百五十九则,卷四画旨一百五十五则。崇祯八年有《容台集》叶有声闽南刻本,二十卷附录一卷。上海图书馆、浙江图书馆、北京大学、甘肃图书馆等藏。卷首有陈继儒、黄道周、叶有声序,沈鼎科后序。另有清康熙大魁堂刻本。有《容台别集》六卷,抄本,国家图书馆、南京图书馆等藏。

【画禅室随笔】 文集,四卷,明董其昌著。明崇祯间刻本,华东师范大学图书馆藏。另有清康熙五十九年(1720年)大魁堂刻本、清乾隆三十三年(1768年)刻本、清嘉庆间刻本、清光绪十四年(1888)刻本、1918年扫叶山房石印本等多种版本行世。《四库全书总目》评:“是编第一卷论书,第二卷论画,中多微理。由其昌于斯事积毕生之力为之,所解悟深也。第三卷分纪游、记事、评诗、评文四子部。中如记杨成以蔡经为蔡京之类,颇涉轻薄。以陆龟蒙《白莲诗》为皮日休之类,亦未免小误。其评文一门,多谈制艺,盖其昌应举之文与陶望龄齐名,当时传诵,故不能忘其结习也。四卷亦分子部四：一曰杂言上,一曰杂言下,皆小品闲文,然多可采；一曰楚中随笔,其册封楚王时所作；一曰禅悦大旨,乃以李贽为宗。明季士大夫所见往往如是,不足深诘,视为蜩螗之过耳可矣。”

【四印堂诗稿】 诗集,一卷,明董其昌著。上海博物馆藏。首页题名“董思翁四印堂诗稿真迹”。扉页有“董思翁四印堂诗稿真迹一册,吴湖帆鉴署”,署“己丑春三月归钱氏数青草堂珍藏”。正文首页有“湖帆/鉴赏”白方,“钱氏数青/草堂藏书”朱长方。今《中华再造善本·明代编》内收《四印堂诗稿》,即据上海市博物馆藏稿本影印。无序无跋。总收诗一百零八首。

【翠娱阁评选董思白先生小品】 文集,二卷。明董其昌著。明崇祯六年钱塘陆云龙峥霄馆刻《皇明十六名家小品》本。明丁允和、陆云龙编,前有陆云龙序。国家图书馆、上海图书馆、复旦大学图书馆、台湾傅斯年图书馆等藏。卷一收序八篇、记五篇、题词三篇;卷二收论、议、传各一篇,引六篇,疏三篇,铭一篇,赞八篇,祭文三篇,墓表三篇。

【陈眉公集】 诗文集,十七卷,明陈继儒著。明万历四十三年(1615年)史兆斗刻本,国家图书馆、上海图书馆、南京图书馆、浙江图书馆、四川图书馆、北京大学图书馆、台北图书馆等藏。集内诗四卷、文十三卷,卷一收赋一首、四言古诗二十九首,卷二收五言古诗十首、七言古诗二十三首,卷三收五言律诗二十六首、七言律诗五十三首,卷四收五言绝句五十三首、六言绝句十二首、七言绝句一百首,附词二十一首,卷五至卷十七收序、记、论、题词、跋、疏、尺牍、启、传、赞、铭、杂著、志铭、墓表、诔、行状、祭文等各体文。

【陈眉公先生全集】 诗文集,六十卷,年谱一卷,明陈继儒著。明崇祯间由其子陈梦莲及吴震元等人辑刻,上海图书馆、南京图书馆、首都图书馆、湖北图书馆、台北图书馆、台湾傅斯年图书馆以及日本内阁文库、韩国奎章阁等藏。卷首有方岳贡序、陈继儒《空青先生墓志铭》、熊剑化《陈征君行略》、洪澜《陈眉翁先生行迹识略》、陈梦莲《年谱》《题识》。全集由陈梦莲、陈梦草、陈仙觉总纂,各卷校勘人均为其门人、亲朋。卷一至卷十九收各类序四百九十三篇,卷二十至卷二十三收记七十三篇,卷二十四至卷二十六收论、策四十三篇,卷二十七至卷三十二收古近体诗九百余首,另有词四十首、清明北调九首、赋二首,卷三十三至卷六十收墓志铭、墓表、祭文、像赞、题跋、赠答、尺牍等七百余篇。陈梦莲言其父遗集分为四刻:第一刻六十卷,二、三、四刻各为二十卷。此为一刻,但此集刻成后,未几明亡,后面三刻未付梓。清朱彝尊谓陈继儒:“以处士虚声,倾动朝野。守令之臧否,由夫片言;诗文之佳恶,冀其一顾。市骨董者,如赴毕良史榷场;品书画者,必求张怀瓘估价。肘有兔园之册,门阗鹭羽之车。时无英雄,互相矜饰。甚至吴绫越布,皆被其名;灶妾饼师,争呼其字。今遗集具在,未免名不副其实。”(《诗话》卷二十)。清末陈田谓:“眉公小诗,颇有别趣。至其虚名,倾动市朝,孔稚圭所谓林惭涧愧者也。”(《明诗纪事》庚签卷七下)。

【晚香堂集】 文集,十卷,明陈继儒著。明崇祯刻本,北京大学图书馆藏。卷一至卷三收序六十五篇,卷四、卷五收记十九篇,卷六、卷七收寿言二十八篇,卷八收祭文七篇,卷九收传十二篇,卷十收题跋十五篇。

【白石樵真稿】 文集,二十八卷,附一卷,明陈继儒著。明崇祯间刻本,北京大学图书馆藏。卷首有董其昌、章台鼎叙。卷一、二序,卷三至卷十五为记、寿言、祭文、传、论、策、议、读书十六观、墓志铭、赞、铭,卷十六至卷十九为题画、跋、帖、诗文、题记传、题像、题词曲、题壁、杂题,卷二十至卷二十四为疏文、杂书、偶然杂书、外纪等。另有尺牍四卷,末附启五则。另国家图书馆、上海图书馆、复旦大学图书馆、台北图书馆等藏有二十四卷本《白石樵真稿》,为明崇祯九年(1636年)华亭章台鼎刻《眉公十种藏书》本。

【眉公诗钞】 诗集,八卷,明陈继儒著。明崇祯九年(1636年)刻本,中国社会科学院文学研究所、台北图书馆藏。无序无跋。卷一收五言古诗七十六首,卷二收七言古诗九十首,卷三收四言诗、六言诗八十四首,卷四收五言律诗一百零八首,卷五收七言律诗一百六十五首,卷六收五言绝句一百五十五首,卷七收七言绝句三百一十六首,卷八收诗余五十首,附调十一首、赋一首。

【晚香堂小品】 诗文集,二十四卷,明陈继儒著。明崇祯间汤大节简绿居刻本。国家图书馆、上海图书馆、南京图书馆、天津图书馆、北京大学图书馆、台北图书馆等藏。卷首有崇祯壬申阮元声《晚香堂小品叙》、王思任《晚香堂小品序》、台中友弟陶斑《小品序》、简绿居主人汤大节《眉公先生晚香堂小品例言》。内诗八卷,文十六卷。卷一至卷八总收诗七百六十余首、诗余三十首,附赞九首、《清明曲》一首、《薤露歌》三首、《憎蚊赋》一首；卷九至卷二十四收序、传、碑、记、祭文、疏、题跋、志林等文三百四十余篇。

【国朝名公诗选】 诗集，十二卷，明陈继儒编。原题："云间陈继儒眉公纂辑，吴门陈元素古白笺释，钱协和复真校正。"有明天启年间刻本，前有天启元年（1621年）钱协和、陈元素序。正文古风六卷、排律一卷、五言律二卷、七言律二卷、绝句一卷。笺释详明，每首之后有评语，阐述诗歌意旨，多掺加评者己意。评刘基《长安道》诗："富贵多士，贫贱寡交，此人情世态之常。""故得时者不必骄，失时者不必恚。见得时者，不必过于趋承；见失时者，不必遽生负弃。"有的阐述艺术上的特长，评《白纻词》："此篇直是音调铿锵，悲哉之意自于言外见之。秋陨芙蓉，风凋杨柳，银河影淡，双星丽空，此时景色抑何幽绝也，而芳筵既举，歌舞杂陈，铜龙漏深，银床转月，正《秋风歌》所谓'欢乐极兮哀情多'，《吴王宫词》所谓'东方渐明兮奈尔何'之意也。悲生于乐极，讽意自寓。"王重民《中国善本书提要》疑此选集系书商据陈继儒《皇明百家诗选》，选编成此书，又由钱协和作笺释，托名陈元素作。

【秋水庵花影集】 词曲集，五卷，明施绍莘著。明末刻本，北京大学图书馆、中国科学院图书馆、台北图书馆等藏。施氏自编，词曲之外，杂以序跋、评语、诗记。卷一至卷四收散曲套数八十六首、小令七十二首，卷五收词一百九十首。

【秋水庵花影词】 词集，一卷，明施绍莘撰。施氏精音律，工词曲，所作题材广泛，风格清丽苍莽兼而有之。因慕宋张三影（先）所作乐府，遂以"花影"名词。此集收词一百八十余首。风格颇类张先。代表作《谒金门》（"春欲去"）写暮春景物颇具特色，陈廷焯《词则》云："情韵既深，笔力亦健。"在明词中属上乘。有《惜阴堂丛书》（抄本）本，典藏中华书局图书馆。

【瑶台片玉】 词曲集，不分卷，明施绍莘著。清抄本，南京大学图书馆藏。另有《瑶台片玉甲种》三卷，清宣统二年（1910年）上海国学扶轮社铅印本，北京大学图书馆、浙江师大图书馆等藏。《瑶台片玉甲种》收入清虫天子编，董乃斌等点校的《中国香艳全书》第四集第二卷（团结出版社2005年版）。

【核庵集】 诗文集，明徐尔铉著。《娄县志》记载《核庵集》六卷，内诗四卷、词二卷。《松风余韵》作诗集三卷、词一卷，又《核庵集选》四卷。今存《核庵集》二卷、诗余一卷，崇祯二年（1629年）刊本，南京图书馆、中国科学院图书馆藏。集内收诗约四百首，诗余一卷，收词四十余首。

【九籥集】 诗文集，四十七卷，明宋懋澄著。明万历四十四年（1616年）刻本。上海辞书出版社图书馆、中国科学院图书馆藏。内《九籥前集》文十一卷、诗八卷，《九籥集》文十卷、诗四卷（内有词十二首），《九籥续集》十卷（内皆文），《九籥中集》一卷（然无目，仅收《祭冯元成先生文》篇，似残卷）、《瞻途纪闻》一卷，《九籥后集》二卷（分楚游上、楚游下）。宋氏诗文如其人，高洁而富奇趣，颇为其同时代的文友及后辈文人看重。清姚弘绪《松风余韵》："所为诗文，奇矫雄特，无俗子韵。"

【九籥别集】 文集，四卷，明宋懋澄著。清初刊本。南京图书馆、中国科学院图书馆等藏。内皆文。目录末附陈子龙《宋幼清先生传》，然集中未见收录。《九籥别集目录》左侧有注："全集卷帙甚富，毁于兵火。今先梓别集行世，全集嗣出。"卷一为尺牍，卷二至卷四均为稗。内容有小说之丛残小语，历代经史、诸子百家无不涉猎。

【输寥馆集】 诗文集，八卷，明范允临著。主要版本有明崇祯刻本、乾隆十九年（1754年）刻本、《四库禁毁丛刊》本。顺治十四年（1657年）钱谦益序。卷一收韵语，凡诸体诗三百四十首、词九首、曲十二首，卷二、卷三序，卷四记、传，卷五墓志铭、行状，卷六祭文、杂著，卷七露布、启，卷八尺牍。范氏的题画诗和绘画题跋散见在各卷，内容涉及画史、画理、画法，表现出对文人画和"南宗"画家的崇尚。主张学画者应以宋元间名家荆、关、董、巨、范宽、赵孟頫、黄公望、王蒙等名家为宗。强调"胸中有书，故能自具丘壑"。批评当时"吴人目不识一字，不见一古人真迹，而辄师心自创。惟涂抹一山一水、一草一木，即悬之市中，以易斗米"。对于明代后期出现的以赵左、董其昌为代表的"松江画派"多有推崇。

【陈忠裕公全集】 诗文集，三十卷，年谱三卷，又首末二卷，明陈子龙（谥忠裕）著。清嘉庆八年（1803年）笔山草堂刻本，王昶辑，王鸿逵、庄师洛、赵汝霖、何其伟编订。国家图书馆、南京

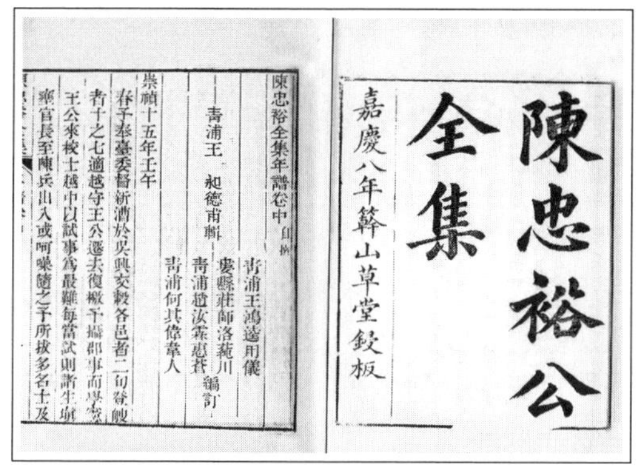
陳忠裕公全集
嘉慶八年簳山草堂鋟板

陳忠裕全集年譜卷中
青浦王鴻逵用儀
婁縣莊師洛蒓川
青浦王　昶德甫輯
青浦趙汝霖惠蒼　編訂
青浦何其偉韋人
崇禎十五年壬午
春予奉臺委督新漕於吳興交穀各邑者二旬發艘
者十之七適越守王公遷去復檄予攝郡事而學憲
王公來校士越中以試事爲最難每當試則諸生
乘官長至陳兵出入或呵噪隨之予所拔多名士及

《陈忠裕公全集》

图书馆、辽宁图书馆、天津图书馆、北京大学图书馆、复旦大学图书馆、上海师范大学图书馆等藏。卷首有《钦定胜朝殉节诸臣录·御制诗(有序)》《御制专谥忠裕文》《明史》本传、“祠墓”、各集原序及王昶《陈忠裕公全集序》、庄师洛跋、何其伟序、凡例、像赞，其后为年谱三卷，年谱后附王法撰《三世苦节传》《越游记》及“轶事”，后有顾元龙、何其伟、何长治跋。卷一、卷二收赋二十首、骚三首，卷三至卷五收风雅体四首、琴操一首、四言诗三首、古乐府三百一十二首、新乐府五首，补遗二首，卷六至卷十二收古诗四百二十八首、联句一首，卷十三至卷十九收律诗绝句等近体诗一千零三十八首，卷二十收诗余七十九首，附词余，卷二十一至卷三十为各体文，卷末附“诸家评论”“投赠诗”“哀悼诗”“后跋”“参校姓氏”。另有清道光二十八年(1848年)泾县潘氏袁江节署刊、同治五年(1866年)新建吴坤修皖江印本，清华大学图书馆、吉林大学图书馆、台北图书馆藏。上海古籍出版社1983年出版《陈子龙诗集》，华东师范大学出版社1988年出版《陈子龙文集》，均以《陈忠裕公全集》为母本。

【安雅堂稿】　文集，十八卷，明陈子龙著。明末刻本，国家图书馆藏。无序无跋，有佚名点评。卷一为赋、颂，卷二至卷七为序，卷八为记、纪事、表、启、论，卷九至卷十二为策，卷十三为传，卷十四为行状、文、赞，卷十五为箴、疏、碑、墓表，卷十六为志铭、诔、祭文，卷十七、卷十八为尺牍。共收各体文近二百五十篇。上海图书馆有抄本十八卷，存卷一至卷十六。有清宣统元年(1909年)上海时中书局铅印本《安雅堂稿》十五卷，六册，前有高燮《陈卧子先生安雅堂稿序》、高均摹“陈卧子先生遗像”、高燮撰“像赞”。宣统本由明末刻本十八卷缩编为十五卷，卷一至卷五为序，卷六为记、纪事、表、启，卷七为论，卷八、卷九为策问(此卷抽毁三篇)，卷十、卷十一为传、行状、文、赞，卷十二为箴、疏、碑文、墓表、志铭，卷十三、卷十四为诔、祭文、书后、书牍，卷十五为论史。注曰：“此卷《安雅堂》原本所无，另辑补入。”是书为陈子龙的重要文集，对于研究陈子龙及明末清初诗文有重要意义。清人王昶辑刻《陈忠裕公全集》时遗漏了《安雅堂稿》。

【陈忠裕公词】　词集，一卷，明陈子龙(谥忠裕)著。系从《陈忠裕公全集》中析出，收词七十八首。词作婉约，或写国事，或抒私情，皆“以浓艳之笔，传凄婉之神”。以“春”为题者多达三十首，借惜春、伤春抒发故国之思。子龙原有词集久佚，后由王澐辑成一卷，收入王昶所编《陈忠裕公全集》。近人赵尊岳析出单行。有《惜阴堂丛书》(抄本)本，藏中华书局。施蛰存、马祖熙点校《陈子龙诗集》卷十八为词，编排基本与赵本相同。

【湘真阁稿】　亦名《湘真阁存稿》。诗集，六卷，明陈子龙著。南京图书馆藏有明末刻本《湘真阁稿六卷》。卷一收赋七篇，卷二收风雅体、新乐府及五言古诗五十一首，卷三收七言古诗十九首，卷四收五言律诗四十七首、五言排律十一首，卷五收七言律诗六十六首，卷六收七言律诗三十五首、五言绝句五首、七言绝句四十四首。

【湘真阁存稿】　即《湘真阁稿》。

【李忠节公集】　文集，不分卷，明李待问著。1931年李氏南园观稼楼铅印本，上海图书馆藏。卷首依次有王震序、李待问遗像、李待问遗墨、《李忠节公祀典》、包尔庚《李忠节公传》。收文稿、札牍、灵感录、法书石刻题跋、轶事等文。附《卫生长寿篇》《宝验良方》。包尔庚《小传》谓李待问“士林怀其高旷，宗党思其谦厚。文祖两汉，诗宗盛唐”。李待问另著有《玉裕堂存稿》，“玉裕堂”为李待问室名。

【枯树斋集】　诗集，二卷，明单恂著。明崇祯九年(1636年)刻本，国家图书馆、台北图书馆藏。卷上收诗一百八十二首，卷下收诗一百八十六首。

【枯树斋诗集】 诗集，二卷，明单恂撰。有明崇祯刻本。有摛藻堂藏书印、休宁汪季青家藏书籍二印，乃桐乡汪文柏遗物。封面题“陈眉公先生删正”，以庾子山《枯树赋》之义名其集。作于明崇祯八、九年间（1635—1636）。时恂尚未第，故颇有侧艳语。眉公誉之：“平淡极而烦烂生，深拔久而鸿鹰出。”人谓：“虽未免阿其所好，然而恂之诗，风格明整，骨干独存，擅美标能，斐然藻蔚。固不在陈卧子、董香光诸公之下。”如《望亭夜泊》：“柳浓凉月大，麦老夜田香。”《鸡鸣山秋眺》：“寒收草木溧城照，瞑入牛羊晋苍尘。”皆吐发流媚，韶润动人。其中《忘忧曲》《丁香曲》《青洲曲》《苎衫曲》《夜凉曲》《机中曲》《晓妆词》诸章，则芊绵幽艳，雅近昌谷。所谓力扫陈言，浓而不腻者。

【皇明经世文编】 总集名，五百零四卷，补遗四卷，明陈子龙、徐孚远、宋徵璧主编。有明崇祯间云间平露堂刻本。卷首有方岳贡、张国维、任浚、黄澍、张溥、许誉卿、冯明班、徐孚远、陈子龙序。“经世”意经理国事，含国家治乱盛衰到民众的布帛菽粟。明崇祯十一年（1638年）二月开始编辑，十一月编成。全书以人为纲，按年代先后为序，选录四百二十八篇经邦治国文章。采取主编负责、集体选辑方法，参与选辑二十四人，均为松江人，负责编辑工作。列名参阅的一百四十二人，分散在全国各地，参加文集的搜集、校点工作。据宋徵璧所撰凡例，编辑分担任务，徐孚远、陈子龙十居其七，宋徵璧十居其二，此外李雯、

《皇明经世文编》书影

彭宾、何刚等曾参加商酌。文编各卷列陈子龙、徐孚远、宋徵璧三人姓名，其余一人则李雯、宋存标等轮流列名。该书收宋濂《渤泥入贡记》、商辂《赠行人刘偕立使西南夷序》，记录了明代和南洋诸岛的友好往来。收吴桂芳《议阻澳夷进贡疏》、庞尚鹏《题为陈末议以保海隅万世治安事》，记述了澳门的情况及其被蒲都丽家（葡萄牙）占领的经过。收徐学聚《报取回吕宋囚商疏》，实录了当时吕宋万余华人遭杀惨状。收余子俊《添设将官事》、宋懋澄《东征纪略》，记载了明王朝与建州女真族之间的战事。收周忱《与户部诸公书》，指出苏松户口流亡的严重性，并以太仓为例，批评了当时的弊政。收耿裕《灾异疏》，记述了光禄寺的厨役原有六百三十八名，后增添至一千五百名，指出当时官僚机构的庞大和统治者的腐败。该书选录松江人文集，有陆深《陆文裕公文集》一卷、冯恩《冯侍御刍荒录》一卷、何良俊《何翰林集》一卷、徐阶《徐文贞公集》二卷、徐献忠《徐长谷文集》一卷、徐学谟《南宫奏议》一卷、徐陟《徐司寇奏疏》一卷、冯时可《冯元成文集》一卷、唐文献《唐宗伯占星集》一卷、董其昌《董宗伯容台集》一卷、徐光启《徐文定公集》六卷、宋懋澄《宋幼清九籥集》一卷、黄廷鹄《希声馆集》一卷、杜麟徵《杜驾部集》一卷。

【夏文忠公集】 诗文集，五卷，明夏允彝撰。

【怀谢轩遗咏】 诗集，一卷，明沈泓撰。清康熙四十六年（1707年）沈业刻本，中国科学院图书馆藏。收诗一百二十一首。华东师范大学图书馆藏有1915年排印本《怀谢轩诗草》一卷。好友李安世评弘坚诗：“儒中有禅，禅中有儒。”

【渡江草】 诗集，一卷。明沈泓撰。收诗十二首。后附《乞圣恩暂假葬亲疏》及自撰《先母宋孺人行略》。上海图书馆有抄本《怀谢轩遗咏》一卷，附《渡江草》，不分卷。

【胡绳集】 亦名《范蓉裳胡绳集》。诗文集，四卷，明范壶贞（女）著。明刻朱墨套印本，题《范蓉裳胡绳集》，四卷，四册，上海图书馆藏。卷一收赋五首、调十四首，卷二收五言古诗二十九首、七言古诗六十四首、五律七十七首，卷三收七律一百零七首，卷四收七绝一百九十二首、五绝四十八首。

【范蓉裳胡绳集】 即《胡绳集》。

【胡绳诗抄】 诗文集，三卷，附赋二首，明范壶贞（女）著。清乾隆三十年（1765年）胡维钟刻天游阁本，上海图书馆、北京大学图书馆藏。卷上收五言古诗二十首、七言古诗三十八首，卷中收五律三十二首、七律十六首，卷下收五绝三十四首、七绝三十七首。末附赋二首。另有《胡绳诗抄》三卷，附词一卷，稿本，上海图书馆藏。

【葵轩稿】 诗集，二卷，明朱佑著。清嘉庆二十四年（1819年）云间张氏《书三味楼丛书》本，张应时辑校，上海图书馆藏。卷一录各体诗四十四首，卷二录各体诗三十九首。

【南冠草】 诗集，一卷，明末夏完淳著。诗均作于反清被捕时及狱中，取“楚人南冠”之典为集名，以明志向。原单行本未见传本，后人将集内诸诗统编入《夏内史集》。

【夏节愍全集】 诗文集，十卷，卷末一卷、补遗二卷，明末夏完淳著。其十岁至十七岁所写之诗编有《玉樊堂集》《内史集》《南冠草》《代乳集》等。清嘉庆间王昶、庄叔洛搜集编订为《夏节愍全集》。清乾隆后期夏完淳赐谥“节愍”，故名。有嘉庆十二年（1807年）刻本。1959年中华书局经过整理增订，改题为《夏完淳集》，八卷，后有附录二卷，录《续幸存录》及夏允彝、完淳父子事迹辑存等。1991年，上海古籍出版社出版白坚《夏完淳集笺校》十卷，后有附录六种。

【夏节愍公集】 文集，四卷。明末夏完淳著。清道光二十八年（1848年）泾县潘氏袁江节署刊。清光绪十八年（1892年）重印本，即《乾坤正气集》本，国家图书馆、人民大学图书馆等藏。《乾坤正气集》卷五百六十五至卷五百六十八为《夏节愍公集》，卷第五百六十五收《大哀赋》《寒泛赋》《湘巫赋》《秋郊赋》，卷第五百六十六收《江妃赋》《寒城闻角赋》《寒灯赋》《怨晓月赋》《夜亭度雁赋》《红莲落故衣赋》《冰池如月赋》《端午赋》及骚八首，卷第五百六十七收《燕问》《周公论》《三国论》《土室余论》论四篇，卷第五百六十八收《讨降贼大逆檄》《续幸存录自序》《与李舒章求宽侯氏书》《狱中上母书》《遗夫人书》等文。

【狱中草】 诗集，一卷，明末夏完淳撰。1941年，成都茹古书局印刷。上海图书馆、南京图书馆、天津图书馆、南京大学图书馆、台湾傅斯年图书馆等藏。首有宜黄欧阳渐序。内收小令五首，套数《仙吕榜妆台》《仙吕甘刑歌》《仙吕甘州歌》。后附年谱一卷。

【夏太史遗稿】 诗集，不分卷。明末夏完淳著。清初抄本。南京图书馆藏。封面题“夏节愍遗稿”。前有屈大均《成仁录本传》，继有王家祯《见闻杂录》有关纪事。正文收诗一百零五首、《大哀赋》一首，后附王澐《胜时草》十首。今人白坚以为“夏太史”当为“夏内史”之误，内容确系夏完淳遗作。

【夏内史集】 诗文集，九卷，附录一卷，明末夏完淳著。清乾隆三十九年（1774年）松江封氏研耘山房抄本。上海图书馆藏。内收赋、骚各九首，诗二百首，词二十二首。另有清嘉庆初吴氏听彝堂刊本《夏内史集》九卷，附录一卷。卷一、卷二收赋十首、骚九首，卷三收五言古诗三十三首，卷四收七言古诗二十一首，卷五收五言律诗五十四首，卷六收七言律诗六十三首，卷七收七言绝句五十四首，卷八收词二十八首，卷九残缺，存《讨叛降大逆臣檄》《土室余论》《狱中上母书》《遗夫人书》《燕问》五篇。附录收桐城方授《南冠草序》、明州陆宇爔《南冠草序》、蛟州范兆芝《南冠草序》、四明董剑锷《南冠草序》、王鸿绪《明史稿·夏允彝传》附《夏完淳传》及有关夏完淳之轶闻遗事。商务印书馆版《丛书集成初编》第二千一百七十二册内《夏内史集》九卷附录一卷亦据此本排印。

【夏完淳集笺校】 诗文集，十卷，明末夏完淳著，今人白坚笺校。集有前言、凡例，内容统编夏氏全部遗作为十卷。卷一为赋，卷二为骚、乐府，卷二至卷七为诗，卷八为词、曲，卷九为文，卷十为《续幸存录》。附录六种，所载相关资料完备。正文均加“笺”“校”或“评”，唱和之作附有原作，是夏完淳作品较完备的集子。上海古籍出版社1991年版。

【钓璜堂存稿】 诗文集，二十卷，附《交行摘稿》一卷、《徐闇公先生遗文》一卷，明末徐孚远著。1926年，金山姚氏怀旧楼刊本，上海图书馆、首都图书馆等藏。序前有“徐闇公先生遗像”。首序为康熙五年（1666年）正月温陵林霍《华亭徐闇公先生诗文集序》，继有康熙十一年五月林霍《徐闇公先生诗集后序》，林霍后序后有目录、金山姚光题识、姚光《徐闇公先生残集序》。《徐闇公先生年谱》后有1925年12月江浦陈沫跋语。卷一收乐府七十四首，卷二至卷七收古诗七百二十八首，卷八至卷二十收律、绝等近体诗二千七百五十首。末附《交行摘稿》一卷、《徐闇公先生遗文》一卷。《交行摘稿》在清代《艺海珠尘》内仅录诗数十首，经姚光多方搜辑，又得诗六十首及年谱一卷。《徐闇公先生遗文》乃姚光辑，收序、议、诔、书等文八篇，后附林霍《徐孚远小传》、王澐《东海先生传》。《钓璜堂存稿》今收入《清代诗文集汇编》第十四册。

【吴日千先生集】 文集，二卷，明末清初吴骐（字日千）著。1912年，上海寒隐社铅印本，南京图书馆藏。卷首有1910年姚光《寒隐社从书序》、1912年姚光再序、姚光《吴先生传》、1911年高燮《吴日千先生集序》、高旭《吴日千先生遗集序》，卷末有蒋郢、盛步青、姚光跋。

【颾颔集】 诗集，八卷，明末清初吴骐著。清康熙刻本，上海图书馆藏。卷一收乐府四十二首，卷二收五言古诗八十三首，卷三收七言古诗四十五首，卷四收五律一百三十三首，卷五收七律八十六首，卷六收五言排律十五首，卷七收五绝三十二首，卷八收七绝九十三首。总收古、近体诗五百二十九首。前有同学王澐、王光承序及自序。其诗出入开元、大历，多寄赠怀人，悲忧慷慨，百感积中，长篇鸿制尤见才情。另有《颾领集》十卷，清抄本，国家图书馆藏;《颾领集》二卷，补遗一卷，清抄本，华东师范大学图书馆藏；周氏鸽峰草堂抄本《颾领集》，不分卷。

【延陵处士集】 诗集稿本，三十二卷，明末清初吴骐著。清乾隆三十二年（1767年）写定稿本，方景文辑，韩松编订。上海图书馆藏。卷一至卷十三为各体诗，卷十四为诗余，卷十五至卷三十二为各体文。在原《颾颔集》八卷基础上增补而成，由方景文搜罗厘定，因仓猝缀篇，内中舛误甚多。由韩松重去误，重为缮写。韩松《延陵处士集序》云："松因馆课之暇，重为缮写，举前弊而悉去之。"

【铠龙文集】 文集，无卷数，明末清初吴骐著。清抄本，二册，上海图书馆藏。无序无跋，无目次。收赋序、记、论、说、墓铭、墓表、行略、祭文、题跋、赞、传等二百三十余篇。末有娄县（今上海松江）朱大源题："吴日千先生名骐，吾松奉贤县人，明诸生，遭遇鼎革，弃衣巾，遁迹山中，其生平梗概详今新修《松江府志》，而志第称其诗曰著有《颾颔集》八卷，未尝及其文。此抄写其文集，题曰《铠龙》，计二帙，不著卷数。盖文集则曰《铠龙》，而诗集则曰《颾颔》也。先世父观白楼中藏书颇富，曾见有《颾颔集》，而并未见所为《铠龙文集》者，兹仅见于此，知此集即吾松稀觏矣，良足宝贵。道光九年己丑冬日燕庭农部嘱识此数语，娄县后生朱大源书。"

【朱舜水文集】 亦名《朱舜水集》。文集，二十二卷。明末清初朱之瑜（号舜水）著。为《明朱征君集》《舜水先生文集》合刊本。1912年，日本稻叶君山编成，东京文会堂刊行。卷一论述明朝灭亡的原因，卷二是流亡越南所作日记，卷三是在越南和日本时的《上监国鲁王辞孝廉奏疏》和《上长崎镇巡揭》。卷四至卷九是与家人、友人及日本学者的通信，卷十、卷十一为策问和问答，多论及古学与治国问题，卷十二收诗、赋，卷十三收论，卷十四收议，卷十五收序，卷十六收记，卷十七收杂著，卷十八收批评，卷十九收赞，卷二十收论、箴、规、铭，卷二十一收祭文和祝文，卷二十二有《改定释奠仪注》和《学宫图说（存目）》。有五卷附录，附录一是作者传记、年谱，附录二是祭文，附录三为朋友给作者之信札，附录四为朱舜水著作序跋，附录五为友人、弟子传记资料。1981年，中华书局对该书作校勘，题名《朱舜水集》，分上、下二册出版。上册十一卷，下册十二卷至二十二卷，有五卷附录。

【朱舜水集】 即《朱舜水文集》。

【支机集】 词集，三卷，明末清初蒋平阶等著。蒋氏及门生周积贤、沈亿年三人合集，人各一卷，明亡后隐居埋名寓居嘉兴时师弟三人唱和之作。沈亿年编刻，蒋氏有清顺治九年（1652年）序。其词多为小令，题材狭窄，不涉现实大事。间有写亡国之情者，如《临江仙》，词以杜鹃自况，啼血悲鸣，抒发怀念故国情感。周积贤字寿王，华亭人，卒年仅三十。原有赵尊岳刻本，脱落破损较多，经施蛰存整理，载《词学》第二、三辑。施蛰存1980年9月有论文《蒋平阶及其〈支机集〉》。

【章文毅公诗集】 诗集，一卷，明末清初章旷著。清光绪二十九年（1903年）章士荃刻本。上海图书馆、上海师范大学图书馆藏。总录诗一百一十二首。卷首有《明史本传》、王夫之《章文毅公列传》、钱邦芑《章文毅公传》。钱氏传后附“文毅公与钟居易书札三通”。继有贾敦良、王友光及章旷七世孙章末题记三则。

【秋士偶编】 文集，一卷，附《董刘春秋杂论》一卷。明末清初宋存标撰。明末刻本，中国科学院图书馆藏。

【视夜楼近草】 诗文集，三卷，明末清初章简著。明刊本，日本内阁文库藏。台湾傅斯年图书馆藏本据日本内阁文库藏明刻本影印。卷一为赋，收《离思赋》（有序）、《蛩蛩駏驉赋》（有序）、《游黄龙洞赋》（有序）、《闵幽赋》（为宋五湖先生作）、《惜赋》（有序）五篇。赋后二卷为诗，卷上收诗七十首、卷下收诗四十五首。

【雪初堂集】 诗集，六卷，明末沈龙著。明末刻本，上海图书馆藏。卷首有陈继儒序。卷一收古风十三首，卷二收五律四十八首，卷三收五绝四十八首，卷四收七律七十六首，卷五收七绝六十九首，卷六收诗余七十九首。

【万里志】 诗集，二卷，附一卷，明张弘至著。清康熙三十三年（1694年）张世绶刻本，南京大学、北京大学等图书馆藏。卷上收诗八十九首，卷下收诗六十首，卷后附诸公赠行诗一卷。

【王玠右文存】 文集，不分卷，明末清初王光承著。抄本，上海图书馆藏。

【镰山草堂合钞】 诗集，二卷，明末清初王光承、王烈兄弟合著。清嘉庆间吴省兰《艺海珠尘》本，国家图书馆、台北图书馆、北京大学图书馆、四川大学图书馆等藏。卷上王光承诗，内《古乐府饶歌》十八首、五言古杂诗十一首、七言古诗《汉官篇》一首、五言律诗四十九首、五言排律二首、七言律诗四十三首、五言绝句十一首、七言绝句十六首。卷下王烈诗，内《古乐府》三十二首、五言古诗九首、七言古诗四首、五言律诗十六首、七言律诗三十六首、五言绝句八首、七言绝句二十首。

【采隐草诗集】 诗集，二卷，明末清初莫秉清著。卷首有莫秉清自序。卷上收古诗、绝句及五言排律等四百一十首，卷下收律诗二百八十五首，附诗余四十八首。有清康熙五十五年（1716年）曹炳曾城书室刊本《采隐草》一卷，附于《云间二韩诗》后。内收五言古诗十首、七言古诗十首、五言律诗二十四首、五言排律二首、七言律诗二十四首、五言绝句十二首、六言绝句二首、七言绝句三十四首。民国赵尊岳辑刻《明词汇刊》，录其词六十六首，题为《采隐诗余》一卷。是集收入《华亭莫葭士先生遗稿》。

【傍秋庵文集】 文集，四卷，明末清初莫秉清著。一名《傍秋轩文集》，三卷，上海曹培廉云：“此集乃其友叶君删次，未及全集之半。”又有《采隐集》二卷，又名《采隐草》。莫秉清诗文多无所顾忌，子孙秘不示人，至1931年始印行，名《莫葭士先生遗稿》，二册。上海图书馆、复旦大学图书馆、南京图书馆、上海师范大学图书馆等藏。收序、传、碑记、墓志铭、祭文、引、书、论、赞、题辞等各体文。卷后附门人吴徽棐撰《贞白先生墓志铭》《贞白先生谥说》。是集收入《华亭莫葭士先生遗稿》。其文出史迁，诗效陶潜，多纪时事，述家国之变，抒黍离之悲。吴家振跋云：“公之文有董狐之直笔，公之诗得首阳之遗音。而公于某也为之传、某也为之序，详其姓氏，记其事实，百世下读之，想见前明忠臣义士之多，而云间一郡文学大盛，其独立之行，有足以廉顽而立懦。”

【释柯集】 亦名《萧山人集》。诗集，四卷，明末清初萧中素著。计《释柯集》一卷、《近草》一卷、《药房近草》一卷、《释柯余集》一卷。各集诗不依年次，又不分体，随意编排。诗风平易，或殊有寄托，或作游戏。如《建业怀古》：“千门柳色近萧条，白下楼台矗绛宵。江口舳舻连铁瓮，月中弦管乱铜刁。高牙大纛将军幕，碧草黄云帝子朝。欲问雨花参半偈，片帆无计度金焦。”为当时传颂之作，名士董含亟称之。吴骐称其“执艺食力，诗名将四十年”，王九龄评曰：“清新雄丽，直造三唐阃奥。”

【萧山人集】 即《释柯集》。

【蓼斋集】 诗文集，五十二卷，明末清初李雯著。分前集四十七卷，录诗三十卷、词二卷、文十五卷；后集五卷，录诗四卷、文一卷。其古体诗本诸曹植、阮籍，间出谢灵运、谢朓，近体追蹑李白、杜甫，间效王维、李颀。文章博雅瑰丽，辞采飞动。吴骐题其诗卷后云：“庾信文章真健笔，可怜江北望江南。”后集为仕清后所作，诗歌大多抒写身处乱世的悒郁，失节仕清的愧疚，自责自怨、压抑沉痛的负罪感，同时也蕴含对故国的思恋与怀念。

【白谷山人稿】 诗集，九卷，明末清初董黄著。卷一赋七篇，卷二乐府五十一首，余为分体诗九百余首。多纪行纪事之作，与吴伟业、田茂遇、陆圻、叶方蔼、钱谦益、龚鼎孳、丁澍、张宸、王时敏、徐孚远、徐乾学、徐元文诸人皆有投赠寄怀，亦念民生疾苦，能言时人不敢言者，如《青溪元夕行》，题注云：“时贪令为虐，民不聊生，强使张灯，观者有感而赋。”才情绮丽，因师陈子龙悉心指授，得所宗法，尤工诗，效徐庾体，有六朝遗韵。

【半林诗稿】 全称《思美庐半林诗稿》。诗集，三卷，明末清初卢元昌著。前有董含序。诗编年，为顺治十三年（1656年）至康熙八年（1669年）所作，乃其年四十以后之诗，因遭际使然，少欢娱之词，多愁苦之言，加之穷研老杜，自得少陵笔法。董含评曰：“气雄以沉，格炼而老，盖十余年阖户注杜故，落笔便似。”

【蒋平阶诗稿】 诗集，不分卷，明末清初蒋平阶著。收诗一百零二首，多寄赠登临之作，典丽古雅。

【琴清堂诗稿】 诗集，一卷，清初沈蕖著。五律有唐音。入《书三味楼丛书》。

【艺葵草堂诗稿】 诗集，一卷，明末清初董含著。康熙刻本版心刻“闵离草”，前有宋琬序及自撰小序，自序称凡诗三百一十余首，然此卷仅有二百八十三首，又《四库全书存目丛书》载《闲居草》一卷，或云《闲居草》即《艺葵草堂诗稿》，非也，盖《闵离草》《闲居稿》合为《艺葵草堂诗稿》，当共有二卷。集中多有宋琬、李渔、吴伟业投赠之作。其诗初宗盛唐，晚年渐近宋范成大、陆游之风。

【樗亭诗稿】 诗集，十二卷，明末清初董俞著。清康熙刻本，宋琬序。其诗学陈子龙而较为清苍。

【贞娱草堂诗稿】 诗集，五卷，明末清初林子威著。前有蒋平阶、吴骐序，其诗感事咏怀，寄赠酬答，多为与吴骐唱和之作，尤以五古、七律见长。字有原本，句有体裁，字皆朴质而句反奇逸，句多健直而篇反委婉，或浑融闲旷，无迹可寻，声光神理，自然入古，或坚卓凝练，有声有光，思沉而声扬，体静而气流。

【尺五楼诗文集】 诗文集，二十九卷，明末清初杜登春著。今存《尺五楼诗集》九卷，清康熙刻本。前有杨彭龄等十余人题词及序，诗自清顺治八年（1651年）迄康熙二十一年（1682年），多应酬唱和之作，先分集，集各一卷，有《游览集》《投赠集》《晏赏集》《畴昔集》《广誉集》《时序题咏》《杂咏补编》《瀛洲小草》《西征酬赠编》诸集，集又分体。其诗选声布格，独造精微，法度规范，词采飞扬烂漫。

【鹤静堂集】 诗文集，十九卷，明末清初周茂源著。卷一至卷十四收录诸体诗及词，卷十五至卷十九卷载文，前有康熙二十年（1681年）王鸿绪序，后有门生王奭跋。诗多纪行感怀，五言古诗宗《文选》体。《四库全书》馆臣评曰：“葩藻丽缛，沿齐、梁之余艳。”文多应酬之作，序文达四卷。

【宝纶堂稿】 诗文集，十二卷，明末清初许缵曾著。收诗赋、序跋、记传等诸体之作及见闻笔记。诗宗三百篇，得力初盛唐，有开元大历之风，碑铭传记敷陈时务，兼史迁之典赡、陆贽之畅达。董含评曰：“古核幽峭，奇丽淹博。”沈荃谓其：“七古飞腾灭没，荒幻凌虚，可云善学太白。”前有王熙、王日藻、高士奇序及李之驹后序、自序，后序云：“今验先生之读书，皆得古人精意之所存，其发为文章亦皆有精意存乎其间，兼经济而本道德，三者一以贯之。”

【堪斋诗存】 诗集，八卷，明末清初顾大申著。顾大申曾孙顾思孝编辑，雍正七年（1729年）刊刻，入《四库全书》存目。分《燕京唱和集》《泗亭稿》《素琴稿》《雪辕集》《使虔稿》《素琴后稿》《燕京唱和后集》《度陇集》。自顺治十三年（1656年）迄康熙十二年（1673年），按作者经历编次先后，各一卷，题名下注干支纪年以明时间。《燕京唱和》等七集诸体诗皆有，先乐府古风，后律诗绝句，《雪辕集》仅少量律诗，总六百二十六首，多仕宦交游、纪事感怀之作。王士祯谓其：“乐府于古人可谓毫发无遗憾，七律高华可追王李。"《四库全书存目丛书》据周厚堉家藏本著录之,提要云:"大申初与同郡王广心、周茂源、宋徵舆诸人唱和,后又与施闰章相酬答,所作有《鹤巢集》,又有《燕京倡和》及《泗亭》诸集,后自删并为此集,故曰《诗存》。"是将《堪斋诗存》所辑诸集与《鹤巢集》混为一谈,且当作顾大申手定。按顾大申诗集,初为《鹤巢诗选》六卷,亦名《鹤巢集》,顺治十六年刊刻,其中只有部分被选入《堪斋诗存》,顾思孝跋云:"曾祖向有《鹤巢集》行世,迄己亥岁(顺治十六年)而止。是集所编燕京唱和及泗亭诸诗皆仍《鹤巢》之旧,而手自删订,名曰诗存,亦承水部公之旧也。"手自删订者乃其曾孙顾思孝,非作者本人。

【抱真堂诗话】 诗歌评论集,一卷,明末清初宋徵璧著。凡一百二十八则,多品评六朝、唐人诗歌,偶及先秦,亦议明贤杨慎、李攀龙、何景明、谭元春、王世贞、黄道周、陈子龙等人观点或作品,间载同邑莫是龙、陈子龙、李雯、夏允彝及其本人文学逸事,颇抉发异代之传承和诗学妙旨。如:"诗家首重性情,此所谓美心也,不然即美言美貌,何益乎?"又如"生平见黄石斋先生作五言律、五言古,直不加点,不属草。若陈、李则皆出之甚涩","谭友夏《赠王夫人》有'随风顺逆江常在,与梦悲欢枕自如'之句,亦自近诗佳语。友夏诗虽不称,而为人跌宕,不愧名士","何、李论诗以意境合为合,意境离为离,各有是非。若王、李之绝茂秦,则未免凌厉布衣矣!以两先生之大雅,乃为此态耶?"皆是率真语。

【抱真堂诗稿】 诗文集,八卷,明末清初宋徵璧著。由吴伟业选定,卷一为序、评,录吴伟业、陈子龙、李雯、宋存标及从弟宋徵舆序,又有彭燕又等九人评语,卷二至卷七为古近体诗,诗多作于甲申、乙酉之际,诗序中多有小传,记述明末遗民死难事迹,卷八为诗话。其诗风类陈子龙,多文采中见激越。陈子龙谓之有三变:始则年少气盛,继则感慨闵激,后则深婉和平。吴伟业云:"尚木以其身为才子,为宿业,为廉吏,为劳臣,合观前后篇什,自非岁月之深、阅历之久,未足以几此。"

【林屋全集】 诗文集,明末清初宋徵舆著。内分《林屋文稿》十六卷、《林屋诗稿》十六卷,前者收录赋、序、记、传、墓志铭、行状、书、论、赞等诸体之作,多纪事述怀,如《楚巫赋》《吴趋赋》《后九歌》《松江府志序》《松江府重建谯楼碑记》《读明祖大诰》《请修皇清典制疏》等。词采议论俱佳,亦寓朝代变迁痕迹,足称文章宗匠、云间名家。《四库全书》馆臣评曰:"所作以博赡见长,其才气睥睨一世,而精练不及子龙,故声誉亦稍亚之云。"诗尤多才情。董含谓:"其诗声词醇雅,文尤有体裁,格法兼备。"

【龙隐遗稿】 诗集,明末清初女诗人夏淑吉著。其诗蕴藉有风骨,不以身世悲凉而忧惧。《忆王菴旧游寄再生》:"人生聚散本浮沤,回首苍茫感昔游。晓露未收花力重,午阴欲定鸟声幽。闻香小坐忘尘世,步月清言扫旧愁。梅影横斜应似画,残英满地倩谁收。"

【翠微阁唱和集】 亦名《章氏六才女诗集》。诗集,明末清初女诗人章有淑、章有湘、章有渭、章有闲、章有澄、章有泼著。章有明辑,有章氏诸兄眉批,章有泼跋。跋曰:"翠微阁者,先尚宝公未仕时读书处也。后女兄有淑、有渭、有闲等唱和于此,泼墨抒情,积时成帙。从兄有明,剔昆明之灰,采焦桐之响,择其佳什录为一编。诸兄既评厥书眉,复墨其简尾。"

【章氏六才女诗集】 即《翠微阁唱和集》。

【葆素堂诗文集】 亦名《保素堂稿》《葆素堂集》《宝素堂全集》。诗文集,十卷,清初钱金甫著。朱彝尊序,称其诗缠绵悱恻,不失温柔敦厚之遗,其文条达,无规仿凌驾之迹。才力充沛,排律如《和竹垞为毕雨稼开酒戒三十韵》《旱虐篇为茸城老僧纪事也》《上方山看串月》《题叶君山万里归人图》等,纪事托物,寓情见志。

【保素堂稿】 即《葆素堂诗文集》。

【葆素堂集】 即《葆素堂诗文集》。

【宝素堂全集】 即《葆素堂诗文集》。

【兰雪堂诗稿】 诗集,明末清初王广心著。道光二十七年(1847年)王广心五世孙王承淮刊刻本,二册。前载康熙年宋荦序。全稿收诗三百八十多篇,分类编排,依次为五言古风、七言古风、五言律诗、七言律诗、五言排律、五言绝句、七言绝句。宋荦称其古风撷六朝之英华,摅平生之怀抱,有初唐四子之丰赡;近体则兼众家之长,或沉雄,或飘逸,合乎陆机缘情绮靡之旨。沈荃亦谓之疏畅条达、不拘一律。

【一研斋诗集】 原名《充斋集》。诗集，十六卷，明末清初沈荃著。荃曾孙沈泰于清乾隆二十六年（1761年）重辑，并改名。编年不分体，自顺治十二年（1655年）迄康熙二十一年（1682年），依次作《古今体诗略钞》一卷、《南帆杂咏略钞》一卷、《三吴游草略钞》一卷、《越游杂草略钞》一卷、《古今体诗略钞》一卷（含上中下）、《燕台新咏略钞》一卷、《钓台杂稿略钞》一卷、《古今体诗略钞》一卷、《入秦草略钞》一卷、《纪恩诗略钞》一卷、《古今体诗略钞》二卷、《使越草略钞》一卷、《古今体诗略钞》二卷、《出关诗略钞》一卷，凡诗九百四十多首。卷首载孙在礼所撰传、宋荦所撰神道碑，又魏裔介、方拱乾、薛所蕴、傅而师、朱岩、吴骐之序及王崇简题辞，以及《钓台杂稿》附抄诗词赋各一首，书末有沈泰、闵萃祥、封文权跋。姜兆翀《漱芳斋诗话》论曰："文恪不仅以善书法见长，其诗笔峥嵘，实与一时施愚山、曹顾庵、新城昆季并相颉颃。今观其集中多闳肆瑰丽之作可见，而隐君日千则尝议其皆台阁斋皇之体，少性情之作，因谓公昔乡行遇雨，有'拔树龙雷急，平堤鸥浪宽'之句，而集中无之，是诗必有遗云。阅此知公诗尚不可以一例尽也。"

【不碍云山楼稿】 诗文集，二十四卷，明末清初周纶著。凡诗十卷、词二卷、文十二卷，诗文以体式分，词以小令、中调、长调分，文多序记之作。其七言古风纵横恣肆，骈体文从容新整。

【搜遗稿】 诗文集，四卷，明末清初彭宾著。由其孙彭汉班搜辑，康熙六十一年（1722年）刊刻。凡文三卷，诗一卷。《四库全书总目》提要："宾少入几社，与夏允彝、陈子龙友善，而文章则各成一格。"邑人李元度称其文清莹秀澈、气韵爽朗、萧疏淡宕、令人远思；诗歌平实，有元白之风。

【辋川诗钞】 亦名《辋川稿》《辋川草》《王义士辋川诗抄》。诗集，六卷，明末清初王澐著。大抵皆纪事诗，本其性情，发为诗歌，多怀人伤心之作。蒋平阶谓："吐纳风华，标致蕴藉，拟诸大樽，具体而微。"

【辋川稿】 即《辋川诗钞》。

【辋川草】 即《辋川诗钞》。

【王义士辋川诗抄】 即《辋川诗钞》。

【彭省庐先生诗文集】 诗文集，十七卷，明末清初彭师度著。其子彭汉班汇纂，康熙六十一年（1722年）刊刻。内署"华亭肥溪圃者李元度评选""男士超汉班、孙永寿、祖寿编辑"。前有康熙六十一年华亭（今上海松江）肥溪圃者李元度序、顺治十五年（1658年）嘉善魏学渠序、康熙六十一年其子彭汉班家序，又诗文集总目，先文集七卷，次诗集十卷，各为卷帙。其文多羁旅愁思、愤世嫉俗之作，风发泉涌，畅快淋漓；诗歌尤沉博典雅，若悬河倾泻。自少才藻翩翩，吴梅村视之为"江左三凤凰"，洵非虚目。

【檀斋诗稿】 诗集，六卷，明末清初张宫著。收入《书三味楼丛书》。姜兆翀《漱芳斋诗话》："初，处中与邵景悦、徐桓鉴、王胜时师事大樽，称为四子云。景悦《青门》之作、惠朗《心颖》之吟、处中《檀斋》之章、胜时《辋川》之咏，均可问世。"

【苎菴二集】 诗集，十二卷，明末清初吴懋谦著。清顺治十二年（1655年）梅花书屋刊刻。其诗多以汉、魏、盛唐为宗，力追明后七子之派，时人比之于谢茂秦，王士祯评曰："振刷浓纤谲丽之习，跻于和平之音。"

【彭椒岩诗稿】 诗集，二十二卷，清初彭开祐著。康熙三十五年（1696年）春藻堂刊刻，入《四库全书存目丛书》。内有《一螺稿》六卷、《游琴稿》六卷、《瞻云稿》六卷、《橐丸》四卷。《一螺稿》《游琴稿》《橐丸》皆其官河间知县及游大梁、济南时所著，《瞻云稿》为其官武冈知州时所著。其诗深秀高华，才情绮丽，如《滕王阁》"换尽霞光更水色，独留题额垂千年。滕王两字岂不朽，才人一序夸骈妍。乃知文章足千古，以文以人斯特传"云云，亦可想见风采。

【芋香诗抄】 诗集，四卷，清顺治康熙年间僧人宗渭著。集首有王时敏作《华亭船子图》及宋实颖撰《华亭船子传》，又有宋琬、吴伟业等题词十八则，诗后多附丁澍、徐乾学等和作。附《芋香赠言诗》百余首及香严唱和诗，赠言诗系与莲社诸友往还之作，香严诗则为其移居后友朋间唱和。

【深秀亭近草】 诗集，五卷，清初潘锺麟著。《四库全书存目丛书》收录，皆七言律诗。前四卷为乞酒之作，投赠二百六十五人，后一卷为寄怀之作，投赠三十人，以大学士王顼龄、户部尚书王鸿绪为最多。锺麟别有单行本《乞酒诗》五卷,其小序有"偶思小饮,岂望酒泉,不意微饮,遂成诗卷"之语。姜兆翀谓其"几于同郡中人人乞之矣"。

【集古梅花诗】 诗集,清张吴曼著辑。吴曼居吴淞江畔,因其地多梅,以集古诗句赋咏,殆终身咏此一花,累积成卷,合前贤诗辑为《集古梅花诗》,有《中峰梅花诗》《集古和中峰韵》各一百首、《集古和陈涉江韵》十六首、《梅花诗》十律及《集古步前韵》十首、《集唐梅花诗》二百首、《梅花赋》《梅花赋注》《大梅歌》三首、《律陶》三十首、《律和陶》三十首、《八十自寿十首》附集唐一首。朱锦序称其淡远传神、风度典博,梅情梅韵俱从寸管中流出,"取数千百年之人颠倒于一集之中,取数千百人之诗镕冶于一和之中,取数千百诗之句范围于一韵之中,兼数难而有之,气脉融贯如出一时一人之口,云汉为章,天衣无缝,不足喻其工也"。

【世恩堂集】 诗集,三十五卷,清初王顼龄著。诗集三十卷,词集二卷,经进集三卷。诗集按干支纪年分卷编次,始康熙三年(1664年)迄五十九年,凡二千六百九十余首。词集,小令、中调一卷,长调一卷。经进集单独立目录,收录颂、赋、雅、诗、铙歌,皆奉呈皇帝之歌功颂德之作。《四库全书》馆臣评曰:"顼龄值文治昌明之日,奏太平黼黻之音,故一时台阁文章,迥异乎郊寒岛瘦,即早年未达时作,亦无衰飒哀怨之意,足以见其襟抱矣。"

【莼香堂诗稿】 诗集,不分卷,清初王九龄著。按诗体编次,依次为五言古诗、七言古诗、五言律诗、七言律诗、七言排律、五言绝句、七言绝句。收录康熙三十三年(1694年)居京城后八年间所作诗,多记北京名胜、风俗及臣僚生活。前有康熙四十年自序,云三十五年奉使告祀畿内古帝园陵,随后扈从皇帝銮舆南幸,有记述另为一编。

【横云山人集】 诗文集,三十二卷,清初王鸿绪著。为王鸿绪诗文全集,前有康熙初年田茂遇序,周茂源、宋琬序,吴懋谦、龚鼎孳序。全集分两部分,各有目录。第一部分五卷,名《飏言集》,皆应制之作,歌颂皇恩圣功伟绩。第二部分二十七卷,分《山晖集》八卷、《望云集》五卷、《谷口集》二卷、《还朝集》三卷、《淮干集》一卷、《还朝集》四卷、《谷口续集》二卷、《还朝续集》二卷,编次大略与出处相关,可见其一生宦海沉浮与交游情况。龚鼎孳评其诗集云:"高言逸思,原本风骚。"沈德潜谓曰:"善学杜甫,不在形似。"

【花溪遗稿】 诗集,一卷,清初赵和著。诗古淡真朴,类陶渊明。焦袁熹赞曰:"偶然出天籁,任真无经营。"

【道园遗稿】 诗集,四卷,清初施士式著。诗有元白风致,或谓:"清奇瘦透,可以必传。"

【此木轩诗集】 诗集,十六卷,清初焦袁熹著。凡二千四百五十八篇,诗风由元白而入李杜,古诗堪称神品。徐是傚曰:"诗集中如《子夜》诸曲尚有一二语仿古处,至如四言短歌,字字从肺腑出,摆脱三曹面目,而声调激昂,仍不失乐府体。"

【山舟堂集】 亦名《山舟学诗草》。诗集,十二卷,清初周士彬著。家有山舟堂之匾额,为元代书法家赵孟𫖯所书,因此以"山舟堂"名其集。其子忠炘等于乾隆四年(1739年)刊,凡古今体诗千余首。其诗宗陶渊明,入宋人格局,诗风温厚平和,恬淡自然,不乏哲理、灵性。盖喜读宋儒语录,论诗亦以真朴为主,故所作类陈白沙、庄定山,自得天机。

【山舟学诗草】 即《山舟堂集》。

【疏菴诗集】 诗集,十二卷,清初董均著。乾隆十三年(1748年)刻本,诗十一卷,词一卷。黄之隽序,谓其诗不专为唐,而初盛中晚之品格故在,古诗尤精锐訇耀。

【寻乐斋诗集】 诗集,八卷,清戴有祺著。其诗旷达潇洒,似陆游、范成大,亦肖林逋。自序云:"尘封之编,时一展焉。锋尽之笔,时一试焉。其薄也,由于读书之不多。其率也,由于落笔之太易。"

【雪子偶存】 诗集,五卷,清钟晋著。乾隆三十年(1765年)麟书堂刻本,沈大成序。内有《观音堂诗抄》二卷、《明日看云集》《道中歌》《观音堂铭》各一卷。其诗超然不群,磊落高华,取资性于学于游,尤得力于游。尝北涉齐鲁燕晋,南及瓯闽楚粤,采奇揽胜,悉见诸诗。

【荻滩诗稿】 诗集,十二卷,清谢鸿著。其诗雄壮感慨，苍凉沉郁，笔力俊爽，足以嗣响杜甫《秦川杂诗》，为时人所推许。

【问月堂集】 诗集，清吴元龙著。时人谓其诗有锵金振玉之音、鹤伫鸾停之姿，格调不凡。

【红芋山庄集】 诗集，四卷，清施於民著。其诗纤妍华丽，富有才情。焦袁熹题辞云“牵角吟成无意思，令人翻爱女郎诗”“鲜花活卉诗家有，辛苦诸家爱色丝”。

【商榷集】 诗集，三卷，清高丕骞著。康熙三十五年（1696年）刻，收入《书三味楼丛书》。其诗风骨峻爽，一出性情，感时忧世，讽喻深切。王澐评曰：“文而不靡，质而不僿，讽刺之意微而彰，忧悯之情隐而挚。”

【傅天集】 诗集，一卷，清高丕骞著。康熙四十四年（1705年）作，纪恩述事，附扈行途中登临志胜及友朋赠答。戴名世为序，评曰：“清辞丽句，妙绝一时。”

【东溟草】 诗集，清钱芳标著。其诗才调矞皇，醇雅多姿，绮丽而不佻，骀荡而有则，为朱彝尊、龚鼎孳、沈德潜等人大加称赏。

【香屑集】 诗集，十八卷，清黄之隽著。凡古今体诗九百三十余首，皆为香奁诗，是作者年轻时集唐人诗句而成，并备注出处。句不重复，排比联络浑若天成，词语艳冶，千变万化，不出绮罗脂粉。意义通贯，对偶工整，叠韵不已，一一如己出。五七律绝珠联璧合，五七古风尤骎骎入古。又集唐、五代人文句为骈体自序，凡三千余字。其记诵之博、运用之巧，有如神助。

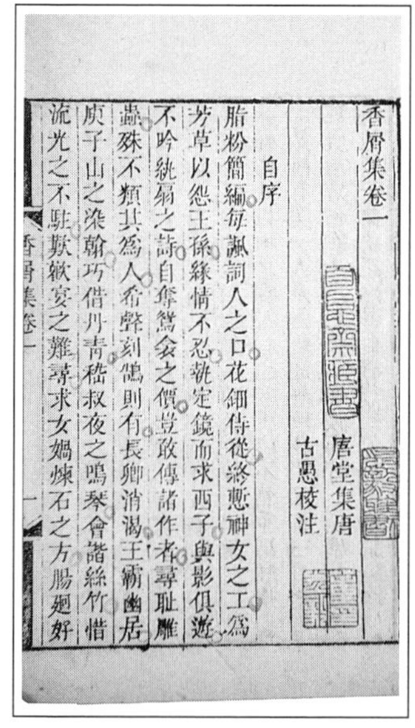
香屑集卷一
唐堂集唐
古愚校注
自序
脂粉簡編每諷詞人之口花鈿侍從終慙神女之工爲
芳草以怨王孫緣情不忍詭定鏡而求西子與影俱遊
不吟紈扇之詩自奪鴛衾之價豈敢傳諸作者尋耻雕
蟲殊不類其爲人希聲刻鵠則有長卿消渴王粲幽居
庾子山之染翰巧借丹青嵇叔夜之鳴琴會諧絲竹惜
流光之不駐歎嬿宴之難尋求女媧煉石之方腸迴好

《香屑集》

【唐堂集】 诗文集，五十卷，补遗二卷，续集八卷，冬录一卷，清黄之隽著。乾隆刻本，前有乾隆六年（1741年）自序、总目、门人王永祺识，又诸集详目。文章取法汉魏及唐之元结、李翱、孙樵、杜牧诸家，擅叙事。诗学韩愈、苏轼，而化去面貌，穷力追新，于琐屑处见笔力，有生龙活虎之致。沈德潜论云：“云间诗自陈黄门振兴后，俱能不入歧途，累累绳贯。至卢文子后，日就衰隤，鲜所宗法矣。唐堂学殖富有，而心思才力又足以驱策之，故能别开生面，仍复不失正轨，谓之诗学中兴可也。”

【古春堂诗存】 诗集名，二卷，清徐是僘著。其诗宗白居易、元稹，五言排律百韵妥帖圆秀。尝作《悯荒》二绝，亲王见之，入朝请发赈，全活甚多，是僘曰：“余积诗万首，惟此五十六字为有用，余可谓虽多无益也。”

【周广菴全集】 诗文集，三十八卷，清周金然著。分《饮醇堂文集》八卷、《抱膝庭诗草》二十卷、《娱晖堂集》二卷、《和陶靖节集》三卷、《和李昌谷集》一卷、《西山纪游诗》一卷、《南浦词》三卷。其才思格力，亦介于施闰章、宋琬之间，所作七言古诗诙奇宕逸，有李太白之风。

【四香楼集】 诗词集，四卷，清范缵著。录入《四库全书存目丛书》，有陈元龙、黄之隽序。其诗源出晚唐，而参以南宋，绰有思致。《松江诗话》称其“诗词刿鉥生新，巧不可阶”。黄之隽评曰：“探索奥博，出入耳目之外。心细而灵，出入思虑之外。其才新逸，出入手笔之外。”

【赋清草堂诗钞】 诗集，六卷，清张棠著。原编分《白云吟》《一肩吟》《独宜吟》《江上吟》《雪篷吟》五集，后唯存《江上吟》及《雪篷吟》，余俱散佚。其诗以风调胜，五言削去凡近，力追古人，七律有刘长卿、陆游之风。

【华鄂堂集】 诗集，二卷，清周彝著。收入《四库全书存目丛书》。其诗多长篇，才锋横溢，挥洒自如，以至凿险缒幽，毕状情形，如《游江心寺一百韵》，时人竞以杜甫《北征》、韩愈《南山》诗推之。

【十峰集】 诗文集，五卷，清徐基著。有陈元龙、吴三省、吴昌祺、张李定、朱应麟、沈中星、路徐来序及康熙四十三年（1704年）自识，首卷载赋与古文，为《小赤壁赋》《春日游小赤壁赋》《道德篇》三篇，中三卷为诗歌，末卷名《十峰别集》，杂收诗词、曲铭、跋引、回文、时艺、语录等。前四卷诗文皆集苏轼前后赤壁赋单字为之，别刻单行，名《景苏阁集》《景苏阁集句》，后一卷半数亦是集前赤壁赋、集词名、集苏词之作。《四库全书总目》评曰：“错综尽变，极有巧思，若其中《游小赤壁赋》《春日游小赤壁赋》及《道德篇》诸作，皆洋洋数千言，而伸之缩之，不出四百余字之外，虽才人狡狯，不足以语大雅，而专门之技，别开奥窔，亦词苑中之奇作，亘古所未有者也。”

【空明子全集】 诗文集，五十二卷，清张荣著。雍正六年（1728年）谦益堂刻本，内有《空明子诗集》十卷、《续集》八卷、《再续》八卷、《三续》八卷、《文集》六卷、《续》二卷、《再续》二卷、《三续》二卷、《杂录》三卷、《偶吟雅稿》一卷、《诗余》二卷。自序云：“生平共得古文杂作六百余首，诗三万余首，诗余一千五百余首，歌谣三百余首，康熙甲午检出，尽付祖龙，仅存三十分之一。”其诗集入《四库全书存目丛书》，馆臣谓词意多放旷不羁。

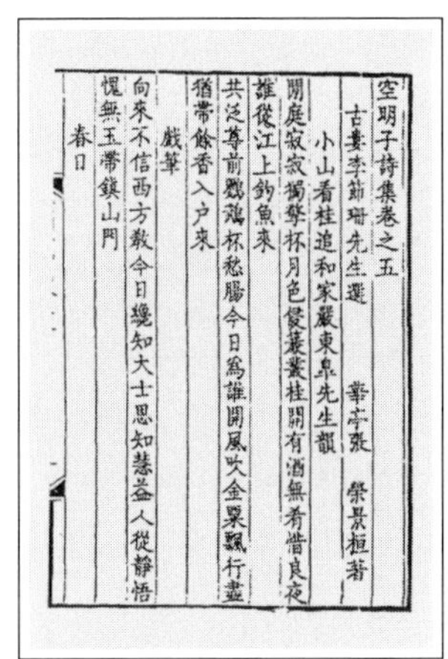

空明子詩集卷之五
古婁李節珊先生選　華亭張　榮景桓著
小山看桂追和家嚴東皋先生韻
閒庭寂寂獨擎杯月色侵叢桂開有酒無肴惜良夜
誰從江上釣魚來
共泛尊前灩灩杯愁腸今日爲誰開風吹金粟飄行盡
猶帶餘香入户來
戲筆
向來不信西方教今日纔知大士思知慧益人從靜悟
愧無玉帶鎮山門
春日

《空明子诗集》卷之五

【招鹤楼集】 诗集，清张世定著。其诗或性情豪逸，有立马横槊之风，或工丽芊绵，直追温李。

【松桂读书堂集】 诗文集，十七卷，清姚培谦著。计诗八卷、赋颂二卷、读经史七卷，诗凡六百三十四首。诗八卷，即《四库全书存目丛书》所著录八卷本《松桂读书堂集》。培谦学问渊懿，娴于诗古文，有才力，多寄兴怀古之作。如云：“我读吴越书，酹酒鸱夷子。余生营千金，或者非信史。”亦见考据家之习性。

【得天居士集】 诗集，六卷，清张照著。分《癸壬编》《癸乙编》《乙丙编》《丁子编》《己庚编》《辛子编》，前后无序跋。沈德潜称其诗左磕右触皆禅语，然实不尽以禅理入诗，乾隆尝谓其《雕牙画》诗有苏韩之风。

【澹吟楼诗钞】 诗集，十六卷，清张梁著。作者晚岁自编，前有沈大成序及男梦鳌识言，凡七百四十七首，先分古今体，再依年编次，起于其成进士前一年康熙五十一年（1712年），止于乾隆二十一年（1756年），中多记灾之作。笔法宗王维、孟浩然、韦应物、柳宗元，间效黄庭坚、杨万里，以见新意。

【看山阁集】 诗文集，六十四卷，清黄图珌著。分文集八卷、今体诗十六卷、古体诗八卷、续集八卷、诗余四卷、南曲四卷、闲笔十六卷，前有总目、乾隆十年（1745年）六月黄图珌自序，每部分前又有黄图珌自序，闲笔增岭南林明伦序。文集八卷，以文体编次，有序、杂文（引、说、铭等）、文、赋，多为闲情逸致类之作。续集，亦诗，止于乾隆二十二年。闲笔分人品部、文学部、仕宦部、技艺部、制作部、清玩部、芳香部、游戏部，各二卷，每卷又设目，如文学部有文章、诗赋、词曲，又诗书、法书、图画；技艺部有医、卜、星、相，又

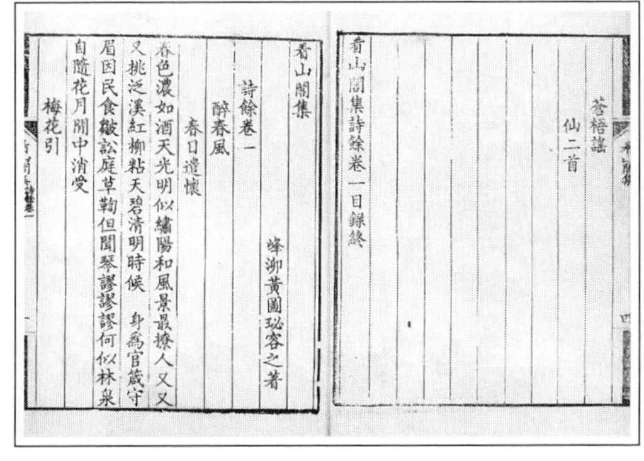

蒼梧謠
仙二首
看山閣集詩餘卷一目錄終

看山閣集
峰泖黃圖珌容之著
詩餘卷一
醉春風
春日遣懷
春色濃如酒天光明似繡陽和風景最撩人又又
又桃泛溪紅柳粘天碧清明時候　身爲官箴守
眉因民食皺訟庭草鞠但聞琴謬謬謬何似林泉
自隨花月閒中消受
梅花引

《看山阁集》

天时、地理、匠工；芳香部有赏花、盆景、花果栽培法，又闺阁、梳妆、闺房乐事，类目下又分子目，可谓洋洋大观。诗余自序云：“余弱冠时，三余之下好为风云月露之词，以佐琴酒山林之乐。今宦游十载，遂渐荒废。庚申长夏，偶检囊箧，得词数章，遂为增删，手录一函，附于诗稿后。”南曲自序，言南曲协调之难，若汤显祖之作，文采卓然，然音调有碍喉舌，是编之词虽未如汤之工，而音调颇协，付之剞氏，以待后之留心于斯道者广其博采焉。

【缪雪庄诗集】 诗集，八卷，清缪谟著。内有《山泉》《丽泽》《天山》《地雷》等集及《一松斋唱和诗》。其诗清丽流畅，才气横溢，遒劲有风骨。时人将之与张梁、张照并称“焦村三凤”，若就诗词论，可谓一骑绝尘。或云乐府尤其所擅，论者比之姜白石。姜兆翀《漱芳斋诗话》曰：“吾郡称倚声者，自钱宝汾而下，前则周、范，为冰持、武功，后则焦、黄，谓南浦、唐堂，而雪庄则与大木继起焉。”

【砚山樵诗集】 诗集，四卷，清钱孙钟著。乾隆十八年（1753年）刊刻，沈大成作序。序称其诗：“洁而隽，曲而不尽，材兼各体，遗貌取神，所为千变万化，惟意所适者也。”

【眼口涉笔草】 诗集，一册，不分卷，清盛青鹤著。乾隆七年（1742年）稿本，凡诗三百二十六首，起乾隆五年，迄二十四年。前有自序，云：“所作诗合为一卷，曰《删余》。今至晚年，有时间作，另为一卷，名曰《眼口涉笔》，盖取眼前情景、口头语言，涉笔成趣之意也。其诗以和平为主，以率真为归，较诸《删余》，又成一格。”写秀才之闲适，村居之诗意。

【懒真初集诗选】 诗集，八卷，清张用天著。录入《四库全书存目丛书》。其诗气体匀整，不讲究炼字。青浦诗人邵成正称其：“学无所不包，诗无所不备，以一人之力兼数家之长。”

【玉屏山人集】 诗集，十五卷，清徐樰著。有诗十二卷、古乐府三卷，风格落落自豪，与其胡髯蟠腹、谈笑声每彻墙外之概相称。黄之隽为序，云其“讴吟太平，狎主唱和，凡有诗会，众方吮毫覃思，已簌簌满纸，先众客起”。

【松风余韵】 诗歌总集，五十一卷，清姚宏绪编。选编清以前松江地区历代诗歌，上自三国西晋，下迄明季，凡六百余家三千多首诗作，松江人之以集传或篇什仅存一二者悉收辑之。人各系以传记，大抵都从史志中抄出。松江素称“诗窠”，由此可见其源远流长与诗派风韵。

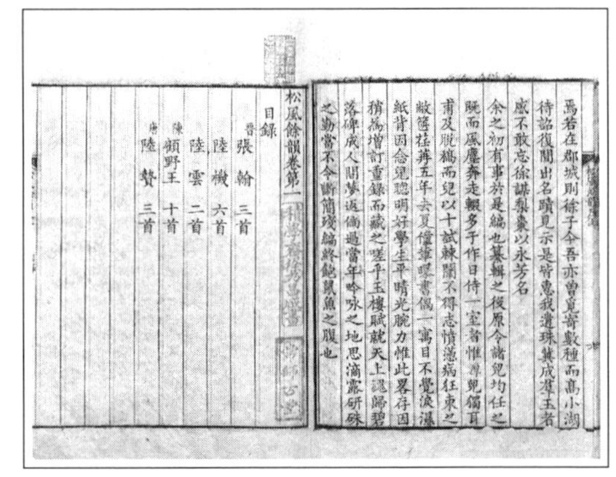

《松风余韵》

【日余诗抄】 诗词集，二卷，附《词》一卷，清焦妙莲（女）著。其诗苍劲有力，灵光闪烁。前有自序，谓“笔墨非性灵无以发其光，性灵非诗书无以通其滞”，抉发作诗要旨。

【山舟纫兰集】 诗文集，二卷，清陈敬（女）著。乾隆十八年（1753年）刊，凡一百七十八章，大抵皆思夫之作，诸体略备，各分类编次。前有黄之隽、焦以敬、周吉士、夫周宗炘序，又汪宜耀所撰传。

【干山竹枝词倡和】 诗集，清周厚堉著。竹枝词百首，咏山中景物、风俗、人物、掌故，唱和者二十余家。

【学福斋诗文集】 诗文集，五十八卷，清沈大成著。乾隆三十九年（1774年）云间沈氏刻本，分《学福斋诗集》卷首一卷、余三十七卷，《学福斋文集》二十卷，有任大椿、张凤孙、惠栋、程晋芳、杭世骏、姚鼐等序，刘履芬跋。“文集”卷一为论说及书信，卷二至卷七为经史子集诸序，卷八为赠序，卷九为寿序，卷十至卷十一为记，卷十二为辞铭赞偈，卷十三为书后文，卷十四为书引题跋，卷十五为碑及墓表，卷十六为墓志铭，卷十七、卷十八为传文，卷十九为书事，卷二十则祭文杂著。“诗集”首一卷，列《花朝》《月夕》二赋；卷一《策卫诗抄》，卷二《修门诗抄》，卷三至卷八《啖荔诗抄》，卷九《西泠诗抄》《浣江诗抄》《艺兰诗抄》，卷十、卷十一《近游诗抄》，卷十二至卷十八《百一诗抄》，卷十九至卷三十七《竹

學福齋文集

《学福斋文集》

西诗抄》，共一千五百六十一首。《近游诗抄》二卷为早年所作，先已单行。其诗情挚意深，文章得归有光神髓，记事之作多可考其交往。杭世骏序云：“以学人为诗人，于书无所不读，于学无所不窥。”《漱芳斋诗话》云：“沃田老人怀古、登临、觞花、醉月，固无美不臻，有目共赏者也。余所钞者特从其讲学论艺之作。盖学人之诗，原非三昧，而雅颂立体已异风骚，天壤间当自有此一境。”

【独树园诗词存稿】 诗集，无卷数，清吴钧著。嘉庆二年（1797年）夏刻本，仅存一册诗稿，前有王陶所撰《玉田居士小传》。其诗有劲气，无熟词滥调，不袭云间旧派。词尤工，戛戛独造，苦心孤诣，有姜夔、朱彝尊之风。

【容居堂诗钞】 诗集，七卷，附《词抄》三卷，清周稺廉著。前有彭开祜、范缵序。诗一百八十九首，按诗体分七卷。辞藻绮丽清妙，才气横溢。

【古翠轩草】 诗集，清王兴谟著。其诗从容澹远，不掺杂噍杀繁促之音，独得正声。黄达为序，云“温柔敦厚，根于性灵，而与诗之教吻合”“凡岭外山川风土及古人之陈迹、往代之故宫荒垒，与夫危潭急泷、舟楫欹疾、崇岗邃谷、鸟兽奔逸，可喜可愕之事，无不见诸吟咏。既归，而家园之一花一木、一石一水，芳菲之晨、风雨之夕，又未尝不乐与二三朋好觞咏忘倦也”。

【闻音室诗文集】 诗文集，四卷附刻遗文一卷，清王嘉曾著。前有许巽行所撰王嘉曾墓志铭，沈大成、张锡德、许宝善、张兴镛题跋，目录后有嘉庆二十一年（1816年）四月王元善、王元宇识。卷一、卷二名《览尘初稿》，收古今体诗一百六十一首。卷三、卷四名《阅水集》，收古今体诗一百六十三首。附刻遗文一卷，收制草二篇，颂一篇，代谢一篇，序二篇，《几社考》《孝简先生私谥议》《姚平山先生传》各一篇。其辞雅正，纯博绝丽。

【诚斋诗钞】 诗集，二卷，清范仁霑著。其诗清俊婉丽，出自唐李商隐，而生新曲折之致，又近元人一派。

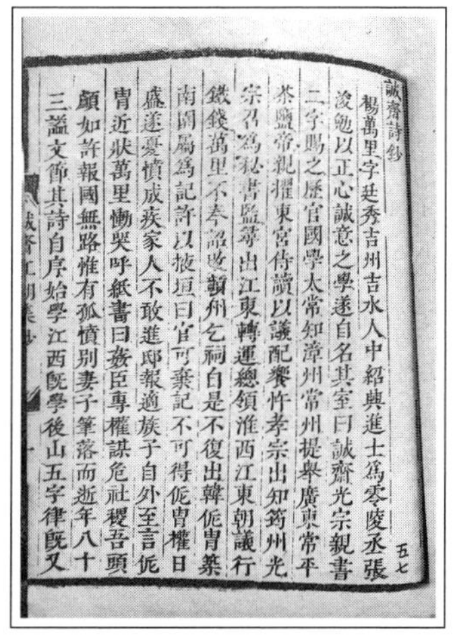
誠齋詩鈔

楊萬里字廷秀吉州吉水人中紹興進士爲零陵丞張浚勉以正心誠意之學遂自名其室曰誠齋光宗親書二字賜之歷官國學太常知漳州常州提舉廣東常平茶鹽帝親擢東宮侍讀以議配饗忤孝宗出知筠州光宗召爲秘書監尋出江東轉運總領淮西江東朝議行鐵錢萬里不奉詔改贑州乞祠自是不復出韓侂胄築南園屬爲記許以掖垣曰官可棄記不可得侂胄權日盛遂憂憤成疾家人不敢進邸報適族子自外至言侂胄近狀萬里慟哭呼紙書曰姦臣專權謀危社稷吾頭顱如許報國無路惟有孤憤別妻子筆落而逝年八十三謚文節其詩自序始學江西既學後山五字律既又

五七

《诚斋诗钞》

【清容堂诗集】 诗集，十卷，清吴树本著。前有吴锡麒、沈大成序，诗凡五百余首，依年编次，自乾隆二十三年（1758年）迄六十年。大抵以清峭为主，不以才豪气猛见长，吐辞典雅，动关伦理学术，有合风人之旨。

【一楼集】 诗文集，二十卷，清黄达著。乾隆刻本，收入《四库未收书辑刊》。内有古今体诗十卷，凡一千一百四十一首；赋四卷，凡四十二篇；杂文六卷，凡一百零四篇。沈大成、夏之蓉、周龙官、张永贵、阮学浩作序。夏之蓉序云：“读其所著文集，精通博赡，卓乎可传，而古近体诗尤其矫然独出者。”沈大成称其：“既自写其性情，而复准以古人之格律，则亦异于剽窃模拟者。”

【二初斋诗文集】 诗文集，十卷，清倪思宽著。诗文醇茂典雅，不徇时趋，无歌功颂德、粉饰太平之态。

【余斋诗钞】 诗集，清张孝锳著。子张兴序、兴赓搜辑，族弟张孝泉官南雄时刊刻，妻弟沈大成作序。其诗冲淡夷犹，无饾饤獭祭之习。沈大成序有“竭其心思，期于渊雅，笔研之外不陈简编，罏锤之余不事抚仿”云云。

【趋庭集】 诗集，二卷，清张崇钧著。诗自乾隆二十九年（1764年）迄三十五年，前有徐复堂序，谓其：“才多而不杂，思敏而能密。”

【牀山堂集】 诗集，二卷，清张宝镕著。前有吴锡麒、杨芳灿序，梁山舟所撰小传。其诗风兼综各家，尤近似元稹、白居易，古音别操，灵响自结。杨芳灿序云：“弃肤抉髓，敛志诣微，穷兴寄之殊轨，极律切之能事。”

【天趣轩集】 诗集，清张存诚著。其诗抒写性灵，不事雕饰，近似元白《长庆集》风格。

【拥书堂诗集】 诗集，四卷，清张璇华著。光绪二十四年（1898年）刻本，前有沈曰富序。诗凡三百零六首，不分体，气清辞雅。内《西湖杂诗》四十五首，写景抒情自成特色。

【绍庭诗钞】 诗集名，四卷，清章继绪著。彭启丰序，云其诗质而腴，腴而厚，与王逢、袁凯相似。

【崇雅堂诗钞】 诗集，五卷，清杨汝谐著。录其乾隆二十年（1755年）至二十六年所作诗，前有沈大成序、乾隆二十八年自序。沈大成谓：“以意为主，而刻厉风骨，兴寄磊落，善写情事，摹绘景物。”

【赏雨茅屋诗钞】 诗集，四卷，清翁春著。前有王昶序、汪大经序。诗宗元人，清幽疏劲，翛然自拔于尘埃之表。

【王孟公诗稿】 诗集，十四卷，清王陶著。王芑孙、姜兆翀序。内有《听雨篷诗钞》四卷、《萆圃诗稿》四卷、《吉羊馆诗余》二卷、《两席园遗稿》二卷、《冬养斋遗稿》二卷。其诗宗明初西江派，平正典雅，亦刻意新奇。

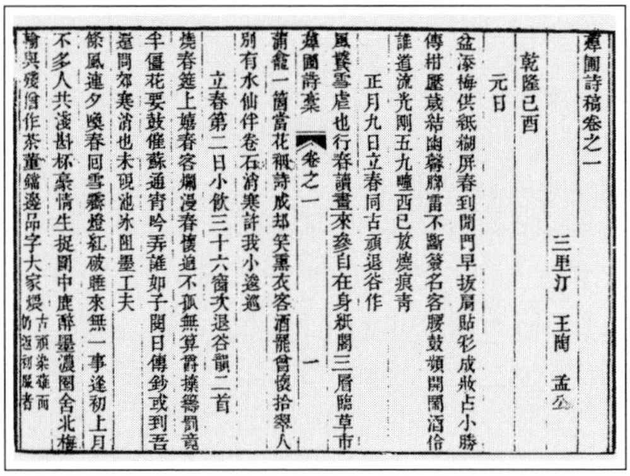

《萆圃诗稿》卷一

【清平山馆诗钞】 诗集，九卷，清徐切著。切客游四方，其诗得山水之助，有秀丽清奇之致。

【塔射园诗钞】 诗集，六卷，清张梦喈著。前有乾隆二十九年（1764年）王鸣盛序、乾隆二十年王永祺序。其诗发乎性情，典雅脱俗，出入汉魏三唐，自臻佳境，始而才华，继而冲淡，并工词，云间能文之士莫不敛手推服。

【贻孙阁诗草】 诗集，不分卷，清汪佛珍著。乾隆二十九年（1764年）刻本，附《塔射园诗钞》后。前有乾隆四十九年王鸣盛、王鼎序和四十八年十一月张梦喈所撰小传。其诗温柔敦厚，或飘飘有凌云之气。

【环青阁诗稿】 诗集，清王韫徽（女）著。其古风极佳，感时叙事，委婉有情，近体亦颇见风骨，吊古怀人，苍凉多致。江阴陈蕴莲女史称云：“近时名媛，惟潘虚白、沈湘佩、王澹音为最。”

【芦坪诗稿】 诗集，一卷，清葛维嵩著。嘉庆十三年（1808年）春晖阁刻本，李英序。其诗高古清丽，磊落豪宕。吴敬舆评曰：“栗密以要渺，渊邃以峻洁。”

【六半楼诗钞】 诗集，四卷，附《杏堂尺牍》一卷，清蔡鹏飞著。仇炳台选，光绪十年（1884年）刊刻，前有道光三十年（1850年）张文虎序。其诗多取寻常目前之境，而出以新意，世事之往复、物情之变幻，及家人妇子米盐琐屑，意有所得皆托诗以讽今，观人观我，多见道语。至咏古歌行则慷慨激昂，隐然诗外有事。《哭陈化成军门》《伤典史杨庆恩殉节》等诗，皆记史事。

【国朝松江诗钞】 诗歌总集，六十四卷，清姜兆翀编著。嘉庆十四年（1809年）刊刻，前有黄定文序、征阖郡诸先辈诗启、凡例。2019年，松江区博物馆据上海图书馆藏《国朝松江诗钞》编校出版，简名《松江诗钞》。本书是清代松江府地区的一部诗歌汇编，继《松风余韵》而作，搜辑、抄录清初至嘉庆初年一千四百余人诗作，凡二万多首，加撰诗人小传，并附诗话点评、品藻、纪事。资料丰富，以诗存人，以人存诗，极具地方文献价值。抄诗先以人物年代先后为次序，名媛、方外、名宦寓贤、遗民则分类编排，姜氏家集特专为一卷。依次为卷一至卷十三顺治朝人，卷十四至卷二十五康熙朝前三十年人，卷二十六至卷三十五康熙朝后三十年人，卷三十六至卷三十九雍正朝人，卷四十至卷四十五乾隆朝前二十年人，卷四十六至卷五十四乾隆朝后四十年及嘉庆初年人，卷五十五、卷五十六名媛，卷五十七方外，卷五十八、卷五十九名宦寓贤，卷六十家集，卷六十一至卷六十四遗民。小传自忠孝、节义、政事、文学以及嘉言美行，罔不具载，其题咏之下或附注山水古迹、土风物产者，不厌其详。诗中有阙文者仍之，字号里居不详者缺之，用韵间有不尽合于唐韵、古韵者，亦不改动。

【晚香居诗词钞】 诗词集，诗钞四卷，词钞二卷，清张玉珍（女）著。嘉庆八年（1803年）刊刻，光绪《小檀栾室汇刻闺秀词》收入词钞二卷。诗钞前有张兴镛、吴蔚光序。词钞前有吴蔚光序，席佩兰、屈秉筠、归懋仪题词。其辞淑雅蕴藉，或凄恻哀婉，或有气概风致，多人生况味。词多咏物、即景抒怀，间有酬赠。状物、绘景著功力，语言清畅流丽。归懋仪题曰："晚香声价冠群英，林下闺中各擅名。偏是好花分并蒂，阳春一霎变商声。""敲金戛玉韵泠泠，一卷新词照眼青。漫向人间觅牙旷，焚香吟与素娥听。"

【宝稧轩诗集】 诗集，二卷，清张兴载著。少作有奇气，继仿元白体，或中规中矩，无乖风雅，或自出机杼，出入黄庭坚、杨万里之间。王芑孙谓曰："以微婉生情，以骀荡取致。"

【红椒山馆诗选】 诗词集，六卷，又《词选》二卷，清张兴镛著。道光十八年（1838年）子张祥河松风草堂刊刻。诗选前有嘉庆四年（1799年）王昶序、道光七年姚椿序、道光八年子张祥河跋。词选前有赵怀玉序。诗有格调，近六朝王谢诸家；词学嘉兴朱彝尊，所谓风人之言也。

【小重山房诗词全集】 诗词集，三十二卷，清张祥河著。内有《诗舲诗录》六卷、《诗舲诗外》四卷、《诗舲词录》二卷、《诗舲续稿》二十卷。按各家著录统计，其诗词卷帙当逾五十三卷，则散佚不少，此集乃1919年补编重印。诗风和畅，荟萃融会，卓然成家，方志谓："祥河诗玲珑其声，笃雅其节，一官一集，时人比之陆放翁。"张文虎《小重山房诗续录跋》云："诗之有云间，犹文之有桐城也。自乾嘉以来，以青浦王侍郎兰泉先生为一大宗，而温和公继之。然侍郎从征缅甸，干戈戎马间不能无忧劳激愤之语出以变调，公惕厉中外，自道途行役以至登临宴饮、宾朋赠答，皆安和浑雅，俨然皇华、四牡、鹿鸣、鱼丽之遗意，盖其所处不同也。"

【春晖堂集】 诗文集，五卷，清王丕烈著。分《春晖堂诗钞》四卷、《春晖堂赋钞》一卷。沈大成序，称："其思速而调高，气清而神逸。"庄有恭评曰："我师之诗，其声和以平，其辞悱以恻，其旨皆原于三百篇事父事君之旨。"

【存朴斋诗抄】 诗集，二卷，清王芳著。乾隆二十三年（1758年）刻本，附《春晖堂集》后。诗风朴实淡雅，有格调。

【兰绮堂诗钞】 诗集，二卷，清王鼎著。诗风冲和，才华辞藻发舒有余。前有王昶序，云："其诗骀宕夷犹，和平乐易，不以才气自矜，不以辞华自炫，其光油然而远，其味悠然而长，正如大圭不琢、太羹不和，使人得其性情于语言之外，读其诗如见其人。"

【百草庭诗钞】 诗集，六卷，清王宝序著。其诗自乾隆二十五年（1760年）始，大多为乾隆四十三年后所作。卷一收诗四十九首，不编年。卷二至卷六共三百一十一首，编年，可考其生平行迹交游等。前有嘉庆五年（1800年）十一月冬至前一日自序，云："暇时粗理前后所作，半杂芜秽，去其尤不足存者，录存若干篇，欲使追维曩昔，不至堕入烟雾。"

【洞庭集】 诗文集，三十卷，清王庆麟著。道光年间刊刻。内有诗集十八卷、文集十二卷。诗集前二卷少作原缺，文集前二卷之道光五年（1825年）至八年之作亦未刻。其前各有宣城张炯、古宛王光彦序及自序，诗集前还有泾县胡贞乾嘉庆二十三年（1818年）序，文集前则另有同邑梅春嘉庆二十二年序。诗始学梅尧臣，继学杜甫，乐府杂诗及咏物诸什，俱原本风骚，自出机杼。文则序论题跋居多，寿序、祭文等多为应酬之作。卷七墓表及墓志铭、卷九箴名赞颂原缺。

【通艺阁集】 诗文集，四十卷，清姚椿著。内有《通艺阁诗录》八卷、《续录》八卷、《三录》八卷、《晚学斋文集》十二卷、《通艺阁和陶诗》三卷、《通艺阁诗遗编》一卷。其诗才情宏放，以讽喻为主、音节为辅，独造为境，自然为宗。生平志行多见于诗，用力最深，自谓能通一艺，故名其居曰"通艺阁"。文章师姚鼐，为桐城派嫡传，论文必举桐城，曰："文之用不外四者，曰明道，曰记事，曰考古有得，曰言词之美。"

【云间百咏】 诗集，一卷，清汪巽东著。道光二十八年（1848年）潘祖荫付刻，咸丰二年（1852年）正月汪巽东补自序。光绪元年（1875年）重刊，潘祖荫序。诗皆记松江府名胜古迹。小序："阅郡志，忆所游历与所见于它说者，意有感触，辄成一诗，得百首。"

【香瓦楼市篇集】 诗集，六卷，清姜皋著。其诗初学西昆体，沉博绝丽。纪事诗近李白、杜甫，触景兴感，借古抒怀，堪称史诗。

【绿雪馆诗钞】 诗集，一卷，续辑一卷，清张鸿卓著。诗钞一卷自道光二十六年（1846年）迄咸丰七年（1857年），有阮元序，亢树滋、门生袁学澜序，外甥金山钱培名跋。续辑一卷为咸丰七年夏至同治十一年（1872年）所作，有张文虎序。其诗初宗高启、朱彝尊，继泛滥于明前后七子，晚亦自放，或出入杨万里、陆游间。

【藓石山房诗存】 诗集，清张进著。道光二十八年（1848年）秋张进自选其诗为此编，张文虎序。张文虎序云："其沉雄隽迈、奇谲险奥往往出流辈，而率直晦涩之病时复有之。""君之诗，遂无戾于古予不敢知，以眂世之苟取容悦、谬自附于风雅者，盖径庭矣。"

【听莺馆诗钞】 诗集，四卷，清张烒著。由张烒手订，张鑑为序。其诗抒写性灵，不规守于声律，表达其所见而止。张鑑云："其集比之白乐天、杨诚斋，非谰言也。"

【铁花仙馆吟草】 诗集，二卷，清张家鼎著。同治三年（1864年）刊刻，张文虎、张鸿卓序，金山钱熙泰等十八人题辞，青浦何昌翰跋。诗迄咸丰八年（1858年），共一百二十五首，多记山水之游，有游苏州《五人墓》《青松阁》，览西湖《飞来峰》《西湖载月图》等，抒情不露雕凿之痕。《自题拙草》云："自写性灵，句不求工。非拾牙慧，忌切雷同。学唐学宋，何所适从。毁誉不关，乐在其中。"

【祖香诗抄】 诗集，二卷，清金和著。友钦善编次，并为作小传，附载家信二通，谓："匪独诗人，实为孝子。"其诗婉雅明秀，或寓怖悸、慷慨凄凉之隐。

【吉堂诗文稿】 诗文集，二十卷，清钦善著。含《文稿》十二卷，《诗稿》八卷，王芑孙序。诗编年，自乾隆五十三年（1788年）迄嘉庆二十五年（1820年），分《蓼辛集》《荼饴集》《崖竹集》《雪蕉集》《卷施集》《蓬麻集》《散栎集》《苍葭集》，共六百余首，皆切情事，不傍门户，风格似大历十子。文宗皮、陆，兼孙樵之长，气格相似，以表章文献为己任，多阐幽之作，卓然名家。

【玉壶山人词选】 词集，二卷，清改琦著。稿本，《续修四库全书》据以影印，无序言、目录。上卷五十二首，下卷题《泖东夏课》，二十九首。其词笔意轻松，清雅秀逸。吴江郭麐谓之如烟波渺然，孤云无迹。

【三味斋集】 诗文集，清梅春著。骈体学徐、庾，博雅古奥。古文宗王安石，峭拔鸿丽。诗近西昆体，纤秾含蓄。

【寒绿斋小集】 亦名《寒绿斋诗古文词》。诗文集，十二卷，附《粉廊剩稿》二卷，清高崇瑞著。道光刻本。其诗以淡雅胜，骈体文清丽芊绵，散体文亦古拙清淡。

【寒绿斋诗古文词】 即《寒绿斋小集》。

【城北草堂存稿】 诗词集，七卷，清顾夔著。光绪十四年（1888年）刻本，前有翁同龢序，张文虎撰墓表。分《城北草堂诗抄》四卷、《诗余》二卷、《词余》一卷，存诗四百一十首、词一百九十八阕、曲四套。诗自嘉庆五年（1800年）迄道光三十年（1850年），多雄伟之作，才华彪炳。

【片玉山庄诗存】 诗集，一卷，清朱彦臣著。前有奉贤袁璜，娄县（今上海松江）章耒、姜飞熊，华亭顾翰，上海王萃仁，娄县张尧福题词。诗自同治八年（1869年）迄光绪二十二年（1896年），凡一百四十八首，《打稻歌》《围炉》《卖花》《枯树》诸诗，皆记农家耕事及生活，语言朴实，诗意清新。

【泾南诗稿】 诗文集，三卷，附《快晴室骈体文》一卷，清朱赓尧著。诗集前有陆润祥、耿道冲序，又郁文盛、秦锡田等九人题词。《寿宝中堂七十晋二》六首、《挽宝文靖公》四首，皆记宝鋆事迹。《时事》十六首等记朝鲜内乱、日军侵华、马关议和及八国联军围困北京。文集前有嘉定秦绶章序，光绪二十七年(1901年)受业蒋受祺跋，凡文十二篇。集中有《六十寿辰自述》，自记生平。

【自怡轩遗稿】 诗集，一卷，附录二卷，清朱清著。杨葆光序，朱彦臣跋。序称其诗："冲淡悠远，无不平之气。"

【式古训斋集】 诗文集，五卷，清闵萃祥著。光绪三十四年(1908年)刻本。内分《式古训斋文集》二卷、《外集》一卷、《八指诗存》二卷。文集前有李邦黻序、目录、张锡恭题识，载说、序、跋、记、传、行状、行述等，凡五十二篇。外集为删存应酬之文，凡二十余篇。其文典雅简洁，朴茂渊懿，得桐城派真髓，李邦黻评曰："空曲交会之中，天机活泼，生意盎然。"

【味隐遗诗】 诗词集，一册，清雷补同著。凡古今体诗二百四十一首、词四阕，又题慈禧太后御画七绝二百八十八首、楹帖挽联七十二则。

【杨了公手写诗词稿】 诗词集，一册，清末杨锡章著。其诗初效郑板桥、袁枚，机趣盎然，不矜格调，尔后刻意新奇，时似陆游、杨万里。七绝风韵曼妙，有王昌龄、李白之风，而意境别具。词秀曼空灵，韵致独绝，小令尤佳。

松江古典文学作品集补遗

一、总集类

朝代	名　称	卷数	作者(字)	备注
元	《杂剧类编》		陶宗仪	
明	《唐诗准绳》		吴骐编	
明	《金石文》		徐献忠编	
明	《六朝声偶》		徐献忠编	
明	《百家唐诗》		徐献忠编	
明	《乐府原》		徐献忠编	
明	《明文苑》		王光承编	
明	《唐诗选》	七卷	李攀龙编 唐汝询注	
明	《唐诗解》	五十卷	唐汝询	
明	《四子诗余》		王宗蔚、韩范、 计子山、王丽文	
清	《古今文选》		张仕遇辑	
清	《唐诗选》		闻人倓	
清	《古诗选》		闻人倓	
清	《云间十二家文钞》		胡繁苞编	
清	《俞塘老友联吟集》		王式金辑	
清	《十五国风》		田茂遇编	
清	《海上诗逸》	六卷	张烒辑	
清	《国朝词雅》	二十卷	姚阶	
清	《清绮轩词选》	十三卷	夏秉衡	

（续表）

朝代	名　称	卷数	作者(字)	备注
清	《此木轩四六文选》	八卷	焦袁熹辑	
清	《姚氏一家诗文集》	一百四十卷	姚宏绪辑	
清	《茸城老友会题词》	一卷	吴祖德辑	
清	《怡园同人吟钞》	一卷	吴祖德辑	
清	《峰泖闺秀诗钞》	一卷	徐祖鎏、姚培咏	同辑
清	《恩庆编》	二卷	姜照辑	
清	《古文辞类纂续编》		姚椿辑	
清	《章氏一家言》	二卷	章倬(斗山)辑	
清	《茸城近课》	八卷	黄仁(砚北)辑	

二、诗文、词曲、别集类

朝代	名　称	卷数	作者(字)	备注
唐	《笑海丛林》	一卷	陆龟蒙(鲁望)	
宋	《谷阳文集》		朱之纯	
宋	《储华谷诗》	一卷	储泳(文卿)	
宋	《静安集》		胡琚	林卿子
宋	《澹菴文集》		高子凤	
宋	《湖山汗漫集》		赵孟僩	
元	《古木风瓢集》		凌　岳	
元	《王复元集》		王泰来	
元	《九峯清气集》		陆鹏南	
元	《副墨集》		曹庆孙	
元	《东山高蹈集》		曹庆孙	
元	《瀼东漫稿》		曹庆孙	
元	《双清稿》		沈腾	
元	《咏史稿》		沈腾	
元	《自立斋诗文》	十卷	王文泽	
元	《松乡集》		任士林	
元	《怡情录》		夏元威	
元	《沈氏今乐府》		沈子厚	
元	《脞谈》		邵桂子	
元	《贡礼部集》		贡师泰	
元	《玩斋集》	十卷	贡师泰	
元	《拾遗》	一卷	贡师泰	
元	《醉余集》		马麟	
元	《草堂集》		马麟	

（续表）

朝代	名　称	卷数	作者（字）	备注
元	《居竹轩集》	四卷	成廷珪	
元	《望云集》		释清濋	
元	《南村词》		陶宗仪	
明	《云间集》	七卷	贝琼	
明	《薇庵集》		任勉之	
明	《沧螺集》	六卷	孙作	
明	《学庵集》		邵克颖	
明	《春曹诗稿》		俞允	
明	《山月轩读书记》		俞允	
明	《秋香百咏·还乡纪行集》		管讷	
明	《沙冈集》		全思诚	
明	《强斋集》	十卷	殷奎	
明	《娄曲丛稿》		殷奎	
明	《支离稿》		殷奎	
明	《经进稿》	二十卷	顾禄	
明	《滇南稿》		沈度	
明	《随笔稿》		沈度	
明	《西清余暇自乐稿》		沈度	
明	《菊庄集》	三卷	袁宗彦	
明	《钓鳌海客集》		陶振	
明	《云间清啸集》		陶振	
明	《梦庵集》		陆润玉	
明	《瀛州稿》		钱溥	
明	《纪行集》		夏寅	
明	《备遗录》		夏寅	
明	《政监东游录》		夏寅	
明	《史咏》		夏寅	
明	《东海诗集》	四卷	张弼	
明	《鹤城稿》		张弼	
明	《天趣稿》		张弼	
明	《面墙稿》		张弼	
明	《清和稿》		张弼	
明	《庆云稿》		张弼	
明	《东海手稿》		张弼	
明	《一山樵唱》		周禋	
明	《西潭集》		陈章	

（续表）

朝代	名　称	卷数	作者（字）	备注
明	《垣西草堂集》		陈章	
明	《居松集》		陈章	
明	《凤山稿》		朱应祥	
明	《雪岑稿》		孙衍	
明	《世鸣集》		周舆、周佩	
明	《宁海稿》		张宏宜	
明	《舜江稿》		张宏宜	
明	《昭台杂著》		张宏宜	
明	《后乐稿》		张宏宜	
明	《鹤滩集》	六卷	钱福	
明	《留都稿》	四卷	顾清	
明	《存稿》	十卷	顾清	
明	《鹤坡稿》		王良佐	
明	《三先生稿》		王良佐、戚韶、张冕	
明	《见意亭集》	四卷	张弘至	
明	《玉署拾遗》		张弘至	
明	《笏洲稿》		张弘至	
明	《东塾谏草》		张弘至	
明	《见一堂集》		朱鼒	
明	《古杭清游稿》		徐霖	
明	《丽藻堂文集》		徐霖	
明	《端居咏》		徐霖	
明	《北行稿》		徐霖	
明	《洪崖集》		顾中立	
明	《细林遗稿》		杨枢	
明	《清赋集》		徐宗鲁	
明	《南湖按稿》		徐宗鲁	
明	《南湖类稿》		徐宗鲁	
明	《慎余集》		李昭祥	
明	《栖霞馆集》		李昭祥	
明	《徐孟孺稿》		徐益孙	
明	《自乐窝全集》		李豫亨	
明	《艺林赘言》		沈恺	
明	《夜灯管测》		沈恺	
明	《尊生楼臆记》		范惟一	
明	《端谅堂集》		张承宪	
明	《袁履善集》		袁福征	

（续表）

朝代	名 称	卷数	作者（字）	备注
明	《江皋集》		冯淮	
明	《子潜诗稿》		冯邃	
明	《西堂日记》		杨豫孙	
明	《宝善编》		冯时可	
明	《艺海洞酌》		冯时可	
明	《咏史诗》		顾正谊	
明	《笔花楼乐府》		顾正谊	
明	《卧云斋集》		何三畏	
明	《新安游草》		何三畏	
明	《张友莲诗》		张昉	
明	《敕斋集》		冯行可	
明	《缶音集》	四卷	俞汝爲	
明	《铜鞮稿》		俞汝爲	
明	《留枢稿》		俞汝爲	
明	《峰泖詹言》		王明时	
明	《古今醒语》		王明时	
明	《李茂承诗》		李绍箕	
明	《李方城集》		李绍箕	
明	《知古堂稿》		高承祚	
明	《石室余论》		高承祚	
明	《杞说寒闻》		杨忠裕	
明	《奇服斋集》		杨忠裕	
明	《樵史》		陆应阳	
明	《唐汇林》		陆应阳	
明	《明诗妙选》		陆应阳	
明	《太平山房诗选》		陆应阳	
明	《须友堂集》		张以诚	
明	《荆华馆草》		徐祯稷	
明	《白云草》		徐祯稷	
明	《望华亭草》		徐祯稷	
明	《初学集》		李继佑	
明	《归愚集》		李继佑	
明	《我贵编》		周绍元	
明	《藻里稿》		周绍元	
明	《城南稿》		周绍元	
明	《云间往哲录》		周绍节	
明	《蒭荛之言》		周绍节	

（续表）

朝代	名　称	卷数	作者（字）	备注
明	《灌园草》		周绍节	
明	《和陶诗》		周绍节	
明	《樗似草》		施遂翀	
明	《鸿爪编》		杨留华	
明	《藜邱馆集》		唐汝谔	
明	《古诗解》	二十四卷	唐汝谔	
明	《遥和集》		宋存标	
明	《放鹇堂集》		李延昰	
明	《东山遗稿》	二卷	沈泓	
明	《朱萼堂稿》		董黄	
明	《高咏楼稿》		董黄	
明	《芝田集》		吴骐（日千）	
明	《晚香堂词》		陈继儒	
明	《东华集》		韩范、闵山行	同选
明	《酉阳舌琐》		唐汝询（仲言）	
明	《说梦》	四卷	曹家驹（千里）	
明	《樵史》	四卷	陆应旸（伯生）	
明	《唐诗钞选》		陆应旸（伯生）	
明	《明事林广记》		袁福征（履善）	
明	《故事先知》		沈易（翼之）	
明	《五茸杂记》		计南阳（子山）	
明	《茸城拾遗志》		计南阳（子山）	
明	《阅耕余录》		张所望（叔翘）	
明	《松郡杂记》	四卷	董宜阳（子元）	
明	《炯庵杂记》		唐文（炯庵）	
明	《芸窗杂志》		唐文（炯庵）	
明	《事类异言》		俞汝为（毅夫）	
明	《欹边草》		张安泰	
明	《檐曝小课》		张安泰	
明	《雪耘诗草》		柏古（斯民）	
明	《一瓢集》		章有豫	
明	《郊居诗集》		曹蕃（价人）	
明	《曹价人诗集》		曹蕃（价人）	
明	《拙句集》		吕克孝（公厚）	
明	《宋云公诗文草》		宋启明（天云）	
明	《千顷堂集》		焦正藩（彦纮）	
明	《遂初堂集》		沈龙（友夔）	

（续表）

朝代	名 称	卷数	作者(字)	备注
明	《北征草》		何万化(半我)	
明	《南还草》		何万化(半我)	
明	《辛酉壬戌草》		何万化(半我)	
明	《秣陵吟》		何万化(半我)	
明	《坤能诗草》		章简(次弓)	
明	《惕如集》		唐本尧(世承)	
明	《三宜堂稿》		唐本尧(世承)	
明	《秦游草》		莫琛(人玉)	
明	《叩囊集》		王铸(宗颜)	
明	《渔樵杂兴》		张其协	
明	《陶白斋集》		杨周	
明	《自怡草》	三卷	王焕(斐公)	
明	《鹤鸣稿》		张宏圭	
明	《洗句亭集》		张宏圭	
明	《川上稿》		张其始	
明	《登山稿》		张其始	
明	《两河稿》		张其始	
明	《九峰稿》		张其始	
明	《见峰遗稿》		张德璨	
明	《东圃遗稿》		张宏(弘)正	
明	《张夫人诗存》		张氏	杨豫孙妻
明	《梅龛吟》		陈某	陈继儒姪女
明	《辽宫词》		单恂(狷庵)	
明	《瑞竹居文集》		何刚(慤人)	
明	《断画居稿》		何刚(慤人)	
明	《南园倡和集》		曹錤、曹鏄	
明	《岭云倡和集》		曹勋、曹烱	
明	《东干钓叟诗集》	十卷	曹勋(元大)	
明	《东干钓叟文集》	十二卷	曹勋(元大)	
清	《悱斋集》		田茂遇(楫公)	
清	《大雅堂集》		田茂遇(楫公)	
清	《燕台文钞》		田茂遇(楫公)	
清	《高言集》		田茂遇(楫公)	
清	《洒雪词》	三卷	姚椿(春木)	
清	《望云集》		姚椿(春木)	
清	《素园诗稿》	十二卷	林子卿	
清	《丽瞩轩诗草》		张宪	

（续表）

朝代	名　称	卷数	作者（字）	备注
清	《淀泪草庐诗存》	五卷	钱柏龄	
清	《芝石堂文稿》		周纶（鹰垂）	
清	《环山集柯斋文稿》		周纶（鹰垂）	
清	《柯斋词》		周纶（鹰垂）	
清	《琐言》		周纶（鹰垂）	
清	《藜照堂集》		朱锦	
清	《艾纳山房集》	五卷	王九龄	
清	《容居堂诗词四六》		周稚廉	
清	《释柯集》		萧诗	
清	《临流草堂集》		张渊懿	
清	《河干草堂集》		程珣	
清	《彭椒岩诗稿》	三十二卷	彭开祐	
清	《凤啸轩集》		孙鋐	
清	《鹤墅堂集》		朱霞	
清	《咏史诗三百首》		朱霞	
清	《螺舟绮语》		王顼龄	
清	《画舫斋集》		王顼龄	
清	《滇南游草》		顾开雍	
清	《辋川草》		王澐	
清	《乐英堂集》	十卷	张安茂	
清	《充斋集》		沈荃	
清	《安蔬堂集》	二十八卷	董含	
清	《问难俚言稿》		周桢（香岩）	
清	《沈宏济诗文稿》		沈楫（宏济）	
清	《鸥村集》		路玹（苍霖）	
清	《闽游诗稿》		路徐来（舒驭）	
清	《南帆集》		张豫章	
清	《寄亭集》		张豫章	
清	《自怡诗草》	十卷	王士瀛（浩东）	
清	《词钞》	一卷	王士瀛（浩东）	
清	《蒲溪草堂集》		徐懋勋（南州）	
清	《鹤巢诗钞》		顾蘅（藿南）	
清	《盘谷诗钞》		顾蘅（藿南）	
清	《经济草》		沈蕖（劭六）	
清	《琴清堂诗文集》		沈蕖（劭六）	
清	《愿学堂诗文集》		方世求（在莘）	
清	《月滟山房稿》		沈绍宾（廷作）	

（续表）

朝代	名 称	卷数	作者(字)	备注
清	《霞篆集》		董而中(霞篆)	
清	《复堂稿》		夏之夔(西球)	
清	《南村倡和集》		单昭儒(孝求)	
清	《四绘轩诗钞》	一卷	徐振(白眉)	
清	《山辉堂诗集》		徐振(白眉)	
清	《芝云堂诗稿》		徐宾(虞门)	
清	《寄苹草》		夏鸣(苹野)	
清	《藜照阁》	二卷	钱茗(尚如)	
清	《秦游草》		张世定	
清	《招鹤楼集》		张世定	
清	《檀园近稿》		张世源	
清	《毗陵诗钞》		张世源	
清	《无聊集》	二卷	张世绍(约园)	
清	《守拙稿》		张孝力	
清	《吟稿偶存》		张孝力	
清	《圃如草堂稿》	四卷	张泽榕	
清	《天香阁稿》		张忠寅	
清	《历试草》		张泽莱	
清	《春明集》		张泽发	
清	《莼澹诗钞》	十卷	张以识	
清	《南泉吟稿》		张德瑢	
清	《碧山诗集》		周汝梅(燮庭)	
清	《传耕堂集》	五卷	陈苌(扆赤)	
清	《万绿山庄诗文集》		王念昭	
清	《观复堂古今文集》		高集(文越)	
清	《山右吟稿》	一卷	盛增灿(绮霞)	
清	《漱润居诗稿》		吴暎(青来)	
清	《锄金堂集》		沈见龙(樗庵)	
清	《怡云诗草》		方维岳(怡云)	
清	《南州草堂稿》		徐照(德门)	
清	《适意吟》		朱日蕃(东皋)	
清	《蕉雪山房诗草》		张宝璵(二若)	
清	《述山前后诗文稿》	八卷	唐祖樾(荫夫)	
清	《清绮轩诗词初集》		夏秉衡(平千)	
清	《红椒山馆集陶》	一卷	张兴镛(远春)	
清	《壬寅纪事诗》	一卷	姜皋(小枚)	
清	《通波感旧集》		张克俭(苍崖)	

（续表）

朝代	名　称	卷数	作者（字）	备注
清	《声影吟》	二卷	周萼芳	
清	《白屋芰存草》	六卷	沈履田（子耘）	
清	《锡之遗稿》		周孝咏（锡之）	
清	《白燕庵纪事吟》		钱学纶（醒蘧）	
清	《香廊诗草》		钱学纶（醒蘧）	
清	《朱小山诗集》		朱小山	
清	《可赋楼稿》		唐鸥闲	
清	《守约斋小草》		金循范、金雅南	
清	《漫游草》		金慤存	
清	《是庵存稿》		金慤存	
清	《栖麓小稿》		金研庐	
清	《拥书堂诗集》	四卷	张璇华（贡植）	
清	《碧落壶诗词》	十二卷	沈文伟（春伯）	
清	《七松山房诗钞》	一卷	沈敬彝（秉叔）	
清	《闻香室诗稿》		顾作伟（韦人）	
清	《红萱馆诗古文集》		雷良树（砚农）	
清	《淮上寄鸥草》		雷良赓（砚泉）	
清	《通波水阁文集》		雷葆廉（约轩）	
清	《竹壶诗草》		里根培（砚孙）	
清	《宁远轩诗文稿》		王庆闾（岱云）	
清	《洞庭集文》	一卷	王庆麟（淡渊）	
清	《洞庭集诗》	十六卷	王庆麟（淡渊）	
清	《味义根斋集诗录》	六卷	王友光（海客）	
清	《词录》	二卷	王友光（海客）	
清	《文剩》	一卷	王友光（海客）	
清	《笑读轩存稿》		高岑（韵苔）	
清	《适可集》	二卷	顾作球（香岩）	
清	《兰芷堂合稿》		杨埙（吹和） 杨京（云九）	
清	《槿篱书屋诗草》		张振芬（淡香）	
清	《来青堂遗草》	一卷	吴敞（麓田）	
清	《马洲吟钞》一卷		吴祖德（怡庵）	
清	《漱芳集》		廖景文（古檀）	
清	《云舲诗录》	四卷	张祥澐（恒卿）	
清	《世济堂遗诗》	一卷	何明睿（静斋）	
清	《渔村初集》		胡壎（云倬）	

（续表）

朝代	名　称	卷数	作者(字)	备注
清	《传砚斋诗质》		王朝恩(笙和)	
清	《敬福堂文稿》		高戍开(南陔)	
清	《客尘集》		高乃昌(诵铭)	
清	《灯味书屋诗稿》	二卷	高崇瑚(器之)	
清	《人境庐诗钞》		朱栋辉(翼庭)	
清	《课余诗文集》	九卷	吴德达(春江)	
清	《霞晴山馆诗存》		封光祖	
清	《古香书屋诗初稿》		封光照	
清	《古香书屋诗续稿》		封光照	
清	《竹林诗钞》		封光宗	
清	《东野草堂集》		高上达(月亭)	
清	《莼溪诗草》		金大绶	
清	《西湖纪游草》		金大绶	
清	《孏窝集》		金大绶	
清	《爨余吟》		金大绶	
清	《蕙櫋书屋诗词钞》		金大绶	
清	《毓峰诗钞》		吴志喜(毓峰)	
清	《话农小舍诗文剩稿》		封钺	
清	《吟香馆诗钞》		金大椿(拙斋)	
清	《幻苏稿》		金椿龄(幻苏)	
清	《幻苏续稿》		金椿龄(幻苏)	
清	《春山小草》		封卫	
清	《香岩遗文》		封泰	
清	《云斋诗文钞》		封瀚	
清	《菁华集》		杨王犹(成侯)	
清	《滇黔集》		张一鹄(友鸿)	
清	《野庐集》		张一鹄(友鸿)	
清	《渔山稿》		周吉士(霭公)	
清	《南堂学诗稿》		周吉士(霭公)	
清	《键余录》		顾初棨(哦白)	
清	《松壑间合刻诗钞》	两卷	顾初昱夫妇	
清	《绿杉野屋草》		顾恩诞(荫堂)	
清	《梦花馆诗草》	四卷	顾诞朝(伊瑭)	
清	《槐荫轩稿》		毕谊(元复)	
清	《鱼通集》		徐长发(玉崖)	
清	《经稼堂集》		徐长发(玉崖)	

（续表）

朝代	名　称	卷数	作者(字)	备注
清	《琴溪诗草》		陆文啓(宇东)	
清	《石田子诗草》		石渠(午桥)	
清	《砺岩集》		周金然	
清	《畲香草存》	三卷	倪元坦(醒吾)	
清	《续刻》	一卷	倪元坦(醒吾)	
清	《西泠倡和诗》		张宝镕(花农)	
清	《甘所集》		戴骏庞(轶伦)	
清	《遥集斋集》		周纁(我园)	
清	《杨阶六诗稿》	四卷	杨升(阶六)	
清	《粤游草》		王鹤江(岷始)	
清	《影赓集》	十卷	徐磐(稼翁)	
清	《拾香词》	一卷	徐磐(稼翁)	
清	《园居杂录》		陈金皓(絅文)	
清	《松江衢歌》	一卷	陈金皓(絅文)	
清	《片羽集》		何世澄(是庵)	
清	《鸣春稿》		吴澄(蓉川)	
清	《村居稿》		吴澄(蓉川)	
清	《天马山房诗钞》		汪巽东(子超)	
清	《清容堂集》		吴树本	
清	《竹石居诗合钞》	二卷	卷上顾柱(竹坡) 卷下顾桢(石坡)	
清	《云麓山庄诗》	二卷	张宗栻(西铭)	
清	《猗绿居诗钞》	四卷	张祥河	
清	《竹西亭词》	一卷	张祥河	
清	《乃吾庐诗词钞》		张梦鳌(巨来)	
清	《海查集》		黄达(上之)	
清	《一楼集》		黄达(上之)	
清	《粟香馆遗诗》	一卷	潘兆熊(辛斋)	
清	《得修绠斋诗》	二卷	潘鼎阳(阆岩)	
清	《白石钝樵遗稿》	一卷	姚楗(建木)	
清	《程子春诗集》	二卷	程师羲(养真)	
清	《吟薰阁诗草》		许辰珠(绮庭)	
清	《友石居诗钞》		章焕(友石)	
清	《尊闻书屋诗草》		章倬(斗山)	
清	《随寓草庐剩稿》		胡衮(端斋)	
清	《理生居诗稿》		胡家锟(理生)	
清	《山舟诗稿》		胡家濂	

（续表）

朝代	名 称	卷数	作者（字）	备注
清	《明宫杂咏》	四卷	毛遇顺（山子）	
清	《龙潭老屋诗稿》		毛遇顺（山子）	
清	《依岩小隐诗》		张元勋（迪光）	
清	《雪堂诗草》		张元勋（迪光）	
清	《旅吟草》		张朴怀（憩岑）	
清	《古香斋诗草》		张溥（午桥）	
清	《环翠楼赋草》		张隽（穆堂）	
清	《覆瓿集》	二卷	胡熊（勖斋）	
清	《佩壹室诗稿》		沈树卿（鋭锋）	
清	《宗经庐诗钞》		夏祖耀（文洲）	
清	《传砚堂诗存》	一卷	张允垂（柳泉）	
清	《听香室诗钞》		刘清醇（玉苍）	
清	《松谷散人诗钞》		金铨（量玉）	
清	《谷春堂剩稿》		秦渊（珠崖）	
清	《梅园遗稿》		朱宗载（孔阳）	
清	《一树梅花老屋诗》		姚济（铁梅）	
清	《东皋草堂诗钞》		周良弼（筑岩）	
清	《粤游吟草》		周莲（廉叔）	
清	《修竹轩诗钞》		杨煃（箫英）	
清	《樵唱轩稿》		周望（纶仙）	
清	《云间散人诗集》		无名氏	
清	《十燕巢阁遗稿》		王芬（蕙田）	
清	《万花楼诗钞》		张介（笔芳）	
清	《小华萼集》		张屯（丽然）	
清	《环青阁诗稿》		王韫徽（澹音）	
清	《挹翠轩稿》		王昆藻（绮思）	
清	《荫绿阁草》		吴学素（伍贞）	
清	《清闺集》		张静（秋山）	
清	《竹云楼草》		杜瑽（佩玉）	
清	《望山楼稿》		卢玉成	蒋珍室
清	《仙霞阁诗钞》		廖云锦（织云）	
清	《织云楼诗稿》		廖云锦（织云）	
清	《红余草》		宋玉音	
清	《绣余草》		张汝传	
清	《三秀集》		曹鉴冰（苇坚）	祖母吴氏、母李氏三人诗合集

（续表）

朝代	名 称	卷数	作者（字）	备注
清	《焚余草》	一卷	孙淡霞	
清	《栖枳阁集》		汪凤芬	
清	《安贞斋小草》		胡静娴	
清	《分翠阁诗草》		陆如蓉	
清	《绣余杂咏》		顾诞（蓉裳）	
清	《续绣余草》		徐贤（省斋）	
清	《日余吟草》		焦妙莲	
清	《沁园集》		李馥玉（复香）	
清	《红余小草》		李馥玉（复香）	
清	《飞霞阁诗草》		董雪晖	
清	《摛藻楼诗草》		金纫兰（翠峰）	
清	《承云楼剩稿》		邵思（媚娴）	
清	《巢燕楼诗钞》		姜云（韫芬）	
清	《漱芳阁诗钞》		蔡瑞宣（湘苹）	
清	《一则楼诗稿》		陈氏	训导陈垓女
清	《玉荣草》		王双凤	
清	《天香阁诗稿》		张道恒（玉舜）	张兴载女
清	《黔中吟》		王德宜（云芝）	
清	《得树楼稿》		张玉珍（蓝生）	
清	《浣心处诗钞》		蒋绣征（惠芳）	
清	《寄笙遗稿》		盛韫贞	
清	《参香室剩稿》		孙湘笙（汝兰）	
清	《墨英诗钞》	二卷	郭墨英	
清	《世泽堂附稿》		高氏	张照室
清	《国香诗草》		汪国香	
清	《咏物诸体诗》		彭淑	
清	《红余诗钞》		沈玉（洁如）	
清	《闲斋漫笔》		董锡嘏（纯固）	
清	《山居清课》		周厚地（雨坪）	
清	《清夜录》		杨锡观（颙若）	
清	《读有用书斋杂著》	二卷	韩应陛（绿卿）	
清	《松窗杂录》	二十卷	闻韶	
清	《景船斋杂记》	二卷	章有谟（载谋）	
清	《云间杂志》		无名氏	
清	《天香阁焚余杂著》	二卷	许巽行（子顺）	
清	《敬恕翁诗稿》	一卷	许巽行（子顺）	
清	《益竹居稿》		许巽行（子顺）	

（续表）

朝代	名 称	卷数	作者(字)	备注
清	《天涯仙遇录》	一卷	许巽行(子顺)	
清	《丽瀛小志》		张崇懿	
清	《义安百咏》		章鸣鹤(荀俦)	
清	《义安纪闻》		章鸣鹤(荀俦)	
清	《宵行杂志》		蔡显(景真)	
清	《翳如录》		蔡显(景真)	
清	《闲闲录》		蔡显(景真)	
清	《笠夫杂录》		蔡显(景真)	
清	《空明子杂录》		张荣(景桓)	
清	《鸡窗丛话》	一卷	蔡澄(练江)	
清	《关陇舆中偶忆编》		张祥河(诗舲)	
清	《松溪词》		王九龄	
清	《词塤》		钱芳标	
清	《了然吟草》		郭友松	
清	《咀华斋诗余》	一卷	施士恺(澄如)	
清	《省庵诗余》		徐荣畴(武三)	
清	《倚竹斋词钞》	一卷	丁瀛(侣鸥)	
清	《红豆山房词钞》	一卷	张国梁	
清	《绣余谱》		陈传汝	
清	《环翠阁词》		张介(笔芳)	
清	《秋园集》		董如兰(婉仙)	
清	《鹃啼集》		李朓(冰影)	
清	《来凤吟》		李媛	
清	《琴画楼词》		许玉晨(云清)	
清	《天风佩韵轩词》		许嘉仪(仙圃)	
清	《挹青轩诗稿》		华浣芳	
清	《挹青轩诗余》		华浣芳	
清	《小嫏嬛室诗余》		王氏	顾夔继室

诗文篇名

【文赋】 赋。西晋陆机作。文艺理论作品，全篇共一千六百五十八字。是赋较曹丕《典论·论文》有显著进步，把文学创作的价值、快乐、艰辛准备、构思、立意、修辞、方法、形式、技法等，统纳入文学批评范畴，其中构思活动、灵感现象等极微妙而不易把握的重大问题，都作了深入细致的描述。提出文贵独出心裁、不蹈袭前人的观点。认为"立片言以居要，乃一篇之警策"，即文章应有警策之句，起到提纲挈领之作用。文前作者有引文，每见篇文，恒患"意不称物，文不逮意"，故作此赋。是文与刘勰《文心雕龙》、钟嵘《诗品》共同构成中国文学批评一个完整的创作链。

【吊魏武帝文】 散文。西晋陆机作。元康八年(298年)，陆机刚以尚书郎出补著作郎，游于秘阁而得睹曹操遗令，感慨作文。该文把叙事、议论、抒情融为一体，全文构思精巧，词藻宏富。全篇有序文有吊文，序文五百六十八字，曲折凄婉；吊文六百四十九字，磅礴悲壮。序文从曹操的生平志气着笔，指出其有回天倒日之力，济世平难之智，首推其翦灭群雄，重整朝廷纲纪，为"举世之所推"的功绩。着重写曹操临终时对琐碎家务的眷恋，认为"雄心摧于弱情，壮图终于哀志；长算屈于短日，远迹顿于促路"，为古代圣贤所不取。

【豪士赋】 政治讽刺赋。西晋陆机作。《文选》李善注引臧荣绪《晋书》:"机恶齐王冏矜功自伐，受爵不让。及齐亡，作《豪士赋》以刺焉。"开篇即云:"夫立德之基有常，而建功之路不一。"将立德和建功对比着说。紧接着，只说建功。所谓"豪士"原只为建功。历观古今，确实有侥幸立功而跃居伊尹、周公那样高位的。得天时、地利、人和，立大功人未必具有高卓的才干和识见。豪士皆"好荣恶辱"，就连周公和霍光尚且不能取得人主的信任。赋中文辞工巧，多偶句，不敷衍堆砌，句各有意，并不相犯。辞藻丰赡，文势紧凑，为陆机文风的代表作。近现代学者刘师培在《汉魏六朝专家文研究》中称赞陆机:"风韵饶多，华而不涩。"

【赴洛道中作】 五言古风诗。西晋陆机作。诗共二首，此"远游越山川"篇为其二，作于晋太康十年(289年)，偕其弟陆云赴京都洛阳途中。此诗十二句，侧重写驿舍夜景，艰辛冷落，夜不能寐。全诗即景抒情，情景交融，反映了在前途未卜之际的怅惘心绪，凸显了高超的驾驭文字的功力。诗句华美，讲究排偶，其中"夕息抱影寐，朝徂衔思往"对，动词"抱""衔"尤见精巧。

【从军行】 五言古风诗。西晋陆机作。乐府旧题诗名，内容多写边塞战士生活。自唐时起，边塞诗人爱以《从军行》为题吟诗。全诗二十句、百字。诗起即用"苦哉"两字点题，言明通篇大旨，成点睛之语。并同样用"苦哉远征人"结尾，首尾呼应，更显凄切。此诗继承了两汉民间乐府"感于哀乐，缘事而发"的传统，诗重藻绘，注重排偶，讲究铺陈排比，咏物叙事得当。

【苦寒行】 五言古风诗。西晋陆机作。《苦寒行》在《乐府诗集》中属《相和歌·清调曲》。全诗二十句、百字。是诗刻画"行役人"，以"险""难"两字进行铺陈排比，反映北征战士在严寒中忍饥受冻、风餐露宿的凄苦景况。诗句巧用比兴，运用大量拟人化动词，着力写出景物的神情意态。全篇对偶，不觉呆板。

【悲哉行】 乐府诗。西晋陆机作。乐府杂曲歌辞有《悲哉行》，传为魏明帝创。全诗二十句、百字，描写洛阳春景的美丽风光，感叹羁旅他乡、无所依傍的心情。诗以“伤客心”“伤哉”扣主题“悲哉”，以“游”之所见春景，却产生“目感”“耳悲”，使人有更深之“忧思”。同时写春景反复铺排，又多用偶句，尽态极妍，是“缘情绮靡”之作。

【日出东南隅行】 五言古风诗。西晋陆机作。是诗模拟汉乐府民歌《陌上桑》（又名《艳歌罗敷行》《日出东南隅行》），属《相和歌辞》。全诗四十句、二百字，分四个部分。第一部分从“扶桑升朝晖”到“婉媚巧笑言”十二句，细致描摹女主人公“秀色可餐”。第二部分从“暮春春服成”到“高岸被华丹”十二句，写洛阳女子的出游。第三部分自“馥馥芳袖挥”以下十二句，写春游女子的歌舞。第四部分为最后四句，是全诗的总结。诗运用辞赋的手段，铺陈华丽的语言，写女子“冶容不足咏，春游良可叹”，堪称一篇美人赋。

【赠顾彦先】 五言绝句。西晋陆机作。顾彦先即“顾荣”，西晋末年大臣，名士。顾与陆机、陆云同入洛，时称“洛阳三俊”。诗曰：“清夜不能寐，悲风入我轩。立影对孤躯，哀声应苦言。”诗表面写作者孤寂凄清，实际反映对挚友思念之情，凸显诗的审美意境。

【拟明月何皎皎】 五言古风诗。西晋陆机作。陆机有《拟古》诗十二首，此为其中的第六首。全诗十句、五十字。诗描写了凄清冷寂的气氛，烘托出久客思归之情，引发绵绵不绝的离愁别绪。后人誉为“语粹而味深，殊为古今绝唱”。

【招隐】 五言古风诗。西晋陆机作。诗两首，十八句、九十字，其中一首表达厌倦仕途生涯，向往隐居生活的情绪。写景成分多，意象描绘工巧细致，接近通篇对仗。

【赠郑曼季诗五首·谷风】 四言古风组诗。西晋陆云作。郑曼季，即“郑丰”，西晋沛国人。与陆云友善，陆云多诗歌赠答。组诗共五十六句、二百二十四字。皆以“习习谷风”为首句，由“谷风”带出不同的自然风貌，表达君子怀远之思，最终归集为“怀人”。其擅长四言诗，在章法和结构上与《诗经》一脉相承，获一唱三叹之效。郑振铎《插图本中国文学史》：“惟《谷风》一作，殊为清隽，颇像陶渊明的篇什。”

【四言失题】 四言古风诗。西晋陆云作。全诗凡前八章、后六章。后六章其五：“闲居外物，静言乐幽。绳枢增结，瓮牖绸缪。和神当春，清节为秋。天地则尔，户庭已悠。”诗清新明净，结构严谨。作者主张“文章当贵经（轻）绮”。诗中“静言乐幽”“和神当春”“户庭已悠”，表现了恬静之气与中和，是作者追求的理想人格。

【思吴江歌】 七言绝句。西晋张翰作。诗曰：“秋风起兮佳景时，吴江水兮鲈鱼肥。三千里兮家未归，恨难得兮仰天悲。”全诗表现了作者对故乡的热爱与思念，虽身处北方，但想象中的家乡却是如此美好，后人常以“莼鲈之思”成为思乡的典故。

【陆机传论】 赋体散文。唐太宗李世民作。唐贞观二十年（646年），李世民下诏重修《晋书》，后亲自撰陆机、王羲之两人传论。此文是研究陆机的珍贵史料，也是探究李世民文学思想的重要材料。唐太宗是陆机的异代知己，在传论中主评陆机，兼及陆云。对陆机评价极高：“文藻宏丽，独步当时；言论慷慨，冠乎终古。其词深而雅，其义博而显，故足远超枚、马，高蹑王、刘，百代文宗，一人而已。”并对陆机不幸的仕途深感痛惜。

【禁中春松】 五言古风诗。唐陆贽作。全诗十二句、六十字，描写皇宫中雨露滋润，春气和暖，松树满目苍翠。用对仗进一步写春松在昼夜、日下所呈现之景。诗表面写春松，实际写作者自己，表现了一位朝廷重臣扶持社稷的情怀。

【晚起】 七言律诗。唐白居易作。全诗描写工作、生活的状况，从“长心情”“眼校明”看出作者虽雪鬓霜鬟，但处理堆积的文书却仔细认真。颔联写处理完公务，诗人坐着轿子出游，任凭小船随风，喝得酩酊大醉而归。“明朝更濯尘缨去，闻道松江水最清”，松江是一个清净的地方，能够洗去心灵的尘埃，于是诗人产生了归隐的想法。

【刘苏州以华亭一鹤远寄，以诗谢之】 五言律诗。唐白居易作。刘苏州，即“刘禹锡”，曾任苏州刺史,故称。白居易爱鹤,刘特赠白一华亭鹤。白见鹤,以此诗谢之。全诗一气呵成,凸显作者之“诗思深”和友情之“重千金”。是诗颔联颈联对仗工整:“素毛如我鬓,丹顶似君心。松际雪相映,鸡群尘不侵。”

【鹤叹二首】 诗篇名。唐刘禹锡作。白居易爱养华亭鹤,在宝历二年(826年)因病辞去苏州刺史时,携两只幼鹤养于洛阳府中。其间,刘在扬州渡口初见这双鹤,又在洛阳白府观摩双鹤翩翩起舞。次年,白转任秘书监,赴长安就职。刘去洛阳白府探望主人,唯见双鹤仿佛相识,含情相迎,遂作是诗。诗为五言律诗二首,诗前有自序。文字优美流畅,情景交融,堪称述事诗佳作。尤其是第一首的颔联与颈联:“故巢吴苑树,深院洛阳城。徐引竹间步,远含云外情。”对仗工整,以鸿鹄高远之姿,饱含深情。

【新沙】 七言绝句。唐陆龟蒙作。作者讽刺诗的代表作。诗写于唐末,反映了官府租税征收繁重、民不聊生的社会现实。尾联“蓬莱有路教人到,应亦年年税紫芝”,诗人嘲讽假如蓬莱有路,官府也要到那里去收租取税,掠夺珍宝。

【白莲】 七言绝句。唐陆龟蒙作。借描写白莲凌波独立,不以颜色炫人,把白莲人格化、个性化,抒发忧国忧民之思。作者曾举进士不第,以致隐居,可隐逸并非出于本心。鲁迅曾说诗人虽“自以为隐士”实在“并没有忘记天下”。清王士祯对“无情有恨何人觉,月晓风清欲堕时”两句,评为:“语自传神,不可移易。”

【奉和袭美吴中书事寄汉南裴尚书】 七言律诗。唐陆龟蒙作。给好友皮日休(字袭美)的唱和诗,也是写松江山水诗的佳作。描写松江地方古老,民风淳厚,前朝遗闻轶事众多。其中“三泖凉波鱼蕝动,五茸春草雉媒娇。云藏野寺分金刹,月在江楼倚玉箫”尤佳。

【拨棹歌】 偈子诗集。唐船子和尚作。共三十九首。选其一:“千尺丝纶直下垂,一波才动万波随。夜静水寒鱼不食,满船空载月明归。”诗以垂钓喻求道开悟。以“千尺丝纶”见水之深,“万波随”见河之广,“夜静水寒”见心之诚,“满船空载月明归”见清静虚空,正是禅宗所提倡的。北宋释惠洪《冷斋夜语》:“此诗‘丛林盛传,想见其为人’。”其二:“一任孤舟正又斜,乾坤何路指津涯。抛岁月,卧烟霞,在处江山便是家。”以《渔歌词》词牌填词,以荡舟为乐,潇洒自在,透露出作者处处“江山便是家”的禅思、禅理与禅趣。

【华亭鹤】 七言律诗。唐皮日休作。是诗收入《全唐诗》卷六一四。诗题原为:“华亭鹤,闻之旧矣。及来吴中,以钱半千得一只养之,殆经岁,不幸为饮啄所误,经夕而卒。悼之不已,遂继以诗。”全诗睹物思鹤,深切怀念对华亭鹤逝去的哀悼之情。

【华亭十咏】 组诗。北宋唐询作。唐询于仁宗景祐元年(1034年)任华亭县令,曾踏访乡贤名卿及九峰三泖之胜迹,创作《华亭十咏》,含《顾亭林》《寒穴》《吴王猎场》《柘湖》《秦始皇驰道》《陆瑁养鱼池》《华亭谷》《陆机宅》《昆山》和《三女纲》,均为五言律诗,影响颇大。同时期王安石、梅尧臣均作《和唐询〈华亭十咏〉》,三人诗同载明正德《松江府志》。唐询在《华亭十咏》前拟就自序:“华亭本吴之故地,昔附于姑苏。佩带江湖,南濒大海,有观望之美焉。”“偶得旧图经”,“凡经所记土地、人物、神祠、坟垄所言甚详。即采其尤(著)者,为十咏,皆因事纪实,按图可见,将以志昔人之不朽”。

【华亭谷】 五言律诗。北宋梅圣俞作。此为其步韵唐询《华亭十咏·华亭谷》而创作。诗云:“断岸三百里,萦带松江流。深非桃花源,自有渔者舟。闲意见水鸟,日共泛觥筹。何当骑鲸鱼,一去几千秋。”

【陆机宅】 五言律诗。北宋梅圣俞作。此为其步韵唐询《华亭十咏·陆机宅》而创作。陆机宅在昆山(即今九峰之一小昆山)之阴。相传位于小昆山镇平原村。全诗层层递进写出宅之荒,先“荒草深”,后出没“饥鸟”“野鼠”。看废宅思陆机,感慨“才高乃速祸,事往不可箴”。

【过华亭】 七言绝句。北宋梅圣俞作。诗云:“晴云唳鹤几千只,隔水野梅三四株。欲问陆机当日宅,而今何处不荒芜。”诗写路过华亭所见之野景,鹤几千只和梅三四株,显示此处之荒凉,表达对陆机的思念。

【昆山】 五言律诗。北宋王安石作。此为其步韵唐询《华亭十咏·昆山》而创作。诗曰:“玉人生此山,山亦传此名。崖风与穴水,清越有余声。悲哉世所珍，山出受欹倾。不如鹤与猿，栖息尚全生。”借喻鹤与猿不出山还能保全生命，为陆机鸣不平。

【陆机宅】 五言律诗。北宋王安石作。此为其步韵唐询《华亭十咏·陆机宅》而创作。诗云：“故物一已尽，嗟此岁年深。野桃自著花，荒棘自生针。芊芊谷水阳，郁郁昆山阴。俛仰但如昨，游者不可寻。”全诗以环境描写与感叹，反映对历史名人的崇敬，对世事沧桑的喟然。

【鲈鱼】 七言绝句。北宋苏轼作。见《东坡集》卷七。此诗为《和文与可洋川园池三十首》之一，一作《金橙径》《香橙径》。诗曰：“金橙纵复里人知，不见鲈鱼价自低。须是松江烟雨里，小船烧薤捣香齑。”全诗语言浅显质朴，一如白描，但闲适之情如在眼前。

【题李景元画】 七言绝句。北宋苏轼作。李景元，名甲，宋代华亭县（今上海松江）人，善画翎毛，所绘雁、鹊、鸭，时人称“三绝”。苏轼、米芾颇赞赏。苏此题画诗，巧借宋初名画家郭忠恕的典故，以此彰显李之绘画地位。诗曰：“闻说神仙郭恕先，醉中狂笔势澜翻。百年寥落何人在，只有华亭李景元。”

【帝台春】 词牌名。伤春词，北宋李甲作。钦定词谱双调九十七字，前段十句五仄韵，后段十一句七仄韵。词上阕：“芳草碧色，萋萋遍南陌。暖絮乱红，也似知人，春愁无力。忆得盈盈拾翠侣，共携赏，凤城寒食。到今来，海角逢春，天涯倦客。”上阕由海角逢春，忆当年在京师与恋人寒食节春游的美好情景。清代俞陛云《五代词选释》评曰：“论情致则宛若游丝，论笔力则劲如屈铁。”

【望云涯引】 词牌名。北宋李甲作。调见《乐府雅词》。双调八十三字，上下片各十句四仄韵。词上阕：“秋容江上，岸花老，苹洲白。露湿蒹葭，浦屿渐增寒色。闲渔唱晚，鸳雁惊飞处，映远碛。数点轻帆，送天际归客。”词由江上秋景入情抒怀，表述伤秋情怀。词上片写景独特，将静景、动景、近景、远景有序排列，呈现一幅富有立体感的秋江图。

【过横云山渡长谷】 五言律诗。北宋黄庭坚作。诗云：“云横疑有路，天远欲无门。信矣江山美，怀哉谴逐魂。长波空泬记，佳句洗眵昏。谁奈离愁得，村醪或可尊。”诗名释：横云山，松江九峰之一；长谷，即“华亭谷”。

【和文潜舟中所题】 五言律诗。北宋黄庭坚作。见《山谷集》卷十一。张耒，字文潜，北宋文学家。首联云：“云横疑有路，天远欲无门。”松江横山，又称“横云山”，相传为陆云所居。作者怀才不遇，晚年长期被贬谪。是诗睹物思人，既同情张耒的遭遇，又借西晋陆云的悲剧，抒写文人报国无门的落寞与寂寥。

【云间湖光亭】 七言绝句。北宋范成大作。见《石湖居士诗集》卷四。诗曰：“微风不动敛涛湍，组练晶晶色界寒。斜照发挥犹未尽，月明残夜更来看。”亭在瑁湖上，为当年云间胜处。

【满庭芳·游大涤赋】 又名《潇湘夜雨》。词作。南宋陈若晦作，为其代表作。见《洞霄诗集》卷三。大涤山在浙江余杭西南，为道家第三十四洞天。词写大涤风光，清幽仙境，洞天福地。全词清丽自然，兼用典故，把人间仙境描写得生动形象。

【沁园春·李娶塘东曾】 又名《洞庭春色》。词作。南宋邵桂子作，为其代表作。见《全编宋词》。词主题李家迎娶塘东畔曾姓女，属贺词。邵词明喻梅花漂亮，暗喻新娘艳丽，酣畅淋漓地表现“咏于物而不滞于物”。词作避熟就险，多用典故，巧妙布局，产生氤氲气象，读出无穷韵味。

【青玉案】 词牌名。南宋姚晋道作。一说苏轼作品，题为《青玉案·和贺方回韵送伯固归吴中故居》。吴熊和主编的《唐宋词汇评》认为首句“三年枕上吴中路”与苏轼身世不合。《四库全书提要·东坡全集》认为该词乃华亭姚晋道作。词上阕曰：“三年枕上吴中路。遣黄耳、随君去。若到松江呼小渡。莫惊鸥鹭，四桥尽是，老子经行处。”上阕借“陆机黄耳”典故，表达对友人即将离别而心生眷恋。而后“呼小渡”等细节传神，勾画出一幅吴淞江畔鸥鹭飞舞、四桥归乡的沿途之景。全词语言流畅，含蓄深沉。

【跨塘桥】 五言绝句。南宋陆蒙作。跨塘桥始建于宋代，又称云间第一桥。位于今松江中山西路最西端，横跨古浦塘。此桥现为松江二十四景之一“跨塘乘月”。诗云：“路接张泾近，塘连谷水长。一声清鹤唳，片月在沧浪。”

【佘山】 七言绝句。南宋凌岩作。见凌岩著《古木风瓢集》。诗名释：佘山，松江九峰之一。旧传有佘姓者养道于此，故名。诗云："三峰高远翠光浓，右列仙宫左梵宫。月落轩空人不见，野花山鸟自春风。"全诗富禅意。

【机山】 七言绝句。南宋凌岩作。诗名释：机山，松江九峰之一。以陆机得名，山下有平原村，亦以机曾为平原内史命名。诗云："六峰乔木锁云根，青接平原数里村。此处无人来听鹤，海灵山鬼哭黄昏。"此诗隐含着作者的叹息。

【病牛】 七言绝句。南宋李纲作。是诗作于绍兴二年(1132年)，其时，李纲被贬武昌，羸弱多病。诗人"托物言志"，借咏牛言情述志。诗云："耕犁千亩实千箱，力尽筋疲谁复伤？但得众生皆得饱，不辞羸病卧残阳。"病牛象征着诗人，即便被贬，却想着社稷，满腔忧国忧民，具有忠诚义气和济世情怀。

【松江鲈鱼】 七言律诗。南宋杨万里作。见《诚斋集》卷二十九。全诗用白描手法和浅近自然的语言，写出鲈鱼的出产地及形状、特点，生动具体，如在目前。诗人自注："鲈鱼以七八寸为佳。"

【游东皋园登涟漪阁】 五言律诗。南宋储泳作。诗云："杰阁枕平川，秋光淡远烟。窗开林外景，影占水中天。野色归吟笛，征帆过客船。危栏人徒倚，缥缈十洲仙。"记游览东皋园登涟漪阁所见所闻。动词"枕""淡""开""占"生动形象。东皋园系北宋园林，在今松江中山东路东端，元时废。

【三泖】 五言律诗。南宋林景熙作。诗名释：三泖，位于今松江、青浦、金山、平湖一线。根据大小形状，把上、中、下三泖依次称为长泖、大泖、圆泖。诗云："泖口乘寒浪，湖心散积愁。菰蒲疑海接，凫雁与天浮。泽国无三伏，风帆又一州。平生漫为客，奇绝在兹游。"

【谷水】 五言绝句。南宋许尚作。诗名释：谷水，为松江三泖的前身。《吴地记》：华亭"地名云间，水名谷水"。诗云："短棹经由处，风披藻荇香。中宵孤鹤唳，片月映沧浪。"诗描写作者乘小船经过谷水时的所见所闻。水草因风传香，半夜听鹤鸣，明月倒映水中。

【白龙潭】 五言绝句。南宋许尚作。诗名释：白龙潭"在府城谷阳门外坊后，栅桥西。其南通小清河，北通二里泾，东出与城河合。北为采花泾"。明正德《松江府志》曰："白龙潭旧时为吾邑胜景，每春秋佳日，画舫笙歌，惊莺织燕。"诗云："神物幽潜地，沧沧水接空。不缘尝应祷，谁识有殊功。"诗以传说入诗，读来生动有趣。

【湖桥】 五言绝句。南宋许尚作。诗名释：湖桥，指华亭西湖上之桥。明正德《松江府志》引旧志："西湖在府西南二里，周围三里，晋为陆氏养鱼池。"许尚曾作《华亭百咏》，咏的都是古迹、胜景，湖指西湖。诗云："潋滟湖光好，荷风六月凉。倚栏吟不倦，鱼鸟亦相忘。"

【酹江月·山中霜寒有作】 词作。南宋卫宗武作。见《秋声集》卷四。词云："露华凝聚，夜更长、寒压一床衾重。局缩龟藏灯幌悄，明灭银釭欲冻。 鼻观流珠，肌纹浮粟，欹枕难成梦。明蟾交映，一窗清影弄梅。"上阕写天气极寒。先写寒压厚被，如龟蜷缩，灯盏或明或暗；下阕又写寒气逼人，鼻水冻成冰珠，肌肤冻成鸡皮疙瘩；再写"一窗清影弄梅"，给寒夜添一抹亮色。

【晚凉湖上】 七言绝句。元陆鹏南作。见《御选宋金元明四朝诗》卷六十八。诗云："唳鹤滩头水拍天，养鱼池上月笼烟。眼前好景无人管，时有渔舟泊柳边。"诗用白描手法写瑁湖夜景，唳鹤滩、养鱼池等松江古迹，展现一幅江南山水画卷。

【黄浦】 七言绝句。元张之翰作。张之翰曾任松江府知事。诗以景抒情，写百姓生活之艰辛。诗云："黄浦春风正怒号，扁舟一叶渡惊涛。诸君来问民间苦，何用潮头几丈高。"是诗巧用"君问""潮答"，说百姓生活的艰辛。

【渔父词】 词牌名。元赵孟頫作。正体，单调二十七字，五句四平韵。是词依韵其夫人管道昇之《渔父图》而填。词云："渺渺烟波一叶舟，西风落木五湖秋。盟鸥鹭，傲王侯，管甚鲈鱼不上钩。"此词后两句直抒胸臆，侯王虽贵，但我乐与鸥鹭为伴，垂钓也只为求得内心的悠闲与宁静。

【钱塘怀古】 七言律诗。元赵孟頫作。作者在各体诗作中，以七律最出色。明代胡应麟《诗薮》称赵"首创元音"。赵孟頫为宋皇室后裔，在宋亡之后再到临安，江山依旧，而物是人非。是诗最具特色的是表现了一种离黍麦秀之感。

【罪出】 五言古风诗。元赵孟頫作。全诗二十四句、一百二十字。赵委身元朝，当了“贰臣”。出仕不久，即痛吟《罪出》，表现内心的万般无奈。全诗开篇即云：“在山为远志，出山为小草。古语已云然，见事古不早。”诗句无法排遣沉痛的心情，夫妇一同拜高僧为师，成为佛门弟子。

【后庭花】 唐教坊曲。元赵孟頫作。词云：“清溪一叶舟，芙蓉两岸秋。采菱谁家女，歌声起暮鸥。乱云愁，满头风雨，戴荷叶，归去休。”作者以白描手法描绘了水乡偶见的一个小景，清雅疏淡，宛如一幅水墨画，曲中有画皆入景。

【虞美人·浙江舟中作】 词作。元赵孟頫作。选自《全金元词》。作者行舟于钱塘江中，面对烟波浩渺的苍茫之景，有感而吟：“潮生潮落何时了？断送行人老。消沉万古意无穷，尽在长空、澹澹鸟飞中。　海门几点青山小，望极烟波渺。何当驾我以长风，便欲乘桴、浮到日华东。”南宋沦陷，孟頫由宗室而沦为遗民，足使人回味无穷。是词最后一句“便欲乘桴、浮到日华东”，引用孔子《论语·公冶长》语曰：“道不行，乘桴浮于海。”凭吊故国，此中自有深意。

【题耕织图二十四首奉懿旨撰】 五言古组诗。元赵孟頫作。选自《元诗别裁集》。是奉皇后旨意而作的耕织图上的二十四首题画诗，诗图相配。每首诗五言十六句、八十字。作者以耕、织分列，各以正月至十二月排序。作者继承了唐代白居易《新乐府》的创作传统，以及李绅《悯农》诗作精神，文字简练，通俗易懂，又熟知耕作与纺织技能，字里行间写尽农夫、农妇耕织的艰辛，描摹得真实贴切。组诗语言清逸，既清晰地表达出画意，又有诗人独特的情感抒发，启人思索，为题画诗中的难得佳作。

【浪淘沙令】 词牌名。元赵孟頫作。任职济南时所撰。词意隐晦，言近旨远。词中有“无主桃花开又落，空使人愁”句，凸显作者半生落魄，一声喟叹！词尾“唯有石桥桥下水，依旧东流”句，作者见流水东逝，时事变迁，颇有李后主亡国后的伤感情怀。

【我侬词】 散曲。元管道昇（女）作。赵孟頫欲纳妾，作小词示意妻子管道昇。管作《我侬词》作答，使丈夫回心转意，成就了千古绝唱。散曲云：“你侬我侬，忒煞情多，情多处，热如火。把一块泥，捻一个你，塑一个我。将咱两个，一齐打破，用水调和。再捻一个你，再塑一个我。我泥中有你，你泥中有我。与你生同一个衾，死同一个椁。”比喻新警，用词婉转，暗藏机锋，透出铿锵英气。

【寄子昂君墨竹】 七言绝句。元管道昇（女）作。其夫赵孟頫，字子昂。诗云：“夫君去日竹初栽，竹已成林君未来。玉貌一衰难再好，不如花落又花开。”诗中可见作者对这段“异地恋”心怀隐忧。

【奉中宫命题所画梅】 五言绝句。元管道昇（女）作。中宫，即皇后居住的宫室。诗云：“雪后琼枝嫩，霜中玉蕊寒。前村留不得，移入月宫看。”或许是奉命之作，很难酣畅淋漓挥洒，故有最后一句谦辞。

【题画】 七言绝句。题画诗。元黄公望作。选自《元诗别裁集》。诗云：“茂林石磴小亭边，遥望云山隔淡烟。却忆旧游何处是？翠蛟亭下看流泉。”是诗近景远景穿插，今日往昔相融，显得极自然。第三句把画中景当作旧游时景，巧妙自然地过渡到亭下观泉。

【送东流叶县尹】 七言律诗。元贡顺泰作。选自《元诗别裁集》。诗云：“江流东下县南迁，一簇人烟野岸边。荻笋洲青鸥鸟狎，杨花浪白鲚白鲜。印来聚吏排衙鼓，社到随民出俸钱。应是绣衣行部处，拦街齐颂长官贤。”是诗描述送别东流县（今属安徽东至）县令的场景，展现一幅国泰民安、社会和谐的图画，自然清俊，雄浑雅健。颔联写自然之景，简洁明快。四库馆臣评价：“诗格尤为高雅，虞、杨、范、揭之后，可谓挺然晚秀矣。”

【六月五日偶成】 七言绝句。元倪瓒作。选自《元诗别裁集》。诗云：“坐看青苔欲上衣，一池春水霭余辉。荒村尽日无车马，时有残云伴鹤归。”诗人性情孤高，素有洁癖，远离尘嚣，疏淡悠闲。诗中作者独坐草坪，不知不觉中青苔侵衣。池中春水荡漾，为那霭霭轻雾抹上一层夕阳余晖。转写荒野山村无车马喧闹，残云鹤舞正是隐士之最爱。作者以画名著称，所咏诗则“诗中有画”。

【小桃红】 词牌名。元倪瓒作。选自《历代诗余》。词云：“一江秋水澹寒烟，水影明如练。

眼底离愁数行雁，雪晴天。绿苹红蓼参差见。吴歌荡浆，一声哀怨，惊起白鸥眠。”词境与画境相通，所咏为明丽的江南风物，富有吴歌风味，笔意疏朗，动静声色。

【题郑所南兰】 七言绝句。题画诗。元倪瓒作。诗名释：郑思肖，字所南，福州连江人，南宋遗民，画家。郭沫若赞其是“民族意识浓烈的人”。诗云：“秋风兰慧化为茅，南国凄凉气已消。只有所南心不改，泪泉和墨写《离骚》。”相传郑所南所画之兰不着土，表示国土沦陷，已无凭借。作者借郑所南所画之兰寄托亡国之痛。

【题赵文敏画谢幼舆丘壑图】 七言绝句。题画诗。元倪瓒作。诗名释：赵孟頫卒谥“文敏”。谢幼舆，即东晋谢鲲，自认一丘一壑（指寄情山水）可超越庾亮（东晋名士）。诗云：“宜着山岩谢幼舆，鸥波落月夜窗虚。虎头痴绝无人识，把笔临池每自娱。”鸥波，即鸥波亭，赵孟頫夫妇游息吟咏之所。虎头，东晋画家顾恺之的小名。痴绝，《晋书·顾恺之》：“恺之有三绝：才绝，画绝，痴绝。”诗表面着重写顾恺之，实以此写赵孟頫。

【寄王叔明】 五言律诗。元倪瓒作。诗名释：王蒙，字叔明，元代画家、诗人，与倪瓒、黄公望、吴镇同被后人推为“元四家”。诗云：“能诗何水部，爱石米南宫。允矣英才最，居然外祖风。钓丝烟雾外，船影画图中。他日千金积，陶朱术偶同。”作者首联用何逊、米芾比拟王蒙，颔联赞其竟然有赵孟頫书画风格，故称“英才最”。颈联非实景，而是状王蒙画意境幽远。尾联作者劝王蒙淡泊功名，更多追求书画艺术。

【春日云林斋居】 五言古诗。元倪瓒作。诗名释：云林斋居，倪瓒旧家建堂，堂名云林堂。是诗为倪瓒的代表诗作之一。诗云：“池泉春涨深，径苔夕阴满。讽咏《紫霞篇》，驰情华阳馆。晴岚拂书幌，飞花浮茗碗。阶下松粉黄，窗间云气暖。石梁萝茑垂，翳翳行踪断。非与世相违，冥栖久忘返。”作者的诗用语不落凡俗，清隽淡雅，不事雕琢，浑然天成，得陶潜、王维、韦应物、柳宗元田园山水诗真趣。

【枫桥夜泊】 七言绝句。元孙华孙作。见《大雅集》卷八。是诗化用唐代张继名诗《枫桥夜泊》而饶有新意。诗云：“画船夜泊寒山寺，不信江枫有客愁。二八蛾眉双凤吹，满天明月按凉州。”夜泊寒山寺，诗人并不信会有旅客的愁思。两个妙龄美女在满天明月下，吹奏出一曲《凉州词》。

【三泖】 七言律诗。元钱惟善作。见明崇祯《松江府志》卷五。作者用“芙蓉九点”比喻松江九峰的美景，用“龟蒙曾约种湖田”和“更驾长风万里船”诗句，表示要像唐代诗人陆龟蒙那样归隐田园，畅游三泖。

【佘山】 七言绝句。元钱惟善作。见明正德《松江府志》卷一。诗云：“麟洲鹿苑带烟霞，上有先春日铸茶。爱月不逢聪道者，青山无语强名佘。”诗写佘山，句中追述“鹿苑”“秀道者塔”等风物历史，为山存史。

【聂以道】 笔记小说。元杨瑀作。元末明初陶宗仪《南村辍耕录》亦载此故事。小说云：有去菜市场买菜者，半途拾钞一十五锭。其母慈悲，劝子归还拾得钱财。果有寻钱者至，失主道我丢失三十锭，钱款相悬，双方争闹，吵到县衙。县令聂以道审清案情后裁定：失者实遗三十锭，拾得者拾到十五锭，所拾之者，非是所失之钞。此十五锭，天赐贤母养老。闻者莫不称善。小说反映了中国古代对于仁义、孝道、公正、清廉、诚实、重义轻利等道德规范的尊崇。

【叶敬常祠下歌】 古乐府诗。元王嘉闾作。叶敬常，曾任余姚令，率民修造海堤、抗御海潮，有政绩。王嘉闾曾隐居余姚，以崇敬之心挥笔成诗。是时，多人记咏叶敬常，汇编成《海堤集》，此诗见诸此集。全诗二十八句，以七言为主，兼有九言、五言、四言。诗风粗豪直白，不事雕琢，雄迈自然。

【庐山瀑布谣】 古风诗。元杨维桢作。诗人自序，元顺帝至正四年八月十六日梦中与贯云石游庐山，各赋诗一首。全诗十二句，七言为主，亦有五言两句。是诗依托梦境，通过对庐山瀑布的描写，构画了一个奇异的梦幻世界。

【秋千】 七言绝句。元杨维桢作。诗为游居平江（今江苏苏州）时，于齐云楼外见一女子荡秋千而作。诗云：“齐云楼外红络索，是谁飞下云中仙？刚风吹起望不极，一对金莲倒插天。”起句交代地点，承句突问“是谁飞下云中仙？”让人想象女子轻盈之态。转句写秋千乘风而起，全诗以“一对金莲倒插天”结句。作者用两足“插天”形容秋千女，是对“天”之轻视，抑或是对传统礼教之蔑视，显然赞美青春少女的蓬勃活力。

【绫锦墩】 七言律诗。元杨维桢作。诗名释：绫锦墩，村庄名，今属松江九亭。首联写钱全衮整日院门紧闭，含隐逸之情。颔联与颈联写先生有千古高士之风，即便征召，也不为功名所动。尾联进一步说明了其做隐逸者之坚定信念。

【泛泖】 七言律诗。元杨维桢作。诗云：“天环泖东水如雪，十里竹西歌吹回。莲叶筒深看露卷，桃花扇小彩云开。九朵芙蓉当面起，一双鸂鶒近人来。老夫于此兴不浅，玉笛横吹鷃浪堆。”这首七律以颈联最佳，远看北面的九座山峰如荷花拔地而起，近看眼前一对紫鸳鸯向作者靠近。

【五湖游】 古乐府诗。元杨维桢作。是篇与古人乐府迥异，思维活跃，用语怪诞，恣肆飞扬，气势不凡。“鸱夷湖上水仙舟，舟中仙人十二楼。桃花春水连天浮，七十二黛吹落天外如青沤。”作者开篇即标新立异，用自然流畅的笔调抒写仙境，气势豪迈。这首以三言、七言为主的乐府，善用典故，毫无生涩违和之感。诗中提到伍子胥、谪世道人、吴王夫差、西施、郑旦、商山四皓、东方朔等，乍看关联不大，却生动串连成篇。诗中有“精卫塞海成瓯窭，海荡邙山漂髑髅”句，用语遣词怪诞，为后人所诟病。

【买妾言】 五言绝句。元杨维桢作。封建社会官员及豪绅虽家有一妻三妾，仍厌妻妾年老色衰，移情别恋。此诗围绕“买妾千黄金，许身不许心”展开，尤其是“使君闻有妇，夜夜白头吟”诗句，更是对有权有势者予以严厉的抨击。

【兰陵王·岁晚忆王彦强而作】 词作。元邵亨贞作。怀友词。词名释：王立中，字彦强，历任嘉定知州、松江知府，有政声。词分上中下三阕，上阕云：“暮天碧，长是登临望极。松江上，云冷雁稀，立尽斜阳耿相忆。凭栏起叹息，人隔吴王故国。年岁晚，烟水正深，难折梅花寄寒驿。”作者词风隽永清丽，尤工长调。上阕从岁晚登临起笔，引出怀友之意。两人友情甚笃，然两地暌隔。中阕追忆交游踪迹及别后相思；下阕遥想故友重逢，放歌痛饮。

【浣溪沙】 词牌名。元邵亨贞作。词上阕云：“西子湖头三月天，半篙新涨柳如烟。十年不上断桥船。”作者久别西湖十年，因雨西湖水涨船高，堤上柳色如烟。

【凭阑人·题曹云西翁赠妓小画】 曲作，题画元曲。元邵亨贞作。为元代画家、华亭曹知白的画而作。曲云：“谁写江南一段秋，妆点钱塘苏小楼。楼中多少愁，楚山无断头。”人画合一，深化了主题，激发读者的同情。

【骂玉郎过感皇恩采茶歌·述怀】 散曲。元顾君泽作。全曲由《骂玉郎》《感皇恩》《采茶歌》三曲合成。“述怀”是曲题。写作者在任职地方虽生活拮据，却不改大丈夫的浩然之气。散曲写了忆昔、感遇、反思，因怀才不遇而奏出了失意才子心中之悲歌。《太和正音谱》评其曲“如雪中乔木”。元钱惟善《送顾君泽移平江》诗：“君家九峰下，作吏擅时名。隐语中郎学，歌章大雅声。”

【南浦】 词牌名。元陶宗仪作。是词为《南浦》正体，双调一百零五字，前后段各十句、五仄韵。词前有长篇序。词上阕以“如此好溪山”开头，具体写泗泾地区的自然风光，一个“好”字，突出诗人融于自然、清逸幽妙的散文情致。民国词学研究者夏承焘云：词下阕“以‘武陵何许’一词作结，更觉意味盎然”。

【南村后杂赋】 五言律诗。元陶宗仪作。诗凡十首，其四之诗云：“谷口兰宜佩，庭前草不薅。番田栽薯蓣，缚架引葡萄。杜甫十分瘦，元龙一世豪。卖书买农具，作业岂辞劳。”诗中首联、颔联写自己从事农业生产的景象。颈联平白中见雅，对仗工整。作者用典，寄托了诗人居住南村时的意愿与志趣，要像杜甫那样呕心沥血吟诗，像陈登那样豪气不减，即便生活窘困，也无怨无悔地劳作。

【金鎞刺肉】 文言笔记。元陶宗仪作。选自《南村辍耕录》。元色目人木八剌，字西瑛，曾任建德路总管。一天，正与妻对食，其妻以小金鎞刺脔肉，将入口，门外有客至。西瑛迎客进门，妻将金鎞置碗中，忙去沏茶。等到回来，金鎞已不见。时一小婢在侧，意其窃取，反复拷问，终至殒命。一年后，召匠人修屋，扫屋瓦积垢，忽一物坠石上，取视之，乃前所失之金鎞，与朽骨一块同坠。原是猫来偷肉，带金鎞而去，婢蒙冤而死。

"哀哉！世之事有如此者甚多。"

【郭氏死难】 文言笔记。元陶宗仪作。选自《南村辍耕录》。千夫长李某防守天台县，部卒妻郭氏貌美，李心慕焉。离县城七八十里地有私盐贩出没，分兵往戍，卒遂在行。李日至郭家，百计调戏，郭毅然莫犯。夫归，妻把李某调戏事告诉丈夫。卒持刀欲杀李，李逃脱，告县官。县官不惩办李某，反判卒死罪，关入囹圄。黄岩州叶姓狱卒，觊觎郭氏美色，善待卒。一天，叶告卒曰："汝活，我与你义结兄弟；汝死，郭氏尚少，子女年幼，倘嫁我，汝子女即我子女。"郭氏忠贞，鬻儿女得三十缗，以十缗具酒馔，与卒辞别。走至仙人渡溪水中，危坐而死。县官验视，为具棺殓，又申报上司，表彰其墓曰"贞烈郭氏之墓"。朝廷察清此事，释放卒。子女仍归其养，终身誓不再娶。

【贤妻致贵】 笔记小说。元陶宗仪作。见《南村辍耕录》。宋程鹏举被掳到张万户家当奴，娶张万户所虏宦家女为妻。其妻见程才貌非凡，非久居人下，多次劝程逃跑。程怀疑妻受张唆使试探自己，便向张报告。其妻因此被逐，临行前，脱下一只绣鞋与程交换，期望日后相见。程感悟其妻真诚，奔归宋，元朝时官任陕西行省参知政事。夫未娶，妻未嫁，三十余年后重为夫妻。明冯梦龙将此小说改成白话小说《白玉娘忍苦成夫》。明董应翰将其改编成戏曲剧目《易鞋记》，梅兰芳又把《易鞋记》改编成京剧《生死恨》。

【秦君昭】 笔记小说。元陶宗仪作。扬州人秦君昭将游历京城，挚友邓某为其饯行。稍顷，轿子抬来一绝美姑娘，邓对秦道："这是我为某主事买的小妾，你替我顺道送去。"秦不敢答应，邓生气，秦只得从命。船行至临清县，天热，晚上蚊虫多。秦叫姑娘进帐子同睡。到了京城，主事"极不悦"，三天后对秦道："足下长者也。"秦君昭与少女"相从数千里，饮食起居，无适而不同"，实乃厚德君子。

【南村对雨】 五言律诗。元陶宗仪作。诗名释：南村，在今松江泗泾。陶宗仪在此筑草堂开馆授课。诗云："雨气连村白，溪流触岸浑。余寒欺乌雀，清润湿琴尊。修竹明如洗，长杨翠作屯。草堂初睡起，曳履掩柴门。"此诗颔联与颈联对仗工整，用动词"欺"对"湿"，"洗"对"屯"，形容词"明"对"翠"，突出主题"对雨"的效应。

【黄道婆】 散文。元末明初陶宗仪作。黄道婆，元代著名女纺织家，松江府乌泥泾人。其自海南崖州学成归来，广泛教做捍、弹、纺、织之具，传授错纱、配色、综线、挈花技法，使松江赢得"衣被天下"盛名。这篇散文属笔记体，叙写简明，层次清晰，语言畅达。全文仅二百一十三字，为记载黄道婆最珍贵的史料。

【楚人弓】 乐府诗。元陆居仁作。楚人弓，语见《孔子家语·好生》："楚王失弓，楚人得之，何必求也？"仲尼曰："惜乎其不广也。胡不曰：人遗弓，人得之，何必楚也。"孔子崇尚以天下为天下。嗣后，历代文人常以此为题作诗。作者赋予此乐府诗以深刻哲理，概括为"多箭不如少箭力"："制敌若在弓矢间，鸣条牧野高于山。"

【水仙子·与李奴婢】 散曲。元夏庭芝作。曲名释：散曲《水仙子》属双调。李奴婢，青楼妓女，杂剧旦角，嫁九品小官，遭人弹劾，只得休出。此曲设身处地，通过李奴婢"实心"嫁人、"香车不稳"和"进退无门"，演绎其婚姻悲剧。最后李奴婢自怨自艾，控诉封建制度："夫人是夫人分，奴婢是奴婢身，怎做夫人？"

【黄道婆祠】 古风诗。元王逢作。见王逢《梧溪集》。全诗二十句。诗前有序，介绍黄道婆。作者高度评价黄道婆功德："道婆异流辈，不肯崖州老。崖州布被五色缫，组雾紃云灿花草。片帆鲸海得风归，千轴乌泾夺天造。"感念黄道婆丰功伟业："道婆遗爱在桑梓，道婆有志覆赤子。"黄道婆造福民众，在百姓心目中有极高地位："赵翁立祠兵久毁，张君慨然继绝祀。"

【黄婆婆】 民谣。作者佚名。黄婆婆，即黄道婆。见元陶宗仪《南村辍耕录》。民谣云："黄婆婆，黄婆婆！教我纱，教我布。二只筒子，二匹布。"此民谣在松江地区世代相传，妇孺老幼皆会诵唱。

【松江民谣】 民谣。作者佚名。见元陶宗仪《南村辍耕录》。民谣云："满城都是火，府官四散躲。城里无一人，红军府上坐。"红军：即元末红巾军领袖刘福通组织的红巾军。民谣前有文字："至正丙申正月，常熟州陷，松江府印造官号，给散吏兵佩戴，以防奸伪。号之制作，画为圆圈，绕圈皆火焰，圈之内一‘府’字，以府印印‘府’字上。圈之外四角，府官花押(签字)，民间谣云云。不二月城破，果如所言。”

【夜泊】 五言律诗。元末明初贝琼作。创作于元至正二十六年十一月，贝琼为避乱，迁居松江亭林。诗云：“四更风露静，欹枕独无眠。影阔天斜倚，江清月倒悬。谁家横塞笛，有客荡归船。可惜云深处，凄凉不及前。”诗中颔联、颈联对仗工整。颔联化用唐代孟浩然《宿建德江》诗：“野旷天低树，江清月近人。”颈联借“有客”横笛塞曲寄托自己思乡之情。

【殳山隐居夏日】 七言律诗。元末明初贝琼作。选自清代沈德潜、周准编《明诗别裁集》。殳山，位于今浙江海宁硖石北部。又名芰山，与史山合称双山。元末兵荒马乱，文学家贝琼曾隐居于此，授徒为业。诗云：“病客从教懒出村，两山一月雨昏昏。野花作雪都辞树，溪水如云欲到门。无复元戎喧鼓吹，试从田父牧鸡豚。来青处士时相过，犹是平原旧子孙。”作者性格坦率，笃志好学，无意于高官厚禄、歌舞升平，唯愿当一名真正的隐士。颈联已充分表白其心志。

【经故内】 七言律诗。元末明初贝琼作。作于元末，经过南宋朝廷之故宫遗址时有感而发。选自清代沈德潜、周准编《明诗别裁集》。作者是诗别出心裁，冲融和雅。首联描写南宋王朝故宫遗址衰败颓圮，抒发怅惘之情。颔联、颈联云：“地脉不从沧海断，潮声犹上浙东来。百年禁树知谁惜，三月宫花尚自开。”颔联写远景，颈联则写近观。虚实结合，地脉并未断裂、钱塘潮拍岸属实，南宋王朝已成历史是虚，百花争妍属实，赏花人不再是虚。

【观捕鱼记】 散文。元末明初贝琼作。见贝琼《云间集》。松江为江南水乡，水产丰饶，捕鱼者颇多。作者身临其境，仔细观摩，虚心请教，悟得真谛。全文语言简朴，结构严谨，娓娓道来，栩栩如生。捕鱼者将鱼群驱之“数亩之陂，朽株之下”，让鱼无一漏网。由之感叹：“天下死于尽取者，岂独鱼已乎？”

【白燕】 七言律诗。明袁凯作。依韵元代时太初《白燕》诗而作。诗云：“故国飘零事已非，旧时王谢见应稀。月明汉水初无影，雪满梁园尚未归。柳絮池塘香入梦，梨花庭院冷侵衣。赵家姊妹多相忌，莫向昭阳殿里飞。”全诗未用一“燕”字，而白燕却从景中浮现。诗通过用典、想象、化用前人诗句等手法，写出了白燕的外貌与风骨，写出了它的纯洁与美丽。陶宗仪谓：“云间袁凯师法少陵，格调高雅奚止《白燕》？九峰三泖之秀，二陆卓矣。嘘其烬者，其海叟乎！”

【望南村两首】 七言律诗组诗。明袁凯作。诗名释：南村，在今松江泗泾，又名泗滨，因泗泾塘得名。诗一，首联点题“望南村”之景，远望南村树多，与河边芦苇相连，加上白鹭飞翔，显示此地清静。“南村烟树接蒹葭，白鹭翩翩满白沙。”颔联与颈联，作者想象陶宗仪在这里修建茅屋，在荒冈上翻地种竹，又在河边栽种杂花。首联写战乱频仍，陶宗仪漂泊异乡独自长叹。诗二，首联写景：“野水纵横不计深，杂花前后自成园。”颔联写河中鱼虾繁多，林中乌鹊喧闹：“鱼虾欲上人人取，乌鹊归来处处喧。”尾联写时局动荡：“淮海未定江南乱，潦倒无归却断魂。”

【家中诗两首】 五言绝句组诗。明袁凯作。其一：“江水一千里，家书十五行。行行无别语，只道早还乡。”其二：“白发时时异，青山处处同。人行千里外，书到五湖东。”诗直白如话，围绕“家”，透露出早日辞退回家的迫切心情。尤其是诗一，历来传诵。清代彭端淑在《明人诗话补》中曰：“唐人不能过。”

【一览楼和韵】 七言律诗。明袁凯作。步韵明夏原吉《登一览楼》而作。诗名释：一览楼在超果寺(今松江一中操场北部)内。诗云：“湖上云帆泖上山，无边风景属凭栏。波涵秋影鹤滩远，天接瑞光鳗井寒。花雨满台霏白昼，石梁当寺障清澜。老僧留我登临久，不觉枫林日又残。”诗由远及近，描写了登临所见。

【过黄耳墓有感】 七言律诗。明袁凯作。诗名释：黄耳墓，在松江城南二里。陆机有爱犬名“黄耳”，尝从洛阳寄书还家，死后葬此。诗首联写春日和暖来到黄耳墓前。颔联、颈联云：“豪华已逐浮云去，异物犹令后代思。顾养有恩终不背，交游何事独相欺。”诗人由黄耳犬引发感慨：荣华犹如浮云会消散，黄耳墓则令世代思念；犬都懂得感恩不弃主人，朋友之间为何要尔虞我诈？暗含对世情的讥讽。

【客中夜坐】 七言绝句。明袁凯作。见《明诗别裁集》。作于淮安做官期间，表达对故乡的思念和孤独的感受。诗云："落叶萧萧江水长，故园归路更茫茫。一声新雁三更雨，何处行人不断肠！"首句化用唐代杜甫名联"无边落木萧萧下，不尽长江滚滚来"合二为一。全诗因情会景，复因景生情，进而以景显情。从南京到松江道路不算太远。故园隔绝的原因，实为羁縻朝廷。明代何景明论袁诗谓："歌行得杜之体。鄙意伤于平直，未极变化。若七言断句，存李庶子(唐李益)、刘宾客(唐刘禹锡)间，青邱(明高启)、孟载(明杨基)俱未及也。"

【李陵泣别图】 七言绝句。明袁凯作。见《明诗别裁集》。诗勾勒出李陵被俘后，与苏武相遇并告别的场景。诗云："上林木落雁南飞，万里萧条使节归。犹有交情两行泪，西风吹上汉臣衣。"诗前两句写秋天景象，"万里萧条"指李陵心中的悲哀和无奈。袁诗受唐宋诗人影响，尤其宗杜甫，善用比兴和拟人手法。

【养马行】 乐府歌行体。明张弼作。全诗十三句，写养马人家妻儿饥寒交迫，还要替官府养马，更是雪上加霜。诗写得直白易懂，揭露社会现实的黑暗。诗后六句云："忽然倒地全家哭，便拟赔偿卖茅屋。茅屋无多赔不足，更牵儿女街头鬻。邻翁走慰不须悲，我家已鬻两三儿。"

【假髻曲】 古体诗。明张弼作。诗云："东家美人发委地，辛苦朝朝理高髻。西家美人发及肩，买妆假髻亦峨然。金钗宝钿围珠翠，眼底何人辨真伪。夭桃窗下来春风，假髻美人归上公。""东家"真发之美人被弃，"西家"以假髻包装而获宠。作者感慨于当时的不辨真伪、以假乱真、世道聩盲，抨击现实社会。

【东门三事赞】 散文。明张弼作。全文百余字，把松江府城东门的诗词、书法和棋道写尽，读后深感妙不可言。文中开门见山："三事者何？诗也，字也，棋也。吾郡东门素有俗习，致诗窠、棋囤、字仓场之谚。"文后附四言赞语，凡十八句。

【小赤壁】 七言律诗。明曹时中作。诗名释：小赤壁，即小横山。松江九峰中有横云山，小横山在其东。诗云："爱探名胜暮忘还，赤壁嵚崎倦亦攀。鬼凿何年岩草碧，春光满地土花斑。支撑日月纷奇气，剥若风霜益老颜。赖有群公品题绝，顿令声价重东山。"全诗以景取胜，体现了小赤壁既古老又生机盎然。明代松江诗人钱福、曹时信、董其昌、钱溥均有题咏。

【绝句】 七言绝句。明朱应祥作。诗云："江南微风鸿浪开，鸟声啼过钓鱼台。暖云欲送桃花雨，一片阴从柳处来。"是诗描述松江景观。诗中"钓鱼台"即华亭点易台，为朱应祥读书地。作者用动词"开""过""送""来"写春天的风、浪、鸟、云、柳，特别是暖云送雨，阴从柳处来，形象生动，栩栩如生。

【三泖】 五言绝句。明顾清作。诗云："扁舟下三泖，试拂旧纶竿。鲈鱼三尺雪，飞上水晶寒。"作者用"旧纶竿"，钓起"三尺雪"，可见三泖鲈鱼之多。诗清新婉丽，天趣盎然。

【小赤壁歌】 乐府诗。明钱福作。全诗二十四句，长短不一，短则五言，长则十三言。全诗如行云流水，气势磅礴，有唐代李白、元代杨维桢意境。时人对此诗评价颇高，尤其是诗中"六丁拔出天地骨，一柱镇压吴江东"的对联被认为是奇句。

【明日歌】 诗歌。明钱福作。告诫青少年应珍惜时光，广为传诵。诗歌云："明日复明日，明日何其多！我生待明日，万事成蹉跎。世人若被明日累，春去秋来老将至。朝看水东流，暮看日西坠。百年明日能几何？请君听我明日歌。"诗仿明代诗人文嘉的《今日歌》而作，诗稿载于《钱太史鹤滩稿》。发表后，经文嘉改动三句，更易于朗读。

【和陆伴读闾过梅根】 五言古风诗。明管讷作。见《明诗别裁集》。诗名释：伴读，较低的官职。陆闾，字伯旸，工诗文，能书画。明洪武初，任楚王府伴读。梅根，地名。全诗五言十二句，共六十字，文字流畅，澹泊幽雅，尤其是中间四句两联，更是蕴冲和澹泊于无我之境，堪称名联。联云："素波明远川，青天入平野。烟树淡欲无，风泉断还泻。"

【茂陵】 七言绝句。明吴骐作。见《明诗别裁集》。诗名释：茂陵，汉武帝刘彻的陵寝，位于陕西省兴平市东南。诗云："茂陵枯柏自巑岏，露重珠襦马上寒。独与铜人相对笑，三更残月下金盘。"汉武帝迷信方术，求长生不老，铸金铜仙人，玉盘承露。作者过茂陵，绘景生动，然暗带嘲讽。

【喜汪振生归自云南】 五言律诗。明吴骐作。见《明诗别裁集》。诗云："万里归来日，蓬蒿满荜门。登堂一长恸，兄弟几人存？豺虎关山险，烽烟日月昏。无穷故交意，相与尽清尊。"文字朴实，真切感人。明末，兵燹匪患，民不聊生。是诗中之颔联、颈联，不忍卒读！

【送友人至杭】 七言律诗。明邱民作。见《明诗别裁集》。诗云："又随南雁度钱塘，不道并州是故乡。江水秋风莼菜美，山中春雨石田荒。杜陵老去宁忘蜀，江总归来不是梁。欲采芙蓉赠君去，锦云零落倍凄凉。"作者以简练的语言描绘了自然景观和内心情感，起承转合一气呵成。颔联写景，颈联写人。杜甫自号"杜陵野老"，常怀念曾久居的蜀国。江总，字总持，祖籍济阳郡考城县（今河南商丘民权县）。待江总归乡时，考城县已不属于南朝梁地。

【重过沙河道中】 七言绝句。明陆德蕴作。见《明诗别裁集》。诗云："白鹤沙头水自波，扁舟曾载夕阳过。东风一路蘼芜绿，添得春愁别后多。"通过景物描写，表达作者面对离别的情感和时光流转的感慨。首句展现一幅美丽的景观，第二句暗示诗人曾有过美好的时光，第三句笔锋一转，把读者引向春天。全诗意境明快而略显凄凉。

【石磬铭】 散文。明胡俨作。友人赠其一方石磬，色黝而质坚，形制曲折。此石得之于泗州石磬山中。作者状石磬之多姿，述音律之美妙，叩之，其声泠然，音韵清远。于磬上铸刻铭文，七言五句。

【论发兵征倭】 论述体散文。明徐阶作。因浙江、南直隶倭寇猖獗，苏松等府民众遭焚劫惨毒之甚，遂撰此文。作者师承聂豹，系王守仁心学再传弟子，注重知行合一。是论语言流畅，精辟缜密，尤其第二段的两个"不能解也"之问，言之凿凿，虽百嘴莫辩。

【送司封仲芳杨子赴留都】 五言古风诗。明徐阶作。见《明诗别裁集》。诗名释：司封，官名，吏部诸司之一。仲芳杨子，杨子尊称。杨仲芳即杨继盛，字仲芳。留都即南京。此为赠言类诗句。全诗五言二十句。诗前四句："哲人重道义，朝贵不足縻。丈夫志四方，远适非所出。"后四句："至理不外得，吾心实吾师。愿言励操存，千里同襟期。"作者乃王阳明门弟子，崇尚知行合一。尤其欣赏阳明名言："此心光明，亦复何言。"故勉励杨继盛"吾心实吾师"。作者善于锤炼文字，鞭辟入里。

【月下宿凤凰桥】 七言律诗。明陆深作。凤凰山列松江九峰第一峰。诗写八月九日月夜泊舟凤凰桥所见美景。是时仰望月之小而明，峰之高低而绿，感叹此处乃人生惬意之地。故诗人在颔联、颈联中吟出："中半秋光明月小，参差山势碧波遥。四时得意真行乐，一榻高眠慰久要。"

【题烟雨楼图】 七言律诗。题画诗。明范壶贞（女）作。见《明诗综》。烟雨楼即今浙江嘉兴南湖胜景。诗先写烟雨楼图，接着呈现四幅想象中的图画，最后又描绘烟雨楼的夜景，紧扣主题尾联"最是晚来新月下，万家灯火隔湖明"，凸显烟雨楼那极富朦胧美的夜景，表现了诗人在美学上的一种思想倾向。

【望平原村】 七言绝句。明何良俊作。诗云："平原胜业久蓁芜，独有青山枕碧湖。水满野塘花自发，云迷别浦鹤相呼。"诗写作者远看平原村，陆机宅已荒芜久远，只有宅前青山依旧枕着湖水。诗人久仰陆机、陆云之文化成就，自然联想到"鹤相呼"。

【文徵明拒画】 文言笔记。明何良俊作。选自《四友斋丛说》。文徵明，初名壁，因其先世为衡山人，故号衡山居士。长洲（今江苏苏州）人，诗、文、书、画无一不精，名重一时。其书画推辞与接受界限极严，人但见里巷平民持竹编小篮盛几只饼来索取书画作品，文徵明欣然采纳。尝闻唐王曾以黄金数笏（锭），遣书吏携赏金来苏，求衡山作画，先生坚拒不纳，竟不见其使，书信不启封，书吏徘徊数日失意而去。

【临江仙·秋兴】 词作。明王凤娴（女）作。上阕描绘极其幽静孤寂的画面，见景生发出"寒""冷""残"的感觉。下阕冲破沉寂，出现了生机和动态："天际一声新度雁，翱翔似觅回滩。浮生几见几多欢。三秋今已半，枫叶醉林丹。"清代范濂序《贯珠集》评其词："尔雅峻拔，类刘长卿风骨。"

【四贤祠】 七言律诗。明张之象作。《云间杂识》："超果寺建有四贤寺，原松郡四贤为张翰、陆机、陆云、顾野王，向无专祀。明代陆树声创建四贤祠于超果寺，张王屋又建祠于神山崇真院侧，每岁两祀。”诗云：“群英接踵应文昌，时代悠悠历晋梁。三泖波涛清德里，九峰烟雨集贤乡。簪缨不坠仪型远，竹素犹传姓氏香。吾党敬修苹藻荐，须期上巳与重阳。”充满崇敬赞美之情，让松郡四贤声名远播。

【西霞山诗】 五言古体诗。明董宜阳作。诗名释：西霞山，即松江西佘山别称。诗前序称，嘉靖癸卯（1543年）十月十五日，诗人夜卧山房，梦行林麓，地甚幽迥，得石门，题曰“西霞山”。虽系冬天，楼台掩映，花木蔽云，风景异人世。于是，诗人把佘山幻化为一位翩跹仙女：“我本烟霞姿，雅志在丘壑。弱龄思远游，气欲凌五岳。凤想悬丹霄，鸾清渺玄廓。”全诗凡四十句。诗中对偶居多，文采飞扬，人间仙境，玄妙无穷。尤其是“玉峰千丈飞，琼泉半空落”句，更显峰之高峻巍峨，泉声如雷。

【拟青青园中葵】 乐府诗。明唐文献作。“青青园中葵”为汉佚名乐府诗《长歌行》的起始句。《长歌行》属《相和歌辞》，是劝诫世人惜时奋进的诗篇。这里诗名改而诗意未改。诗云：“青青园中葵，绿萼映朱蕤。岂不胜繁华，但恨秋风欺。黄河向东注，白日驶西驰。逝川与流光，飘忽不可追。勉哉青阳子，努力须及时。”

【富林十景】 五绝组诗。明陆德蕴作。明正德《松江府志》：“广富林市，在三十八保，后带九峰，前迤平畴，为西北奥壤。……乡先生陆润玉厘为十景，各系以诗。”富林十景依次为：“富林春晓”“村庄雨霁”“九峰环翠”“八曲潮生”“三泖回澜”“绿沙农本”“松林龙蜕”“横浦归帆”“客舟夜泊”“溪桥晓市”。每景配首五绝，均描写当地乡村景色，富有田园诗气息。语言清丽脱俗。

【代父送人之新安】 七言绝句。明陆娟（女）作。选自《松风余韵》，见《明诗别裁集》。是诗特色艳丽，颇有女性特点：“津亭杨柳碧毵毵，人立东风酒半酣。万点落花舟一叶，载将春色过江南。”首句写渡口杨柳依依，借物寓情。第二句友人微酣后陶然之态。三、四句转入舟中所见，烂漫春色，伴随一路欢愉。施蛰存《云间语小录》曰：“娟此诗神韵独绝。”

【满江红】 词牌名。明王彦鸿作。见《明词综》。王彦鸿曾热恋一婢女，为家庭所阻，该女被逐出王家，沦为歌女，后当道姑。王虽另娶，然爱恋之情终生不渝。妻亡故后，王劝姑娘脱离道籍，终结为夫妇。词下阙云：“欲寄语，加餐饭；难嘱咐，凭鱼雁。隔云山牵挽，寸心如线。善病每逢春月卧，长愁多向花前叹。况如今，憔悴已难堪，何曾惯？”作者词风凄婉绮丽，情深语秀，风格与晚唐词人韦庄相近。

【负情侬传】 文言小说。明宋懋澄作。收录于宋懋澄《九籥集》中，为其最负盛名之代表作。传世不久，由冯梦龙据此改编成白话小说《杜十娘怒沉百宝箱》。作品写李生恋京师名妓杜十娘，后资财穷匮，被鸨母驱逐。十娘以为李生真情可托，遂共同筹资赎身，两人乘舟南归。途中，一新安盐商慕十娘姿色，欲以千金易之。李生恐携妓而归，难见容于父，意颇忐忑。十娘侦知其意，伪允之。翌日过舟，当众取妆台中暗藏无数奇珍异宝之箱抛入江中，怒斥盐商与李生，投江而死。该文细节描写洗练，文采斐然。

【对月】 五言绝句。明徐媛（女）作。诗云：“仰视天无星，俯视月如霜。月正人影短，月斜人影长。”是诗写出人影随月的不同方位而长短不同，隐含着人受自然馈赠与制约的哲理。

【伤春】 七言绝句名。明周立勋作。见《明诗别裁集》。两首，其二：“白燕坟前载酒过，几人同唱柳枝歌。莫愁一夜花如雪，摇落春心自此多。”“白燕”即袁凯。全诗伤春亦伤己，推之于物。是诗把柳花比作雪花，将春天拉回到冬天，使诗人“摇落春心”。

【赠山叟】 七言绝句。明陈继儒作。诗有题作：“余尝过一山邻，老而嗜花，红紫映户弄孙负日，使人不复知有城居车马之闹，赠以诗。”诗云：“有个小扉松下开，堂前蔬药绕畦栽。老翁抱孙不抱瓮，刚欲灌花山雨来。”

【小昆山重建浮屠疏】 奏疏类散文。明陈继儒作。作者绝意科举，曾隐居小昆山，博学广才，谙熟典籍。是疏文简意赅，由松郡九峰谈起，侃侃而论。“小昆山自唐宋皆有浮屠，至隆庆时始废，今寺僧寂光欲重建以复旧胜。”奏疏一语点明主题。

【小窗幽记】 亦名《醉古堂剑扫》。小品文集。明陈继儒（一说陆绍珩）作。刊行于天启四年(1624年),共四万二千字。分醒、情、峭、灵、素、景、韵、奇、绮、豪、法、倩十二卷,凡一千五百余则,内容涉及修身、养性、立言、立德、为学、仕宦,立业、治家等各方面,表达文人隐士的闲情逸致,追求“结庐松竹之间,闲云封户;徒倚青林之下,花瓣沾衣”的生活。倡导“立身高一步方超达,处世退一步方安乐”的人生境界。文字清雅,骈散兼行,析理透彻,独中肯綮,为明代小品文的代表作之一,与《围炉夜话》《菜根谭》并称为修身养性的三大奇书。

【锁南枝·夜寒】 曲作。明施绍莘作。锁南枝属南曲双调,共九句。此散曲小令写暮秋夜晚,天气转凉,邻鸡夜啼,蟋蟀乱鸣,西风呼啸,孑然孤身,凸显乡村寒酸味。曲中有“西风尖得紧”句,一个“尖”字,显示秋风刺骨。

【折桂令·清明】 曲作。明施绍莘作。作者对松江的清明节时俗了如指掌,信手拈来,以自然新警之句,写尽生活情趣。现代文学史家郑振铎曾指出:“明曲中,田园的风趣最少,而子野(施绍莘,字子野)曲中则独多。”

【黄莺儿·雨景】 曲作。明施绍莘作。该篇描写江南雨景,一派田园风光。曲中“木桥边,敲门声里,蓑笠远归船”等句见其文字功夫。

【锦衣香·钱塘怀古】 曲作。明施绍莘作。该散曲讴歌南宋名将岳飞,字里行间洋溢着“还我河山”“精忠报国”的民族精神。痛斥尔虞我诈,视国家兴盛为儿戏的奸臣秦桧、贾似道。

【浣溪沙】 词牌名。明施绍莘作。❶ 写别离思念之情。全词的中心写愁,开篇明义,“愁卧寒冰六尺藤”,以“愁”领起,以下紧扣中心展开。词作语言浅近直白,直白中有含蓄。艺术手法上以冷衬愁,以冷染思。❷ 见《明词综》。词曲格调凄婉,折射天启、崇祯年间社会精神。词云:“半是花声半雨声,夜分淅沥打窗棂。薄衾单枕一人听。　　密约不明浑梦境,佳期多半待来生。凄凉情况是孤灯。”作者笔下,落花、春雨、薄衾、单枕等意象物构成了一个完整的画面,反映女主人寂寞之心情。下阕密约不酬、佳期不来,表现了足堪哀叹的凄楚梦境。

【幸存录自叙】 散文。明夏允彝作。《幸存录》是记载明末史事的史书,六卷。作者唯恐后世传者谬误,采用司马迁撰《史记》笔法,以目睹实见为本,记载“国家之兴衰,贤奸之进退,虏寇之始末,兵食之源流”。自信“失之略者有之,失之诬者吾知免夫”。

【辽事杂诗】 七言律诗。明陈子龙作。共八首,充满忧国忧民情怀。其七的颔联、颈联对仗工整,用词妥帖:“碛里角声摇日月,回中烽色动楼台。陵园白露年年满,城郭青磷夜夜哀。”战争的烽火已逼近明室宫殿,而朝中不少大臣却力主和谈,作者呼吁有识之士出来挽回危局。

【交河】 五言律诗。明陈子龙作。诗名释:交河,即“滹沱河”,在今河北。清军南扰时期,交河为“防胡”前沿,呈现“危旌荒草动,昼角海云生”的紧张气氛。情感抒发借助画面想象的变换来传达。前四句描述了美好的晨景,由实入虚。后四句由虚而实,展现荒寂景象,表现民生疾苦。

【钱塘东望有感】 七言律诗。明陈子龙作。诗写作者在岸崖之巅执辔马上,远眺回折奔来的钱塘江时有几分哀愁。当朝雾消散,越中山川以其最秀逸的风姿呈现在眼前。颈联沉雄瑰丽:“禹陵风雨思王会,越国山川出霸才。”是诗悲壮苍凉,充满民族气节;又或伟丽秾艳,直追齐梁初唐。

【浣溪沙·杨花】 词作。明陈子龙作。见《陈忠裕公全集》。词云:“百尺章台撩乱飞,重重帘幕弄春晖。怜他飘泊奈他飞。　　淡日滚残花影下,软风吹送玉楼西。天涯心事少人知。”是词主题“杨花”,却无一字提到杨花,而句句紧扣杨花,勾画了杨花的神韵。清代王士祯评价此词曰:“不著形象,咏物神境。”

【唐多令·寒食】 词作。明陈子龙作。见《陈忠裕公全集》。清兵铁蹄践踏明十三陵之际,因抗清身陷囹圄的作者,在狱中作此绝笔词。词云:“碧草带芳林,寒塘涨水深。五更风雨断遥岑。雨下飞花花上泪,吹不去,两难禁。　　双缕绣盘金,平沙油壁侵。宫人斜外柳阴阴。回首西陵松柏路,肠断也,结同心。”全词悲愤填膺,尤其是“雨下飞花花上泪,吹不去,两难禁”三句,字字含泪,肝肠寸断。

【秋日杂感】 七言律诗。明陈子龙作。组诗,共十首,作于清顺治三年(1646年)秋,此时清兵已占苏、松,黄道周、夏允彝等故交已先他而就义。是诗沉郁顿挫、哀婉动人。其四，开篇两句将悲秋的主体形象置于海雾江云的迷蒙境界中。颈联“荒荒葵井多新鬼，寂寂瓜田识故侯”，描写“扬州十日”“嘉定三屠”，骇人听闻的惨状。尾联“见语五湖供饮马，沧浪何处着渔舟”，恰如一声沉重的叹息。

【小车行】 乐府歌行体名。明陈子龙作。崇祯十年，两畿引发大规模旱灾、蝗灾，作者目击饥民流离失所，采用乐府民歌式叙事体，截取三幕场景写就。此诗被后世学者公认为陈子龙最著名的诗作之一。场景一：暮色苍茫，黄土纷扬，难民茫然前行；场景二：一对夫妇凄惶感叹，“出门茫然何所之？青青者榆疗吾饥，愿得乐土共哺糜”；场景三：难民突然瞅见黄蒿掩映民宅，然而失望随之而来，“扣门无人室无釜，踯躅空巷泪如雨”。

【重游弇园】 七言律诗。明陈子龙作。见《明诗别裁集》。弇园，位于江苏太仓隆福寺西，明王世贞建。崇祯十一年早春，诗人独自前往弇园，吟就是诗。漫步弇园，现人去楼空，只有兰圃、竹林还在。想当年，王世贞与李攀龙狎主文坛；李辞世后，王独秉二十年，犹如春秋时主宰十二诸侯一般，天下文人云集，大有战国时春申君之风范。作者吟道：“十二敦槃谁狎主？三千宾客半知音。”伴随“后七子”时代结束，即将迎来诗坛新局面。

【渡易水】 七言绝句。明陈子龙作。见《陈忠裕公全集》。诗云：“并刀昨夜匣中鸣，燕赵悲歌最不平。易水潺潺云草碧，可怜无处送荆卿！”全诗悲壮慷慨，苍凉沉痛。前两句写昨夜宝刀在匣中幽鸣，燕赵的悲歌最能表达壮士心中不平。并刀：并州（今山西太原一带）产的刀，素称锋利。燕赵：战国时两个诸侯国，分别在今河北和山西省地区。后两句写易水流淌，天青草绿，可惜已无荆轲那样的侠客英豪。

【卧子招饮卧龙山蓬莱阁】 五言律诗。明李待问作。诗名释：陈子龙，字卧子。卧龙山，似指浙江绍兴卧龙山。诗云：“故人留牍少，酒坐亦从容。俯视湖一曲，不知花几重。澄烟天镜水，哀壑禹陵松。身在蓬莱阁，千岩第一峰。”诗描写自然景色，游览雅兴及相互间的友情。

【别云间】 五言律诗。明末夏完淳作。抗清失败后作者在故乡被清兵逮捕时写就的绝命诗。是诗编入诗集《南冠草》首篇。作者擅长五律，或雄浑，或简劲，抑扬顿挫，回肠荡气。此诗首联平静而出，颔联叙述悲情，颈联深情回眸故乡，尾联表现慷慨激昂。

【毗陵遇辕文】 五言律诗。明末夏完淳作。辕木，即“宋徵舆”。清顺治四年七月，夏因抗清被执押解途中，过常州时偶遇宋，当即创作此诗。是时，抗清复明大势已去，宋已考中清朝进士。作者忆昔思今百感交集，诗中不乏讽刺意味。尤其是颈联“风尘非昔友，湖海变知音”句，视故人为“非昔友”与“变知音”。

【江儿水·金陵杂咏】 散曲小令。明末夏完淳作。写于南京狱中，慷慨悲歌，掷地有声。上阕起首山河失色，荒凉寂寞景物，迅速转入征战生涯，“晓角秋笳马上歌，黄花白草英雄路”，对酒销魂，愁多泪多，更有血泪化成的悲壮之音。

【狱中上母书】 散文。明末夏完淳作。见《夏完淳集》。清顺治四年（1647年）夏，作者被清军捕获，在南京狱中写给嫡母盛氏的绝笔。文章首段申诉与母诀别的原因，最后一段抒发诀别的慷慨之情，中间三段感谢母亲的养育之恩，嘱咐安排家人的生活和自己的身后事。夏完淳抱定“人生孰无死，贵得死所耳”之志，感情真挚深沉。是文不假修饰，娓娓道来，如叙家常，感天动地，尽显英烈至性至情的浩然壮志。

【忆秦娥】 词牌名。明王微（女）作。见《明诗综》。明钟惺所编《名媛诗归》赞王诗：“娟秀幽邃，与李清照、朱淑真不相上下。”是词主题写离愁别恨，表现手法颇具特色，情思凄切缠绵。上阕写别恨，下阕写别后相思。词中名句：“伤心好对西湖说，湖光如梦湖流咽。”

【探梅】 五言绝句。明王微（女）作。诗云：“故人辞我去，期我梅花时。昨夜偶相念，起看庭树枝。”初读平淡无奇，再读韵味悠长。明代钟惺曾评此诗：“因故人之期，起探梅信，含情深折。”

【次友夏韵】 五言绝句。明王微（女）作。诗名释：次韵，依次用所和诗中之韵作诗。谭元春，字友夏，竟陵（今属湖北）人，天启七年（1627年）乡试第一。全诗前两句点明送别地点，后两句用夸张手法，流露出双方感情之深：“临水闻君别，月寒如此心。泪尽碧溪涨，那知浅与深。”明代陈继儒《微道人生圹记》曰：“修微诗词娟秀幽研，至于排调品题，颇能压倒一座客。”

【送夫】 五言绝句。明斗孃（女）作。见《明诗综》。诗写女子思夫情深，淡雅流畅：“远逐风尘路，遣书满月愁。思君不成寐，河畔看牵牛。”清初钱谦益《列朝诗集小传》：“吴人沈津润卿《吏隐录》云：‘松江女子斗娘（孃），赋诗送其夫姚生云云。闻者爱其语意清雅，但云永别之言为未宜。姚果卒于外。’”

【晓思】 五言律诗。明末清初章有湘（女）作。诗云：“窗外鸡初唱，花间露未干。欲临明镜照，犹怯翠眉寒。宿鸟翻林树，归鸿振羽翰。不知乡国信，何日报平安。”诗前六句写“晓”景，后两句感“思”。其中颔联写自己，颈联写“宿鸟”“归鸿”，暗含鸿雁传书，自然过渡到尾联。

【舟行即事】 七言律诗。明末清初章有渭（女）作。见《明诗综》。诗写舟行之所见、所闻、所觉，从“晓雾迷离”之黎明，写到傍晚的“晚凉”“片月晚”，语言明白若话，通过描述白鹭、蒲花、小山、塔影、钟声，表达诗人对自然景物的热爱之情。

【浪淘沙·杨花】 词作。明末清初李雯作。见《蓼斋词》。清兵入关后，李雯为摄政王多尔衮代笔，撰写了《摄政王致史可法书》，终身悔恨。是词表现了其复杂的心态。词云：“金缕晓风残，素雪晴翻。为谁飞上玉雕阑？可惜章台新雨后，踏入沙间。　沾惹忒无端，有鸟空衔。一番幽梦绿萍闲。暗处消魂罗袖薄，与泪偷弹。”词中对杨花“可惜章台新雨后，踏入沙间”之惋惜，恰是作者内心深处惴惴不安的流露。

【善萨蛮】 词牌名。明末清初李雯作。见《蓼斋词》。明清易代之际，作者借惜春来哀叹国是日非。词云：“蔷薇未洗胭脂雨，东风不合催人去。心事两朦胧，玉箫春寒中。　斜阳芳草隔，满目伤心碧。不语问青山，青山响杜鹃。”全词借景抒情，寓情于景，情景交融，意韵丰富。清代谭献用“亡国之音”四字来评价这首词。

【经东阿怀曹子建】 五言律诗。明末清初李雯作。见《清诗别裁集》。曹子建，即“曹植”，曹操第三子。封邑东阿（今属山东东阿），三国时期文学家，葬于东阿鱼山西麓。诗云：“昔时曹子建，封邑在东阿。旷代无祠庙，空山对女萝。角弓愁势险，玉食恨才多。《小雅》斯人志，因风发浩歌。”沈德潜评李雯此诗曰：“‘角弓’十字，已尽子建一生。”

【送别两首】 五言律诗。明末清初柳如是（女）作。崇祯六年（1633年）秋，为陈子龙赴京参加次年春闱分别时所作。诗写离别之思，惜别之状，曲折缠绵。其二云：“大道固绵丽，郁为共一身。言时宜不尽，别绪岂成真。众草欣有在，高木何须因。纷纷多远思，游侠几时沦。”其中颈联暗含用自己的淡泊、自由、独立，告诉子龙不要太在乎功名，要卓然独立。

【寄钱牧斋书】 散文。明末清初柳如是（女）作。篇名释：钱谦益，字受之，号牧斋，明清之际文学家、学者。书，信札。柳如是是其侧室。全文表达了四层意思：一是羡慕相如之遇文君、红拂之归李靖，感情始终不变。二是悲叹自己沦落风尘，堕入青楼。三是委身钱谦益，恩情美满，十年如一日。四是劝钱勿事新朝，归隐林泉，作者愿学朝云侍奉东坡。

【先考功忌日】 七言绝句。明末清初夏淑吉（女）作。共三首。诗名释：先考功，已故官员，指父亲夏允彝。忌日，父母及其亲属逝世的日子。父亲在世时天下众士盈门，而今坟墓无人祭拜，作者有感而吟：“望系安危一代尊，天涯多士昔盈门。丘山零落无人过，夜月乌啼自断魂。”诗中折射出朝代改易之际的世情，充满了悲情。

【归画记】 散文。明末清初王光承作。此文写大画家志和珍藏其师沈子居的名画，失而复得的故事，至诚感人。蒋蔼，字志和，明末华亭（今上海松江）人，一作常熟人。沈士充，字子居，活跃于崇祯年间。画学宋懋晋，兼师赵左，与同邑董其昌、陈继儒、顾正谊、孙克弘等创立松江画派。

【花非花】 词牌名。明末清初计南阳作。作者擅长云间词派，国变后语多悲慨，是思念，是悲怨，催人泪下：“同心花，合欢树。四更风，五更雨。画眉山上鹧鸪啼，画眉山下郎行去。”现代词家夏承焘评计词“隽秀似古乐府”。

【下滩】 五言律诗。清宋徵舆作。见《清诗别裁集》。诗云：“孤舟泻石滩，双桨下云端。浪涌分花落，涛惊溅雪寒。乱山皆曲向，飞渡却回看。千里无诸国，天南自郁槃。”作者与陈子龙、李雯并称“云间三子”，皆工诗，且有名望。是诗为写景诗，描绘细腻。沈德潜评云：“一起如睹《巴船出峡图》。”

【送向西昆使蜀】 七言律诗。清王广心作。见《清诗别裁集》。诗云：“廿年不到西川路，捧诏今看使者行。乱后草堂江燕在，春来剑阁杜鹃鸣。桥边旧迹怀司马，山下新祠吊孔明。尚有焚香诸父老，相持杯酒话销兵。”作者赓续松江诗派风格，取法“初唐四杰”，词采丰赡工致，音韵婉转如歌，具有悲婉深厚的韵味。清沈德潜评是诗：“中两联俱凭吊老人，前用虚写，后用实写，不觉其犯。”

【直方夜过忆卧子谈诗】 七言律诗。清王广心作。见《清诗别裁集》。诗名释：宋徵舆，字直方；陈子龙，字卧子。诗云：“偶逢宋玉过西邻，把酒重论故国春。一榻早悬陈仲举，九歌亲授屈灵均。衣冠白社沉秋草，宾客黄初散洛尘。醉里寒星空自数，天门骑尾竟何人。”读是诗可见，两人谈诗意趣相同，均持有复古倾向。然立身立名迥异，前者仕清任官，后者慷慨殉明。

【过张文忠故第】 五言律诗。清周茂源作。见《清诗别裁集》。张文忠，即明张居正，谥文忠。诗云：“赐第松台麓，元臣主眷优。天章悬废阁，相印没荒丘。议夺千官气，身无十世谋。立谈工巷遇，何似富民侯。”清沈德潜评是诗：“此吊张江陵（张居正，江陵人）相也。江陵交冯保，逐新郑（高拱，新郑人）是其罪；镇服九边，名实不混，是其功。神庙（帝王）始则尊如父师，过于宠；后至削籍破家，又过于薄。诗中江陵之气焰，神庙之回惑，一一传出，末以张禹之柔媚得君作衬，江陵功罪俱见矣。”

【游峨眉山歌】 古风诗。清许缵曾作。见《清诗别裁集》。全诗三、四、五、七、十一言等不等，共五十二句。诗歌长短不一，错落有致，恰似峨眉诸峰高低起伏，其中“俯视岷江万里蜿蜒仅一线，蜀山千点参差罗列儿孙侍”两句，颇见气势。又有“须臾报道佛光现，苍茫云海蒸奇变。烂似庆云晕若虹，林岩五色增葱茜。金桥突兀驾虚空，仿佛珠眉绀发容。忽然云散光亦灭，惟有朝暾荡漾倒挂金芙蓉”等句，变幻莫测。清沈德潜曰：“飞腾灭没，后半尤为荒幻凌空，可云善学太白。”

【送雪龛兄任保宁】 五言律诗。清沈荃作。见《清诗别裁集》。诗云：“最忆阆中胜，云山到眼迷。地从巴水折，天入剑门低。夜月桐花艳，春风杜宇啼。池塘应有梦，乡思更凄凄。”颔联、颈联极佳。清沈德潜认为：“折字、低字，锤炼得之。”

【宿州】 五言律诗。清曹尔堪作。见《清诗别裁集》。诗云：“城破空濠在，郊寒木叶稀。数家非土著，一雁向云飞。晓月疏杨柳，清风老蕨薇。年来新战鬼，汙血几时归？”反映清兵入关后，战火遍地，民不聊生，一片凄凉、萧条景象。

【雪后登歌风台示沛令】 五言律诗。清顾大申作。见《清诗别裁集》。诗名释：歌风台，为“沛县古八景”之一，为纪念汉高祖刘邦衣锦还乡，所著《大风歌》而筑。沛令，属皇权的代表。诗云：“一剑收秦鹿，秋风万里心。悲歌谁掩泣，壮士已成禽。井邑新丰旧，龙蛇大泽深。残碑埋野戍，雪后此登临。”全诗酣畅淋漓，自有刘邦《大风歌》的磅礴气势。清沈德潜评是诗：“盛唐气魄。雪后只于末句点出，作法一变。”

【故关】 五言律诗。清顾大申作。见《鹤巢诗存》《清诗别裁集》。诗云：“尽日常山道，雄关此郁盘。万山争一险，绝壁鸟飞难。马度黄云合，旗翻白日寒。论兵空有地，谁得更登坛？”作者自注：“井陉县有淮阴谈兵处石碣。”井陉旧关，又名故关，是太行山入华北平原的重要关隘。颔联状此天险绝壁已臻化景。通读全诗，一幅雄关山水画如在眼前。

【潘山人至自辽左】 七言律诗。清王日藻作。见《清诗别裁集》。作者官居河南巡抚，时在“秦望山庄”雅集，为嵩阳书院捐献藏书楼。诗中间二联云：“窦家锦字诗难寄，苏氏河梁雁几行。秋尽陇云寒欲雨，阳回边草白于霜。”颔联用典。织锦窦家妻，常用织锦回文；苏武牧羊无桥梁，只能通过鸿雁传书。

【旅窗读汉书】 七言律诗。清董含作。见《清诗别裁集》。诗云：“提兵十万拥元戎，斩帅沉船意气雄。战斗八年能独霸，杀降三户竟无功。秦军已破漳河上，汉社初移渭水东。诸将膝行齐禀命，莫因成败笑重瞳。”清沈德潜评全诗曰：“坑秦降卒二十余万，王汉王巴蜀汉中，使汉王得以还定三秦，项羽之败征显然矣。此云‘莫因成败笑重瞳(项羽)’,作者巧于立言,勿被瞒过。”

【七盘上鸡头关】 五言律诗。清陆鸣珂作。见《清诗别裁集》。大盘古道位于今陕西省汉中市勉县,从山脚到山顶共盘旋七道弯,在褒谷口设鸡头关。诗云:“此栈行将尽,鸡头势转雄。七盘蚁转磨,百折马行空。天险关山壮,人谋斧凿工。十年转战地,故垒动悲风。”首联写尽全程;颔联描写生动,栩栩如生;颈联壮观景象;尾联险要独特的地位。清沈德潜评道:“山川之险,须得奇警一联写之,此老杜遗法。”

【贫交行】 古风诗。清田茂遇作。见《清诗别裁集》。全诗七言为主,共十四句。是诗以古人与今人对比,泾渭分明:古人重义重情,今人重利轻情,结论是“今古人情何太殊”。又云:“我来仗剑邯郸道。邯郸城中游侠多,邂逅相逢意气好。”清沈德潜评全诗云:“作者负气抱奇,于此一诗见之。”

【怀人】 七言绝句。清张一鹄作。见《清诗别裁集》。诗云:“西南诸国滇为大,六诏新开僰道平。应忆松江莼菜好,却将老眼看昆明。”六诏用典:唐初,分布于洱海地区众多少数民族部落经兼并整合,最终形成蒙嶲诏、越析诏、浪穹诏、邆赕诏、施浪诏、蒙舍诏六大部落,因号“六诏”。张为江南华亭(今上海松江)人,最忆松江莼菜;官居云南推官,不忘老眼看昆明。

【泽畔】 五言律诗。清董俞作。见《清诗别裁集》。诗云:“泽畔行吟者,幽思托杳冥。孤帆收夕照,渔火乱春星。细雨寒潮白,疏烟晚岫青。殷勤怀远客,裘马日飘零。”是诗通俗易懂,景中寓情。颔联孤帆高悬,收取夕阳一片;夕阳西下,渔火点点,扰乱了满天星斗。颈联注重色彩,“寒潮白”对“晚岫青”,凸显作者极强的观察力。

【舟泊富林谒陈大樽先生墓】 七言律诗。清沈道映作。见《清诗别裁集》。诗名释:富林,即今广富林;陈大樽,即陈子龙晚年号。诗云:“富林溪上一盘桓,墓道春阴泣汉官。未见丰祠传俎豆,空留皎日照衣冠。当年碧血青磷散,此地银涛白马寒。回首平陵松柏路,子规啼遍朔风酸。”俎豆,古代祭祀、宴会时盛食物的两种器皿。银涛白马系用典,指吴越之争时,伍子胥忠君爱国,披肝沥胆。吴人念其忠烈,封为“潮神”,立祠建庙以祭祀。陈系抗清英烈,清代诗人要避忌,故沈德潜评是诗曰:“吊大樽先生,只传其精卫填海之节,而学术词章概从阙如,此立言得体处。”

【禹陵】 五言排律诗。清蒋平阶作。见《清诗别裁集》。全诗每句五言,共二十四句。作者擅长联对,是诗已臻整篇成联,自然工整。如:“千秋明德远,万众寸心虔。海阔沧江外,星临斗柄前。金茎留晓露,碧殿锁青烟。魍魉犹留鼎,蛟龙想负船。”清沈德潜评是诗:“铺叙有伦,不蔓不竭,此长律体也。陈、杜、沈、宋素称擅长,元、白滔滔百韵,才有余而律不严矣。作者对仗自然,浅深合度,犹可望见初唐。”

【答董子绍舒】 五言排律诗。清萧诗作。见《清诗别裁集》。全诗五言十四句。作者以答邻童形式,叙述自己生平。文字流畅,极富生活情趣,无疑描绘了一幅田园诗画。清沈德潜评全诗云:“诗即自道生平,‘所志在不苟,食力甘苦辛’,得陶公语意。”

【楚中秋思】 七言绝句。清张宸作。见《清诗别裁集》。诗云:“日落长沙枫树红,断猿啼处暮云空。可知昨夜乡关梦,身在寒烟万点中。”夕阳西下,映衬枫树更红;猿啼声声,更显暮云空旷。绝诗注重起、承、转、合,第三句乃全诗的转折点,尤为关键。是诗“可知昨夜乡关梦”,作者又在思念千里之外的故乡松江,自然过渡到尾句。尾句略显惆怅、愁苦。作者诗长于台阁体,工整,曾被清吴梅村推许。

【笼中鹦鹉】 五言律诗。清路鹤徵作。见《清诗别裁集》。诗云:“纵有云霄志,其如铩羽何!语言徒自巧,文采累人多。陇坂关河杳,雕笼岁月过。翠衿浑短尽,愁绝少陵歌。”清沈德潜评是诗道:“文采累人,一篇主见。祢正平(东汉名士,祢衡,字正平)后,柳柳州(唐柳宗元)、刘连州(唐刘禹锡),皆其人也。故君子有取于夷白。”

【哭李在湄】 五言律诗。清卢元昌作。见《清诗别裁集》。二首,其二诗云:“薄宦天涯客,频年几个回。挑灯搜鬼录,把酒话泉台。后死青山在,余生白发催。羊城李少府,丹旐早归来。”是诗首联描写李在湄远出任卑微官职,连年来回奔波,异常辛劳。颔联催人泪下,如今朋友已逝,名登鬼录,只能在泉下把酒言欢,全诗落脚在盼望铭旌早日归来。

【九日偕贵阳诸使君东山登高得初字】 五言律诗。清吴元龙作。见《清诗别裁集》。诗云："万里登高日，千峰纵目初。天长迷近远，云合失崎岖。边徼蛮歌起，荒城落木疏。乡心付征雁，可许达音书？"清沈德潜评是诗："起步似出唐人手。"农历九月初九日是重阳节，中国民间有重阳登高习俗。是诗首联"万里登高日，千峰纵目初"，放眼天下，千峰纵目，作者气势磅礴，读者豁然开朗。

【清明偕钟宛兄展墓有感】 七言律诗。清钱芳标作。见《清诗别裁集》。诗云："往事苍凉不可论，伤心絮酒拜松门。三千里外孤儿泪，二十年来国士恩。华表日斜巢鹤返，土花春绣石麟存。殷勤幸接连枝会，漂泊天涯有弟昆。"作者与友省视坟墓，百感交集。尤其是颔联，令读者深情而泣。

【归来】 五言律诗。清王鸿绪作。见《横云山人诗稿》《清诗别裁集》。二首，其二诗云："吾母倚闾久，风尘望早归。惊看游子面，为浣去时衣。岩笋经冬出，慈乌向晚飞。白华堪志养，不必羡甘肥。"清沈德潜评是诗曰："缝衣，送游子也。浣衣，游子归也。旧事翻新，只转换间耳。"

【闺思】 五言绝句名。清王鸿绪作。见《横云山人诗稿》《清诗别裁集》。诗云："抱得朱丝琴，临风弹《别鹤》。愁如江潮生，不共江潮落。"《别鹤》，即《别鹤操》。亦喻离散的夫妇。南朝齐谢朓《琴》诗："是时操《别鹤》，淫淫客泪重。"是诗最后两句尤佳，意境极深。清沈德潜称："崔国辅小诗，原本《子夜读曲》，作者近之。"

【送李天生归养】 七言律诗。清王顼龄作。见《世恩堂诗》《清诗别裁集》。诗云："廿年高隐为承欢，诏趣蒲轮却聘难。圣主爱才非强志，大儒报国岂须官。邹枚词赋清时重，黄绮风流异代看。遥想彩衣归拜舞，朝恩家庆话团栾。"清沈德潜评是诗曰："以养母急于辞官，尽子职即以报君恩也，立言有体。"

【韶阳道中】 五言排律。清高层云作。见《改虫斋诗》《清诗别裁集》。全诗五言二十二句。诗第九至第十二句云："崖石蹙巑岏，滩陇斗涛浪。既叹溯流险，复经暑雨涨。"画家常独具慧眼，观察力强，且入诗入画。第十七句起，诗云："翠壁千篙攒，岁久石受创。前林日欲颓，暮色欻凄怆"作者自注："崖壁间篙痕深三四寸者，不可胜数。"清沈德潜评全诗曰："极拟杜陵，虽未入神，已能超俗。"

【和陶饮酒】 五言律诗、排律诗。清周金然作。见《清诗别裁集》。二首，其一诗云："种苗荒东皋，种豆芜南山。勤动苦终岁，篝车乃空言。安得休粮方，藉以保余年。不如营一醉，此方竟谁传？"清沈德潜评曰："'我思醉乡人，乃在天地外'，此林子羽语也。倘遇其人，可以往求此方。"

【题旅店】 七言绝句。清王九龄作。见《清诗别裁集》。诗云："晓觉茅檐片月低，依稀乡国梦中迷。世间何物催人老，半是鸡声半马蹄。"拂晓醒来时，月光低垂。梦中依稀见到家乡的景色。世间什么东西催人变老？半是鸡声半是马蹄声。清沈德潜有感是诗道："余年老后，转尝此境，读是诗为之惘然。"

【游通天岩阳行先隐处】 五言排律诗。清钱柏龄作。见《清诗别裁集》。同诗有选五言三十句，是书选用五言二十六句。通天岩位于今江西赣州西北郊六七千米处，石窟开凿于唐朝，兴盛于北宋。山不高，有一窍通天，素称"江南第一石窟"。诗第九至第十六句云："鬼谷亦何工，玲珑凿一窍。硕人此盘礴，千秋俨遗庙。仰瞻愧后尘，冥搜托前导。更穷邃洞纡，忽讶悬崖倒。"苏东坡、王阳明等名人均游通天岩咏诗。

【过陈留】 七言律诗。清冯樾作。见《清诗别裁集》。诗云："天边鹄影客心伤，落日驱车过外黄。谁具草蔬邀郭泰，自惭名姓赏中郎。巴河风起荒烟黑，博浪云开远树苍。明发梁园旧游地，十年潦倒愧行藏。"陈留，古代郡县名，在今河南开封祥符区。是诗用典多，且浑然天成。外黄，古代县名。郭泰，东汉时名士。中郎，汉苏武、桑邕曾任中郎将，后世遂以中郎称之。巴河，水域名。博浪，地名。清沈德潜赞是诗："典切处有自己身份。"

【饮沈惊生池馆】 五言律诗。清张宫作。见《清诗别裁集》。诗云："嘉树俯城阴，居然爽气深。非秋常落叶，不夜有归禽。丘壑容芝草，冰霜耐竹林。主人山水志，谁与共清音？"首联写壮景，美丽树木生机勃发，掩映城郭，居然带来豪爽之气。颔联写池馆内，时令未入秋，落叶已缤纷，夜晚月光如白昼，更有鸟禽鸣叫归巢。颈联道：山野僻静的地方，石缝间长着芝草；竹叶青青，不惧冰霜。末联述主人山水情怀，与友共赏清音。

【送冯宝初】 七言绝句。清周稚廉作。见《清诗别裁集》。诗云："木末花开柿叶稀，旗亭分手泪沾衣。怜君身似江南燕，又逐秋风望北飞。"最后两句创意极佳，堪称七绝杰作。友人冯宝初恰似江南飞燕，不停追逐新的目标。清沈德潜称赞周稚廉是诗："不落送人窠臼。"

【游梁诗】 七言律诗。清徐宾作。见《清诗别裁集》。诗云："雄都形胜古梁州，匹马冲寒访上游。地控燕秦开阃域，天分南北锁咽喉。平铺白草千原旷，忽折黄河一线流。试上高台还极目，城边睥睨夕阳秋。"梁州，古九州之一。今指陕西汉中，包括陕西、汉中、四川各地。是诗颔联、颈联相当壮观。颔联指梁州地势控燕秦的井陉，为历代兵家必争之地。开阃域，指古代将领置府署，掌管一方军务。而天分南北锁咽喉，可见关隘之险。颈联以"白草千原旷"来对"黄河一线流"，自然浑成。

【送阎荆州终养归中州】 七言律诗。清姚弘绪作。见《招隐庐诗》《清诗别裁集》。诗云："骊歌听罢惜离群，折柳春城倚晚曛。日下重君能爱日，云间愧我尚瞻云。霞觞味并金茎赐，彩袖香从玉殿分。圣主恩深亲未老，好承庭训答明君。"中州，河南的古称。骊歌，泛指告别之歌曲。晚曛，即晚霞。日下，指帝都。云间，松江古称。金茎，指承露盘中雨露，亦指美酒。是诗起笔就跌宕起伏，阎荆州听罢骊歌，潸然离场；折柳送别，依望帝都满天的晚霞。颔联尤佳：都城帝王能爱惜人才，身处云间惭愧的我还要远眺云层。清沈德潜赞此联："三四自然雅切，不入于佻。"

【秋虫】 五言律诗。清焦袁熹作。见《此木轩诗集》《清诗别裁集》。诗云："切切诉何事，无人知汝心。正繁灯欲死，乍断月应沉。申旦谁能那，悲秋自不禁。痴人偷向壁，侧耳一相寻。"清沈德潜赞是诗："他人用在中间者，此用作起手，便觉突兀，此法得之少陵。"

【扬州】 七言绝句。清周士彬作。见《清诗别裁集》。诗云："青楼歌舞胜杭苏，花月神仙总一途。骑鹤腰缠争艳羡，无人解道董江都。"骑鹤腰缠，出自南宋释师体的《颂古二十九首》"腰缠十万贯，骑鹤上扬州"，比喻钱多，象征成仙。董江都，即西汉董仲舒，曾官拜江都相。清沈德潜评是诗曰："咏扬州诗者，多及陈、隋遗事，独拈出董江都，令人耳目一醒。"

【早梅】 七言律诗。清张麟书作。见《清诗别裁集》。诗云："梦寐难忘姑射姿，春山无伴每相思。谁将暖律翻三弄，却遣芳魂逗一枝。浅濑影疏人小立，曲帘香动鸟先知。赏心不待花如雪，好在寒冰未解时。"作者借对梅花在严霜寒风中早早开放的风姿描写，表现自己孤傲高洁的品格。首联拟人，最难忘的是梅花开，像美女无比娇艳；梅花傲霜斗雪时，百花黯然失色，故"无伴"。颔联创新，谁把温暖节候再次翻弄，却遣美人的魂魄戏耍一枝。尾联有气势，赏梅最佳时，是在寒冰尚未消融时。

【观海】 五言律诗。清张照作。见《清诗别裁集》。诗云："境界真无两，聊为物外观。乾坤浮一气，今古浸双丸。野鸟飞难过，真仙望亦寒。人间白少傅，高咏《海漫漫》。"是诗颔联极为生动。前句写海天茫茫，天地浑然的形象；后句写太阳、月亮倒映于海中的形象。今古，指日月交替的亘古不变。清沈德潜赞是诗颔联："'乾坤'十字，本魏武、东坡句意熔而成诗，可以压倒一切。"

【自题墨梅】 六言绝句。清张照作。托物言志又言情之作。"玉色珠光千古，空山流水平生。魏徵由来妩媚，宋璟自尔多情。"诗前两句赞美墨梅，幽谷独处，无意争宠。后两句用魏徵、宋璟的典故，进一步褒扬墨梅刚正不阿的性格。

【渡江】 七言绝句。清王图炳作。见《授香书屋诗》《清诗别裁集》。诗云："云自孤飞月自明，蒲帆十幅剪江行。君听浊浪金焦外，淘尽英雄是此声。"在云飞月明的傍晚，作者在镇江附近渡长江，咏就此七绝。是诗气势磅礴，主要在最后两句：金山、焦山时处长江中，江水掀起巨澜，因水混沌而泛黄。浪涛汹涌，声传数里。作者自然流露："淘尽英雄是此声。"清沈德潜拍案叫绝，以四字点评："无限悲壮。"

【平原村】 七言律诗。清王图炳作。见《授香书屋诗》《清诗别裁集》。诗云："年少惊人入洛名，云津龙跃是平生。八王兵甲无臣主，两晋文章有弟兄。晚节不堪愁鹤唳，旧交闻已赋莼羹。春蒲细柳平原路，长使行人泪满缨。”颔联上句写“八王之乱”，生灵惨遭屠戮；下句状两晋文章，当数陆机陆云。颈联意韵颇深，上句写陆机临别而叹：“华亭鹤唳岂可复闻乎”；下句写张翰故交却留下“莼鲈之思”。清沈德潜评是诗留言：“累世将家子，而甘受仇邦恩遇，又处浊乱之朝，而不思潜身远害，宜其及于难也，以季鹰之归作对面衬托，其义弥显。”

【弹琴】 五言排律。清张梁作。见《澹吟楼诗钞》《清诗别裁集》。全诗五言十六句。诗一至八句云：“偶坐藤萝下，挥手弄素琴。我琴不悦耳，能作澹泊音。本非求人知，我自写我心。钟期既已亡，成连谁能寻？”作者不乐仕进，喜弹琴。是诗写其坐在藤萝下，挥手弹素琴。琴音并不悦耳，但有澹泊之音。我弹琴并非要人知，只是写我之心情。钟子期既已亡故，人间少知音；伯牙之师成连，又岂是能寻找的？清沈德潜评是诗曰：“古人五言如‘人心尽如此，天下自知平’，‘能使江月白，又令江水深’，七言如‘空山秋满霜烟平’，写琴理琴韵，非琴声也。作者此篇已得古人三昧。”

【登报恩寺塔绝顶】 五言律诗。清黄之隽作。见《清诗别裁集》。诗云：“到眼无埃壒，苍茫入素秋。万家斜照外，千古大江流。金碧翔霄表，虬龙压石头。长安称雁塔，此亦旧皇州。”作者登临金陵（今南京）大报恩寺塔，唯见城郭伟岸，长江奔流，欣然吟咏是诗之颔联、颈联；尾联意韵颇深，想起长安大雁塔，这里也是旧皇都！清沈德潜称赞是诗曰：“三四语登塔时所见略同，而于长干寺塔尤切，以帝王之州，长江环抱也。十字捶之有声。”

【题李草亭画寒江送别图】 七言绝句。清黄之隽作。见《清诗别裁集》。诗云：“长江风定水无波，岁晚天寒客又过。一度送行传一画，人生那厌别离多。”是诗妙在最后两句，回回相送得墨宝，人生那厌别离多。清沈德潜评是诗曰：“从‘黯然销魂’中传出异样风趣，熟处生新，不落习径。”

【雨余渡澄照塔院】 五言律诗。清高不骞作。见《清诗别裁集》。澄照塔院，唐乾符年间建，在青浦朱家角张马村。诗云：“湖雨过前汀，行舟出杳冥。山含九朵白，塔耸一痕青。风幔苍茫卷，晴钟次第听。城阳归路远，不上水心亭。”山含九朵白，指松江“九峰”。颔联特指九峰与泖塔。

【闽中九日寄吴中诸兄弟】 七言律诗。清张鈇作。见《清诗别裁集》。诗云：“海天万里独登台，佳节空嗟白发催。愁绝雁声从北至，苍然秋色自西来。霜清乌石蛮烟豁，潮落金崎越艇回。遥忆故园兄弟在，几人同把菊花杯？”重阳佳节，独自登高，远眺故乡；逢节嗟叹，独催白发，是为首联。松江至福建，雁声凄惨，秋色苍然，此系颔联。秋水明净，乌石如漆，洗净蛮烟，潮水降落，金崎乘游而回。尾联追忆故园兄弟，同把菊花杯。

【暮秋访何雪芳城东读画楼醉后题壁】 七言律诗。清李进作。见《西枝诗稿》《清诗别裁集》。诗云：“城上高楼俯碧波，楼头小住病维摩。萧疏红树半溪冷，偃蹇青山两岸多。抱膝目中无管乐，苦心句里有阴何。与君且酌匏樽酒，明月钩帘一放歌。”是诗颔、颈联有特色。时值晚秋，稀疏的枫树半映溪水；高耸的青山在两岸多见。抱膝而思，目中竟无齐国名相管仲与燕国名将乐毅；用心吟咏，笔下有南北朝时代梁、陈朝名诗人阴铿、何逊的诗句。清沈德潜评是诗：“五语高具抱负，六语表其诗格，对仗工整。”

【横塘夜泊】 五言律诗。清宗渭作。见《绀池小草》《清诗别裁集》。诗云：“偶为看山出，孤舟向暝亭。野梅含水白，渔火逗烟青。寒屿融残雪，春潭浴乱星。何人吹铁笛，清响破空冥？”为看晚山而出门，孤舟划向凉亭。野梅被融雪染白，渔人灯火玩弄着青烟。江水小岛融化着残雪，初春的深潭溅起水花。谁在吹铁笛，笛声刺破夜空。清沈德潜认为：“‘春潭’五字，每夜泊时遇之。”

【早起】 五言绝句。清宗渭作。见《绀池小草》《清诗别裁集》。诗云：“宿雨散凉色，竹林烟未醒。流莺三四语，啼破半窗青。”经夜的雨水散发冷色，烟雨朦胧的竹林似乎未醒。飞来飞去的黄莺鸣叫数声，这时半边窗户已透着青天。

【秋胡行】 乐府旧题，为汉乐府古辞，属《相和歌·清调曲》。清元龙作。见《清诗别裁集》。秋胡，典出汉刘向《列女传·鲁秋洁妇》。秋胡婚后五日，游宦于陈，五年乃归。见路旁美妇采桑，赠金以戏之，妇不纳。及还家，母呼其妻出，即采桑者。妻斥其悦路旁妇人，忘母不孝，好色淫佚，愤而投河死。全诗五言十四句。诗第五至十二句："君怜采桑妇，不念桑榆人。桑榆景苦短，桑妇时悲辛。还君相赠金，请君断诸妄。君意在桑间，妾情非濮上。"清沈德潜对照颜延之与元龙的代表作《秋胡行》而曰："颜诗妙在详，此诗又妙在简。"

【西湖感旧】 七言律诗。清楚琛作。见《清诗别裁集》。诗云："支筇两过采兰辰，十锦塘边已暮春。飘絮沾为苔面雪，落红踏作马蹄尘。当年白社惊惟在，此日青山似故人。遥望南屏峰顶路，绿萝庵畔绝无邻。"作者于晚春时节过西湖，眼前一片飘絮落红景象，情从景过，勾起对故人的深切回忆。支筇：扶着竹杖。采兰辰：早晨采兰花之地。十锦塘：五光十色的池塘。白社：古之隐士所居之地。南屏：即南屏山，有"南屏晚钟"名胜。绿萝庵：在杭州西湖边。

【松江府谯楼】 散文。清叶梦珠作。见叶梦珠《阅世编》。叶为娄县诸生，顺治十八年(1661年)以奏销案削籍。其目睹松江府谯楼之变迁，由史实而议起建筑风格，匾额书法、鼓楼司更漏等，描述精准，为研究松江历史建筑的重要资料。

【松江仓城】 散文。清叶梦珠作。见叶梦珠《阅世编》。是文记松江漕运："华亭水次西仓在西郊跨塘桥之内，秀州塘之南，土旷水深，以便漕船停泊交运也。"写及松江仓城"引水贯城，架梁度水，监临督护，廨宇森列，虽斗大一城，人烟辐辏，居然有金汤之势"。

【布利】 散文。清许元仲作。见许元仲《三异笔谈》。全文记清初商业资本活跃的事例数则。其一，记张氏经营鸡鸣布致富的情况："五更篝灯，收布千匹，运售阊门，每匹可赢五十文，计一晨得五十金。"其二，记赵某代舅张氏经营布业，曾接受王鸿储存银五十万。经十年经营，不仅归还王本利，而赵资亦与王张埒矣。其三，记新安汪氏亦官亦商，长袖善舞，十年后富甲诸商，而布更遍行天下。

【踏莎行】 词牌名。清吴骐作。作者借女子的眼看到春光已残，道出"玉郎颠倒无情绪"。乍看是首男女相思之艳词，伤春实际伤的是故国，借相思抒发怀念故国之情。全词比兴寄托，情韵悠长。清初沈谦评吴骐之词："不纤不诡，不浅不深，生香真色，在离即之间。"

【书李舒章诗后】 七言绝句。清吴骐作。诗名释：李雯，字舒章，与陈子龙，宋徵舆合称"云间三子"。诗云："胡笳曲就声多怨，破镜诗成意自惭。庾信文章真健笔，可怜江北望江南。"诗前两句用"胡笳曲""破镜"写作者所读之李雯诗。李虽仕清受宠，但仍有不少思亲怀乡之作，诗中流露出失节仕清的愧疚。后两句为读后感。作者将李雯比作庾信，庾信即便有名篇《哀江南赋》，最终老死北方。而李更不及庾信。清代沈德潜编《明诗别裁集》，在舒章诗后有评："惜其清才，哀其遭遇，言下无限徘徊。"

【献县】 五言律诗。清王鸿绪作。诗名释：献县，今属河北沧州。诗云："客久驰驱惯，凌晨献县过。黄云连巨鹿，红日散滹沱。地势迎关壮，山形入冀多。无边临眺意，俯仰一高歌。"作者凌晨经过献县，陶醉于眼前的壮丽山川，不由放声高歌。现代学者邓之诚编《清诗纪事初编》称其诗曰："不脱云间之习，以藻绩胜。"

【夜】 七言律诗。清王鸿绪作。作者因见景闻声而入情。诗云："霜风瑟瑟动窗纱，故国音书旅雁赊。永夜闻砧难入梦，他乡见月易思家。干戈且喜人无恙，浦柳应怜鬓有华。独愧圣朝容弃物，未辞簪绂向桑麻。"在一个深秋之夜，诗人见月思乡、思亲，感慨自己在兵祸中所幸安然无恙，却已未老先衰，只是愧对圣上，还不让辞官归田。全诗语言秀丽，颔联、颈联对仗工整。

【官道柳】 乐府诗，属歌行体。清王艺孙作。因诗首句"临清官道柳"，故名。全诗十句，五、七言交替，跌宕有致。是诗以柳为客体，表现饥民以柳叶果腹的悲惨命运。"有饭柳作齑，无饭柳作糜。"作者仕途不幸，又诗学韩愈、孟郊，使其诗风显得瘦硬清迥。

【摸鱼儿】 词牌名。清改琦作。是词前有题记。全词以"翠""绿""青""碧"等字呼应树、茶、竹、莎，翠绿袭人，词中有画。上阕写舟行松江泖湖之所见所闻，下阕写登山之所见所思。诗人近访古迹，遥想古人，乐在其中。

【晚景】 五言绝句。清张静(女)作。诗云："绣罢闲无事，珠帘卷夕晖。放他双燕子，花外引雏归。"诗用"珠帘卷夕晖"交代了作者活动时间。全诗呈现了绣罢后的轻松心情。

【自遣】 七言绝句。清袁寒篁(女)作。女诗人家徒四壁却抱乐观态度。“疗饥自有忘忧处，乐此衡门水一湾。谩讶贫家无四壁，家无四壁好看山。”作者认为，“家无四壁”堪观赏风景，“疗饥”“忘忧”洋溢着浪漫主义情怀。

【春蚕】 七言绝句。清张玉珍(女)作。女诗人懂养蚕:“阴阴村落养花天，浴种归来谷雨前。记得去年春较暖，早蚕此际已初眠。”是诗与古代闺阁诗不同,写出了诗人的农事生活。

【远行吟】 七言六行诗名。清陈敬(女)作。丈夫远行，妻子在风雨交加的夜晚无法入眠，写就此诗。有“亦知风雨事寻常，无奈愁人萦心曲”佳句。

【村居】 七言绝句。❶ 清金纕(女)作。诗云:“林密不闻野鸟喧，青山几点暮烟昏。蒹葭环水浑无路，隔浦斜阳又一村。”最后两句明显效仿宋代陆游《游山西村》中名句:“山重水复疑无路，柳暗花明又一村。”❷ 清宋玉音(女)作。诗云:“绿杨流水一溪寒，画舫轻桡出小湾。燕子乍来如旧识，帘前飞去又飞还。”作者勾画了一幅动态的村落之景，以水“流”、舫“出”、燕“飞去又飞还”呈现动感世界。

【自题山水】 五言绝句。清金淑(女)作。作者为自己的山水画所题。诗云:“尺素烟霞起，孤峰户外斜。隔溪翠微里，犹有几人家。”诗中，一个“斜”字写出了山姿悠闲，在山光水色、青翠缥缈处，还居住着几户人家。诗画相融，清新入目。

【赠行(其二)】 七言律诗。清钱云姑(女)作。施蛰存《云间语小录》:“有文才，家贫，以弹词为业，色艺动一时，云姑盖道咸间人也。”云姑与侨子西凉吴生亲热。吴生赴试未录，来茸城与云姑诀别，作者赠此诗作。是诗用王昭君、罗隐典故，语言朴实，感情真挚。诗中颔联、颈联超凡脱俗:“塞北王嫱空有貌，江东罗隐竟无名。情同画水浑难断，文比看山最忌平。”

【浪淘沙·扬州】 词作。清王清霞(女)作。见《全清词钞》。全词上片描绘自然景物，下片描写市景。全词句句是景，既有自然、都市之景，又有傍晚、月夜之景，还有现实之景与人文底蕴，可谓“天下三分明月夜，二分无赖是扬州”(唐徐凝《忆扬州》)。

【记学校】 散文。清张安茂作。见张安茂《泮宫礼乐全书》。作者写道:“吾松学始于宋，诸邑之学历乎元，明建置始备。大清定鼎，益以彬彬，今详列其次。”后详列都学、县学、乡学等，包括射圃、饮酒、学田、祭祀，以及文昌祠、魁星楼，言之甚详。

【江南奏销之祸】 散文。清董含作。顺治十八年(1661年)，清廷将上年奏销未完钱粮的江南苏州、松江、常州、镇江四府并溧阳一县的官绅士子全部黜革，史称“江南奏销案”。共计黜降一万三千五百一十七人。作者甫中进士，寻被除籍。故深恶痛绝奏销案，并严厉抨击清政府，文中有“如某探花欠一钱，亦被黜，民间有‘探花不值一文钱’之谣”。

【种竹说】 散文。清黄图珌作。是文以苏轼《于潜僧绿筠轩》咏竹诗开篇，以拟人化手法述竹之品性。次言种竹诀，概括成“种竹无时，遇雨便移，多得宿土，记取南枝”的十六字种竹诀。

【玄空经】 章回小说。清郭友松作。成书最迟于光绪十年(1884年)，初为钞本。1931年书法家白蕉付上海少年书局，1933年铅印出版。八回，一万六千字，以松江方言写成。白蕉作序，并为方言词语注释六十余条。讲述市井俗事，含讥讽色彩。人物均以绰号代称，如男主角称“脱皮少爷”，游戏笔墨，语颇玩世不恭。载有松江方言词和词组、惯用语、俗成语、歇后语、俚语、谚语，凡九百四十三条，被称为“松江方言集成”。然小说结构松散，人物刻画单薄，为读者所诟病。

【海上花列传】 长篇小说。清韩邦庆作，题“云间花也怜侬著”。光绪十八年(1892年)始在杂志《海上奇书》连载。光绪二十年以单行石印本发行，六十四回。以开埠后的上海为背景，对话全用苏州方言，文笔平淡而近自然。小说以赵朴斋、赵二宝兄妹的人生际遇为主线，采用“穿插藏闪之法”的叙事结构，串连罗子富与黄翠凤、王莲生与张蕙贞诸人的故事，刻画妓女形象，对当时地主买办、富商流氓横行的社会有所谴责。鲁迅在《中国小说史略》中评论该书:在狭邪小说中一反“摹绘柔情，敷陈艳迹”的俗套，首开“描写妓家，暴其奸谲”的内容。胡适、刘半农、张爱玲等对此小说评价颇高。

现当代文学

作　家

【杨了公】（1864—1929）　清末民初书法家、诗人。名锡章，字至文，以号行，又别署寥功、几园，华亭（今上海松江）人，家住南门内集仙街。诸生，省试不利。从华亭宿儒杨古酝学诗、古文，研究训诂，习书法。四十岁后以岁贡任宝山县训导。上书江苏巡抚告发松江府太守戚扬贪赃枉法，反被革职。回松创办孤贫儿院，将家产耗尽，故自称“了公”。清末参加中国同盟会，辛亥革命爆发，佐钮永建筹划军事，任松江军政分府参谋部部长。1913年，移居上海租界，以鬻书自给。1916年回松江。五四运动爆发，激励松江各界起而响应，爱国雪耻。1927年北伐胜利，钮永建出任江苏省政府主席，任了公为奉贤县县长，因不善庶政，乏理财术，仅三月即辞归。仍寓沪上，以卖文、卖字为生。诗文俱佳，尤擅长短句，脱口而出，既敏且工，著作颇多，仅传有《梅花百咏》。友人集其书法手迹，刊印《杨了公先生墨宝》传世。与姚鹓雏合著《佛学》。

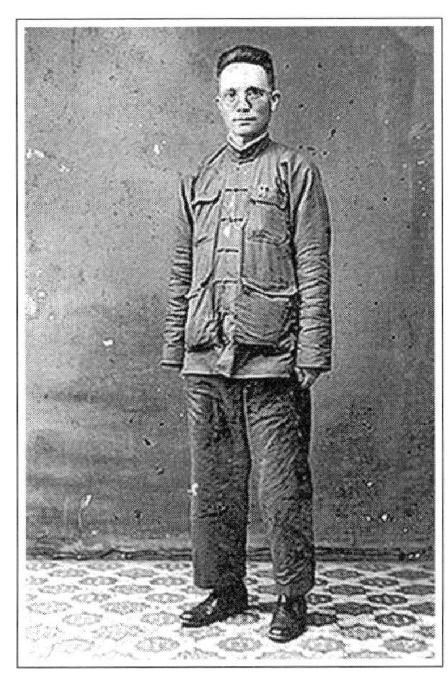

杨了公

【雷瑨】（1871—1941）　文史学者、小说家。字君曜，别号娱萱室主，笔名云间颠公、缩庵老人等，华亭（今上海松江）人，住松江城西秀南桥堍。清光绪十四年（1888年）中举。工诗词，善文章。早年履职扫叶山房编辑，编撰《清人说荟》初集、二集各二十种，《娱萱室小品》六十种等。后任《申报》编辑多年。熟谙掌故，多有建树，一生笔耕不辍，著述颇丰。好藏乡邦文献史料，辑录晚清至抗战前松江大事，名《松江志料节抄》。有笔记手稿《我生七十年》《五十年之回顾》及《日记》（六十一册），皆有文史价值。注重诗词文赋编选，计有《古今诗论大观》、《新文选》（四卷）、《短篇文选》（三卷）、《近人诗录》（四卷）、《近人词录》（二卷）、《唐文挚》（四卷）等。亦善笺评，有《评注唐宋八家文》《评注林和靖诗集》《笺注剑南诗抄》《详注郑板桥集》《注释小仓山房文集》《笺注随园诗话》《详注春在堂尺牍》及《疑云集注》等留世。其他著述有轶事小说《清代官场百怪录》（一百篇）、《历代史事政治论》、《各国名臣事略》、《伤逝录》、《旧德录》（四册）、《老话》（四册）、《雅谑录》（一册）、《闺秀诗话》（十六卷）、《闺秀词话》（四卷）、《青楼诗话》（二卷）及《砚话》《印话》《弈话》《谜话》《茶话》《酒话》《医话》（各一册）等。

【高旭】(1877—1925) 诗人，南社创始人之一。字天梅、号剑公，别字慧云、钝剑，江苏金山(今上海金山)人。常往来于松江，对松江文坛颇多影响。与陈去病、柳亚子等创立南社。少时自视甚高，自比屈原、李白。曾追随维新变法，早期的诗多为悼念维新志士，宣泄民族主义。章炳麟、邹容被捕后，对维新党彻底失望，作《中国八大奴隶歌》，将康、梁斥为奴隶。后留学日本，系统接受天赋人权与民主自由、平等观念。辛亥革命后，著有文学批评集《愿无尽庐诗话》，集中表达其对诗歌的社会作用，对古代文化遗产、对古代作家作品的分析与评价，辑录了与柳亚子、陈去病、陈道一、苏曼殊、李叔同、刘季平、宁太一、蔡哲夫、马君武等十余人的来往应答、唱和、酬赠的诗词，极具史料价值。一生著述颇丰，生前无专集行世。临危时授命从弟高基代为编集诗词集《天梅遗集》(十六卷)，其中诗十卷、词六卷。其他如文章、书信、诗话等都付阙如。

【高燮】(1878—1958) 学者、藏书家、南社诗人。字时若，号吹万，又号黄天、慈石、时若、寒隐、葩翁，别署老攘，江苏金山(今上海金山)人。常往来于松江，对松江文坛颇多影响。早年勤于治学，创办《觉民》月刊，宣传民族主义思想。与常州钱名山、昆山胡石予合称“江南三名士”。与南社柳亚子交往深厚，光绪三十二年(1906年)与柳亚子、田桐等创办《复报》月刊。曾主持国学商兑会和寒隐社，刊行《国学丛选》。抗战全面爆发后，居家毁于日军炮火，三十万卷古籍被焚，生活颠沛流离，移居上海海格路(今华山路)。著作有《吹万楼论学书》《吹万楼文集》《吹万楼诗集》《谈诗国风札记》《感旧漫录》《金陵游记》等十多种。

高燮

【陈景韩】(1878—1965) 学者、编辑、作家。又名陈冷，笔名冷、冷血、不冷、华生、无名等，华亭(今上海松江)人，家住松江西城门内。晚清秀才。光绪二十六年(1900年)进武昌武备学校，参加革命党，遭饬令缉捕，赴日本暂避。三十年回国，任上海《大陆报》记者。《时报》创刊后，被聘为主笔，创设“专电”“特约通讯”“时评”专栏，耳目一新，各报纷纷效仿。《时报》因此盛极一时，跻身上海三大报之列。1913年史量才接办《申报》，受聘为总主笔。1930年辞去《申报》职务，改行任中兴煤矿公司董事等职。善写小说，曾与包天笑合编《小说时报》(月刊)。著有小说《新中国之豪杰》《商界鬼蜮记》《凄风苦雨录》《白云塔》(一名《新红楼》)、短篇小说《歇洛克来游上海第一案》《催醒术》等。胡適评其翻译的小说“冷血先生的白话小说，在当时译界中确要算很好的译笔”。译作有《明日之战争》《新蝶梦》《卖解女儿》《赛雪儿》《伯爵与美人》《福尔摩斯再生记之最末案》(《血痕记》)等。曾任上海市政协第二至四届委员。

陈景韩

【张琢成】(1879—1954) 书画家、诗人。原名蕴玉，字韫斯，又字琢成，自号泖东逸少，华亭(今上海松江)人。晚清秀才。废科举后入上海震旦学院学日语，因病辍学。遂自学书画，皆有造诣。20世纪二三十年代，先后在浦东、上海、苏州、南京等地担任教职，与南社诗人交往甚密。1921年助侯绍裘等创办景贤女中。晚年随女婿浦江清北上京师，寄寓清华园。姚鹓雏评其为人“外示中和，内蕴孤愤，有朱高士、陶征君之风”。著有《张琢成诗文书画集》。

张琢成

【雷君彦】(1882—1964) 学者、作家。华亭(今上海松江)人。著有《日寇祸松日记》(2016年上海书画出版社出版)。该书详细记录了松江自1937年8月16日首次遭日军空袭至11月3日县城沦陷前夕经历的惨状。其时任松江县图书馆馆长,用心记下每天战事对松江县城的影响,松江人民所遭受的苦难,以及个人面对战争的无奈与坚强,为后世提供了八一三淞沪战役中松江遭受战火损毁的第一手史料。

朱叔建

【朱叔建】(1885—1978) 社会活动家、诗人。名肇昇,以字行,又字建刚,华亭(今上海松江)人,家住华阳桥。早年勤奋读书,清宣统元年(1909年)拔贡朝考,在法部任职。其后留学日本,加入中国同盟会。辛亥革命松江光复后,与蒋轼等组织"地方政论会",兴革建议颇多。后至南京参加同盟会临时大会。1912年随孙中山至北京,秋后随孙中山南下,在南京协助陈陶遗创建国民党江苏支部。后长期担任江苏省议会秘书等职。1927年担任上海市政府第四科科长。1932年任松江县教育局局长。后辞职,去上海报馆任职。全民族抗日战争期间,任上海鸿英图书馆主任、中华职业工商专科学校教员。抗战胜利后回松,任省立高级应用化学科职业学校教员。松江解放后即向松江专区专员顾复生提出迅速复工、复课、防治疫病等项建议,受顾专员委托,联系专区各县知名人士,参加专区首次各界代表座谈会,在会上提出召开松江各界人民代表大会的建议。将其新建住宅全部捐作城东区委办公用房。为松江县第一、二届人民代表会议代表,苏南行署第一届人民代表会议代表,松江县政协副主席。1951年被任命为苏南行署监察委员会委员。1952年推为苏南行署政协委员兼副秘书长。1953年被任命为江苏省人民政府参事室参事,为江苏省第一届政协委员。古文造诣颇深,又工诗词,为早期南社社员。生平著述甚丰,有诗集《白下酬唱集》《华亭酬唱集》《乐在堂诗存》等刻本传世。

【孙雪泥】(1889—1965) 书画家、诗人。名鸿,号枕流居士,华亭(今上海松江)人。出身贫寒,为人慷慨。六岁学画,诗、书、画皆善,尤擅画梅。20世纪30年代初,曾为冠生园广告宣传员,后独创生生美术公司,出版《世界画报》等美术刊物。创作长篇连环漫画《马浪荡改行》,讽刺社会弊端。诗清新活泼,有"送穷有赋何须续,人比梅花更耐寒""雨余石笋龙鳞活,风过瓷盆佛手香"等佳句。刊有《雪泥诗集》。1949年后,出席全国第一届出版工作会议,历任上海画片出版社编辑部主任、上海中国画院画师、上海文史馆馆员、中国美术家协会上海分会理事等职。

姚鹓雏

【姚鹓雏】(1892—1954) 文学家、社会活动家。原名锡钧,以号行,字雄伯,笔名龙公,华亭(今上海松江)人,家住松江西门外祭江亭西。幼时迟钝,读书常不熟。十三四岁开窍,下笔千言立就,应童子试,得第一名。入松江府中学堂,毕业后投考京师大学堂,师事林纾(琴南)。好博览,为文婉约风华,善诗词,与同学林庚白齐名,刊有《太学二子集》。辛亥革命后学堂解散,南归,加入南社,为南社"四才子"之一。与社友陈匪石组织七襄社,编《七襄》刊物;与高吹万、姚石子等发起创建国学商兑会,参加编辑《国学丛选》,该刊物被称为松江派刊物。后得陈陶遗引荐,出任上海《太平洋日报》编辑,不久改任《民国日报》编辑。1918年春应聘赴新加坡国民日报馆任职,半年后回国。历任上海《申报》《江东》《春声》等报刊编辑,发表小说、诗、词,蜚声一时。才思敏捷,日写数千言,各体无不工妙,时称"松江才子"。1925年任江苏省省长陈陶遗秘书。又历任江苏省教育厅秘书、南京市政府秘书长、江苏省政府秘书等职。从政之余,先后在东南大学、河海工程学院、南京美专、江苏医政学院等校兼课,主讲国文。全民族抗战爆发后,携眷内迁入蜀,任监察院主任秘书。抗战胜利后,递补为监察委员。中华人民共和国成立后,受聘为上海文史馆馆员,出任松江县副县长。著有《榆眉室文存》(五卷)、《鹓雏杂著》《止观室诗话》《桐花萝月馆随笔》《檐曝余闻录》《大乘起信论参注》《春夜艳影》《燕蹴筝弦录》《沈家园传奇》《鸿雪影》《恨海孤舟记》及《龙套人语》(即《江左十年目睹记》)、《恬养簃诗》(五卷)、《苍雪词》(三卷)等。另与邑人朱鸳雏合著《二雏余墨》。有《姚鹓雏文集》行世。

【朱孔阳】(1892—1986) 学者、社会活动家、书画家。曾名既人,字云裳(或作云上、云常),晚号庸丈、龙翁、聋翁,华亭(今上海松江)人,家在白龙潭。六岁学字,八岁学印,十六岁从岳旭堂学医。清宣统二年(1910年),由杨了公介绍加入松江同盟会支部。1912年后,进杭州之江大学自助部文科学习。不久,在杭州教会办的青年会工作,由干事升至代总干事。先后创办书法、国画、篆刻等班。全民族抗战爆发后,任浙江省抗战后援会常委及杭州留守、万国红十字会杭州分会华方总干事,主持临时伤兵医院和难民收容所,救护近千名抗战将士并收容、转送难民近三万人。1938年后寓居上海,担任由宁迁沪的金陵神学院和金陵女子神学院教授多年。1949年后,发起成立上海美术考古学社。被聘为市文管会委员。1952年夏,得王国维手拓殷墟甲骨文本和李汉青摹写本,经过校审,辑成《殷墟文字考释校正》。次年,应上海中医学院医史博物馆之聘,负责征集、鉴定医史文物和资料。1972年以八十高龄退休,仍应邀赴杭州、合肥、太原、济南、曲阜、绍兴等地,协助有关部门,从事文物鉴定工作,并被聘为杭州市文管会委员。1978年被聘为上海市文史馆馆员。曾先后向中国革命博物馆和南京、上海、浙江等博物馆、杭州市文管会、太原市文化局、杭州市佛教协会、上海玉佛寺等捐献重要文物百余件、古籍数百种。生平爱好金石书画。对历代文物,既精鉴别,又富收藏。抗战期间,为使表现民族英雄岳飞精神的精忠柏化石免落日本侵略者之手,多方筹款购得。解放后,将此化石捐献给杭州岳坟文物管理所。晚年所作的隶书五言联,曾在1986年"中国当代已故著名书画家作品选展"中展出。并曾与刘海粟、高络园三人合作《松竹梅图》。著有《名墓志》《分韵古迹考》《分韵山川考》等。

朱孔阳

【朱鸳雏】(1894—1921) 清末民初小说家、诗人,南社社员。名玺,字孽儿,以号行,别号银箫旧主,华亭(今上海松江)人。本是松江孤儿院孤儿,被杨了公收养为义子,后尊姚鹓雏为师,寄情文学。与姚鹓雏并称"松江二雏"。诗歌清绵茂密,小记幽俏峻拔,志趣盎然。经杨了公、姚鹓雏介绍加入南社,不少诗词、小品文发表于《南社丛刻》,名噪一时。刊有诗集《春航集》《银箫集》《红蚕茧集》等。著有长篇作品《帘外桃花记》《情奴追爱录》以及《峰屏泖镜录》《上海闲话》等十种。周瘦鹃为大东书局辑刊"紫罗兰庵小丛书",第七种为朱所著。据传,"鸳鸯蝴蝶派"的称谓来自其诗句"蝴蝶粉香来海国,鸳鸯梦冷怨潇湘"。南社内部对唐宋诗歌风格曾有争论,朱鸳雏等尊崇"宋诗",南社主任柳亚子等主张"申唐废宋",双方在《民国日报》笔战一月余。柳亚子将其逐出南社。其去世后,柳亚子作《我和朱鸳雏的公案》一文,表示追悔和歉意。有《朱鸳雏遗稿》行世。

朱鸳雏

【胡山源】(1897—1988) 作家、文学翻译家。原名三元,笔名忘忘生、杉圆等,江苏江阴人。1918年入浙江之江大学,因参加五四运动被迫退学。后在江阴励实中学、苏州乐益女子中学、松江景贤女子中学任教。1923年与松江文友钱江春、赵祖康等创建文学社团弥洒社,成为新文化运动中一个有影响的流派。历任上

胡山源

海基督教青年协会书报部翻译，河南开封中山大学、杭州之江大学教师，上海世界书局编辑等。1916年起在上海《时事新报》及《申报·自由谈》发表短篇小说及杂文。全民族抗战全面爆发前，已出版《幽默笔记》《古今酒事》和译著《世界文学家列传》等多部作品。全民族抗战爆发后，入上海《导报》和《申报·自由谈》当编辑。发起创办《红茶》文艺半月刊和《世界文艺》等刊物。1946年任《中央日报·文综》编辑。1949年后历任福建师范学院中文系主任、上海师范学院教授。著有长篇小说《南明演义》《罔两》《散花寺》、短篇小说集《虹》《睡》、专著《小说综论》、回忆录《坎坷的一生》《屈辱二十一年》、随笔集《文坛管窥》、传记文学《青山碧血》、剧本《风尘三侠》。译著有《欧·亨利短篇小说集》《卡本德游记》《莎士比亚评传》《日本与日本人》《欧美女伟人传》《杰作的人生》《人人是尧舜》《早恋》《万世师表》等。短篇小说《睡》被鲁迅收入《中国新文学大系·小说二集》。一生著、译约一千万字。为中国作家协会会员，曾出席第四次全国作家代表大会。

【钱江春】（1900—1927） 文学家、社会活动家。笔名慕越，华亭（今上海松江）人。1916年江苏省立第三中学毕业，入杭州之江大学预科，旋停学就业。入东吴大学法学院夜校部专修法学，毕业后经朱叔建推荐任江苏省议会文书。1921年夏出资与侯绍裘、朱季恂接办松江景贤女中。是年由胡山源引荐进中华基督教青年会全国协会书报部，任主任。1922年与胡山源、赵祖康发起创建新文学团体弥洒社，1923年3月起在《弥洒》月刊发表《腊月》《长夜》《天涯》，发表五幕剧本《医师若愚》，表达对社会底层被侮辱被损害者的同情及对社会问题的关切。同时进商务印书馆编译所，编辑出版《少年百科全书》《苏维埃俄罗斯》等。1924年秋与侯绍裘、赵祖康等在松江城内创办私立江春初级中学，次年秋说服父亲出资八千元扩充校舍及设施，后学校由县教育局接收并易名“代用初级中学”（今松江一中前身），任校长。1925年五卅运动爆发，投身反帝运动，参加上海教职员救国同志会，任宣传股常委，草拟宣传电文，印发反帝传单。1927年春，北伐军进军，与侯绍裘等参加各种革命活动，为侯绍裘派驻上海的代表。因积劳成疾，患伤寒逝世。译著有《世界大战与中国》。

钱江春

【赵祖康】（1900—1995） 公路专家、学者、社会活动家。字静侯，笔名赵康，华亭（今上海松江）人。1922年毕业于唐山交通大学土木工程系，1930年赴美国康奈尔大学留学。1931年回国，历任交通大学教员兼秘书、全国经济委员会公路处处长、交通部公路总局副局长、上海市工务局局长。1949年5月任国民党政府上海市代理市长。中华人民共和国成立后，历任上海市人民政府委员、工务局局长、市政建设委员会主任、规划建设管理局局长、上海市副市长、市人大常委会副主任。是第一至六届全国人大代表。民革第五、六届中央副主席。少年时认真苦读，擅作文，曾获全县征文比赛金质奖章。在五四运动中宣传反帝反封建，提倡新文化、妇女解放，编写话剧《李超群的终身大事》，鼓励女青年不应以结婚养儿育女为终生目的，应谋求妇女解放。1922年与胡山源、钱江春等创办文学社团弥洒社并出版《弥洒》月刊，以“赵康”笔名发表诗歌《梦》《碧海》《肉的凯旋》和《夏夜独行黄浦》等。

赵祖康

【徐光曾】（1901—1945） 儿童文学作家。字学文，华亭（今上海松江）人，家住城西钱泾桥。出身贫寒，自幼丧父，苦学勤读。考入江苏省立第二师范学校。在校期间，即在商务印书馆出版的《妇女杂志》发表文章。毕业后在宝山县立小学任教。20世纪20年代初，开始儿童文学作品创作，为中国早期儿童文学重要作家之一。倾向革命，与中共地下组织的黄忆农等人过从甚密，并参加有关活动。1928年6月17日，和陈伯吹一起被吴淞要塞司令部以"共产党嫌疑犯"逮捕。后经校长具结担保获释。旋入世界书局，任编辑，因不满现状而辞职。爱好日本文学，自学日语，翻译日本儿童文学作品。1934年自费留学日本，因不服水土，数月后即回国。出任枫泾小学校长，执教之余，创作儿童文学作品。著有《小朋友日记》《小朋友戏剧》《小朋友游记》《小朋友读书》和《给小朋友们的信》等。

徐光曾

【闻宥】(1901—1985) 民族语言学学者、作家。字在宥，号野鹤，娄县(今上海松江)人。十四岁考入松江府中学堂。十六岁参加南社。1919年考入上海震旦大学。1920年前后，一度任职于《民国日报》，与钱病鹤共事，时称"双鹤"。1921年起，曾主编《礼拜花》小说周刊。1925年主编《中国画报》和《新文学丛刊》。1926年入商务印书馆编辑部，兼任私立持志大学、民国大学、正风文学院教员。1929年起先后在中山大学、山东大学、燕京大学、北平大学、金陵女子文理学院、四川大学、云南大学、西南联大、成都华西大学任讲师、副教授、教授、系主任、研究所所长、博物馆馆长。1955年调任中央民族学院教授。曾任北京市语言学会顾问、中国民族语言学会理事、中国民族古文字研究会名誉会员。是法国远东博古学院通讯院士、联邦德国德意志东方学会会员、土耳其国际东方研究会会员。十六岁在《民国日报》发表《悃簃诗话》，有诗词刊于《南社丛刻》《广箧中词》。为鸳鸯蝴蝶派重要成员。20世纪20年代初，发表文学作品《野鹤零墨》《春莺絮梦录》《鸠鹊移巢记》《红鹃嗜血记》《雹碎春红记》《玄珠》《我之小史》《古井浪澜》《补黻案》等，译作有《鬼史》等。毕生致力于汉藏系语言文字及古文物探究，对古铜鼓的研究在国内是首创者。在民族语文方面率先开创字喃、彝文和羌语的研究。60年代中印边境冲突时，将家藏中印边境地区的西藏地图捐献给国家，成为中印谈判的中方依据。生平学术论著颇多，1985年7月中央民族学院科研处出版《闻宥文化论文集》。

闻宥

【浦江清】(1904—1957) 文学史家、学者、诗人。字君练，华亭(今上海松江)人。1926年毕业于南京东南大学，经吴宓推荐，到清华国学研究院任陈寅恪助教，研究西方的"东方学"文献，精通英、日、俄、法、德、拉丁等多门语言。以学识渊博著称。1929年转入清华大学文学院中国文学系，任助教、讲师，讲授中国文学史，课余研究中国古籍，经常在《大公报》文学副刊撰文，曾代吴宓任该副刊主编一年。1933年与冯友兰同赴意大利、法国、英国游学，在伦敦博物馆抄录敦煌手卷，阅读东方考古学书籍。1934年回清华大学任教。与朱自清合称"清华双清"。抗战中任长沙临时大学中国文学系教授、西南联合大学中文系教授。曾与朱自清等创办《国文月刊》，一度担任主编。抗战胜利后，于1946年回北平清华大学，任中文系教授。惊悉闻一多被刺，即参与整理其遗著工作。1948年任清华大学中文系代理主任。1952年院系调整，调任北京大学教授。20世纪30年代开始发表作品，1955年加入中国作家协会。曾主编《朱自清全集》。著有《浦江清文录》《屈原》《清华园日记》《西行日记》《无涯集》《八仙考》《逍遥游之话》《花蕊夫人宫词考证》《词的讲解若干篇》《词曲探源》和《王静安先生之文学批评》《屈原生年月日的推算问题》等。其主要论著由吕叔湘主持编辑出版。有《浦江清中国文学史讲义》行世。

浦江清

何公超

【何公超】(1905—1986)　儿童文学作家。原名福良，后改名味辛、公超，因祖姓王，又名王针生，笔名慧心、王立、王歧、于贞一，华亭(今上海松江)人，家住钱泾桥堍。十四岁从松江县立第二高等小学毕业，进上海晋德钱庄做学徒。1921年进商务印书馆文书股，开始从事儿童文学写作。处女作《牛的悲哀》发表在《小说世界》。1923年参加中国社会主义青年团，1925年转为中共正式党员。同年，党组织派他和张太雷到上海《民国日报》编《杭育》副刊。参加五卅运动。后调中国共产党主办的《热血日报》任编辑，与瞿秋白等同事。后任国民通讯社主任。1926年任上海总工会宣传部主任，参加上海工人三次武装起义。1927年四一二反革命政变后，与党组织失去联系，一度返松江家居，撰写短文，靠稿费度日。1929年出任上海春潮书局营业主任，为《春潮月刊》翻译高尔基、契诃夫的小说，尤以翻译美国记者约翰里特报道俄国十月革命的《震天动地的十天》(即《震撼世界的十日》)最有影响。小说《柴米夫妻》发表于春潮书局"穷人社丛书"，反映店员失业之痛苦，被称为"文艺大众化的成功作品"。后任江宁公学、民智中学教师。1935年与黄一德创办《儿童日报》和《儿童创造》月刊。次年任《儿童日报》总编辑。全民族抗战时期去重庆，编辑出版《小国民》杂志，编写《拆穿日本纸老虎》《抗战国语》等抗日书籍，发表解放区抗战故事和苏联反法西斯故事。1944年创办儿童世界社，先后在重庆、上海任《儿童世界》主编。1949年1月被重新认定为中共党员。1952年起先后任少年儿童出版社编辑部副主任、副总编辑。著作有童话集《快乐鸟》《丑小鸭》《小金鱼》和《兽国记》，民间故事《龙女和三郎》《天上不会掉金子》等。其中童话《老兵的桃树》被译成朝鲜文刊登于朝鲜《少年新闻》，被编入朝鲜小学教科书。1980年，少年儿童出版社出版《何公超童话寓言选》。曾参加全国第一届文代会、全国第一届出版工作会议。为上海市文联委员、作协上海分会理事，上海市政协委员。

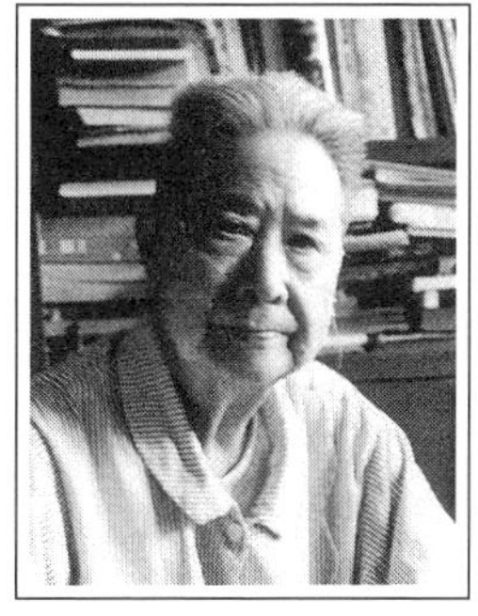
施蛰存

【施蛰存】(1905—2003)　作家、翻译家、教育家、古典文学学者。名舍，学名德善，以字行，号北山，笔名有青萍、柳安、安华、薛惠、李万鹤、曾敏达、陈蔚、舍之、刍尼等，浙江杭州人。八岁随家迁居江苏松江(今属上海)。其自传："1905年冬生于杭州，随父母旅居苏州。辛亥革命，又迁居松江，一住三十年，遂为松江人。"1922年考入杭州之江大学，与戴望舒、杜衡、张天翼等组织文学团体兰社。次年入上海大学，1925年转入大同大学专攻英国文学。1926年转入震旦大学法文特别班，是年夏加入中国共产主义青年团，与同学戴望舒、杜衡、刘呐鸥等创办《璎珞》旬刊。1927年回松江任中学教员，与戴望舒、杜衡三人创办文学刊物《文艺工场》(1928年冯雪峰加入)。后去沪任上海第一线书店和水沫书店编辑，参加《无轨列车》《新文艺》杂志编辑工作。1932年起主编大型文学月刊《现代》，于1933年第六期发表鲁迅的《为了忘却的记念》。1935年主编《文饭小品》。后应上海杂志公司之聘，与阿英合编"中国文学珍本丛书"，出版七十多种。1937年起在云南、福建、江苏、上海等地多所大学任副教授、教授。曾编写《中国文学史》《散文源流》《史记旁札》等教材，与周煦良合编《活时代》。中华人民共和国成立后，先后担任大同大学、光华大学、沪江大学、华东师范大学中文系教授。1952年加入中国作家协会。中学时代即喜爱文学创作，常向《半月》《星期》《礼拜六》等刊物投稿。小说处女作《恢复名誉之梦》以"青萍"笔名发表于1922年4月1日《礼拜六》第156期；同年8月自费刊印短篇小说集《江干集》。1929年在中国第一次运用心理分析创作小说《鸠摩罗什》《将军底头》《石秀之恋》，开中国新感觉派心理分析小说之先河，成为中国现代派小说的奠基人之一，被誉为中国现代派鼻祖和新感觉派大师。至1937年出版《上元灯》《梅雨之夕》等九个小说集。1928—1992年，翻译《匈牙利短篇小说集》《波兰短篇小说集》《显克微支短篇小说集》《劫后英雄》《丈夫与情人》《妇心三部曲》《多情的寡妇》《荣誉》《轭下》《征服者贝莱》等几十部小说和剧本。20世纪30年代发表诗作，翻译大量美国诗歌，开创都市情节现代诗，有诗集《北山楼诗》。撰写散文七十余年，有散文集《灯下集》《待旦录》《枕戈录》《卖糖书话》《沙上的脚迹》《散文丙选》《北山散文集》等。古典文学和碑版文物研究的学术著作有《唐诗百话》《文艺百话》《水经注碑录》《词学论稿》《历代词籍序跋萃编》《词学名词释义》《北山集古录》《金石丛话》《宋元词话》《北山谈艺录》《北山谈艺录续编》《唐碑百选》等。对松江怀有深厚感情，著有关乎松江的文艺和文史著作《云间碑录》《云间语小录》《云间词人姓氏录》《云间词人小传》《云间花月志》《赵孟頫石墨志》和《陈子龙诗集》点校本（与马祖熙合编）等。1993年被授予“上海市文学艺术杰出贡献奖”，1995年获“亚洲华文作家文艺基金会敬慰奖”，1997年华东师范大学中文系授予其“终身成就奖”。曾被中国翻译家协会表彰为匈牙利语、波兰语“资深翻译家”。有《施蛰存散文选集》《施蛰存全集》行世。

【余冠英】（1906—1995） 文学史家、古诗词研究专家、学者、教授。字绍生，笔名灌婴、白眼，乳名松寿，华亭（今上海松江）人。1922年入江苏省立第八中学（今扬州中学）。在学期间，参加学生运动。五卅运动时，当选扬州市学生联合会首任委员长。1926年考入清华大学，初入历史专业，后转中文系，常在《清华周刊》发表小品、散文，1931年毕业后留校任教。抗日战争期间，任西南联合大学讲师、副教授、教授，主编《国文月刊》。1946年秋回清华园，任中国文学系教授，讲授中国文学史和汉魏六朝诗等课程。1952年高校院系调整，入北京大学文学研究所（今中国社会科学院文学研究所），长期担任古代文学组（室）主要负责人。曾任文学所副所长、顾问、学术委员会主任，《文学遗产》主编。20世纪60年代初，任中国社会科学院文学研究所《中国文学史》（三卷本）课题总负责人和上古至隋代文学史主编，该书后被选作高校教材。70年代主持编选《唐诗选》，“是公认的唐诗最佳选本之一”。80年代任《中国文学通史》（十四卷本）主编，后改任顾问。为第三届全国人大代表，第五、六届全国政协委员，全国文联委员，中国作家协会理事，国际笔会会员，国家古籍整理出版规划小组顾问。著有《七言诗起源新论》《诗经选》《诗经选译》《乐府诗选》《三曹诗选》《汉魏六朝诗选》和《汉魏六朝诗论丛》《古代文学杂论》等。

余冠英

【白蕉】（1907—1969） 作家、画家、书法家。本姓何，名法治，名馥，字远香，号旭如，后改名换姓为白蕉，因生于秋天橘香之时，故小名橘馨、橘弟，别号别署有复翁、复生、济庐、云间、云间生、虚室生、云间居士、养鼻先生、海曲少年、江水词人、不入不出翁、天下第一懒人、仇纸恩墨废寝忘食人等，江苏金山（今属上海）张堰镇人。1923年考入上海英语专修学校，加入蒋梅笙组织的诗社。1927年应鸿英图书馆董事长黄炎培之邀，到图书馆任《人文月刊》编辑。常往来于松江，与文友、画友、书友交往不绝，对松江文坛、画坛、书坛颇有影响。文学成就以诗歌见长。1929年，上海励群书店出版其白话诗集《白蕉》，收《使梦也睡去》《这是一张白纸》《在这世上》等新诗四十七首，内容大多是反封建礼教的“爱的悲愁和欣喜的歌咏”。另著有《白蕉自书诗册》《济庐诗词稿》及《云间谈艺录》《客去录》等。抗日战争时期，在任鸿英图书馆主任期间，著有《袁世凯与中华民国》一书，影射蒋介石不

白蕉

要重蹈袁世凯之覆辙，受到黄炎培、柳亚子、叶楚伧赞赏，评为研究近代史重要资料。书法取晋唐之风流，作画以写兰著称，篆刻法古融今。曾任上海中国画院筹委会委员兼秘书室副主任、中国美术家协会上海分会会员、上海中国书法篆刻研究会会员、上海中国画院书画师、南社纪念会成员。

【赵家璧】(1908—1997) 出版家、作家、翻译家。笔名筱延(小延)，华亭(今上海松江)人。上高中时，即主编《晨曦》季刊。大学求学时，为良友图书印刷公司主编《中国学生》。上海光华大学外文系毕业后，任上海良友复兴图书公司经理兼总编辑，1931—1933年任主编，推出综合性丛书"一角丛书"，主编"良友文学丛书"。1936年主编出版《中国新文学大系(1917—1927)》，对五四新文化运动以来新文学理论和创作成果作大规模的评价与总结。1937年任上海大美晚报社《大美画报》主编，复刊《良友画报》。1943年在桂林续出"良友文学丛书"。1947年与老舍合作在上海创办晨光出版公司，任经理兼总编辑，出版"晨光文学丛书"和"晨光世界文学丛书"，其中有《四世同堂》《围城》等。1954年任上海人民美术出版社副总编辑，兼摄影画册编辑室主任，编辑出版《苏联画库》四十种、《新中国画库》六十种。1960年任上海文艺出版社副总编辑。1927年在《小说月报》发表处女作《陶林格莱之肖像画》。著有《新传统》《编辑忆旧》《欧美小说之动向》《编辑生涯忆鲁迅》《书比人长寿》《文坛故旧录》和《回顾与展望》等。《编辑忆旧》获全国首届出版理论优秀图书奖。译著有《月亮下去了》《没有祖国的儿子》《今日欧美文学之动向》及《室内旅行记》等。1972年退休后，参加上海市政协组织的编译组，用集体笔名"伍协力"翻译了《漫长的革命》《赫鲁晓夫回忆录》《艾奇逊回忆录》《第二次世界大战史》《七姐妹》《跛脚巨人》《尼莱尔传》《塞内加尔》《1962年国际事务概览》《年鉴(汤可比)》和《阿拉巴马格里市史》等。曾为上海市政协常委、上海市人大代表、中国出版工作者协会第二届副主席、上海作协顾问、上海市编辑学会顾问。1990年获第二届韬奋出版奖。

赵家璧

【罗洪】(1910—2017) 女，作家。原名姚自珍，又名姚罗英，笔名罗洪，华亭(今上海松江)人。1929年中学毕业后当教师。1930年5月、9月先后在《真善美》杂志发表处女作随笔《在无聊的时候》、小说处女作《不等边》。为安心写作，辞去教职，到苏州当家庭教师，由此结识朱雯。1931年与朱雯合作出版书信集《从文学到恋爱》。翌年与朱雯在上海结婚。早年的短篇小说和特写主要发表在黎烈文编的《申报·自由谈》、王统照编的《文学》、施蛰存编的《现代》以及《大公报·文艺》《国闻周报》等报刊。1935年由上海未名书屋出版其第一个短篇小说集《腐鼠集》。1937年以松江为背景，创作长篇小说《春王正月》。全民族抗战期间《文汇报》晚刊连载其长篇小说《急流》，柯灵主编的《万象》月刊连载其长篇小说《晨》，后改名《孤岛时代》，1945年由上海中华书局出版。创作《倪胡子》《雪夜》《友谊》《践踏的喜悦》《王伯炎和李四爷》等短篇小说。中华人民共和国成立后，先后任《文艺月报》《上海文学》和《收获》等文学刊物编辑。发表报告文学《咱是一家人》等。20世纪80年代后再度投入文学创作，在《福建文艺》《上海文学》《文汇报·笔会》《人民日报·大地》及《女作家》等报刊上发表短篇小说和散文，创作了反映上海"孤岛"时期生活的中篇小说《夜深沉》《没有写完的生活答卷》。其《创作杂忆》在《新文学史料》连载。作品被收入《中国新文学大系(1927—1937)》《中国新文学大系(1938—1947)》《中国抗日战争时期大后方文学书系》及《20世纪中国女性文学文库》

罗洪

《新女性的地平线》等选集。出版《儿童节》《这时代》《践踏的喜悦》等十二部短篇小说集，《春王正月》《孤岛时代》《孤岛岁月》三部长篇小说，以及散文随笔集《往事如烟》(与朱雯合著)。2006年出版《罗洪文集》(三卷)。2012年，上海作家协会为罗洪出版作品精选本《百岁不老》。2017年，由上海市松江区文联主编、上海文艺出版社出版《罗洪小说精选》。曾参加全国第二次文代会。

【朱雯】(1911—1994) 作家、翻译家、文学学者。原名朱世霖，又名朱皇闻、朱黄雯，1928年改名朱雯，笔名有王坟、蒙夫、孟夫、司马圣等，华亭(今上海松江)人。1928年开始发表小说和电影理论文章。1929年出版短篇小说集《现代作家》和长篇小说《旋涡中的人物》。与文友在苏州创办白华文艺研究社，出版文艺旬刊《白华》。1932年苏州东吴大学毕业后在江苏省立松江中学任教，自编讲义，为高中学生开设外国文学史课，开中国中学课程设置之先河。1934年与施蛰存合编《中学生文艺月刊》。全民族抗战爆发后西行，在长沙时与张天翼、鲁彦等参加田汉主办的《抗战日报》创刊工作。1938年2月到广西桂林中学任教。主编文艺半月刊《五月》。1939年初返上海，任中学教员和新闻翻译，与陶亢德合编翻译刊物《天下事》月刊，与吴岳彦合办翻译刊物《国际间》半月刊。1943年5月，以“抗日罪”遭日本沪南宪兵队逮捕，备受酷刑。出狱后前往安徽，在上海法学院任教。抗战胜利后随校返沪，先后任上海财经学院、复旦大学、上海师范学院、上海师范大学教授，从事教学和翻译。为上海社会科学院文学研究所名誉所长。著有长篇小说《旋涡中的人物》《动乱一年》，短篇小说集《现代作家》《逾越节》《不愿做奴隶的人们》，散文集《百花洲畔》《烽鼓集》，随笔集《往事如烟》(与罗洪合著)。译著有长篇小说《苦难的历程》《彼得大帝》《西线无战事》《凯旋门》《生死存亡的时代》《流亡曲》《妄自尊大的人》《里斯本之夜》《汽车城》(与李金波合译)及报告文学《地下火》《地下的巴黎》等。1949年以前，曾参与编选中学语文课本《当代国文》，为上海中学生书局编写辅助教材《当代文法》《当代应用文》《中国文人日记抄》等。1949年后参加编选高校文科外国文学辅助教材。为上海市第八届人大代表、上海市文联第四届委员。

朱雯

【陆印泉】(1911—1994) 编辑、社会活动家、作家。华亭(今上海松江)人。1926年进省立松江第三中学(今松江二中)，1930年考入上海大夏大学，1931年转南京中央大学社会学系。曾任国民政府军事委员会政治部北战线《阵中日报》代理社长兼总编辑、同盟军中国陆军总司令部政治部少将秘书、中国警政出版社编审兼副社长。1932年开始发表文章，从事抗日宣传。中华人民共和国成立后，任民革上海市委常委、文史资料工作委员会副主任等职。擅长写作，在国内外报纸杂志发表文章六百余篇，一百四十余万字。有诗集《柔梦帖》、小说集《榕材集》《中国抗战的前途》和短篇小说《四月的紫堇花》《女看护》。

陆印泉

【褚同庆】(1912—1995) 教师，小说家。华亭(今上海松江)人。早年入上海美专学习西洋画，后转上海艺术大学，专攻油画。曾在松江、苏州等地中、小学任美术及语文教师。在松江县第一中学退休。1937年起改写《水浒传》，三易其稿，1985年由广州花城出版社出版《水浒新传》。全书共一百七十回，一百七十二万字，其中保留《水浒传》原著四十回，改写原著八十

褚同庆

回，增设五十回。在原著的基础上增添故事情节，突出封建官僚和人民大众的阶级矛盾，丰富了原"一百零八将"中一般人物的形象。晚年研究松江方言，20世纪80年代初撰《松江方言》四卷。1982年起参与《松江县志》编纂工作，撰写大事记和人物传。为松江县政协委员、县政协之友社《云间诗社》副社长。

贺宜

【贺宜】(1915—1987)　作家、文学理论家。原名朱棣园，江苏松江亭林(今属上海金山)人。早年任小学教师。1933年发表《蛟先生和他的联盟者》，翌年加入中国左翼作家联盟。1935年主编上海《生生月刊》。1936年出版第一本童话集《小草》。1937年发表长篇童话《两个花园》《地狱》。全民族抗战爆发后，在上海难民救济协会第一难童学校工作，同时为宣传抗日救亡积极写作。1939—1940年童话集《真实的故事》《隐士的胡须》、中篇童话《凯旋门》、长篇童话《木头人》由少年出版社出版。1940年赴江西泰和实验幼稚师范学校任教。1946年在上海第一师范学校任教，加入中国共产党。组织成立中国少年剧团，任团长。与陈伯吹、金近等发起组织中国儿童读物作者联谊会。1947年任华华书店《童话连丛》主编。中华人民共和国成立后，历任共青团上海市委少年儿童部副部长兼新少年报社社长、总编辑，《中国少年报》副总编辑，上海文艺出版社副社长兼副总编，少年儿童出版社副社长。著有长篇小说《刘文学》、儿童长篇小说《野小鬼》、长篇童话《儿童园》《小公鸡历险记》、童话诗《树林的故事》《仙乐》、童话集《野旋的童话》《小神风和小平安》及《星星小玛瑙》。儿童文学论著有《散论儿童文学》《童话的特征、要素及其他》及《小白花园丁杂说》。为上海市第一届政协委员、上海市第七届人大代表、上海作协理事。

【丽砂】(1916—2010)　作家、编辑、教育工作者。本名周平野，重庆江津人，长期在松江工作。1938年毕业于四川万县(现属重庆)师范学校。1940年起历任四川璧山《导报》《渝北日报》总编辑及文学副刊《主烽》主编，《诗生活》杂志主编。中华人民共和国成立后，先后任宝山县罗溪中学(现罗店中学)教师，中共宝山县委教育科科长、宝山县政府文教科科长、松江地委理论教员、江苏省立松江师范学校教师。1934年开始发表文学作品。1988年加入中国作家协会。著有散文诗集《冬的故事》《早晨的街》、诗文合集《森林炊烟》《遗忘的脚印》、诗词《昆虫篇》《谢》和《浪淘沙·恢复党籍》等。

【骆基】(1920—2000)　作家。笔名陆坚、马其，江苏松江(今属上海)人。1936年毕业于松江县立中学。1940年开始发表文学作品。1941年参加新四军，历任战士、学员、译电员、记者、编辑，敌工站组长及武装宣传队队长、政工队队长、师政治部副主任。1962年起任浙江省文联专业创作员、《俱乐部》和《浙江文艺》等刊物主笔及文化局创评组组长。1980年加入中国作家协会，任中国作家协会浙江分会理事。著有长篇小说《怒涛》、中篇小说《米夫子》《石莲与石强》、短篇小说《炮兵的故事》《换枪》《突围》、特写《硝烟中的爱》等。

【草婴】(1923—2015)　文学翻译家。原名盛峻峰，浙江慈溪人。曾就读于江苏省立第三中学(今松江二中)。1938年开始学习俄语。中国第一位翻译苏联肖洛霍夫作品的翻译家，曾以一人之力完成《托尔斯泰小说全集》翻译工作。译著的苏俄文学作品主要有：巴甫连柯《幸福》，戈尔巴朵夫《顿巴斯》，尼古拉耶娃《拖拉机站站长和总农艺师》，尼林《试用期》，肖洛霍夫《被开垦的处女地》(第一、第二部)、《一个人的遭遇》，卡泰耶夫《团的儿子》，班台莱耶夫《翘尾巴的火鸡》，《加里宁论文学和艺术》，莱蒙托夫《当代英雄》，列夫·托尔斯泰《高加索故事》、《安娜·卡列尼娜》(上、下)、《复活》、《一个地主的早晨》、《战争与和平》、《托尔斯泰中短篇小说选》。1960年参与《辞海》编纂，任编委兼外国文学学科主编。曾任华东师范大学和厦门大学兼职教授。为中国作家协会外国文学委员会委员、上海市文联副主席、上海作家协会副主席兼外国文学组组长、国际笔会上海中心理事兼翻译委员会主任、上海翻译家协会会长、中国译协副会长。1987年获苏联“高尔基文学奖”，1997年获中国作协“鲁迅文学翻译彩虹奖”，1999年获俄中友协“友谊奖章”，2002年被中国翻译工作者协会授予“中国资深翻译家”，2006年被授予“俄罗斯荣誉作家”“高尔基勋章”，俄罗斯作家协会名誉会员，2010年获中国翻译家协会“翻译文化终身成就奖”，2011年获“上海文艺家终身荣誉奖”。2014年获“上海文学艺术奖终身成就奖”。

【杜云之】(1923—) 报人、电影工作者、剧作家。笔名文亦奇。江苏松江(今属上海)人。松江文史专家杜诗庭之子。全民族抗战爆发后，避居沪上，就读大经中学。抗日战争胜利后，赴台湾进《新生报》任编辑。两年后转入《台湾公论报》任主编。发表传奇小说及“台湾怪谈系列”“东瀛怪谈系列”，以侠义系列“江南浪子”知名。继而自创良友出版社，出版三种杂志和单行本小说。后入电影界，任制片、编剧，编制影片三十多部。后在台湾艺术专科学校任教授。台北电视台创设，被聘为电视编剧，写剧本三百六十多本。1966年受聘于香港邵氏兄弟公司，专职写作电影剧本，和导演张彻、严俊、岳枫等合作，拍摄武侠影片。三年后返台，写小说、编剧、教书之余，研究中国电影史，出版多种学术著作。1979年迁居加拿大渥太华，任中文《加华侨报》副社长兼总编辑。研究北美华侨史，成果受学术界重视。1985年当选加拿大大上海同乡会会长。主要作品有《七罗刹》《四凤》《神龙甲》《恐怖怪病》《幽灵谷》《七支妖烛》《崔命符》《银狐》《血手观音》《白面狼》《夺命牡丹》《微笑的鹿莎》等。多部小说被改编为电影、电视剧。

【唐因】(1925—1997) 文艺评论家、作家、编审。原名何庄，笔名于晴，江苏松江(今属上海)人。1945年毕业于云南大学文史系，后毕业于华北联大研究生班，曾任云南当地中学国文教员。1949年调北京参加全国文代会筹委会工作，任全国文联干事。8月调《文艺报》，历任编辑、组长、总编室主任。1951年以中国人民赴朝慰问团随团记者身份慰问中国人民志愿军。1961年任哈尔滨《北方文学》编辑部编辑室主任。1979年12月调回北京参与全国第四次文代会报告起草。1980年任《文艺报》副主编。1985年任鲁迅文学院院长。20世纪40年代起，参与昆明《诗与散文》《高原文艺》等刊物编辑，开始文学创作，发表散文、诗歌、小说等。擅长文学理论批评，著有评论集《生活与创作》《谈民歌的写作》。1957年发表长篇文学评论《文艺批评的歧路》。1978年后参与文学界拨乱反正，撰有《论〈苦恋〉的错误倾向》《一个必须摈弃的荒诞公式》《题材杂议》《引导国民精神的火光》和《批评和量文的尺》等文艺批评与评论文章。为中国作家协会第四届理事。

唐因

【朱定】(1928—) 作家、中国作家协会会员、文学一级创作员。江苏松江(今属上海)人，家在松江钱泾桥北。1949年毕业于上海圣约翰大学新闻系。历任中央军委技术部二局科员、新疆石河子军垦农场宣教干事、《生产战线报》编辑、石河子文工团编剧。20世纪80年代后多次随中国作协代表团出国访问，任翻译。1949年开始发表作品，著有长篇小说《地狱与天堂》《中国伞兵突击队》、散文集《碧海青天》、短篇小说《关连长》《工程师讲的故事》《冰山雪莲》，短篇小说集《台湾来的渔船》《香岛除夕》。校译有《逃往中国》等。其中《工程师讲的故事》选入1958年全国高中语文课本，《关连长》改编成电影。短篇小说《同志与先生》获1997年联合国世界短篇小说竞赛三等奖。为石河子文联副主席兼秘书长，石河子市第五、六届人大代表，新疆维吾尔自治区第五至七届政协委员，新疆维吾尔自治区文联委员。

朱定

【唐润钿】(1929—) 女，作家。笔名雨耕、金田、唐钿，江苏松江(今属上海)人，定居于中国台湾。台湾大学法律系毕业，历任小学教员，律师事务所助理，台湾“中央图书馆”干事、人事管理员、编审等。致力于电视剧本的创作，兼写散文、小说。著有散文集《瓜与豆》《罗兰的笑谈》，显示其散文清新、婉约、朴实的创作风格和题材广博的创作内容。著有短篇小说集《石缝小树》，以写实的散文笔法、温柔的笔调、动人的故事，揭示深刻的哲理。将上百篇生活法律故事结集为《生活法律故事》。著有传奇故事《女中词圣——李清照》《乐天诗人——白居易》《三绝名士——郑板桥》等，其中《革命诗僧——苏曼殊传》最出色。有书评专集《书僮书话》《好书引介》及《先贤先烈传记丛刊》(之一)等存世。其作品多次获奖。

【陈天昌】(1932—) 科普作家。笔名白帆，江苏松江(今属上海)人。1950年4月考入开明书店，1951年2月进自然科学编辑室，1952年转中国青年出版社自然科学编辑室，1982年调中国少年儿童出版社自然科学编辑室。历任助理编辑、编辑、编辑室副主任、主任等。1955年起从事科普创作，陆续发表科普小品、童话、散文、图说、科普名著研究等文章二百多篇，出版《龙宫探奇》《自然奇观知多少》等科普读物十六种。1984年编著《天空奇观》，用汉、蒙、藏等六种文字出版发行。1992年编著《中国孩子的疑问》，在台湾和大陆同时出版发行，1994年获中国图书奖，1996年获第三届全国优秀科普作品三等奖。在中国科普作协第三次全国代表大会上被授予“建国以来成绩突出的科普编辑家”。曾为中国科普记协首届理事会理事，全国少年儿童知识读物编辑工作研究会副会长、会长，中国编辑学会首届少儿专业委员会主任委员，中国科普作家协会第二、三届少儿委员会委员。

【吴春荣】(1937—) 作家，中学语文特级教师。江苏松江(今属上海)人。1959年毕业于上海师范学院，先后供职于松江二中、上海电大松江分校、松江教师进修学院。1988—1996年被聘为上海市中学语文教材专职编撰。1994年获评特级教师。曾任上海市中学教师高级职称评审委员会语文学科评委、上海市中小学图书评选委员会语文学科评委。1965年在《文汇报·笔会》首发散文。著作有长篇小说《初吻人生》《小镇上的爱》、散文集《大自然的语言》《哲理珠贝的采拾》、古典诗词评论《唐人100名句赏析》、长篇报告文学《崇高的岗位》等，以及《散步思絮》《松江历代作家作品选注》。《吴春荣文稿》(十卷)于2012年7月由上海教育出版社出版。曾主编书籍上百部。八十岁后，与人合作出版《松江人物》(上下册)，与俞仁良合作编纂《〈南村诗集〉笺注》。1987年加入上海作协，1995年加入中国作协，2002年加入中国散文学会和中国报告文学学会。2014年被世纪百家国际文化发展中心评为“高级创作员”。

吴春荣

【方崇智】(1940—) 儿童文学作家，中学语文高级教师。笔名磊明，安徽合肥人。1961年毕业于上海师范学院中文系，历任松江教师进修学校教师、县教育局干事、松江第二中学语文教师。20世纪50年代后期开始发表文学作品，著有寓言集《懒汉吃鱼》、《数学家的魔箱》、《现代寓言》(台湾版)、《聪明的傻瓜蛋》(台湾版)、《仙境拾宝》(台湾版)、《魔术大师》、《狐大嫂开店》及《上帝的玩笑》，童话集《魔怪兄弟》，童话寓言合集《智慧魔方》等。寓言《生命的真理》获1985年《儿童时代》全国寓言征文奖、陈伯吹儿童文学奖，寓言《理想和种子》入选《中国新文学大系(1976—2000)》“儿童文学卷”，寓言《蜗牛和马》选载于《中国文学》英文版和法文版(1992年第一期)。20世纪80年代起，寓言《燕子妈妈笑了》(又名《每次有进步》)、《知了学飞》、《征友启事》等先后入选全日制六年制小学语文课本；寓言《三位天使》《战胜命运的孩子》入

方崇智

选《中国儿童文学(1919—2019)》"百年百篇"丛书;有六十余篇作品被译成英、法、韩、俄等多国文字。1987年加入上海作家协会,1997年加入中国作家协会,曾任松江文联副主席、文学分会会长。

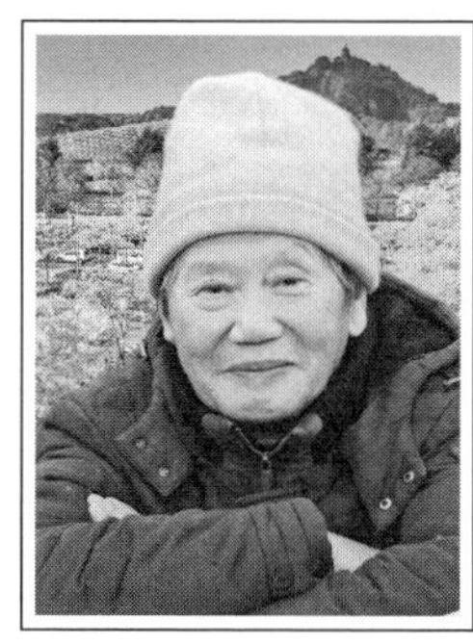
沈敖大

【沈敖大】(1941—) 作家。笔名遨达、沈松、杨松。江苏武进(今属常州)人,20世纪60年代起定居松江。1965年上海师范学院中文系毕业,先后在上海锅炉厂、上海消防器材总厂任教育科科员、宣传科干事、厂办副主任。1987年进华东政法学院古籍研究所,从事研究工作,并任校产办副主任。1995年调立信会计出版社任副社长、副总编、副研究员。著有杂文集《古今杂谈》、历史小说《赤壁鏖战》、"文科十万个为什么"分册《华夏风范》(与人合作)、随笔集《浮生感悟》,编辑《论语解读与品析》《忠诚——今日老三届》《中国文化区开发建设》《大学语文》等,点校《唐大诏令集》(与人合作)。2009年出版长篇小说《大明名相徐阶传》(与沈依云合著)。

【张铁苏】(1942—2013) 儿童文学作家,科普作家。中国民间文艺家协会、中国科普作家协会、中国作家协会会员。江苏松江(今属上海)人,居上海金山。曾在金山中小学任教,1979年调金山县少年宫从事儿童文学创作辅导,主编少先队活动资料《小浪花》,为中小学生《金丝鸟文学报》《新金山少儿文学报》副主编。1964年开始发表作品,共有童话、诗歌、故事、歌谣三千多篇(首)。著有儿童故事集《阿毛探长》、知识童话集《猫头鹰戴眼镜》《小牛牛找朋友》《会说话的眼睛》《雪花姑娘变戏法》《蜗牛坐"火箭"》《会走动的花》《馋小狗看家》《没嘴巴的娃娃》《小麻雀出操》《小鸭子拔河》《小小呼啦圈》《小老鼠锯尾巴》、儿童讽刺诗集《没耳朵变尖耳朵》等。著有歌谣集、歌词集、故事集、诗歌集三十一种。出版儿歌盒带《痒痒球》《海浪花》及《亲亲我的好妈妈》。另有《金山农民画歌谣集》《金山农民画童谣集》及《金山农民画民谣集》珍藏本等。曾获全国和省市级作品优秀奖。为上海市金山区儿童文学协会会长。

金坚范

【金坚范】(1942—) 散文家、翻译家。江苏松江(今属上海)人。1965年毕业于上海外语学院英语系。历任《北京周报》译员,国务院外国专家局译员,亚非作家常设局译员,中国人民保卫世界和平委员会和中国人民对外友好协会翻译,中国驻埃塞俄比亚大使馆大使翻译、外交职衔随员,中国作家协会外联部译员、处长、副主任、主任,中国作家协会书记处书记,副译审。20世纪80年代初开始发表作品。1991年加入中国作家协会。著有《紫禁城》《金坚范海外游记》《枫叶之国加拿大》《阿里山的思念》和《香江情浓似酒》等散文随笔集,译著纪实文学《日本历史上最长的一天》,合译《卡夫卡日记》《最高法院谋杀案》等。

【姜云生】(1946—) 作家、副教授。杭州人。1967年毕业于复旦大学历史系,在松江先后任小学、中学、电视大学教师。20世纪70年代起从事诗歌、(科幻)小说、散文创作,译著文学作品。著有科幻小说集《十九号太阳门》《来自外星球的礼物》(与姜亦辛合著),散文集《细读自己》。发表科幻科普译作五十余万字。1993年主编《台湾科幻小说大全四十年》。科幻作品《长平血》(获首届华人科幻文艺奖小说类第二名)、《厄斯曼故事》(获台湾《幼狮文艺》创刊40周年科幻征文佳作奖)、《一个戊戌老人的故事》(获第三届中国科幻银河奖二等奖)等。1989、1991年先后获中国科幻小说"银河奖"优秀奖、二等奖。1998年以访问学者身份参加在美国堪萨斯大学举办的科幻小说创作研讨活动。其认为:科幻小说的哲学内涵在于人类对自身命运及宇宙存在的思考与探索;好的科幻小说应该是生动形象地撩开宇宙及人类自身的神秘面纱的创意作品。为松江县政协第七至九届委员会副主席，松江县第一、二届文学艺术界联谊会主席。

余士君

【余士君】(1946—) 上海报人，中国作家协会会员，高级编辑。笔名余之，浙江宁波人，家住上海。1966届松江二中高中毕业生。1968年入伍东海舰队，先后任宣教科员、报道组组长。1974年转业上海文汇报社，先后任要闻部编辑，《文汇月刊》编辑、编委，《中国电影时报》(后改名《文汇电影时报》)副主编，《笔会》副刊部副主任。1984年组稿编辑的黄宗英报告文学《小木屋》获中国第一届小说报告文学优秀编辑奖。2006年退休，次年被聘为《东方早报》审读。2008年被聘为上海大学《秘书》杂志编委。2010年被聘为上海伦予文化有限公司文字总监。2012年被聘为《文学报·新批评》特约编辑。从事报业四十余年，曾组织刘晓庆《我的路》、夏衍《答〈文汇月刊〉记者十问》等有影响的报告文学、文章。参与组织《中国电影发展前景的讨论》和第一、二届文汇电影奖评奖活动。著有长篇传记文学《梦幻人生——石挥传》，散文随笔《摩登上海》《面壁诗话》《岁月留情》《风吹叶子》等。

【王伯芳】(1947—) 儿童文学作家。曾用名伯方，笔名方欣。江苏松江(今属上海)人。毕业于北京大学经济系。1974年起先后在上海少年报社、上海教育报刊总社任记者、编辑、编辑部主任、主编、编审、采编总监。20世纪70年代起，开始业余创作儿童文学、寓言，研究民间文学、中国传统文化。著有儿童文学集《白兔妈妈安家》《掉队的小雁》《啄木鸟先生》《山谷的回声》和《王伯方儿童文学论文集》等十余种。编辑出版童话读本《童话词典》《包蕾童话选》《狐狸摩斯探案》等二十余种。80年代起先后加入中国寓言文学研究会、上海作家协会、上海民间文艺家协会、中国作家协会。

陈鹏举

【陈鹏举】(1951—) 学者、报人、作家。浙江舟山人，生于上海，现居松江。读书八年，打工十三年。1981年经社会招聘考试，进入上海解放日报社文艺部，先后任记者、编辑。编《朝花》副刊十五年。1995年独立创办、主编《文博》版面。1981年开始发表作品。著有旧体诗词集《黄喙无恙集》，散文集《美意朦胧》《九人》《文博断想集》《风历堂题记》《万憙笔谈》《烟霞美文》。2005年加入中国作家协会。为上海收藏鉴赏家协会副会长、上海诗词学会副会长、松江区华亭文社社长。

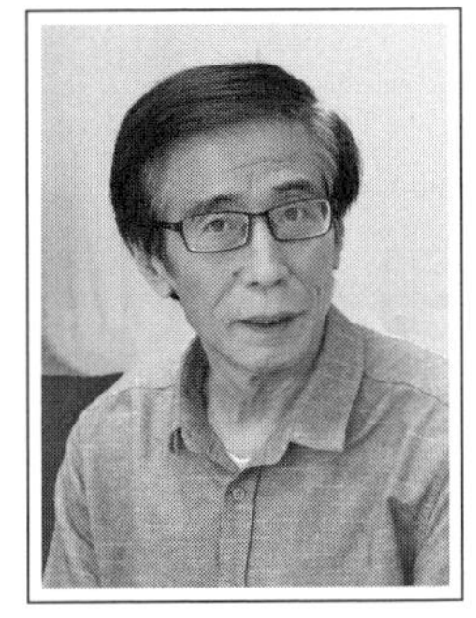
榛子

【榛子】(1952—) 小说家。本名刘宝生。祖籍广东，出生于上海。1960年随父母去内蒙古平庄矿务局，当过知青、矿工、教师等，1985年定居松江。1980年开始业余创作。发表小说、散文、影视作品百万余字。中、短篇小说散见于《人民文学》《上海文学》《青年文学》《北京文学》《江南》《小说家》《草原》《天涯》《滇池》《大家》《阳光》等刊物。有作品被《小说选刊》《中篇小说选刊》及《小说月报》转载。小说《渴望出逃》获评中国作协、中国煤矿文联“第四届全国煤矿文学乌金奖”中篇小说一等奖，收入“沪、港、台三城记小说系列”之“上海卷”。小说《且看满城灯火》收入中国作协创作研究部《2004中国中篇小说精选》。短篇小说《月光苦琴》获《阳光》杂志2009—2010年度奖。中篇小说《风在上龙在下》收入《新世纪小说大系》之“青春卷”。散文《地层深处的灯》获台北《联合报副刊》“众生相”征文优秀奖。著有中短篇小说集《渴望出逃》《弄堂有风》、散文集《你把心放宽》。上海作协会员，中国作协会员。为上海市作家协会第八届签约作家。1994年5月至1995年2月任松江县文联秘书长。

【何居华】(1953—) 作家，诗人。贵州绥阳人，2013年定居松江。毕业于贵州大学外语系，后入四川外国语大学进修。20世纪80年代初开始文学创作。先后在《诗刊》《诗探索》《人民文学》《星星》《诗歌月刊》《当代诗歌》《朔方》《世界散文诗作家》以及《山花》《花溪》等刊物发表诗歌五百余首，散文近百篇，及小说、影视剧等作品。著有诗集《鹰翅下的高原》《野花的光芒》《旧时岁月》、小说集《印达拉佛像之谜》《侠技惊天》。部分诗歌被收入《诗刊》编辑的十人诗合集《闪烁的星群》。有作品选入《中国年度诗歌》。曾获中国第二届"红高粱"诗歌奖、《诗刊》"依帕尔汗杯"优秀奖、《人民文学》"高山流水遇知音"入围奖、中国航天科工集团"我与中国航天"一等奖、贵州省职工文学大奖赛三等奖等。为贵州省作家协会会员，中国作家协会会员，贵州省电影家协会会员。

何居华

【范小青】(1955—) 女，作家，社会活动家。江苏松江(今属上海)人，后移居苏州。曾下乡插队务农，1978年初考入江苏师范学院(今苏州大学)中文系，1980年开始发表文学作品。1982年毕业后留校教学文艺理论。1985年初调江苏省作家协会从事专业创作。迄今出版三十多部长篇小说和其他作品集，影响较大的长篇小说有《裤裆巷风流记》《个体部落记事》《误入歧途》《无人作证》《灭籍记》等。散文随笔集有《花开花落的季节》《走不远的昨天》《又是雨季》《贪看无边月》等。《范小青自选集》(三卷)由人民文学出版社出版。多次获得各种文学奖。曾任江苏省作家协会副主席、主席、党组书记。为全国政协委员；江苏省第七、八届政协委员，第九届常委、教育文化委员会副主任；江苏省第十次党代会代表；江苏省青联第七届副主席；中国作家协会第九届全国委员会委员。

范小青

【陆军】(1955—) 剧作家，戏剧教育家，戏剧理论家。上海市文史研究馆馆员，上海戏剧学院学术委员会主任、二级教授、博士生导师、戏剧与影视学学科带头人、编剧学学科带头人，国家社科基金艺术学重大项目首席专家。江苏松江(今属上海)人。中学毕业后务农，开始业余文艺创作。1977年考入上海戏剧学院，毕业后分配到松江县文化馆从事群众文艺创作辅导工作，曾任副馆长。1981年创作沪剧小戏《定心丸》，在社会上引起热烈反响，剧本由《解放日报》连载。1990年加入中国作家协会，2005年出版《陆军文集》(八卷)。1993年调上海戏剧学院从事高等戏剧教育。2007年起首创编剧学，列上海市高峰学科建设计划、上海高水平地方高校建设计划。2015年起创建上海戏剧学院编剧学研究中心，创编《编剧学刊》(集刊)，列全国戏剧期刊联盟；创立"百·千·万字剧"编剧工作坊，获上海市级教学成果奖特等奖、国家级教学成果奖二等奖，并获国家艺术基金人才培养项目资助；开设《编剧概论》，获评首批国家级一流本科课程；创建"中国戏剧故事工厂"，获批教育部新文科研究与改革实践项目；曾两次获批国家社科基金艺术学重大项目，实现上海地方高校零的突破。2015年倡办上海校园戏剧文本孵化中心，主持上海高校大师剧文本创作，获评教育部高等学校思想政治工作精品项目。2018年创办人文松江创作研究院，策划主持松江"一典六史"(《松江人文大辞典》和《松江简史》《松江文学史》《松江戏剧史》《松江诗歌史》《松江书法史》《松江

陆军

绘画史》）编纂工程与松江历史名人题材系列戏剧、松江现代人文题材系列戏剧创作与演出。至2019年已出版个人著作十五种（二十二册），合著、合编、主编图书四十五种（一百二十九册）；上演大型戏剧三十六部。历任中国戏剧文学学会副会长、上海戏曲学会会长、上海市松江区文学艺术界联合会主席、上海市人文松江创作研究院院长、复旦大学高级职务校外同行评审专家、美国哥伦比亚大学编剧专业艺术硕士研究生中方导师、《中国大百科全书》（第三版）戏剧文学分支主编。曾获首批全国文化系统劳动模范、首届全国教材建设先进个人、文化部优秀专家、上海市劳动模范、上海市科教系统优秀共产党员、上海市教卫系统优秀共产党员、“首届最美上戏人”等荣誉称号。为国家教学成果奖、国家文华奖、宝钢优秀教师奖、国务院政府特殊津贴获得者。系上海作协会员、中国作协会员。

【丁建顺】（1955—　）　当代作家、教授。江苏川沙（今属上海浦东新区）人。在家乡完成小学、中学学业，后回乡劳动。1977年进入复旦大学外文系学习，曾在松江工作，现为华东政法大学科学研究院教授。1982年开始发表小说。其短篇小说处女作《新安江上游的传说》刊发于《安徽文学》，由《小说月报》转载，获安徽文学佳作奖，并由安徽电视台拍摄成电视剧《老撑船》。

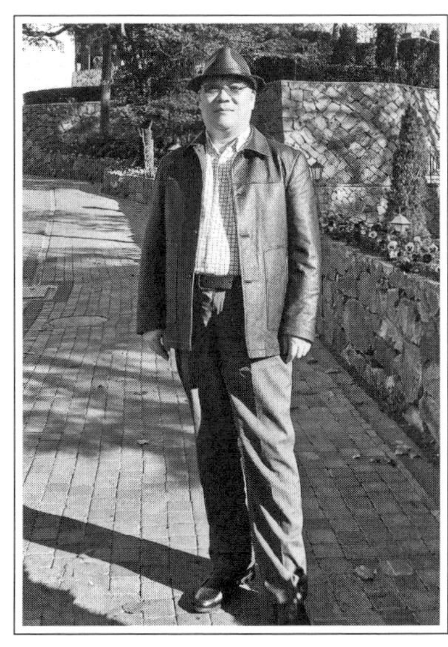

丁建顺

热心于文学研究与创作，涉足多个领域，出版有《丁建顺中短篇小说集》、散文集《随洪丕谟游》、书法集《丁建顺书法选》。著有长篇小说《大药商》（2012年上海三联书店出版）、《收藏家》（刊2013年《当代·长篇小说选刊》第二、第三期）。迄今已出版包括文学作品在内的各类著作二十余种。曾获得多地政府的项目扶持。系中国作家协会会员。

【王季明】（1959—　）　当代小说家。本名王建明，上海松江人。在上海完成小学和中学学业。1977年9月到松江县张泽人民公社插队，1980年9月到上海照相机厂工作，1992年9月到上海申通地铁车辆分公司工作至退休。1986年开始文学创作活动并发表作品。曾在《中国作家》《十月》《山花》《青年文学》《小说界》《大家》等各类文学刊物上发表中、短篇小说近八十篇，计一百多万字，多篇小说被其他媒体转载。著有长篇小说《我想过穷日子》《说吧，让我们说吧》、中短篇小说集《露天舞会》《舞女》《麦莎这个娘儿们》等。另有与人合作的电视连续剧剧本《老马家的幸福往事》。系上海作家协会会员、中国作家协会会员。

王季明

【许平】（1961—　）　女，散文家、报告文学作家。祖籍山东，生于上海，长在松江。曾服役于武汉空军和上海警备区。毕业于上海师范大学中文系和华东师范大学中文系。1984年发表第一部中篇小说《新竹》（合作）。著有散文集《妈祖人》《渡舟自横》《平儿小窗》《海上楷模》《写着写着就写到了你》《过去的现在的》等，其中《写着写着就写到了你》被中国现代文学馆珍藏。

许平

任《松江报》副总编兼副刊部主编，松江区融媒体中心党委委员、副主任。曾获上海市五一劳动奖章、中国最佳散文创作奖和中国当代散文奖、上海市作家协会年度作品奖、松江区云间文学奖。曾获评上海区、县报“十佳新闻工作者”，松江区“优秀新闻工作者”“松江区优秀职工”。为中国文联第十次全国代表大会代表，上海市文联第七届委员会委员，松江区文联秘书长、副主席、常务副主席，松江区作家协会主席。为上海市作家协会会员、理事，中国作家协会会员，中国散文学会会员，中国报告文学学会会员。

【禹风】（1968— ） 小说家。原名孟宇峰，上海人，现居松江。复旦大学新闻系毕业后任记者十余年。后辞职去欧洲，获巴黎高等商学院硕士学位。中学时代即有作品见报。2015年起，其小说陆续见于《当代》《人民文学》《十月》《花城》《山花》等文学刊物，并被《小说月报》《小说选刊》《中篇小说选刊》转载。中篇小说《洋流》《鳄鱼别墅》分获上海市作家协会2017、2018年度作品奖。《番石榴故事》收入中国作协2017年年选本。2018年《炮台少年》获《山花》杂志“双年奖”。2018年《梦潜》获《广州文艺》“都市小说双年展二等奖”。2019年12月，中篇小说《下降流》跃上“收获文学排行榜”中篇小说榜第六名。长篇小说有《巴黎飞鱼》《静安1976》等。其小说创作主要关注上海市井、外企白领等，同时关注诸多社会问题。为上海市作家协会会员。

禹风

【郁雨君】（1969— ） 女，儿童文学作家。上海松江人。曾任《少女》杂志主编、《少年文艺》杂志副主编。主要作品有辫子姐姐心灵花园、辫子姐姐故事星球、辫子姐姐长大有意思、辫子姐姐纯情经典等系列。共出版一百余部儿童文学作品，作品多次登上全国少儿书开卷榜前列。曾获“陈伯吹儿童文学奖”“大众喜爱的五十种图书”“全国优秀少儿图书奖”“《儿童文学》小说擂台赛金奖”等奖项。作品入选慕尼黑青少年图书馆“白乌鸦书目”。编剧的少女电影《十三岁女孩》参赛戛纳电影节“青少年竞赛单元”。著有短篇小说《忧愁河上的印记》《一定要幸福》《奇奇怪怪姐妹俩》。为上海市作家协会会员、中国作家协会会员。

郁雨君

【陆梅】（1971— ） 女，小说家、散文家、儿童文学作家、文学工作者。笔名梅子、辛夷花，上海松江人。1992年毕业于中国纺织大学机械系，同年进上海第一纺织机械厂设计所。1995年进文学报社，任记者、副主编。大学时代开始发表作品。著有长篇小说《生如夏花》《当着落叶纷飞》，中篇小说《天堂来信》《像蝴蝶一样自由》，短篇小说集《我的忧伤你不懂》，散文集《寂寞芬芳》《寻觅隐约的光亮》，人物随笔集《谁在畅销》《文字的背后》《文学家的星空》等。作品多次获奖并被收入各类丛书。《马不停蹄的忧伤》入选《21世纪中国文学大系（2002年儿童文学）》，《生如夏花》收入陈伯吹儿童文学桂冠书系。《寂寞芬芳》获第四届全国少儿图书三等奖。《天堂来信》《文学家的星空》《我的忧伤你不懂》分获2005、2007、2008年度冰心儿童文学图书奖。为上海市作家协会会员、中国作家协会会员、上海青年文联会员。

陆梅

【徐俊国】（1971— ） 诗人、画家、群众文化工作者。祖籍山东青岛，2008年定居上海松江。系首都师范大学驻校诗人、北京大学访问学者。参与创建华亭诗社并任社长（2009—2019）。现任松江区文化馆副馆长、松江区文联副主席。出版诗集《鹅塘村纪事》《燕子歇脚的地方》《自然碑》《徐俊国诗选》《致万物》以及绘画本诗集《你我之间隔着一朵花》等，主编《华亭诗丛》。《鹅塘村纪事》入选中华文学基金会“21世纪文学之星”丛书（2007年　卷）。以“鹅塘村”系列写作引起诗坛关注，成为“70后”代表诗人之一。在《人民日报》《光明日报》《新华文摘》《青年文摘》《人民文学》《十月》《中国作家》《北京文学》《青年文学》《天涯》《文艺报》《文学报》《诗刊》《星星诗刊》《扬子江诗刊》《诗选刊》等发表大量诗歌。作品入选《中国散文诗百年经典》《中国散文诗一百年大系》《〈诗刊〉创刊60周年诗歌选》以及中国作家协会创作研究室等主编的《中国年度诗歌精选》《中国新诗排行榜》《中国最佳诗歌》《中国诗歌精选》《中国年度诗歌》等年度选本。获得冰心散文奖、华文青年诗人奖、中国诗剧场“诗歌奖”、“第一朗读者”最佳诗人奖、汉语诗歌双年十佳、上海作家协会年度作品奖、“茅台杯”全国十佳散文诗人奖、第三届中国散文诗大奖、《西北军事文学》年度优秀作品奖等奖项。系中国作家协会会员。

徐俊国

【王崇党】（1974—　）诗人。笔名南鲁，原籍山东菏泽，现定居上海松江。1991年12月入伍，1997年毕业于解放军艺术学院，2006年转业到中共上海市委社会工作党委工作，现任职于松江区岳阳街道。迄今已出版个人诗集五部，其中《南鲁诗选》获《诗刊》双年度优秀诗集奖，诗集《出神》获上海作协2016年度作品奖和松江区云间文艺奖。获得过“人祖山”杯国际散文诗大奖赛一等奖、“铜铃山”杯全国诗歌大奖赛二等奖等几十个全国性奖项。参加第十四届全国散文诗笔会、第二届“茅台酱香杯”星星·散文诗全国青年诗人笔会、上海市作协第四届青创会。作品散见于《诗刊》《中国文化报》《光明日报》《星星》《解放军报》《文学报》《解放日报》《世界论坛报》《大公报·诗歌专号》《中国国防报》《政工导刊》等几十家报纸杂志。为中国作家协会会员、上海市作家协会会员、松江区文联理事。

王崇党

【袁雪蕾】（1977—　）女，诗人。上海松江人。1997年松江卫校毕业后进入松江区岳阳街道社区卫生服务中心工作。2007年进松江区卫生局从事宣传工作。现为松江区卫生健康委员会宣传干事、松江区健康促进中心老龄事务科科长，少年时热爱诗歌，成年后笔耕不辍。迄今已出版个人诗集《照面》《多想是一束光》《白纸的星空》《云间起吟》，另有两本诗歌合集。诗歌发表于《诗刊》《星星》《诗选刊》《散文诗》《上海诗人》等四十多家刊物。作品入选《中国年度诗歌》《中国诗歌年选》《中国优秀散文诗选》等三十多个选本。多次入选《诗选刊》“中国诗歌年度大展特别专号”、《诗选刊》“中国女诗人专号”等。多次获得诗歌奖，主要有：第十九届“文化杯”全国鲁藜诗歌奖、《西北军事文学》年度优秀作品奖、“心中的梦”上海市诗歌征集大赛一等奖等，诗集《白纸的星空》获2013年度上海市作协会员年度作品奖。参加第十五届全国散文诗笔会。为松江区第三届政协委员。系中国诗歌学会会员、上海市作家协会会员、中国作家协会会员。

袁雪蕾

松江区上海市作家协会会员名录

姓名	笔　名	性别	生年	主　要　作　品	入会时间
刘长海	苏海、鲁木	男	1941	评论集《美学的沉思与批评》《艺术的花环》	2003
汤炳生	野兰	男	1945	剧本集《阿拉上海人》、长篇小说《跑码头（上部）》、小说报告文学集《在同一条路上》	2019
朱正安	赤松溪、曾安	男	1947	剧本集《喜从何来》、长篇小说《乡村伤变史》、小说集《南笛北弦》	2013
钱明光	日月光	男	1949	散文集《一里泾边挑荠菜》《我在广富林等你》	2018
陈福康	晓晨、康文、广文	男	1950	《日本汉文学史》《郑振铎年谱》《郑振铎传》《中国译学史》《鲁研存沛》等	2009
俞福星	任哲宇	男	1951	散文集《觅雅集》《捕韵集》等	2015
刘　敏		男	1953	中篇小说集《猎鹿人》等	
黄忠杰		男	1955	散文集《寻觅松江》《松江文化五千年》等	2019
徐亚斌	雅宾、小雅	男	1955	散文集《我的瓦尔登湖》《父亲和烟的记忆》《〈论语〉中的成语解读》等	2016
刘红炜		男	1955	作品合集《生命之帆》、散文集《北非迁徙》、电视剧本《我心似白云》	2014
王迎高		男	1955	散文诗集《走进心灵》《心灵牧语》《骨头里的灯盏》《大地指纹》《大地肺腑》等	2013
成　江		男	1956	传记《张爱玲》、注本《何典新注本》	2000
俞富章	古鉴	男	1957	散文集《坐在夏天的荷塘边》《折一枝秋天的芦苇》《遇见冬天里的火棘果》《春天枸杞香动人》	2015
何伟康		男	1957	散文集《根的情怀》《秋声萦怀》	2017
王　斌		男	1961	长篇历史小说《张让》、中篇小说集《迷的色彩》、散文集《阳光的舞》等	2016
宋顺弟	半岛	男	1964	《光，我与你一起走》(组诗)、《宿命》和《冷风》等	2016
侯建萍	梦竹	女	1965	人物专访《代有才人》、散文集《泉音》《眼前有景》《寻找宁静》	2012
罗　琳		女	1965	诗集《漠漠烟如织》《鹿鸣》等	2009
周民军	漫尘	男	1966	小说集《谁让我遇见了你》、诗文集《云影天光》《温柔渐渐老去》	2011
倪红霞	妮妮	女	1966	《倾听花开的声音》《爱有花开——倪红霞生命热爱教育实践》《好孕来临——预约一个健康的宝贝》等文集	2018
陆　群	子薇	女	1969	散文集《远去的村庄》、诗集《向日葵里的密码》《岁月拷》《小寒香》《白菩提》等	2009

（续表）

姓名	笔　名	性别	生年	主　要　作　品	入会时间
赵　靓	萝芙菊子、赵萝芙	女	1970	诗集《蕊菲花开》《莲鹤》、散文集《野菊花》等	2017
李　潇	皖梓	男	1970	《幸福如尘》、《理想主义的暖》、《深呼吸·梦想都开花》(与袁雪蕾合著)、《不动声色》四部诗集	2014
吴雅弟	朵而	女	1970	诗集《黑琴键》《黑火焰》《戴棒球帽的男孩》(澳大利亚中英文)、读本《旧的光与啄破的夜》	2018
宋远平	古铜	男	1971	散文诗集《狂草》	2018
胡　震	余墨	男	1972	诗集《渐悟者》《养鹤的人》	2020
张　萌	南镞	男	1975	诗集《时光的旧棉袄》《偏僻记》《回声》等	2014
庄锋妹	无萱草	女	1978	《隔壁的学霸是怎样炼成的》三部曲、《今年，我们学而思》三部曲、《脑洞作文》第一季、《一带一路上的中国密码》(1、2)	2018
颜　萍		女	1981	散文集《向往恬静》《至慧集》	2020
陆　歆	青花	男	1992	散文集《柏拉图的木马》	2020

说明：部分会员由外省市作协转入上海市作协，入会时间栏为加入外省市作协的年份；已列为专条的会员不再列入表内。

作 品

文 集

【天梅遗集】 诗词集。作者高旭，由其弟高基将其所著诗词编为《天梅遗集》(十六卷)，分诗十卷、词六卷，设附录一卷。有1934年刻本。2003年，社科文献出版社出版辑校本《高旭集》，以《天梅遗集》为上编，以增补的诗文为下编。

【吹万楼文集】 书名。作者高燮(高吹万)。1941年刊印。2017年上海大学出版社根据旧本重新出版。共十八卷，其中论辩二卷，序跋四卷，书牍三卷，赠序一卷，传状三卷，碑志一卷，游记二卷，杂记一卷，铭颂、哀祭、题像合一卷以及附录《愤悱录》。文集中的散论、诗篇，如《醒狮歌》《宝剑篇》《谈史杂咏》《近事新乐府》等，曾载于于右任创办的《民立报》。

【中国新文学大系】 书名。赵家璧主编。中国新文学运动第一个十年(1917—1927)理论与创作作品的选集。1935年5月至1936年2月由上海良友图书公司出版，全书共分十集，由蔡元培作总序，胡適、茅盾、鲁迅等编选人作分集导言。

【朱鸳雏遗稿】 书名。作者朱鸳雏，时希圣编辑，吴大愚校阅，姚鹓雏题词。1936年上海大通图书社印行，中西书局总店销售。分小品文、手札、诗歌、纪实四辑。

【施蛰存全集】 书名。作者施蛰存。1996年华东师范大学出版社出版《施蛰存文集·文学创作编》(三册，收作者短篇小说与散文作品)。在此基础上，2011—2012年，华东师范大学出版社编辑出版《施蛰存全集》，共六卷，包括《施蛰存全集·十年创作集》《施蛰存全集·北山散文集》《施蛰存全集·北山金石录》《施蛰存全集·北山诗文丛编》《施蛰存全集·北山楼词话》《施蛰存全集·唐诗百话》。

【陆军文集】 书名。作者陆军。2005年12月江苏凤凰文艺出版社出版。设戏曲二卷、话剧一卷、短剧一卷、影视文学一卷、学术理论二卷、散文一卷，共八卷。余秋雨作序。戏曲卷收入十二部大型戏曲剧本，话剧卷收入七部大型话剧剧本，短剧卷收入三十九部短剧剧本，影视文学卷收入剧本六种，理论卷收入《编剧理论与技法》《外国名剧研究》和《剧本写作教学研究》，散文卷收入回忆录、杂文、随笔、书信、生活思考、感言及创作构想、时评等。汇集作者自20世纪80年代至21世纪初创作演出的主要剧作，出版、发表的主要著作、学术成果及重要文章。

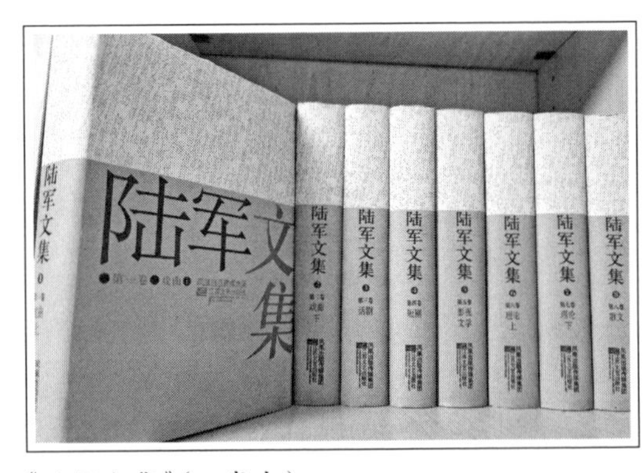

《陆军文集》(八卷本)

【罗洪文集】 书名。作者罗洪。2006年香港文汇出版社出版，共三卷，包括长篇小说、中短篇小说、散文等。

【姚鹓雏文集】 书名。作者姚鹓雏。2008年上海古籍出版社出版。集中收入中长篇小说《春奁艳影》《夕阳红槛记》《宾河鹣影》《恨海孤舟记》《珠箔飘灯录》《风飐芙蓉记》《燕蹴筝弦录》等十三部，短篇小说七十三篇，囊括了作者一生创作的全部小说作品。另有《恬养怡诗》《苍雪词》《沈家园传奇》和《江左十年目睹记》（即《龙套人语》）等著作。

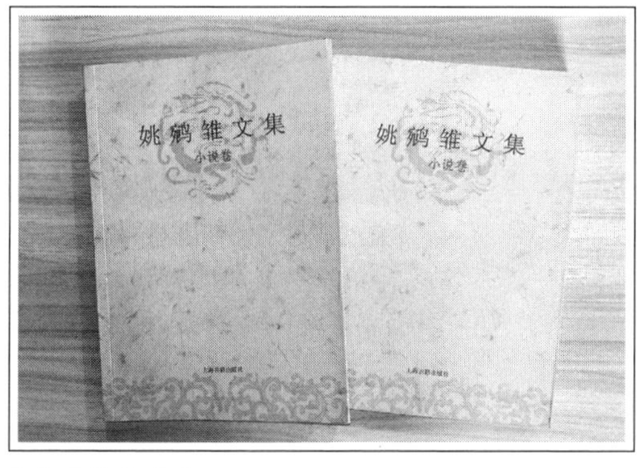

《姚鹓雏文集》

【吴春荣文稿】 书名。作者吴春荣。2012年上海教育出版社出版，十卷。李君如、宫清三和沈旻莺作序。其中诗评一卷，收《唐人100名句赏析》《松竹梅诗词选读》《诗海初航》；散文两卷，收《大自然的语言》《哲理珠贝的采拾》《寻找过去》《流光碎片》《我读松江》等；报告文学一卷，收《崇高的岗位——记袁瑢》《忠诚》等；教育随笔一卷，收《草庐磨墨》及书评、序跋等；小说五卷，分中短篇一卷及长篇《初吻人生》《小镇上的爱》《夏完淳》《黄道婆》《云间柳如是》。2013年5月28日《光明日报·书林》李君如撰写的《我的老师与他的书》评价："他的作品样式很多，我比较喜欢他写的散文。……特别要提一提的是，他写的《夏完淳》《黄道婆》《云间如是》全是松江的或与松江有关的历史名人。他在书中描写的柳如是与陈子龙的感情历程，特别是柳如是对封建礼法的抗争，让我感动；而吴先生和他的朋友们把'云间'即松江的或与松江有关的历史名人作为研究和写作对象，也让我动情。"

【王勉文集】 书名。作者王勉。2013年11月由上海文艺出版社出版，共五卷（三卷散文、一卷诗歌、一卷小说）。中国作家协会副主席叶辛作序。其中《茶馆写意》收入《中国新文学大系（1976—2000）》散文卷，《永远的白蝴蝶》收入《上海作家散文百篇》，微型小说《末班车》收入《中国新文学大系（1976—2000）》微型小说卷。

松江近现代文学作品集补遗

类别	名 称	卷数	作者（字）	备注
载记类	《幸生日记》	四卷	张镜	
载记类	《松江府属采芹录》		无名氏	
载记类	《蔡夫人避难记》		胡常德（少芸）	
载记类	《旧德录》	四册	雷瑨（君曜）辑	
载记类	《庸庵日记》	五十册	封文权（衡甫）	
载记类	《国朝文录小传》	二卷	张尔耆（伊卿）	
载记类	《泗泾忠义录》		秦垣玉	
杂家类	《辛壬杂笔》	一卷	朱镇（生白）	
杂家类	《楹联集帖》		顾翰（孟平）	
杂家类	《日湖新灯录》		吴光绶（廉石）辑	
杂家类	《老话》	四册	雷瑨（君曜）	

（续表）

类别	名　称	卷数	作者（字）	备注
杂家类	《日记》	六十一册	雷瑨（君曜）	
杂家类	《五十年间之回顾》	二册	雷瑨（君曜）	
杂家类	《谜话》	一册	雷瑨（君曜）	
杂家类	《砚话》	一册	雷瑨（君曜）	
杂家类	《茶话》	一册	雷瑨（君曜）	
杂家类	《酒话》	一册	雷瑨（君曜）	
杂家类	《蓉城闲话》	五册	雷瑨（君曜）	
杂家类	《四书妙语》	二册	雷瑨（君曜）	
杂家类	《雅谑录》	一册	雷瑨（君曜）	
杂家类	《娱萱室杂录》	六卷	雷瑨（君曜）	
杂家类	《懒窝五十以后随笔》	一册	雷瑨（君曜）	
杂家类	《萱荫室华娄续志残稿随笔》	十九卷	雷瑨（君曜）	
杂家类	《娱萱室杂著》	一册	雷瑨（君曜）	附《甲子战事杂咏》
杂家类	《退一居随笔》		于允鼎（仲墀）	
杂家类	《不无楼谈屑》		于允鼎（仲墀）	
杂家类	《夬斋杂著》	二卷	张尔耆（伊卿）	
杂家类	《乐志簃笔记》	四卷	沈祥龙（约斋）	
杂家类	《泖东草堂笔记》	二十卷	沈宗祉（景贤）	
杂家类	《浙西村人日记》	二十四册	袁昶（爽秋）	
杂家类	《袁忠节公遗札》	二册	袁昶（爽秋）	
杂家类	《祀典录》		袁昶（爽秋）	
杂家类	《槐庐丛书》		朱记荣（槐庐）辑	
杂家类	《浙西村舍丛书》	四十种	袁昶（爽秋）辑	
小说家类	《听莺仙馆笔记》	一卷	王文珪（有美）	
小说家类	《听莺仙馆随笔》	四卷	王文珪（有美）	
小说家类	《小飞云馆笔记》	八卷	张联奎	
小说家类	《四铜鼓斋笔记》		张联珠（子明）	
小说家类	《娱萱室小说》	四卷	雷瑨（君曜）编著	
小说家类	《娱萱室戏墨》	二卷	雷瑨（君曜）编著	
小说家类	《娱萱室戏墨》续	二卷	雷瑨（君曜）编著	
小说家类	《杂俎》	一卷	雷瑨（君曜）编著	
小说家类	《清人说荟》	初二集	雷瑨（君曜）编著	
小说家类	《娱萱室小品》	六十种	雷瑨（君曜）编著	
小说家类	《满清官场百怪录》		雷瑨（君曜）编著	
小说家类	《秦淮艳史》		雷瑨（君曜）编著	
小说家类	《渔舫偶书》	八卷	章耒（韵芝）	今存二卷

（续表）

类别	名 称	卷数	作者（字）	备注
小说家类	《潭东杂识》	一卷	沈祥龙（约斋）	
别集类	《笏溪草堂诗存》	一卷	蒋确（石鹤）	
别集类	《朱子文钞》		钱同寿（复初）评选	
别集类	《萸庵退叟诗剩》	一卷	耿苍龄（思泉）	
别集类	《宜雅堂诗录》	六卷	顾翰（孟平）	
别集类	《铁花仙馆吟草》	二卷	张家鼎（燮庵）	
别集类	《自怡轩遗稿》	一卷	朱清（淡泉）	
别集类	《知止轩吟草》	一卷	朱镇（生白）	
别集类	《文钞》	二卷	朱镇（生白）	
别集类	《片玉山庄诗存》	一卷	朱彦臣（语绿）	
别集类	《素心簃集》	诗二卷 文四卷	顾莲（香远）	
别集类	《孝简先生仅存稿》	一卷	陈士翘（杏生）	
别集类	《杂著》	一卷	陈士翘（杏生）	
别集类	《负暄吟稿》	三卷	唐曾镳（小村）	
别集类	《古风拟体》	一卷	唐曾镳（小村）	
别集类	《凌云阁吟草》		雷梦龙（凌云）	
别集类	《拜经阁诗录》	二卷	钱钧（小芸）	
别集类	《适怀吟草》	二卷	吴光绶（廉石）	
别集类	《怡云轩诗选》		王曾玮（晋芬）	
别集类	《度厄诗草》	四卷	王道昌（慎卿）	
别集类	《雪鸿诗草》		王道隆（建青）	
别集类	《拜梅居吟稿》		吴维馨（挹珊）	
别集类	《玩月轩诗剩》		王祖珏（仲兰）	
别集类	《王建宫词注》		闵萃祥（颐生）	
别集类	《式古训斋文集》	二卷	闵萃祥（颐生）	
别集类	《式古训斋文集外集》	一卷	闵萃祥（颐生）	
别集类	《八指诗存》	二卷	闵萃祥（颐生）	
别集类	《丽蟾吟草》		顾锺泰（泰云）	
别集类	《蝶宾馆诗存》		张茂辰	
别集类	《铁蟾诗存》		张联珠（子明）	
别集类	《小酉诗稿》		朱赓扬（景庵）	
别集类	《快晴室骈体文》		朱赓尧（祝礽）	
别集类	《泾南诗稿续稿》		朱赓尧（祝礽）	
别集类	《宛在斋尺牍》		朱赓尧（祝礽）	
别集类	《得真趣斋诗稿》	二卷	张声骏（籀生）	
别集类	《怀鹤堂文稿》	一卷	于昌寿（子卿）	

（续表）

类别	名　称	卷数	作者（字）	备注
别集类	《竹隐山房吟草》	二卷	于昌寿（子卿）	
别集类	《一乐居文稿》		朱昌鼎（子美）	
别集类	《屯窝诗稿》		朱昌鼎（子美）	
别集类	《恪斋诗钞》		徐复熙（恪斋）	
别集类	《仪鄦丛稿》		胡常德（少芸）	
别集类	《远志斋稿》		葛士达	
别集类	《刖足集》		锺天纬	
别集类	《待烹生文集》	四卷	钱同寿（复初）	
别集类	《续集》		钱同寿（复初）	
别集类	《怀旧吟》		耿道冲（伯齐）	
别集类	《味隐存稿》		雷补同（谱桐）	
别集类	《逋居士集》		沈维贤（师徐）	
别集类	《瓮庐诗存》		费砚（见石）	
别集类	《芝生小筑诗文》	二卷	杜肇纶（经侯）	
别集类	《庸庵文稿》	四卷	封文权（衡甫）	
别集类	《诗稿》	四卷	封文权（衡甫）	
别集类	《梅花百咏》		杨锡章（子文）	
别集类	《杨了公诗词》		杨锡章（子文）	
别集类	《横云山馆诗存》		王毅存（文甫）	
别集类	《养晦斋诗文集》		葛尚钧	未印
别集类	《娱萱室杂文》	二卷	雷瑨（君曜）	
别集类	《萱荫室集句文》	一卷	雷瑨（君曜）	
别集类	《集句诗》(附词)	一卷	雷瑨（君曜）	
别集类	《报馆文章》	九册	雷瑨（君曜）	
别集类	《详注林和靖诗集》		雷瑨（君曜）	
别集类	《笺注剑南诗钞》		雷瑨（君曜）	
别集类	《疑云集注》		雷瑨（君曜）	
别集类	《注释小仓山房文集》		雷瑨（君曜）	
别集类	《详注郑板桥集》		雷瑨（君曜）	
别集类	《详注春在堂尺牍》		雷瑨（君曜）	
别集类	《绣余伴读居吟草》	一卷	张端文（丽娴）	
别集类	《夬斋诗钞》	六卷	张尔耆（伊卿）	
别集类	《课花词馆诗赋钞》		张云望（椒岩）	
别集类	《笏东草堂诗录》		仇炳台（祝平）	
别集类	《学汉斋诗文集》		章耒（韵芝）	
别集类	《沈元咸诗墨》	一卷	沈銛（元咸）	
别集类	《乐志簃集》		沈祥龙（约斋）	

（续表）

类别	名 称	卷数	作者（字）	备注
别集类	《棠荫精舍文集》	六卷	杜葆璋（述甫）	
别集类	《文录》	四卷	杨葆光（古醖）	
别集类	《诗录》	六卷	杨葆光（古醖）	
别集类	《词录》	一卷	杨葆光（古醖）	
别集类	《味经堂诗录》	二卷	杨葆光（古醖）	
别集类	《苏庵集》	十六卷	杨葆光（古醖）	
别集类	《文录》	二卷	张汝梅（香庚）	
别集类	《骈文》	五卷	张汝梅（香庚）	
别集类	《诗录》	八卷	张汝梅（香庚）	
别集类	《词录》	一卷	张汝梅（香庚）	
别集类	《梦花居文存》		张汝梅（香庚）	
别集类	《达斋遗文》《续达斋遗文》	各一卷	王廷材（企张）	
别集类	《浙西村人初集》	十三卷	袁昶（爽秋）	
别集类	《安般簃诗续钞》	十卷	袁昶（爽秋）	
别集类	《春闱杂咏》	一卷	袁昶（爽秋）	
别集类	《水明楼集》	一卷	袁昶（爽秋）	
别集类	《于湖文录》	六卷	袁昶（爽秋）	
别集类	《止斋杂著》	三卷	袁昶（爽秋）	
别集类	《参军蛮语》	四卷	袁昶（爽秋）	
别集类	《于湖小集》	七卷	袁昶（爽秋）	集同人诗
别集类	《朝隐卮言遗诗补刊》		袁昶（爽秋）	
别集类	《希庵咏稿》		张汝贤（希庵）	
别集类	《环山阁诗文集》		张葆瑛（玉辉）	
别集类	《茹荼轩集》	十一卷	张锡恭（闻远）	
别集类	《茹荼轩续集》	六卷	张锡恭（闻远）	
别集类	《茹荼轩三集》附《炳烛随笔》一卷		张锡恭（闻远）	
别集类	《瀛舟诗录》		章士荃（芷操）	
别集类	《朱贞文遗集》		朱运新（似石）	
别集类	《塔影楼诗存》	一卷	章士珠（还浦）	
总集类	《封氏诗存》	六卷	封涟（筱溪）辑	
总集类	《南塘张氏诗略》	二卷	张家鼎（夔庵）辑	
总集类	《高氏廧存诗钞》	二卷	高崇珩（楚白）辑	
总集类	《云间王氏诗钞》	二卷	王毅存（文甫）辑	
总集类	《炊萸子寿言》		耿道冲（伯齐）编	
总集类	《评注续文选》		雷瑨（君曜）	
总集类	《注释唐文絜》		雷瑨（君曜）	

（续表）

类别	名　称	卷数	作者（字）	备注
总集类	《评注唐宋八家文》		雷瑨（君曜）	
总集类	《短篇文选》		雷瑨（君曜）	
总集类	《新文选》		雷瑨（君曜）	
总集类	《五百家香艳诗》		雷瑨（君曜）	
总集类	《美人千态诗词》		雷瑨（君曜）	
总集类	《近人诗录初编》		雷瑨（君曜）	
总集类	《近人诗录续编》		雷瑨（君曜）	
总集类	《云间诗钞第一集》		章耒（韵芝）	
总集类	《淞文传》		章耒（韵芝）	
总集类	《张泽文钞诗钞》		章耒（韵芝）	
总集类	《于湖文录》		袁昶（爽秋）	
总集类	《于湖题襟集》	五卷	袁昶（爽秋）	
总集类	《张泽诗征》	三卷	章耒（韵芝）辑	
总集类	《续张泽诗征》	二卷	封文权（衡甫）辑	
词曲类	《月河小隐诗余》	一卷	宋承庠（养初）	
词曲类	《梦昙庵词稿》		朱昌鼎（子美）	
词曲类	《片玉山庄词存》		朱彦臣（语绿）	
词曲类	《词略》		朱彦臣（语绿）	
词曲类	《近人词录》		雷瑨（君曜）编	
词曲类	《闺秀词话》		雷瑨（君曜）编	
诗文评类	《寄青丛话》		章耒（韵芝）	
诗文评类	《笺注随园诗话》		雷瑨（君曜）	
诗文评类	《闺秀诗话》		雷瑨（君曜）	
诗文评类	《青楼诗话》		雷瑨（君曜）	
诗文评类	《试帖丛话》		雷瑨（君曜）	
诗文评类	《楹联新话》		雷瑨（君曜）	

诗作、诗集

【小病】 诗作。作者姚鹓雏。全诗为："莼羹香滑泖鲈肥，乘兴江湖百不期。小病自医无别药，晴窗一卷剑南诗。"作者一生多病，且小恙不断，一面积极治病养病，一面以乐观的心态藐视小病。前两句写对家乡松江的挚爱，后两句抒发在家养病读书胜如服药的雅兴和乐趣。

【西湖咏莼花】 诗作。作者费龙丁。全诗为："二月莼羹四月花，金簪铁叶满湖涯。秋来更忆鲈鱼脍，风味江乡我独夸。"郑逸梅评《西湖咏莼花》诗："松江为其故乡，产四腮鲈，故有独夸之语。"

【雨巷】 现代诗。作者戴望舒。1927年作于松江。全诗为："撑着油纸伞/独自/彷徨在悠长、悠长/又寂寥的雨巷/我希望逢着/一个丁香一样的/结着愁怨的姑娘/她是有/丁香一样的颜色/丁香一样的芬芳/丁香一样的忧愁/在雨中哀怨/哀怨又彷徨/她彷徨在这寂寥的雨巷/撑着油纸伞/像我一样/像我一样地/默默彳亍着/冷漠、凄清，又惆怅/她静默地走近/走近，又投出/太息一般的眼光/她飘过/像梦一般的/像梦一般的凄婉迷茫/像梦中飘过/一枝丁香地/我身旁飘过这女郎/她静默地远了、远了/到了颓圮的篱墙/走尽这雨巷/在雨的哀曲里/消了她的颜色/散了她的芬芳/消散了,甚至她的/太息般的眼光/丁香般的惆怅/撑着油纸伞,独自/彷徨在悠长、悠长/又寂寥的雨巷/我希望飘过/一个丁香一样的/结着愁怨的姑娘。”当时中国处于白色恐怖之中,戴望舒因曾参加进步活动而避居于松江友人家中,在孤寂中咀嚼着大革命失败后的幻灭与痛苦,心中充满了迷惘的情绪和朦胧的希望。诗作不无江南小城松江人物、风情的印迹。

【柔梦帖】 诗集。作者陆印泉。1934年7月上海诗歌月报社初版,诗歌月报丛辑之一,印数一百五十册。收《柔梦》《立秋日泛舟》《怀乡病》《秋意》《月出》《含羞草》《默念》《流浪女》等诗二十四首。诗作大多表现对家乡和生活的热爱,抒发个人的生命体验。

【过吴家湾】 诗作。作者白蕉。作于1947年秋。全诗为:“我与清波意共闲,茸城西去饱西山。洞桥处处俱堪画,植杖何人水一湾。”1947年秋作者与姚鹓雏、孙雪泥、程十发等于松江坐船去吴家湾拜访青浦末科秀才、诗人沈瘦东。此诗抒发对水乡如画美景的赞叹,表达对沈瘦东的敬仰。此诗传诵一时。

【恬养簃诗】 诗集。姚鹓雏撰,平湖金锡琳缮写。1984年油印本,线装二册五卷。十六开,毛装本。施蛰存作序。作品均为自选,计一千四百余首。诗作内容反映家国兴衰、个人身世、山水游涉、朋樽唱酬等。许多诗作为革命摇旗呐喊。《题乡贤徐孚远先生(闇公)遗扇》赞闇公爱国思想,以鼓吹革命。《答柳亚子》等唱和之作,以诗会友,抒高风亮节、淡泊之志。《杂诗》(四首)表达善处逆境、乐观进取、向往光明的思想。《得施蛰存长汀书却寄》是对故乡老友的思念,期盼抗战胜利后回归故乡。1993年河海大学出版社将《恬养簃诗》和作者另一词集《苍雪词》合编出版。

【乐在堂诗存】 诗集。作者朱叔建。民国年间刻本。作品内容多为感事伤时,青春励志,唱酬记盛。咏叹史实、亲友情深等。

【济庐诗词】 亦名《济庐诗词稿》。诗词集。作者白蕉。自选诗词汇编,未刊行。周炼霞藏复印本,后佚失。

【雪泥诗集】 诗集。作者孙雪泥。1954年自印出版的诗歌作品结集本,线装本。多旧体诗、咏物之作。诗风清新活泼,富有趣味,有“送穷有赋何须续,人比梅花更耐寒”“雨余石笋龙鳞活,风过瓷盆佛手香”等佳句。也有义正词严、饱含家国情怀之作,如《万石岩郑成功墓》:“仰攀欲上读书楼,悬蹬穿林叶扫头。始信岩高缘万石,岂曾梦到似重游。回天力尽犹千古,浮海情多为一抔。记听淮楼呜咽水,南都烟月使人愁。”

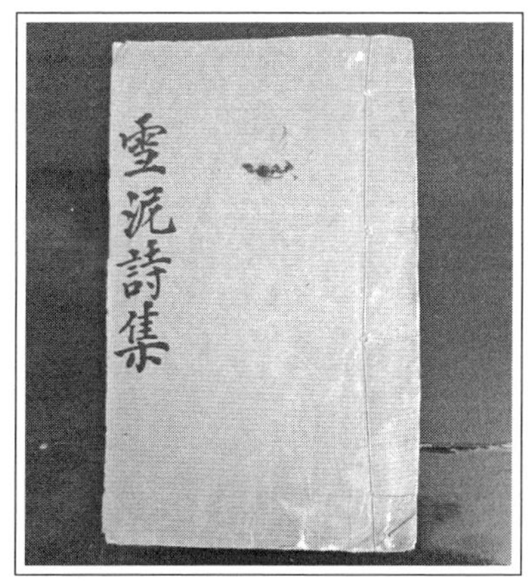

《雪泥诗集》

【南鲁诗选】 诗集。作者王崇党。诗刊社主编,2008年6月作家出版社出版。诗作《两棵庄稼》《有也是无》《时光》《裂缝》《失渡》《没落》《咳》《天空》《圈子》和《潜》等,既有醇厚的人文

《南鲁诗选》

精神，又以饱蕴理性见长，富有知性诗的特点。

【鹅塘村纪事】 诗集。作者徐俊国。2008年11月作家出版社出版。入选“21世纪文学之星丛书”2007年卷。书中列“俯身大地”“我的鹅塘村”“时光重现”“半跪的人”四辑，收诗歌一百三十首。袁鹰作总序。叶延滨作序：“诗人徐俊国笔下的鹅塘村，正是我们熟悉的那个村庄，那个喂养我们的童年，又让我们离去的穷困的母亲。这是一首母亲的赞歌，也是一个农耕时代田园乡村的挽歌，那些即将消失的田园风情，正在徐俊国的诗集里，变成夕阳下的晚霞。这正是《鹅塘村纪事》的深层意义。”

《鹅塘村纪事》

【照面】 诗集。作者袁雪蕾（女）。2010年1月太白文艺出版社出版。收入《愿望》《就让我一个人》《多想是一束光》《照镜子》等诗歌一百二十一首。左岸作序：“我发现她是采用‘面孔优先’的写作方式。何谓‘面孔优先’？面孔是人们认识所有事物的第一印象，深刻而准确，她的许多诗，都不着痕迹地传达诗人对每一张‘面孔’苦心经营的睿智目光。”

《照面》

【云影天光】 诗歌散文集。作者周民军。2011年2月上海文艺出版社出版。作品分“晴空有雨”“一个人的丽江”“大山里的春色”“献给暗夜的风”“晚安夜的城”五辑，记录作者在云南支教时对大自然的赞美和支教的心路历程。

《云影天光》

【幸福如尘】 诗集。作者李潇。2012年2月上海文艺出版社出版，为“上海诗人诗丛”第六

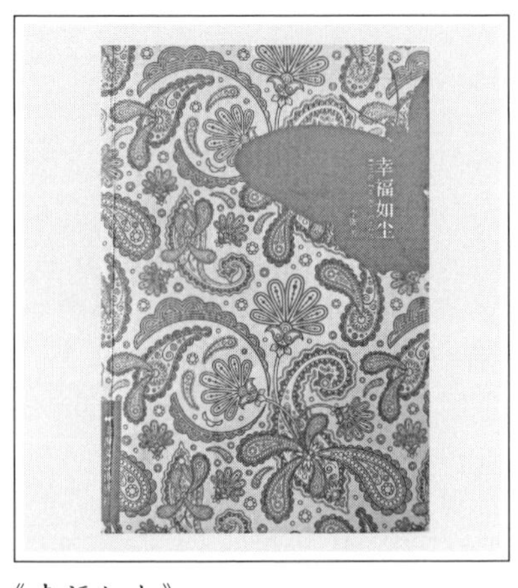

《幸福如尘》

辑，收入诗歌一百三十余首。作品时间跨度从20世纪90年代至21世纪10年代。分“驾鱼而歌的岁月”“春天，另一种具体”“爱与被爱的花朵”“守望，家园不远”“我，或者我”“一切，与我有关”六辑。周斌作序言：“作为一个诗人，他无疑热爱这个世上诸多事物，那些微小的事物、陌生的事物、擦肩而过的事物，都曾在李潇的诗歌中留下痕迹。”2013年华亭诗社汇编《李潇诗歌评论集——卑微与幸福》，并举行李潇作品研讨会。2013年获“云间文学奖提名奖”。

【漠漠烟如织】 诗集。作者罗琳。2012年2月上海文艺出版社出版。诗集分“夏荷”“秋思”“春之悸动”“冬之温情”“非洲的星空”五辑，体现作者不同时期的生活、思想与诗歌风格。作者曾在非洲纳米比亚工作近三年，其中关于非洲的诗作有异域风情与特色。附录收有文学评论家潘颂德对其诗歌的评论《深厚的人文意蕴，精致的艺术风格》。

【时光的旧棉袄】 诗集。作者张萌。2012年12月宁夏人民出版社出版，为“扬子鳄书系”第五辑。收入诗歌一百二十余首。分“逆着河流奔走”“贴着灵魂倾诉”“沿着故乡返航”“向着时光道歉”四辑。诗人漫尘评论：“张萌是一个执著的吟者，是少年记忆的深情守望者，他把或悲或喜的梦幻般的记忆洇润进了江南水乡的一切风物之中，将成长的酸甜苦涩融入到了循环往复的潮汐之中。他的诗富有舒缓柔曼的节律，在风生水起中寻找着心灵的栖息地。”

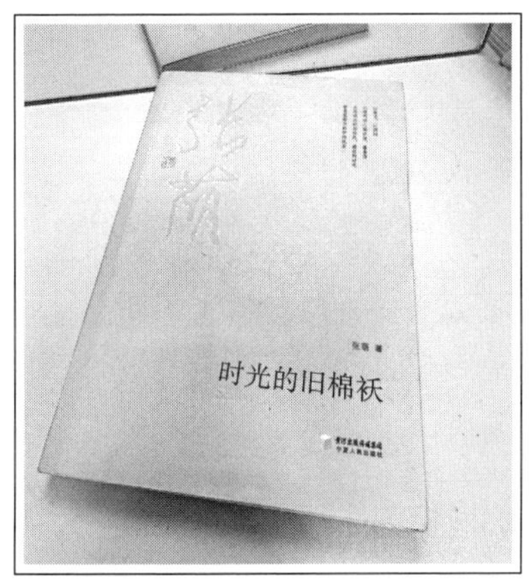

《时光的旧棉袄》

【白纸的星空】 诗集。作者袁雪蕾(女)。2013年7月中国文联出版社出版，“星星诗文库”之一。收入诗歌一百二十一首，分“多想是一束光”“灯笼里种禅”“且把春风斟满杯”“月光缰绳”“通道”五辑。上海社科院研究员孙琴安撰文：“袁雪蕾的诗可归纳为两大特点，其一，自身心灵的真诚展现。诗人的笔既可指向自身，也可指向身外，抒写对身外事物的看法，即我们常说的社会百态、世间万象。但对袁雪蕾来说，却总是把笔指向自己的内心世界，抒写自己的心灵和生命体验；其二，诗意与禅意兼而有之。毫无疑问，她的诗是充满诗意的，但同时还弥漫着一种禅的气息。”

《白纸的星空》

【骨头里的灯盏】 散文诗集。作者王迎高。2013年8月中国文联出版社出版，“扬子鳄书系”

《骨头里的灯盏》

第八辑。全书分“骨头里的灯盏”和“流水下的闪电”两辑，收入作者的散文诗一百二十六篇。散文诗名家耿林莽作序：“《骨头里的灯盏》成就了一位唯美主义的文字搬运者。作者善于深入事物的内部，把日常生活中的凡常之物提升到诗意的高度，从而进入澄明之境。”作家严迪认为：王迎高的诗“总有一种文字的暗质在闪光，闪现了叫人望尘莫及无法抵达的美感天地”。

【自然碑】 诗集。作者徐俊国。2014年9月北京燕山出版社出版。《我们·散文诗丛》之一。收入诗歌九十二首，分“皎洁心”“童年灯”“自然碑”三辑。《自然碑》是《鹅塘村纪事》意绪的延伸和转型。作者在后记《走出鹅塘村》中说：“自然死了，童年灭了，我想在城市为之立碑。我一直站在宏大叙事的对立面，努力保持‘低矮的视角’和‘对微观世界的信任’。我不希望自己的作品直接与复杂的现实产生碰撞，也警惕自己成为文字的休闲主义者和人格形象的暧昧主义者。”

《自然碑》

【野兽山】 诗集。作者宋顺弟。2015年3月中国文联出版社出版，“中国实力诗人诗丛”第一辑之一。十八行抒情诗体。收入诗歌一百四十五首，分“野兽山的爱情”“忧郁的上海”“孤独的黄浦江”“虚空的夜”“焦虑的远方”“死亡之歌”六辑。作者以素净、质朴、优美的诗句，追问个体生命的思绪和存在的意义，是人文主义思想在自然状态的一百四十五次闪光。

【出神】 散文诗集。作者王崇党。2016年11月北京燕山出版社出版，《我们·散文诗丛》之一。收入散文诗四十一篇，分“旃檀树下的观想”“我这道旧门槛”“散落在大地上的拓片”“家乡的云图”四辑。崔国发撰文评论《出神》：“我以为，他在散文诗中的美学观照，不啻借助于感官，很大程度上还来自诗人‘灵魂的视觉’，诗人也只有改善自己的灵魂，才能在‘更高的世界’里进入出神状态，达到与灵魂合一的思想境界。”作者的“后记”：“我只是被散文诗的风景所吸引，进入了这片风景，并有了自己的发现，将发现的风景指给更多的人看，我觉得我写散文诗的过程大抵就是这样。”

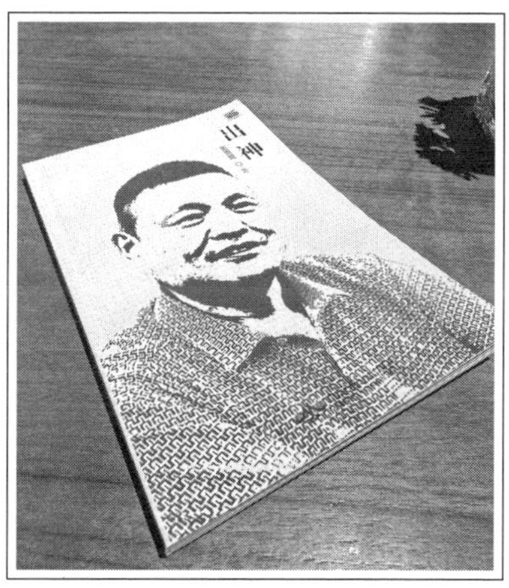

《出神》

【传说中的女子】 诗集。作者赵靓(女)。2017年5月文汇出版社出版。收入诗歌二百余首，分“牡丹亭”“春之圆舞曲”“莲心”“明月”“花事”五辑。表达对爱情的向往和执著，对春的喜爱与赞美，对佛教的相亲相融，抒写乡愁与乡恋，对外婆以及故乡等人间真情的依恋。诗人陶发美认为：“读赵靓的诗，仿佛听见古典女子行步的环佩之声。”诗人向以鲜认为：“赵靓是充满古典情趣与情怀的诗人。诗作语言干净，心思细腻，意象传统而时出新知，令人回味。”

【狂草】 散文诗集。作者宋远平。2017年10月河南人民出版社出版。收入作者近年散文诗七十二章。其中大部分在《星星诗刊》(散文诗)、《诗潮》、《散文诗》、《青岛文学》、《上海诗

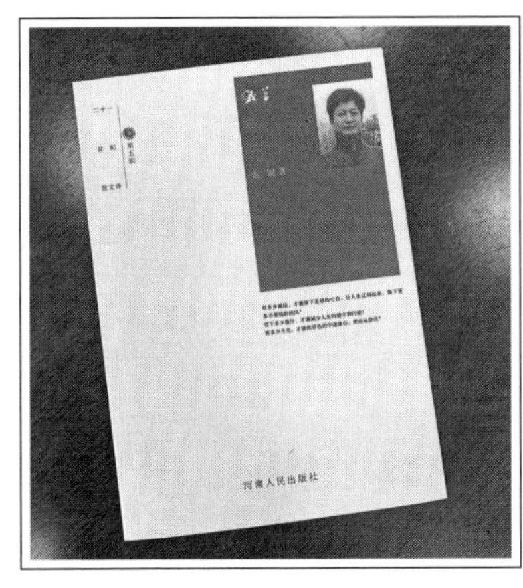

《狂草》

人》、《文学报》等报刊发表，部分入选散文诗年选集。文集列“狂草”“群芳”“漂流瓶”“长歌”四辑。第一辑以中华历史文化为题材，第二辑以植物为题材，第三辑以都市和作者人生感悟为题材，第四辑是长篇散文诗。散文诗名家耿林莽认为，诗写得很朴素，以淡定从容的笔墨，由远而近、由浅入深地逐步展开，就风格而言，似乎更贴近于诗人《用月光修改人生》的题目所示，有着“月光”那般澄澈幽森的意境，其表现力之宏阔、深远和强烈，显示了诗人的功力。

【黑琴键】 诗集。作者朵而(女)。2017年10月河南人民出版社出版，“中国21世纪散文诗”第五辑之一。收入诗歌一百二十二首，分“黑夜漫长而疼痛”“黑琴键”“以一朵花的姿势站立”“覆水”“弧线”五辑。赵丽宏题词、何言宏

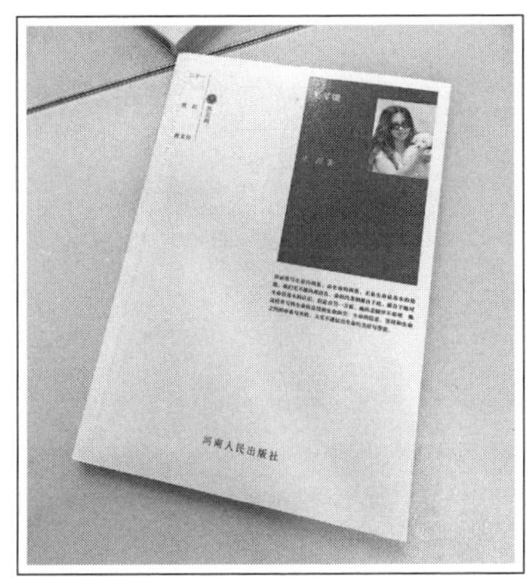

《黑琴键》

作总序。附录诗人西娃、王崇党、漫尘等评论。何言宏认为，朵而对世界有广阔的悲悯。让人世万物在诗人的悲悯中迸发意义、得以澄清，领受眷顾和恻隐，是朵而诗歌的独特主题，也是其诗歌创作最主要的运思方式，从而确定了一个明晰、纯净、悲悯性的诗学主体。朵而的“后记”：“我们是生命的行者，更是生活的记录者；在岁月这面镜子里，破坏和重构的行为，都是现实和矛盾的，也是婉转和必然的。从而更彰显人生最为尊贵的，是每一阶段的责任和坚持——这也是自己创作《黑琴键》的意义所在。”

散文、传记

【瓜与豆】 散文集。作者唐润钿(女)。1986年10月台北星光出版社出版。作者第一部散文集。收入散文四十二篇，分“生活琐记”“读书观剧”两辑。多数文字取材于炊洗洒扫、育儿教养等日常生活，以及作者的图书馆工作和其写作经历，以细腻笔法娓娓道来，显示爱心的溢出和灵性之美。《抛不开的笔》《从退稿谈起》记述作为职业女性和业余作者对写作的挚爱和不舍；《父母心》《洗衣妇和洗衣机》倾吐为人儿女和为人妇的作者对亲情和社会责任的担当；《中国人的心声》《女杰班昭》等，透出作者对历史和现实的认真思考。

【清华园日记】 散文集。作者浦江清。1987年6月生活·读书·新知三联书店出版。1999年11月三联书店出版《清华园日记西行日记》(增补本)。收录作者1928—1949年的日记，未加删削窜改。记录了作者真实的生活、感情与教学、研究工作，也有对陈寅恪、吴宓、钱穆、朱自清、冯友兰等学人的言行风神描述。对理解或研究中国现代教育史，尤其是清华与西南联大的校园文化，颇多史料价值。其中“西行日记”记述了作者自上海赴昆明任西南联大教学岗位的经历。

【郑振铎传】 人物传记。陈福康著。1994年北京十月文艺出版社初版，2009年上海外语教育出版社出版修订本。2017年经重大增补修订后由上海外语教育出版社出版。该书是有关郑振铎的长篇文学传记。由叶圣陶题签。曾获1995

《郑振铎传》

年首届中国优秀传记文学著作奖、1998年第二届中国高校人文社会科学研究优秀成果著作奖、2018年上海市第十四届哲学社会科学优秀成果著作二等奖。

【浮生感悟】 杂文性随笔集。沈敖大著。1996年12月复旦大学出版社出版。文集分四部分："无字书谭"，写作者读"社会"这部无字书的种种感受；"浮生感悟"，讲作者在人生旅途中悟得的各种道理；"书山游踪"，叙述作者经年读书的体会；"砚边谈墨"，涉及著说作文的基本原则。作者以独特的视角，犀利的文笔，分析人生两部大书，一曰"社会"，一曰"人生"。

【细读自己】 散文集。作者姜云生。1998年9月山东友谊出版社出版，"逼近世纪末人文书库"之一。收入作者20世纪90年代散文、随笔六十六篇，其中部分文章发表在海外。分"你我""周庄寻梦""谈美""细读自己"四辑。第一、二辑为人物素描、风情速写、往日追忆、旧事钩沉，叙述作者由青年步入中年的经历与感悟；第三辑以随性笔调论说美学；第四辑是围绕着"宇宙""人生""生命意义"等玄思命题所做的思想游戏。

【往事如烟】 散文随笔集。作者朱雯、罗洪(女)。1999年10月上海古籍出版社出版，"白屋丛书"之一种。分三辑，第一辑"忆往怀旧"收入朱雯回忆怀念巴金、沈从文、柳亚子、苏雪林、赵景深、徐迟、舒諲、白薇、姚克等友人的散文随笔十五篇；第二辑"灯下忆旧"收入罗洪回忆与巴金、朱雯、靳以、萧珊、丰子恺、吴健雄等亲友的散文随笔十二篇；第三辑"创作杂忆"收入罗洪创作谈九篇。该书以罗洪的《我和朱雯》代序，回忆两人相识、相恋的经过。

【云间语小录】 散文集。作者施蛰存。2000年5月文汇出版社出版。记录松江人物、典籍、土宜、坊巷、掌故的文史小品汇编。作者自20世纪60年代初开始撰写，日积月累，得一百余篇，经整理修订，选用九十六篇。每篇均影印其手稿，后排印手稿文字。在文史叙事中融入对故乡的独特感受，表现内心渊雅的情感，文字中尽显水乡色彩、本土民风和切身的经验感怀。

《云间语小录》

【文坛管窥】 随笔集。作者胡山源。2000年9月上海古籍出版社出版，"白屋丛书"之一种。

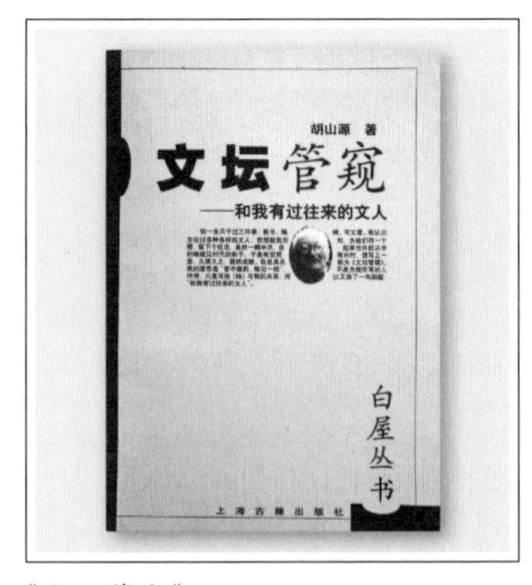

《文坛管窥》

李锐题写书名，吴调公作序，杨郁作后记。作者自1973年开始撰写此书，1985年封笔，记下一生相识的几百个文人。自拟副题“和我有过往来的文人”。共六卷，写了与赵景深共同学唱昆曲，请邵洵美吃饭时产生的尴尬，徐志摩把其小说集《虹》推荐给中华书局，鲁迅先生对其《睡》的赞赏及对《碧桃花下》的批评，以及创办弥洒社和《弥洒》月刊等轶闻趣事。1986年胡将手稿交南京大学杨郁保管，经誊抄、校正、整理后出版。

【编辑生涯忆鲁迅】 散文集。赵家璧编。2000年12月河北教育出版社出版，“回望鲁迅丛书”系列之一。收录《鲁迅先生与译文》《鲁迅先生二三事》《鲁迅的编辑工作》《精细亲切》《鲁迅先生与出版工作》《鲁迅和北京的几个副刊》《鲁迅与晨钟社》《关于鲁迅先生的片断回忆》和《鲁迅先生与文化生活出版社》等文章。记述鲁迅写书、办杂志、出书及编辑方面的言行和业绩。

《编辑生涯忆鲁迅》

【施蛰存散文选集】 散文集。作者施蛰存。2004年百花文艺出版社出版。所选篇章大多是随笔式的散文。题材大至社会、人生，小至离情、花草。风格既有雄浑、酣畅，亦有委婉、含蓄，广采博取、兼容并包，收《雨的滋味》《蝉与蚁》《鸦》《须》《手帕》《鬼话》《谈奖券》《名》《渡头闲想》及《赞病》等散文。获首届国家图书奖。

《施蛰存散文选集》

【渡舟自横】 散文集。作者许平(女)。2007年11月作家出版社出版。收入散文五十七篇，分“风华橄榄绿”“依依妈祖情”“日月留清影”“大象亦有形”四辑。丁锡满、李伦新分别作序。丁锡满评论该书：“写了她的军人生活、文人生活和日常生活，写人写事写情写景，人事交织，情景交融。我被感动了。”李伦新评价：“我不会在这里随便用溢美之词，也不会像时下写序言要讲些客气话。读许平这部书稿，确实使我有一种朴实真诚、清新明快的感觉，节奏和语调都仿佛糅合了军人和女人的气质，富有特色。”

《渡舟自横》

【文坛故旧录】 散文随笔集。作者赵家璧。2008年7月中华书局出版。该书追忆了与蔡元培、鲁迅、茅盾、叶圣陶、巴金、胡愈之、夏衍、葛琴、罗洪、徐梵澄等师友的交往，以较多笔墨记

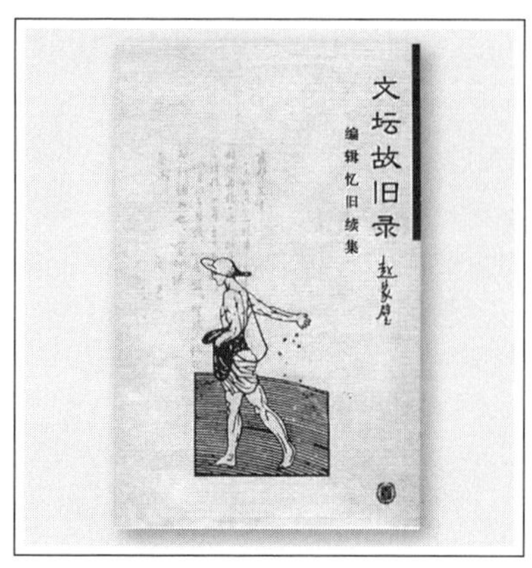

《文坛故旧录》

《觅雅集》

述了与老舍、靳以、郁达夫的情谊，提及《四世同堂》《闲书》《总退却》《尼采自传》《新中国版画集》《美国文学丛书》及《中国新文学大系》(日译本)等图书出版背后的细节。

【书比人长寿】 副标题为“编辑忆旧集外集”。散文集。作者赵家璧。2008年中华书局出版。“书比人长寿”语出费正清致赵家璧的信。该书搜集《编辑忆旧》《编辑忆旧续集》之外相关文字及序跋编订而成。书前有赵家璧及其友人彩色照片若干，新文学经典图书书影若干。书后附有《生平自传》《编辑生涯自述》《赵家璧主持编辑出版的图书目录》《赵家璧著译年表》及赵家璧子女所撰后记等关于赵家璧的文献资料。

【觅雅集】 散文集。作者俞福星。2008年9月太白文艺出版社出版。收入散文四十篇，分“掠美篇”“尚贤篇”“寻真篇”三辑。沈敖大作序：“福星对生于斯、长于斯的故乡是一往情深的。他的散文，不少是写松江景、抒爱乡情的。‘日出江花红胜火，春来江水绿如蓝’的松江，在他笔下被描绘得令人神往。福星对家乡人也是一往情深的，陆军、盛庆庆、刘宝生(榛子)、汤炳生、邱剑云、郑晓兰，包括史志专家研究员欧粤，他们均术业有专攻，硕果累累，因而都成了他写作的对象。真实，亲切，娓娓道来，如坐春风。爱故乡，爱乡党，必然爱祖国，难道不是吗?”在“跋”中作者写道：“能将文章结集成书，作为业余作者，这兴许也算是一件喜事了。在讲台上，我可能已是主角，在文坛边，则只能是一个虔诚的‘票友’，需要时吼几嗓子。我想提一提的是，爱好文学，对于从事教育工作，只有好处，而绝不会相反，这是我悟出的道理。”

【北非迁徙】 散文集。作者刘红炜。2010年12月上海人民出版社出版。该书是作者任中国驻摩洛哥医疗队总队长期间写下的散记，记录了七百三十天中不寻常的人生历程。描绘了卡萨布兰卡的浪漫风情、马拉喀什的古老文化，追寻了三毛在西撒哈拉留下的踪迹，记录了医疗队员在海外所经历的喜怒哀乐、中非人民的友谊。上海市作家协会《上海纪实》创刊号转载其《好朋友法蒂玛》《布阿法的妇产科医生》两篇散文，《布阿法的妇产科医生》由《文学报》转载。

【一里泾边挑荠菜】 散文集。作者钱明光。2011年4月上海文艺出版社出版，收入散文六十九篇。丁锡满、李伦新分别做序。该书以种芦粟、挑荠菜、过元宵、炒烧饭等松江民间风俗，尤

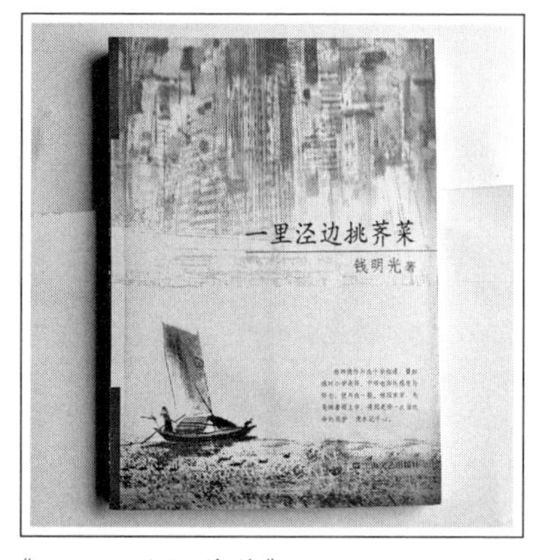

《一里泾边挑荠菜》

其是农村的生产生活风情为题材，刻画松江的自然风光和人文环境，在历史的回望中展现对家乡的爱恋。语言声情并茂，富有松江地域特色，散发乡土气息。作者在“后记”里写道：这本集子只是作为我更努力写下去的鞭策，我将尽力为松江的历史文化传承发出一个“原住民”的细小和音。

【我们的上一代农民】 纪实散文。作者欧粤。刊《上海文学》2013年4月号。记述种田好手、老农民张采发一生为了获得土地、发家致富的人生故事。采发前半生的追求就是为了买得土地，历尽艰辛，省吃俭用仍未能如愿。曾以暴力阻止好吃懒做的三弟卖田，因此在土改分田时受到三弟的抱怨和奚落。在农业合作化高潮中，采发不参加互助组、合作社，沦为“落后分子”，在受到各种制约、被排挤出社会后，无奈入社。在集体生产中，采发依然保持勤劳、正直的老农民本色，对新社会满怀感恩之情。该文对人物和往事不做道德评判，给了张采发这个典型人物正当合理的诉求，有史学、社会学价值和独到的品质。

【万憙笔谈】 散文随笔集。作者陈鹏举。上海文化出版社2013年6月出版。十六开本，一百五十千字。收入作者散文随笔六十一篇。作者写文章有三个要诀：真、简、有余。他认为，真，便是要有真感情，文字才够干净纯粹，才算得上好文章；简，便是越简单越好，《道德经》不过五千字；有余，便是世界上所有最美的东西，都在于它的“不确定”。

【烟霞美文】 散文随笔集。作者陈鹏举。上海文化出版社2013年6月出版。收入作者散文随笔六十三篇。文章所记之事、之情、之境大多具有中国传统文化的审美情趣，冠以“美文”，也算恰切。作者功底深厚，文字颇有感染力，在他笔下，那些前贤旧事、艺坛佳话，或令人情怀，读来让人心向往之。

【阳光的舞步】 散文集。作者王斌。2013年6月上海文艺出版社出版。收入一百余篇散文，分“所记所忆，都是舞姿一个掠影”“所思所想，都是舞韵一个回味”“所感所悟，都是舞曲一个节奏”三辑。丁锡满在序中评说：“作者的文笔独特，以讲故事的形式娓娓道来，以散文的笔调使情理交融。通过讲故事来阐述思想，抒发情怀，是他与众不同的风格。有的文章简直是短篇小说。有一些说理文章，闪耀着思想的光芒。”作者在“后记”里写道：“《阳光的舞步》像村姑般粗野土气，虽然字句成歌、段落成画、篇章成景，但它们杂乱无章地堆积在生命的年轮里，涌到了我指尖上，敲打在电脑的键盘上。”曾获松江区“云间文学奖”。

【父亲和烟的记忆】 散文集。作者徐亚斌。2013年8月上海社会科学院出版社出版。分“亲情守望”“故乡漫笔”“人生随想”“萍踪小记”“品味生活”“一鳞半爪”等辑。记录作者离开家乡崇明四十年后对故乡、对亲人思念之情。赵丽宏作序：“作者真挚的情感涌动在朴素的文字中，通过那些特殊的细节和感受，表达对故乡和亲人的深厚情感。《芦苇情思》《故乡的牛》《父亲和烟的记忆》和《怀念母亲》等篇章，都是令人难以忘怀的文字，会带给读者感动和共鸣。”

《烟霞美文》

《父亲和烟的记忆》

除了写故乡和亲情，还有不少其他题材的作品，虽然也是短文，但以小见大，管中窥豹，可贵的是作者的诚实态度和真知灼见。”

【写着写着就写到了你】 散文集。作者许平（女）。2014年9月上海文艺出版社出版。收集人物专访二十五篇，有罗洪、徐中玉、周汝昌、钱谷融、程十发、高式熊、峻青、黄宗英、谢泉铭、乌丙安、何化均、姜玉英、丁锡满、李伦新、周明、刘真骅、蒋维锬、杨怀远、贾安坤、吴玉梅、张静娴、包起帆、张大权等。钱谷融作序：“人物专访的提炼、裁剪布局与受访者、采访者有密切的关系，它体现着作家对自己关注的对象的细心体会和准确把握。文学作品要将人写活，靠的是作家的天赋和艺术才情。”获上海作家协会2014年年度作品奖。

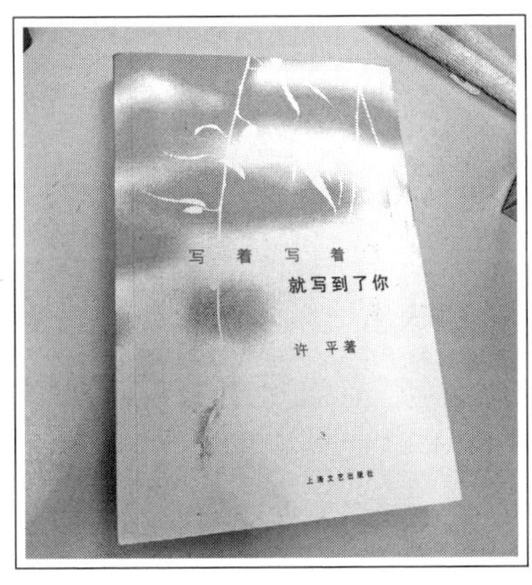

《写着写着就写到了你》

【爱有花开】 散文集。作者倪红霞（女）。2014年11月中国福利会出版社出版。教育部基础教材处推荐为全国中小学图书馆（室）书目。是跨界融合，“生命热爱教育”课程实践的创意叙事书。作者将课程内容与心理学、教育学、文学相融合，用三十三个教育实践案例，论证了“生命热爱教育”理论的可行性。该书对孩子是充满童趣、激发潜能的故事书，对家长是指导“生命热爱教育”的实践指南，对教师是培养学生独立意志、健全人格、积极乐观心态的教学案例，对研究者是探索“生命热爱教育”课程的参考书。

【秋声萦怀】 散文集。作者何伟康。2016年6月上海文艺出版社出版。分“浓浓乡愁”“草木含情”“心扉一页”“旅人心迹”“岁月留痕”五辑。

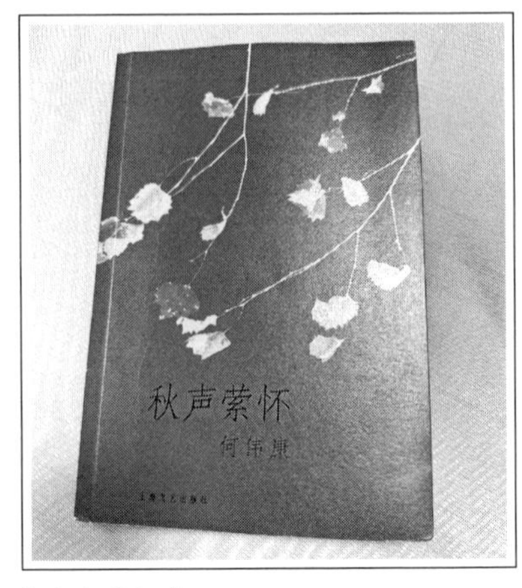

《秋声萦怀》

第一辑的《乡间小路》《儿时小河》《乡村广播站》《看露天电影》等抒发作者的故土情结。第二辑的《最忆红花草》《泖田赏菊》《红蓼花开》《踏雪寻梅》等借物抒情。第三辑的《中年慨叹》《琐说交友》等叙谈阅读感受，谈读书医治浮躁、功利之疾病的体会。第四辑的《寻访小平小道》《岳阳楼游思》等表达“旅行就是用脚写得最好的读书笔记”的意境。第五辑记述岁月的遗留物，作者在票证、方言等历史遗留中开掘情感矿藏，“丰盈了时光，隽永了回忆”。

【坐在夏日的荷塘边】 散文集。作者俞富章。2016年7月上海文艺出版社出版。收入一百二十二篇作品。该书的特点是文字的自在和章法的自在，皆是随性而至，信手拈来，自然自如。内容涉及自然界的花草、生活中的所见所闻、童年的记忆、军旅生活的回望、人生经历的思考、国外旅游中的遇见。谋篇布局巧妙，文字质朴素洁，情感丰富，有哲思的意味。2017年11月获松江区“云间文学奖”。

【小寒香】 散文诗集。作者陆群（女）。2017年10月河南人民出版社出版，“二十一世纪散文诗”之一。赵丽宏题写书名。收入一百一十六首散文诗，分“雀跃的余香”“深爱的缝隙”“在时间里郁绿”“零点的蛙鸣”四辑。前三辑以植物为媒介或通过植物感悟环境之变化、世事之变迁。第四辑写古镇老街、小镇与人生变化，感悟人生哲学与美学。徐俊国评该书：“《小寒香》是一个绿意盎然、繁花似锦的诗性文本。”语伞评

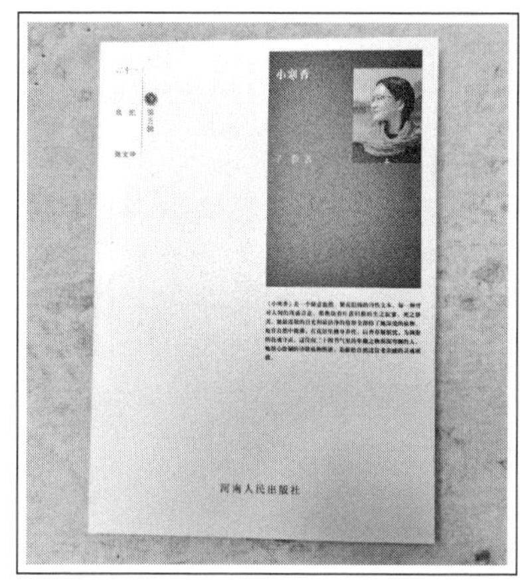
《小寒香》

论该书："读子薇的植物散文诗，让我感受到一位女子视花草为长辈、姐妹、恋人，她的美好是所有女人的美好。她的美是草木所有的美的总和。"作者在"后记"里写道："自然是吾师吾友，心有自然之师，笔端方有青绿。"2017年获上海市作家协会年度作品奖。

【代有才人】 人物专访集名。作者侯建萍（女）。2018年2月中国福利会出版社出版。是以松江名人口述档案为基础、提炼整理的纪实性专访集。分"卷一""卷二"和"附录"三部分，专访对象有中国科学院院士赵国屏，科学家徐亚君、李文琰，作家罗洪、金坚范、吴春荣，画家朱怀新、叶良玉、吴玉梅，松江名士后人朱德天、赵国通及松江书画界名人刘兆麟、何磊、唐西林、周洪声等。该书开掘出许多鲜为人知的资料，注重细节和事例描写，内容生动翔实，得到受访者及其家属和读者的肯定。

【寻觅松江】 散文集。作者黄忠杰。2019年2月团结出版社出版。收入散文一百六十七篇，分"远古的故事""大地的童音""山泖的回声""交缠的坐标""潜隐者的浩叹""神童的足音""高华的领地""云间大美之极""谷水阳的绝响""胜景的题咏""深涩的思考""探寻笔记""寻觅余稿"十三编。记述松江文学起源、千年古道、九峰三泖、古城名镇、寺庙残壁、寂寥遗迹、谷水绝响、胜景题咏、大美之极和问道解惑。以山水风光为载体，以抒情的笔法、理性的思考，对松江历史文化进行反思。

小 说

【歇洛克来游上海第一案】 短篇小说。作者陈景韩。清光绪三十年十一月十二日（1904年12月18日）刊于《时报》，光绪三十二年八月收入上海鸿文书局《短篇小说丛刻·初编》。英国名探歇洛克来沪第二日，一位华人访其住所，要求歇洛克判断其自昨夜至目前之行为。歇洛克根据来客的神态、肤色、眼神、手指等，判断他熬夜、吸鸦片、打麻将、贪女色，结果句句言中。来客则通过对歇洛克的询问，判断其是人、不是中国人、有头有体有四肢等，并称自己也可做名探。歇洛克说，你所断的都是寻常事。来客反讥：你所断的难道不是上海人的寻常事吗？小说短而风趣，噱而犀利，揭露当时市民社会的不良风气。

【催醒术】 短篇小说。作者陈景韩。清宣统元年（1909年）发表于《小说时报》。"我"被一个"手持竹梢，若笔管然"的人一点，豁然清醒，发现自己满身污垢，家也污秽不堪。友人们遍体积秽，家里的仆人也一样肮脏。"我"听到外面有呼救的哀号，赶快叫大家出去救人，但大家都讥笑"我"是疯了。"我"看到巷子里秽气扑鼻，到处是蚊蝇虫蚁，人们吃着余馊冷饭却安之若素。有人把这小说称为1909年的《狂人日记》。批评界认为，鲁迅早期著译的文风曾受陈景韩"冷血体"的影响，陈景韩激进的批判国民劣根性的姿态，在某些方面也与鲁迅改造国民性的热忱有相通处；通过对陈景韩《催醒术》与鲁迅《狂人日记》中两个狂人形象的对比，可以看到中国近现代转型期文学的内在联系与突进性的嬗变。

【新中国】 中篇小说。作者陆士谔。清宣统二年（1910年）发表，称"幻想小说"。叙述主人公陆云翔梦醒后见到的中国现状。上海的地下电车穿梭不停，天空有飞艇往来，高楼洋房鳞次栉比，跑马厅附近有大剧院，陆家嘴成为金融中心。中国人掌握并开发金、银、铜、铁、煤矿，百姓人人富足。小说涉及科技、交通、建筑、医学、工业诸多领域，与现今的情况非常相近。作者在社会制度上也有想象，"新中国"已经建立议会宪政体制，可以审判在中国犯罪的外国人。海军实力超过列强，中国能够研制先进武器，令外邦生畏。教育领先，国民素质提高，全民禁赌不是奢望。更有想象力的是，在中国设有万国裁判衙门。小说在当时影响并不大。

【十尾龟】 长篇章回体小说。作者陆士谔。成书于清宣统三年(1911年)，有宣统三年新新小说社刊本以及1993年辽沈书社版。共四十章回，人物众多，故事曲折离奇，为揭露旧上海丑陋现象的社会谴责小说。清朝末年，浙江金华富商费春泉赴上海猎艳被骗，由此摸透十里洋场各种骗术伎俩，遂投身其间，甚至用自己的妻子和妹妹赚钱，丧尽人性。作者可能希望接续当时畅销的社会暴露小说《九尾龟》之余脉。有评论认为:《十尾龟》对上海妓女的描绘显得独特而有新意，在上海这个流动性和开放性空间中，映捷(小说人物)的移动方式把上海妓女和家庭妇女的双重身份交织在一起，使她们对女性身体产生新的感知和体验，认识到追求欲望的合理性和可能性。这种女性觉醒意识的出现，离不开上海这个流动的空间。

【江左十年目睹记】 亦名《龙套人语》。长篇小说。作者龙公(姚鹓雏)。1929年在上海《时报》以《龙套人语》连载。后汇集成书，名《江左十年目睹记》，1984年文化艺术出版社出版。描绘民国初年到北伐前夕江南的官场和文化界的众生相。第一回开篇便感叹“如今风流云散，事事不如往昔”。随着章节铺展，作者对整个江南地区由军阀、官僚、省宪会三种势力交织而成的社会黑暗面，给予充分暴露。对军阀大张挞伐，对官僚乡绅尽情揭露。作者擅用隐语，所影射的人物、社会事件引发读者共鸣，并穿插当时名流大佬的坊间传说、风流轶事、怪癖恶习，以老辣笔法寓臧否于风趣之中，含痛切在戏谑以内，读来颇耐咀嚼。一时报纸销量增加。作者自称这部小说是记载南方掌故、网罗江左轶闻，说句旧话，便是野史稗官，聊以备方志国书的考证。

【恨海孤舟记】 长篇小说。作者姚鹓雏。1917—1919年连载于《小说画报》。民国时期“社会小说”的代表作。辛亥革命爆发，京师大学堂的教授相率乞假，学生纷纷离校。小说主人公赵栖桐南归抵沪入《东海日报》，与其共事的都是社会名流，使其身处社会热点的漩涡之中。小说涉及宋教仁(张樵江)与陈其美(郑髦公)被刺，蔡锷(谢柏山)秘密出京赴云南任讨袁义军总司令，刘师培(刘伯申)参加筹安会(求治会)为袁世凯起草劝进表，杨度(柳白公)、梁士诒设劝进会要做洪宪帝制的开国元勋，章太炎(庄乘伯)被袁世凯软禁等政坛重大事件。在激烈的政治斗争中，主人公赵栖桐得了“彷徨症”，最后出家云游四方。对小说的结局作者有悔意，认为写得仓促，若稍从容当不至此，然而自己的思力学问所限，亦无可勉强。

【睡】 短篇小说。作者胡山源。发表于1923年《弥洒》月刊第二期。该文没有情节和矛盾冲突，没有塑造人物形象，写了几次旅途中的睡态，似旅游随笔。“我”与友人离开城市外出旅行，或西湖，或庐山；所到之处或波光涟漪，或登高望远，心情放松神态怡然。所见百姓朴实而少心机且恭敬，“我”便大为放松地睡了几回。把几种不同的睡态连缀写来，这种写法颇符合弥洒社所提倡的“无目的、无艺术观”的文学主张。文章得到鲁迅赞赏，认为是当期《弥洒》月刊的统领之作，并收入当年《中国新文学大系·小说二集》。胡山源晚年的回忆中提及此事，认为受之有愧，并且不认为《睡》是一篇小说。

【帘外桃花记】 长篇小说。作者朱鸳雏，1933年上海卫生书局初版，1939年出版第五版。少女绮从无意中偷窥了姐姐和姐夫的性生活，性意识开蒙，被纨绔子弟和放荡女子做局上钩，失去贞操；少年江平目睹族侄与村姑野合，又经历三姐与二姐夫偷情怀孕、羞愤自尽，心理产生了扭曲。小说夹叙夹议，铺陈故事，作“理性”分析。但分析议论过多过远，影响故事的流畅完整，削弱了可读性。作者自称是有意而为之，目的是揭露社会的“丑恶臭透”，因为社会是个大骗局，书中的故事都是为了证明他的观点。

【将军底头】 短篇小说。作者施蛰存。1932年上海新中国书局初版。有吐蕃血统的唐将花惊定，奉命讨伐吐蕃部落。其身份令其处于命运的悖论之中，而大唐士兵却渴望通过屠杀获得金钱美女和战功。一士兵调戏民女被花将军处决，引起士兵骚动。花将军却爱上了被解救的少女，纪律与爱情的冲突，使其处于激烈的内心矛盾之中。吐蕃来犯，花将军忽而骁勇机智，忽而迷于爱恋，被敌将砍下头颅而不倒，却也将敌将斩首。其提着敌将首级去见少女，却遭到少女的嘲笑。这时花将军手中的敌将头颅露出笑容，而吐蕃人手中的花将军头颅却流下眼泪。小说运用反典故手法，把历史公认的杀人狂花惊定写得有情有义，同时强化心理描写，显示出现代小说与传统小说的重要区别。

【梅雨之夕】 短篇小说。作者施蛰存，其心理分析小说代表作之一。1933年上海新中国书局初版。小说描写了性心理，揭示了潜意识。文笔舒畅，格调清新，艳而不俗，舒展而细密的心理描写和素雅清丽的格调，吸引众多读者。该小说几乎没有情节，只是叙述了一个已婚青年男子与美貌少女邂逅后的一段心灵历程。作者以心理分析学理论指导创作，以娴熟的文字表现人物内心，层层剖析，把读者带进主人公丰富多彩而又微妙曲折的内心世界。

《梅雨之夕》

【春王正月】 长篇小说。作者罗洪（女）。1937年上海良友图书公司出版。在封建经济解体、民族资本抬头的背景下，小说塑造了企图向民族资本家转型而惨遭失败的士绅程之廉这一人物形象，描写了中小投资者和市民储蓄户被大资本和公权力玩弄于股掌的惨淡境遇。写作中罗洪每写完一章，都让朱雯阅读并提出意见，然后修改润色。稿子完成后，朱雯将书稿交赵家璧，赵认为这部小说虽然不能和《子夜》相比，但一个青年女作家“不写自己，不写儿童妇女，不写家庭琐事，更不写工人、农民和士兵；她用这样的大手笔，以艺术形象，集中而生动地描绘了30年代初，发生在上海附近一个古老城镇的旧中国错综复杂的生活画卷”。2017年，作者在百岁之际接受松江电视台采访时说：“我是松江人。我的文学创作是从松江开始的。《春王正月》就是在松江完成的。那是我的第一部小说，长篇小说。”

【四月的紫堇花】 短篇小说，作者陆印泉。1944年收入商务印书馆出版的短篇小说集《四月的紫堇花》。丧夫少妇胡樱，美丽天真而又朴素，“我”与芷雯把胡比作四月的紫堇花。芷雯冲破家族反对，和胡樱结为夫妇。两年后，“我”到芷雯在愚园路的家，发现芷雯苍老了且神情压抑，而胡樱依然美丽。胡邀“我”去参加舞会，并称芷雯忙得很。“我”借故离开芷雯家回到旅馆，一夜难眠。一大早芷雯来旅馆借钱，说胡樱欲参加假面舞会需要钱用，故事到此戛然而止。小说文笔细腻流畅，试图揭示物欲横流的大都市对人的异化。

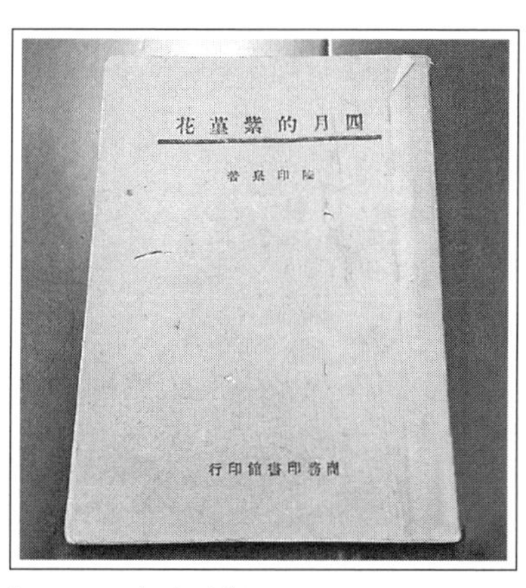

《四月的紫堇花》

【女看护】 短篇小说。作者陆印泉。1944年收入商务印书馆出版的短篇小说集《四月的紫堇花》。“我”生病住院，护士刘小姐对“我”有很好的关照。窗外的绿色和蝉鸣，女护士的温婉和耐心，让“我”产生了好感。前女友留下的鲜花和信，反而令“我”厌烦。正当“我”对这病房产生依恋的时候，女看护刘小姐却失踪了。“我”问遍医生和其他护士，得到的回答都是“不知道”。直到出院那天，门卫告诉“我”，刘护士因为爱上一个病人，神不守舍之中给病人发错了药，被医院解聘了。“我”恍然大悟，突然打起冷战。门卫关心地说，先生你的病还没有好，为什么要出院呢？作者善于在小说结尾突然抖响包袱，有欧·亨利小说的风格。

【关连长】 短篇小说。作者朱定。1950年刊《人民文学》1月号。当代文学中最早表现人道主义的短篇小说。解放上海的战役中，关连长率部攻打敌人据点，久攻不下，如用炮击就能取胜。但据点原为孤儿院，楼内有数百孤儿。关连长拒绝炮兵的支援，改用白刃战，攻占了敌人据点，保住了孤儿们的生命安全，而关连长却献出了自己的生命。后小说改编成同名电影上演。不久以“庸俗的小资产阶级人道主义”“违反纪律的个人英雄主义”等罪名，使电影受到批判，也使作者受到长期的不公正待遇。

【怒涛】 长篇小说。作者骆基。1957年9月新文艺出版社出版。描写志愿军一个连队在长津湖畔歼灭敌人、粉碎李奇微“新攻势”的战斗故事。连长杨更生带领连队在零下30℃的寒夜，坚守一〇七高地，以简单的装备击退强敌反复猛攻，两个排的战友都牺牲了，杨更生一人抱着炸药包炸死四十多个敌人，使美军不敢占领无人守卫的山头。小说还描写了部队女战士、文化教员夏以嫦在战斗中的勇敢表现，反映了中朝军队的友爱合作，以及朝鲜百姓对志愿军的支持和爱护。在小说的取材、叙事和语言等方面，作者注意向以解放区文学为代表的新文学学习，含蓄地描写了杨更生和夏以嫦的爱情。1953年12月小说初稿完成于松江。

【石缝小树】 短篇小说集。作者唐润钿（女）。1980年10月台北黎明文化有限公司出版。收入《人约黄昏后》《石缝小树》《姑妈》《家与笼》《阴后晴》《得失之间》《错》《亲情似海》八篇短篇小说。每篇篇幅短者四五千字、长者近三万字。所选小说，有一份淡淡的无奈和发自内心的善良。像大多数职业妇女一样，作者为不能摆脱“家”锁而烦恼，但最后总是为了别人去付出爱心。这种爱心体现在小说的情节和细节里，给了读者很大的感动和震撼。作者认为，自己的写作能力不比过去好多少，而后辈作者也不比自己差多少，希望自己永远做坚强的有生命力的“小树”。

【水浒新传】 长篇章回体小说。作者褚同庆。1985年5月花城出版社出版。共四册，一百七十回，一百七十二万字。是对中国古代名著《水浒传》的改写。《水浒新传》保留了原著四十回，改写八十回，新增五十回。作者三易其稿，历四十余年而成。重写的内容根据历史史实，补充花石纲、抗辽战役等事件。补述董平、蔡福、鲍旭等人物，强化了中层头领的形象，增设女豪杰人物，使原著中仅扈三娘、孙二娘、顾大嫂三女性构成的巾帼阵营得到壮大。删去封建糟粕，让梁山好汉不再草菅人命。小说着力描写梁山泊首领围绕“招安”产生的矛盾和斗争，同情反招安的英雄。最后梁山阵营分裂为两派，反招安派首领吴用、林冲死去，余者愤然离开梁山。小说改写原著的主要人物的命运，晁盖不再软弱愚鲁，坚决反朝廷；宋江接受招安去打方腊，被毒死；吴用坚决反对招安，同宋江对着干，阮氏三雄则拥戴吴用反宋江；林冲为反招安愤而自尽；鲁智深和武松、孙二娘、张清、施恩等打翻“替天行道”的大旗，返回二龙山另举义旗。

《水浒新传》

【散花寺】 长篇小说。作者胡山源，为其代表作。北方文艺出版社1986年4月出版，四十五万字，共三卷。“卷上”“卷中”的部分章节曾在20世纪40年代上海《万象》杂志连载。“卷中”的原稿在“文化大革命中”被抄失落。1981年作者补写、续写“卷中”“卷下”。作者以1924年起先后在松江景贤女中、苏州乐益女中、松江初级中学任教的经历为背景，以青年大学生陆云歧到江南某城慕仙女校（以松江景贤女中为原型）执教及其恋爱经历为主线，描写了20世纪二三十年

《散花寺》

代一群青年男女的不同命运。书中的陆云歧、吴坚侯、周克良，张宗安、裘平原即分别以他本人、钱江春、侯绍裘、赵祖康、洪野为原型。小说描述了当年松江古城的风土人情和时代风潮，格调清丽动人，情节委婉曲折，体现了30年代江南文人的风格。具有较强的以文证史的作用，对研究二三十年代松江社会状况、青年思想和文学团体弥洒社有重要价值。

【厄斯曼故事】 科幻小说。作者姜云生。首发于台北《幻象》季刊1987年第三期。虚构的“创世神话”。写混沌初开、地球形成、星云重组，宇宙在生灭变幻之中不断发展；人类由太空星尘到生命雏形，从人猿到人，从“被创造者”到创造者，在创造他们的宇宙大背景下创造：屡战屡败，屡败屡战。作者写出西西弗斯式的悲壮：在宇宙与人类的关系“结束与重新开始”的永续轮回中，即便地球消亡，也难以切断移居其他星球的人类，对地球远祖的怀念，对未来世界的信念。作者说：“创作《厄斯曼故事》的初衷之一，正是为人类屡败屡战的悲壮树碑立传。”获台北《幼狮文艺》科幻小说征文佳作奖。

【裤裆巷风流记】 长篇小说。作者范小青（女）。1987年作家出版社出版。描写苏州“裤裆巷”三号状元古宅里一群普通市民，在急剧的社会变革中面临职业危机、居所动迁等生存困境时上演的市井戏剧。鸡毛蒜皮的冲突、就业烦恼、邻里纠纷、情感矛盾构成小说人物的生活。作者通过细节描写，刻画人性的弱点。在狭窄拥挤的居住环境中彼此争吵不休、斤斤计较而又容易满足，只是语言对垒，很少肢体碰撞，看似柔弱而决不懦弱，在琐碎的矛盾中互相争斗然后互相妥协。小说把写人、事与写苏州的风土人情结合在一起，如长卷的苏州风俗画。作者认为，苏州的水土养成了苏州人的性格：努力但不张扬，温和却又坚韧，甚至表现出一种智性。

【初吻人生】 长篇小说。作者吴春荣。中国文联出版社2000年10月初版，收入《吴春荣文稿・第七卷》。小说以两代人初涉社会时的遭遇为线索，描述了这样一个故事——刚毕业留校的H大学中文系助教颜悦，因美丽、单纯和对文学的爱好，被一贯玩弄女性的作家干玉的渔猎手段所迷惑。她的养母颜芳粗暴干涉，逼颜悦嫁给一公司经理；中学老师胡古月与中文系领导方方，得知颜悦为失散十多年的自己的亲生女儿后，便有策略性地暗中加以保护及委婉开导。颜悦了解到同样分离多年的亲生父母的故事后，最终得以醒悟。小说在插页上有两段话：一、在身不由己的情况下要顽强地保留住自己，在缭乱、炫目的色光中要清醒地找回自己。二、记不起谁曾说过，岁月有两部不朽的著作，一部叫《历史》，一部叫《生活》。小说含蓄地体现了这样的哲理。

【孤岛时代】 原名《晨》。长篇小说。作者罗洪（女）。2002年7月南海出版公司出版。小说描写在日军占领上海后寄居在英、法租界内一群知识分子困守“孤岛”时面临的艰窘困境，以及他们尽其所能坚忍抗敌的事迹。小说人物众多、场面宏大，刻画了如云、大成等热血知识分子和活跃在“孤岛”内外形形色色的社会各阶层人物，描写出或美或丑、或忠或奸的人物性格。小说写作过程颇为坎坷，1996年初，八十六岁高龄的作者跌伤骨折，担心“来日无多”，骨伤初愈便忍痛执笔，当年完稿，1997年初着手誊抄。王安忆认为，小说的文风，保留了“五四”知识分子式的健康、规矩、文雅，日常生活流露出它平实、细致、活泼的人情味，这便是我们现今写作所传承的渊源。

【小镇上的爱】 长篇小说。作者吴春荣。作家出版社2002年10月初版，收入《吴春荣文稿・第七卷》。小说以20世纪60年代的农村为背景，以韩春江与白秋川的关系为主线，着重描

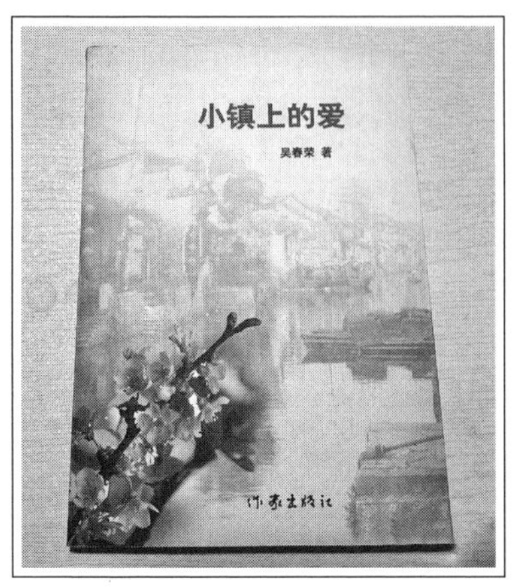

《小镇上的爱》

写了农村中学教师韩春江的故事。韩几十年立足讲台，无私无欲、无怨无悔地奉献了自己，包括青春年华。故事从韩春江突然昏迷而被送进医院开始。当年的学生，包括院长、编辑、作家、画家等，集聚到医院里，通过思想碰撞、回忆等手法，多角度地展示出他们与老师曾经的交往，着重揭示了教师的“这种付出不思回报、不自量力，也是最纯最美的大爱”。小说“没有惊天动地的喧哗，却满溢出浓浓的、真挚的情与爱”（竹林）。小说插页上有两段话，其中之一是：“她是在用心灵构筑通往未来之桥，用整个生命书写着爱。”小说由著名作家竹林、周嘉俊分别作序。

【我想过穷日子】 长篇小说。作者王季明。刊2005年《十月》杂志“芒种卷”。上海人马达继承了父亲的大笔遗产，却不愿意养尊处优，一次次离开上海，到贫困的地方寻找贫穷而充实的生活，以慰藉心灵。马达雇了一个落魄女作家到千里之外的划牙子村，要求她把他的一言一行记录下来。很快马达发现这里已不是能过穷日子的地方，失望归来的马达丢下继承的大宗财产，不久死在繁华的大都市。马达是一个罕见的人物形象，坐拥财富却奢望过“穷日子”；貌似挥金如土却在钱上斤斤计较；表面豪放不羁口吐真言，却事事警觉防人如贼。小说受南美先锋作家影响，下笔粗砺倔直，却有抵达生活内核的力量，善于营造梦魇般的困境，气氛紧张，气质怪异。

【凤在上龙在下】 中篇小说。作者榛子。刊《大家》杂志2009年第二期头条，2010年《小说月报》增刊第三期转载。榛子小说中的“异数”，写发生在上海的“断背”故事，却处理得痛楚而温暖，与西方同类故事无缘。在计划经济向社会主义市场经济转型的上海，普通市民处在就业艰难和居住狭窄的生活旋涡里，性倾向存在偏差的刘阳无奈楔入了寻常夫妻张家临、常贵珍的日常生活，给他们带来许多烦恼与不便。作者写出了人的宽容和困窘生活中的温暖，人们在纷乱和变化中寻求和谐相处，主动或被动地认同自己应该到达的“位置”。榛子笔下的人物总是“被动”的，他们有顺应动荡和变迁的“温顺”，缺少与命运抗争的主动性，但这种“温顺”也包含着对命运的抗争。小说结尾的“散场麻将”写出温馨散尽的哀凉。王安忆为2012天津夏季达沃斯论坛提供的演讲《麻将与跳舞》里，讲到两台麻将，一台是她自己的长篇小说《长恨歌》里的，另一台便是《凤在上龙在下》里的“散场麻将”。

【大明名相徐阶传】 长篇小说。作者沈敖大。2009年12月北岳文艺出版社出版。分“少年徐阶”“崛起下僚”“调和鼎鼐”“晚年风波”四部分。以纪实笔法演绎徐阶苦学中成长、坎坷中崛起、致知格物的才能，以史实为依据，解开诸多历史疑团，还原了真实的徐阶和海瑞等历史人物。作者认为，历史上的徐阶起码做了几件大事：坚持抗倭，保护忠臣，扳倒不可一世的佞臣严嵩；嘉靖帝死后，他顺势拨乱反正，开创新的朝纲。小说在史料上守得住，于虚构处放得开，可读性强，人物生动，谋篇布局多有可取之处。

《大明名相徐阶传》

作者在博客上连载不久，就接到出版社的稿约。被称为“松江人写松江人、讲松江故事”的优秀作品。浙江文艺出版社2020年4月再版，文末增补两回，改名《徐阶传》。

【渴望出逃】 中短篇小说集。作者榛子。2011年1月上海人民出版社出版。王安忆作序。收入《渴望出逃》《坚硬的鸡汤》《凤在上龙在下》等中篇小说八篇，《情犊》《城市以外》等短篇小说九篇。小说中的故事是作者生活足迹的印证：从上海到塞北煤矿，再回到上海郊区的工厂。写矿工《渴望出逃》表明作者闯荡的阅历和粗犷的笔力（王安忆语）。《情犊》写年轻人朦胧的爱情，没有一点上海文明的符号，又确实是上海的故事，其中的人物都隔离在潮流之外，人物的处境、命运在夹缝中表现出来的“温顺”，更可能是一种从容自若。《凤在上龙在下》写了性倾向偏差给男青年刘阳带来的烦恼，即使伙伴们宽容温暖地对待他，也难以治愈他心里的创伤。王安忆认为，榛子有的小说回味不够，但到了《凤在上龙在下》，从量变到质变，突然撞开一扇门，于是，光进来了。

《渴望出逃》

【露天舞会】 中短篇小说集。作者王季明。2011年1月上海人民出版社出版。王安忆作序。收入《天堂》《露天舞会》《借个男友回家过年》《1974年的丧事》等十三篇小说。作者从西方现代文学中汲取养料，并以此操纵小说的形式。王安忆在香港岭南大学讲授写作课程时，曾以《借

《露天舞会》

个男友回家过年》作为“上海作者写上海”的案例加以分析。《1974年的丧事》则在城市浮丽的外表之下，雕镂出几近部落式的朴素内心。作者善于处理抽象题材，挖掘平庸的普通人身上的不甘平庸。从弄堂里野蛮奔跑的男小顽，到穷困潦倒中以“聊小说”安慰自己的文青；从租个男友也要给自己“扎台型”的女工，到抱着朋友骨灰回到临时住处的民工等，作者都刻画出他们对生存现状的不甘和反抗。

【猎鹿人】 中篇小说集。作者刘敏。2011年7月山西人民出版社出版。收入《发生在苍茫岁月的追捕》《乌苏里江之珠》《关东大风暴》《青春》《给鬼子带路》《猎鹿人》《回家》七部中篇小说。是客居上海松江的作者对东北家乡的回眸

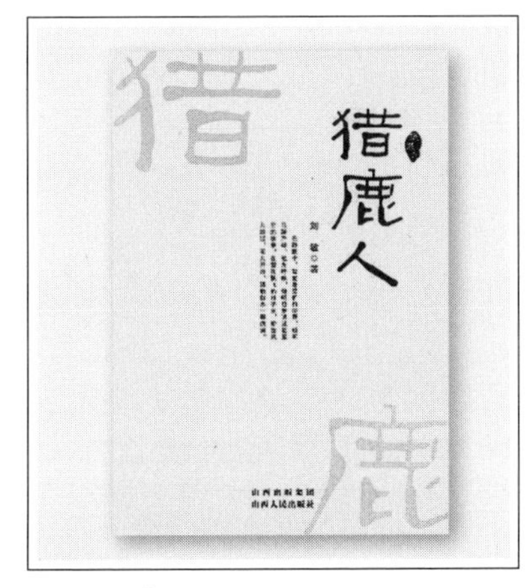

《猎鹿人》

和致敬。作品具有浓郁的东北特色，采用虚实结合的手法，实现了与历史人物的隔空对话，带给读者的不仅仅是伤痛，还有凤凰涅槃浴火重生般的洗礼。作者在“自序”里写道：我睁大眼睛做梦，重新经历那些生命过程。我清楚地知道，能有这样的感情和漫漫思绪，是因为我的心灵始终停留在北方的原野上。

【大药商】 长篇小说。作者丁建顺。2012年1月上海三联书店出版。一二·八事变后，鲍国安组织同学上街宣传抗日，被震旦大学医学院开除。怡和洋行买办聘其担任房产部襄理。鲍国安努力工作，挣得第一桶金。兄长与母亲要其同“娃娃亲”林馨如结婚，被鲍国安抗拒。林馨如决意留在上海攻读医药学。鲍国安事业有成之际，中共地下组织的曹家杰启发他勿忘初心，这让鲍国安回归制药业，适时创办了信谊药厂。鲍国安从激进的大学生，到怡和洋行的帮办；从信谊药房小股东，到东亚第一大药厂的董事长。林馨如毕业后入职信谊药厂研究所，机缘巧合取得重要配方后邀鲍国安去取。此时鲍已娶妻生子，他抵抗住了诱惑。自此，林馨如放下这段感情，与留美归来的吴博士成婚。抗战初期，吴博士随国民政府内迁重庆，林馨如因怀身孕，吴博士将其托付鲍国安夫妇照顾，其间发生了诸多曲折离奇的人生变故。抗战胜利后，鲍国安成为接受大员要挟的目标，只得忍辱负重，举家避居香港。金宇澄评论：“这部民国上海的传奇画卷，每一个人物与面孔，每一个事件焦点，每一个历史场景，都使读者难忘。”为2010年上海市重大文艺创作项目。

《大药商》

【收藏家】 长篇小说。作者丁建顺。2013年刊《当代·长篇小说选刊》第二、第三期。20世纪30年代，浙江武康余家凭着佃农挖到古玉和青铜器发达，全家迁居上海，购买法式别墅，长子创办实业，二子余庆杰去法国留学。全民族抗战爆发后，余家工厂被炸，长子与长孙罹难，余老爷受惊吓而死。余庆杰返回上海，做生意被骗，办报又血本无归，只能靠家中的青铜器等文物谋生，并成为古董专家。“文化大革命”开始，红卫兵抄家，余庆杰以早年购藏的赝品搪塞。红卫兵召来文博系统的造反派鉴定，结果大失所望。在其孙偷盗藏品出售之际，余庆杰考虑起收藏品未来的出路。小说写出了收藏家“不疯魔不成活，不败家不成名”的人生境遇。四代人命运的沉浮史，一个家族的变迁史，折射了30年代以来风云际会的社会剧变。为2008年上海市重大文艺创作项目，2009年中国作家协会重点扶持项目。

刊登于《当代·长篇小说选刊》的《收藏家》

【中国伞兵突击队】 长篇小说。作者朱定。2015年作家出版社出版。抗日战争期间，大学生李成以译员身份加入美国战略情报处伞兵突击队，随队深入敌占区搜集情报，配合中国伞兵突击队与日军作战，打出赫赫军威。随后潜入浙江沿海地区侦察敌情，为盟军反攻做准备。当地被神秘的王氏家族管辖，驻军首领国军少将王泰永暗中与日、伪、匪勾结。小分队引导美军炸毁了日军潜艇基地，王泰永的儿子引来日军扫荡，抓捕了小分队大部分成员。队员们受尽酷刑折磨，抵御了各种诱惑。在危急关头传来日本宣布投

《中国伞兵突击队》

降的消息,中国伞兵队如同天兵降临,消灭了负隅顽抗的日伪军。李成与美国伙伴依依惜别,祈祷战争永不再来。

【股民传奇】 长篇小说。作者沈玉亮。2017年中国文联出版社出版。小说以一咖吧为故事地点,讲述了文艺人仰天啸和生意人仝容,在股海浪潮中从相识到相知,最后相爱的故事。作品抨击了操纵股票涨跌的股市黑手,赞美执著地以投资观念买卖股票的正直股民。此书以网络书籍和有声读物在网上发行。

《股民传奇》

【灭籍记】 长篇小说。作者范小青(女)。2018年12月北京十月文艺出版社出版。年轻人吴正好在家中发现一张能够证明身份的纸,为了寻找

《灭籍记》

自己的"来路",或者说为了得到郑家老宅,他走上了寻人和证明自己身份的征途。在这条情节主线之下,一纸证明串联起三个时代背景里三个人的不同命运,由此引出叶兰乡、郑见桃、郑友梅等人物和三个离奇的故事。三个故事互相追溯、补充,形成互文效应,使读者在抽丝剥茧式的阅读中,认识到是历史造成了现实的荒诞,而现实又无情地嘲笑着历史。贺绍俊评论,范小青是对"寻找"充满兴趣的作家,从走上文学创作之路,"寻找"始终是她执著表现的主题。《灭籍记》同样在"寻找"上做文章,这次寻找的东西更重要,她要寻找的是人的身份。

【隔壁的学霸是怎样炼成的】 长篇家庭教育小说。作者庄锋妹(女)。2017年5月、2018年1

《隔壁的学霸是怎样炼成的》

月、2019年7月中国青年出版社分上、中、下三部出版。以家庭教育、亲子关系为轴线，叙述中国家庭正在发生的亲子故事。上部叙述面临中考，陪考妈妈和中考孩子每天发生的母子战争，彼此伤害又彼此慰藉；不停反思又相互探讨，最终重新认识对方，积淀了更深沉的爱。中部叙述孩子和妈妈在选择学校时产生的矛盾，回答了“真正的学霸”到底是应该上名校还是选择最适合自己的学校这一问题。下部聚焦母子关于社会热点与成长话题的不同认识，叙述蜕变少年与蝶变女性共同成长、重塑自我与亲子关系的故事。

【乡村伤变史】 长篇小说。作者朱正安。2018年文汇出版社出版。写上海浦南农村从抗日战争到改革开放经历的一次次嬗变。主要人物都是本乡人，具有原生性，叙述乡村族群关系、权利关系、伦理关系以及道德文化的整体嬗变，从乡村内部反映动荡的外部世界变迁。叙事中插入民风民俗，调用乡土方言，富有地域情味。谋篇布局严谨紧凑，讲述时间不受线性约束，运用积木式的建构方式，围绕人物心理节奏和相互关系展开描写，使故事发展丰富而又顺畅。为上海市文化发展基金会2016年资助项目。

《乡村伤变史》

【跑码头】 长篇小说。作者汤炳生。上海文艺出版社2019年5月出版（上部）。胡晓军作序。小说叙述松江农民书艺人的命运故事。小说以周江虎跑码头、走江湖说书为主线，描绘20世纪50年代初到60年代中期松江农民书艺人群像。既有喜怒哀乐爱恨情仇，也有社会变迁给松江农民书及其艺人们的命运带来的深刻而长远的影响。广阔的视角，轮换的主角，白描的手法，间以乡土气息浓郁的方言，铺展出独特的人物、奇异的情节和真挚的情感织就的松江故事。作者曾经是松江农民书艺人，熟悉民间艺人生活，小说为即将消失的松江农民书留下了宝贵的记忆。

《跑码头》

【静安1976】 长篇小说。作者禹风。2019年9月上海文化出版社出版。怀旧成长小说。作品从少年小宝的角度，以朱家花园为原点，以居住在朱家花园的形形色色的上海市民为聚焦点，全方位记录20世纪70年代中期静安区一角的市相百态。朱燕玲评价：他的故事，既有弄堂里的秘密、都市中的庸常，也有大时代的哀伤。道不尽的上海，因少年的单纯心思而更显迷魅。作者在“自序”里写道：“如果我不讲述，我便不

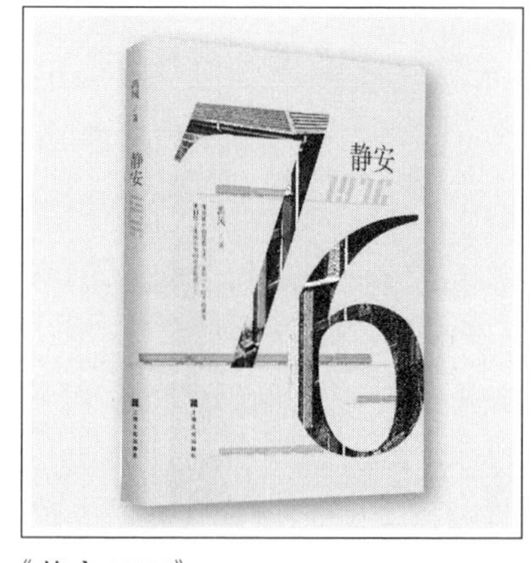

《静安1976》

曾存在；如果我不记录，半个世纪的‘我的上海滩’就长眠记忆中。我听见1976年的上海，好些影子从角落里出来，仿佛审判的日子死人从地下起来。这些无重力的人影将汇入《静安1976》，重复他们说过的话、做过的事。”

儿童文学

【野小鬼】 长篇儿童小说。作者贺宜。1939年少年出版社出版，1984年四川少年儿童出版社重版。全民族抗战爆发后，日军在杭州湾登陆，渔民儿子小土根的家乡沦陷。为寻找抗日队伍，小土根历尽千辛万苦，险些上了土匪、汉奸的当。最后终于找到抗日游击队，当了侦察兵。作品出版后在读者中引起较大反响。

【木头人】 长篇童话。作者贺宜。1940年7月玩具商店（少年出版社的化名）出版，署名“祝一”，1984年2月贵州人民出版社再版。魔法师海兰海洛制造了一个没有眼睛的木头人哈巴，派他到社会去混世界。哈巴通过诡计和谎言，坑害了帮助他的“天老实”，害死了为他装上眼睛的马牛羊医生，骗娶了富商的女儿花花小姐，混成了富绅、警务大臣和外交大臣。哈巴作为巴加国的特使打入黄二国，帮助巴加国入侵黄二国，在巴加国的扶植下，成为黄二国的国王。黄二国铁哑铃将军率领军队和民众组织的义勇军坚决反抗，烧死了作恶多端的木头人巴哈。贺宜在“作者的话”里写道：“我写这篇童话，为的是揭露和鞭挞（当年敌占区）这些民族丑类，反映人民对他们的愤怒和仇恨，以及坚决与他们做斗争的意志。”

【刘文学】 长篇小说。作者贺宜。1965年5月少年儿童出版社出版。描写少年英雄刘文学的传记小说。刘文学家在解放前受地主王荣学欺压。解放后刘文学家生活质量提高，刘文学加入了中国少年先锋队，热爱集体，关心同学，敢于跟坏人坏事做斗争。1959年11月，刘文学为了制止地主王荣学偷盗集体财物，英勇牺牲。作者在“后记”里写道：“小说所有人物，只有刘文学和他的父母，还有地主王荣学保留了真名，其他人都用的化名，不光名字换了，他们的事迹也做了一些移植。但是，关于刘文学的优秀思想、品质和行为，都是按照刘文学的本来面目描绘的。”

【山谷的回声】 儿童故事。作者王伯芳。首发于1980年《武汉儿童》第六期。城里少年林林跟着奶奶到山区去看望姑姑，山中美景把少年迷住了。林林禁不住对着山谷大喊，山谷也对他大喊。林林问山谷，山谷也问林林。林林生气了骂山谷，山谷也回骂林林。奶奶对林林说，这是山谷的回声，你好好跟他说话，他也会好好跟你说话的。于是林林向山谷道歉，山谷也向林林道歉。

【龙女和三郎】 民间故事。作者何公超。1981年四川少年儿童出版社出版。王三郎父母在世的时候，给他定了一门亲事。后来女家做买卖发了财成为富豪。三郎父母双亡，吹得一手好笛子。岳丈退掉三郎婚事，遭到乡邻谴责，因此恼羞成怒派人把三郎丢进海里。乌贼婆救了三郎把他带进龙宫。三郎的笛声打动了龙王和三个女儿。小龙女跟三郎学吹笛，两人相爱，却遭二龙女、三龙女的妒忌和龙王的反对。龙王把三郎和小龙女分别关押起来，乌贼婆救出两人，帮助他俩逃离龙宫回到人间，并惩治了恶霸岳丈。三郎和小龙女从此过上幸福自由的生活。故事在少儿读者中产生较大影响。1983年5月天津人民美术出版社据此改编、出版连环画《龙女和三郎》。

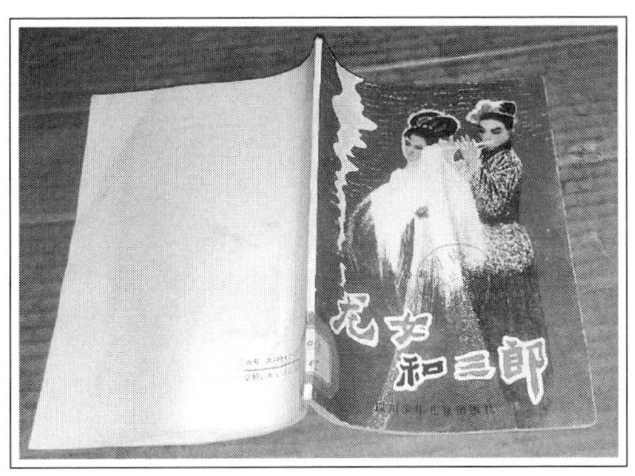

《龙女和三郎》

【白兔妈妈安家】 童话画册。作者王伯芳。1982年1月上海教育出版社出版。帮助低幼儿童懂得什么是善、什么是恶，提高辨别是非能力的汉语拼音读物。收入《白兔妈妈安家》《请猫看金鱼》《好心的老婆婆》《说好话的狐狸》《狮子的诡计》《小兔伯尼》六篇童话。

【懒汉吃鱼】 寓言集。作者方崇智。1984年8月少年儿童出版社出版。收入三十五篇寓言。故事浅显生动,诙谐有趣,寓意含而不露,适合小学、初中学生阅读。绍禹撰文评论:“《懒汉吃鱼》首版发行近五万册,却仍然不能满足读者的需要,原因何在?我想,主要原因它是真正为儿童写的寓言,是真正比较好的儿童寓言。”

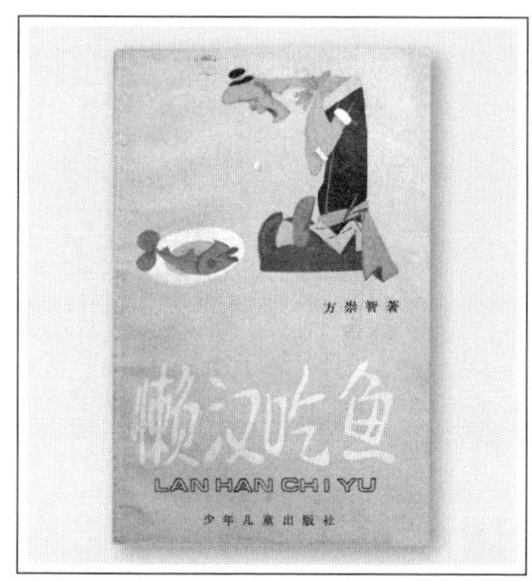

《懒汉吃鱼》

【天空奇观】 少儿科普文集。作者陈天昌。1984年12月民族出版社出版,“科学知识”丛书之一。收入《神秘的不明飞行物》《拖长尾巴的星星》《火流星和流星雨》《变幻迷离的极光》《从沙漠海市说开去》《虹和霓》《从布劳甘幽灵说到峨眉宝光》《龙卷风和尘卷风》《华跟晕有什么区别》九篇科普知识文章。作者在“写在前面的话”里写道:“我怀着对少数民族兄弟深深的同情和同胞兄弟般的情意,从内心深处支持民族出版社专为我们少数民族兄弟编辑出版这套科学知识读物,并尽我所能,满腔热情地接受了编写这本小册子的任务。对一些不平常的自然现象,用十分平常的科学知识加以解释,说明原理,使大家以后如果见到那些奇异的自然现象,能够见怪不怪,并说出道理。”

【何公超童话寓言选】 童话寓言集。作者何公超。1985年7月少年儿童出版社出版。收入《皇帝的金袍》《快乐鸟》等十五篇童话,《牛的悲哀》《蜘蛛的歌》等二十九则寓言,《龙王请酒》《画眉鸟》等七篇民间故事。该书汇集作者从事儿童文学创作六十年来的重要作品。作者在

《何公超童话寓言选》

“后记”里写道:“我的童话,解放前,表现为从黑暗里渴望光明,如《快乐鸟》;解放后,则鞭挞了普天光明中残存的局部的、个别的黑暗,如《鹦鹉救火》。时代与社会要求作者歌颂光明、鞭挞黑暗,我是勉力为之的。”

【数学家的魔箱】 寓言集。作者方崇智。1989年6月少年儿童出版社出版。收入三十五篇寓言,其中《生命的真理》获第五届儿童文学园丁奖。寓言浅显、形象,有针对性,不乏题材新颖、寓意深刻之作,适合中小学生阅读。

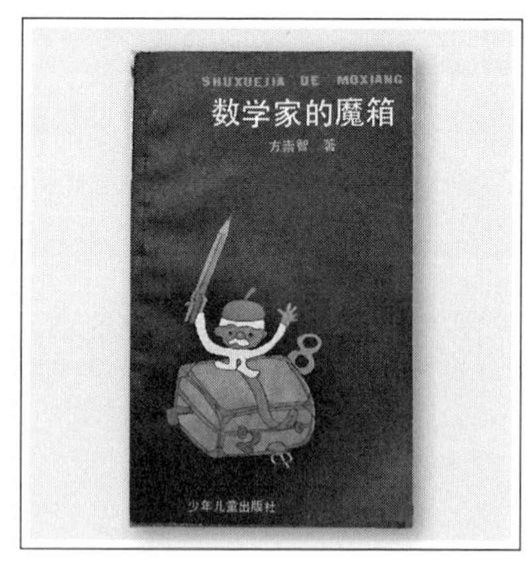

《数学家的魔箱》

【阿毛探长】 儿童故事集。张铁苏编。1989年9月学林出版社出版。书中收入张铁苏、宋顺康、韩仁钧等作者的儿童故事四十一篇。作者多为与孩子们生活在一起的教师,所收故事题材多样,构思新奇,情节有趣,文笔流畅,易读易懂。

【没耳朵变尖耳朵】 儿童讽刺诗集。作者张铁苏。1993年6月百家出版社出版。收入一百零一首儿童讽刺诗。分“给男孩子的”和“给女孩子的”两辑，是作者在《儿童时代》杂志“啄木鸟”专栏发表的儿童讽刺诗的集成。圣野在其序中评论：“这是一个用儿童的天真和幽默垒成的‘鸟窝’。诗人关注着一棵棵年幼的树木，在诗人的心中，飞出了一只只帮助树木除虫的啄木鸟。孩子们读完了带刺儿的小诗，挤出几滴使他痛苦也使他快活的眼泪。”作者在“后记”中写道：“让讽刺成为改正缺点的一种手段。愿书中101首讽刺诗，变作101只啄木鸟，飞向苗圃，飞向校园，去捕捉那钻进男生女生心眼眼里的小虫子吧。”

【自然奇观知多少】 少儿科普文集。陈天昌编著。1993年8月中国少年儿童出版社出版，“农村少年书籍”之一。收入科普文章四十二篇，分四辑。第一辑“天空奇观”，从作者《天空奇观》里选取五篇文章，解答不明飞行物、流星和流星雨、极光、沙漠海市等现象产生的原因；第二辑“动物趣事”描写了海洋动物的有趣现象；第三辑“植物撷趣”介绍冬虫夏草、捕蝇草、舞草、昙花、古莲、棉花、夜光树的奇妙特性；第四辑“地下探秘”讲解地宫、地下热水、间歇泉和虹吸泉、火山和地震产生的原因。

【上帝的玩笑】 寓言集。作者方崇智。2004年7月中国福利会出版社出版。收入寓言一百六十二则，分“智慧之花”“道德之光”“生命之歌”三辑，作者在“代序”里给小读者讲了寓言的特点：小，篇幅短小；老，历史悠久；童，充满童心。同时勉励小读者多读好的寓言，并从中悟出生活的哲理。

《上帝的玩笑》

【小公鸡历险记】 长篇童话。作者贺宜。2006年12月湖北少年儿童出版社出版。写一只善良的老母鸡和十三只小母鸡和一只小公鸡的故事。小公鸡聪明活泼勇敢，但骄傲任性，几次险落黄鼠狼口中。沉痛的教训使它改正了缺点，和大家一起捉住狡猾的黄鼠狼。故事围绕小公鸡与黄鼠狼的斗争，刻画了鸡妈妈、大黄狗、黄鼠狼、田鼠以及小母鸡、鸭大娘、小鸭子、小兔子、鹁鸪、喜鹊等一系列童话形象。作品情节曲折，波澜起伏，悬念迭出，暗示现实生活中人与人的关系，帮助小读者认识到骄傲任性的危害和团结友爱的重要，同时批评了溺爱孩子的家长。

《小公鸡历险记》

【忧愁河上的印记】 短篇小说集。作者郁雨君（女），童趣出版有限公司编。2016年1月

《忧愁河上的印记》

人民邮电出版社出版。收入《忧愁河上的印记》《美浓与月亮》《花儿与高跟鞋》《弄堂里的涟漪》《一只酒窝去找另一只酒窝》《恍惚的翅膀》等九篇短篇小说。作者在自序中写道:“为男生女生写作到底,是我一生的美丽口号,希望读了我的书的你,能够感受、感恩成长的每一天。”

【像蝴蝶一样自由】 中篇小说。作者陆梅(女)。2016年11月明天出版社出版。分上篇(七章)、中篇(十章)、下篇(三章)。两个少女,一个是生活在当下的上海女孩“老圣恩”,一个是早已离开人世、《安妮日记》的作者安妮·弗兰克。两个少女携手穿越时空,在游历中展开对话,表达了谴责战争、向往光明和自由的思想内涵。徐鲁在序里写道:“思想有多远,才能保证文学能走多远。我的老师徐迟也多次说过,只有达到了思想的顶峰,才可能欣赏到最美的文学风光。陆梅志存高远,用这部篇幅不长的作品,把少年小说直接送到‘诗与思’的绝顶上。”

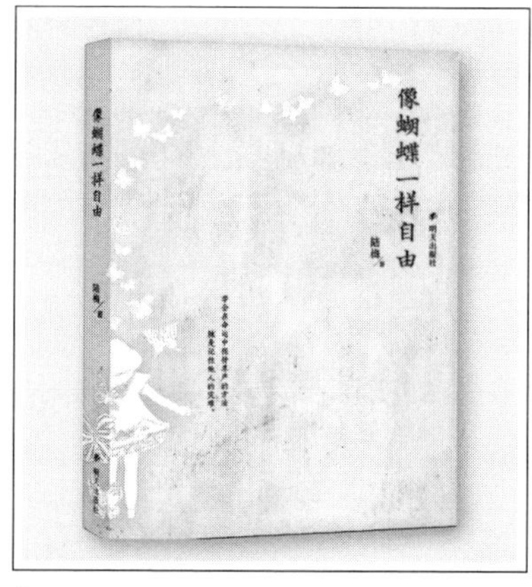

《像蝴蝶一样自由》

【奇奇怪怪姐妹俩】 短篇小说集。作者郁雨君(女)。2019年8月安徽少年儿童出版社出版。收入《我和雨润哥哥》《骄傲的女生》《狭路相逢的眯眯眼》《对不起谢谢》《小初脸红了》《被踩扁的熊》《一个人的雨哥哥》等九个短篇小说。作者在给小读者的“寄语”里说:“如果你内心强大,精神世界丰富多彩,有着热爱生活的信心,这些都会随着岁月体现在脸上,让你拥有沉着干练的气质。故事中的薄荷姐妹各有缺点,并不完美,但是在最后关头,她们努力展现了真实的自己。”

【当着落叶纷飞】 长篇小说。作者陆梅(女)。2019年10月安徽少年儿童出版社出版。描写农村留守儿童生存环境、生活状态和成长经历的小说。讲述留守儿童沙莎遇到了好心的女记者、作家和少年管教所干部,因而没有变为“坏小孩”,进而成为“好孩子”的故事。徐鲁评论说:“陆梅是写作上的唯美主义者,字里行间闪耀着温暖的人道主义和理想主义光芒。我从陆梅的小说里看到一种光明,一种足以把我们自己从黑暗中拯救出来,也把那些在被忽略和被遗忘的贫瘠的地方,像野草一样顽强生长的亲爱的小孩们,从黑暗中拯救出来的光明。”获陈伯吹儿童文学奖、冰心散文奖。改编为同名电影。

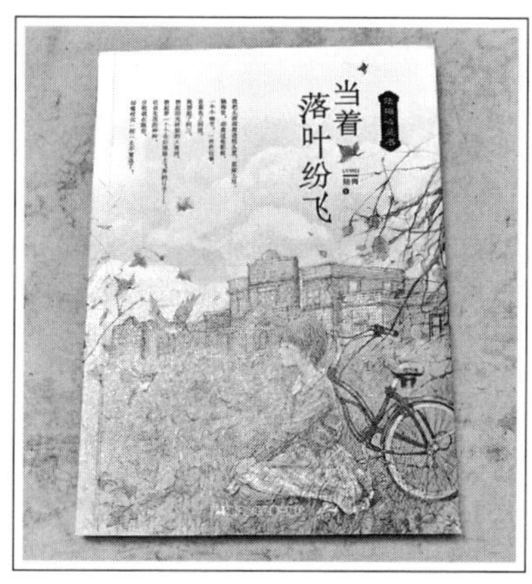

《当着落叶纷飞》

译 著

【伯爵与美人】 章回体长篇小说。小说日译底本为《伯爵と美人》(有明山樵,弘文馆,1897)。陈景韩译。清光绪三十年三月十四日(1904年4月29日)至十一月二十日在上海《时报》连载。这是译者发表在《时报》上的第一部翻译小说。因原著中有较多恋爱情节,故中文书名曾译作《侠恋记》。光绪三十一年上海《时报》曾登载广告:“此书(《侠恋记》)原为日本小说中之杰作,去年经本馆作者陆续翻译,仍原名《伯爵与美人》印行报中,今因全书告竣,特由记者细加参订,改为今名《侠恋记》。别刊单本以供同好。”

【福尔摩斯再生记之最末案】 又译作《血痕记》。侦探小说。英国柯南道尔著，粟口译，陈景韩（笔名冷血）笔述。清光绪三十一年正月廿八至二月初十日（1905年3月3—15日）上海《时报》连载。清末民初时，福尔摩斯探案系列小说在中国风靡一时，《福尔摩斯再生记之最末案》为该系列小说中较为精彩的一篇。对于陈景韩翻译的小说，胡適曾作评：“冷血先生的白话小说，在当时译界中确要算很好的译笔。”周作人认为，“冷血体”是当时翻译界最为流利的语言风格之一。

【多情的寡妇】 长篇小说。奥地利显尼志勒著，施蛰存译。1929年上海尚志书屋出版。1928年施蛰存翻译于松江，是其最早出版的译著。小说原名《蓓尔达·迦兰夫人》。蓓尔达刚刚失去丈夫，遇见久违的年轻时的恋人，重新唤起对情欲的渴望，然而却被遗弃。与其情形相似的露比乌斯夫人，比蓓尔达更有勇气去追求爱情，准备怀着情夫的孩子私奔，但也未能摆脱被遗弃、最后惨死的命运。显尼志勒将心理分析、性心理分析、变态性心理分析运用于小说创作中，以表现其主题。

【今日欧美小说之动向】 文论。英国华尔波儿等著，赵家璧辑译。1935年上海良友图书印刷公司出版。收入《英吉利》《美利坚》《苏联》《法兰西》《西班牙》《德意志》《斯干迭那维亚》《意大利》《意大利法西斯蒂文学》九篇文章，介绍欧洲各国文坛的流派、发展趋势及重要作家、作品。

【显克微支短篇小说集】 波兰亨利克·显克微支著，施蛰存（与周启明，即周作人合作）翻译。1955年作家出版社出版。收入《炭画》《为了面包》《奥尔索》《酋长》《误会的笑话》《灯塔看守人》《一个普慈南家庭教师的日记》《胜利者巴尔代克》八篇短篇小说。显克微支是19世纪批判现实主义作家，1905年获诺贝尔文学奖。

【轭下】 长篇小说。保加利亚伊凡·伐佐夫著，施蛰存译。1952年4月上海文化工作社出版。是自传性质的长篇小说。它以1876年4月起义前后的保加利亚社会生活为背景。职业革命者克拉利奇在土耳其被囚禁了八年后逃回祖国，化名奥格涅诺夫，以教师职业作掩护，继续宣传、组织城乡群众投入反对奥斯曼帝国统治、争取祖国独立自由的武装起义。1876年4月，起义由于组织和联络工作不充分而惨遭镇压，克拉利奇等人在逃亡路上被土耳其人包围，英勇奋战，终因寡不敌众，壮烈牺牲。

【被开垦的处女地】 长篇小说。苏联肖洛霍夫著。草婴译。该作品分为两部，第一部出版于1932年，第二部出版于1959年。1960年小说获得列宁奖金。1961—1962年，草婴译著《被开垦的处女地》两卷本由人民文学出版社出版。1984年安徽人民出版社出版了草婴所译《被开垦的处女地》两卷本新版本，更名《新垦地》。作品描写了顿河格内米雅村进行社会主义改造的疾风暴雨般的历史变革，反映了苏联农民开展集体化运动的过程。小说的主人公达维多夫是钳工出身，当过水兵，参加过国内战争，是个成熟的布尔什维克。他坚定不移地贯彻党的正确路线，既要抵制右倾错误，还要反对左倾思想。在“妇女骚动”事件中，他的高度党性原则表现得极为充分，对向他要仓库钥匙并且殴打他的那些妇女，一面坚定地维护人民利益，不给她们仓库钥匙，一面对骚动的妇女耐心地说服教育，使他和群众的关系越来越近。作品还真实描绘了思想意识复杂的中农梅潭尼科夫克服小农私有观念走向集体化的觉悟过程，揭露了白匪军官波罗夫则夫和富农阿斯特罗夫诺夫的恶行，鞭挞了革命队伍中蜕化堕落的叛徒奇特波罗金和钻进革命队伍内的雅可夫·洛维夫。作者善于从日常生活和矛盾冲突中来展示他们多方面的性格，塑造了一系列栩栩如生的典型形象。小说是苏联文学中描写农村集体化时代新农村的重要作品。

【汽车城】 长篇小说。加拿大阿瑟·黑利著，朱雯、李金波译。1979年上海译文出版社出版。原作发表于1971年底，为美国当年畅销书之一。后改编为电影，在欧美风行一时。小说以美国汽车制造业中心底特律为背景，围绕“参星”汽车的设计、投产、销售等主要情节，对1967年美国黑人抗暴斗争后的美国社会生活作了广泛的描绘和揭露。

【复活】 长篇小说。俄国列夫·托尔斯泰著，草婴译。上海译文出版社1983年出版。是列夫·托尔斯泰的代表作之一。本书取材于一件真实事件。1889—1899年，托尔斯泰用十年时间六易其稿，才完成这部不朽的名著。主人公是禁卫军中尉聂赫留朵夫公爵与下层妇女玛丝洛娃。聂赫留朵夫年轻时在基督教的复活节之夜引诱少女玛丝洛娃，导致其怀孕继而走向堕落。多年后在一次庭审上他认出被审判的对象正是玛丝洛娃。他以此作为反省的起点，由帮助玛丝洛娃出发，接触了解到更多无辜的苦役犯和高贵的政治犯，从而对自身所处的寄生者、剥削者阶层产生批判意识。而被判流放西伯利亚的苦役犯玛丝洛娃，虽然一度沦为卑贱的妓女，但在公爵赎罪式关心照料的诚意与善意感化之下，恢复了天性中的善良纯真。在故事的结尾，流放途中的玛丝洛娃恰恰出于深厚的爱情，没有答应聂赫留朵夫的求婚，而选择嫁给了政治犯西蒙松。他们二人都获得了精神上的新生。

【月亮下去了】 长篇小说。美国约翰·斯坦贝克著，赵家璧译。1984年江西人民出版社出版。英文原著出版于1942年。讲述第二次世界大战时德国占领北欧某国（暗指挪威），某小市镇市长奥顿领导组织人民反抗纳粹占领军的故事。小说对正反面人物的描写都表现出人性的两面性，没有拔高反法西斯人民的形象，突出他们对自由的热爱，不能忍受占领军的侵略而进行的各种形式的反抗；对德国占领军的描写没有妖魔化，写出侵略者软弱中的人性。约翰·斯坦贝克是20世纪美国现实主义作家，1962年获诺贝尔文学奖。

【日本历史上最长的一天】 副标题为“八一五投降纪实”。纪实文学。日本太平洋战争研究会著，金坚范、刘淑平、陆洁译。1985年国际文化出版公司出版。1945年8月15日日本宣布无条件投降。这一天，被称为“日本历史上最长的一天”。全书采取类似“报告文学”的写作手法，从1945年8月14日下午1点天皇皇宫地下防空洞的“御前会议”写起，止于15日正午12点《终战诏书》正式对外广播。讲述日本正式决定无条件投降前夕，主战派、主和派之间的博弈、军方的政变企图以及裕仁天皇最终作出所谓“圣断”并正式对外颁布《终战诏书》的经过。

【卡夫卡日记】 散文集。奥地利卡夫卡著，金坚范译（合译）。1987年青海人民出版社出版。收入卡夫卡1910—1923年间的日记、旅游日记和致亲朋好友的书信。该书展示卡夫卡脆弱、孤独、矛盾的内心世界，对爱的向往，对生活的恐惧，对文学、创作的执著和独特认识，以及对日常琐事的烦恼，也显示其既情绪化又极富逻辑的异常的想象力。

【安娜·卡列尼娜】 长篇小说。俄国列夫·托尔斯泰著，草婴译。1988年上海译文出版社出版。小说通过女主人公安娜追求爱情的悲剧，和列文在农村面临危机而进行的改革与探索两条线索，描绘俄国从莫斯科到外省乡村广阔而丰富多彩的图景。小说中有人物一百五十多个，是新旧交替时期紧张惶恐的俄国社会的写照，被称为“社会百科全书式的作品”。贵族妇女安娜追求爱情幸福，却在卡列宁的虚伪、渥伦斯基的冷漠和自私面前碰得头破血流，最终卧轨自杀。庄园主列文反对土地私有制、抵制资本主义制度、同情贫苦农民，却又无法摆脱贵族习气而陷入矛盾之中。矛盾的时期、矛盾的制度、矛盾的人物、矛盾的心理，使全书在矛盾的旋涡中颠簸。

【最高法院谋杀案】 长篇小说。美国玛格丽特·杜鲁门著，金坚范译（合译）。1991年11月中国工人出版社出版。玛格丽特·杜鲁门是美国前总统杜鲁门的女儿。小说描写了一桩谋杀案，案件发生在最高法院审判大厅大法官的座椅上，牵连到九位大法官。华盛顿警察局的马丁·特勒中尉和司法部的苏珊娜·平谢尔共同办理这件奇案。在调查案件的过程中经历重重阻力，接触了各色各样的人和事，有吸毒者，有同性恋者，从朝鲜战争时期的飞行员到学校教师，从法院保安到勤务人员。查明的真相是：萨瑟兰的父亲是国家精神病院的领导者，而大法官波尔森从朝鲜战场回来后曾在精神病院住院。萨瑟兰以此要挟，让波尔森举荐自己到国家部门工作，于是被波尔森杀死。

【战争与和平】 长篇小说。俄国列夫·托尔斯泰著，草婴译。1992年上海译文出版社出版。小说描写1812年俄法战争的全过程，以当时四大贵族家庭的人物活动为线索，反映了1805—1820年间许多重大的历史事件，以及各阶层的现实生活，抨击了谈吐优雅、但漠视祖国命运的贵族，歌颂了青年一代在战争中表现出的爱国主义和英雄主义精神。作品构思宏伟、气势磅礴，展示了俄罗斯反对拿破仑入侵的卫国战争、战争前后俄罗斯波澜壮阔的社会生活画卷。

【法国文明史】 学术著作。法国基佐著，伊信（朱谱萱）与人合译。商务印书馆1993年5月出版。该书是作者在1828—1830年在巴黎大学授课时的讲义。分四卷，共四十九讲，另有附表，为基佐主要著作之一。内容涉及广泛，有法国文化的特征、5—8世纪基督教文学、6—8世纪的世俗文学等。该书是研究法国历史和文明史的重要书籍。

【苦难的历程】 长篇小说。苏联阿·托尔斯泰著，朱雯译。1997年译林出版社出版。小说分《两姊妹》《一九一八年》《阴暗的早晨》三部曲。作品以四个性格不同的知识分子卡嘉、达莎和她俩的爱人罗欣和捷列金的爱情生活、思想嬗变和生活经历，广泛地描绘了十月革命前夕、革命时期和国内战争时期的俄罗斯生活，为那一阶段的历史事件勾勒出一幅波澜壮阔的图画，描绘了俄罗斯人民在列宁的领导下经受考验、取得伟大胜利的史实，特别是俄罗斯知识分子受到革命锻炼、与人民相结合、逐渐领悟社会主义伟大真理所经历的迂回曲折的过程。

【地下室手记】 中篇小说。俄国陀思妥耶夫斯基著，伊信（朱谱萱）译。2014年6月三联书店出版。小说由地下室人以第一人称叙述，“我”是年约四十岁的退休公务员，内心充满病态的自卑，但又经常剖析自己。小说分两部分：第一部分是地下室人的长篇独白，探讨了自由意志、人的非理性、历史的非理性等哲学议题；第二部分则是地下室人追溯自己的一段往事，以及“我”与妓女丽莎相识的经过。该小说是陀氏的代表作，被认为是其创作的一个转折点。纪德认为，这部小说是陀氏写作的顶峰，当然也可以看作是打开他思想的钥匙。

【彼得大帝】 长篇历史小说。苏联阿·托尔斯泰著，朱雯译。2016年上海文艺出版社出版。共三卷。第一卷描写彼得为争取权力而进行的斗争、宫廷贵族之间的倾轧以及彼得为促进国家西欧化而采取的措施。第二卷描写彼得为夺取水域而进行的斗争、西欧各国之间的冲突以及彼得为准备北方战争而展开的外交和军事活动。按照作家的创作构思。第三卷描写彼得的立法工作和改革活动、俄国军队保卫尤里耶夫和纳尔瓦城的斗争及国际上的风云变幻等。作家原来打算以波尔塔瓦战役或普鲁特远征结束全书，因1945年作家逝世，没能完成计划，小说只写到收复纳尔瓦城为止。

【当代英雄】 长篇小说。俄国莱蒙托夫著，草婴译。1978、2019年上海译文出版社、人民文学出版社先后出版。小说由五个相对独立的中篇构成，贯穿全书的是主人公毕巧林。贵族青年军官毕巧林对彼得堡上流社会感到厌倦，却又找不到生活目标，远走高加索以寻求新的刺激。途经塔满，因好奇、探问和恐吓，使私货贩子一家下海逃走。在伯纪高尔斯克，借公爵夫人住所，和曾被他抛弃的旧情人维拉重新调情；同时勾引上流社会女人，玩弄公爵夫人的女儿玛丽公主，与产生嫉恨的小军官决斗，并将其杀死。毕巧林因此被放逐到偏僻的要塞，其间又制造事端，强抢该地山民酋长之女贝拉，使酋长父女先后丧命。最后，在枯燥而单调的要塞生活中成了一个笃信命运安排的宿命论者，并于国外旅行回来后死去。

【托尔斯泰中短篇小说选】 俄国列夫·托尔斯泰著，草婴译。1986、2020年上海译文出版社、人民文学出版社先后出版。收入中短篇小说《十二月的塞瓦斯托波尔》《五月的塞瓦斯托波尔》《一八五五年八月的塞瓦斯托波尔》《一个地主的早晨》《卢塞恩（聂赫留要夫公爵日记摘录）》《哥萨克（一八五二年高加索的一个故事）》《霍斯托密尔（一匹马的身世）》《伊凡·伊里奇的死》《克鲁采奏鸣曲》《舞会之后》《哈吉穆拉特》十一篇。陈列列夫·托尔斯泰在中短篇小说方面的成就。

文学理论、研究、批评与赏析

【王静安先生之文学批评】 学术论文。浦江清撰。1928年发表于《学衡》第六十四期，2010年10月收入北京大学出版社出版的《浦江清文选》。论文对王国维的思想、学术成就等从多方面进行论述，为对王国维的最早研究。文章指出：“凡一种文学其发展之历程必有三时期：（一）为原始的时期，（二）为黄金的时期，（三）为衰败的时期，此准诸世界而同者。原始的时期真而率，黄金的时期真而工，衰败的时期工而不真，故以工论文学未有不推崇第二期及第三期者；以真论文学未有不推崇第一期及第二期者。先生夺第三期之文学的价值而予之第一期，此千古之卓识也。”

【汉魏六朝诗论丛】 文学论文。作者余冠英。1952、2010年由棠棣出版社、商务印书馆先后出版，中华现代学术名著丛书之一。收入关于汉魏六朝诗方面的十二篇文章：《〈乐府诗选〉序》《乐府歌辞的拼凑和分割》《汉魏诗里的偏义复词》《说公输与鲁班》《说小子无官职，衣冠仕洛阳》《吴声歌曲里的男女赠答》《谈〈西洲曲〉》《论蔡琰〈悲愤诗〉》《建安诗人代表曹植（192—231）》《〈乐府诗集〉作家姓氏考异》《七言诗起源新论》《关于七言诗起源问题的讨论》。附录《〈汉魏六朝诗选〉前言》《〈三曹诗选〉前言》《关于〈孔雀东南飞〉疑义》三篇。

【诗经选译】 古典文学译注。余冠英著。1956年作家出版社出版。初版选《诗经》三十四篇，三十二篇来自《国风》，另《小雅》一篇《无羊》，《大雅》一篇《生民》。后人民文学出版社出版增补本，增补本收录一百零五篇译作。每篇均对原文作了注释和译写。原文、译文对照排版。《诗经选译》及《诗经选译（增补本）》在普及古典文学知识方面发挥了重要作用。

【散论儿童文学】 文学评论集。作者贺宜。1960年天津百花文艺出版社出版。儿童文学论文、书评、札记等汇编。贺宜认为童话中的爱情描写，爱情在故事中处于附庸地位，而对优秀品质的歌颂则是故事的中心。爱情应该被描写成能够为孩子们理解的一种感情。关于传统童话的继承和创新，贺宜认为，童话沿着它自己的发展道路在不断前进，从古老的民间童话到古典童话以至现代童话，童话的主题和题材在不断发展变化而日益丰富多样，它的形式也在不断变化。民间童话是人民的集体创作，它表达了古代原始社会和阶级社会人民对生活的理想和追求、对弱小和善良者的同情、对恶与丑的谴责和嘲笑；歌颂勇敢和勤劳，鄙视懦弱和懒惰。

【论《苦恋》的错误倾向】 文学评论。唐因、唐达成撰。载《文艺报》1981年第十九期。同年10月7日《人民日报》转载。文章分析批评了资产阶级自由化思想，认为白桦、彭宁合作的电影文学剧本《苦恋》无论在思想内容和艺术表现上，都存在着严重的错误和缺陷。11月25日《苦恋》作者给《解放军报》《文艺报》编辑部写了《关于〈苦恋〉的通信》，谈了对《苦恋》的批评由抵触到心悦诚服的思想转变和对于批评的由衷感激之情。

【古代文学杂论】 文学论文集。作者余冠英。1987年10月中华书局出版。收文十八篇，最早的写于抗日战争时期昆明，大多写于20世纪五六十年代。《七言诗起源新论》等两篇，重视实证，认为七言诗产生于谣谚。《〈诗经选〉前言》《〈汉魏六朝诗选〉前言》《〈乐府诗选〉前言》《〈三曹诗选〉前言》是作者为自己的文学选本所作。作者诗学尤精于汉魏六朝，认为两汉民歌发达，是产生五言诗的时代。魏晋诗歌由曹植、阮籍、左思、陶渊明等人沿着现实主义道路发展，为新一代的典范。宋齐为诗歌变化翻新的时代，梁至隋宫体诗逆流泛滥，北朝民歌呈现异彩。

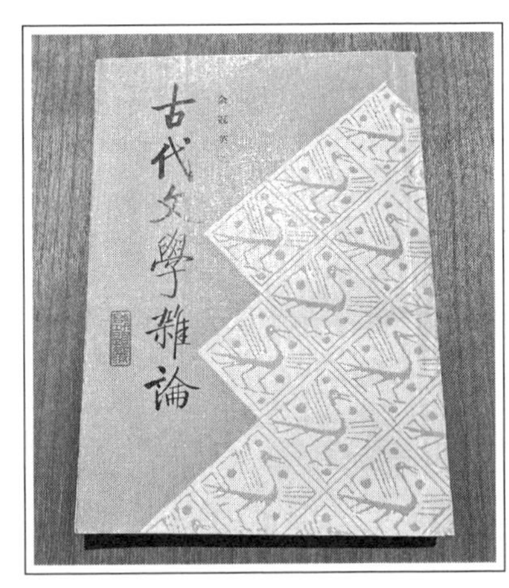

《古代文学杂论》

【知识树上的金苹果】 中外寓言赏析。柯益烈编著。1996年8月济南出版社出版。全书分十章，从“寓言的立意要求”“寓言的构思技法”“人物寓言的写作技巧”“动物寓言的写作手段”“植物寓言及其表达方法”“无生物寓言及其写作手法”“儿童寓言诗及其写法要求”“科学寓言及其表达技术”“伊索式和先秦式寓言及其写作技能”“各种内容的寓言及其表现手法”十个角度，选用五十一篇中外著名寓言，给予分析、鉴赏。

【民国文学史料考论】 文学学术著作。作者陈福康。初名《民国文坛探隐》，1999年上海书店出版社出版后改名《民国文学史料考论》由2014年花城出版社再版。是著者早年对民国时期文学史料考辨文章的选集。获2014年上海市作家协会年度奖。

【何典新注本】 古典小说注释。作者张南庄，注释成江。学林出版社2000年12月出版。共十回，采用“幽默”文体，写了四十多个鬼的形象。通过三家村土财主“活鬼”一家两代的遭遇，借鬼喻现世，讽刺了阎罗王的阴曹地府。该书一反旧小说的“文人气”，无章无典，无规无矩；满目脏字却不下流，油腔滑调却很严肃。该书是刘复（半农）于1926年初无意间淘到，将此书标点，请鲁迅作序，同年6月由鲁迅主掌的北新书局出版。胡適、吴稚辉、林语堂、周作人、刘大白、刘半农等人著作中的某些方言俚语出自该书。文坛公认，《何典》是吴方言小说，成江则认为，《何典》主要是以松江方言写就的：“《何典》里的大量方言俚语都出自松江，但也夹杂着一部分江苏南部和浙江东北部的方言，刘复先生发现其中一部分出自温州。”在新注本里，成江对松江方言和上海其他郊区方言逐一给予注释，并对旧注的错讹做了校正。

【浦江清中国文学史讲义（宋元部分、明清部分）】 文学学术著作。由天津古籍出版社于2007、2009年先后出版。二书均根据20世纪50年代浦江清在北大授课讲稿整理而成。宋元部分重点介绍北宋的古文运动与诗词革新、苏轼、南渡前后的作家、陆游、辛弃疾、宋末诗人与金国诗人、宋元话本、元人杂剧的兴起、关汉卿与王实甫、元代其他杂剧作家及散曲作家等。明清部分重点介绍拟话本、明清传奇等，并介绍罗贯中、施耐庵、吴承恩、曹雪芹、李渔等著名文学家。浦江清讲授中国文学史课程近三十年，致力于文史考证，主张摒弃人云亦云，发前人所未发。浦江清的讲授追根溯源、纵横比较，用“史”的观点对文学现象作整体观照。他的论证旁征博引、资料翔实，因而多有精辟独到之论。

【词曲探源】 文学学术著作。作者浦江清。2016年北京出版社出版。是浦江清在西南联大中文系执教时的讲稿。原先计划从五代到南宋选代表性著作若干首，逐字逐句讲解，借此阐明词的体制、声律的源流演变，但写到李、温两家就中止了。该书把诗和词跟音乐的关系一起讲述，进行区别。诗三百篇原本是配合音乐歌唱，周代的音乐消亡后，只留下文辞部分，没有谱，不能歌唱了。故后世把不能歌唱、用于讽诵的篇章称为诗，把能配合音乐歌唱的统称为乐府。中晚唐、五代时期兴起的词，都是能歌唱的，都是乐府。宋代在词没有明确定名为“词”的时候，称乐府。浦氏的观点与通常人们认为的“词为诗余、词源于诗”的看法略有不同。

【一个必须摈弃的荒诞公式】 文学评论。于晴（唐因）撰。文章认为，中国改革开放前的现代文学批评概括为三条公式：一个阶级一个“典型”，一种生活一个“题材”，一个题材一个“主题”。其批评方式与程序是：先引用各种文件，或者先确定几个主要矛盾、本质等绝对观念，然后从这种政治原理或观念出发，在作品中寻找材料与情节与之对照后是否吻合，从而得出结论。作者认为，随着新时期文学创作春天的到来，必须摈弃这种荒诞的公式，实事求是地开展现代文学批评。

【批评和量文的尺】 文学评论。于晴（唐因）撰。文章针对中国改革开放前文艺批评中的公式化、概念化和教条主义等倾向，批判了左倾思潮对文艺界造成的危害。认为现代文学批评“用这种总结报告的内容要求于文学作品，就不免南辕北辙了”。提出文学批评客体的丰富多样，决定了批评标准的多样性。文学批评应打破固化的思维方式和单一标尺的批评模式，深入作品内部，充分挖掘作品的深层意蕴和艺术魅力。只有这样，才能促进文学批评和文学创作的良性互动，促进文学事业的繁荣发展和整体文学鉴赏的提升。

【巴金文学的生命体系】 文学学术著作。作者张民权。2012年复旦大学出版社出版。作者认为，巴金小说里的人物形象是稳定的、大致有序的，它们组成了一个可以称之为“生命”体系的人物形象体系。该书分四部分：（一）运用从抽象到具体的方法，分析巴金小说人物形象，说明作家依据对人生和生命意义特有的理解，创造了一个主要是由封建家长和旧家庭青年男女组成的独立、完整的“生命”体系。这一体系由三个行列式组成：充实的生命、委顿的生命、腐朽的生命。(二)从作家的创作个性的角度考察“生命”体系产生的原因，说明“生命”体系一方面是作家对于旧家庭出身的青年男女的爱的结晶，另一方面又与作家把写作看作是生活、将写作和生活交融在一起的个性特点联系着的。(三)论证“生命”体系经历了由“充实生命”占主导地位的系统到“委顿生命”占主导地位的系统的演化过程，并探索产生演化的原因。(四)从认识价值，思想、伦理价值和美感价值三方面阐明“生命”体系的成就和局限性。

【美学的沉思与批评】 文学评论集。作者刘长海。2014年上海文艺出版社出版。是作者在高校多年执教和退休后从事当代文学研究与评论的文章合集，收入学术论文以及对小说、诗歌、散文、戏剧、影视的评论和作者自己创作的小说、散文、博客文章等。作者认同并实践“文学是人学”的美学理念，认为文学应该有人间烟火气，接地气，具备正能量。作者对学生文学社创建以及指导实践的文字是该书的一个亮点。作者认为:“美学沉思之后，再写文学评论似乎更有穿透力、更有说服力，因此也更有发言权。批评家乃是有个性、有尊严、有独立人格的作家。”

【杜诗全译】 诗歌注释鉴赏文集。作者孙潜。2021年4月东方出版中心出版，全四册。该书以清仇兆鳌《杜诗详注》作底本，用现代汉语译写了全部杜甫诗，原诗、译诗逐行对照，并附有详尽的注释和解说。全部译诗大体押韵，文字清新，节奏鲜明，便于朗读。部分诗篇还有美学、审美心理学分析。通过对全部杜诗的今译，对唐代的诗风、文化现象诸方面进行探索。

文学丛书、期刊

丛　书

【一角丛书】 汇编丛书。赵家璧主编。1931年9月起在上海问世。共七十八种。丛书每册用半张白报纸六十四开，计六十四页，能容纳一万五六千字，定价一角，故名。此丛书名，不仅从售价取义，还含有短小精悍、触及知识之“一角”的意思。包括文学、哲学、经济、政治、教育、军事等各方面内容，如丁玲的《法网》、沈从文的《慷慨的王子》等。赵家璧称此套丛书为“我编的第一部成套书”。

【良友文学丛书】 中国现代文学丛书。赵家璧主编。1933年1月至1937年6月上海良友图书公司出版。以收录左翼及进步作家的作品为主，小说居多，兼及散文和文艺论著。曾刊载鲁迅翻译的《竖琴》《一天的工作》、巴金的《雾》《雨》《电》、张天翼的《一年》、老舍的《离婚》、谢冰莹的《一个女兵的自传》、王统照的《春花》等中、长篇小说；何家槐的《暖昧》、施蛰存的《善女人行品》、老舍的《赶集》、凌叔华的《小哥儿俩》、叶圣陶的《四三集》、郑伯奇的《打火机》、茅盾的《烟云集》、鲁彦的《河边》等短篇小说集；郑振铎的《欧行日记》、茅盾的《话匣子》、丁玲的《母亲》、丰子恺的《车厢社会》、俞平伯的《燕郊集》、知堂的《苦竹杂记》等散文集；朱光潜的《孟实文钞》等文艺论集。该丛书还出过四种“特大本”，即巴金《爱情的三部曲》、张天翼《畸人集》、沈从文《从文小说习作选》和鲁迅编译的《苏联作家二十人集》。

【良友文库】 现代文学丛书。赵家璧主持策划编辑。1935年起由上海良友图书印刷公司出版。共十六种，有阿英的《夜航集》、丁玲的《母亲》、施蛰存的《善女人行品》、郑振铎的《欧行日记》、丰子恺的《车厢社会》、凌叔华的《小哥儿俩》、王统照的《春花》、刘半农的《半农杂文二集》与张天翼的《在城市里》等。

【中国文学珍本丛书】 古典文学丛书。施蛰存主编，发行人张静庐。1935年9月至1936年10月上海杂志公司出版发行。有《唐诗纪事》《元人杂剧全集》《宋六十名家词》《金瓶梅词话》《明清文言小说选刊》《话说隋唐小说丛书》《宋元话本总集》《中国古典讲唱文学丛书》《明清艳情小说珍品丛书》等。

【晨光文学丛书】 现代文学丛书。赵家璧主编。上海晨光出版公司1946年11月至1953年10月出版，内收长篇小说、短篇小说集、戏剧集、散文集等四十种，有老舍的《惶惑》《偷生》和《微神集》、巴金的《第四病室》《寒夜》、钱钟书的《围城》、徐志摩的《志摩日记》、师陀的《结婚》、王西彦的《村野恋人》、李广田的《引力》、端木蕻良的《大江》、萧乾的《珍珠米》、谢冰莹的《女兵自传》、阿英的《剧艺日札》、周而复的《翻身的年月》等。另收赵家璧、耿济之的译作若干。

【晨光世界文学丛书】 译作丛书。赵家璧主编并撰前言。上海晨光出版公司1949年3月起出版，计二十二种。晨光出版公司由赵家璧与老舍等于1946年创办于上海。作为编辑人，赵家璧负责丛书的策划与出版；作为作家，老舍负责作品的著述。该公司出版了两套文学丛书："晨光文学丛书"与"晨光世界文学丛书"，前者为创作，后者为译作。后者包括美国马克·吐温、爱伦坡，苏联阿·托尔斯泰、肖洛霍夫、法捷耶夫、西蒙诺夫等作家的作品。其中有冯亦代译的《现代美国文学思潮》、袁水拍译的《现代美国诗歌》、君凝译的［苏联］法捷耶夫著《地震》、周煦良等译的《苏联卫国战争短篇小说选》、高寒译的［美］惠特曼《草叶集》，荒芜译的［美］奥尼尔《悲悼》等。特别是徐迟译的［美］梭罗《瓦尔登湖》，其单行本不断再版、重印，进入21世纪以来，出现了一股重译该书的热潮。据不完全统计，2000—2014年，新增译本有三十种之多，在翻译史上至为罕见。

【云间笔会】 文学作品集。松江区文联文学分会会员作品年度选本。松江区文联主编。山西人民出版社出版。2010年9月出版第一卷，2020年2月出版至第十卷。设小说、散文、诗歌等分类栏目，作品按作者年龄排序。第一卷作者五十四名，第十卷增至八十五名。各卷收入作品最少一百一十八篇（首），最多一百七十篇（首）。作品集反映了松江业余文学作者的创作水平和创作风格。

【当代松江文学丛书】 文学作品丛书。当代松江本土作家作品汇编。王勉主编，共三辑。2015年5月上海文艺出版社出版第一辑，收松江文联中国作家协会会员作品，六卷套，分别为王勉的散文集《过眼风景》、榛子的散文集《你把心放宽》、许平的散文集《过去的现在的》、王季

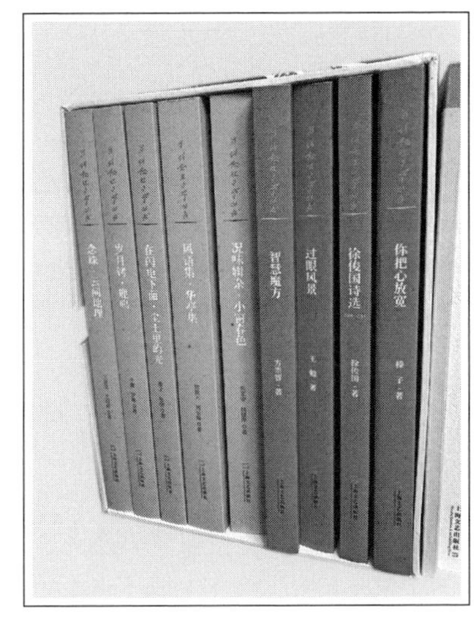

当代松江文学丛书

明的长篇小说《说吧，让我说吧》、徐俊国的诗集《徐俊国诗选》、方崇智的儿童文学集《智慧魔方》。2016年4月上海文艺出版社出版第二辑。收松江文联中上海作家协会会员作品，八卷套，分别为沈敖大、刘长海的杂文、评论集《风语集·华亭集》，刘敏、禹风的小说集《会飞的羊·向地飞行》，俞富章、俞福星的散文集《紫薇花开·岁月的馈赠》，朱正安、侯建萍的散文集《况味辑杂·小窗春色》，王崇党、王迎高的散文诗集《念珠·云间地理》，李潇、袁雪蕾的诗集《深呼吸·梦想都开花》，漫尘、张萌的诗集《在闪电下面·尘土里的光》，子薇、罗琳的诗集《岁月铐·鹿鸣》。2017年5月上海文艺出版社出版第三辑。收松江区文联文学分会会员作品，六卷套，分别为小说集《等的就是你》、散文集《梦里水乡是故园》、诗集《遍地流金的日子》。

【华亭诗丛】 上海华亭诗社成立十周年成果汇编。徐俊国主编。2020年3月上海文艺出版社出版。共十卷，遴选华亭诗社十位核心成员的作品，分别是：王迎高的《醉美云间》、漫尘的《诗/大卡》、王崇党的《木人问》、李潇的《不动声色》、西库的《写生课》、子薇的《白菩提》、张萌的《偏僻记》、朵而的《黑火焰》、徐凤叶的《灰》、陆歆的《柏拉图的木马》。诗丛的出版，呈现了华亭诗社"群体的灵魂谱系与个人的精神胎记"，成就了"一份诗歌版的地方志，一份珍贵的

研究文本”，诠释了“江南文化背景，上海文化之根”的创作理念，在诗歌界和文化界引起了很大反响。其中，漫尘的《诗/大卡》和西厍的《写生课》获上海市作协会员2020年度作品奖。

期 刊

【海上奇书】 文学杂志。中国最早的图文并茂的文学期刊。清光绪十八年（1892年）2月28日创刊于上海。初为半月刊，自第十一期改为月刊。创办人花也怜侬（韩邦庆）。点石斋石印，申报馆代售。线装本，红封面。同年11月停刊，共出十五期。为个人刊物，只发表韩本人作品，有文言短篇小说《太仙漫稿》（上图下文，共刊十二篇）等。

【新新小说】 以刊载翻译小说为主的杂志。清光绪三十年（1904年）9月在上海徐家汇天文台震旦学院创刊，月刊。主编陈景韩（冷血）。初以发表政治、社会、历史、怪异、写情小说为主。自第三期起改以发表翻译小说为主，分设侠客谈、附录、杂录三大栏，借登载的各国侠客小说、传记，鼓吹反清革命。所刊译作《俄罗斯侠客谈——虚无党奇话》《南亚侠客谈——菲律宾外史》、莫泊桑的《义勇军》和《马赛曲》，以及长篇小说《中国兴亡梦》《新党献形记》《京华艳史》等有广泛社会影响。

【复报】 文艺杂志。前身为南社在江苏吴江创办的油印《自治报》周刊，清光绪三十二年四月十五日（1906年5月8日）改名《复报》（月刊），以“六十八期”续出。创办人柳亚子、任传薪、高旭等。主编柳亚子、田桐，主要供稿者中有高旭、高燮等松江南社社员。第三期起刊名反印，隐喻光复、反正，锋芒直指清廷，两江总督端方扬言“禁报拿人”。三十三年七月停刊，共出版十一期。

【新世界小说社报】 文学刊物。清光绪三十二年五月二十五日（1906年7月16日）创刊，月刊，警僧编辑，新世界小说社发行，社址在上海棋盘街。三十三年十一月停刊，共出九期。设图画、论著、小说、时评、杂志五大栏目。首创在文学刊物内设政治时评。编者“为开通社会起见，暂合四万万同胞，饷以最新知识，不惜资本广聘名人”，搜罗各类佳作。前后发表创作小说九种，翻译小说九种。文艺论著主要作者有冷血（陈景韩）、彭俞、陈无我、吴梼、朱陶等。

【小说时报】 小说杂志。清末民初翻译文学重要刊物之一。清宣统元年九月（1909年10月）创刊。初为月刊，第十七期后改四月刊。创刊人狄葆贤，陈景韩（冷血）、包天笑轮流任主编。1917年11月停刊，共出三十三期，另出增刊号一册。1922年复刊，改由李涵秋主编，又出五期后终刊。设有图画、短篇新作、长篇新作、长篇名译、名著杂译、各国时闻、杂记随笔等栏目。图画栏主要刊登名伶名妓肖像、中外风景图片。主要刊载小说，尤注重反映西方资产阶级推翻封建政权的历史小说，以及揭露社会弊端的社会小说，其中翻译作品占二分之一。主要撰稿人除两位主编外，还有林琴南、刘半农、平情居士、大拙山人等。

【南社初期诗选】 文学刊物。清宣统二年（1910年）创办，不定期刊，创刊人柳亚子、朱少屏等。分文选、诗录、词录三大部分，初期文选编辑陈去病、诗选编辑高旭、词选编辑庞树柏。1919年12月出至第二十一期后停刊，1923年12月复刊，分上、下两册出版后终刊。在辛亥革命前，倡导民族气节，鼓吹反清革命；辛亥革命后配合孙中山领导的二次革命，反对袁世凯、张勋的复辟帝制活动；1918年前后失去昔日革命锋芒，注重对国学的发扬和保护。作者均是南社骨干，有姚石子、高吹万、马君武、叶楚伧、李息霜、胡朴安、苏曼殊、胡寄尘、黄摩西、沈钧儒、雷昭性、冯春航、傅君剑、潘兰史、胡怀琛等。

【申报·自由谈】 《申报》副刊之一。清宣统三年七月（1911年8月）开设。王钝根、吴觉迷、姚鹓雏、陈蝶仙、周瘦鹃等先后任主编。原以刊载鸳鸯蝴蝶派作品为主。1932年12月黎烈文任主编后，多采用鲁迅、茅盾等左翼作家的杂文，从“茶余饭后的消遣之资”变为进步舆论的阵地。1935年一度停办。1938年10月复设。1949年4月24日终刊。其在现代文化史、文学史、报刊史上占重要地位。

【文艺杂志】 文艺刊物。1914年夏创刊，铅印平装本，月刊。主编雷瑨。1915年夏第十三期起改季刊，石印线装本。1918年停刊，共出十三期。版权页题文艺杂志社发行，封面页题扫叶山房发行。宗旨为“商榷文艺，网罗典籍，保存国粹”。栏目分十类：诗文词栏刊载“时贤新著”，间录前贤名作；小说谐文栏“必取新颖雅驯之作”，尤其“注重旧籍一类”，也刊载“逸闻轶事”；笔记文尤具特色，所占比重较大，以个人专栏推出，记录清末民初文坛史料。主要撰稿人有李涵秋、颠公、姚石子、汪康年、庄礼本、王锡元、张謇、兰陵忧患生、弢庐、张缪子、俞樾、陈宝琛、曹元忠等。

【织云杂志】 文学刊物。1914年9月由“扫叶山房”松江分号主人席悟奕创办，顾痴遁、杜啸霞任编辑。以刊登旧体诗词、随笔、杂文、小说及读史札记等为主，亦有少量时评。现仅存第一、第二期。分文选、诗词选、谐文、谭丛、小说、传奇、杂俎、征献八类栏目。内容驳杂，无论古今中外，雅言俗文一并登入，体现了当时扫叶山房特色。抗日战争全面爆发后，“扫叶山房”马路桥口的房屋被毁，席悟奕迁居上海，松江分号歇业。

【七襄】 旬刊。1914年11月创刊，小凤、倦鹤编辑，发行者涌花，撰稿人有鹓雏、寄生子等。1915年2月停刊，共出九期。

【双星杂志】 文艺月刊。1915年3月15日在上海创刊，上海双星杂志社主办，倪羲抱（倪中轸）主编，文明书局发行。9月改为《文星杂志》，上海国学昌明印书社出版。共出八期。栏目有小说、传奇、轶史、杂俎、文苑、野史、笔记等。主要撰稿人有姚鹓雏、叶楚伧、程瞻庐、许指严、叶玉森、张麟年、胡寄尘等。该刊发表姚鹓雏的《双蝶影》、叶楚伧的《雌婿》、程瞻庐的《事不谐矣》、许指严的《拾可敦阿奴事》、叶玉森的《牛女怨》等。另有张麟年的《一虱室诗话》、胡寄尘的《波罗奢馆杂记》等。

【春声】 文学刊物。1916年2月3日在上海创刊，当年6月停刊，共出六期。姚鹓雏主编，文明书局发行。内容以长短篇小说为主，兼及剧本、笔记、诗词、游感、随笔以及翻译作品等。撰稿人部分为南社社员。该刊主张不以词藻典实来炫人，而要求文章平易浅近。刊载的短篇小说有林纾的《醒云》、周瘦鹃的《恨》、吕韵清的《金夫梦》，长篇小说有胡寄尘的《潇湘雁影》，剧本有姚鹓雏的《炊黍梦》等。郑逸梅《小说杂志丛话》写到《春声》：“五号铅字排印，挺厚的一册，内容丰富极了。”

【小说画报】 通俗文艺月刊。1917年1月在上海创刊，文明书局发行，1920年2月停刊，共出二十二期，现存十七期。文字编辑包天笑，美术编辑钱病鹤。主要撰稿者有包天笑、姚鹓雏、毕倚虹、叶楚伧、陈蝶仙、范烟桥、周瘦鹃、徐卓呆、朱瘦菊等。绘画有钱病鹤、丁悚、孙雪泥、但杜宇、金少梅、丁云先、逸民、绮云等。该刊不用文言，通体白话；不登译作，均为原创小说；图文并茂，所刊小说均配插图；不用铅印用石印，丝线装订。曾刊包天笑的《风云变幻记》、姚鹓雏的《恨海孤舟记》等长篇小说；包天笑的《谁之罪》、姚鹓雏的《牺牲一切》、周瘦鹃的《九华帐里》等短篇小说。

【小说专刊】 文学期刊。1917年1月创刊，创办人及编辑包天笑、钱病鹤。上海文明书局、中华书局总发行。1919年9月出至第二十一期后停刊，1920年8月复刊续出第二十二期后终刊，前后共出二十二期。

【弥洒】 文学月刊。新文学社团弥洒社社刊。1923年3月首发，共出六期。编辑胡山源、钱江春、陈德征。刊有新诗、小说、散文、剧本、童话、游记、长篇连载、译作等。弥洒社成员创作的作品贯彻该社“无目的，无艺术观，不讨论，不批评”，强调文学作品只是作家情绪之流、灵感的表现的文学主张。只发表“顺灵感所创造的文艺作品”。刊载作品以新诗和小说为主，主要以青年的迷惘与困惑、恋爱与婚姻为主题。诗歌有赵祖康（署名赵康）的《cupid之箭选录》、陈德征的《归期》、顾敦鍒的《大风》、胡山源的《睡》《白羽》等，小说有钱江春的《弱小的心》、赵景深的《阿美》、唐鸣时的《月影》、陈德征的《生命底微笑》、胡山源的《三年》等。

【紫罗兰】 文学期刊。半月刊。1925年12月在上海创刊。周瘦鹃主编，大东书局发行。办刊宗旨：“文学与科学合流，小说与散文并重，趣味与意义兼顾，语体与文言齐收。”主要栏目有小说笔记、长篇小说、妇女与装饰、侦探之友、说林珍闻、小天地等。常设栏目为“万宝全书”，旨在发现生活的“边角料”，由市民提出问题，再由热心市民解答，问题包罗万象，既有科学普及，也有生活常识释疑。另附特载性质的《紫罗兰画报》。1930年6月出至第九十六期时停刊。1943年4月复刊，仍由周瘦鹃主编，上海商社书报社发行。复刊后改为月刊，续出十八期后，于1945年3月终刊。主要撰稿人有周瘦鹃、包天笑、郑逸梅、施蛰存、胡山源、张爱玲、汤雪华等。刊载小说有包天笑的《玉笑珠香》、胡山源的《龙女》、张爱玲的《沉香屑·第一炉香》、练元秀的《决斗》等。

【无轨列车】 文学刊物。1928年创刊，施蛰存、戴望舒、刘呐鸥三人为创办人兼编辑。刊名寓意“不拘文体”。主要撰稿人除编辑外，有杜宣、徐霞村、姚蓬子、黄嘉谟、郭建英等。在北四川路东宝兴路口开设“第一线书店”，刘呐鸥为经理，施蛰存为老板，戴望舒为营业员，出售《无轨列车》等书报。时施蛰存尚在松江教书，周六下午赶到上海，周一早晨返回松江。一个月后，被警方以“宣传赤化”为由关停。共印行八期，先后刊出介绍日本普罗文学的译文，反映工人罢工和上海工人武装起义的小说以及外国文学理论等。创刊号刊发画室（冯雪峰）的《论革命和知识阶级》，施蛰存认为是八期中“最重要的一篇文章”。

【春潮】 文学月刊。1928年11月创刊于上海。春潮编辑部编辑，春潮书局发行。通讯处位于上海施高塔路（今山阴路）四达里104号。自第2期署名编辑者夏康农、张友松。1928年11月第一卷第一期出版至1929年9月第一卷第九期。第九期后未再发行。

【新文艺】 文学月刊。施蛰存、戴望舒、刘呐鸥、徐霞村、杜衡等人在《无轨列车》被禁停刊后，共同创办的文学刊物。1929年9月15日创刊于上海，1930年4月15日出版第二卷第三期（总第八期）后停刊。1940年复刊，复刊后由林智石任编辑，卷期另起，出第三期后于同年12月终刊。共出十一期。第一卷署新文艺月刊社编，第二卷署现代文化社编，上海水沫书店杂志部发行。该刊发表施蛰存、穆时英、刘呐鸥等人的心理分析小说，戴望舒、李金发等人的象征主义诗歌。作品主要表现大都市的生活，艺术技巧上注重运用意识流和象征手法。

【现代】 文学月刊。1932年5月创刊于上海，现代书局发行。每半年合为一卷。前两卷由施蛰存主编，第三卷起由杜衡（苏汶）参与编辑。1934年11月1日出至第六卷第一期后，改为政治、经济、文化及艺术的综合性刊物，由汪馥泉接编。1935年5月出至第六卷，因现代书局关闭而停刊。共出版三十四期。《创刊宣言》：“本刊并不预备造成任何一种文学上的思潮、主义或党派”，所载文章以“文学作品的本身价值”为标准。辟有小说、诗与剧、文、书评、杂碎、艺文情报等栏目，曾出版数种外国文学特辑。作者有鲁迅、茅盾、郭沫若、巴金、冯雪峰、张天翼、周起应（周扬）、沙汀、楼适夷、魏金枝、郁达夫、老舍、戴望舒、施蛰存、穆时英、杜衡、杨邨人、韩侍桁、沈从文、周作人、赵景深、杨晦、李金发、苏雪林、何其芳、叶圣陶、靳以、李健吾、胡秋原、叶灵凤等。刊载短篇小说有茅盾的《春蚕》、郁达夫的《迟桂花》、张天翼的《仇恨》、彭家煌的《喜讯》、沙汀的《土饼》、艾芜的《南国之夜》、杜衡的《人与女人》、穆时英的《夜总会里的五个人》，中长篇小说有巴金的《海底梦》、老舍的《猫城记》，话剧有欧阳予倩的《同住的三家人》、杨晦的《伍子胥》，评论有茅盾的《徐志摩论》、侍桁的《文学上的新人》、苏雪林的《论闻一多的诗》《王鲁彦与许钦文》等。鲁迅的《为了忘却的纪念》发表于此。法国左翼作家伐扬·古久列来华参加远东反战大会后，其《告中国知识阶级》一文首先由该刊译载。此外，有计划地发表了一批新文学社团与作家的重要史料。

【文艺风景】 文学月刊。1934年6月1日创刊于上海。施蛰存主编，文艺风景社出版，光华书局总发行。该刊停刊时间和原因不详，现仅存前两期。施蛰存自论该刊的文字“较为轻倩些”“这所谓轻倩，并不完全是供给读者把它当作画报之类的东西”“希望它是一种短小精悍，而不失崇高的文艺趣味，使读者阅后又不必费多大的脑力来反省的一种文艺刊物”。

【文饭小品】 文艺月刊。1935年2月5日创刊，同年7月31日终刊，共发行六期。编辑康嗣群（负责出资金），发行人施蛰存（负责编辑），由张静庐主持的上海杂志公司代理发行。主要刊登各类散文，也刊登短篇小说、诗歌、文学论文，并介绍外国作家的作品，报道世界文坛情况。作者有周作人、林语堂、郁达夫、李金发、老舍、张天翼、李广田、俞平伯、阿英、丰子恺、梁宗岱、芦焚、戴望舒、赵家璧、郑伯奇、谢冰莹、陶亢德、孔另镜、金克木、徐迟、罗洪、王莹、沈启无、康嗣群等。鲁迅称其为“真正的老京派打头，真正的小海派煞尾”。沈从文评论该刊“《文饭小品》编者能努力，且知所以努力，刊物有希望”。曾与同时期重要文学刊物《文学》《太白》展开笔战，论战主题分散，各方态度均有失公允，终因《文饭小品》停刊而终止。施蛰存回忆:“《文饭小品》将销量大于自己数倍的杂志目为敌人，向权威挑战，不排除期望通过论战扩大自己的影响、扩大杂志的知名度和销路的考虑。”

【国文月刊】 文学理论月刊。1940年6月16日在云南昆明创办。西南联大师范学院主办，浦江清主编。由于战乱，编辑部与印刷机构一度分别设在昆明与桂林两地。1946年3月20日第四十一期起，编辑出版地迁重庆保安路126号，编辑有夏丏尊、叶圣陶、郭绍虞、朱自清等。1946年7月20日第四十五期起，迁上海福州路开明书店。1949年8月出版至第八十二期终刊。办刊宗旨:“促进国文教学以及补充青年学子自修国文的材料。”作者以任职于西南联大师范学院中文系的学者教授为主，有朱自清、吕叔湘、罗常培等。该刊发表的朱自清对国文程度低落的分析、施蛰存对鲁迅小说的解读、沈从文的写作经验谈、傅庚生的古典文学赏析等颇受瞩目。

【苏联文艺】 文学译文期刊。中国最早专门译载苏联文学的杂志。1942年11月1日创刊，上海苏商时代书报出版社发行，编辑罗果夫，发行人姜椿芳。1943年2月出至第五十一期后停刊。1945年3月复刊，续出第五十二期，1949年7月出至第三十七期后终刊。设小说、剧本、诗歌、文录、艺术、音乐、评介、电影等栏目，配以木刻、油画、漫画等插图。主要译者有戈宝权、蒋路、思泽、晓雨、朱雯、磊然、草婴、高明等。

【活时代】 综合类刊物。半月刊。1946年创刊于上海，上海出版公司发行。主编施蛰存、周煦良。发行地址上海厦门路尊德里11号。1946年5月停刊。

【松花】 曾用名《农村文艺演唱材料》《俱乐部》。群众文艺刊物。松江县文化馆编印的油印演唱材料。1953年12月起编印，至1956年6月，共印发二十余期，一万余份。1956年7月更名《俱乐部》，至年底出版十二期，总印数四万八千份。1957年更名《松花》，至1958年底刊出八期，总印数十一万四千份。内容均为配合政治运动、宣传党的方针政策的小戏、曲艺等自创或转载的短小节目。免费分发至各乡(公社)镇，县属各部、委、局及基层企业宣传队。

【农村文艺演唱材料】 参见“松花”。

【俱乐部】 参见“松花”。

【云间】 群众文艺内部出版刊物。松江县文化馆主办。1981年7月首发，铅印小报八开二版，不定期出版。主编陆军。1983年10月改版为十六开。1985年停刊。1986年复刊，由报纸改为杂志型期刊，内容从文艺演唱节目为主转向多样化的文学艺术创作，刊载小说、散文、诗歌、戏剧、曲艺等。1987年起内容偏重于舞台艺术和群众文艺，主要刊登大型剧本、小话剧、曲艺、故事、民间文艺，兼登摄影、美术作品。1989年后，转为戏剧创作和戏剧理论刊物，主要栏目有“戏曲天地”“话剧花束”“剧场航标”“影视景点”“曲艺芳草”等。1986—1993年终刊共出版二十期。

【华亭风】 《松江报》副刊版别。初期设在第四版，后随着报业发展、版面增多，相继设于第八版、第十二版等。刊头早期有书法绘画，后期有“华亭风”三字书法刊头。设小小说、散文、杂文、诗歌、戏剧等栏目。初期与“生活茶座”交替出版。“生活茶座”主要登载民间故事、乡村俚语、生活杂感、种花莳草等，旨在修身养性，传承中华传统文化。曾获上海市区县报2010年度、2011年度好新闻评选副刊类一等奖，2013年度好新闻评选优秀品牌奖。该副刊既有上海的知名作家踊跃发稿，又有大批松江本土作家投稿，在松江读者中有很好的口碑，在上海市文人圈也有一定影响。2016年1月，《峰泖杂记——华亭风作品集》由山西人民出版社出版。吴纪盛主编，许平特约编辑，盛庆庆封面题字。是书收录罗洪、王安忆、叶辛、赵丽宏、峻青等发表于《松江报》“华亭风”上的有关松江历史风物散文一百零五篇。

【云间文艺】 松江区文学艺术界联合会会刊。2001年1月创刊。大十六开，七十二页，上海市郊首本纯文学艺术刊物。初为季刊，后改为不定期发行。从2010年秋季起，杂志成立编委会，刘晓辉、陆军先后兼主任，王勉、许平先后任主编，实行改版，规范按季刊发行。设小说撷英、散文荟萃、诗歌天空、创作动态、光影天地、水墨世界、特别怀念、画卷瑰丽等固定栏目。重点刊载本埠作家、书法家、美术家、摄影家的优秀作品。每期印数四千五百本。

文学流派　并称　文学社团

文学流派

【云间诗派】 明末清初重要的诗歌流派。主要由松江府诗人组成，以“云间三子”陈子龙、李雯、宋徵舆为领袖。三子曾合编《皇明诗选》，提出“审情”“审气”“审声”的主张。子龙继承前后七子，倡言“绍明古绪”，力返风雅，意在以复古力矫公安派、竟陵派的流弊，创作方向上则宗法汉魏盛唐。当时云间、娄东、虞山三家诗派鼎立东南，其中云间诗派最有声望，影响力深远，波及全国。明清之际吴伟业曾说“天下言诗者辄首云间”（《宋直方林屋诗草序》）。云间诗派发端于几社，除云间三子外，骨干还有夏允彝、夏完淳父子以及徐孚远、宋徵璧、宋存标、彭宾、周立勋、杜麟徵、蒋平阶等，成员不下百人。云间诗派创作成果丰硕，其中陈子龙的创作成就最引人瞩目，后人辑有《陈子龙诗集》。李雯的《蓼斋集》、宋徵舆的《林屋诗稿》、夏完淳的《南冠草》以及云间三子的诗作合集《云间三子新诗合稿》等均为传世名作。清顺治四年（1647年）陈子龙殉难，李雯亦卒，云间诗派缺乏领袖人物而式微，随之终结。

【云间词派】 明末清初重要的词派。主要由松江府词人组成，以“云间三子”陈子龙、李雯、宋徵舆为领袖。有宋徵璧、夏完淳、宋存标、宋思玉、宋泰渊、蒋平阶、董俞、田茂遇、周茂源等骨干，有成员二百余人。云间词派崇尚南唐、北宋之词，排斥南宋词风，主张“境由情生，辞随意启，天机偶发，元音天成”，将婉丽轻艳的词风和深沉跌宕的情思相结合，所作以妍丽委婉、寄托遥深为尚。一些作品抒发了易代之际的国家兴亡之感，恻恻动人。云间词派的创作成果丰硕，著名的有陈子龙的《湘真阁存稿》、李雯的《寥斋集》、宋徵舆的《海闾香词》、夏完淳的《玉樊堂集》，云间三子的词作合集《幽兰草》等。清顺治四年（1647年）陈子龙、夏完淳殉难，李雯亦卒，云间词派缺乏领袖人物而式微，随之终结。云间词派是在元明两代词道衰微近四百年后第一个接续南唐、北宋传统的词派，对清词中兴有先导之功。

【云间曲派】 明末在松江兴起的散曲流派。主要由松江府散曲家组成，以施绍莘为领袖，成员尚有陈子龙、夏完淳及宋氏家族的宋徵璧、宋存标、宋徵舆、宋子璧、宋辕生、宋燕舒、宋思玉等。施绍莘所作散曲大多抒写个人情怀和田园风光，文采风华而题材较窄，好作艳曲，一时无出其右。有《秋水庵花影集》传世。陈子龙、宋徵璧等提倡散曲的“骚雅”，用“香草美人”的手法追求作品的政治寄托。入清后，陈、夏、宋等主将先后离世，云间曲派遂告终结。朱丽霞《明代云间曲派——以施绍莘〈秋水庵花影集〉为中心》：云间曲派不仅是曲史，也是诗歌史乃至文学史上“一个寿命虽短却富有生命价值的文学流派”。云间曲派的创作活动“不仅证明了晚明曲坛的空前活跃，而且直接开启了清代散曲发展的新历程”。

并　称

【二陆】 ❶亦称“云间二陆”。指西晋陆机、陆云兄弟。陆机长于诗、赋、散文，作诗精于炼词，情景交融，华美深密。作文注重排偶，开骈文先河。文才倾动一时，被誉为“太康之英”。所作《文赋》为古代重要文学论文。陆云与陆机齐名，作诗颇重藻词，以短篇见长；为文清省自然，旨意深雅，主张“文章当贵经绮”，开六朝文学先声。《晋书·陆云传》：“少与陆机齐名，虽文章不及机，而持论过之，号曰二陆。”❷指南宋末元初松江诗人、学者陆鹏南、陆霆龙。陆鹏南，号象翁，精于《毛诗》，文章劲健，被邑中推为乡先生。陆霆龙，字伯灵，南宋咸淳年间进士，精于《礼记》，宋亡后隐居不出，在乡里设馆授徒。陆霆龙尝戏言陆鹏南：“君读《诗》，畴敢思无邪。”陆鹏南应声曰：“君读《礼》，胡为毋不敬。”其曼妙类此。时人称两人为“二陆”。

【云间二陆】 即“二陆”❶。

【潘陆】 指西晋文学家潘岳、陆机。潘岳，字安仁，荥阳中牟（今属河南）人，曾任河阳令、著作郎、给事黄门侍郎等职。长于诗赋，辞藻华丽，尤善哀诔之文，与陆机齐名。南朝梁钟嵘《诗品》卷上称：“陆才如海，潘才如江。”后世遂以“潘江陆海”形容人诗文方面的才华横溢。

【云间四俊】 指元代松江四位声誉相同的文学家曾遇、王昭大、詹润、徐顺孙。四人博学多才，善诗文。曾遇对《七书》颇有研究，王昭大精通《周易》，徐顺孙通晓经学。曾、王、詹都曾为小官吏，不受重用而辞官回乡，彼此情趣相投，经常同游，交往密切。被时人称为“云间四俊”。

【三高士】 指元末明初文学家杨维桢、陆居仁、钱惟善。杨维桢，元泰定四年（1327年）进士，晚年隐居松江，在经学、史学、文学等方面均有涉足，为元末明初文坛领袖，著有《东维子集》《铁崖文集》等。陆居仁，元泰定三年中举，隐居乡里，设馆授徒，工古诗文。钱惟善，曾官儒学副提举，元末天下烽烟四起，移居华亭（今上海松江），诗皆佳作，多秀句。三人生前诗文唱和，交游密切，去世后三人同葬在松江天马山东麓，称“三高士墓”。

【二沈】 亦称“云间二沈”“大小学士”。指明初松江书法家、诗人沈度、沈粲兄弟。二人均以善书入仕，以书名盖文名。沈度为文崇尚平易，著有《滇南稿》《随笔录》等。沈粲平生作诗二千余首，著有《简庵诗稿》。明何三畏《云间志略卷七·沈学士兄弟传》：“在祖宗朝，度为学士，粲为侍读，人以大小学士称之。”

【云间二沈】 即“二沈”。

【大小学士】 即“二沈”。

【二钱】 指明代钱溥、钱博兄弟。钱溥、钱博分别于明正统四年（1439年）、十年中进士。二人均为书法家、作家，善作古文诗赋。钱溥又为目录学家，著有《内阁书目》等。钱博又为医家，通晓占卜、阴阳学。

【富林二曹】 指明代家居广富林的曹泰、曹时中兄弟。二人分别于明景泰五年（1454年）、成化五年（1469年）中进士，以学问和品行著称，以写诗闻名。兄弟所居之处称“双进士第”，广富林被称为“双桂里”，曹氏兄弟被称为“富林二曹”。

【云间三诗翁】 指明代诗人王良佐、戚韶、张冕。三人俱工诗。王良佐是明弘治八年(1495年)举人,曾任广济县令,逢宁王朱宸濠作乱,托病辞归,著有《鹤坡集》。孙承恩称其诗“雅志高古,如古仙剑客超脱尘外”。戚韶的诗作意气豪迈,激昂自信,《春日江上》《记事》《菖蒲》诸诗名于一时。张冕,又名张一桂,平民。孙承恩将王良佐、戚韶、张冕三人诗稿合刻为《云间三诗翁集》并序。

【松江三杰】 指明代钱福、顾清、沈悦。三人均早慧,少年时并称三杰。后以诗文、书法名于当时。钱福明弘治三年(1490年)状元,著有《鹤滩集》等。顾清弘治六年进士,编《松江府志》,正德七年(1512年)纂成,世称善本,著有《东江家藏集》等。沈悦成年后文学成就逊于钱、顾,无功名。

【钱王两大家】 指明代钱福、王鏊。钱福为明弘治三年(1490年)状元,王鏊,吴县(今江苏苏州)人,成化十一年(1475年)探花。二人以诗文名世,尤精于八股文。王夫之评钱福与王鏊齐名,称“钱王两大家”。

【曲坛祭酒】 指明戏曲作家徐霖、陈铎。徐霖祖籍长洲(今江苏苏州),生于华亭(今上海松江)。性格豪爽,多才多艺,善填曲,精于格律。陈铎祖籍江苏邳州,家居南直应天府上元(今江苏南京)。精声律,时称“乐王”,被誉为南曲宗匠,亦能诗词。二人均为明代知名的高产戏剧编剧,并称“曲坛祭酒”。

【江东三才子】 指明戏曲作家徐霖、陈铎与诗人谢承举。徐霖,祖籍长洲(今江苏苏州),生于华亭(今上海松江),善填曲,精于格律。陈铎,祖籍江苏邳州,家居南直应天府上元(今江苏南京),精声律,时称“乐王”,被誉为南曲宗匠,亦能诗词。谢承举,南直应天府上元人,曾入檀园诗社,与诸文士联句,往往出奇绝众。

【二何】 亦称“云间二何”。指明嘉靖年间华亭文学家何良俊、何良傅兄弟。二人并为文学俊才。良俊家中蓄养歌妓,通音律,精于作曲填词。勤于记录野史逸文,著述颇丰,有《何氏语林》《四友斋丛说》等。良傅长于散文、诗词。所著诗文辑为《何礼部集》,后与兄何良俊的《何翰林集》合刻为《云间两何君集》。明何三畏《云间志略卷十三·何翰林兄弟传》:何良俊、何良傅“兄弟先后举孝廉,才名等埒,所谓哲轨齐驱,英标竞爽者,故世称‘两何’云”。

【云间二何】 即“二何”。

【云间四贤】 指明诗人何良俊、徐献忠、张之象、董宜阳。四人均为松江人,仕途都不顺畅,曾分别任县令、幕宾等下级官吏。四人的诗学思想有很多相似之处,主要成就集中在理论阐述、诗歌批评、古诗整理等方面。四人对唐诗发展分期、唐诗审美观、诗歌审美范型等诗学命题作深入探讨,推动了后世的诗学研究。明崇祯《松江府志》卷四二“董宜阳”传:“同里何孔目良俊、张宪幕之象、徐奉化献忠,时称四贤。”清《江南通志》卷一六六《人物二·松江府》“董宜阳后传”:“与何良俊、徐献忠、张之象才名相亚,有四贤之目。”

【吴门二大家】 明华亭(今上海松江)女诗人徐媛与太仓才女陆卿子的并称。徐媛,字小淑,范允临妻。好读书,工诗文,诗拟汉魏六朝三唐,杂文多有可观,与陆卿子时相唱和。《明诗综》:“小淑诗文与陆卿子齐名,然徐以绮丽胜,才情稍逊于陆。”

【施沈】 指晚明诗词散曲作家施绍莘和沈龙。二人交好,施绍莘以词曲知名于当时,沈龙以诗词知名于江南,一时称“施沈”。

【二王先生】 指明末清初诗人王光承、王烈兄弟。王光承,字玠右;王烈,字名世,光承弟,清兵据江南后,与兄偕隐。兄弟俩曾合刊诗集《镰山草堂合钞》二卷,卷上为王光承诗,卷下为王烈诗。

【二夏】 指明末清初松江民族英雄、文学家夏允彝、夏完淳父子。夏允彝善文辞,文学造诣和民族气节与陈子龙齐名,后人辑有《夏文忠公集》。夏完淳早慧,清顺治二年(1645年)随父、师在松江起义抗清。四年六月被清军捕获,旋被害。著有《玉樊堂集》《南冠草》等,后人合编为《夏完淳集》。

【陈夏】 指明末清初松江民族英雄、文学家陈子龙和夏允彝。两人均为云间派文学的中坚力量,参与创立几社,在抗清起义中殉难。

【云间三子】 指明末清初松江府文学家陈子龙、李雯、宋徵舆。三人为云间派文学领袖,对文学有共同的复古主张,崇儒复雅,写真尚实,忧时托志，在文坛享有盛誉。陈子龙诗文并称大家，词更有名，婉丽真切，开云间词派，为首席，继承后七子，有明诗殿军之誉，有《陈忠裕公全集》。李雯其诗步趋李攀龙、王世贞，词则凄婉清丽，著有《蓼斋集》。宋徵舆工诗词，负美名，著有《林屋文稿》《林屋诗草》《海闾香词》等。三人诗作合集有《三子诗选》，词作合集有《幽兰草》。陈子龙《三子诗选・序》："三子者何？李子雯、宋子徵舆及不佞子龙也。"

【陈李】 指明末清初松江文学家陈子龙、李雯。二人均为云间诗派、云间词派、几社的领袖人物。清顺治四年（1647年）陈子龙殉难，李雯亦卒。参见"云间三子"。

【宋李】 指明末清初松江文学家宋徵舆、李雯。参见"云间三子"。

【云间六子】 指明末清初松江文学家彭宾、夏允彝、陈子龙、周立勋、徐孚远、李雯六人。侯方域《大寂子诗序》："彭孝廉（彭宾）初起云间，与夏考功彝仲、陈黄门子龙、周太学立勋、徐孝廉孚远、李舍人雯相唱和，声施满天下，当时谓之'云间六子'。"

【几社六子】 指明末倡议成立几社的陈子龙、夏允彝、徐孚远、周立勋、杜麟徵、彭宾。参见"几社"。

【大小宋】 指明末清初松江文学家宋徵璧、宋徵舆。二人均为云间派文学的中坚力量。宋徵璧是宋徵舆从兄，比宋徵舆年长十六岁，时称"大宋"，宋徵舆时称"小宋"。

【三宋】 指明末清初松江宋氏家族中的宋存标、宋徵璧、宋徵舆。三人为宋氏家族中同辈兄弟，宋存标最年长，宋徵舆年纪最小，均为云间文学派中的杰出诗词作家。

【云间三徐】 指明末清初坚持抗清活动的徐孚远、徐凤彩、徐致远兄弟三人。徐氏三兄弟均工诗词，善作文，皆治毛、郑之学。文学成就以徐孚远最突出，著有《钓璜堂存稿》等。徐彩凤亦工绘画，擅禽鱼花卉，著有《毛诗博义》。三弟徐致远追随长兄徐孚远入闽抗清，屡濒于危，得高士吴骐等称道。

【二董】 指明末清初松江诗人董含、董俞兄弟。董含与弟董俞以才情显名于世。董含诗作"大抵苍凉幽咽，有骚人哀怨之遗。恍惚间知其词意有所寓，然亦莫名其寓意之所在焉"，著有《安蔬堂集》《艺葵草堂诗稿》等。董俞工诗词，擅辞赋，时与王士祯唱和，与钱芳标齐名，人称"钱董"，著有《玉凫词》《浮湘》《度岭》《樗亭》等集。

【云间五文人】 亦称"同郡五君"。指明末清初松江文学家董其昌、陈继儒、夏允彝、陈子龙、李雯。宋徵舆、周茂源作有《同郡五君咏》，宋徵舆作有《云间五文人祠记》。

【同郡五君】 即"云间五文人"。

【钱董】 指清初松江诗人钱芳标、董俞。钱芳标以诗词名世，受到朱彝尊、沈德潜等名家关注。朱彝尊《钱舍人诗序》称其诗"辞雅以醇，志廉以洁，其言情也，绮丽而不佻"。沈德潜称其为云间词派自陈子龙以后的代表人物。钱著有《湘瑟词》。董俞潜心诗词，尤善赋，清婉流丽。著有《玉凫词》等集。

【三彦】 指清初娄县（今上海松江）曹尔堪、曹尔埏、曹尔埴三兄弟。以诗词文章和学问知名于当时。曹尔堪为清顺治九年（1652年）进士，任侍学讲士，康熙帝称其"学问最优"。曹尔埏为尔堪弟，府学生员，工诗文，结小兰亭诗社。曹尔埴为尔埏弟，曾任桃源教谕。

【周范】 指清初松江周稚廉、范缵。二人同为清乾隆年间文学家，工诗词辞赋。周稚廉又擅戏曲编剧，有传奇《珊瑚玦》，著有《容居堂集》等。范缵兼长书画，著有《四香楼集》等，编有《词洵》。

【张王】 指清松江诗人张锡德、王鼎。张锡德与王鼎同居松江城北郊，均工诗，才名相等。张锡德著有《存诚堂诗钞》，王鼎著有《兰绮堂诗钞》。

【云间三文敏】 指元代赵孟頫、明代董其昌、清代张照三位松江书法家、诗人，三人谥号均为"文敏"，故称。赵孟頫作诗诸体兼备，董其昌诗风大抵遵循馆阁体，张照亦工诗，其文学成就主要在戏曲编剧方面。三人的文名均被书名所掩。

【泖东七子】 指清嘉庆年间在松江创办的泖东诗社的中坚骨干成员钦善、改琦、姜皋、高崇瑚、高崇瑞、梅春、殷绍伊七人。均工诗，辑有《泖东诗课》。参见"泖东诗社"。

【松江二雏】 指民国初年松江文学家姚鹓

雏、朱鸳雏。二人同为南社社员，志趣相投。在南社“唐宋诗之争”中，两人立场一致，立挺宋词，且态度激烈。姚、朱于诗词、小说散文各体无不精妙，合著有《二雏余墨》。

【松江两支笔】 指民国时期松江籍报人陈景韩、张蕴和。1913年起，陈景韩、张蕴和分别担任《申报》总主笔、副总主笔数年，二人根据真实可靠的新闻，轮流撰写短小精悍、公正犀利、鞭辟入里的评论，开中国报纸“时评”的先河。受到鲁迅、胡适等文化名流的赞赏和读者的欢迎，成为舆论界的权威。《松江县志·人物·张蕴和》：与陈景韩“一时称为‘松江两支笔’”。

文学社团

【六人社】 明文人社团。❶ 成化年间（1465—1487）由黄明、顾清、钱福、李希颜、曹闵、顾斌共同组建。社址租用县署西侧房屋，存放儒衣冠。社员每月初一、十五日聚会，先到县学拜谒学官，然后在社中互评“月课”，事毕，沽酒尽欢，翌日各自返里。❷ 崇祯二年（1629年）杜麟徵、夏允彝、周立勋、徐孚远、彭宾、陈子龙结社，后改建为几社。参见“几社”。

【十人社】 明文人社团。嘉靖年间（1522—1566）由林弘斋、董环亭、盛淳庵、王玉宇、钱傅岩、华绳庵、乔弦、李南湄、朱文石等十人共同组建。以文会友，互相切磋，由李南湄、朱文石评定社员所作的诗文等次。

【林太仆社】 明文人社团。万历年间（1573—1620）创办。创办人林景旸官至太仆卿，故称。以其家为活动场所。社员有其子林有麟，及张鼐、郑栋、杜乔林、杜士基、姜云龙、钱大忠、李绍文等。每次举社，林景旸清晨即起，亲自检点桌椅、笔墨等用品，并亲自命题作文，到酉刻（下午5点）交稿。然后设酒席畅饮，其间评论文章优劣，谈论古今，相互激励，至夜深方散。社员中除李绍文未取得功名外，其余后来都进士及第。

【春藻堂文会】 明文人社团。隆庆、万历年间（1567—1620）由华亭人彭汝浪创立。以彭家的堂名“春藻”命名。彭汝浪去世后，由其子彭宾继续承办。几社成立后，成为几社的主要活动场所之一。入清后，由彭宾的侄子彭开祐承办，与会者有王伊人、卢文子、顾见山等数十人。宜兴彭羡门曾赴会。

【几社】 明末文人社团。崇祯二年（1629年）由华亭“几社六子”杜麟徵、夏允彝、周立勋、徐孚远、彭宾、陈子龙创立，与东林清流相呼应。宗旨是复兴古学，崇扬气节，反对党争，以挽救明朝危局。文学主张受前后七子影响。杜登春《社事始末》：“几者，绝学有再兴之几，而得知几其神之义也。”与复社关系密切，但保持自己的独立性。讲求制艺，议论朝政，提倡经世致用。吸收社员“立于简严”，非师生子弟不准入社。成员有夏完淳（允彝之子）、杜登春（麟徵之子）、何刚、宋徵璧、宋徵舆、李雯、顾开雍、宋存标、吴骐、王澐等。五年，王元玄、李待问、邵梅芬等三十四人加入。九年前后最盛，社员多达百人。聚会频繁，经常举行会课，作诗课。辑有《六子会义》《几社壬申合稿》等书七种。十一年，陈子龙、徐孚远、宋徵璧、李雯等合力编纂巨著《皇明经世文编》，共五百零四卷。陈子龙、徐孚远合著《史记测义》。十二年，陈子龙得徐光启《农政全书》手稿，予以整理出版。陈子龙、宋徵舆、李雯三人齐名，被称为“云间三子”，十六年，三人合作编印《皇明诗选》十三卷。明亡后几社分化，夏允彝、夏完淳、陈子龙、李待问等领导抗清起义，均赴死。清康熙初年，几社解体。

【沧浪会】 清初诗文社。顺治初年苏州、松江两府士人在苏州沧浪亭发起创立，故名。长洲（今江苏苏州）宋实颖，华亭（今上海松江）杜登春，昆山徐乾学、徐元文兄弟等为发起者。社员中许多是明末几社社员。因社内意见纷争，清顺治六年（1649年）冬终止活动，拆分为“慎交社”和“同声社”。

【慎交社】 参见“沧浪会”“十郡大社”。

【同声社】 参见“沧浪会”“十郡大社”。

【十郡大社】 亦称“七郡大社”“九郡大社”。清初诗文社。顺治六年(1649年)冬,沧浪会内部意见纷争,拆分为“同声”“慎交”两社,彼此势同水火。吴伟业与慎交社彭珑、宋实颖、尤侗等人为消除两社矛盾,联合苏州、松江两府及附近诸府士人,共建“十郡大社”。顺治十年春苏州、松江等七府士人,包括“慎交”“同声”两社成员,借春禊社饮之机,聚会苏州虎丘,与会者五百多人,奉吴伟业为宗主。协定“慎交”“同声”两社轮流主持社务,两社间矛盾一度缓解。后十郡大社于浙江嘉兴鸳湖集会,与会名流有吴伟业、宋实颖、沈世英、彭珑、尤侗、徐孚远、计东、黄永、邹祗谟、顾宸、徐乾学、朱彝尊、曹尔堪、章金牧、章金范、陆圻、骆复丹、姜承烈、徐允定,以及章在兹、赵炳、沈世奕、钱仲谐、王长发、王昊、郁禾、周肇、侯涵等。吴伟业奉诏入都后,十郡大社解散,“同声”“慎交”两社争斗又起。清康熙年间两社停止活动。

【七郡大社】 即“十郡大社”。

【九郡大社】 即“十郡大社”。

【原社】 清初文人社团。❶ 顺治十一年(1654年)由杜登春、顾开雍、陶岑、张渊懿、王釪等人组建。杜登春《社事始末》记其事。❷ 康熙四十九年(1710年)华亭(今上海松江)李定宜、张砚铭、施吕授、林武宣、朱彦则、李定远等人从同声社中分离出来建立,欲与吴中诸社团相抗衡。辑有《原社初集》《原社二集》。

【棠溪诗会】 亦称“恒社”。清初文人社团。顺治十三年(1656年),由陶冰修、王阶右、金天石、吴日千、吴六益等三十余人组建成立。与会者皆名士,以明朝遗民自诩,宣泄反清情绪,聚会咏吟,以遣情怀。规定仕清者不得与会。刻印《棠溪诗选》一集。

【恒社】 即“棠溪诗会”。

【泖东诗社】 亦称“泖东莲社”。清文人社团。嘉庆十七年(1812年)苏州王芑孙在松江主持云间书院时创立。入会者有梅春、钦善、改琦、高崇瑚、姜皋、沈慈、冯承辉等二十四人。聚会地在松江府城西白龙潭之莲花庵。辑有《泖东诗课》一卷。王芑孙撰有《泖东莲社图记》。

【泖东莲社】 即“泖东诗社”。

【自怡文会】 清文人社团。道光年间(1821—1850)叶珪(字桐君)家有自怡园,常延请黄仁、张鸣章、雷约轩、蔡鹏飞、顾夔、沈曰富等在园中聚会,吟诗填词,故名。传世有叶珪手辑文友聚会时的词作《自怡园锦屏词集》二卷。沈曰富所撰《自怡园饯饮记》被收入《中国近代文学大系》。

明清松江文人社团情况表

社　名	创办时间	成　　员	备　注
拂水山房社	明万历年间	范文若、冯明玠、许士柔、孙朝肃、王焕如	以范文若为首领
求社	明崇祯十五年(1642年)	谈璘、唐镕等	命题设课,社稿由王光承、王光烈评定
雅似堂社	明崇祯十五年(1642年)	周茂源、陆冰修、蒋驭闳、蔡山铭、吴昕、计子山等	
赠言社	明崇祯十五年(1642年)	彭宾、王广心、卢元昌、顾大申等	
得朋会	明崇祯十五年(1642年)	杜同春、杜登春、夏完淳、许度辽、王后张、许瓒曾、沈荃等	亦称“西南得朋会”,以徐孚远为师
丽秋堂文会	清顺治四年(1647年)前	李雯、盛诚斋、宋荔裳等	社址在横云山下丽秋堂
周声社	清顺治六年(1649年)	王胜时、卢文子、徐丽冲、杜登春等	“沧浪会”分化后的余脉。以明朝遗民自诩,宣泄反清情绪

（续表）

社　名	创办时间	成　　员	备　注
惊隐诗社	清顺治七年（1650年）	华亭文人。具体人名不详	主旨为纪念屈原和陶渊明
须友堂文会	顺治十一年（1654年）	张安茂、彭师度、许瓒曾等	社址在南门陆家桥张安茂家，其家堂名“须友”，故名
振雅堂文会	清顺治十一年（1654年）	张梅岩等	社址在白龙潭张梅岩家。刻印《振雅堂诗集》二集
大雅堂社	清康熙十六年（1677年）	庄永言、戴有祺、陶尔燧、姜遴等数十人	相约为日课诗。旨在重振几社遗风。社址在秀野桥畔
东皋尚齿会	清康熙二十年（1681年）	唐昌世、林子卿、沈麟、董含、王原等	王原著有《东皋尚齿会记》
振几社	清康熙年间	宋应远等	亦称“振雄社”。旨在重振几社雄风
消夏诗社	清康熙年间	张琳、张志京、张天授、诸初晴、朱子儒等	
东皋诗社	清代初期	王光承、王烈、金是瀛、吴骐等	主旨为纪念陶渊明
小兰亭社	清代初期	曹谿、曹勋、曹炯、曹诗、曹燕、曹尔埏、曹次典、曹十经、曹赞可等十二人（一说十六人）	成员均为华亭曹氏同宗。后由曹元曦续办
七子会	清代初期	叶永年、叶楠、王未央、彭世瑞、钱金甫、路鹤征、彭开祐	由上海、华亭、娄县七位诗人结社，故称
西郊吟社	清嘉庆年间	徐启冕、陈枚、朱镇、季骏等	
祈雪社	清嘉庆年间	钦善、高崇瑚、鞠澹如等	社址在东阳道院
嬉春词社	清道光年间	黄仁创办，人数不详	追随者多有成就
莲花社	清道光年间	黄仁、张祥河、顾夔等	社址在莲花寺，故名
龙门词社	清光绪初年	杨葆光、沈祥龙为首	旨在继承“嬉春”社词风
钩诗馆吟社	清光绪初年	杨葆光、沈祥龙、蒋迁石、章次柯、贾芝房等	旨在继承“莲花”社诗风

说明：已列为词目的明清文人社团不列入表内。

【南社在松江】 清宣统元年（1909年）柳亚子等发起成立南社，倡导民族民主革命，反对清王朝专制统治。后期南社中松江籍社员有三十二人，其中姚鹓雏、朱鸳雏、费龙丁、朱念慈、朱叔建、孙雪泥、曹剑光等为知名文人。民国初，高吹万、姚石子舅甥两人，姚鹓雏等发起成立国学商兑会，为南社的支柱之一，杨了公、朱叔建等是主要成员。编印刊物《国学丛选》，共十八集，内容分通论、经类、史类、子类、文类、通信录（讨论学术）六类。民国初，姚鹓雏、陈匪石等社员别组七襄社，常作文酒之会，编印《七襄》文学期刊，刊登南社社员作品。费龙丁与李息霜组织乐石社，治金石之学。为唐宋诗之争，柳亚子等与胡先辅、闻野鹤、成舍我在《民国日报》笔战。朱鸳雏站在胡、闻、成宋诗派一边，同柳亚子对垒。故柳亚子于1917年登载南社紧急布告，将朱鸳雏开除出南社，酿成南社的分化。1921年，朱鸳雏病逝。1935年，柳亚子撰文《我与朱鸳雏的公案》坦陈真相，表达追悔之情。

【国学商兑会】 参见“南社在松江”。

【七襄社】 参见“南社在松江”。

【乐石社】 参见“南社在松江”。

【松风诗社】 近代松江诗社。1917年由耿伯齐、吴遇春、杨了公、姚鹓雏等人倡议结社。主要成员有朱运新、张永、张尔鼎、胡毓台、杨锡章、顾保圻、杜炎、顾嘉玉、唐彦、许麒祥、张尔泰、王廷栋、张端寅、张端瀛、谢钧葆等,大部分是松江人,部分是苏南、浙江籍人士。诗社以继承明末几社之风流为宗旨,思想比较守旧,对新文化运动有抵触情绪。活动持续约二十年。曾辑印《松风草堂诗集》。

【弥洒社】 现代新文学团体。1923年3月18日于《民国日报》副刊《觉悟》上发表《弥洒宣言》,在上海成立。由客寓松江任教的江阴人胡山源,松江人赵祖康、钱江春等创办。成员大多集中于沪杭一带,多为刚离开大学校门或还在学校的青年。是一个没有严密组织、非常松散的团体,出版杂志、丛书是社团的集体活动。“弥洒”是英文musa的译音,意为“文艺女神”。主张超脱文坛的笔墨之争,致力于文学创作,提倡“为文学的文学”“无目的、无艺术观”,只发表“顺灵感所创造的文艺作品”。不规定统一的文学观,强调文学作品只是作家情绪之流、灵感的表现,认为文学研究会和创造社笔战是一种浪费。在创作中,弥洒社成员贯彻其文学主张,从自我心灵世界出发,偏重于内心世界的剖白。作品大多取材于自身的经历,叙写身边的琐事,恋爱婚姻成为主要的主题,有钱江春的《万一的喜剧》《未归》《弱小的心》、胡山源的《三年》《梅心》《电影》、允中的《妹妹》、张企留的《遗恨》、赵景深的《旧案》、唐鸣时的《疑惧者》等。作品钟情于自然美景和爱情世界,追求形式自由,重在抒写个人的情怀和感受,具有浓厚的浪漫主义色彩。1923年3月开始出版《弥洒》月刊,共出版六期。刊有新诗、小说、散文、剧本、童话、游记、长篇连载、译作等,十六开本。胡山源、钱江春、陈德征负责编辑。后钱江春与人合著《弥洒社创作集》。鲁迅编的《中国新文学大系》“小说集”收入了弥洒社胡山源的《睡》、赵景深的《阿美》。1927年下半年,因主要成员工作变动,弥洒社解散。20世纪70年代末80年代初,弥洒社引起文学界的重新关注。胡山源在晚年撰写了文坛忆旧的文章,对鲁迅当年评价弥洒社及其创作,发表了自己的看法和解释。弥洒社的文学主张和创作活动在各种版本的中国现代文学史中均有记载。

【松江区红楼梦学会】 当代红学研究社团,上海市红楼梦学会、松江区文联团体会员。1986年成立。旨在团结和组织《红楼梦》爱好者开展《红楼梦》研究和学术交流,发掘松江县内有关《红楼梦》的历史资料,推动和普及红学研究。会址在松江谷阳北路46号。会员十九人,2019年近六十人,其中教师占多数,部分成员为上海红楼梦艺术收藏者。唐顺贤、柯益烈任历届会长,2002年起黄中敏为法人代表。下辖岳阳地区红楼沙龙。指导“茸花”“耕耘”两个学生红学社。不定期开展学术活动,出版《红谭简报》一百零六期、《松江红谭》四期、《松江红学》(电子版)三期,在新浪网建立“红学”博客圈。出版论文集《红学起始莼鲈乡》。岳阳“红楼沙龙”编辑《岳阳红楼》二十二期。会员的多篇作品发表于红学刊物《红楼研究》《红学研究》及各大红学网站。2019年,学会注销。

红楼梦漫谈系列活动合影

【云间诗社】 诗社名。❶ 元末杨维桢、瞿式衡、瞿佑、凌云翰等聚饮唱和的诗社。❷ 当代诗社。1988年2月由松江县“政协之友社”创建。旨在继承和发扬松江地区古典诗歌创作优良传统。成员主要为松江县政协委员、“政协之友社”社员及老年诗词爱好者,先后有社员六十余名。办社刊《云间诗社吟草》,至2011年共刊印十六集,选用诗词作品六千七百余首。2001年,为纪念松江建县一千二百五十周年,编辑《松江吟》诗词特刊，选录诗词作品一千余首。2013年后活动式微。

【松江县电影评论协会】 当代影评社团。1988年6月成立松江县影评联谊会，1991年改称松江县电影评论协会。旨在团结影视爱好者，坚持为人民服务、为社会主义服务，提高群众的影视鉴赏水平，推进两个文明建设。会址在松江中山中路150号松江县电影放映发行管理站。团体会员六十四个，个人会员五百六十八人。张保生、范士云先后任会长。陈良保任名誉会长。曾邀请导演谢晋、赵焕章、黄蜀芹、史蜀君、于杰，演员毛阿敏，影评家梅朵等到松江与影评爱好者座谈，作影视讲座。举办“影视征文比赛”“影视歌曲大赛”。参加“上海首届农民电影节”点评、演讲、征文活动。组织会员参观上海电影制片厂、上海美术电影制片厂，与驻松部队开展影评联谊活动。理事会每月召开一次会议、观摩一次中外影视作品。出版《松江影谭》(月报)。1990—1992年，在全国省市级报刊发表影评文章三十余篇。1992年获上海群众影评先进集体一等奖，新桥乡农民影评协会获全国影评先进集体三等奖。《松江影谭》获全国影评专刊荣誉奖和优秀奖。20世纪90年代中期起，电影市场滑坡，活动逐渐停止。

【松江区作家协会】 当代文学社团。1989年4月成立松江县文学艺术联谊会文学分会，2020年改今名。会址初设于松江中山东路233号松江博物馆内，后随区文联机关几经迁址。初期会员五十六人，其中中国作家协会会员四人，上海作家协会会员十二人。2019年有会员一百一十人，其中中国作协会员十人、上海作协会员二十九人。方崇智、姜云生、许平任历届会长。配合党和政府重大政治活动和节庆活动，创作文学作品，举办专题研讨会。开展到基层采风、中秋笔会、中秋诗会、艺术沙龙等活动。联合区内部分乡镇、行业条线、企业开展接地气、传新风、扬正气创作活动。2010年起，每年出版文学作品集《云间笔会》，至2019年已出版十期。2015—2017年编选出版《当代松江文学丛书》三辑，第一辑选编六位中国作家协会会员的作品，其中小说一本，散文三本，诗歌一本，寓言童话一本，共六本；第二辑选编十六位上海市作家协会会员的作品，其中小说一本，散文二本，诗歌四本，杂文及文学评论一本，共八本；第三辑选编区文学协会六十七位会员的六百六十篇作品，由小说、散文、诗词三卷组成，每卷分上下册，共六本。2017年编纂出版《罗洪小说精选》。

松江区作家协会2018年年会留影

【松江创作沙龙】 当代文艺创作团体。1998年成立，由松江区文化馆负责管理。人员稳定在十五至二十人。每季度活动一次。活动内容有题材发布会、创作讨论会、片区联谊会、观摩演出等。

【上海楹联学会松江分会】 当代楹联社团，上海楹联学会团体会员。2004年9月成立，会员二十二人，2010年增至六十一人。柯益烈、曹云岐先后任会长，名誉会长徐锋。先后收集历代帝王联四十余副、古代松江名人佳联四百余副，会员创作楹联一千余副。开展讲座一百余次，指导成立岳阳、黄桥、泗泾楹联沙龙三家。编印会刊《云间联话》，至2009年，刊印二十六期。2009年3月编辑出版《松江楹联选》。每年组织联展活动，送联下乡。联展“纪念抗战胜利60周年”“迎奥运，舒豪情”“庆祝松江解放60周年楹联书法展”“庆泖港黄桥楹联沙龙成立”等有较大影响。二十五名会员作品入选《2008对联中国》。2010年3月改建为“松江区诗词与楹联学会”。

2019年松江区诗词与楹联学会活动留影

【华亭诗社】 全称“上海市松江区华亭诗社”。当代诗社。2008年3月创建，社址在松江谷阳南路24号松江文化馆内。2009年11月在第三届上海朗诵艺术节开幕式上正式挂牌。诗人贺敬之题写社名。会员五十余人，其中中国作协会员五人、上海市作协会员十四人，白尘、徐俊国、漫尘任历届社长。2009年9月《诗刊》开辟专栏，发表二十六位社员作品，引起诗歌界关注。《中国文化报》:“华亭诗社是上海乃至长三角地区重要的诗歌团体之一。”《诗刊》: 华亭诗社为“群众文化百花园中一朵淡雅芬芳的水仙花”。《人民日报》称华亭诗社是“诗人们的家”。中央电视台、东方卫视、上海电视台、《解放日报》、《文汇报》等新闻媒体曾对诗社或诗人作报道。2016年被首届上海国际诗歌节评为“最佳诗社”，2018年获上海市民文化节“最美诗社”奖。参与策划组织“江南文化”“海派文化”“人文松江”等文化建设活动，以“大美云间”接地创作为平台，深入基层，讴歌真善美，创作出一批展现松江地域之美和文化之魅的诗歌作品。出版《华亭诗选》《华亭诗丛》，编辑《诗手册》《遇见诗》等诗歌读本。社员出版诗集四十部。徐俊国的作品五次被《新华文摘》转载。

2018年华亭诗社十周年庆典

【松江区诗词与楹联学会】 当代诗词楹联社团。2010年3月由上海楹联学会松江分会改建成立。会员八十五人，下设岳阳、泗泾、永丰三个分会，黄桥村、松江一中二个沙龙及人乐小区、荣乐小区、文翔小区、方塔小学四个诗联社。2017年，会员二百人，其中中国楹联学会会员六人、上海市楹联学会会员三十七人。下设七个分会(增设方松、洞泾、中山、诗词分会)、五个诗联社(增设黄家埭诗联社)。徐锋、侯建萍先后任会长。曾主办“迎世博楹联书法展”“龙腾盛世迎新楹联书法展”“松江建县1260周年诗联书法展”“诗联会成立五周年书画展”“上海楹联第一村”揭牌仪式等。参加在松江红楼宾馆举办的中国楹联探源学术讨论会。与松江区有关部门先后联合主办“人文松江”诗词、楹联征稿活动、法治楹联书法展、全国普法宣传周书法笔会、家风家训诗词楹联书法创作等。连年开展送春联进农户活动。邀请专家作“艺术与灵魂”“法治楹联创作”等专题讲座。组织会员采风、联谊，与苏州沧浪诗社互动雅集十余次。会员百余幅作品入选《对联中国》，占上海市入选作品百分之八十。会员作品在《中华诗词》《上海诗词》《上海楹联界》《中国楹联报》、中华诗词网等发表。编印《呦呦鹿鸣——人文松江诗词楹联选》以及《云间诗联通讯》二十三期、学会年刊二期、学会成立五周年作品选《云间诗联》等。学会设有公众号。

【润峰艺文社】 当代文艺团体。2014年春由润峰苑社区居委会创办，并提供部分活动经费。社址在居委会阅览室。旨在凝聚智慧、传播文化、创建品牌、服务社区。成员四十八人。社长包剑钢。文学顾问王舒漫。每周二晚上轮流组织诗歌、绘画、国学、书法等活动。不定期开展历史、红学、摄影讲座及采风活动。出版《润峰艺文》(月刊)，已出版四十六期，同时推出微信版。2019年获评2019年松江区市民修身行动“十佳特色项目”。

2019年润峰艺文社诗歌朗诵会

【华亭文社】 全称“上海市松江区华亭文社”。当代民间非营利文化社团。2015年5月成立。以“发文字以永年，状诗心以万恴”为宗旨。社址在松江东外街119号。创始理事共十六人，会长陈鹏举。社员主要来自松江区，部分来自外省市。2019年有社员八十五人。定期举办讲座、论坛等雅集，有“华亭文社成立仪式暨首届华亭雅集”“碧潭秋月·玉露法华——玉佛禅寺戊戌中秋诗词雅集”“黑老虎金石拓片雅集”等。创办华亭诗会，由陈鹏举主持，开展采风、写作等活动。有三十余名社员先后加入上海诗词学会。编撰《华亭文库》(一至三卷分别为《鲈乡笔记》《华亭诗稿》《云间南社人物志》)、《华亭诗圃》(近二十卷)。举办各种文化展览，主办和策划“歌以咏志——百年文人诗翰展”“澹简斋藏近现代文化名人手迹展”“景云生研——海上文玩雅集”等活动。

【韵文研究中心】 全称“上海市松江区韵文研究中心”。当代文学团体。以诗词曲赋等韵文类艺术为主要研究和创作方向的社会组织。2018年1月开始筹备，先后称“新几社”“云间诗社”“云间韵文社”“松江区韵文学会”。2019年12月定今名。会址在松江区谷阳南路28弄9号907室。会员五十余人，其中中华诗词学会会员十人，上海市诗词学会理事四人。理事长徐航。经常在区图书馆、区文化馆、洞泾镇、新桥镇、中山街道、东华大学等处开课讲授，传播诗词曲赋等韵文格律知识及创作方法和技巧。组织会员参与“人文松江”“海派文化”“江南文化”建设，用韵文创作和研究的方式繁荣松江文化。邀请长三角韵文名家到松江采风创作，组织会员参与全国韵文界各项活动。会员创作诗词曲赋二千余篇(首)，其中《松江十二景》专题、《广富林》专题、《醉白池》专题、新浜“荷花节”专题、抗疫专题等较有影响。不少作品发布在《诗刊》《中华诗词学会通讯》等期刊。获评上海市文广局“2018年度上海市优秀传统文化创新品牌项目”。

2020年上海市松江区韵文研究中心第一次理事会会议

【江上文学社】 松江二中校园文学团体。1983年10月，由方崇智老师在高二(5)班倡议建立。以诗句“江上数峰青”取名，“江”指“松江”，“上”指“上海”，寓意“立足松江，走向上海”。出版社刊《江上》，引起校内反响。经校方引导，由班级组织转为校文学社团。以“独立之精神，自由之思想”为宗旨。方崇智后，先后由邱剑云、高胤、赵宇波、司保峰、王建瑶、王召强、朱桂娟、王健、李潇和刘和安等任指导老师。组织暑期夏令营等活动，每周定期集中九十分钟，开展讲座、指导、互评互议等活动。社员形成循环机制，入社要求严格，语文老师推荐每班一二名学生参加选拔考试，最后选定二十四名入社。社员创作成果颇丰，在《青年报》主办的华东六省一市大型作文竞赛中，杨其晔的《喂与觅》获有史以来唯一的特等奖，第二届社长梁泉欣连续数年获一等奖。第一届社长金希就读北京大学法语系时翻译长篇小说两部。一九九〇届社长郁雨君成为儿童文学女作家，任期刊《少女》主编。一九九九届社员韩寒成为作家。二〇〇五届社员凌超为上海市高考文科最高分、语文作文满分者。部分社员的作品发表在《新民晚报》《中文自修》《新读写》和《文汇报》等市级以上主流报刊。1999年纪念建校九十五周年，出版学生作品集《思叙淙淙》，2004年一百周年校庆出版《永远的树人院》。2009年一百零五周年校庆出版《山阴道上》。2011年社刊《江上》获上海市校园文学展一等奖。获评上海市中学生明星社团。

【一览文学社】 松江一中校园文学团体。1984年冬创建，第一任社长洪波，指导老师盛济民、胡小静。出版油印小报《一览》，刊名由作家峻青题写。1986年加入上海市中学生文联，为理事学校。1987年陆一飞、2005年王志成先后接任社长。以“发掘兴趣，培养爱好，提高能力，陶冶情操”为宗旨。每周集中六十分钟安排文学作品赏析、讨论活动。组织征集诗歌作品，参加征文大赛、采访社区、外出参观等活动。社员周詹妮获“恒源祥文学之星”中国中学生作文大赛(2009—2010)上海赛区“新课标·新知杯”作文竞赛一等奖，社员马沉雁、陆梵楚分别获2009学年上海市中学生作文竞赛二等奖、三等奖。

【小鹿文学社】 松江区中山小学校园文学团体。上海地区第一个小学文学团体。1985年7月由唐剑锋老师创建，学生社员十余人，2019年有五十余人。后由黄抒绮、吴安先后接任指导老师。开展特色教学和作文竞赛、文学讲座、网络交流等活动。组织学生参加区、市和国家级各类作文竞赛，获历次全国作文竞赛等第奖五百余人次。在《新民晚报》《魅力汉语》《起步作文》《小星星》《小作家》等报刊发表作品。汇集学生散文、小说、故事、童话、诗歌、寓言、读后感等优秀习作，先后刊印《晨鹿》《小鹿的梦》《小鹿十岁》《小鹿星辰》《二十八载小鹿情》等数十本学生作品集。数名学生刊印个人作品集。

【小荷文学社】 松江区新浜学校校园文学团体。1989年由钟吉林、朱明等老师在新浜乡香塘村小学创建。以“普及与提高相结合，在学生中播撒热爱写作的种子，让有潜质的学生发挥写作才华”为宗旨。不定期出油印刊物《小荷》，选登学生优秀习作和采集的民间故事、歌谣等。《小作家》特辟专版陆续发表学生民间采风作品。后改为新浜中心校文学社团，全乡各村小学设分社，各设指导老师一二名。最多时学生社员有三百多人。指导老师带领学生走出校门，采访工人、农民、个体经营者，请老党员、老干部进校园作讲座。举办暑期夏令营。每年5月组织作文竞赛。社员的习作在市级以上刊物发表。王敏连续获《小学生学习周报》片段作文优秀奖，方英的《水》获1994年上海市小学生作文竞赛一等奖。1994年由上海科学技术文献出版社出版《六月荷花》，选辑社员佳作九十七篇。1995年后活动式微，21世纪起停办。

【小企鹅文学社】 松江区第二实验小学校园文学团队。2009年12月由陆冬梅老师倡议成立。宗旨为“让文学浸润孩子的生命，助他们在文字中放飞心灵”，遴选三到五年级学生中有写作潜质者为社员，会员三百多人。开展“走近名家”“中秋诗会”“校园采风”等系列读书写作活动，挖掘社员诵读、写作潜能。参与学校的各项文化活动，营造书香校园，助力儿童成长。2010年创办校刊《小企鹅》(半年刊)，已出版十九期，选登学生优秀习作、诗歌、童话等作品，开展推选“校园小作家”活动。部分学生的作品在市、区级报刊发表，在各类征文比赛中获奖，在市级朗

2017年小企鹅文学社社员活动

诵演讲比赛中多次获奖。

【诗花朵朵童诗社】 松江区佘山外国语实验学校校园文学团体。2019年4月创建。旨在通过学习童诗、尝试童诗创作，开启孩子们的想象力，培养发散性思维与感知生活的能力。夏飞云、张梦艳、王晨悦任指导老师。学生的多篇作品在《农村孩子报·作文大王》《唐小诗》《每周小诗星》等刊物发表。

【墨芽文学社】 松江区九亭第五小学校园文学团体。2019年9月由梁恬老师创办。旨在展现学生风采，促进校园文化创建。社员三十人。收集学生的优秀习作编印成册，在校刊《墨芽》上开设“小作家”微信专栏。

民间文学

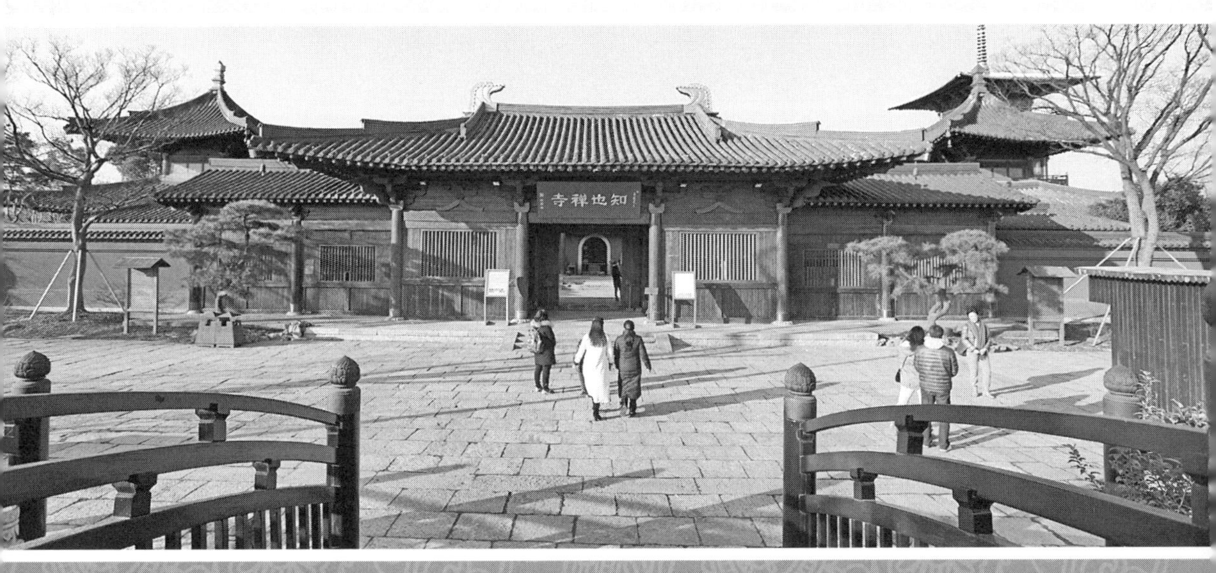

传说、故事

【松江民间故事】 在松江代代相传的民间故事内容广泛，有江南和全国性的传说、故事，如《孟姜女》《牛郎织女》《梁祝》《白蛇传》四大民间故事，有鲁班等能工巧匠传说，有包拯、海瑞等清官传说，有八仙、钟馗等神仙鬼怪传说等，主要流传的是由松江民间集体口头创作、口头流传的富有松江地方特点的民间故事。按民间文学的归类原则，神话在松江流传数量很少，笑话的数量也不多，主要由传说、故事两大类组成，其中大部分是有关松江的人物传说、地名传说、建筑传说、名特土产传说、风俗行事传说以及幻想故事、动物故事、神仙鬼怪故事、生活故事等。松江民间故事的主题较多的是对英雄人物的赞美和敬仰，对九峰三泖的礼赞，表达对美好生活的向往，以及对贪婪残暴者、丑恶社会现象的嘲讽和鞭挞。松江的民间故事大多篇幅短小，情节单一，叙事细腻，人物形象鲜明，语言生动风趣。流传于松江的民间故事有明显的地域特点，同一故事在松江境内不同区域有不同的情节和细节，如《孟姜女》、田螺姑娘型故事、两兄弟型故事等在松江各街镇有各自不同的说讲版本。20世纪60年代前，松江各乡镇都有讲故事能手，如天马乡的徐品文，古松乡的朱培勇、张桂良等，其中徐品文被称为“故事大王”，编有《徐品文民间故事集》。1960年、1981年，松江县文化馆先后编印了《松江民间故事选》《松江民间故事传说》。1986年松江县民间文艺集成办公室组织人员开展松江民间故事采风收集活动，1989年将采集成果选编出版《中国民间文学集成上海卷·松江县故事分卷》。2006年松江区文化广播电视管理局组织力量编纂《中国民间故事全书上海市分卷·松江卷》，从近千篇作品中精选出二百五十篇，其中神话二篇、传说一百二十八篇、故事一百一十二篇、笑话八篇，2010年由知识产权出版社出版。

传　说

人物传说

【孟姜女】 中国四大民间传说之一，其故事在松江有多种讲法。(1) 流传于新桥、泗泾一带。苏州万员外的儿子万喜良，聪慧过人抵万人。当年秦始皇号令三十万民工筑长城，修到潼关处，长城几次塌崩。有人奏道：“若要长城不塌，须要一万人做奠基，若将苏州万喜良顶替，以一抵万即可。”秦始皇命张榜缉拿。万喜良逃至华亭孟姜女家花园。孟姜女时年十八，与其一见钟情。孟员外决定将女儿许配给万喜良。孟家书童孟兴将万喜良在孟家的秘密出卖给官府，洞房之夜万喜良被人抓走。数月后天气转寒，孟姜女拿着寒衣去长城寻找万喜良，而丈夫已死。孟姜女呼天抢地，哭塌了长城。秦始皇知道后大怒，但一见孟姜女美若仙女，要纳其为妃子。孟姜女以好好安葬万喜良等条件假作同意，待办完丧事即跃入大海自尽。(2) 流传在松江城区、佘山等地。古时松江邱家湾住着孟、姜相邻两家，和睦相亲，可惜两家都无一男半女。一年，孟家种了棵南瓜，藤儿爬到了姜家屋顶上生了一只南瓜，两家说好秋后摘下后平分。摘瓜时，一不小心,瓜从屋顶摔到了地上,裂开了一条缝,往里一看,竟有个婴儿。两家又惊又喜,便商定女孩由两家共养,取名孟姜女。孟姜女十七八岁时,美貌远近闻名,说媒的不计其数,孟姜女就是不肯嫁,说谁要是看见我的白臂,谁就是我的丈夫。苏州城里的万喜良,父亲在朝廷为官,得罪了奸臣,遭满门抄斩之祸。万喜良慌乱中逃到华亭邱家湾孟姜女家的假山中。孟姜女到花园中游玩,扇子落入池中,卷起袖子捞扇,被躲在石缝中的万喜良看见其玉臂,孟姜女遂嫁于万喜良。奸臣发现万喜良已逃脱,画了人像通缉万喜良。在孟姜女和万喜良的婚礼上,一个二流子发现孟家新招的女婿就是通缉犯万喜良,就去报官邀赏。在花烛之夜差役抓捕了万喜良,并将他押往山海关筑长城。数日后孟姜女告别四位父母上路寻夫,历尽千辛万苦,来到长城脚下。孟姜女打听到丈夫已死,在长城脚下祭夫、哭夫,哭得昏天黑地,长城崩塌,露出了万喜良的尸骨。

【关公与二陆】 流传于松江东部的传说。三国时,松江有个陆家村,蜀国丞相诸葛亮派关公出征,叮嘱说:你路过陆家村,看到有个孕妇一定要杀了她。关公过陆家村时果然看到一个孕妇,举刀要杀。妇人哭道,将军是天下好汉,今天要杀一个孕妇,算什么英雄?关公下不了手。诸葛亮听后,只是摇头。多年后,关公又奉命出征,诸葛亮对关公说:你路过陆家村,看到两个孩子在用石臼舀水抓鱼,一定要杀了他俩。关公在陆家村果然看到两个小孩在用石臼舀水抓鱼,举刀要杀。两小孩说,你杀了我俩没关系,只是家中的母亲没人赡养了,必死无疑。关公听了又下不了手。诸葛亮听了对关公说,你再次碰到他俩,必死于他俩手中。数年后,关公败走麦城,经过松江时,被陆机、陆云认了出来,在地上用麦秆做成满地的结子,关公飞马而来,被结子绊倒跌下马来,被兄弟俩用石臼砸死了。事后当地百姓为纪念关公,建了关帝庙,每年庙会要搭台演戏,就是不演《走麦城》这一折。

【董其昌卖字】 流传于松江的传说。书画家董其昌少时善于临书摹字,几乎可以乱真。一天有位秀才拿了一张墨迹对董其昌说:"这是现在书坛独步称雄的陆万里的墨宝,世人极崇,只字千金呢!"董其昌看了后说:"这字,我也能写。"第二天就把临摹的字给秀才看。秀才摇头说:"形似神不似。"董其昌不服,又临摹了一张,签上了陆万里的名字拿到市场上去卖。字一挂出,就围上来不少人,董其昌暗喜,想着怎样羞弄秀才。可是直到过午,字还没人买去。这时来了一位先生,看过董其昌的字后问:"你写的?"董其昌说:"上面不是有落款吗!"先生拍拍董其昌的肩膀说:"后生可畏。"说罢,捡起一张纸,拈胡须蘸了点壶中的茶水,以须作笔,写了几个字,飘然而去。董其昌接过纸片,只见"熟俗生秀"四字,顿生愧色,方知离去的先生就是陆万里。从此,董其昌闭门纳户,苦临历代书法家帖,终自创一格,书法也渐渐出了名。可是见过陆万里字的人都说董的字源自陆,但略逊一筹,使董其昌耿耿于怀。董其昌显贵后,其书画声誉鹊起,同时留意陆万里的墨迹,凡尺素短札、片语只字尽收手中,然后烧掉。因此后人很少知道书家陆万里。

【焦伯诚读书】 流传于广富林一带的传说。明初,广富林有个传奇人物叫焦伯诚,白天农耕,晚上读书,且分上下半场。上半场读到半夜,睡两个时辰后开始下半场读书。在下半场,焦伯诚习惯放声朗读,日复一日,人们把他的读书声当作起床劳作的时钟。这事很快传到了朱元璋的耳朵里,朱元璋下旨征召焦伯诚进京。进京后,朱元璋问焦伯诚想不想当官,焦伯诚说只想过平淡的隐士生活。朱元璋没有强迫之意,要他替其主持完礼部考试后送他回去。一介布衣,主持庭试,震惊了文武百官,感化了天下读书人。焦伯诚回到广富林后,还是像往常一样,白天耕作,夜间读书,过着他恬淡自适的隐士生活。

【夏完淳断案】 流传于松江的传说。夏完淳两岁时,一天父亲带他去朋友家作客,正巧知县也在,正讨论一件疑难的案子。案由是有个大官,没等到两个怀孕的老婆生产就死了,临死前写了遗书,谁生男孩,家产归其继承。后来娘家富有的老婆生了个女孩,娘家贫穷的老婆生了个男孩,可男孩生下来没几个月便夭折了。娘家富有的老婆买通了下人,把女孩藏了起来,还恶人先告状,诬陷另一个老婆杀死了男孩。状纸一来,知县很为难,不想碰上了神童夏完淳,便试着叫他断案。夏完淳说,我有办法。到了公堂,夏完淳对着娘家富有的女人说:"我要吃奶。"那女人显得很不耐烦,没有一点见孩如子的感觉。夏完淳转身对娘家贫穷的女人说:“我要吃奶。”那女人见到夏完淳就想起了自己死去的儿子,难过地一把抱起了夏完淳给他喂奶。夏完淳吃完奶,对知县说,让我吃奶的是真的,还有一个是假的。知县说,有理!并要衙役大刑侍候。娘家富有的女人一听要受刑,吓得瘫在地上,哪敢再隐瞒半分,一五一十交代了假冒的事实。一桩疑案就此了结。

【乾隆游小昆山】 流传于松江西北部的传说。乾隆皇帝下江南时,觉得小昆山曾出了陆机、陆云,是座灵山,非看不可,特地从安徽转道到松江。小昆山九峰寺高僧本月一见微服私访自称为“高天使”的乾隆皇帝,便知此人不凡。他陪客人观三圣阁,远眺九峰三泖秀色,然后来到九峰寺大钟前,乾隆问:“此钟是何年铸造?”本月答:“明代正德年间。”又问:“钟声能传多远?”答:“三百里,四周百姓作息依它为准。”本月请乾隆题诗,正中乾隆下怀,挥笔写联:“风送钟声传万里,名留鸿宇播千秋。”并要本月落笔,本月写了:“二俊(陆机、陆云)诗章出昆玉,宸翰三世(康熙、雍正、乾隆)落九峰。”乾隆见了很不高兴,又不便发作。在庙门口,问庙门为何朝北开。本月把庙门原来朝南,上山进香不便,便由自己指点,仅用十名工匠,未花半两银子就将庙转了个身的故事说与乾隆。乾隆听后写了上联:“妖人施法,靠江湖三句诀,闭南启北。”本月接写下联:“佛祖显灵,赖神僧一臂力,推东朝西。”当晚,本月留乾隆过夜,请他捐钱。乾隆写道:“一造三修余十万,只须官僧不贪财。”本月答道:“石门深处藏金窟,求得天颜点穴开。”第二天乾隆在牵马石边写了“白驹泉”三字后要走了,却不见本月前来讨好,又写一联:“铁笔点顽石,龙马饮玉泉。”本月不动声色也写一联:“风送飞来客,月随夜人归。”

【张照考秀才】 流传于松江的传说。张照自幼聪明过人,十三岁那年,他父亲外出做官,行前嘱咐家人:“张照年龄尚小,不必急于去考秀才,再隔三五年也不晚。”当年秋天,松江府按惯例举行院试考秀才,张照知道后吵着要去考试,但母亲不让报名,直到考试的最后一天才放张照出门。张照在大仓桥上看到一支队伍正敲着锣朝东去,原来是主考官的轿子。张照连忙跑下桥,挡住轿子,向主考官诉说漏考原因。主考官见拦轿的小孩眉清目秀,倒也没有生气,看到路边有爿豆腐店,就唤下人去买了一块豆腐干,让店主一分为二,叫张照在豆腐干上写一篇《拦轿》的文章,时间不得超过半炷香。张照不等半炷香燃完,就把文章传给了主考官。主考官看罢十分欣赏,要张照随轿赴考。揭榜之日,张照榜上有名。从此,张照在仓桥豆腐干上写文章的故事就传开了。

【何一帖为啥叫荷叶帖】 流传于松江的传说。天马山有个名医,人称“何一帖”,他却自称“荷叶帖”。有个冬天,何一帖应病家之请出诊,乘轿路过一座大桥,只听得有人在桥上猜拳喝酒,掀起帘子一看,四个乞丐坐在桥上吃羊肉烧酒。轿子过了桥,何一帖突然想起现在是寒冬腊月,乞丐们的羊肉却是放在新鲜荷叶上,其中必有奥妙。赶紧回头,待到桥上,人已散去,只留下一片荷叶,急忙收起。到了病家,病人已奄奄一息,何一帖开了药方,还扯了一小片荷叶放在药中。过了几天,病家赶来向何一帖感谢救命之恩,何一帖明白这是荷叶起的灵效。此后,凡有危重病人,只要扯一小片荷叶入药,都药到病除。何一帖名声大噪,他自谦是“荷叶帖”。有个神仙想亲自试试,在何一帖出诊途中变身老太装病,何下轿为其诊脉后说:“六脉各调,非仙即妖。”神仙说:“果然是名医。”说完便隐身了。何一帖见自己诊断准确,也很得意,用搭过脉的右手捋了一下左边的胡须,原本雪白的胡须即刻变成了黑色,从此,何一帖的胡须就半白半黑了。

【骨牌与孕妇】 流传于松江的传说。松江北门有个著名的中医妇科郎中姓唐。一年重阳节,郎中邀了好友在家中玩牌,突然来了两个妇人,一个老太,一个孕妇。唐医生斜眼一看,孕妇脸色红润,毫无病态。老妇说,媳妇怀孕十月有余,尚未分娩,请先生诊治。唐郎中说今逢重阳,概不就诊,只顾打牌。老妇在旁絮絮叨叨,惹得郎中生气了,将一桌牌扫到地上,说怀孕了十个月都忍了,还有几天就不可等了吗?众人在旁相劝,两妇人也要告退。唐医生说,你俩惹我发火,将牌给我捡起来再走。老妇正要捡牌,唐医生说,是你媳妇要看病,骨牌该由她来捡,而且要一只一只给我捡起来。孕妇为了治病,只得弯腰捡牌,骨牌共一百三十六只,孕妇弯了一百三十六次腰。唐郎中说，你俩回去吧，病已治好，今夜见效，明天来转方调理。婆媳俩将信将疑回家去了。众人说你平时待病人和蔼可亲，今天为何如此失态。唐郎中说孕妇患的是不劳之症，故孕育困难，我必要以劳治之方能有效。次晨，老妇欢天喜地到唐郎中家，说儿媳已分娩，特请唐郎中开方调理。

【韩半池桐油治病】 流传于松江永丰街道的传说。有年中秋节，一个老农急急敲开名医韩半池家门，说他孙子病得极重。韩半池二话不说，坐轿前往盛产红菱的草场浜老农家。一诊大惊，老农的孙子因多食生熟红菱，淀粉积于肠胃，结块似铁，韩半池说自己开不了药方，得请松江四大名医来会诊，看是否还有药可救。此时，风雨大作，不能抬轿，老农摇来一条小船送韩半池回家。韩半池发现船在长满菱株的水道上并不受阻碍，细看水面，淌着油珠，原来木船上新抹的桐油是菱株的克星。于是拿出纸笔，开了"足度"二两的药方，叫老农立即去松江桐油店配来。果真，老农的孙子喝了桐油后，肠胃结块的淀粉散去，腹泻了几次，毛病就好了。

【郭友松杨梅作画】 流传于松江的传说。有一次，松江才子郭友松去苏州拜访老友，一路用光了钱，连栈房费也付不起，想来想去，想不出到哪里去弄钱。早晨，郭友松叫客栈的佣人去买些杨梅，欲提提神再想办法。谁知，杨梅汁溅在了蚊帐上。本来住客栈的钱都没有着落，现在还要赔蚊帐钱，郭友松叫苦不迭。没想到蚊帐上的杨梅汁化了开来，化成了一条小红龙。郭友松快步走到床边，又吐了一口杨梅汁，再用手涂了几下，雪白的蚊帐上一条红龙从祥云中降下，就跟真的一样。郭友松把蚊帐去当铺当了二十个银元，付了客栈和蚊帐的钱，还买了一头毛驴，骑着毛驴到苏州拜访老朋友去了。

地名传说

【松江府的来源】 流传于松江及周边地区的传说。华亭县一位知县喜欢吃马兰头。有个穷小团喜欢挑马兰头，知道知县喜欢吃马兰头后，就不断送新鲜马兰或马兰干过去，很讨知县喜欢。日子久了，知县见小团勤劳又聪明，就让他到衙门做事。一次，皇上要召见华亭知县，小团一定要跟知县进京，说要送马兰头给皇上，知县真的答应了。到了京城，县官带了马兰干进宫，皇上喝了用马兰干泡的茶，赞不绝口，问明情况后宣小团上殿。小团一到殿上，哪见过这等场面，一下子吓得满头大汗。皇帝见此随口一说："汗淋满头。"小团一听急忙喊："谢主隆恩。"太监以为皇上给小孩加封官职，赶忙宣布圣旨，封小孩"县令最大"。皇上一听错了，但金口玉言不能改变，让他在松江地区建一个府。于是，挑马兰的小团当上了松江府的首任知府。

【黑鱼弄与白龙潭】 流传于松江城区的传说。松江西城门外有一条水清见底的河，一天闯进来一条大黑鱼，搅得污水横流，谁喝了这水都得丧命。这事让东海龙王的小儿子小白龙知道了，他要去降服大黑鱼，为民除害。小白龙到松江后向大黑鱼冲去，大黑鱼蹿出水面，跟小白龙恶斗三天三夜。最后大黑鱼使出阴招，用尾巴扫中小白龙双目，把小白龙打倒在一个水潭中。这事被观音菩萨知道了，她驾祥云而来，将一片叶子变作一只凤凰飞下来，到西门时变成了一座石拱桥，桥柱压住了大黑鱼的尾巴，大黑鱼再也动弹不得了。小白龙倒下的这个潭的水总是清清的，人们为了纪念小白龙，把潭叫作"白龙潭"，将镇住黑鱼的石拱桥称为"凤凰山桥"，把河边的小弄称为"黑鱼弄"。

【卖花桥的由来】 流传于松江北部的传说。以前，洞泾有个财主，将女儿许配给结拜兄弟的公子。后来，公子的父母外出经商被害，家中资产又被族人侵吞，公子变得一贫如洗。财主势利，想给点钱让公子退婚。公子不答应，与小姐暗中联系，请小姐定夺。小姐叫公子假作答应，待拿到钱后双双私奔他乡。清明节那天，财主夫妇去了镇上，公子按照约定地点等候，只见红男绿女来来往往，一时找不到小姐，于是向一个卖花姑娘打听，谁知这位姑娘就是小姐。那天，他俩就远走他乡。后来人们把他俩相会的这座石桥叫"卖花桥"。

【蛇山与佘山】 流传于松江的传说。峨眉山有青黄两条蛇，经过千年修炼，同时得道，但要成为真龙，还须饮上三口瑶池水。那年八月，王母娘娘在瑶池边举行秋宴，招待各路神仙。两蛇乘机而来，喝上了三口池水，变成了真龙。王母娘娘知道了此事，派天兵天将把两蛇打出瑶池，赶向东海。青黄两龙一路上互相抱怨，竞相打斗。天上一日，地上一年，两龙只打斗三个时辰，百姓却挨了三个月的暴雨，整个松江府成了泽国。王母娘娘闻讯大怒，传令雷公直奔东海，立斩恶龙。不一会，两龙被雷公的火矛火戟打回原形，坠地而亡，变成两座山。青蛇横躺在西边，就是西蛇山，草木葱茏；黄蛇横躺在东边，就是东蛇山，一片荒芜。宋朝，佘太君曾到蛇山住过，人们便把蛇山改称为了佘山。

【天马山的传说】 流传于松江的传说。天马山最早叫干山。有年，一家农户在山脚下种了三亩黄瓜，勤浇细锄，长势很旺。瓜熟时节，却只采摘到一条黄瓜，头大，尾细，像把钥匙。农户正想把黄瓜扔了，忽然出现一位少女，告诉农户，这条黄瓜是打开山门的钥匙，那里藏有金银财宝，并交代了打开山门的方法。傍晚，农户拿着黄瓜打开了山门，里面有不少金银珠宝。农户急忙脱下衣裤，把金银珠宝装了进去。不料，突然出现一匹特别高大的马，吓得农户只拿了两只金元宝逃回了家。后来，人们把干山叫成了天马山。

【北干山的传说】 流传于松江的传说。姜子牙为了让穷苦百姓有更多的土地耕种，决定填海造田。他挥动神鞭，赶来凤凰山、厍公山、薛山、

天马山

北干山

佘山、辰山、天马山、机山、横山、小昆山和北干山十座山头。十座山峰不听话，慢慢吞吞，走走停停，北干山更是懒散，落在后面。姜子牙大发雷霆，左右鞭打，还重重地踩了一脚，这就给北干山留下了长长的鞭印和六尺长的脚印。北干山不听姜子牙的调配，违反了天条，不配作为山，因此，松江只说有九峰。

【涨干山的传说】 流传于泗泾一带的传说。泗泾朝北三里地外有一个涨干山，只有一人高，何以称山？以前，松江土地肥沃，男耕女织，家家有粮。一日，山神变成乞丐，来到人称“郑百万”的家里讨饭。郑百万是只铁公鸡，不但不给山神饭吃，而且把白米饭倒在猪圈里喂猪。山神受到侮辱，气不打一处来。心想：“你日子过得好了，不接济穷人，还要糟蹋粮米，看我怎么收拾你。”想完，立即作起法来。瞬间，乌天黑地，狂风大作，平地上隆起了一座座山头。这时，观音菩萨巡视下界路过这里，劝山神不要因为与一个人赌气，害了全体百姓。山神一听很有道理，便停止了作法。但九座山头已涨好，只有一座山才涨了一点点。后来人们就叫它“涨干山”。

【横山的由来】 流传于佘山、小昆山等地的传说。相传天马山原是一匹天马，小昆山是一头神牛，都因犯了天规被罚到人间。天马整天无所事事，神牛则忙于耕田。一天，天马到神牛耕田的地方说：“你一天到晚耕田，累死了也没有用！”神牛不理它，天马却越说越不像话，惹得神牛挣脱了枷，冲向天马戳了它一犄角。天马大怒，与神牛打斗得天昏地暗。玉帝知道后急派横山神下界调解，天马和神牛都不买账，反而越斗越凶。横山神无奈，用力把它们拉开，将自己化作一座山，横在天马和神牛之间，从此便有了横山。

【佘来庙】 流传于松江浦南泖港等地的传说。泖港也称为“佘来庙”。相传，大泖港河边有个青年，孤身一人，每天到河边捞柴换钱，维持生计。一天，看到河面上有个人头，急忙下河救人，打捞上来一看是个木佛头像。泖港人认为佘来的佛像定会保佑一方，都愿意捐钱造庙。不久，庙造好了，给木佛头像安上身体，供放在大殿中央，取名“佘来庙”。

【蟠龙塘和龙珠庵】 流传于泗泾、九亭等地的传说。很久以前，泗泾有一个叫陈济的孤儿，学得一手好弓箭，以打鸟为生。一天，陈济在打鸟时看见一片乌云紧追着一朵彩云，顿时风雨交加。陈济很是气愤，朝着乌云射了一箭，乌云散了，雨停了，彩云更绚丽了。之后，每当陈济打鸟回家，饭菜都有人烧好了。有次陈济偷偷回家，只见有位姑娘正在家中烧饭，于是推门进去，要问个明白。原来姑娘是东海龙王的女儿蟠女，那天化作彩云在游玩，被西海龙王的儿子缠住，要与其成婚，幸亏被陈济一箭射散，搭救了蟠女。后来蟠女与陈济结成夫妻。这事传到九门提督耳里，为了霸占美貌的蟠女，提督要陈济三天内送去三百只野鸡，否则拿龙女抵押。陈济将此事告诉了龙女，龙女用面粉做了三百只野鸡，一会儿就变成了三百只活蹦乱跳的野鸡。提督要陈济三天内送去三百只野兔，龙女还是用面粉做野

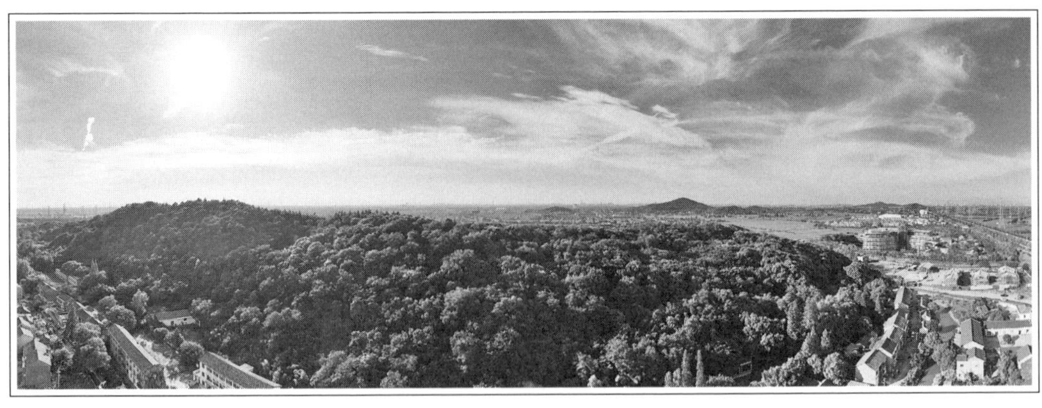

横山

兔，再变成活兔子。难不倒陈济，提督干脆把龙女抢了去。龙女假装同意与提督成婚，提出要用大木盆洗浴，龙女在木盆前咒道，恶贼想拆散我夫妻，我叫你满门遭殃。说罢将身子往木盆里一滚，水不断向外涌出成了条大河，将提督淹死了。后来，人们把这条大河叫作“蟠龙塘”。九亭的“龙珠庵”是蟠女送龙珠给陈济作为纪念的地方，至今还在。

【兰桥得名传说】 流传于松江城区北部方松街道等地的传说。很久以前，沈泾塘东岸有个中界村，村南有条小河，河上有座木板桥，桥北住着施姓夫妇，但婚后多年没有生育，便每天到河南的观音堂烧香求子。一日，夫妇俩又一早过桥去烧香，刚上桥，忽闻有婴儿哭声，再走两步，只见桥上有一襁褓，抱起一看，只见婴儿哭得满脸通红，襁褓上还插了一棵兰花，一看是个女孩。夫妇俩将女孩抱回家中，取名兰子，把那棵兰花种在屋边。第二年，兰花盛开，施家也生了一个儿子。姐弟俩慢慢长大，都爱兰花，成年后由父母做主，结成夫妻。施家与兰花结了善缘，在屋周围和小桥边广植兰花，兰花盛开时，路人经过施家，走过木桥时，便有阵阵兰花香扑面而来，于是人们就把木桥称为“兰桥”。今方松街道的兰桥小区也由此得名。

【五里塘的传说】 流传于松江的传说。“五里塘”在松江府城北门沿通波塘往北约五里路，原名“五里村”。村上原本没有塘，只有一条小河，却是松江府城往北的重要航道。有一年，朝廷命松江府运送一批大米和棉布去京城，当船队经过五里村时搁浅了，差点误了大事。事后，松江府征集数万民工，加宽加深了河道，从此，小河有了名称叫做“五里塘”。“五里村”也改名叫“五里塘”，一直叫到今天。

【佘山为啥又叫兰笋山】 流传于松江的传说。相传清康熙年间，佘山有户人家以种兰花为生，种出的兰花有异香。有年兰花吐蕊时节，松江知府带夫人前往佘山赏花。一阵狂风吹来，兰花只剩残枝败叶，知府十分扫兴。种兰人随后请教修道老人，被告知在兰花四周种竹挡风的办法。第二年，知府又来了，因兰花有竹子的护卫，生长得很好，而且竹园又产竹笋。隔年，康熙皇帝到佘山赏花，女主人捧出一只盖碗，说请皇上品尝佘山特产兰花玉笋汤。康熙尝后只觉得满口有兰花香，龙颜大悦，挥笔写下“兰笋山”三字御书。从此，佘山又有了“兰笋山”之称。

【蒲鞋浜的来历】 流传于新浜等地的传说。有个财主，人称刁剥皮，下雪天，还要放牛娃去割青草，说割不到青草就不给饭吃。放牛娃来到一个破车棚避雪，双脚已冻烂，周围全是白雪，又饥又冷，不觉昏睡过去。这时来了一位老人，摇醒了放牛娃，问为啥一人在这里。放牛娃哭诉了自己的遭遇。老人用手一指，你看，这不是青草吗，只见地上长出了一大丛青草。老人笑着说，你以后每天到这里来割草，说着又随手摘了些蒲草，编成一双蒲鞋给放牛娃穿上。放牛娃穿上蒲鞋，冻烂的脚好了，只觉浑身暖和。刁剥皮见放牛娃每天背回一筐青草，面色变红润了，脚上还穿了鞋，就逼放牛娃说出实情。放牛娃把实情说了出来。刁剥皮听了就把蒲鞋夺下穿在自己脚上，顿时双脚像踩在火里，烫出满脚血泡，气得把蒲鞋扔进灶膛里烧了。这时一个老人在门口大声喊道，把鞋子还我。刁剥皮指挥下人用脏水泼向老人，老人一挥手，脏水都反溅到恶棍身上，一招手，在灶膛里的蒲鞋就飞了出来，穿到脚上。指着刁剥皮说，你这个无恶不作的东西留在世上何用！说罢往地上用力一踩，刁家大院瞬间塌了，刁剥皮和手下的恶棍都被压死了。老人留下的很深的蒲鞋印成了一只浜斗，于是便有了“蒲鞋浜”之名。

建筑传说

【方塔的传说】 流传于松江的传说。北宋时，有一位本领很高的老木匠，被请来设计松江方塔。他参考了全国各地的宝塔，还是不能设计出一张理想的图纸。一天，老木匠回家见十八芳龄的女儿正在专心烧饭，就提高嗓门喊了一声。女儿听见喊声，急忙扭转身来，这一转，穿在身上的裙子便随风飘了起来。老木匠忽然得到灵感，叫女儿不要停下再转两圈，女儿边转，老木匠边画。之后的方塔就是老木匠根据女儿窈窕的身材和宽敞的裙子设计出来的。塔一造好，轰动了四方，很快就在江南出了名。

【断臂造方塔】 流传于松江的传说。北宋年间,官府和豪绅以兴建宝塔致富乡里为由向百姓募集银两。几年过去了,松江百姓被搜刮了好几遍,造塔的事还是没有动静。松江百姓很气愤,有位南巡的京官路过松江,便向他告状。京官责成松江官员在一年内把宝塔造起来,逾期不造从严查处。京官一走,松江官员就把造塔的事交给兴圣教寺,限令住持三个月内把造塔的银两筹集好,否则就拿住持问罪。兴圣教寺的和尚们四处化缘,所得无几。恰好此时正逢如来佛生日,当家和尚大做法事三日三夜。是日,法事高潮,当家和尚步上香坛,举剑将自己左臂劈断,并手擎断臂,口念:“布施方塔。”众人为住持断臂造塔的苦心而感动,纷纷捐钱,终于造成了方塔。

松江方塔(修复前)

【李塔的传说】 流传于松江城西的传说。王员外之女容貌出众,姚员外之子才华横溢,王小姐和姚公子从小由父母做主订了婚。后姚家败落,王员外退婚。王员外家丫鬟李姑娘把姚公子接到家里,相依为命。后姚公子考中状元,皇上恩准姚状元接夫人在京完婚。王员外知道消息后,暗中杀了李姑娘,把女儿送到京城。姚状元见到是王小姐,便知是王员外搞的鬼。派人去松江调查,得悉李姑娘已遇害。姚状元呈奏章至皇

李塔(修复前)

上说明情况。皇上下旨将王员外处死。姚状元赶回松江,为李姑娘建塔,名“李塔”。

【借珠护塔】 流传于松江的传说。松江天马山上的护珠塔,又称“斜塔”。护珠塔原来叫福田寺塔,造塔时因缺少一粒护塔珠子,塔身一天天倾斜。福田寺方丈急得团团转,商量下来,决定向小昆山九峰寺借珠护塔,并答应九峰寺方丈,福田寺塔属两寺共有。三天后,九峰寺玄和

天马山斜塔(修复前)

方丈携众僧带珠来到福田寺，福田寺设三十六道素斋款待。匠人将护塔珠安放在塔尖后，塔虽倾斜依然，但一直不倒。之后福田寺塔易名“护珠塔”。

【皇甫亭与广富林】 流传于松江的传说。很久以前，吴王寿梦带了卫队到九峰旷野狩猎，射中了一只小鹿。寿梦走近，看到小鹿流着眼泪，好像在诉说痛苦，不禁起了怜悯之心。寿梦叫卫士给小鹿包扎了伤口，看到小鹿身上的花纹像极了吴国的版图，认为是好兆头，于是带着小鹿就地安营扎寨。清晨，寿梦看到了民间炊烟袅袅，九峰三泖大好风光，感叹道：“这里是吴国之宝地啊！”就在此地筑了一座亭子，取名“皇甫亭”。后来人们在皇甫亭周边建起村庄，渐成小镇，成了今天的广富林。

【广富林为何会有王府宅】 流传于松江的传说。广富林镇上曾有座大宅，人称“王府宅”，此宅大有来头。一个冬天，少年朱元璋讨饭来到松江，天冷加上饥饿，在广富林一户姓唐的家门口倒下了。唐家只有母子两人，以捕鱼为生，见有人倒在家门口，便收留了他。从此，朱元璋和唐家儿子唐根发同吃同住，捕鱼种田，把捕到的鱼卖给海浦饭庄。后来朱元璋又在海浦饭庄老板的指点下，做起了盐贩，赚了不少钱。一年后，朱元璋思母心切，决定回家，从此渺无音讯。多年后朱元璋当了皇帝，一道圣旨命唐根发赴京当官。唐根发说自己斗大的字不识一个，就谢绝了。朱元璋为了报答唐家母子，让人按亲王待遇建了一座豪宅，当地百姓称它为“王府宅”。同时，朱元璋也不忘海浦饭庄老板，为他题了“海浦饭庄”匾额。从此，唐家王府宅和海浦饭庄名传四方。

【王俞倡修景山桥】 流传于广富林一带的传说。早在明朝，有个夏天，一位客官路过广富林，被一条大河挡住去路，他不听私塾王俞先生劝告，要游泳过河，结果淹死了。王先生为没阻止悲剧发生而痛心，决心造座石桥，惠泽后人。于是，王俞变卖了田产，并捐出全部的积蓄。附近乡民也纷纷捐钱、出力，助力造桥。石桥造成了，取名“景山桥”。是夜，王俞梦见一仙人赠他一款朱红漆盒，盒内写有“天孙”二字。后来，王俞的两位孙子接连乡试中举，显贵一时。

【陈王庙的来历】 流传于广富林一带的传说。明朝景泰年间，松江府内发生霍乱瘟疫，广富林小镇也被感染。这时，小镇上的老中医陈金生、辞官居家的王家昌两人出面施救。陈金生已是古稀之年，与儿子一起采集药草，配制砒霜黄连等药，熬汤制药，治泄攻毒，救了很多病人。百姓称陈金生是“老天派来的陈老爷”。王家昌曾是朝廷命官，隐居家乡广富林，拿出所有的积蓄，资助陈医生采集药品，并搭灶开锅，烧粥赈灾。百姓称王家昌为“青天大老爷”。后来，乡民为铭记他俩的恩德，捐钱造了一座庙，取名“陈王庙”。

【一览楼匾额的故事】 流传于松江的传说。松江超果寺是江南名刹，寺内有一座佛殿，上面挂一匾额“一览楼”，笔法秀逸清丽，特别是那“一”字富有神韵。传说明朝万历年间，董其昌从外地做大官回故乡松江后去超果寺拜佛，当家和尚请其写“一览楼”匾额。董满口答应，以为有把握写得好，可“一”字扁阔，“览”字狭长，“楼”字四方，不易写好。尤其“一”字，董其昌写了好几张纸，不是太细就是太粗，都不好看。这时来了一个衣衫褴褛、脚穿草鞋的人，对董说，“一”字有何难写，说罢脱下一草鞋，放墨盘中一蘸，再向纸上一拍一拖，拖出个“一”字来。这个“一”字，浓而不肿，瘦而不枯，浓枯相宜，与旁边“览楼”二字特别相称。等大家惊奇地赞其“一”字时，此人已不见了。直到现在，仍不知道此人是谁。

【知也寺名的由来】 流传于广富林一带的传说。唐朝有个高僧叫大致，从洛阳云游至华亭，经十年化缘，在广富林建起了一座佛殿。大殿刚落成，一场大雨一连下了几个月，方圆几十里只

知也禅寺

有大殿地处高位没被淹，乡民纷纷前来避难。乡民越聚越多，食物越来越少，大致禅师愁白了双眉。一夜，大致禅师进入了玄幻境界，见佛祖正在舍身饲虎，一激灵清醒过来，细想刚才情景，连声颂道：“知也！知也！”起身写下“知也寺”三字，放入袖中。第二天，他把自己准备为佛祖塑像的银两全部捐出，请乡民前往他乡购粮赈灾。雨停后三个月，大致禅师圆寂。在给大致禅师净身时，发现了袖中“知也寺”的条幅，于是将佛寺称为“知也寺”。

【三秀桥的来历】 流传于松江城区的传说。松江城西水仓镇有三座桥，分别是秀野桥、秀南桥、秀塘桥，合称“三秀桥”。水仓镇由东江、钱江、沈江三条河环绕，百姓出入不便。镇上有户人家，育有一儿三女，三女分别叫秀野、秀南、秀塘。后来出外运粮的父亲和儿子不幸船翻身亡，母亲为此病倒，临终时对三个女儿说，这里的百姓全都苦在水路上，要是有桥多好啊，话未说完就咽气了。女大十八变，三个女儿都出落得像仙女一般，求婚者踏破了门槛。镇上有张姓三兄弟，都是有名的石匠，也托媒来求婚。三姐妹说，娶我们的聘礼要三座桥，到时候花轿要从桥上过。石匠三兄弟听后当场表示要造桥，为姑娘争气，为百姓造福。三兄弟要造桥的事传开后，当地百姓有钱出钱、有力出力，三姐妹也在工地上忙着为民工洗衣做饭。三座桥很快造好了，三姐妹嫁给了石匠三兄弟。后人为纪念三姐妹，分别给三座桥取名为秀野桥、秀南桥、秀塘桥。

【清风桥的传说】 流传于中山街道等地的传说。清朝雍正年间，松江府遭遇了一场狂风暴雨的袭击，海塘决堤，灾情严重。新知府周中鋐不顾个人安危，亲临抗洪现场指挥救灾，在陈家渡河口被急流打翻船只，以身殉职。周知府死后，灵柩寄放在北门内小北庵，百姓痛失清官，吊唁者络绎不绝，并纷纷捐银作唁礼，其儿子却不接受。老百姓就用这些银两在小北庵旁建了一座“清风桥”，纪念为官清正、忠于职守的知府周中鋐。

神仙鬼怪传说

【横山五老爷的来历】 流传于佘山镇等地的传说。五老爷原在苏州横云山。有年松江横山朝南三里的打铁浜村几个农民摇船去苏州出猪粪。路过苏州横云山，去山上游玩，见一座小庙里有尊几寸长的菩萨，一打听叫“五老爷”。几个农民说，村里缺少一个老爷、一座庙，就偷了五老爷，回村后建了个小庙供了起来。一天晚上，五老爷化作童子在村边乘凉，被村里人发现了，问五老爷在此地称心不称心？五老爷说，还是想回到苏州横云山上去，因为人小，住在平地看风水不清爽。村里人一听，谁都舍不得，征得五老爷同意后，在松江横山上建了座朝南的小庙，把五老爷请了过去。人们都说五老爷灵验，烧香的人络绎不绝。

【韩湘子与草龙】 流传于叶榭镇等地的传说。相传在唐朝时华亭境内遭受了一场少有的旱灾，叶榭冶铁塘两岸土地龟裂、庄稼枯萎，农民心如火烧。据说“八仙”中的韩湘子是叶榭人，一天，他云游四海路过家乡，看见父老乡亲面向东海跪地叩拜，知道家乡受了旱灾，便吹起手中的神箫，召来了东海青龙。青龙在叶榭上空盘绕三圈，顷刻乌云密布，下起倾盆大雨，久旱的庄稼爆青吐穗，后来有了好收成。众百姓为报韩湘子“吹箫召龙”的恩德，便将冶铁塘改名“龙泉港”（即今“叶榭塘”），并以田间丰收的青秀柴禾扎成草龙舞蹈示念，年年如此。

【“八仙”与九峰】 流传于松江的传说。从前，八仙在蓬莱海岛经常遭遇风浪，修炼受阻，于是每年夏秋两季腾云驾雾回到陆地。一次，在途经东海时遇上大风大浪，便决定用九座小山头填平东海。移山由曹国舅、吕纯阳开路，其余众仙在两侧巡视，一路上浩浩荡荡向东移来。在到达浙江杭州湾时，众山神看到这里优美，胜过天堂，左顾右盼，队形变得七零八落。八仙及时作法，四面堵截，队伍才没有逃散。临近杭州湾北侧海边，北干山突然往回逃跑，韩湘子急忙吹响神笛，稳住了这座小山。吕纯阳移动小昆山、横山，嫌小昆山走得太快，忙去拦阻，而横山又横向往东逃去。急得各路神仙只能把九座山头统统就地打入地壳，成了今天的九峰。

【彭仙人救难童养媳】 流传于松江的传说。从前，有个财主叫陆百财，贪婪又吝啬，是个凶神恶煞。有年芒种，他要十五岁的童养媳三姑一天之内必须插好三亩田的秧。三姑哀求道，那三亩田泥头硬，就是去三个人也插不好。陆财主恶狠狠地说，要是插不好就不要回来，否则敲断你的腿。第二天刚过四更，三姑只吃了两只冷团子就下了田，从凌晨做到黄昏，看到田里的秧只插了一半，急得失声痛哭。这时三姑忽然听得有人在说话，小姑娘不要哭，有什么话就对我说。三姑抬头一看，原来是彭祖庙里的彭仙人，连忙跳上岸来，双膝跪地，诉说痛哭的原因。彭仙人将三姑扶起，安慰三姑说，我包你在太阳落山前把秧插好，我活了八百岁，从来没有骗过人。我这里有两只馒头，你吃了就会生出力气插秧。三姑狼吞虎咽吃下馒头，立刻觉得精神百倍，跳下水田，一口气插了十埭秧，抬头看太阳，好像还是在老地方。三姑知道是彭祖在帮她的忙，越干越有劲，直到插完全部的秧，太阳还没有落山。三姑收工回家，路上碰到提了灯笼的陆财主。陆财主问三姑秧插好没有，三姑说插好了。陆财主说你要是骗我，小心你的贱骨头，说着走到田头，只见满田秧苗青青。这时陆财主发现太阳被田岸边上竖立着的一只破草鞋撑着，就是不下山，连声说见鬼见鬼，拔腿就跑，没想绊倒了破草鞋。一瞬间，太阳不见了，一片漆黑，接着又是一阵狂风，吹得陆财主站不住脚跟，脚一滑，跌进了田边的粪坑，淹死在粪水中。

【彭祖的传说】 流传于松江的传说。从前辰山有个老人叫彭祖，活到八百岁还身体健壮，人称彭仙人。彭祖共讨了十个老婆，第十个老婆临终时问彭祖，你活了八百岁还这样强壮，是啥道理？彭祖说，这是个秘密，我告诉了你，你死后千万不要告诉阎罗王。原来彭祖的名字写在阎王簿的夹缝里，阎罗王每次翻簿子都看不见。彭祖老婆去世后，禁不住拷打威胁，把实情招了出来。阎罗王将阎王簿拆开，果然在夹缝中找到了彭祖的名字，立即派牛头马面到阳间捉拿彭祖。可牛头马面不认识彭祖，就变成两个小孩在辰山塘边守候。这天彭祖来到河滩边，看到两个小孩在河边磨黑炭，大笑道，彭祖活到八百，勿曾看见黑炭磨白。牛头马面一听此人正是彭祖，连忙拖他到河中淹死，捉到阎罗殿上去了。

【吕纯阳剃头】 流传于松江北部的传说。从前天马镇上有爿剃头店，剃头师傅是个小伙子，一直想碰到吕纯阳学点仙法。一日来了一位客人要剃头，小伙子很快剃完了半边头发，还有半边的头发根根像钢丝，怎么剪都剪不下来。小伙子连忙跑进房间问老娘，老娘说，你天天想吕纯阳，说不定这位就是仙人。小伙子急忙跑出房间，客人已去，只见墙上写有字：“早想纯阳，夜想纯阳，遇着纯阳，问啥爷娘？”小伙子追出店堂，镇上早已没有人影。

【江南第一松】 流传于松江的传说。以前，松江府西门外曾是一片湖荡。农民填湖造田，触犯了湖里的一条黑龙，黑龙兴风作浪，淹没稻田，百姓生活无着。村民们只得把十牛十马百鸡百鹅投入湖中给黑龙作贡礼以保太平。三年下来，牛马鸡鹅濒于绝种，黑龙见百姓不进贡礼来，又兴风作浪。这时，有个老和尚手拿禅杖而至，从怀中掏出一物抛向湖中心，不一会，湖中长出一小岛，小岛上长出一参天松树压住了黑龙。雷公听得黑龙被压，前来搭救，照准松树一个炸雷，松树大火冲天。老和尚急忙请来雨神浇灭了大火。人们为纪念老和尚，在松树旁造了一寺，香火不断。清朝康熙皇帝南巡时看见这棵松树，封它为“江南第一松”。

江南第一松

【金牛】 流传于小昆山等地的传说。松江的小昆山又叫金牛山，因为小昆山有金牛。从前，有个米老板从松江装满一船大米去贩卖，在泖河停了一夜起锚离开时，两名船工拉起了一段金链条，越拉越长，越拉越多，直压得船沿快进水了。两名船工想用斧头斩断金链条，米老板不许，叫一名船工把大米往河里抛，叫另一名船工继续拉金链条。忽然，小昆山脚下的地皮晃动起来，一条金牛被拉近到河边，眼看金牛将要到手，米老板上前拼命拉金链。这时，整个小昆山在摇晃，将庙里的老和尚摇醒了。老和尚急忙奔到大雄宝殿敲响木鱼。金牛听见木鱼声，知道是要它回山，一扭头往回奔，把米老板拉入河中淹死了。

【凤凰山彩蛋】 流传于佘山等地的传说。松江凤凰山下，住着一位砍柴小伙子，笛子不离身，空了就吹笛。笛声传到高楼中闺房小姐的耳朵里，小姐听了非常开心，对小伙子有了爱慕之心。小姐的使女上山见到了小伙子，吐露了小姐的心思。那时，京城要在御花园造一彩楼，需挂一颗凤凰彩蛋作为装饰，传旨说谁献上彩蛋，赏黄金万两。财主为了得到赏金，贴告示说：谁取来凤凰彩蛋，就将女儿许配给谁。小伙子得到消息，更加思念小姐，笛声更加凄切，使山顶上的凤凰落泪了，凤凰就给了小伙子一个彩蛋。彩蛋送到财主手里，财主看到是个穷小子，便改变了承诺，将小伙子关进家中的牛棚里。夜里，突然“啪啪”两声，财主床头的凤凰彩蛋裂开了，飞出一只美丽的凤凰，将财主的双眼啄去后，让小伙子和小姐骑在它身上远走高飞了。

【定风珠】 流传于松江的传说。古时方塔旁有一爿香烛店，屋顶开启的老虎窗上种着一盆龙爪葱。一天，江西觅宝人路经香烛店，见龙爪葱上一根蛛丝直连方塔顶的托盘边缘上。这根蛛丝由一只千年大蜘蛛所吐，其身经日月修炼，已变定风珠。每晨五更，定风珠沿蛛丝从塔顶而下至龙爪葱，随即返回。江西人为了觅得此珠，和店主的妻子面议花一百两银子将龙爪葱买下，并说好第二天五更取葱。店主怕盆葱有失，当夜匆匆搬至室内。第二天，江西人携银两前来取龙爪葱，见盆已移位，蛛丝已断，便将奥秘公开，黄了那笔交易。店主夫妇后悔莫及。此后，定风珠就再也不下来了。人们传说方塔之所以经历九百年风雨依然如故，就是因为有这颗定风珠护着。

名特土产传说

【松江四鳃鲈】 流传于松江的传说。吕洞宾挑着汤团担在秀野桥卖汤团。有个男子买了四只汤团孝敬母亲。汤团特别好吃，母亲一口气连吃了四个，被噎住了，男子急得团团转。吕洞宾见状在老太太背上一拍，吃下的四个汤团窜出来掉落河中，马上被四条鲈鱼分吞了。汤团糯性足，小鲈鱼使劲撑着嘴想吞入肚中，结果鱼嘴撑得又阔又大，两个鱼鳃挤成了四个鱼鳃。从此，秀野桥下的“四鳃鲈”成了松江特产。

四鳃鲈鱼

【四鳃鲈鱼和松江蟠桃】 流传于松江的传说。乾隆皇帝游江南时品尝了四鳃鲈后，备加赞赏，想要亲眼看看活鱼。下人用托盘呈上一条活鱼，乾隆说，果真与众不同，一时兴起，抓起御笔，蘸着朱砂，往活鱼鳃上点了点，让人把鱼放还河中。席间，乾隆皇帝又品尝了一只松江蟠桃，连声说，好桃！好桃！一面说一面拿出皇玺金印，在蟠桃上盖了一印。自此，松江四鳃鲈鱼通体乌黑，唯有其鳃呈朱红色，这是乾隆皇帝朱笔点过的缘故；而松江出产的蟠桃，自从乾隆皇帝加盖皇玺金印后，就不再像别的桃子那样，而是变得圆圆扁扁，中间方方一块就像是长在桃子上的一方金印。

【松江小落苏】 流传于松江的传说。从前，松江北门外菜花泾沿岸还是一片荒芜。元末明初，有父女俩自凤阳逃荒而来，在此落脚，靠种蔬菜谋生。三年后,荒地垦成熟地,蔬菜愈种愈旺,姑娘也出落得愈加标致。有个恶霸叫袁麻子,见荒地垦熟起了贪心,见到姑娘更是起了淫心,图谋吞并土地,霸占姑娘。便指使狗腿子将老汉一棍子打死,而姑娘宁死不屈,趴在父亲身边痛哭道:"亲爹呀,这是什么世道啊! 落苏拣软的捏呀! 人拣好的欺呀!"不出三天,姑娘哭死在父亲坟旁。父女死后,满地的落苏不像早先又大又软,而是又小又硬,从此松江开始有小落苏,并成为特产。"落苏拣软的捏,人拣好的欺"成了指责一味欺侮老实人的松江俗语。

【叶榭软糕】 流传于叶榭等地的传说。明万历初年,叶榭塘边有个店主叫施茂隆,他和儿子到松江购物时碰到狂风暴雨,一连七天回不去家。施茂隆心急如焚,担心临走时浸在七石缸里的一缸粳米坏掉。第八天,总算等来雨过天晴,父子俩回家一看,一缸白米浸得滚胖,水面上浮着白泡,一股酸味扑鼻而来。施茂隆心痛地让儿子倒掉酸水,反复换水,捞起晾干,然后加入一些糯米、白糖、枣肉制成年糕。除自家食用外,还送一些给邻居。谁知,自家和邻居食用后口感独特,纷纷叫好。一位路过的盐商品尝后问:"这是什么糕?"施茂隆脱口而出:"叶榭软糕。"从此,施茂隆的点心店专做软糕,叶榭软糕就此声名远扬,成了如今松江特产,还被列入上海市级"非遗"保护项目。

叶榭软糕

【草场浜红菱】 流传于松江城西的传说。相传,西晋时的一个中秋,在华亭草场浜的陆机家里张灯结彩,石桌上放着月饼、水果,还有一桶青菱,准备过中秋佳节。陆夫人对家人说:"可惜老爷远在洛阳。"这时忽见名叫黄耳的家犬从洛阳跑回家中,累倒在陆夫人面前。陆夫人急忙从黄耳颈上取下陆机的书信,展开一读,顿时脸色煞白,一口鲜血喷溅在一桶青菱里。原来黄耳传来的不是报喜的家信,而是陆机遇害前写给夫人的绝命书。喜庆之日遇上悲伤之事,陆夫人让家仆把过中秋节的糕点、青菱都倒进了宅边的草场浜。说来奇怪,第二年草场浜里长出的菱株,枝繁叶茂,采摘上来的菱角均呈红色,有鲜红、粉红和紫红三种。红菱皮薄、肉嫩、清香、汁多、甜脆,胜于其他菱角,人们说那是由陆夫人的鲜血浸泡了的缘故。

【松江四道经典土菜】 流传于松江的传说。一天,明朝太师顾鼎臣路过松江府陆家埭,走累了,向一村姑讨水喝。村姑名叫陆素贞,见来人气度非凡,认定是个大人物,正值午饭时间,就留来人吃饭。烪菠菜、油氽臭豆腐、炖蛋、雪菜豆瓣汤先后上了桌。顾太师吃惯山珍海味,没吃过农家土菜,胃口大开,连连称好。顾太师问四道菜的菜名,陆素贞指着烪菠菜说这是"红嘴绿鹦鹉",指着油氽臭豆腐说这是"金镶白玉嵌",指着炖蛋说这是"凤凰金鸡蛋",指着雪菜豆瓣汤说这是"青龙戏白虎"。顾太师一听拍手称赞,说非但菜可口,而且菜名有意思。见陆素贞聪明、善良,长得又酷似自己早逝的女儿,便认素贞作了干女儿。后来,这四道农家土菜成为松江农家菜的经典。

【康熙品鲈鱼】 流传于松江的传说。康熙皇帝曾两次到松江,第一次离京到松江时,向出生松江的英武殿大学士兼工部尚书王顼龄打了招呼,到华亭后一定要品尝松江四鳃鲈,以解"莼鲈之思"。王顼龄不敢怠慢,赶紧回到松江,发动渔民捕捉鲈鱼,因季节不对,统共才捉到了十几条。康熙在王顼龄家的秀甲园尝了松江鲈鱼,赞叹不绝,称其为"江南第一名菜"。当康熙听说眼下不是盛产鲈鱼的季节时,说下回南巡到华亭,定在秋风刮起后。临走时欣然为王顼龄的秀甲园御赐"蒸霞"二字。事隔三年,康熙果然再次来到松江府,品尝了鲈鱼后,又去王顼龄三弟的赐金园转了一圈,赐了"松竹"二字御书。

【三库白米】 流传于松江的传说。松江大米有名气，特别是松江城北面的陈家库、方家库、旺家库三个村的白米品质最好，因为这三个村是天廷金牛下凡后劳作的地方。清朝咸丰年间，京城有一富商陆姓，常年在江南行商，娶了当地女子为妻。第二年陆夫人有孕，陆老爷用船接夫人去京。一路船只颠簸，夫人呕吐不止，吃不下饭。船行至沈泾塘三库村，夫人闻到一股香味，要老爷去探个究竟。老爷上岸问了农户得知那是粥香。老爷要了碗粥，夫人喝了顷刻面色红润，病也好了，于是老爷买了一船米运到京城。以后每年秋收时节，陆老爷总要到三库村购米，然后转售。从此三库白米出了名。

风俗行事传说

【七月十四喝豆浆】 流传于松江的传说。有两种说法。(1)当年清兵南下，李待问等明朝官员率领松江义军奋起抗清。清兵围住松江府城，一个多月都没能攻下，但义军的口粮几乎断绝了。李待问回到家中问还有没有粮食，家人说能吃的就只有一些黄豆了。李待问将黄豆都磨成豆浆，给士兵充饥。最后松江城被清兵攻下，李待问遇害。李待问的生日是农历七月十四日，松江人民以后每年在这天喝豆浆表示纪念。(2)李待问在抗清起义中牺牲后，清朝对地方实行高压控制，不允许人们纪念抗清烈士。松江人民为了纪念李待问，每到农历七月十四日的晚上，用豆浆、油条替代面条偷偷纪念他的生日。后来清朝的统治稳定了，为了笼络人心，追谥明末抗清忠义之士，封李待问为松江府城隍，但七月十四喝豆浆已相沿成俗，一直流传到今天。

【造屋要抛梁写对联】 流传于松江的传说。松江人造房子上梁时有一个习俗，称为“抛梁”。传说在明朝初年，松江府有户人家要造房子，为了讨个吉利，请来风水先生定上正梁的日子。谁知，当地一个富豪欲置这户人家于死地，以趁机霸占其宅基，用重金收买了风水先生。于是，风水先生选了最凶煞的“天赦日”为上梁日子。说来也巧，上梁那天，重臣刘伯温正私访松江府，路见东家在天赦日上梁便心生疑窦，向东家问明情由后，招来风水先生，当面拆穿了其伎俩。风水先生说，大人既知今日不宜上梁，定有高招逢凶化吉。刘伯温也不谦让，让东家取来文房四宝，写一楹联，上联“上梁正逢黄道日”，下联“立柱巧遇智慧星”，横批“福星高照”，让东家把对联贴在新屋的两边，把横批贴在正梁之上。再让东家用红纸铺在托盘上，上面盛满馒头、糕饼和铜钱，请作头师傅从梁上抛下来，让土地公公得了财物后履行庇护职责。后来，这户人家凡事顺利，家旺业大。自那以后，松江人造房子就形成了写对联和抛梁的习俗，代代相传至今。

【端午节挂菖蒲】 流传于松江等地的传说。唐朝末年，黄巢发动起义，端午节前夕打到了苏松一带，准备攻打南庄。战前带了几个兄弟去侦察，一天下来，又饥又渴。黄巢让大家休息，自己去寻找食物，正巧迎面来了一个农妇要去为丈夫送饭。黄巢向农妇说明了情况，农妇就把水罐和饭团送给了黄巢。黄巢和手下喝了水吃了饭，有了精气神。得知农妇家在南庄后，黄巢折了几支路边的菖蒲，对农妇说，这几根菖蒲带回去，端午节这天一定要挂在门上，切记切记。端午节那天，黄巢的队伍打到了南庄，事先得到命令，凡门上挂有菖蒲的人家决不能有半点侵犯，违者斩！这次战斗攻打很惨烈，农妇家没有遭到半点损失。事后，这个秘密传开了，大家一听到黄巢的部队要来，就将菖蒲挂在门上，表示自家是穷苦人，也表示对黄巢的欢迎。后来每当端午节人们都在门上挂菖蒲，成了风俗。

【药渣倒在路当中】 流传于松江等地的传说。从前，有个妇女生了暗毛病，现在称为妇女病，吃药无数，总不见好，她气得把药罐头掼碎在路上，满地是药渣。正巧有位老中医路过她家，一脚踏到药渣上，差点摔倒。老中医也没有发火，仔细看了看药渣，知道这家有人得了妇女病，只是缺了一味重头药，看来难以痊愈。出于救人天责，老中医踏进这家家门，问了妇女的情况，知道自己的判断没错，对妇女说，你再吃我五帖药，应该有效。妇女心想，既然已吃了上百帖药，再吃五帖又何妨。没料到五帖药服下后，毛病顿除，精神爽朗，就把这次奇遇告诉了左邻右舍。从此人们服了中药后就把药渣倒在路上，希望也能碰到好郎中，看看药方有没有开错，药铺里的药有没有抓错。进入新社会后，这种做法被视为陋俗扫除掉了。

故 事

幻想故事

【掼宝石】 流行于松江浦南一带的两兄弟型故事。兄弟俩家境贫寒，哥嫂为不让弟弟分去家产，把弟弟骗到深山荒野置其于死地。弟弟遇仙人搭救，获赠一宝石。只要将宝石往地上一掼，说出的愿望就能成真。弟弟回到村中，依靠宝石的神力建起了楼房，娶了媳妇，生活富裕。哥嫂为一夜暴富，向弟弟借去了宝石，回家后马上把宝石掼到地上，要金银珠宝，掼了好几个时辰，什么东西都没出现。最后哥哥把宝石狠狠掼在地上，说再没有金子我要发火了，顷刻间熊熊大火冲天而起，哥嫂葬身火海。

【春生月宫伐树】 流行于松江浦南一带的两兄弟型故事。华亭的一个小村中，住着春生、秋生两兄弟。秋生上镇卖完蔬菜，买了一只大河蟹准备与哥哥一起喝酒。回家后舍不得吃，每天喂蟹，养了下来。中秋之夜，见蟹背闪闪发光，秋生惊呆了。蟹开口说话，我是千年修成的蟹精，谢你不杀之恩，我要报答你，让你发财。秋生说，我不想发财，只想有自己的耕田。蟹精驮了秋生到了月宫，说月桂树上的一切都能化为金子，随你取。秋生把月桂树叶装满了口袋就跟蟹精回来了。秋生用金子买田造屋，把金子分给了春生，还接济穷人。第二年中秋节，春生在老婆的鼓动下向秋生借了蟹精，准备了斧头，要把月桂树砍回来。到了月宫，蟹精说，天一亮我们必须离开。春生就拼命砍树，快要砍断时就有鸟来捣乱，斧头一停，赶走了鸟，树又恢复原样。不觉天已放亮，蟹精不见了，春生再也没法回家，只能在月宫里冷冷清清地砍树。中秋节，我们欣赏圆月时，仿佛看到月宫里有人在砍树，这人就是春生。

【一根木桩】 流传于松江城区的故事。不知哪个朝代，松江佛字桥旁有爿木碗店。一天有个和尚订制了五百只木碗，来取时，他将五百只木碗都装进了袖子里。店主认定和尚是仙人，要随其修炼。和尚应允，拉着店主飞到了一处山顶。叮嘱店主修炼只可静坐，不可乱想。三天后，店主想起了家、老婆和孩子。此念一转，和尚便已知晓，说你世情未尽，还是回家吧。说着牵出一匹骏马，让店主骑上，紧闭眼，如腾云驾雾，一下子就落地了，睁眼一看抱着的马头却是一根木桩。四顾一看，老宅、碗店还在，但已旧得难以辨认。店主进了店堂，问一老者，说明原委。老者惊讶道，听父亲说过，上代祖先年轻时曾跟一个和尚出走，莫非就是你吗？再问自己的老婆，才知道已死了几百年。店主方才明白："山中方七日，世上已千年。"店主后来和普通人一样年老而逝，其所骑的马化成木桩后就一直竖在佛字桥旁边。

【大福得宝】 流传于松江的故事。大福做了五十年长工，年老回家时，东家赖账不肯结工钱。临走时大福只带了一只养在厨房外五十年的癞蛤蟆。半路上在破庙里过夜，半夜，一条火龙突然冲进庙里，大福闭上眼睛等死。这时癞蛤蟆向火龙扑去，用头部耳后腺中喷射出的毒液把火龙的火焰浇灭。癞蛤蟆与火龙斗得天旋地转，结果火龙被打败了，瘫在地上，嘴里吐出一颗明珠。大福得了明珠，过上了安逸生活。

【令郎员送谷不回转】 流传于松江的故事。小昆山有个孝子叫令郎员。有年为照顾生病的母亲误了农时。正担忧时，来了一老翁，口中念念有词，说今年会有好收成。令郎员表示如丰收就送一担谷作谢礼。老翁给令郎员三支香，说到时找我，点香后顺着青烟方向走即可。秋后果然丰收，令郎员挑了一担谷，点香循烟找到老翁，见其正在与人下棋，便在一旁观棋。一局棋完了，令郎员上前施礼，并说只见这里的桃花开了又谢，谢了又开，难道已过了好几年？老翁要其看看自己的扁担，一看，已烂了半根。令郎员想念母亲，要回家。老翁说，回家路上点第二支香，要是再想回来就点第三根香。令郎员回到家乡，已面目全非，他看见一个八旬老太在对小孩说，不要顽皮，当心像令郎员送谷一去不回转。令郎员急问老太，自己的家在哪里？老太说，不晓得，我也是听太公讲的。令郎员想不到这一趟送谷送了几百年，落得无家可归，于是点燃了第三支香又去了仙境。

【李邋遢得道】 流传于松江的故事。天马山下有李姓兄弟俩，生活困难。哥哥借了李财主的钱出门做生意，三年未归。弟弟笨头笨脑，邋里邋遢，人称李邋遢，依靠嫂嫂过日子。八月半那天李邋遢在八仙桥上向铁拐李讨得其身上的一片疮痂。李邋遢用嫂嫂给的买月饼的钱买回一担烂死鱼，放在水缸里，用痂一搅，鱼都活了。从此叔嫂过上了好日子。鱼行老板晓得后要抢宝贝，李邋遢慌忙中将痂吞入腹中，从此像变了一个人，出门修仙去了。李财主见李邋遢走后，夜里摸到嫂嫂家要非礼，嫂嫂急得大叫，兄弟来啊！兄弟来啊！李邋遢竟真的来了，吓跑了李财主。嫂嫂替人洗衣挣钱为生，门前有座宝塔挡住了太阳，影响晒衣服。李邋遢弄来一筐砻糠，搓成绳，把宝塔拉到了李财主的家门口。李财主晓得是李邋遢在捉弄他，求李邋遢把塔移开。李邋遢提出了以后要去邪从善等要求，李财主满口答应，并立下字据。只见李邋遢用砻糠绳套住了宝塔，一下子就将塔移到了天马山上，下面正巧是李财主的屋。李邋遢对李财主说，你要是再对我嫂嫂不三不四，我要你好看。说着用力拉了下绳，李财主大喊兄弟手下留情，可这座塔已经有点斜了，后来大家都叫它斜塔。

动物故事

【田螺蟛蜞穿条鱼比赛】 流传于松江浦南的童话故事。芦苇塘里生活着田螺、蟛蜞、穿条鱼。穿条鱼自以为游泳像射箭，提出要比一比谁先游到杭州，迟到的请先到的吃酒，大家同意了。穿条鱼见田螺、蟛蜞还在商量，便等得不耐烦了，下令比赛开始，首先出发了。这时有条扯篷船在等潮水，田螺咬牢船舵，蟛蜞抱牢后梢的缆绳。没多久涨潮了，刮起风，扯篷船一路顺风顺水朝杭州驶去。穿条鱼一路上不吃不喝，只想到杭州吃好酒，又饿又累，越游越慢，身体瘦了一圈。田螺和蟛蜞不费力气早到了杭州，守在约定的地方。穿条鱼看到他俩已经到了，后悔当初自以为是，看不起人，游坏了身体，还倒赔一桌酒钿。

【青蛙告状】 流传于松江浦南等地的童话故事。从前，每年夏天黄昏，农民都要捕食青蛙。青蛙逃来逃去，“苦苦苦”哭叫个不停。黄鳝、泥鳅、水蛇都来出主意，要青蛙到皇帝那里告状。青蛙跳到京城金銮殿，“苦苦苦”哭个不停。皇帝问为啥，青蛙趴在地上昂着头说，我是青蛙，又叫田鸡，每年吃掉害虫千千万万，保护庄稼不受害。我们日夜在捕害虫，可还要被人捕食，如果我们被吃光了，庄稼就要被害虫吃光。请皇上下旨保护青蛙，禁止捕杀。皇帝听了觉得有道理，下旨禁止捕杀青蛙。青蛙非常高兴，便忘乎所以，转过身，双脚一蹲，屁股里一泡尿喷在了龙袍上。皇帝气得手指一戳说，背脊骨朝天，都是杀坯。青蛙告状不成，反而害了别人。

【巧八哥】 流传于松江的故事。从前松江府西门外有个理发匠，生意清淡，日子艰难，养了只八哥却很会说人话。一天八哥飞到城东刘家屋前的树上，见小姐在梳妆打扮，趁小姐不注意，便衔了其金发簪飞回家。理发匠拿去当了，换来不少吃的用的。刘家派人查到了理发匠是窃贼，捉拿受审。理发匠招了供。八哥被捉到公堂，交代了偷走金发簪的事。县官宣判一要拔掉八哥的毛，二要割掉八哥的舌。八哥乘隙飞脱。不久，庙里的菩萨开口说话，今朝华亭知县和刘家老爷要来烧香，正门要大开。众人正半信半疑，知县和刘家老爷一前一后来了。正在点烛燃香磕头求拜时，菩萨又开口了，知县欺贫爱富重打五十板！菩萨的话不敢违反，手下只得重打。菩萨又说，刘家大地主搜刮民脂民膏，被逼死的穷人不知有多少，重打三百板！等打到二百九十九板时只见一只八哥从菩萨的衣内钻了出来，飞走了。

鬼狐精怪故事

【金螺姑娘】 流传于松江浦南一带的故事。老河神看中金螺姑娘的美貌，要娶为妾，金螺不从，逃到隆庆寺。正遇乡间大旱，金螺呼风唤雨，解了百姓大患。河神派玉蟹往人间捉拿金螺。玉蟹被金螺的精神感动，与金螺以兄妹相称，在隆庆寺定居下来。河神发怒，兴风作浪，金螺招呼乡亲们避入隆庆寺，玉蟹念避水诀，挡住大水。河神无奈，又谎称龙王已答应金螺玉蟹可长居人间，但金螺私逃出水府，私作主张降雨，要罚一年苦役。玉蟹愿替金螺受罚，回了水府。河神又逼金螺与其成亲，遭金螺痛斥。河神将金螺镇于寺下田中，金螺化作一枚青色田螺。玉蟹被变作河蟹在河滩边做劳役，为看到金螺，拼命在河滩边上打洞欲通到田里。所以河蟹到今天仍然有在岸边打洞的习惯。

【狐狸脱脚】 流传于松江的故事。狐狸想长生不老，去问猢狲有没有办法。猢狲看狐狸专做坏事，想捉弄它，就说你只要吃到马屁股上一口肉就可以了。不过你要咬马，马就要跑，你就把自己的尾巴和马尾巴扎在一起，那马就跑不了了。狐狸趁马躺在地上睡着了，便把双方尾巴扎牢，然后狠咬马屁股。马一惊醒，夺路就跑，狐狸被拖得半死。猢狲听到这消息，高兴得在树上蹦蹦跳跳，一不小心从树上摔下来，把屁股摔得通红，直到今天猢狲的屁股还是红的。马也吓得不轻，从此再也不敢躺在地上睡觉。

【请请落水鬼】 流传于松江的故事。有个扳鱼人喜酒，每天到三岔江边喝酒边扳鱼，喝不完的酒会顺手倒入江中，随口说声"请请落水鬼"。某晚正扳鱼时，来了一位汉子讨要酒喝，与扳鱼人共饮到酒干才告别。那汉子一走，扳鱼人会网网有鱼，又大又多。一天汉子好像心事重重，酒喝到了八九分，对扳鱼人说，自己是落水鬼，每天喝完酒就把各种大鱼都赶到网中。今天是我俩最后一次喝酒，明天就要投人生了。第二天晚上，扳鱼人看到有一妇人纵身扑入江中，过一会却又见她爬上了岸，哭着走了。第三天晚上，那汉子又来了，扳鱼人问，为何不去投人生？汉子说，那妇人有了身孕，我不能拿两条命做我替身。从此汉子又与扳鱼人成了喝酒朋友，扳鱼人每天亦能扳到很多鱼。据说因该汉子善良，后来被阴司任命为城隍老爷。

【僵尸还魂】 流传于松江的故事。石湖荡镇东市有爿豆腐店，店主二十出头。一天清晨正在磨豆浆，来了一对母女讨要饭吃。店主舀了两碗豆浆给母女俩。母女俩请店主收留做帮工。不久女儿与店主成了亲，老妇病逝。某日店主去看老朋友固顺和尚。和尚见店主鬼气一身，详问情况，店主如实告知。和尚说，你所娶非人，乃一僵尸化身，如不信，你留意她在天窗下是否有影子。并给店主三张符，一张贴门上，一张贴帐上，一张贴她胸口。当晚店主按吩咐照办。半夜其妻疼痛难熬，求将符撕去。店主牢记和尚关照，不动声色，片刻妻子支撑不住化作黑烟飞去。次日，店主将昨夜情形说与和尚，和尚要店主带了软骨病儿子到丈人家去开棺焚尸，其妻原是石湖荡姚家村乡绅姚德官的女儿。店主找到姚德官，见面就称"小婿拜见丈人大人"。姚德官说，我女儿十六岁去世，哪来女婿和外孙？店主将事情经过讲了一遍，要求开棺焚尸。姚德官不肯，店主说，如不焚尸，三年后她又要变成人形伤害他人，你外孙的软骨病也治不好。姚德官同意焚棺，从此太平，两家来往甚密。

【黑鱼精】 流传于松江的故事。从前，华亭有个知县是贪官，一天晚上刚上床睡觉，听到有人敲门，问谁不答。知县点烛开门，一阵黑风吹灭烛光。知县夫人点亮烛光，见知县呆坐椅子上，催其睡觉，进入帐内，夫人闻到一股鱼腥味。次日知县去衙门，要差役在天井里放只可以容八担水的大缸，每天打满清水。将天井四周门窗用纸密封。从此，差役们在中午时只听得天井里有水浪巨声。一天知县夫人路过，戳破窗纸，一看大惊失色，只见一条黑鱼在大缸中翻腾洗浴。当晚知县夫人将其灌醉酒，婉转询问，黑鱼精便把那天晚上吞没知县，自己化身知县的实情和盘托出。知县夫人派心腹去江西龙虎山请张天师捉妖。张天师到松江作法，将黑鱼精收入网中。张天师对黑鱼精说，我念你为官无过，清正廉明，免于一死。然害人性命，占人妻室，触犯天条，应羁押终身。说罢将黑鱼精收入一瓮内，埋在县衙南面的石幢子下面。

【宝花】 流传于松江的故事。有个篾匠专做洗帚，人称劈洗帚。一天身旁游过一条大蛇，便顺手一刀，没有将其劈死，蛇受伤后溜进了阴沟洞。蛇几次要害死劈洗帚都没得逞。邻居有只母狗要产仔了，劈洗帚要讨一只小狗，被蛇听到了。蛇投胎成小狗，被劈洗帚讨回了家。数月后，劈洗帚带了小狗去普陀山烧香，小狗候在庙门口。劈洗帚进了庙，和尚对他说，你寿数已到，不用再烧香了。劈洗帚问和尚原因。和尚将斩蛇不死，现蛇已投胎成狗的事说了一遍。劈洗帚跪求解脱办法，和尚领他从后门溜走，并叮嘱他以后千万不要再到此烧香。狗候在门口到夜不见劈洗帚出来，晓得仇人已逃走，一头撞在山门上，显出蛇的原形，躲在庙里供台下。过了三年，劈洗帚想应该没事了，又去普陀山烧香。和尚见了，对劈洗帚说，你今天死定了，已无药可救。劈洗帚问怎样个死法？和尚要他坐进荷花缸，双目紧闭。刚坐定，一条大蛇窜了出来，紧紧盘住他的身体。后来荷花缸旁边长出一棵树，树上盘着一根藤，人们把这根藤叫宝花（“报复”的谐音）。再后来，人们把树做成了木鱼，把藤做成木鱼槌，因此木鱼敲出来的声音总是“活冤家，死对头，活冤家，死对头……”

生活故事

【单老伯】 流传于松江的故事。单老伯年过花甲，仍不辍劳作。儿子儿媳是一对贪吃懒做的活宝。一天单老伯去拾粪，拣到一只包裹，内有衣裤和一百两银子。守了半天，见一书生边走边搜寻，一脸焦急样。单老伯经核实，确认包裹是这书生的，就原物奉还。书生叩谢，说一百两银子是变卖家产后赴京赶考的盘缠。单老伯回到家中，儿子儿媳听说其到手的钱财不要，便把父亲赶出家门。单老伯只得外出讨饭。一天天色有变，单老伯急着躲雨，见一家场地上晒满了麦子蚕豆，晾着衣服，就帮助收好粮食、衣服。这家三兄弟在田里干活，赶回家见状，便留下单老伯当父亲。单老伯的儿子儿媳不肯干活，荒了田，只好讨饭度日。一天讨到三兄弟家，正逢大哥结婚，听说不管是谁都可以去吃喜酒，还会送一斗米。夫妻俩听了大喜，进门吃了个痛快，还等着拿一斗米，结果被了解实情的三兄弟捆绑起来痛打一顿。夫妻俩去华亭县衙门告单老伯和三兄弟的状。知县听了单老伯前前后后的叙说，顿时泪如泉涌，从堂上下来对老伯磕拜道，我也是你的儿子，当年没有你还我的包裹，我怎能考中进士做官呢。单老伯亲生儿子听了悔恨不已，发誓重新做人，孝敬父亲。三个义子都争着要赡养老伯，知县听了哈哈大笑，宣布老伯在各个儿子处按月轮流吃住。据说现在老人在儿女家轮流吃住就是从那时开始的。

【用计变懒为勤】 流传于松江的故事。王员外家产百万，晚年得子，取名王德宝，全家对他宠爱得不得了。山珍海味送到嘴边，舌头一舔说不好吃就吐地上；要买的东西不管需要不需要，再贵也得银子照付；小镇上没好玩的就到城里去白相。爷爷看到孙子这样折腾，家业要败在他手里。一天爷爷问孙子想不想成仙，孙子说想。爷爷拿出一袋干粮，要孙子带了一直往西走，会碰到一个老道，问他哪里有仙桃，吃一个增一年寿，吃十个增百年寿，吃十个以上便可成仙。德宝背了干粮上路，走了一天一夜，饿得不行了，解开干粮袋，是十几个饭团，勉强吃了半个又上路了。再走是越走越饿，再吃饭团，就觉得又香又甜。吃完了干粮，还没找到老道，德宝想还是回家带足干粮再上路。爷爷见孙子回来了，对孙子说，世人是不能成仙的，故事是我瞎编的。不劳动，山珍海味不好吃；流汗出力肚皮饿，吃菜叶也是香的。这个道理你懂了吗？德宝说懂了，从此变了一个人。

【分家】 流传于松江的故事。一个老人有两个儿子，大儿子已成婚，儿媳挑唆分家。小儿子聪明、孝顺，尚未成家。父亲有一样宝贝，分给谁都会认为不公平。过了些日子，老人说明天分家吧，家里的房屋家具兄弟俩平分，宝贝我放在塔顶上，明天九点钟你们去找，谁找到归谁。大家都同意了。第二天一早，媳妇就到塔下把弟弟拦在后面，九点一到哥哥就拼命往上跑。弟弟想，父亲老了怎能把宝贝放到塔顶？于是在塔顶的影子下找到了宝贝。

【巧姑娘】 流传于松江东部的故事。车墩有户人家，生了个女儿很聪明，大家都叫她巧姑娘。巧姑娘的生母病故后，父亲续弦娶了后妈。后妈生了儿子后，妒忌巧姑娘，经常刁难她。一天，后妈牵出一只湖羊，对巧姑娘说，你把羊牵上街卖了，回来买点东西给弟弟吃，但羊仍旧要牵回来，东西弟弟吃光了，还要给猪和鸡吃。巧姑娘牵了羊到街上，剪下羊毛卖了，买了一只西瓜，牵了羊回家。西瓜瓤给弟弟吃，西瓜皮喂猪，西瓜籽喂鸡。后妈见了很服帖，从此不再刁难巧姑娘。

【巧媳妇】 流传于松江浦南的故事。圆泖村有个老头姓石，除了种田还做米生意。秋收的稻谷到明年夏天做成白米，俗称“新破笼”。这年过了夏至，石伯伯要做新破笼，缺少一只笆斗，向隔壁杨家老太借了一只。做好米忘记归还，时间一长笆斗底烂了个洞。杨老太说，江西识宝人曾开价九千九百两银子买这只笆斗，我都没有卖，今天要么赔银子，要么见官司。石伯伯没有办法，找小媳妇商量。小媳妇问，杨老太有没有借过我家东西？石伯伯说，好久前借过一根铲刀柄、一件破蓑衣和一顶破笠帽。小媳妇说那就好办了。过几天杨老太又上门讨笆斗，小媳妇说笆斗是宝物，铜钿应该照赔。接着话锋一转，问杨老太借的铲刀柄和蓑衣、笠帽啥辰光还过来。杨老太说这些破烂早就扔了，小媳妇说铲刀柄是龙须木，识宝的江西人开价九千六；蓑衣和笠帽开价两只金元宝。今朝我家还你笆斗九千九，付你银子三百两，你摸出两只金元宝就两清了。杨老太一听别转屁股跑路，连连喊道，笆斗不要了，铲刀柄也不要算了。从此石家小媳妇被称为“巧媳妇”。

【赵四娘】 流传于松江西部的故事。秀才罗永自命不凡，芒种时节骑马到小昆山。勒马田头，问一青年，种秧哥，种秧哥，一日种了多少株？青年答不上，罗永口出秽言，大笑而去。中午，妻子赵四娘送饭来，见丈夫不开心，问啥事体，了解情况后说，便当，便当。傍晚，罗永骑马回来，种秧哥高声问，骑马哥，骑马哥，问你日跑多少步？罗永答不上，问是谁出的题。种秧哥说是妻子赵四娘教的。罗永要见见这位才女，到了种秧哥家，赵四娘正在织布。罗永问，织布娘，织土布，一天扣子拖几拖？赵四娘头也不回，脱口而出，骑马哥，骑马哥，一日缰绳抖几抖？罗永仍不死心，将一只脚跨过马背，问这是上马还是下马？赵四娘随即将一只脚跨过织机坐板反问，我这是进坎还是出坎？罗永难不倒赵四娘，败兴而归。

【傻女婿卖布】 流传于松江浦南地区的故事。巧媳妇拿出三匹布要傻女婿到街上去卖，特别关照，如对方要赊账定要问清姓名地址。巧媳妇织的布好，半路上就有人要买，说要赊账，说自己姓迈开脚不走步，住在尖刀山下，蜜蜂洞中，说完拿了布就走了。傻女婿回家把经过讲给巧媳妇听。巧媳妇说，迈开脚不走步，迈字去掉走字旁，那人姓万；尖刀山下是说他家门口有片搭了三角棚的刀豆地；学生子闹嗡嗡像群蜜蜂，蜜蜂洞应该是学堂。傻女婿按妻子的判断果然找到了万先生。万先生说，我知道你娘子能织出这么好的布，就一定能找到我，不过今天我不能把钱给你，因为你一来，把我和朋友的话柄打断了。傻女婿回家后把打断话柄的事一说，巧媳妇也不理会。第二天拿出一把锄头，如此这般叮嘱一番。傻女婿到了万先生家门口，就用锄头翻地，万先生问，挖什么？傻女婿说，挖风根。万先生哈哈大笑，风哪会有根呢？傻女婿说，风无根，话怎会有柄？万先生知道斗不过巧媳妇，就把布钱交了出来。

【傻瓜迎亲】 流传于松江的故事。有个富翁姓陈，生有一子，与乡绅桑家的女儿订了娃娃亲。陈公子后来生了场大病，变成了傻瓜。桑家后悔，暗中将女儿另许配给方家。婚期将近，陈老爷拿出二十两银子要儿子去学乖，学乖了好讨娘子。傻瓜出门去学乖，看到一钓鱼老翁在叹气：“一池好清水，可惜没有鱼。”傻瓜觉得说得好，给了老翁五两银子。看到一座独木桥两头有人上桥，两人说：“双木桥好走，独木桥难行。”傻瓜觉得说得好，给了两人五两银子。过了桥，看到两个猎人在争论：“花花一野鸡，两人持枪打，不知是你的还是我的。”傻瓜听了觉得说得好，给了五两银子。回家路上，看到有个儿子在与父亲告别说：“爹爹碰头碰头，再会再会。”傻瓜听了觉得说得好，给了五两银子。大喜之日，陈家和方家都来了花轿到桑家接新娘。桑家给方家公子泡了茶，给陈家公子白开水。陈家公子举起杯子说：“一池好清水，可惜没有鱼。”大家都说傻瓜说话含蓄，一点不傻。开饭时又故意只给他一支筷子，他便说：“双木桥好走，独木桥难行。”大家都说比喻恰当。酒席散了，两顶花轿进了大厅，陈家公子说：“花花一野鸡，两人持枪打，不知是你的还是我的。”众人都说傻瓜不傻，桑家不可赖婚。新娘上了陈家的花轿，傻瓜很开心，对桑老相公说：“爹爹碰头碰头，再会再会。”

【九个铜板】 流传于松江的故事。阿孤是个孤儿，在地主家做长工，每年工钿三个铜板，做了三年，得了九个铜板，想去看望叔叔。路上用九个铜板买了三句警言：行路莫踩农人田，莫占女人便宜，害人必会自己倒霉。去叔叔家要过渡口，路上一前一后走着两个人，前面的人抄近路从农田中踩过，阿孤想到买来的第一句话，没有踩农田，还随口念道“行路莫踩农人田”。后面的人也就缩回了脚。两人到渡口时，船已到江心，突然一股旋风把船打翻，渡工识水性，游了回来，抄近路踩农田的人淹死了。两人过了河，后面的行人姓张，家里开了砖窑，为感谢阿孤，邀他去家中住几天。几天下来，张窑户要阿孤留下做帮工，其女儿秀梅生性轻浮，见阿孤忠厚，常挑逗勾引阿孤。阿孤想起买来的第二句话“莫占女人便宜”，拒绝了秀梅。秀梅到父母前诬告阿孤调戏她，张窑户设计要除掉阿孤。写了一封信要阿孤送到窑上去。阿孤路过鸭棚，碰到张窑户的儿子秀根，秀根想散散心，要阿孤替他放鸭，自己去送信。窑师接过信，看了大惊，“神窑一年一祭，今朝定要把来者当祭品”。窑师看了又看，没有看错，就带秀根到了窑顶。揭开窑盖，将秀根推入窑中。阿孤赶鸭进棚后回来了，张窑户大惊失色，问清情况后当场昏死过去。阿孤后来才知道买来的第三句话“害人必会自己倒霉”的价值。

【一船绣花鞋】 流传于松江的故事。松江西门外杜家小姐嫁到佘山张家，嫁妆备了二十三船。半路上杜小姐听到有人在痛哭，丫头打听后告诉小姐，是个穷人家的姑娘，今天出嫁，没有嫁妆，抬轿钱给少了，轿夫为难新娘，清早到现在路还没有走一半。杜小姐同情穷姑娘，吩咐家人分一船嫁妆给她。穷姑娘进了洞房，打开箱子一看，竟全都是绣花小脚鞋，自己从小在田里干活，天生一双大脚，要它何用，就把鞋子挂在墙上作纪念。夫妻俩男耕女织，勤俭持家，生活一天好过一天。杜小姐嫁到佘山张家后，丈夫吃喝嫖赌样样在行，慢慢把家底败个精光，杜小姐无脸回松江，只好去讨饭，一天讨饭讨到了一家人家，开门是个妇女，让她进屋，给了热汤热饭。杜小姐看到满墙的绣花鞋，得知是当年自己的嫁妆后，夺门而出要投井自尽。妇人追上把她抱住，拉回屋里，百般安慰，送了十两银子给杜小姐，并把绣花鞋还给了她。

【小事变大事】 流传于松江浦南一带的故事。一个小偷潜入杜家行窃，被杜家父子四人捉牢，毒打一顿后装进麻袋，抬到海边，等涨潮后将他淹死。不久路过一个拾海蜇的驼背人，小偷在麻袋里喊：“医驼！医驼！”驼背人闻声打开了麻袋。小偷说，我本来是个驼背，仙人送我这张麻袋，人在袋里待上半个时辰，背就不驼了。驼背人信以为真，便钻进了麻袋。杜家父子等到潮来时分，到了海滩边，看到麻袋正被潮水卷入大海才放心而归。第二天一早，小偷挑了担海蜇沿街叫卖，杜家父子看到后大吃一惊。小偷说，感谢你们昨天让我在麻袋里睡了一夜，碰到四海龙王，请我玩了半个时辰，临走时问我要珠宝还是要海蜇，我要了海蜇，他们说我不贪财，叫我以后再去玩。杜家父子听了，要小偷带他们去龙宫取宝。小偷说可以，你们按年龄大小一个一个下海。父亲先下海，越走身体越不稳，双手乱舞。小偷说，看，他在招呼你们快过去。然后老大、老二先后跳入海中，老三也要跳时被小偷拦住说，你父亲和两个哥哥都在海里淹死了，你再跳下去，你家就要断子绝孙了。我出于无奈偷了点米，你们就要弄死我，想不到现在一命赔上了四命，小事变成了大事，值得吗？老三听了痛哭流涕。

【一甏银洋钿】 流传于松江城区的故事。华亭县有两个财主，一个叫李剥皮，一个叫张狠心。一天两人同时在田里发现一甏银洋钿。李剥皮说：“一笔横财，南北对开。土地爷所赐，我去买香烛敬土地爷。”李剥皮上镇，张狠心则回家拿了把尖刀，藏在袖子里。李剥皮从镇上买来香烛和馒头，趴在地上磕头时被张狠心一刀刺死了。张狠心处理好尸体，感到有点饿，抓起一个馒头吃了，不一会，便七窍流血而死，原来李剥皮在馒头里放了砒霜。

【清粮桥】 流传于松江的故事。一天，一个村姑、一个和尚、一个秀才在车棚里躲雨。秀才自以为有学问，见不远处有座清粮桥，说要拿桥名为题做诗，谁做不出就离开车棚。和尚先来，说：“有水也是清，无水也是青，清清白白出家人。”秀才见和尚抢了先，就以桥字做诗：“有木也是桥，无木也是乔，旁边加个女，就是我的娇。”村姑听了怒不可遏，大声道：“有米也是粮，无米也是良，旁边加个女，就是你的娘。”秀才听了低下了头，灰溜溜地走出车棚，在雨中淋成个落汤鸡。

【张佃户智斗周剥皮】 流传于松江的故事。财主周剥皮对佃户十分刻薄，佃户张聪租种了他三亩地。周剥皮提出，秋收时，我要上面的，你要下面的，如何？张聪答应了。秋收时，张聪带了周剥皮到田头，指着三亩山芋说，上面的山芋藤归你，下面的山芋归我。过了年，周剥皮提出，今年上面的归你，下面的归我，如何？张聪同意了。

秋收时，张聪带周剥皮到田头，指着三亩水稻说，上面的稻穗归我，下面的稻草归你。第三年，周剥皮提出，秋收时，我要上面的和下面的，中间的归你。张聪同意了。秋收时，张聪带周剥皮到田头，指着三亩玉米说，我要中间的玉米，上面下面的都归你。周剥皮气得厥倒。

【何秀才捉鬼】 流传于松江的故事。新桥有个秀才姓何，想寻个僻静地方读书考举人。打听到有个地方安静，只是闹鬼，曾吓跑了好几个租客。何秀才不怕鬼，租下房子安心读书。一天夜里，窗外有响声，何秀才推窗一看，只见一个披头散发，大眼长舌的鬼。何秀才急忙关窗，那鬼的双手捅破了窗户纸，乱抓乱摸。何秀才匆忙跑到外间拿了一盆冷水，然后抓住鬼的双手浸在冷水中。鬼挣扎了一会，不动了，何秀才松手，只听得扑通一声，鬼摔倒在地上。第二天天亮后，何秀才走到门外一看，死在窗边的鬼却是房东。原来房东一直用扮鬼的方法吓跑客人，取人财物，不想这次自己反被吓死了。

【阿凡金抢亲】 流传于松江的故事。翁炎是松江有名的讼师，阿凡金是翁炎家的佣人。阿凡金问翁炎，我穷来讨不起娘子，哪能办？翁炎讲，讨不起，可以抢。阿凡金讲，抢要犯法的。翁炎讲，有老公的女人抢不得，抢了要犯法。抢大姑娘不要紧，反正要嫁人的。一天，翁炎外出吃酒，阿凡金约了几个小兄弟，弄了顶轿子，把翁炎的女儿骗进了轿子。翁小姐被一路抬到了阿凡金的家，强行与阿凡金拜堂成了亲。翁炎喝酒回来，知道了女儿被抢，责骂阿凡金。阿凡金说，老爷，我与你商量过，你讲抢大姑娘不犯法。翁炎一听想不落。

【人心不足蛇吞相(象)】 流传于松江的故事。穷秀才的老母重病缠身，终日忧郁。一天听到有人唤他，原来是条蟒蛇。蟒蛇说，我念你是孝子，到我腹中割一块胆，可救你母亲。秀才钻进蛇腹割了一块胆，将蛇胆煎汤，老母服后病魔离身。后来秀才上京应试，见有皇榜：公主病危，谁能救得公主，便封为宰相。秀才找到蟒蛇，求再助一块胆。蟒蛇勉强同意，公主得治，秀才封为宰相。不久，太后病危，皇帝要宰相献方治太后病。宰相只得再求蟒蛇。蟒蛇想，真是人心不足啊，看来非将我置于死地方罢休，便假装答应。宰相进了蛇腹内，心想为备以后所需，还是把蛇胆全部割下来吧。刚要伸手割胆，蟒蛇合拢了嘴，顿时一团漆黑，蟒蛇身一缩，宰相便一命呜呼了。

民　歌

【松江民歌】 松江地区民间口头创作的诗歌。宋代华亭(今上海松江)就有男女在田耕、纺织之余吟唱山歌的景象。元代松江多讽刺世事的民谣,抨击社会的黑暗和腐败。明代松江盛行田山歌,曲调优美,唱词通俗机趣,吸引士大夫聆听。清代新浜等地流行在盛夏耘稻时喊唱山歌,称“耘稻山歌”。农民在喊唱山歌的过程中,创作出一批优秀作品,其中《刘二姐》《庄大姐》《姚小二官》等长篇叙事田山歌,经一代代歌手不断丰富完善,成为江南民歌的经典,并填补了中国文学史上无汉族民间叙事诗的空白。松江民歌大致分为山歌(田山歌和小山歌)、小调、号子三类,有民谚、民谣、民歌、谣谚、俚曲、月令等种类;有田歌、牧歌、船歌、渔歌等行业类别;有念、吟、喊、独唱、对唱、领唱、合唱等表现形式。松江民歌所涉内容有揭露封建压迫剥削、人民生活艰难痛苦,有讲述历史故事、民族英雄和神话传说,有演唱四季农事和风俗行事,有赞美家乡风光和对美好生活的向往等各个方面,其中数量最多的是歌唱劳动和爱情。历史上苏州民歌与松江民歌互相渗透较多,互相传唱,风格相近。元明以后,松江府人口流动量不断加大,晚清以后迁居松江的苏北、宁波、绍兴等外来人口增长较多,外地民歌流传到松江,一些外地民歌与松江民歌融为一体,松江民歌中有些民歌还保留着异乡音调。松江城区流传的民歌民谣种类繁杂,以本土民歌为主,夹杂苏北与宁绍等地的风味;松江西南地区的新浜、古松等地以喊唱“耘稻山歌”为特色;浦南五厍、泖港等地主要流传三四十句的短山歌;张泽、叶榭等地以演唱“十二月花名”“十字头歌”居多;松江西北地区的佘山、小昆山,东北地区的新桥、泗泾、九亭等地主要流传四句到十几句的短小民歌,也有几百句的中篇民歌。松江民歌使用本地土语,语言生动形象,幽默风趣,有鲜明的地方特点。1984年,松江县民间文学艺术集成办公室组织力量在全县范围采集民歌,半个月采集到松江民歌民谣千余首,1990年精选出三百首,出版《中国民间文学集成上海卷·松江县歌谣分卷》,分劳动歌、时政歌、仪式歌、情歌、生活歌、历史传说歌、儿歌和其他共七类。

民歌形式种类

【田山歌】 亦称“耘稻山歌”。松江民歌形式之一。旧时农民在耘稻时,为消除疲劳,随口唱的山歌。流行于松江新浜、石湖荡等地。音乐特点是音调高亢、旋律起伏较大,常有大跳进行,句逗结束时,一般都有向下进行的倾向。节奏都为散板。主要在田野喊唱,为使歌声嘹亮,旋律在高音区活动较多,歌者用真假音交替喊唱。喊唱田山歌十人以上分头歌(领唱)、邀歌(对唱)、赶梢(和声)。喊唱的内容多为男女情爱,有才智的头歌能随机应变,即景创作。新浜、石湖荡等地有不少好歌手。长篇叙事田山歌《庄大姐》《刘二姐》入选《江南十大民间叙事诗》,填补了汉族无长篇叙事诗的空白。

【耘稻山歌】 即“田山歌”。

【新浜山歌】 松江民歌中“田山歌”的一种。2011年列入第三批上海市非物质文化遗产名录。

清初，新浜山歌已知名。民国时期，新浜地区村村有山歌班。历代传唱的山歌有长篇叙事吴歌《庄大姐》《姚小二官》《刘二姐》等，内容大多是恋情故事。歌词均为本地方言俗语，文句自然贴切，朗朗上口，富有情趣，通俗易记，富有江南乡土风味，在写情、绘景、状物、摹声、描形等方面具有较高的审美价值。在构思和情节安排上具有独特的艺术特色。演唱山歌的声调高亢，歌声响亮，旋律起伏变化大。演唱节奏皆为散板、自由板，曲调精美动听，具有真、新、尖、俗的特性。被称为“研究江南地区民间口头叙事长诗的鲜活材料”。

【小山歌】 一种曲式结构比较短小、节拍节奏较为自由、旋律进行比较平稳、口语化强的民歌形式。流行于松江城乡。内容以歌唱爱情为主，也有吟唱农民生活艰难的生活歌，揭露社会黑暗政府腐败的时政歌，在婚礼仪式中母女对唱的《哭出嫁》以及儿歌童谣等。曲式结构大多以四个乐句为一段，少数两个乐句为一段。适合于各种场合演唱，主要在茶后饭余、田头休息时哼唱。有独唱、一问一答的对唱、合唱等形式。

【小调】 亦称“小曲”。在松江城乡流传最广，数量最多，有曲调，填词后可供演唱的民歌形式。明代已盛行，明范濂《云间据目抄》：“歌谣词曲自古有之，惟吾松近年特甚。凡朋辈谐谑及府县士夫举措，稍有乖张，即缀成歌谣之类传播人口，而七字件尤多。”士绅宴会必邀歌伎唱曲。平民常在空闲或从事简单轻松的劳动时哼唱，或在婚丧喜庆、民间节日娱乐活动中歌唱。走街串巷的贩夫走卒，等待顾客的理发师、营业员等常演唱小曲招徕生意。清末民初小调的常用曲调有“春调”“夜夜游”“大陆调”“金铃塔”“杨柳青”“紫竹调”“马灯调”等，后均被申曲吸收，成为沪剧的常用曲调。小调的内容无所不包，涉及农事、家事、爱情、神话传说、历史故事、英雄人物、社会生活中人民的喜怒哀乐以及赞美四季风光等。有的歌词固定，用于祭祀，或表达爱情、感慨生活艰难等；有的即兴创作，抨击社会黑暗、讽刺丑陋现象，也有褒扬好人好事，歌唱新生活等。格律比较规整，大多采用七字句式。经常演唱的有“四季歌”“五更歌”“十二月令歌”“十二月花名”“十字歌”“十房媳妇”等。以独唱为主。

【小曲】 即“小调”。

【劳动号子】 劳动者在从事体力劳动，尤其是重体力劳动时创作并喊唱的民歌。在集体劳动中喊唱，以协调劳动动作和节奏，激发体力，鼓动情绪。流行于松江的劳动号子有撑船号子、打夯号子、抬货物号子等。曲式结构短小，节拍节奏简单，旋律平稳。歌词通俗，口语化强，如天马地区的《撑船号子》可细分为“盘关”“起锚”“撑篙”“摇船”“扯篷”五种号子，其歌词除“篙子个撑起来”“摇橹个摇起来”等句子外，其余均为“喂里喂呀，喂里喂啥喂哟嗬”等虚词，以及陪唱者的“杭哟”“海哟”“哟喂”等衬词。打夯号子、抬货物号子大多为四字或三字句式，伴以衬词，除开头数句外，大多无固定唱词，全凭领唱者以时政新闻、周围环境、气候变化等随机编唱词。如《打夯号子》：（领）木人（按：“木人”为方形木夯，由四人拉绳打夯，领唱者把控木夯夯击方向）小小，（伴）吭唷，（领）四只角哟，（伴）吭唷，（领）掮得高呀，（伴）吭唷，（领）打得低呀，（伴）吭唷，（领）再来一记，（伴）吭唷，（领）还一记呀，（伴）吭唷。有的唱词有提示作用，如抬货物号子，前面的抬者唱“上板坡了”，后面的抬者应声“知道了哟”，前面的唱“快到了哟”，后者应声“知道了哟”，互相呼应。20世纪80年代在松江收集到的劳动号子中，部分用苏北方言喊唱。歌唱形式大多是一人领唱，一人或众声相和。

【仪式歌】 民歌的一种。流行于松江的仪式歌主要有民间婚礼中吟唱的“哭出嫁歌”，丧事中哭唱的“丧歌”，建房上梁时演唱的“上梁歌”，另有岁时节令祭典仪式歌，造船、造桥等开工、竣工典礼时的仪式歌，以及巫术行医时的仪式歌等。有祈福禳灾、思念亲人、求发达保平安、请求“神灵下凡”等目的。“哭出嫁歌”有母亲与出嫁女儿对唱、母亲独唱两种形式。“哭丧歌”的歌者都为女性，在丧礼或祭祀时妻子哭唱去世的丈夫，女儿哭唱去世的父母。“上梁歌”是民间建房起架正梁过程中，木匠作头师傅（领班）向天地神灵敬酒的敬酒词，一边唱的好口彩，一边抛馒头、糕饼、铜钱。20世纪50年代起，祭典、造船造桥、巫术行医等仪式歌基本消失。70年代起婚礼及建房过程中已不大唱仪式歌，哭丧歌还很流行。80年代后期的年轻人和木匠基本上都已不会演唱仪式歌,90年代后期起各种仪式歌在松江不流行。有的唱词渐渐变成一般的民歌或儿歌,失去原有的意义。

【时政歌】 民谣的一种。反映和讽刺世事的民谣。内容往往切中时弊,深受群众喜爱,久传不衰。如元陶宗仪《南村辍耕录》载录的三首松江歌谣抨击讽刺当时社会的黑暗和腐败,广为流传。"官吏黑漆皮灯笼,奉使来时添一重。"(《无题》)"堂堂大元,奸佞专权。开河变钞祸根源,惹红巾万千。官法滥,刑法重,黎民怨。人吃人,钞买钞,何曾见?贼做官,官做贼,混愚贤。哀哉可怜!"(《醉太平小令》)。民国时期的民谣有反映日军侵华暴行、人民深受灾难的,如童谣:"笃笃菜,笃得烂,东洋乌龟掼炸弹。炸脱伲厢房两半爿,一二三,一二三,阿爹阿妈哭煞哉。"民谣:"东洋人一到乡下,村里花姑娘难逃,房子烧脱不算,连搭稻堆一道,鸡鸭捉光牛牵脱,弄不好还要贴上人性命。""日怕黄皮(日伪军)到,夜怕野猫(土匪)来,前村逃到后村躲,夜里狗叫碌起来。"有抨击国民党政府腐败无能、市场物价飞涨,人民生活困难的,如民谣:"县长作威作福,区长敲诈勒索,乡长买田造屋,保长吃鱼吃肉,甲长投五投六(没有头绪),户长哭南哭北。""犯关犯关真犯关,白米涨到三千万。过日脚像过关,活性命像坐牢监。"20世纪50年代实行农业合作化时赞美集体化的民谣:"单干户像只看鸭船,不经风浪也翻船。互助组是条扯篷船,乘风破浪朝前开。合作社是只大轮船,风吹雨打不翻船。大家乘上大轮船,美好生活过得欢。"讽刺人民公社社员吃"大锅饭":"出工像拉纤,收工像射箭,做工当儿戏,年终大家一包气。"80年代流行的讽刺社会不正之风民谣,如批评某些干部整天沉湎于吃喝:"上午像包公,中午像关公,晚上像济公。"讽刺提拔任用干部的弊病:"年龄是个宝,文凭不可少,政治作参考,关键是领导。""年龄是金牌,文凭是银牌,技术是铜牌,关系是王牌。"

【情歌】 青年男女之间表达相思相恋的民歌。在松江民歌中占有较大比重,广为流传的有《有心帮妹采红菱》《情哥郎难到姐身旁》等一百多首。形式多样,"四句头"和八句两节的短情歌数量较多,为主要流传形式。《五更十送》《倒十郎歌》《传情》《小姑娘落庵》等数十行至上百行歌词的情歌,在松江情歌中占比不大。以歌颂爱情为主题的长篇叙事山歌《姚小二官》《刘二姐》《庄大姐》流传于浦南新浜、石湖荡等地,其中《刘二姐》《庄大姐》入选《江南十大民间叙事诗》。

【儿歌】 亦称"童谣""孺子歌""婴儿歌"。民歌的一种。成人根据儿童特点、欣赏趣味、理解能力和生活经验,以简洁生动的韵语创作的口头短诗。以三字句或三、三、七句式居多,体制短小,较多运用反复、重叠和对答形式以及拟人、比喻、夸张等修辞手法。语言形象生动、诙谐机趣。内容单纯,大多是向孩子传授生活知识、社会知识,或对儿童进行语言训练(如绕口令)。松江的儿歌大多以外婆、娘舅、动植物、食品为歌唱对象,常假用本地地名为故事发生地,如《张家婆婆拿点心》,永丰街道的歌词为:"天上星,亮晶晶,张家婆婆拿点心,一拿拿到横潦泾,咸菜包面筋,吃来甜津津。"流行于洞泾镇的同名儿歌,其他歌词相同,仅"一拿拿到横潦泾",换成了"一拿拿到菜花泾",而新桥镇则变成"一拿拿到黄泥泾"。

【四季歌】 亦称"四季调""唱春调"。民歌的一种。各句分别以春、夏、秋、冬四季起兴,故名。流行于松江城乡。通常是五言、七言(双三言)形式。内容主要是咏唱四季的农事、风俗行事、气候植物特点等。民间流行的《十二月令歌》《十二月花名歌》是四季歌的姐妹篇。

【五更歌】 亦称"五更调""五更鼓""叹五更"。民歌的一种。各段从一更起兴,递转咏歌,一直唱到五更,故名。流行于松江城乡。原多为五言或七言,清末起每句的字数不受限制,歌者常根据歌唱内容的需要自由创作发挥。歌咏的内容有爱情、生产生活、时政新闻、劝人为善、诚信做人等。通常以江南传统曲调演唱。

【十二月令歌】 松江民歌小调的一种。歌词从正月起唱,依次唱到十二月,演唱每个月的农事和风俗行事,故名。主要流行于松江乡间。同类的有《十二月花名歌》,以正月的花名起兴,依次唱到十二月。内容有讲述古代人物故事、民间神话传说等,有的依次唱出十二生肖。《十二月令歌》和《十二月花名歌》在松江各乡镇有不同的演唱版本，除各月的花名基本相同外，演唱的歌词内容有很大的不同。

【十二月花名歌】 参见“十二月令歌”。

【十字歌】 松江民歌小调的一种。歌词从“一”起唱，依次唱到“十”，七言四句为一段，共演唱十段，故名。流行于松江城乡。同类的有《十二月令歌》《十二月花名歌》《四季歌》《五更歌》等。内容大多演唱古代人物故事、民间神话传说，也吟唱爱情、社会生活。松江各乡均流行《十个字》《十字歌》《十只台子》《十泡茶》等，各乡镇有不同的演唱版本，内容大体相同而歌词不同。

【四句头】 松江民间对四句式短民歌的俗称。民歌的一种。流行于松江城乡。可读可唱。以七言最多，也有五言或增减字数的。通常一、二、四句押韵，或上下两句分别押韵。内容无所不包，以情歌、劳动歌、生活歌居多，有才智的民歌手常即兴创作或改编“四句头”民歌，或描述现场情景，或宣泄情绪，或讽刺不正之风。

【竹枝词】 由民歌改作的新词，起源于唐代巴渝（今重庆）。经各代诗人创作实践，发展推广至中国各地。宋元之交，凌岩所作的《九峰杂咏》被视为松江地区（华亭县）最早的竹枝词。元代杨维桢所作的《云间竹枝词》、倪瓒的《松江竹枝词》、钱惟善的《九峰诗》等均堪称竹枝词佳作。明清两代，松江的竹枝词创作数量大增，作者主要为中下层文士。以泛咏风土为主，园林古刹胜迹、风俗民情、历史地理、农事作物特产、经济文化现象和社会生活百态等均为其歌咏、赞美、记述、针砭的对象。按类别分，有棹歌、渔歌、衢歌、水乡歌等。部分记咏地方风土历史的杂咏、百咏、纪事诗、绝句等被归类为竹枝词。竹枝词的基本形式是七言四句，文字通俗浅显。写松江的或由松江人写的知名竹枝词有：《江上竹枝词》（十一首，明洪武华亭袁凯）、《曲水村棹歌》（十首，明成化华亭顾清）、《曲水村棹歌》（十首，明成化华亭张弼）、《云间竹枝词》（一首，明华亭曹重）、《云间竹枝词》（四首，清初华亭董含）、《松江衢歌》（一百首，清乾隆陈金浩）、《松江竹枝词》（一百首，清乾隆金山黄霆）、《田家竹枝词》（二首，清乾隆华亭张睿）、《亭林竹枝词》（四首，清乾隆华亭顾文焕）、《佘山竹枝词》（一首，清乾嘉年间华亭沈迈）、《三泖棹歌》（二首，清乾嘉年间华亭钱孙钟）、《干山竹枝词》（一百首，清乾隆年间娄县周厚堉）、《云间百咏》（一百首，清道光华亭汪巽东）、《练溪竹枝词》（十首，清咸丰娄县戴麟书）、《松江竹枝词》（一百首，清同治顾翰）、《松江院试竹枝词》（十一首，清同治华亭屏山主人）、《乡土杂咏》（七十首，民国金山高吹万）、《九峰三泖竹枝词》（一首，现当代松江张子孚）、《沪郊竹枝词》（六首，现当代松江张联芳）、《东海农场竹枝词》（六首，现当代松江张联芳）等。

民歌选介选录

【庄大姐】 长篇叙事山歌名。入选《江南十大民间叙事诗》。流传于松江、金山、青浦一带。讲述枫泾商人庄家小姐与对门南货店伙计张小二的恋情。庄大姐从小许配于嘉兴陈家，为反对父母包办婚姻，她与张小二出逃到太湖洞庭山。当嘉兴陈家的接亲船来到枫泾庄家时，庄家只得以庄大姐十三岁的妹妹冒充姐姐出嫁。各山歌班所唱的故事结尾各不相同。松江区新浜镇张玉舟唱的是妹妹代嫁，陈家不满，新郎出走进京求取功名。三年后考中状元回嘉兴，见小妹已长大出落得俊俏，完婚后回枫泾庄家探亲。庄大姐私奔三年后因思念家人，携儿回枫泾探望父母，姐妹相遇，各叙衷情。全诗分“枫泾镇”“相会”“择期”“出逃”“洞庭山”“寻女”“娶亲”“团聚”八章。《庄大姐·相会》节选：春二三月暖洋洋，杨花落地笋芽长。伊拉姐是日间头呒盐吃淡饭，夜间头呒郎长思量。 春二三月暖洋洋，杨花落地笋芽长。伊拉姐是千思万想呒想处，想赅一个郎呒得妻子奴姐呒郎。 春二三月暖洋洋，杨花落地笋芽长。伊拉姐是肚皮里想着角对门、对门着角习家南货店里用拉伙计是洞庭山浪张小二，伊是郎呒妻子奴姐呒郎。 南楼头相对北楼头，情哥郎丢眼姐招手。姐说道郎啊，侬是见花勿采痴眼看，顺风船勿驶是寿头。 南楼头相对北楼头，情哥郎丢眼姐招手。郎说道姐啊，我是好比蔷薇墩拗花起手难，好比三岁孩童难开口。 南楼头相对北楼头，葡萄栗子孔过楼，伊拉姐是说道，侬好格葡萄栗子勿孔过，都是油葡萄佬栗子头。　南楼头相对北楼头，葡萄栗子孔过楼。伊拉姐是说道，侬格眼力恁介好，孔痛奴奴胸前头。　南楼头相对北楼头，葡萄栗子孔过楼。伊拉姐是说道，侬看得中奴奴也心中爱，黄昏头到奴姐楼头。　日落西山暗昏昏，家家落闩尽关门。伊拉姐是眼观酒店里郎君收吊提，肉店里郎君刮砧墩。　日落西山暗昏昏，家家落闩尽关门。伊拉姐是眼观斜角对门刁家南货店里"裂裂猎猎"上行栅，竹巷弄里尽关门。　黄昏失落一更天，青油火一盏等郎眠。伊啦姐是耳朵骨里听得奴情郎阿哥手捏黄杨算盘，右手中指节头推上拨落，拨落推上勒轮流算，钱厘勿错半毫分。　黄昏失落一更天，青油火一盏等郎眠。伊拉姐是听得奴情郎哥算账辰光忽突里想着奴奴格朵蕾花女，伊轻移细步上楼亭。　郎走到，姐开门，两人双双喜欢心，姐说道郎啊，奴是等郎君等得肝肠断，侬来得黄昏头月嘛恁夜深。

【刘二姐】　亦名《朱三刘二姐》《朱三二姐》《余杭歌》。长篇叙事山歌名。入选《江南十大民间叙事诗》。流传于松江区新浜、石湖荡等地。讲述苏州货郎朱三与富豪刘公之女刘二姐自由恋爱后遭受迫害、私奔到吴江的故事，有新浜张玉舟、古松褚为福以及浙江余杭、湖州等地多个版本，开头与结尾各版本不同。新浜张玉舟唱的以大团圆结束，朱三和刘二姐遇赦，儿子又中状元。古松褚为福唱的以悲剧结束，朱三充军，刘二姐哀伤而死。山歌以男女主人公的命运遭遇为线索，单线顺序发展。张玉舟的版本全诗分为"歌头""相思""相送""私奔""吴江行""遭调戏""一斗知县""刘公寻女""二斗知县""三斗知县"和"歌尾"十一章。褚为福的版本全诗分为"进刘府""熬郎""结私情""出逃""艄公唱曲""吴江镇""斗陈安""入狱""训女""护郎"十章。张玉舟版本"刘二姐·相送"节选：一夜风流值千金，情哥郎就要出房门。私情夫妻似海深，二姐难舍后头跟。　送郎送到娘房门，娘房里火光亮明明。姐是十指尖尖撩起百褶罗裙遮郎背，好比穆桂英穆柯寨里偷招亲。　送郎送到嫂房门，哥哥嫂嫂嘴里话勿停。哥哥嫂嫂嘴里种种话，都讲小姑娘呒郎实可怜。　送郎送到下扶梯，小脚走响接连串。娘说道楼梯脚下"的立笃六"啥个响？猫捉老鼠上梁追。　送郎送到灶头间，小脚踢动花条砖。娘说道灶间里头"的立笃六"啥个响？想边千灶君皇帝上西天。　送郎送到后门口，小脚踢动瓦条头，娘说道后门口"的立笃六"啥个响？乌龟翻身落阴沟。　送郎送到屋家东，踏脱三坛韭菜四坛葱。二姐是十指尖尖撩葱起，一朝露水浇蓬松。　送郎送到后园门，二姐口里问声郎。郎呀今朝去仔几时到，几时几日再到奴姐房门？　送郎去，出园门，姐说道郎呀，私情恩爱更难分。奴俩私订终身，奴好比英台、瑞兰、丽娘、崔莺莺，侬好比梁兄、世隆、梦梅、张君瑞，二人是约定私会分别走，一对恩人两处分。

【姚小二官】　长篇叙事山歌名。流传于松江区新浜、石湖荡和青浦区小蒸等地。讲述姚小二官和林小姐相恋结婚后，姚小二官病死，林小姐因悲伤过度而死的故事。各地的民歌手有各种唱法，主要内容和情节大同小异，篇幅和歌词有差异。新浜张玉舟唱的以男女主人公的命运遭遇为线索，分"开船""结私情""送郎""卜卦""望郎""接嫂""踏厅""拜客堂""摸郎""绣幡"等段落。张玉舟版本《姚小二官·结私情》节选：小小舟船北岸停，中舱贴对姐楼亭，二官人中舱里厢拿起琵琶弦子弹起九腔十八调，楼台梅香得知音。　梅香一听琵琶声，推开窗来看分明。梅香右手推窗像鹦哥叫，左手推窗像凤凰声。　梅香一听琵琶声，推开窗来看分明。梅香手靠窗海四面看，小小舟船姐楼停。　梅香一看笑盈盈，舟船里厢看分明，梅香眼观中舱里厢来路客商十指尖尖手弹琵琶生来恁有样，比我楼台上小姐胜三分。　梅香一看就动身，小姐面前说分明。梅香说道，楼台下面有只小小舟船停，中舱贴对姐楼停。　小姐一听笑盈盈，梅香闲话仔细听。梅香说道，中舱里厢来路客商生来恁有样，比侬小姐胜三分。　小姐一听笑盈盈，绣花绷丝手里擎。小姐是绣啦格朵红漆牡丹绿叶扶，蜜蜂窜动牡丹芯。　小姐楼上听仔细，只听得琵琶弦子笛声音。姐是耳朵骨里听得俞伯牙操琴出相思月，箫音吹散霸王铁骑兵。　小姐一听笑盈盈，拿起绷丝立起身。小姐是立起身来，右手推窗、左手推窗，推开纱窗观眼看，手靠窗海看分明。　小姐一听立起身，手靠窗海看分明。小姐眼观来路客商十指尖尖手弹琵琶生来恁有样，八百里荆州呒处寻。 小姐一看笑盈盈，上八针花线手中擎。小姐是两手弯弯，上头一针，下头一针，咬个线头吐勒郎嘴里，郎一笑来姐有情。二官人一看笑盈盈，琵琶弦子两边分。二官人眼观楼台上小姐远看好像天仙女，近看就像活观音。 小小舟船姐楼停，四眼双双各有情。小姐是手放胸前暗思量，二官人荷叶车打转心勿定。

【孟姜女】 叙事民歌。松江城乡都有流传，各街镇传唱的内容和歌词大同小异，讲述万喜良被抓去筑长城遇害，孟姜女对万喜良万般思念，有上坟、送寒衣等情节的描述以及对丧夫之痛、孤单凄凉心情的刻画。按正月到十二月，每月设一段四句或六句歌词，全诗大多是五六十句。新桥地区流行的《孟姜女》有七百多句，其故事梗概为：孟姜女是华亭县员外孟隆德的独女，天生丽质，“好似仙女下凡尘”。苏州万员外有子名万喜良，相貌堂堂。皇帝要筑万里长城，听说万喜良一人能抵一万人，挂出皇榜要捉万喜良。为躲避筑长城苦役，万喜良逃到华亭，躲在孟家花园棕榈树间。次日孟姜女因宫扇落入花园池塘，脱衣下水取扇，被万喜良撞见。孟姜女说：“我是当初发过三重咒，见我白肉是夫君。一身白肉你看见，情愿与你结为婚。”万喜良遂被孟员外招为入赘女婿。成婚之日，因小家人孟兴泄露消息，知县派人将孟府围住，绑走万喜良。时值深秋，孟姜女要“送件寒衣到长城”。孟员外派小家人孟兴去送。孟兴在苏州城打听到万喜良已死，卖了寒衣，“银子在阊门里厢用干净”，回来后谎说寒衣已送到长城。当夜孟姜女得梦，得知万喜良已死，戳穿了孟兴的谎言，“要亲自送件寒衣到长城”。孟员外派老家人孟定护送女儿去长城，半路上遇大雪，老家人孟定跌倒在雪地中丧命。幸遇一位王大人，出资盛殓老家人。在苏州浒墅关，关官要收银才肯放行，孟姜女身无分文，关官说：“松江女子会唱花名，唱全花名放你行。”孟姜女唱了十二个月的花名，叙述自己悲惨的遭遇。“关官听了好心酸，快快放她过关去，关差内心也悲伤。”孟姜女一路行来，有乌鸦领路，直到长城。大哭三声，“长城坍脱一只角，露出喜良是肉身”。县官把事情禀报皇帝，皇帝要见孟姜女，看到孟姜女“远望好像天仙女，近看好比活观音”，想要“同房合枕一道眠”。孟姜女向皇帝提出“要筑十里路长十里路阔的大新坟，要叫七七四十九个和尚、道士来念经。要用七七四十九只金面盆，到万岁爷后斋门去放水灯。要长江大桥造一顶，我与你挽手同行桥上行，回转来嘛拜堂结烛来成亲”。“万岁听完心头喜，桩桩件件都答应。”长江大桥造好后，皇帝与孟姜女手挽手同行桥上，孟姜女纵身跃入江中自尽。皇帝大怒，被正宫娘娘说了两声，皇帝要斩正宫娘娘，皇太后闻讯后教训皇儿不该，并要皇帝下旨在各地造孟姜女庙，使孟姜女万古流传。

【对歌】 松江小山歌名。一问一答，两人对唱。全歌歌词：唱勿来山歌算啥人，鼻头骨里串根细麻绳。头上生起两只弯弯角，揿牢牛头矠草根。一根鸡毛着地飞，对河啦看见小弟弟。骂人山歌人人会，四句头山歌唱两声。 啥鸟飞来节节高，啥鸟飞来像双刀，啥鸟飞啦青草里，啥鸟飞啦太湖梢。麻雀飞来节节高，燕子飞来像双刀，野鸡飞啦青草里，野鸭飞啦太湖梢。 啥人长来啥人短，啥人勒啦青草里，啥人勒啦太湖里。中国人长来东洋人短，割草人勒啦青草里，强盗勒啦太湖里。 啥个吃水不点头，啥个吃水点点头，啥个吃水乒乓响，啥个吃水起阵头。水牛吃水不点头，公鸡吃水点点头，下车（人力戽水车的引水部分）吃水乒乓响，乌龙吃水起阵头。 啥个有脚不会走，啥个呒脚到苏州，啥个有嘴不开口，啥个呒嘴闹稠稠。八仙桌有脚不会走，航船呒脚到苏州，茶壶有嘴不开口，铜锣呒嘴闹稠稠。 啥鸡勒啦青草里，啥鸡勒啦河喊边（喊边，土语，意旁边），啥鸡勒啦场地浪，啥鸡勒啦屋角边。野鸡勒啦青草里，田鸡勒啦河喊边，家鸡勒啦场地浪，织布机勒啦屋角边。 啥个船摇来咚咚响，啥个船摇来使刀枪，啥个船摇啦青草里，啥个船摇啦太湖里。娶亲船摇来咚咚响，卖拳头船摇来使刀枪，割草船摇啦青草里，强盗船摇啦太湖里。 啥个花开节节高，啥个花开像双刀，啥个花开啦青草里，啥个花开啦太湖梢。芝麻开花节节高，扁豆花开像双刀，马兰花开啦青草里，莼菜开啦太湖梢。

【耘稻小唱】 松江小山歌名。全歌歌词：胡知了（蝉）“热来要死，热来要死”哇啦哇啦叫不停，伲种田人是要吃口饭佬呒那能。雪白大腿陷啦烂泥里，汗毛骨子（汗毛根）刮干净。双手耘稻像啦捏面筋，肩胛骨酸到杜（仔）头颈。断命尖嘴苍蝇还要欺穷人，叽吱能，叽吱能，咬得血淋淋，痛得来汗毛骨子伶咾伶（喻汗毛竖起）。举起泥手拍苍蝇，好像那无锡阿姐笃泥人。回转去趴到河里汰个浴，一江清水倒有半江混。镇路人（镇上人）手撑洋伞走路过，讲伲乡下阿哥门槛精，热天学做老水牛，沾塘浴身真开心。"嗨，侬若耐勿得咾眼熬（羡慕）伲，侬来耘稻咾我做过路人。"吓得伊连个屁也不敢放，夹紧屁股就动身。　胡知了"热来要死，热来要死"哇啦哇啦叫不停，伲种田人是要吃口饭咾呒那能。野草不耘脱，草比稻要兴，秋后呒收成，那能活性命。没奈何，陷啦泥里跪耘稻，早晨耘到近黄昏，回到屋里揩面汰浴吃夜饭。蚊子是嗡咙嗡咙浑身叮，双手噼啪噼啪拍不停，吃顿夜饭也不安宁，脚杆子痒来搔不停。种田人要吃口饭咾呒那能，要么望伊下世勿要投乡下人。

【十房媳妇】 松江民歌小调名。全歌歌词：南山头上竹叶青，讨个媳妇像观音，见人见面笑盈盈，细声细语像胡琴。　南山头上竹叶黄，讨个媳妇像女皇，走出走进呒没好面孔，丈夫眼泪像浓霜。　第三房媳妇矮脖锁，把巴扶梯采落苏（茄子），闲人看见哈哈笑，还叫丈夫驮一驮。　第四房媳妇会拔秧，左手拔来右手种，开出秧把花芬香，三乡四村齐赞扬。　第五房媳妇勤种田，有心种到小梅边，无心种到芒种底，冬至年夜出白米。　第六房媳妇会种花，公送衣衫婆拿茶，棉花见了开心笑，乐得全家心开花。　第七房媳妇面皮黄，日落困到日头旺，碌起向公婆讨面汤，公婆请伊吃耳光。　第八房媳妇无秤当，两人烧粥斗来量，烧饭两人米三两，气得丈夫饿肚肠。　第九房媳妇不正经，瞒着丈夫偷私情，败坏门风做丑事，丈夫将伊赶出门。　第十房媳妇癞瘩（肮脏）精，到黄浦江里汰衣身，一江清水半江混，人家当是条黑鱼精。

【长工苦】 松江民歌小调名。全歌歌词：长工苦到正月中，三间草棚破洞洞，不开门窗四面风，央人托保做长工。　长工苦到二月中，东家叫我就上工，娘娘看见呼呼笑，我好像竹园里小鸟进牢笼。　长工苦到三月中，清明时节雨蒙蒙，东家拉猪头三牲祭坟去，叫我长工拣稻种。长工苦到四月中，手捏锄头往地里冲，东横头锄到西横头，不敢抬头望烟囱。　长工苦到五月中，手插黄秧腰背痛，东家立在田横头，对我皮笑肉不动。　长工苦到六月中，手拿耥杆朝前松，东家看看田当中，勒子里有草闹（骂）长工。长工苦到七月中，半夜起来去踏水，蚊子叮人两腿肿。东家撑仔顶九页头洋伞望田垅，东横头有水笑眯眯，西横头呒水又要闹（骂）长工。　长工苦到八月中，东家啦烧饭颜色红，炒米饭十二只苍蝇钻得进，还说我长工吃饭凶。　长工苦到九月中，手拿横刀往田里冲，天好收稻笑哈哈，落雨淋湿骂长工。　长工苦到十月中，牵砻舂米急匆匆，筛去砻糠就筛米，还说长工不玲珑。　长工苦到十一月中，排臼打米声隆隆，一日打之三臼老白米，还骂我长工脚头松。　长工苦到十二月中，东家啦杀猪杀羊闹哄哄，看伊啦哪能对待我，不像样打起包袱回家中。

【上梁敬酒歌】 松江民歌仪式歌名。全歌歌词：头杯酒，先敬天，玉皇大帝送吉利。二杯酒，后敬地，四方土地保平安。三杯酒，敬祖宗，邀请鲁班仙师坐上边。　一杯酒，敬梁头，养出子女大块头。二杯酒，敬梁梢，子孙代代有功劳。三杯酒，敬梁中，满地金子叠重重。

【上梁歌】 松江民歌仪式歌名。全歌歌词：风吹竹叶响稠稠，闲人不要多开口。一朵鲜花地上开，厅堂摆起八仙台。八仙台上点起龙凤烛，猪头三牲上台来。八宝好香插啦金炉里，香烟绕绕满房间。一把酒壶手里拎，杜康起始到如今。一敬天，二敬地，三敬张班、鲁班仙，四敬土地老爷爷，五敬福禄寿三仙。一把酒壶亮悠悠，想请东家相公买木头，木头出啦啊里搭（哪里）？木头出啦九州万国，万国九州大理山。山里木头砍落来，一送送到浒墅关。浒墅关上零零碎碎发出来，一发发到松江小昆山。东家相公去买回来，大木头掼啦东场，小木头掼啦西场，还有木头掼啦南场和北场。东家相公请了地理先生来，动土排场要拣好日好时辰。东家相公请作头师傅断木头，作头师傅斩根杖竿六尺长。大头量来小头量，第一段要断龙凤柱，第二段要断跨海紫金梁，第三段要断花肩花斗，第四段要断前后看坊，第五段要断门坊大柱。门坊大柱亮汪汪，当中浇起状元郎。浇梁浇在头，造起苍黄走马楼，浇梁浇在梢，代代子孙束金套。一块曲尺像金弯月，看看容易划点难。不是匠人师傅心工巧，是鲁班仙师教得好。脚踏凤凰地，凤凰地上布(架)云梯，大云梯布啦云端里，小云梯布得万丈高。一对旗杆左右分，狮子发禄聚宝盆。聚宝盆里出棵摇钿树，早摇金子夜摇银。早摇金子买田地，夜摇银子造花厅。喜鹊闹稠稠，客人都到齐，喜鹊齐齐叫，客人恁要好，又送馒头又送糕。馒头师傅心工巧，做啦馒头软泡泡，糕团师傅手艺高，定胜糕捏啦手里像只金元宝。万里长江浪滔滔，请各位老师傅去拿金梁来升高。脚踏凤凰地，双手托金盘，脚踏扶梯步步高，手攀果树采蟠桃。脚踏扶梯步步连，花园景致真稀奇，假山石叠起桃园洞，牡丹花种啦假山中。脚踏凤凰台，手托紫金梁，要请东家相公开宝箱，开出红红绿绿珍珠首饰一大箱。脚踏扶梯步步高，手搭廊檐节节高，一家老小哈哈笑，抛梁馒头抛梁糕。馒头抛到东，东天飞来海金龙。馒头抛到西，西天金鸡啼。馒头抛到南，南极仙翁王老星。馒头抛到北，东家先买田来再造屋。

【哭出嫁歌】 松江民歌仪式歌名。女儿出嫁时由母女对唱。歌词节选:(娘)囡呀囡呀，今朝出去做大人，人大要长出志气来，树大要长出丫枝来。手攀丫枝节节高，脚踏扶梯步步高，望侬夫妻同到老。 (囡)姆妈呀，豇豆花开条子长，双脚馒头(膝盖)落地谢爷娘。兄妹都是爷娘养，为啥阿哥蹲拉屋里厢，拿小妹推出做外头人。头顶别人屋，脚踏别人地，眼睛看生人。我蹲拉娘身边末穷人养娇囡，吃惯不做惯，屋里事体有阿妈、阿嫂做，外面事体阿爸、阿哥挡，囡是立在当中混过日，出去做媳妇末要吃饭看面孔呀。 (娘)囡呀囡呀，勿碍啥后呀，胆大好过扬子江，做不来事体问大人，自说自话勿作兴。吾伲爷娘苦出身，屋里穷，房子小，侬男家是山上毛竹好出生，门前大树有遮阴，屋后大树有靠身，等于一只聚宝盆，吃勿尽来用勿尽。 (囡)姆妈呀，囡是困来太阳三丈高，还赖啦床上翻身里呀，哪能做别人家人来吃别人家饭。 (娘)囡呀囡呀，头通鸡啼翻翻身，二通鸡叫碌起身，三通鸡叫收作收作出房门。开好房门开大门，开好大门开灶间门，手把灶头轻轻恁，烧火勿能两脚搁拉灶肚门。 (囡)姆妈呀，落苏花开来顶倒挂，我要离开娘末心挂挂呀。 (娘)碌来早点，困来晚点，能挤出辰光回转来呀。 (囡)蚕豆花开黑良心，我个姑娘是个黑心人。娘是三月里芥菜早有心，三岁把(左右)起嫁时衣，铺层(被褥嫁妆)高在半天里，零头斜角拿干净，阿哥阿嫂啥活命。 (娘)囡呀囡呀，好男不吃公家饭，好女不争嫁时衣，十个媳妇十样讨，十个囡来十样嫁。爷娘给一点，是坐吃山空海要干，靠自己手里做出来末吃勿完佬用勿完。

【哭嫁囡】 松江民歌仪式歌名。女儿出嫁时由母亲独唱。全歌歌词：轿子停啦客堂前，今朝日脚(子)嫁出去。要望脚踏扶梯步步高，要望青皮甘蔗节节甜。囡啊囡啊要有志气，今朝到了夫家去，大人(长辈)重声叫来轻声回，小姑小叔要客气，伯姆道里(妯娌之间)要义气，自家人吃点小亏呒道理(没关系)，不要青壳蟛蜞两只螯，埭路话丘爹娘要扦头皮(埭路，即村上；话丘，被说坏话；扦头皮，被嘲讽指责)。囡啊囡啊要有志气，今朝到了夫家去，三更困觉五更起，烧好早饭扫地皮。大头星米角(质差的米)先吃起，白米余啦放存米，乱柴乱草先烧起，长柴余啦让侬公爹卖脱做吃茶钿。囡啊囡啊要有志气，今朝到了夫家去，旺日头末要下田，种好几亩宅基田，菜草劳漕(蔬菜)要多种点，一年四季吃新鲜。落雨天末纺纱做布弹花衣，缝缝补补纳鞋底。一家老小着(穿)新衣，邋里邋遢要被人家看勿起。囡啊囡啊要有志气，今朝到了夫家去，养介三只鸭四只鸡，养只猪猡好垩田，好吃懒做海也空，巴巴结结余铜钿。别人家买鱼买肉吃，侬捉点泥鳅黄鳝过一天，别人家吃仔苹果吃生梨，侬采个黄瓜吃吃也清鲜。别人家穿红着绿皮肩衣，侬着件棉袄一样暖身体，别人家青饼蜜枣吃了腻，侬炒碗蚕豆毛豆一样蛮香甜，青草里绿砖有翻身日，侬省吃俭用也会出头年。囡啊囡啊要有志气，今朝到了夫家去，一夜夫妻百夜恩，百夜夫妻好百年，丈夫出门做生意，侬规规矩矩望(看守)屋里。逢年过节客人来，一言一行要仔细，女客请到房间里，男客留在客堂里，有啥闲人野汉来调戏，侬三记大头耳光打上去。囡啊囡啊要有志气，为娘教训莫忘记。

【哭七】 松江民歌仪式歌名。寡妇在祭祀亡夫时独唱。全歌歌词：头七到来哭泣泣，手拿红被盖上去。风吹红被四角动，好像我夫勒啦活转来。二七到来守灵堂，早早点火烧锡箔。烛火一盏半明暗，只见那廿斗白米不见郎。三七到来摆灵堂，前堂摆到后客堂。和尚道士经来念，我一身着白守灵堂。四七到来来托梦，托梦我夫进妾房。吾奴醒来满屋寻，只见鸳鸯枕头不成双。五七到来望香台，奴望香台郎不见。长条白纸无其数，哪根岸头看见我郎走过来？六七到来北斗面朝南，我十六岁就把婚来配。十七岁夫妻就拆开，从此阴阳相隔不相陪。七七到来出门行，东邻西舍话一声，夫君离我西天去，苦命人从此进庵门。

【有心帮妹采红菱】 松江民歌情歌歌名。全歌歌词：东边落雨西边晴，清水塘里采红菱。妹采红菱哥挖藕，藕颈缠住红菱藤。有心帮妹红菱采，又怕塘里有闲人。

【情哥郎难到姐身旁】 松江民歌情歌歌名。全歌歌词：结识私情隔爿田，旧年头想起到今年。黄杨树开花难结籽，情哥郎难到姐身边。

【情哥采花路不通】 松江民歌情歌歌名。全歌歌词：隔江看见梅树红，情哥哥采花路不通。走到路通花要谢，白费心思一场空。

【送郎】 松江民歌情歌歌名。全歌歌词：送郎送到宅基东，看见韭菜又见葱。韭菜割断根还在，情哥哥出门影无踪。

【拆脱灶头并一家】 松江民歌情歌歌名。全歌歌词：结识情郎隔条街，又送米来又送柴，日长时久不好过，拆脱灶头并一家。

【长工耕田在屋家西】 松江民歌情歌歌名。全歌歌词：长工耕田在屋家西，东家小姐送饭步如飞，碗头上盖着炒青菜，碗底里埋着白斩鸡。

【但等来年春三月】 松江民歌情歌歌名。全歌歌词：妹妹像三月桃花开，哥哥只能看不能采。但等来年春三月，妹妹等哥来。

【大树底下】 松江民歌情歌歌名。全歌歌词：大树底下遇情郎，又想招呼又想藏。要想招呼难为情，要想藏起情难忘。

【话到嘴边心已慌】 松江民歌情歌歌名。全歌歌词：太阳下山天色黄，哥扶犁头妹提筐。本想讲句体己话，话到嘴边心已慌。

【赚绩叫】 松江民歌儿歌歌名。全歌歌词：赚绩（蟋蟀）叫，宝宝心里跳。翻开乱砖头，必必卜卜跳，一跳跳到城隍府。香炉烛台侪跌倒，吓得城隍老爷呒处跑。

【风婆婆】 松江民歌儿歌歌名。全歌歌词：风婆婆，刮风啰，拿根麻绳扎扎住。扎不住，倒了树，大树底下有窝鼠。猫见鼠，叫“咪唔”，抖抖胡须笑呼呼。

【萤火虫】 松江民歌儿歌歌名。全歌歌词：萤火虫，夜夜红，飞到西，飞到东，好像一只小灯笼。飞来飞去望舅公，舅公舅公不在家，回转头来望阿爹。阿爹屋里客人多，狗上灶来猫烧火，猢狲端凳客人坐。

【骑马到松江】 松江民歌儿歌歌名。全歌歌词：康唧唧，骑马到松江，松江外婆做衣裳。做拨啥人着，做拨囡囡着，囡囡点点头。拿钱买根撑杖棒（拐杖），外婆走路撑。

【骑马郎】 松江民歌儿歌歌名。全歌歌词：骑马郎，到松江，松江城里老虎叫。别转身来朝北跑，一跑跑到卖花桥。卖花桥，拔青草，拔仔青草种百合。百合两头尖，纺纱织布卖铜钿。卖仔铜钿啥人要，爹爹要，阿妈要。

【指指头飞】 松江民歌儿歌歌名。全歌歌词：指指头飞，飞到娘舅啦屋后底。娘舅告佬（说要）杀脱伊，舅妈告佬留啦伊，留到开年春三头上孵小鸡。小鸡孵来好，撒屎撒在青草里。青草不开花，拔脱青草种棉花。棉花雪白遍地开，纺纱织布赚铜钿。大铜钿藏鬏，小铜钿派用场，一家门用来派用场。

【农事四季调】 松江民歌四季调歌名。全歌歌词：春季里来是新春，家家户户备耕忙。梿头板子先准备，犁耙家生修理好，盖车棚，拔牛草，排水车，锄秧田，大家一齐忙，嗨，大家一齐忙。夏季里来出田忙，车田落谷来种秧，种好黄秧做耘耥，下塝拔草真正忙。一家门，全出勤，挑的挑，种的种，个个种田忙，嗨，个个种田忙。 秋季里来秋风凉，稻穗发黄落草籽，稻禾成熟来收割，挑稻轧稻场上忙。轧好稻，来晒谷，开草沟，敲草泥，忙得勿收场，嗨，忙得勿收场。 冬季里来是冬闲，穷人要把租米还，财主人缸臼打白米，穷苦人只好粥充饥。吃煞财主人，饿煞种田人，世道不公平，嗨，世道不公平。

【五更十送】 松江民歌五更调歌名。歌词节选：一更里来跳粉墙，手靠栏杆望里张。美貌佳人红灯坐，十指尖尖绣鸳鸯。　二更里来门外听，姐姐开口笑盈盈。双手托啦郎腰里，宝贝心肝叫几声。　三更里来进绣房，手搀手儿上牙床。双手撩起红绸被，嘴唇胭脂花粉香。　四更里来细语言，细皮白肉舍不得你。今朝与郎同床住，睡到天明五更里。　五更里来天要明，天明亮么公鸡啼。打火起来点盏灯，只怕哥哥穿错衣。妹妹衣裳绣花背，情哥哥衣裳长袖襟。(下略)

【齐鲁大战】　松江民歌五更调歌名。歌词节选：一更一点白洋洋，江浙大打仗，依呀呀得儿喂，宜兴做战场。浙江都督卢永祥，真正老军阀，不应该呀战入江苏省，依呀呀得儿喂，大家不买账。　二更二点月正圆，江苏齐燮元，依呀呀得儿喂，真是白费力，昆山大战两个月，兵站离得远。打得来呀军队齐死完，依呀呀得儿喂，马上就停战。　三更三点月正黄，福建孙传芳，依呀呀得儿喂，出来就帮忙，连夜行军到石湖荡，定要打松江。横潦泾呀直到斜塘港，依呀呀得儿喂，冲过得胜港。(下略)

【五更台】　松江民歌五更调歌名。全歌歌词：一更里来一只写字台，写字台上笔墨纸砚摊，磨好墨来抽出一张纸，正要写时一只电话来，我道为的啥要紧事，二三个朋友约我吃大菜。二更里来一只小圆台，我和几个朋友一道坐下来，各人面前要有一只菜，喜吃啥菜自己点出来。吃好大菜辰光早，我同那几个朋友朝堂子里厢玩一玩。　三更里来一只乒和台，“着着”倒出麻将来。第一圈庄不出进，有一圈输脱好几万，斗了八圈庄，辰光不早哉，玩兴已低落，收了麻将摊。回家叫开门，妻儿不肯开，马马虎虎露宿外，结果生出一场毛病来。　四更里来一只郎中台，有了毛病苦得来，钞票看脱何其数，用脱的铜钿好当被来盖。老板晓得哉，生意停起来，停脱生意苦啊苦，只好到马路上去做瘪三。　五更里来一只拆字台，拆出的字使我眼泪挂下来，有铜钿辰光人人夸口我，没铜钿辰光只好做瘪三。奉劝各位同胞们，吃大菜不乱来，堂子里不能玩，麻将牌不能爱，爱上一只学习台，画出一幅美图来。

【十二月节气歌】　松江民歌十二月令歌名。全歌歌词：正月里出灯笼佬看影戏，男红女绿赶灯会。二月里斩点竹头压枪篱(篱笆)，种点蔬菜过饭碗。三月里拿只捻斗捻河泥，轻本肥料只要花力气。四月里锄头铁搭全下田，廿四根肋棚骨全狠起。五月里拿把黄秧朝后退，头朝黄泥背朝天。六月里田山歌唱来“刮连连”，耘稻耘到蚊子飞。七月里小囡摸蟹挖蟛蜞，捉捉吃吃填肚皮。八月里修船打油灰，妇女织布添新衣。九月里割点早稻吃新米，新米糯来得(粘)嘴皮。十月里场地头掼稻削柴真“怪千”(身上不舒服)，粒粒新谷不浪费。十一月里赤仔膊佬打白米，上囤不过大腊里。十二月里有铜钿人家杀猪杀羊等过年，呒铜钿人家碰台碰凳板面皮。十二个月节气年年过，花开花落等待一个太平年。

【十二月农事】　松江民歌十二月令歌名。全歌歌词：正月里结草绳、结枪篱，二月里塌寒豆(蚕豆)、坌花田，三月里斫大麦、挑河泥，四月里做秧田、排车基，五月里手捏黄秧朝后退，六月里雪白大腿陷泥里，七月里载黄泥、做场地，八月里捉新花、去买米，九月里斫青稻、填肚皮，十月里牵砻掼稻闹齐齐，十一月里打白米，债务还脱点，十二月里大小百家喜迎新年笑嘻嘻。

【十二月歌】　松江民歌十二月令歌名。全歌歌词：正月正，叫那姑娘看红灯。二月二，黄瓜落苏全落地(下种)。三月三，荠菜开花绿牡丹。四月四，蔷薇花开当心刺。五月五，买条黄鱼过端午。六月六，买把蒲扇辟哩扑。七月七，买仔西瓜桥上切。八月八，买只鸭来就要杀。九月九，九个小伙赌吃酒。十月十，十个姑娘侪嫁出。十一月，夫妻双双回门来。十二月，掸尘洗被等过年。

【十二月花名】　松江民歌十二月花名歌名。有各种演唱版本。(1)流行于车墩地区。全歌歌词：正月仔格梅花么开来梗里青，方卿骑马到襄阳城，襄阳见姑母，姑母气哼哼。陈翠娥小姐么送出仔格花园门，坏事天也恼，陈御史么追到九松亭。　二月仔格杏花么开来心里黄，秦琼落难去何方，摇船鲁大姐，相陪坐中舱，起风仔格么颠来心里慌，坏事天也恼，来救驾么假扮卖油郎。三月仔格桃花么开来暖洋洋，一品好女赵五娘，强盗么抢去失落杜庙场，赵子龙么使刀又使枪，坏事天也恼，赵匡胤么千里送京娘。　四月仔格蔷薇么花开女头(花蕾)齐，潘巧云搭仔海十里，杨雄气呼呼，石秀去捉奸，枕头横头么抄出和尚衣，坏事天也恼，翠云山上么杀家妻。　五月仔格石榴么花开心里尖，轻轻移步小许仙，娘娘中间坐，小青站旁边，当五仔格日脚么吃了雄黄酒，坏事天也恼，白蛇显形么吓煞小许仙。　六月仔格荷花么开来水上清，三更托梦霍定金，秋华叫小姐，小姐请先生，沈先生仔格么评话果然灵，坏事天也恼，文必正么监牢受苦刑。　七月仔格凤仙么开来女头红，秦叔宝贩马到山东，贩到朱家中，南京叫表兄，私杀仔格子环么害了我的公，坏事天也恼，老相云么命里去充军。　八月仔格桂花么开来香喷喷，柳树春行走到嘉兴，失落移墨球，大闹小隆兴，八弄人么相陪柳树春，坏事天也恼，小桃姐么去配小柳兴。　九月仔格菊花么开来像绣球，刘氏大娘处心丘(坏)，搭识王延贵，药死刁南楼，半夜三更仔格么砒霜裹馒头，坏事天也恼，南楼么个七窍鲜血流。　十月仔格芙蓉么开来淡水红，曹操带兵下江东，庞统连环计，孔明借东风，周瑜仔格策划么用火攻，坏事天也恼，烧得曹营么大火满江红。　十一月水仙么开来盆里清，申贵升到庵堂了愿心，搭识山志贞，相爱又相亲，申大娘发火么三抄庵堂门，坏事天也恼，申元宰么拾得玉蜻蜓。　十二月腊梅么花开叶子无，远看西山老龄婆，先死杨八姐，后死杨六哥，杨五郎么出家庙门破，坏事天也恼，杨七郎么乱箭身亡故。(2)流行于松江浦南叶榭、张泽等地。全歌歌词：正月梅花白漂漂，夜游虫眼睛果然好，未到黄昏窜来着去寻食吃，看见黄猫命难逃，五鼠弟兄东京闹。　二月杏花头凑头，上面派我只种田牛，春二三月耕田忙，秋八九月啃草头，朱老太子去看(放)牛。　三月桃花满树红。西山湾老虎固然凶，窜来着去寻人吃，武松打虎称英雄。　四月蔷薇花蕾多，白兔双双一墩窝，人人称它夫妻恁要好，月大、月小出一窝，咬脐郎出世传白兔。　五月石榴红花鲜，老龙取水落满天。一年取得三潭三滴干净水，老龙得胜坐龙潭，阿斗头上金龙显。　六月荷花迎夏天，青小蛇出世草里钻，日里厢田鸡、蛤嘟(癞蛤蟆)全吃脱，夜里头头搭尾巴凉帽圈，白娘娘想逗小许仙。　七月凤仙七秋凉，老挞子拉马上战场，一枪二枪打脱一个老童生，潼关遇着马超将。　八月木樨满园香。阎罗王派我只老母羊，头颈里三股头麻绳扎得咕咕叫，恶人牵去上杀场，杨勇杀妻骗娘娘。　九月菊花梗子青，花果山独出小猢狲，一岁二岁教生活，三岁四岁起去赚黄金，孙悟空保住老唐僧。　十月芙蓉应小春，周浦独出大雄鸡，冬至不杀年夜杀，姑娘烧水阿嫂取毛衣，苏妲己勾搭商纣王，万里江山尽今年。　十一月水仙花漂漂，条条埭山出驳佬佬，六月里穿着一件羊皮袄，十二月霜打腊雪也要熬，刘金勾出外福来招。　十二月蜡梅花开水结冰，满担猪猡上砖墩，白刀进，红刀出，猪猡眼眼呆瞪瞪，猪八戒盘丝洞里结成亲。

【十个字】 松江民歌十字歌名。全歌歌词：一字写来像条枪，赵子龙拿在手中横，打败曹军百万兵，难扶阿斗做皇上。　二字写来两兄弟，秦叔宝相对尉迟恭，文武全才关夫子，巧计连环是庞统。　三字写来三寸长，关云长出世打刀枪，打得刀枪当好汉，擂鼓三通斩蔡阳。　四字写来像风箱，孟姜女招亲万喜良，六月初二去长城，万里寻夫到沙场。　五字写来像铁墩，杨五郎出家入空门，五台山削发慈悲念，颈挂佛珠重千斤。　六字写来礼帽形，吕蒙正落难破窑墩，朱买臣上山樵柴卖，何文秀落难唱道情。　七字写来弯脚绞，蔡状元起造洛阳桥，三日三夜无人过，千百石匠造好桥。　八字写来两撇开，杨门女将出潼关，杀败番邦为女杰，抱牌做亲哭出来。　九字写来像秤钩，朱老太子去放牛，二十七岁挑盐卖，三十六岁做北斗。　十字写来绞一绞，武大郎出门卖油条，潘金莲搭奸西门庆，武松借刀杀嫂嫂。

【十泡茶】 松江民歌十字歌名。全歌歌词：树上喜鹊叫不停，东场角路(上)放高升(爆竹)，客堂里来了新客人，我姐十指尖尖泡香茗。　第一泡茶要泡西山弯里老龙跳深井，第二泡茶要泡松大李肉里里外外碧绿清，第三泡茶要泡湖南蜜枣长三寸，第四泡茶要泡云南桂圆重半斤，第五泡茶要泡广东葡萄八角生，第六泡茶要泡新疆马奶拌藕粉，第七泡茶要泡白糖一把九九八十一天甜到心，第八泡茶白银茶匙一对像腰菱，第九泡茶女儿红茶叶撮两根，第十泡茶西瓜籽剥肉一粒一粒像月里嫦娥数星星。　十杯香茗全泡好，竹丝盘一个朝外拎。长身弄堂不打顿，曲身弄堂转转身。　第一杯茶给夫君吃，龙气护体除百病，活到百岁手脚轻，赛过南极仙翁老寿星。 第二杯茶给夫君吃，桃李树下莫分心，出门做事常来信，莫叫小妹牵肠挂肚不安宁。 第三杯茶给夫君吃，三朋六友要真心，蜜枣里蛀虫看不出，君子不防防小人。 第四杯茶给夫君吃，做人厚道守本分，莫学桂圆一层壳，要学莲肉全白心。 第五杯茶给夫君吃，满棚葡萄一条根，一奶同胞须照应，莫像塘里浮萍顾自身。 第六杯茶给夫君吃，三餐茶饭吃称心，春里补心冬补身，一年四季脚头轻。 第七杯茶给夫君吃，糖茶一杯寄深情，夫妻恩爱百年好，胜过蜜糖甜三分。 第八杯茶给夫君吃，一对白银茶匙像腰菱，一只腰菱两只角，小妹伴君度人生。 第九杯茶给夫君吃，两根茶叶一起氽来一道沉，翻翻滚滚不离分，好比你我两个人。 第十杯茶给夫君吃，早盼花轿到家门，儿女成双天伦乐，夜教小儿数星星。

【十只台子】 松江民歌十字歌名。全歌歌词：第一只台子四角方，岳飞枪挑小梁王。虎骑龙背牛皋将，夹江泥马渡康王。 第二只台子凑成双，刘备将计会周郎。孔明巧把东风借，三气周瑜芦花荡。 第三只台子台面红，百万军中赵子龙。文武双全关云长，桃园结义三弟兄。 第四只台子四角平，吕蒙正落难破窑墩。朱买臣山东樵柴卖，何文秀落难唱道情。 第五只台子光又亮，莺莺小姐烧夜香。红娘月下偷棋子，勾引张生跳粉墙。 第六只台子是三双，阎婆媳活捉张三郎。宋公明投奔梁山泊，晁盖领头做大王。 第七只台子真正巧，蔡状元起造洛阳桥。虾兵蟹将来作法，四海龙王早来潮。 第八只台子只只好，薛仁贵月下叹功劳。张士贵奸贼来执政，何宗宪从中功名捞。 第九只台子真灵巧，武大郎出外卖糖糕。潘金莲搭识西门庆，武松提刀杀嫂嫂。 第十只台子唱完成，唐僧西天去取经。孙行者保驾前头走，猪八戒盘丝洞里去成亲。

【十稀奇】 松江民歌十字歌名，儿歌的一种。全歌歌词：一稀奇，一只麻雀踏煞一只老母鸡；二稀奇，二只蚊子撞翻一只战斗机；三稀奇，三岁小囡挑河泥；四稀奇，四金刚坐啦坐车里；五稀奇，五爪金龙吃进水蛇肚皮里；六稀奇，六月初六大雪飘飘满天飞；七稀奇，七石缸叠啦酒盅里；八稀奇，八仙过海跌倒啦垄沟里；九稀奇，九十岁婆婆养(生)是个小小囡；十稀奇，十根节头骨(手指)一样齐。

【松江城里山歌多】 松江民歌"四句头"山歌名。全歌歌词：松江城里山歌多，收收作作一淘箩。拿到丰隆桥上卖，压断桥梁霸断河。

【哪个管得唱歌人】 松江民歌"四句头"山歌名。全歌歌词：天上大星管小星，地上抚台管衙门。只有知府管知县，哪个管得唱歌人。

【扯碎衣裳啥人赔】 松江民歌"四句头"山歌名。全歌歌词：隔河有个小妹妹，渡过河来采蔷薇。蔷薇采来大家吃，扯碎衣裳啥人赔。

【带唱山歌带种田】 松江民歌"四句头"山歌名。全歌歌词：带唱山歌带种田，不费功夫不费钱。自家省得打瞌睆，别人听听也新鲜。

【四月里来麦脚黄】 松江民歌"四句头"山歌名。全歌歌词：四月里来麦脚黄，家家田头闹洋洋。四岁小囡拔牛草，八十公公送菜汤。

【心想留郎吃顿饭】 松江民歌"四句头"山歌名。全歌歌词：日头当空正当午，妹妹淘米下灶锅。心想留郎吃顿饭，又怕筛子关门眼睛多。

【寡妇怨】 松江民歌"四句头"山歌名。全歌歌词：天上乌云薄稀稀，年轻寡妇哭青天。情哥哥问我为啥哭，半爿磨子勿好牵。

【咏佘山】 竹枝词名。作者清黄霆。"佘山茗叶胜寻常，制焙初成气更香。门外洗心泉味好，为郎手煮润诗肠。"(选自《松江竹枝词》)

【咏三泖】 竹枝词名。作者清李宗海。"大泖才过长泖逢，萦回百里汇足封。芙蓉几点烟痕锁，吹落山僧一杵钟。"(选自《三泖棹歌》)

【咏广富林】 竹枝词名。作者清陈金浩。"皇甫林西水绕门，亭高百尺谢留恩。凤凰天马排云出，两度飞腾迎玉尊。"(选自《松江衢歌》)

【咏二陆草堂】 竹枝词名。作者清丁宜福。"昆阴二陆草堂荒，婉娈空怀旧草堂。赖有眉公奉香火，吟魂长傍乞花场。"(选自《申江棹歌》)

【咏醉白池】 竹枝词名。作者清顾翰。"曲槛回廊日已斜，忽开忽落一庭花。不知醉白池中水，何日轮流到故家。"(原注：醉白池在谷阳门外，顾参议大申别业，后归顾学博思照，今为育婴公所，选自《松江竹枝词》)

【咏普照寺】 竹枝词名。作者清姚春熙。"城西一览是名楼，普照寺中亦可游。却笑山门桥石上，如何十鹿九回头。"(选自《茸城竹枝词》)

【咏松江鲈鱼】 竹枝词名。作者清陈金浩。"渔船晒网泊菰芦，入市鱼腥何日无。一部河豚典一绔，秋风低价四鳃鲈。"（选自《松江衢歌》）

【咏莼菜】 竹枝词名。作者清黄霆。"根如雉尾叶初长，千里莼羹分外香。莫倚东江盐豉贵，都台浦外尽盐场。"（原注：莼菜四月中名"雉尾莼"，最肥美。陆机云："千里莼羹，但未下盐豉耳。"都台浦在上海县盐塘东，民皆煮盐为业，选自《松江竹枝词》）

【咏棉纺织】 竹枝词名。作者清顾翰。"种得木棉几亩多，纺纱织布近如何。小姑欲学丁娘子，阿母思酬黄道婆。"（选自《松江竹枝词》）

【咏稻耕】 竹枝词名。作者清程兼善。"黄梅时节雨霏霏，饼饵咸酸可疗饥。不是乡村风格古，闲人四月本来稀。"（原注：田家始插秧，以酒肴饷田工，名"发黄梅"。乡人唤肴馔曰"咸酸"，选自《枫泾杂咏》）

【咏沪剧】 竹枝词名。作者清云间逸士。"畅月楼中集女仙，娇音唱出小珠天。听来最是销魂处，笑唤冤家合枕眠。"（原注：《小珠天》为申曲剧目，选自《洋场竹枝词》）

【咏清明节】 竹枝词名。作者清陈金浩。"清明风急纸钱飞，墓道松楸近翠微。小竹花篮装瓦狗，船梢插柳上坟归。"（选自《松江衢歌》）

词目笔画索引

说　明

一、本索引收录本书中的全部词目，词目右边的数字表示该词目所在正文的页码。

二、本索引按词目第一个字的笔画排列，首字画数相同的，按第一、二笔的笔形及字形结构（左右、上下、包围、整体）排列；同首字的，按词目字数多少排列；同字数的，按第二字的笔画笔顺分先后，第二字相同的，依第三字，余类推。

三、一、丨、丿、丶、乛以外的笔形作如下处理：提（㇀）归入横（一），捺（㇏）归入点（丶），笔形带钩或曲折的（如亅㇆㇜乙㇈乚）等都归入折（乛）。

一画

二画

三画

四画

五画

六画

七画

八画

九画

十画

十一画

十三画

十四画

十五画

编后语

《松江人文大辞典》最后一卷的文稿终于送到了上海辞书出版社，标志着这部记录松江人文历史和现状的大型工具书，松江区的这一文化建设重大工程进入收官阶段，编辑部全体同志如释重负。回顾编纂历程，我们克服了缺少专业人才，缺少工作经验，缺少系统资料等各种困难，特别是经历了新冠肺炎疫情的折磨，城市封控对工作的影响，一路走来，备感艰辛。现在大功就要告成，想想真开心。

2018年12月底，中共松江区委、松江区人民政府正式将编纂《松江人文大辞典》确定为松江区文化建设的重要项目。2019年新年伊始，在区委宣传部和区文旅局领导的直接关心和支持下，迅即落实了《松江人文大辞典》编辑部办公地点，组织起编写队伍，选定了主编、执行主编、编辑部主任及各分科主编人选。当年6月编纂工作全面启动。

《松江人文大辞典》编纂工作大体经历了四个阶段：

第一阶段的工作主要是学习编写辞典业务知识，拟定辞典词目。

参加编纂工作的同志都是业余兼职，大多来自松江区文化教育和宣传部门，有的在职，有的已退休，老中青三代，都是各自工作岗位上的佼佼者，有丰厚的学养和扎实的文字功底，但是面对如何编纂辞典却几乎都是“小学生”，一切都要从ABC学起。为此我们特聘上海辞书出版社编审王圣良做我们的老师，从学习编纂辞典基础知识起步，根据编写工作的不同阶段，学习内容由浅及深，逐步推进。业务培训大体每隔一个半月上一课，圣良老师根据编纂工作不同阶段出现的不同问题，联系实际，及时讲授其中的要点，点拨其中的关键，使我们少走了弯路，加快了进度，保证了质量。圣良老师对《松江人文大辞典》倾注了极大的热情，投入了大量的时间和精力。他知识渊博，精通业务，为人谦和，是我们的良师，也是益友。在圣良老师手把手的教导下，我们从对编纂辞典知之甚少，到基本掌握其规律，逐步学会编纂技能，最后能得心应手进行编写，我们的进步离不开圣良老师的悉心教诲。

在抓紧学习辞典编纂知识的同时，各分科主编认真梳理各自编写范围内的基本情况。通过理性的分析和团队的交流，各分科主编逐渐明确了应该从哪些方面，通过哪些内容去记录、突出"松江人文"的历史特色和地方特点。

设定词目是编纂辞典最基础最重要的工作。在如何设定词目上，我们坚持"不漏"、突出松江地方特点和服务读者、方便读者三条原则，即必须保证《松江人文大辞典》所设立的词目在内容上没有重大缺漏；词目设置必须要充分表现松江地方的人文特点；内容上要考虑读者的需要，使用上要便于检索。拟定设立词目工作有的分科花了一年多时间，有的费时更多。随着新的资料的发现和对辞典编纂工作认识的深化，在编写过程中不断增加新的词目是各分科的普遍现象，可以这么说，设立和调整词目工作贯穿整个编写过程。

第二阶段的工作主要是收集整理资料和试写词目释文。

资料是撰写词目释文的基础，没有资料，编纂辞典就是无米之炊。收集整理资料是学者做学问的看家本领，但我们的编纂人员中有些同志以前不太留意积累资料，缺乏系统、翔实的资料是我们的短板。为了收集到足够的资料，大家沉浸在档案馆、图书馆，或四处奔波，寻觅走访知情人。音乐舞蹈分科主编赵婷是新松江人，她除了在松江史籍中寻找资料外，还利用各种机会寻找知情人，一旦有了线索，便抓住不放，不达目的决不罢休。传播分科主编吴纪盛为了弄清松江的报业历史和传播教育情况，到松江档案馆查遍了每一张库存旧报纸，跑遍了每一所设有传播教育系的驻松高校，走访了曾经办有报纸的每一家驻松部市属企业。执行主编欧粤为了收集新故事词目"选种"的资料，三次驾车到佘山镇寻访作者。文化场馆主编俞福星克服各种困难，理清了松江影剧院等场馆的历史变迁情况。

辞典词目释文体例有别于其他文体，有严格的规矩和比较刻板的格式。我们中的许多人写文章习惯于使用文学语言，或习惯于公文写作，要改变写作习惯，适应释文写作要求不是一件很容易的事。在试写词目释文的过程中，普遍出现释文要素不齐、说明不精准、资料运用不妥当、文字不简明、行文不规范等问题。针对这些问题我们举行了多次业务培训活动。评议各分科试写的词目释文，通过老师点评、互评互议、举一反三，使大家明白了词目释文该怎么写，哪些要素不能缺，资料该如何编排，文字该如何运用，什么样的释文才是合格的释文，明确了修改的方向和方法。

第三阶段的工作主要是邀请专家学者和有关领导对各分科初稿逐一进行评稿，评稿会后，各分科主编整理、归纳专家和领导的意见，然后根据实际情况进行修改，主要有增加或删除词目、纠正释文中资料的错误、补充释文中的要素资料等工作。这一阶段的工作延续时间很长。2020年4月10日，编辑部组织了第一次专家评稿会，评议民俗分科稿。此后，其他分科先后完成初稿，编辑部根据不同情况和实际需要，或以分科为对象，或以卷为对象，分别组织专家评稿会。至2023年9月12日完成对大辞典最后一卷文学卷的评议，至此完成了对《松江人文大辞典》所有初稿的评稿。编辑部前后共组织了12次专家评稿会。

各分科主编根据评稿会上专家提出的意见，对初稿进行认真修改。宗教分科主编费水弟、方言分科主编盛济民、文博分科主编崔淑妍、档案分科主编侯建萍、曲艺分科主编汤炳生等，不厌其烦，在强化要素，核实史料，拾遗补缺等方面下苦功夫，对初稿作数次全面修改，直到形成高质量的送审稿。其中书法分科主编徐秋林在住院作眼部手术后需要静养的情况下，将17万字的书法分科稿前后作了三次大修改，其精神令人感动。

第四阶段的工作主要是汇总各分科修改稿，编辑部作全书统稿，配图照，完成出版的各项要求，送交出版社出版。各分科的编写任务有轻有重，有难有易，完成的进度有快有慢，因此这一阶段的工作和第三阶段的工作相互交叉。编辑部的工作重点是对各分科稿进行审读和补充、删改，达到消灭差错，统一体例，规范行文，删繁补缺的目标。编辑部将编定的每份稿子都返回撰稿人请其认定，有的词目则送主管部门审定，然后正式送出版社。

回顾《松江人文大辞典》的编纂过程，我们有很多启发，也有许多收获。

领导重视是关键。作为全区的一项重点文化建设工程，如果没有领导的重视、支持和关心，是不可能完成的。中共松江区委、松江区人民政府主要领导始终把编好《松江人文大辞典》作为重要工作来抓，区委书记程向民、区长李谦等先后到编辑部考察了解情况，指导编写工作，鼓励编写同志，并要求全区各部门配合编写工作，及时解决编纂工作中遇到的问题。区委常委、宣传部部长顾建斌、区委宣传部副部长、区文旅局党组书记何劲峰，区委宣传部办公室主任郑志光等都对编纂工作十分重视和关心，每每编辑部碰到具体困难，都在第一时间给以纾解。由于领导重视，编写工作自始至终进展顺利。

组建好队伍是保证。就像绝大多数的课题组一样，我们这支编纂队伍是临时的团体，成员彼此之间没有行政约束力。工作态度好坏，投入时间和精力多少，完全取决于个人的素质和敬业精神。我们在选定分科主编时是比较慎重的，既考虑业务能力，也要讲究人品。总体来说，《松江人文大辞典》各分科主编有较好的文化素养和工作能力。多年来，我们一直保持了队伍的稳定性、战斗力和团结协作精神，为完成编纂任务提供了保证。选对了人，工作进度就快，稿子质量就好，上下沟通方便，出现问题容易解决。反之，就会出现麻烦。对我们这样一个临时组成的队伍来说，特别需要凝聚力，需要团结友爱、和谐活泼的氛围。主编陆军教授是这支队伍的好表率，除了主编应该担负的谋篇布局、上传下达、处理大小繁杂的编务外，凡编辑部举办的每一次活动，小到会标设计、桌椅布置都要亲自检点，活动结束后都会自掏腰包，安排聚餐。作为国家级的知名教授和剧作家，每年都有许多高校、艺术团体请他去讲课、写剧本，为了《松江人文大辞典》，大部分邀请都被他婉拒了。这样一来一去，他牺牲的个人经济利益是一般人所无法想象的。建筑分科主编邢砚斐在编纂过程多次患病住院治疗，特别是眼病使他在一段时间内不能正常阅读，但他硬是在计划时间内高质量完成了建筑分科稿，而且还为旅游分科搜集、提供了许多缺失资料，又为文学卷撰写了明代作品一栏的词目，制作了松江历代文人的别集、总集表格。图书馆分科主编乔进礼、影视分科主编牛立超、文化产业分科主编朱佳乐，参与文学卷编纂的常勇、刘宝生都是后来才加入这支队伍的，他们努力工作，赶上了大部队的进度，按时完成了任务。特别是乔进礼，凭借掌握松江人文史料比较丰富的优势，乐于为其他分科拾遗补缺，分担任务。文学分科主编许平、美术分科主编陈浩、摄影分科主编韦海、旅游分科主编谭畅、群文分科主编章均权等或是单位的部门领导，或是业务骨干，他们在做好繁重的本职工作的同时，利用业余时间，做好兼职的大辞典编纂工作。值得一提的是编辑部办公室主任、图片主编俞月娥，她不但处理好办公室的事务性工作，操办好编辑部开展的每一次活动，用相机记录下活动的影像，还收集、整理、编辑好《松江人文大辞典》每一卷的随文图照，实现了全书的图文并茂。正是大家的努力工作，团结协作，友爱互助，才使我们这样一支“不专业”的队伍完成了通常由专家们才能完成的任务。

发挥好专家的作用是确保《松江人文大辞典》质量的重要措施，我们所编纂的每一部分科稿都经过了专家的评议。参加评议的专家有（按出席评稿会先后排序）：王圣良、王孝俭、陈勤俭、徐华龙、蔡丰明、郑土有、薛理勇、游汝杰、平悦铃、刘明钢、陶寰、山兆辉、何惠明、娄建源、杨坤、邱海军、潘明权、高长泰、王晓玉、姚扣根、贾树枚、丁法章、石林、刘红、詹永明、熊月之、张忠民、王有朋、戴鞍钢、孙琴安、潘善助、王琪森、徐建融、陈引驰、史伟等。应邀参加评稿的专家态度认真，点评精到，意见中肯。专家们对书稿既有宏观的调整意见，也有对具体史料的纠错，既对词目设置提出看法，也对文字修改提出要求。专家的意见为我们修改好稿子，提高全书的质量提供了保证。

通过编纂《松江人文大辞典》，我们有许多收获。凝聚起松江人文研究方面的人才，锻炼培养了一批新人，既出了书，又出了人，此为收获之一；松江人文的历史和现状资料得到全面的梳理，形成了系统性、完整性的成果，此为收获之二。这两个收获为松江今后开展人文领域的研究打下了好基础。

在编纂过程中，我们得到许多单位、个人的关注和帮助。记得在编纂工作刚起步的时候，有位退休老人，拿着一张写满松江城区已湮没的老街巷地名的纸，巍巍颤颤来到编辑部办公室，郑重其事地交给我们，要我们把这些地名一定要记录下来。许多相识和不相识的市民把家藏老照片、家藏文物、图书资料送到编辑部，供我们参考利用。我们走访过的对象都是那么热情、那么坦诚、那么慷慨。需要为《松江人文大辞典》提供资料，核实情况的单位团体都在第一时间满足了我们的要求。在此，我们向所有为《松江人文大辞典》编纂工作作出过贡献、给予过帮助，所有关心支持我们工作的同志们表示深深的感谢！

还要感谢上海辞书出版社对《松江人文大辞典》的出版给予的特别关照，尤其要感谢王圣良编审为这套书所付出的特别贡献。我们要感谢各位专家付出的劳动，你们的付出增加了《松江人文大辞典》的学术厚度和学识宽度。

我们的水平有限，但我们确实尽力了。松江历史上第一部由松江人编纂的《松江人文大辞典》会有这样那样的不足甚至缺点，我们真诚地希望松江的父老乡亲们批评教正。

执行主编　欧粤

改定于2024年五一节